南山大学地域研究センター共同研究シリーズ

7

近代科学と芸術創造

19〜20世紀の ヨーロッパにおける 科学と文学の関係

真野倫平 編

行路社

本書の刊行にあたっては、
2014 年度南山大学地域研究センター共同研究助成金を受けた。

序

真野 倫平

　本共同研究は、19世紀から20世紀にかけてのヨーロッパを中心とする科学の発展ならびにその文化への影響を検討するものである。このテーマを設定するうえで大きなヒントとなったのは、2011年春にフランスのオルセー美術館で開催された企画展『罪と罰』*Crime & châtiment* であった。この展覧会は近代ヨーロッパのさまざまなメディアに現れた犯罪のイメージを、歴史・社会・科学・文化に関するあらゆる知識を動員して立体的に展示しようとするものであった。それは従来の美術展示の枠組みを超えて、ある主題に関する知の全体を再現しようとする試みであり、このような野心的な企画が実現したことは、複数領域を横断する学際的な方法論が市民権を得てきたことの表れと考えることができる。

　本研究もまた学際的な視点から、19世紀から20世紀にかけてのヨーロッパにおける科学ならびに技術の発達を明らかにし、それが同時代の文学作品・芸術作品にいかに反映されているかを解明しようとするものである。取り上げられた科学や技術の多くは今や過去のものとして、あるいは疑似科学として否定されたものであり、取り上げられた作品の多くも今日では忘れ去られたものである。しかしそれらは短命に終わったがゆえに、時代の精神を一層強烈に反映しているともいえる。本研究ではこれらの、従来のアカデミックな文化史研究ではともすれば軽視されてきた領域に注目することで、文化をただ文化として研究するのではなく、一つの時代を支配する知の制度の一環として包括的に理解しようと試みた。

　残念ながら、研究期間が3年間に限られていた事情もあり、ヨーロッパと銘打ちながらもほとんどの論考がフランスならびにドイツに関連するものであり、ヨーロッパ諸国を網羅的に扱うことはできなかった。また、取り上げられ

た研究領域や対象となる作家・芸術家についても、かならずしも体系的に選ばれたとは言いがたい。とはいえ対象領域は医学・生理学、精神医学や精神分析、監獄学や犯罪人類学、さらに哲学、天文学、心霊科学など、きわめて多岐にわたるものとなった。また科学技術についても、発電機・気球・カメラ・映画・ミシン・ムラージュなど、じつにさまざまな事物が俎上に載せられた。結果として、スナップショットのような断片的なかたちではあるが、ヨーロッパ文化の多様な側面を活写することができたように思われる。

＊

　本書の構成ならびにそれぞれの論文の内容について簡単に紹介する（以下敬称略）。
　第一部「犯罪と科学」では、犯罪に関する科学についての論文を取り扱う。19世紀にはブルジョワ社会の治安意識が高まるとともに、犯罪をめぐる知が大きな進展を見せた。こうして囚人をめぐる「監獄学」、犯罪捜査のための「法医学」、犯罪防止のための「犯罪人類学」などの学問が新たに成立した。また、三面記事の流行により大衆ジャーナリズムがめざましい発達を遂げ、多くの作家・芸術家が犯罪の主題を作品に取り入れた。梅澤礼の三編の論文はいずれもフランス文学と犯罪学の関連を扱う。「フランス文学と犯罪学（1）——19世紀前半の文学と『囚人に関する知』」は、当時の監獄制度と文学の関係に着目し、「囚人のための図書」「囚人の作品」「独房と作家」という異なる三つの切り口から分析を試みる。「フランス文学と犯罪学（2）——19世紀前半の文学と『監獄学』」は、監獄視察官モロー＝クリストフが創始した「監獄学」に焦点を当て、それが同時代の博愛主義的な監獄観と対立するものであり、後の生来犯罪者説を予言するものであったことを検証する。「フランス文学と犯罪学（3）——19-20世紀の文学と『共感の犯罪学』」は、20世紀の犯罪学者エチエンヌ・ド・グレーフを取り上げ、文学的な知を生かした彼の「共感の犯罪学」が、社会防衛を第一義とする「防衛の犯罪学」に対立するものであることを指摘する。橋本一径「動物と犯罪——アレクサンドル・ラカサーニュ（1843-1924）の『動物犯罪学』とその挫折」は、動物の犯罪性を主張したこのユニークな学説とその挫折を通じて、怪物的人間の犯罪性を糾弾しつづけた同時代の犯罪人類学が抱える矛盾を明らかにする。林田愛「ゾラ『真実』における〈性的倒錯者〉——犯罪人類学的考察をめぐって」は、ゾラの小説中で性的倒錯の主題がどのように扱われているかを分析し、19世紀末以降の犯罪学研究、とりわけ『犯

罪人類学雑誌』に掲載された諸論文との関係を考察する。

　第二部「医学・生理学との交錯」では、医学・生理学に関連する論文を取り上げる。フーコーが明らかにしたように 19 世紀は臨床医学誕生の時代であり、人間の身体に関する知識は急速な発展を遂げた。さらに世紀後半には、ダーウィンの進化論やパストゥール、コッホの微生物学によって、従来の人間観・生命観が根底から覆された。医学者の社会的な発言力も増大し、医学的権力が統治機構の内部に組み込まれていった。松村博史「19 世紀において医学史をどう書くか」は、19 世紀フランスにおける（医学の歴史ならぬ）医学史の歴史をたどる試みであり、医学と歴史学の両方に関わる領域横断的な観点から、科学の歴史をいかに書くかという史学史的な問題を提起する。松村博史「バルザック『田舎医者』における医学と医者像」は、バルザックの小説に見られる観察する医者／行動する医者という二つの類型を医学史的な観点から分析し、そこに新旧二世代の医学の対立が反映されていることを解明する。橋本一径「所有物としての胎児——『身体的完全性』というフィクション」は、「身体的完全性」という概念を軸にして 19 〜 20 世紀の労働災害ならびに妊娠中絶をめぐる議論を読み解くことで、「人格」と「物」の区分の恣意性を浮かび上がらせる。高岡佑介「生産力の円環——有機体論としてのドイツ栄養生理学」は、世紀転換期ドイツにおける栄養生理学を取り上げ、科学啓蒙書に登場する「産業宮殿」としての人体図において人間の身体が機械として把握されていることを指摘する。石原あえか「ドレスデン衛生博覧会（1911 ／ 1930）——二度の国際博覧会参加にみる近代日独医学交流史」は、ドレスデン衛生博覧会を軸にして日独の医学交流をたどりつつ、当時の医学者たち（そこには森鷗外や木下杢太郎の名前も登場する）の国境を超えた交流を明らかにする。

　第三部「心の科学を求めて」では、19 世紀から 20 世紀にかけて誕生した、人間精神に関する諸学問についての論文を取り上げる。19 世紀には精神医学や心理学が誕生し、それらは社会防衛的な観点からも重要な役割を担った。神経学者シャルコーの臨床講義は知識人の広い関心を呼び、フロイトの精神分析を生み出す契機となった。また、実証主義的精神が支配的になる一方で、死者の魂を扱う心霊科学が大規模な流行を見せた。これらの人間精神に関する新しいまなざしが同時代の文化に及ぼした影響を、小説・演劇・映画などのジャンルにおいて検証する。真野倫平「グラン＝ギニョル劇と精神医学の諸問題——アンドレ・ド・ロルドの作品における精神病者像」は、20 世紀初頭に成立した恐怖演劇であるグラン＝ギニョル劇における精神病者像を、19 〜 20 世紀の

精神医学との関連において分析する。真野倫平「グラン＝ギニョル劇における心霊的主題について——エラン、デストク『彼方へ』を中心に」は、19世紀に心霊主義が科学として扱われた歴史的な背景を明らかにしつつ、このジャンルが心霊主義に対してとった両義的な態度を明らかにする。鍛治哲郎「世紀転換期ドイツ語圏における魂の行方——G・ベンとS・フロイトにおける心霊学」は、世紀転換期にドイツ語圏で流行した心霊学の影響の痕跡を、ゴットフリート・ベンやフロイトをはじめとするさまざまな文学者・芸術家・科学者の著作の中に探求する。竹峰義和「犯行現場としての心——G・W・パプスト『心の不思議』をめぐって」は、精神分析の教育映画として制作されたこの映画作品について、作品内での自己解釈を超えて、精神分析的観点ならびに映画論的観点からさらなる無意識の解明を試みる。

　第四部「〈知〉の枠組みをめぐって」では、「知」の制度そのものに関わる論文を取り上げる。19世紀の実証主義の時代において、科学的な知は次第に強大な影響力を有するようになった。そのような知の言説に対して、バルザック、フローベール、モーパッサン、ゾラといった同時代の作家たちはどのような態度をとったのか。それぞれの作家がとった文学的な戦略を、「全集」「紋切型」「百科事典」などの概念装置を用いて分析する。鎌田隆行「バルザックにおける『全集』と『知』」は、バルザックが自らの『人間喜劇』を「全集」の名のもとに構想することで、小説というジャンルを同時代の科学的知識を総合する新たな知の装置として位置づけようとしたことを明らかにする。鎌田隆行「« Monographie du rentier »——バルザックによる凡庸社会の分析」は、バルザックが「金利生活者論」において、フローベールよりずっと早い時点で、メディアが発達し「紋切型」が流通するブルジョワ社会の凡庸さを批判していたことを指摘する。山崎敦「重力と運動——『ブヴァールとペキュシェ』におけるフィクションと知の言説」は、逆説的な知の百科事典として構想されたこの小説について、知の言説のフィクション化がいかに行われたかを分析することで、作家の同時代の知に対する批判的戦略を解明する。橋本知子「イメージの生理学——テーヌとフロベール、ゾラ、モーパッサン」は、19世紀文学に大きな影響を与えたイポリット・テーヌのイメージ論を紹介したうえで、同時代の三人の作家が作品の中で身体感覚をどのようにイメージ化したのかを分析する。

　第五部「科学技術と未来予想」では、現実のあるいは架空の科学技術を扱った論文を取り上げる。19世紀はヨーロッパにおいて産業社会が成立し、科学

の未来が輝かしく宣伝された時代であった。新しい技術は人々の想像力を刺激し、未来への期待と不安を同時にかきたてた。文学者や芸術家は自らの世界観に従い、時には幸福な、時には悲惨な未来像を描き出した。クリストフ・ガラベ「空中旅行——科学的実験と知識の開示様式のはざまで（1850-1900 年）」は、19 世紀における気球の発明が単なる技術的な移動手段を生んだだけでなく、人間の知覚様式そのものに決定的な影響を与えたことを明らかにする。橋本一径「『書くこと』と『縫うこと』の間で——19 世紀フランスにおけるミシン産業の発達と文学」は、19 世紀におけるミシンの普及が医学的議論の対象となったというエピソードを取り上げ、ミシン工房が女性にとっての抑圧と夢想の場所であったことを指摘する。石橋正孝「〈驚異の旅〉のネガとしての『二十世紀のパリ』——否定される未来予想」は、ヴェルヌの未来予想の野心と出版者エッツェルによるその否認に注目し、作家と出版者の交渉の過程を詳細に検証することで、ヴェルヌにおける文学創作の秘密を解明する。石橋正孝「ジュリアン・バーンズからエルネスト・ペタンへ——気球の文学性をめぐって」は、19 世紀に世間を騒がせながら空想上の存在に終わったペタン式飛行船を取り上げ、科学技術と文学的想像力の関係を明らかにする。中村翠「ゾラと科学技術——『労働』（1901）を中心に」は、ゾラの作品に描かれたさまざまな科学技術、とりわけ後期作品に描かれた太陽熱発電などの未来技術を取り上げ、そのインスピレーションの源を同時代の発明の中に探求する。

＊

　本書は、南山大学地域研究センター 2012 〜 2014 年度共同研究「19 〜 20 世紀のヨーロッパにおける科学と文学の関係」の成果をまとめたものである。本共同研究は 2012 〜 2014 年度の 3 年間にわたって行われ、初年度は 2012 年 10 月 27 日（土）、12 月 15 日（土）、2013 年 3 月 29 日（金）の 3 回にわたり、2 年目は 2013 年 7 月 13 日（土）、11 月 9 日（土）、2014 年 3 月 27 日（木）の 3 回にわたり、3 年目は 2014 年 10 月 11 日（土）、12 月 14 日（日）の 2 回にわたり、南山大学においてシンポジウムが開催された。また、2013 年 12 月 7 日（土）には日本学術振興会科学研究費助成事業・基盤研究（B）「科学の知と文学・芸術の想像力——ドイツ語圏世紀転換期の文化についての総合的研究」（研究代表者　鍛治哲郎）との共催によるシンポジウム「科学知の詩学——19 〜 20 世紀のフランス・ドイツにおける科学と文学・芸術」が東京大学駒場キャンパスにおいて開催された。

複数領域を横断する学際的な研究を行うさいには、さまざまな分野の研究者と情報を交換し意見を交わすことがきわめて有益である。その意味で、本研究に若手を中心とする多くの優秀な研究者の協力を得ることができたのはまことに幸甚であった。毎回のシンポジウムで発表を聴き、それについて議論を交わすことは、研究者として非常に刺激的で実り多い体験であった。本共同研究はここで一旦終了するが、いつかまたこのような機会が訪れることを心から楽しみにしたい。

　最後に、シンポジウムに参加していただいた研究者のかたがた、論文を寄稿していただいた執筆者のかたがたにあらためて感謝の意を表したい。さらに、本共同研究に対して援助をいただいた南山大学の関係者のかたがた、とりわけ地域研究センター共同研究の運営を担当していただいた城所佑委氏、成田ゆかり氏、加藤奈緒子氏、また出版に際してお世話になった行路社の楠本耕之氏に心から御礼を申し上げる。

目次

序⋯⋯⋯真野 倫平　*3*

第*1*部　犯罪と科学

第1章
フランス文学と犯罪学（1）⋯⋯⋯梅澤 礼　*15*
──19世紀前半の文学と「囚人に関する知」

第2章
フランス文学と犯罪学（2）⋯⋯⋯梅澤 礼　*29*
──19世紀前半の文学と「監獄学」

第3章
フランス文学と犯罪学（3）⋯⋯⋯梅澤 礼　*41*
──19-20世紀の文学と「共感の犯罪学」

第4章
動物と犯罪⋯⋯⋯橋本一径　*59*
──アレクサンドル・ラカサーニュ（1843-1924）の「動物犯罪学」とその挫折

第5章
ゾラ『真実』における〈性的倒錯者〉⋯⋯⋯林田 愛　*77*
──犯罪人類学的考察をめぐって

第*2*部　医学・生理学との交錯

第6章
19世紀において医学史をどう書くか⋯⋯⋯松村博史　*105*

第7章
バルザック『田舎医者』における医学と医者像⋯⋯⋯松村博史　*121*

第8章
所有物としての胎児⋯⋯⋯橋本一径　*137*
──「身体的完全性」というフィクション

第 9 章
生産力の円環………高岡佑介 *153*
──有機体論としてのドイツ栄養生理学

第 10 章
ドレスデン衛生博覧会（1911 / 1930）………石原あえか *169*
──二度の国際博覧会参加にみる近代日独医学交流史

第 3 部　心の科学を求めて

第 11 章
グラン＝ギニョル劇と精神医学の諸問題………真野倫平 *189*
──アンドレ・ド・ロルドの作品における精神病者像

第 12 章
グラン＝ギニョル劇における心霊的主題について………真野倫平 *201*
──エラン、デストク『彼方へ』を中心に

第 13 章
世紀転換期ドイツ語圏における魂の行方………鍛治哲郎 *217*
──G・ベンとS・フロイトにおける心霊学

第 14 章
犯行現場としての心………竹峰義和 *231*
──G・W・パプスト『心の不思議』をめぐって

第 4 部　〈知〉の枠組みをめぐって

第 15 章
バルザックにおける「全集」と「知」………鎌田隆行 *261*

第 16 章
« Monographie du rentier »………鎌田隆行 *281*
──バルザックによる凡庸社会の分析

第 17 章
重力と運動………山崎 敦 *301*
──『ブヴァールとペキュシェ』におけるフィクションと知の言説

第 18 章

イメージの生理学⋯⋯⋯橋本知子　*321*

──テーヌとフロベール、ゾラ、モーパッサン

第 **5** 部　科学技術と未来予想

第 19 章

空中旅行⋯⋯⋯クリストフ・ガラベ　*367*

──科学的実験と知識の開示様式のはざまで（1850-1900 年）　真野倫平 訳

第 20 章

「書くこと」と「縫うこと」の間で⋯⋯⋯橋本一径　*383*

──19 世紀フランスにおけるミシン産業の発達と文学

第 21 章

〈驚異の旅〉のネガとしての『二十世紀のパリ』⋯⋯⋯石橋正孝　*393*

──否認される未来予想

第 22 章

ジュリアン・バーンズからエルネスト・ペタンへ⋯⋯⋯石橋正孝　*409*

──気球の文学性をめぐって

第 23 章

ゾラと科学技術⋯⋯⋯中村 翠　*425*

──『労働』（1901）を中心に

シンポジウム記録　*445*
執筆者紹介　*449*

第1部

犯罪と科学

第1章

フランス文学と犯罪学（1）
19世紀前半の文学と「囚人に関する知」

梅澤 礼

はじめに

　本章は、第2章・第3章とともに、南山大学地域研究センター共同研究「19-20世紀のヨーロッパにおける科学と文学の関係」における研究発表をもとにしたものである。この共同研究は、タイトルも示しているように、近代の文学作品において諸科学がどのように反映されているかだけでなく、そうした文学とのかかわり合いの中で諸科学がどのように発達したかをも扱うことを可能にしている。

　筆者はといえばこれまで19世紀フランスのおもに二つの問題に取り組んできた。一つは作家が犯罪や犯罪者をどのように描いていたのかという文学的な問題であり、もう一つは、そうした中で犯罪や犯罪者がどのように学問の対象になっていったのかという犯罪学史的な問題である。そのためこの共同研究でも「フランス文学と犯罪学」というテーマで発表させていただいた次第である。

　さて、ここまで何度も「犯罪学」という言葉を使ってきた。しかしこの言葉を広めたのは1885年のラファエル・ガロファロの著作『犯罪学——犯罪の性質と刑罰の理論の研究』[★1]であるから、それ以前のものは厳密に言えば「犯罪に関する知」とでも呼ぶべきなのかもしれない。とくに19世紀前半においては、この犯罪に関する知は、監獄改革運動の中で「囚人に関する知」として積み重ねられていった。そこで本章では、こうした囚人に関する知の発達の中で、作家が囚人をどのように描いていたのかを見てゆきたい。

1 囚人のための図書 (1820年代)

　フランス革命後、拷問のように身体を罰するのではなく、自由を剥奪する刑罰である投獄が注目を浴びるようになる。ナポレオン治下の1810年には多くの犯罪が投獄の対象として規定された。このことはしかし監獄の過密化をもたらし、囚人の生活環境は悪化の一途をたどっていった。

　王政復古期の1819年、こうした状況を解決しようと、監獄の改革が本格的に開始された。改革にあたったのは王立監獄協会という機関で、自由主義の政治家たちを中心に構成されていた。この政治家たちは監獄の状況を自ら調査し、詳細な改革案を提示し、その後19世紀後半まで続いてゆく監獄改革の基礎を築くことになる。よって彼らのことは、政治家ではなく「改革家」と呼ぶほうがふさわしいのかもしれない。

　監獄を訪れた改革家たちは、囚人の衣服と食事を改善し、囚人たちが働けるようにし、さらには囚人たちに信仰心を与える必要もあることに気づいた。つまり囚人の置かれた環境を改良するだけでなく、囚人そのものをも改良しようというのである。その一環として改革家たちが考えついたのが、囚人に読み書き教育を施し、監獄内に図書館を作ることであった。

　ではこの図書館にはどういった本を置いたらよいのだろうか。以下は王立監獄協会の報告書からの引用である。

> 　囚人たちの悪しき習慣を直すのに有効に使えるであろう方法の一つは、囚人たちの手に何らかの本を与えることであると協会は判断した。その本とは、それを読むことで囚人たちにみずからの置かれた状況を耐えさせつつ、心の中にためになる考えを生じさせてくれるような本である。だがこうした読者層専用に作られた本など1冊もない。（中略）こうした本は、囚人たちを何かしらひきつけ、彼らの心の中に道徳が、いわば知らないうちに忍びこむようなものでなければならないのだ[2]。

つまり監獄に置く本とは、読書を始めたばかりの囚人でも集中して読めるようなおもしろいものでなければならず、かといって冒険をそそのかすようなものではなく、道徳に満ちたものでなければならないというのだ。改革家たちは、読書が読み書き教育だけでなく、道徳教育にもなることを望んでいたのであ

る★3。ところがそんな都合のよい本など実際にはあるわけがない。そこで改革家たちは、囚人に読ませるための本のコンクールを開催することにしたのだった。

　コンクールを開催するにあたり、改革家たちは応募作品に細かく条件をつけることにした。これによれば囚人に読ませる本においては、囚人が道徳を「保つ」のではなく「取り戻す」ようすを描かなくてはならない。なぜなら囚人に読ませる本は、すでに堕落してしまっている囚人を対象としたものであり、彼らが登場人物を手本に改心することを目的としているからである。よって登場人物の改心も、読者が真似できるようなものでなくてはならない。そのためには、登場人物は労働の習慣と宗教の助けによって改良されるべきである。ところで、条件が多すぎて作家たちが敬遠することを心配したのか、改革家たちはこのように付け加えた。「性別や年齢、それに悪徳の多様性によって、こうした情景に変化をつけることができるだろう」★4。このように囚人に読ませる本においては、改革家たちが筋を決め、作家たちにはいわばそれに色づけすることだけが求められていたことがわかる。

　結局コンクールでは 2 作品が入賞し、いずれも 1821 年に出版された。一つはアシャール・ジャムによる『ローラン、もしくは囚人たち』★5 である。これは、ローランという囚人が心を入れ替え、まわりの囚人たちにもよい影響を与え、最終的に恩赦を受けて社会に戻るという物語である。この作品は審査員から、囚人たちがあまりに理想的に描かれているのではないかという指摘を受けたが、囚人たちが労働にはげむ点、ローランが司祭のもとで改心するという点、そして最終的にローランの恩赦状を持ってくるのが所長ではなく司祭であるという点においても、この作品は改革家たちの要求にしっかりと応じていた。

　もう一つの作品は、ローラン・ド・ジュッシューの『アントワーヌとモーリス』★6 である。これもまた、主人公の囚人アントワーヌが労働と宗教によって心を入れ替え社会復帰するという物語である。しかしこの作品は、さきほどのジャムの作品に寄せられたような、囚人たちが理想的に描かれすぎているという指摘を受けることはなかった。というのもジュッシューの作品では、ほとんどの囚人が改心しないからである。主人公にならって心を入れ替えようとする囚人はたった二人である。一人は年老いた囚人で、死の間際に改心をし、司祭の祝福を受けながら旅立ってゆく。もう一人は主人公の後に監獄にやって来た若い囚人で、やはり主人公のおかげで改心し、社会復帰を果たす。二人のうち年老いた囚人のほうはいままでの囚人を、若い囚人のほうはこれからの囚人

を象徴していると言えるだろう。つまり主人公の改心は、過去から未来に一歩踏み出されたことを示しているのである。

　このようにこれら2作品は、どちらも改革家たちの意図を見事に反映していた。とはいえ作家たちも、改革家たちによって与えられた条件を、まるで部品を組み合わせるかのように、並び替え、色をつけて物語化したわけではない。そのことを示すのが、物語の背景となる監獄の描かれ方である。囚人の描き方について細かく指定した改革家たちだが、監獄の描き方についてはとくに指定していなかったのだ。

　では作家たちはどのように監獄を描いたのだろうか。注目すべきは、いずれの作品においても囚人たちが、すぐれた司祭だけでなく優しい看守たちに支えられている点である。だが実際の監獄はどうだったかというと、これとは反対で、司祭が一人の囚人ために時間を割くというのは難しいことだったし、看守にいたっては囚人たちに暴力をふるっていた。もし作品が一般向けのものであったならば、作品中の監獄と実際の監獄との相違を読者に指摘されたとしても、作家たちはフィクションという言葉で弁明することができただろう。だが忘れてはならないのが、これらの作品が監獄の図書館に置かれ、囚人たちに読まれるという点である。読者である囚人が、作品に描かれているような理想的な監獄と自分のいる監獄とを比べてしまい、意気消沈するか憤激するかして、作品が逆効果となる危険すらあったということになるのである。

　それにもかかわらず作家たちは理想的な監獄を描いた。それは、作品が読まれるころには監獄はそうした姿になっているものと確信していたからにほかならない。つまり一見、改革家たちの筋書きに色づけをしただけに見える作家たちであるが、実際には、ほどなく監獄は改良され、囚人も改心できるようになるのだという、改革家たちと同じ確信を抱き、その確信に強く動かされて作品を描いていたということになる。作家たちにとって、改革家たちから出された条件は、物語を構成する上での部品となりはしても、やはりその作品世界を創造し、秩序づけ、維持していたのは作家たちだったのだ。

2　囚人の作品（1830年代）

　だが現実は作家たちが考えていたようにはならなかった。これら2作品が出版される前年の1820年、ベリー公爵が暗殺されていた。これにより過激王党派の勢力は高まり、自由主義者たちの勢力は衰え、後者を中心に組織されて

いた王立監獄協会は、予定されていた改革案を半分も残した状態で、七月革命を機に姿を消す。七月王政に入っても、しばらくは暴動や疫病が相次ぎ、監獄の改革どころではない。結局、改革がふたたび始められるには、1830年代半ばまで待たなければならなかったのである。

　とはいえ、監獄改革がとどこおっていたこの時期、監獄問題は政治を離れ、ほかの分野にも広がっていた。その一つが医学界である。たとえば医師のルイ＝ルネ・ヴィレルメらが創刊した『公衆衛生・法医学年報』（1829-1922）は、囚人の健康に関する論文を多数載せていた。そしてもう一つの分野が文学である。作家たちは改革家たちにうながされてではなく、自発的に囚人を描くようになったのだ。たとえばヴィクトル・ユゴーである。1829年の『死刑囚最後の日』には、死刑囚が監獄で絶望と戦う姿が描かれている。また1834年の『クロード・グー』では、横暴な監獄職員に対する囚人の復讐が描かれている。ほかにも、オーギュスト・リカールという作家は釈放された徒刑囚の受難を描いているし★7、アレクサンドル＝ジャン＝ジョゼフ・ラヴィルも釈放囚に対する差別を題材にしている★8。いずれも囚人を不幸な存在として捉え、囚人が監獄制度や社会に打ちのめされるようすを描いた作品である。

　これと並行して、囚人、もしくは元囚人も筆を執るようになる。よく知られている例だけあげてみても、1828年から29年にかけては元囚人で警視庁の治安局長になったウージェーヌ＝フランソワ・ヴィドックの『回想録』が出版されており★9、1835年から36年にかけては強盗殺人犯ピエール＝フランソワ・ラスネールが獄中で詩や回想録を執筆している★10。だが実際には、これから見てゆくように、ほかにも多くの囚人・元囚人がこの時期に作品を発表していた。

　こうした囚人・元囚人による文学のもっとも大きな特徴、それは、従来の不幸な囚人のイメージとは異なる、ありのままの囚人が描かれていることにあるだろう。社会の暗部に対する人々の好奇心が高まる中で、監獄の現実を包み隠さず示した囚人や元囚人たちは、こうすることで監獄改革が再開されるものと期待していたのである。ではありのままの囚人とは、いったいどのようなものだったのだろうか。ここからは作品を執筆した囚人と描かれた囚人とを混同しないために、前者を「囚人作家」と呼ぶことにしよう。

　囚人作家たちが描いた囚人たちに共通することとして、まず彼らが同性愛者であるか、さもなくば同性愛を黙認していることがあげられる。囚人の性愛への言及は、ジャムやジュッシュー、それにユゴーのような一般作家には見られ

なかったものであり★11、改革家たちも言葉を濁していた点であった。たとえば以下は、ある匿名の容疑者が容疑者用監獄について書いた随想の一部である。

> 囚人たちは、2ピエ半（約81.2cm）あるかないかのベッドに二人で寝る。自然と羞恥心に対するもっともひどい違反である恥ずべき悪徳を助長することで、健康を害し、風紀を堕落させるこうした添い寝について、ここで当然のことながらわれわれは考えさせられる★12。

ここで「自然と羞恥心に対するもっともひどい違反である恥ずべき悪徳」という表現によってほのめかされているのは、添い寝を強いられる囚人同士の間に生まれる同性愛の関係にほかならない。これについてはその後イポリット・レナルという元囚人が、より過激な描写を行なうことになるだろう★13。

　囚人たちはまた、強い臭気と強い感染力を持つ者として描かれている。たとえば前述のレナルは、監獄の中で同性愛者に犯され堕落してしまった少年囚人について、彼が「下水のにおいをつけられ、下水に沈められてしまった」★14と嘆いている。ここには男性同士の性愛の臭覚的な記憶もさることながら、糞尿にまみれた監獄のにおいが体にしみつくように、さまざまな悪徳もいずれはしみついてしまうという、作者の実体験に根差した感覚がうかがえるだろう。また、ルイ＝フランソワ・ラバンという作家も、囚人たちの体から「くさいにおい miasme pestilentiel」★15 が発せられていたと書いている。囚人たちのにおいを示すのに、ほかのどの形容詞でもなく « pestilentiel » という形容詞が使われているところにも、作者が囚人のにおいをペストのように危険、かつペストのように感染するものと捉えていることが表れている。

　ほかに特徴的なこととして、描かれている囚人には動物的な比喩が頻繁に用いられている。もちろん、一口に動物の比喩といっても、動物の種類はもちろんのこと、囚人の何を見て動物に例えたかまでさまざまである。そのうえで大きく二つに分けるとすると、囚人の置かれた非人間的な環境を見てなされる比喩と、囚人自身の外見的特徴や内面的性質からなされる比喩とがあることがわかる。たとえば以下は、前述の匿名の容疑者による囚人たちの描写である。

> 60人もの人間が埋もれているこの場所が、しばしば壁をゆるがすほとんど獰猛と言ってもいい叫び声をかき消していなければ、こうした行き過ぎを止めるのに必要な視察が行なわれ、これらの人間たちに少しずつ本来の

威厳を取り戻させ、彼らも吠えることをやめて話し出すだろうに★16。

ここにおいて囚人たちは、監獄の中で一時的に動物のようになっているだけで、ひとたび視察が行なわれればふたたび人間に戻れるものと考えられている。つまり囚人たちが置かれた非人間的な環境こそが、囚人たちを動物にたとえさせているということである。

　他方、監獄ではなく囚人自身に由来する動物的比喩の例としては、ヴィドックによる釈放囚サン・ジェルマンの描写があげられるだろう。

　　頭は巨大で、目は小さく、まるで夜の鳥のようにまぶたが少し覆いかぶさっていた。（略）顔立ちを細かく観察していると、とくにものすごく突出した顎の大きさに注目すると、ハイエナかオオカミのようなものを見出せるのだった★17。

ここでヴィドックはサン・ジェルマンの描写に肉食動物のたとえを使っている。それはサン・ジェルマンの体つきや顔つき、すなわち外見的特徴から得られたものである。しかしそのすぐ後で、ヴィドックは次のようにも書いている。

　　この体つきにおいては、捕食動物の本能に属するものがなによりまさっていた。彼は狩りを熱狂的に好み、血を見ては喜んだ。ほかに熱中したものといえば、賭け事、女、そしてうまい肉だった★18。

ヴィドックが、今度はサン・ジェルマンの内面的性質から彼を肉食動物にたとえていることがわかるだろう。外見的特徴を説明した後で、それを裏付けるかのように内面的特徴を明かす。ここには、外を見ることがすなわち内を見ることにつながるという、当時はやりの人相学や骨相学の影響がよく表れていると言えるだろう。

　さて、1836年になると、囚人作家たちが望んでいた監獄改革がようやく再開される。だがこの改革は、1820年代の改革とは大きく異なっていた。まず、監獄協会のような団体が作られることはもはやなかった。監獄に関心を持つ者たちは、それぞれ独自に監獄を訪れ、それぞれ独自に改革論を出版するようになるのである。次に、これら新しい改革家たちは、もはや監獄に囚人を改良する力があるなどと信じてはいなかった。むしろ監獄には別の働き、つまり社会

の防衛を期待するべきなのではないかと考え始めていたのである。そこで改革家たちは、囚人が置かれた状況をただただ嘆くのではなく、囚人がどのように過ごしているのかを冷静に観察しようとした。つまり改革家たちもまた、囚人作家たちと同じように、ありのままの囚人を描こうとしたことになる。

　よって囚人作家たちと改革家たちの囚人描写にいくつもの共通点があったとしても不思議ではない。たとえばベランジェ・ド・ラ・ドロームというアカデミー会員は、監獄にはびこる同性愛のことを「自然に背く悪徳」[19] と表現している。この表現が、すでに見た匿名の元囚人のものとよく似ていることが気づかれるだろう。また、囚人作家たちが悪徳を伝染病のように捉えていたのと同様、ベランジェも、囚人が堕落に「感染し」社会にそれを「拡散する」のだと指摘している[20]。だがベランジェには、囚人作家たちのように監獄における実体験があるわけではなかった。ではなぜ彼は悪徳がうつるものであることを意識していたのだろうか。ここには 1832 年のコレラの影響があるように思われる。このとき、不道徳な人間だけが病に感染するのだといううわさが立った。つまり悪徳と伝染病は混同されたのである[21]。実際ベランジェにかぎらず多くの改革家たちが、犯罪問題を語る際に伝染病の言説を使うようになる。それから囚人を動物にたとえるというのも、囚人作家と改革家たちには共通する。だが改革家たちによるたとえは、そのほとんどが囚人の外見的特徴や内面的性質に基づいたものであった。たとえばユベール・ローヴェルニュというトゥーロン徒刑場の医師は、ある徒刑囚の顔を見て、彼をガゼルやグレーハウンドといった草食動物ないしは飼いならされた動物にたとえている[22]。また別の徒刑囚については、その凶暴な性格を説明した後でライオンにたとえている[23]。

　このように囚人作家たちと改革家たちの描く囚人は、細かな違いこそあれ、ほとんど共通していた。だがすでに述べたように、改革家たちは囚人の改良や社会復帰をあきらめ、社会を守ることを考えるようになっていた。そのため改革家たちの関心は次第に、囚人はどういう行動をするのかという問題から、囚人はどういう人間なのか、囚人は一般人とどのように違うのかといった問題へと向けられてゆくことになる[24]。

3　独房と作家（1840 年代）

　監獄に囚人の改良ではなく社会の防衛を求めた改革家たちは、1840 年ごろになると、監獄の独房化を提案する。この提案は法案にまでなり、1848 年の

二月革命勃発まで議論が続くことになる。となれば当然、監獄を経験したことのある囚人作家たちが何か意見を述べたのではないかと考えられる。しかし囚人作家たちによる出版のピークは1830年代前半だった★25。1840年代、独房制度について発言したのは、改革家、議員のほかには、一般作家たち、それも有名作家たちだった。

　たとえばオノレ・ド・バルザックの『娼婦の栄光と悲惨』（1838-47）第3部には、独房化をめぐる議論の痕跡がうかがえる。もともとこの作品は、現在のような4部構成ではなく3部構成であった。そして結末部分にあたる第3部では、犯罪者たちの首領であるヴォートランが改心し警察の密偵になるまでが描かれることになっていた。だが独房化をめぐる論争が盛り上がる中で、バルザックはコンシェルジュリー監獄の独房を訪問する。そして独房が囚人にとってあまりにつらいものだと感じたバルザックは、主人公リュシアンを独房に入れ、新たに一章を設けて彼のようすを描くことにしたのだった。こうして加えられた新しい第3章で、バルザックは独房を拷問と呼び、独房こそがこの作品の悲劇的結末をもたらすのだと述べて、リュシアンに後悔の末の自殺をさせている。たしかに『幻滅』（1837-43）の最後ですでに自殺しようとしていたリュシアンの死は、本来ならば物語的運命として十分に予期しうるものだったかもしれない。だがその運命が独房という、物語の背景である1830年代半ばには存在しなかったはずのものによって実際のものとなったのだ。このアナクロニックで暴力的な現実の介入により、作品にはバルザックが当初想定していなかったような衝撃が加わり、その悲劇性はさらに増すこととなったのである。

　バルザックが独房に反対していたのに対し、ウージェーヌ・シューの新聞小説『パリの秘密』では、数ページにわたって大々的に独房が支持されている。そしてその意見の正当性を証明するかのように、シューは作品中で雑居房、つまり独房化されていない監獄で新入りが殺害されかかるようすを描いたのだった。囚人たちを一か所に集めておくと、弱い囚人が危険にさらされる、だから独房化は急務なのだ、という論理である。ところが作品の中では、この殺害計画を知った同房の囚人が、なんとかそれを防ごうと、時間かせぎの目的で囚人たちを前に作り話を披露し始める。そしてこの勧善懲悪の作り話は、時間かせぎ以上の結果をもたらすことになる。多くの囚人たちがこの話に感動し、みなが新入りに味方したのである。最終的に、独房を正当化するはずだった挿話は、囚人の集団教育を勧めるような挿話となってしまった。もともと民衆の教化を意識して書かれていたシューの作品世界では、囚人もまた教育可能なものとし

て描かれざるを得ず、結果として作者の主張と作品の間には溝が生じてしまったのである。だがこうした溝もまた、あたかも登場人物が作者の意思を越えて動いているかのような感覚を読者に与え、熱狂させる原因の一つとなったのかもしれない[26]。

最後にユゴーにふれておきたい。ユゴーもまた、シューと同じく独房化に賛成していた。しかしユゴーの場合、作家であるだけでなく貴族院議員でもあった。そこで彼は、貴族院議員として、独房法案についての演説を用意したのだった。だがそもそもユゴーが独房化に賛成した理由は、改革家たちのものとも、またシューのものとも異なっていた。ユゴーは演説の草稿に、このように書いている。「私は独房法案に賛成する、なぜならそれは、いま罪人を改良し、このさき刑罰を改良するからだ」[27]。ユゴーによれば、独房の静寂と孤独は囚人に反省をうながす。つまり独房には囚人を改良する力があり、これが法律化することによって、囚人の改良を目指す新しい刑罰の時代が始まるというのである。このことをユゴーは次のように言っている。「このときから（略）キリスト教の偉大な憐れみが法律の中に入るのだ」[28]。実はこの20年近く前の『死刑囚最後の日・序文』（1830）でも、ユゴーはこの「キリスト教の法律」[29]を求めていた。ユゴーは監獄を独房化するという法案が、自身が長く待ち続けてきた「キリスト教の法律」の第一歩になると考えて賛成したのである。

ところでユゴーの日記によれば、この演説を準備するため、彼は執筆途中だった小説をたびたび中断している。その小説というのが、『レ・ミゼール』（1845-48）、のちに『レ・ミゼラブル』（1862）となる作品である[30]。『レ・ミゼール』は第4部で止まっているが、結末にあたる第5部の筋はこのときすでに決まっていた。その第5部で自殺する、主人公を追う警察官ジャヴェールに注目してみたい。ジャヴェールは、単に主人公に敵対する人物であるだけでなく、ユゴーにとっては「人間による誤った法律の化身」[31]でもあった。ではその「人間の法律の化身」はなぜ自殺したのだろうか。それはジャン・ヴァルジャンという、キリスト教によって改心した囚人、ユゴー自身の言葉を借りるならば「キリスト教の法律の化身」を知り、自らの人生に正当性を見出せなくなったからにほかならない。言い換えれば『レ・ミゼール』とは、人間の法律の化身がキリスト教の法律の化身を前に消滅するという物語でもあるのだ。そしてこの小説が、監獄法についての演説、つまりキリスト教の法律の到来を告げる演説と同時に執筆されていたのである。ユゴーは貴族院議員としてだけでなく、作家としても、独房をめぐる論争に参加していたと言うことがで

きるだろう★32。

おわりに

　1820 年代の囚人のための図書コンクールは、近代懲治監獄と文学との出会いの場を提供した。このとき改革家たちは作家たちの力を借りて囚人の改良を目指そうとし、作家たちは改革家たちと同じ信念のもと、作品を通じて改革に加わろうとした。1830 年代、監獄の改革が停滞すると、今度は拘禁経験のある者たちが、ありのままの囚人の姿を描くことで社会の危機感をあおり、改革の再開を求めた。ところがその改革が再開されたとき、囚人の改良はすでに時代遅れの夢となっており、実際にありのままの囚人たちを目にした改革家たちは、社会を守ることを最優先に考えたのだった。こうして 1840 年代に脚光を浴びたのが独房だった。有名作家たちは監獄の独房化をめぐる議論をそれぞれ作品に反映させた。ある者は独房化に賛成し、ある者は反対した。だが改革家たちとは異なり、独房化に賛成した作家たちであっても、囚人の改良という夢は依然として抱き続けていたのだった。

　結局独房化は二月革命をきっかけに人々から忘れ去られる。それはバルザックの感じたように独房があまりに厳しすぎるものだったからだろうか。それとも独房よりも効果的に社会を守る方法を見つけたからだろうか。たしかなのは、二月革命以降、政治犯、徒刑囚、それに再犯者が次々に拘禁から植民地移送の対象となったことである。

　作家と改革家の関係について言えば、両者のすれ違いは 19 世紀を通じてますます大きくなっていった。囚人のための同様の図書コンクールが開催されることはもはやなかった。そればかりか 19 世紀後半になると、犯罪問題に携わる者の中には、犯罪を描く文学の中に読者を教唆するような箇所を見出して非難したり、自分たちの実証的理論と相いれない描写を見つけてその誤りを正そうとする者まで現れるようになる。20 世紀に入り、犯罪心理の研究に作家による犯罪者描写を参照する犯罪学者が現れるが、それは 1930 年代のこと、つまり文学が犯罪を社会問題として描くようになってから 100 年以上も後のことだった★33。

注

★1　Raffaele Garofalo, *Criminologia. Studio sul delitto e sulia teoria della repressione,*

Torino, Fratelli Bocca, 1885.

★2 « Programme des prix que la Société royale pour l'amélioration des prisons doit décerner dans sa séance du mois de Juillet 1820 », p. 3.

★3 囚人のための図書のコンクールに関しては以下の拙論で詳細に論じている。Aya UMEZAWA, « Réformer par le livre. Une initiative méconnue de la Société royale pour l'amélioration des prisons (1819-1821) », 「監獄と文学の出会い──囚人のための図書コンクール（1819-1821）」, *Criminocorpus. Revue hyper média, Histoire de la justice, des crimes et des peines*, http://criminocorpus.revues.org/2741（フランス語）, http://criminocorpus.revues.org/2747（日本語）, 2014 年 6 月。

★4 « Programme des prix que la Société royale pour l'amélioration des prisons doit décerner dans sa séance du mois de Juillet 1820 », p. 4.

★5 Achard James, *Laurent, ou les prisonniers*, Paris, Madame Huzard, 1821.

★6 Laurent de Jussieu, *Antoine et Maurice*, deuxième édition, Paris, Louis Colas et Cie, 1869.

★7 Auguste Ricard, *Julien, ou le forçat libéré. Roman de mœurs*, deuxième édition, Paris, Lecointe, Corbet, Picobeau, 1830.

★8 Alexandre-Jean-Joseph La Ville, *Le Libéré. Tableau dramatique en cinq parties et en vers*, Paris, P. Dufart, 1835.

★9 ウジェーヌ＝フランソワ・ヴィドック『ヴィドック回想録』三宅一郎訳、作品社、1988 年。

★10 ピエール＝フランソワ・ラスネール『ラスネール回想録』小倉孝誠・梅澤礼訳、平凡社、2014 年。

★11 現実のクロード・グーは同性愛者であったと言われるが、ユゴーの描くクロードが囚人仲間のアルバンに抱くのは父性愛に似た感情である。また釈放囚が差別に苦しむようすを描いたラヴィルはかつて監獄所長をしていたが、彼も囚人の性愛を描くことはなかった。

★12 Anonyme, « Force », *Paris, ou le livre des cent et un*, t. IX, Paris, Ladvocat, 1832, p. 151.

★13 Hippolyte Raynal, *Sous les verrous*, Paris, A. Dupont, 1836, pp. 71-74.

★14 *Ibid.*, p. 200.

★15 Louis-François Raban, *Le Prisonnier*, Dabo jeune, 1826, p. 15. これはフィクションであるが、作者はかつて監獄にいたことがあるため、おそらくそのときの実体験がこの囚人描写のもとになっていると思われる。

★16 Anonyme, *op. cit.*, p. 142.

★17 Eugène François Vidocq, *Mémoires*, t. II, Paris, France-expansion, 1973, reproduction de l'édition de Paris, Tenon, 1828-29, p. 326.

★18 *Ibid.*, p. 326.

★19 Bérenger de la Drôme, *Des Moyens propres à généraliser en France le système pénitentiaire*, lu à l'Académie des sciences morales et politiques dans les séances des 25 juin, 9 et 23 juillet 1836, Paris, Imprimerie royale, 1836, p. 19.

★20 *Ibid.*, p. 24.

★21 Louis Chevalier, *Le Choléra, la première épidémie du XIXème siècle. Étude collective, présentée par Louis Chevalier*, La Roche sur Yon, Imprimerie centrale de l'ouest, 1958, p. 16.

★22 Hubert Lauvergne, *Les Forçats considérés sous le rapport physiologique, moral et intellectuel. Observation au bagne de Toulon*, Paris, Ballière, 1841, p. 19. とくに、グレーハウンドでも雌のほうであるとローヴェルニュは言っている。ここには、こうした徒刑囚がほかの徒刑囚たちの同性愛の標的にされてしまうことへの不安がうかがえる。

★23 *Ibid.*, p. 13.

★24 この時期の囚人に関する知の発達については、第2章で詳しく述べている。

★25 1830年代半ば以降囚人作家たちが次々に筆を擱いた理由としては、1835年に出版の自由が規制されたこと、文学が道徳に悪影響を与えるという意見が高まったこと、そして待望の監獄改革が再開したことなどが考えられる。

★26 シューが独房に賛成した理由はもう一つある。シューは独房への拘禁が厳しい罰であることを十分に理解していた。そしてその厳しさゆえに、死刑に替わる罰として、独房拘禁を勧めてもいたのだ。拙稿「パリの秘密における隠語の使われ方について──1840年代の隠語と文学」『Les Lettres françaises』上智大学フランス語フランス文学会、n°33、2013年参照。

★27 Victor Hugo, « Loi sur les prisons », dans *Œ. C.*, t. VII, Paris, Le club français du livre, 1980, p. 120.

★28 *Ibid.*, p. 112.

★29 Id., *La préface du « Dernier jour d'un condamné »*, dans *Œ. C.*, t. IV, 1967, p. 495.

★30 ジャヴェールの自殺の場面を含む第5部は、ガンジー島へ亡命中に描かれたものであるが、その設定はすでに1848年2月より前にユゴーの頭の中にあったようである。実際、1847年10月23日の草稿には、ジャヴェールの遺書のタイトル « Quelques observations pour le bien du service » と、その死に関するいくつかの断章が見られる。René Journet et Guy Robert, *Le Manuscrit des Misérables*, Paris, Les Belles lettres, 1963, p. 23.

★31 Josette Acher, « Ananké des lois », in *Lire Les Misérables*, Paris, José Corti, 1985, p. 170.

★32 ユゴーと独房に関しては、拙稿「一つの法、二つの未来──ヴィクトル・ユゴーの監獄法演説」『Les Lettres françaises』上智大学フランス語フランス文学会、n°31、2011年および « "Loi sur les prisons" et *Les Misères* ». Une autre origine du couvent de Saint-Michel », 『フランス語フランス文学研究』101号、日本フランス語フランス文学会、2012年参照。

★33 Etienne de Greeff, « La psychologie de l'assassinat », *Revue de droit pénal et de criminologie*, Bruxelles, Union belge et luxembourgeoise de droit pénal, 1935. これについては第3章で論じることとなる。

第2章

フランス文学と犯罪学（2）
19世紀前半の文学と「監獄学」

梅澤 礼

はじめに

　本章は第1章・第3章とともに、南山大学地域研究センター共同研究「19-20世紀のヨーロッパにおける科学と文学の関係」における研究発表をもとにしたものであるが、発表は日本学術振興会科学研究費助成事業・基盤研究（B）「科学の知と文学・芸術の想像力──ドイツ語圏世紀転換期の文化についての総合的研究」との共催によるシンポジウム「科学知の詩学──19-20世紀のフランス・ドイツにおける科学と文学・芸術」の中で行なわれた。

　第1章では、作家と監獄改革家のまなざしが、監獄という場で交差し、次第に離れてゆくようすを描き出そうとした。本章では、こうした状況の中で、モロー＝クリストフ（Louis-Mathurin Moreau-Christophe）という一人の監獄視察官が立ち上げた「監獄学」という学問に注目する。この人物については、いくつかの歴史研究の中でときおりふれられる程度であり、ミシェル・フーコーの『監獄の誕生』では本文中にその名前が現れることはないし[1]、ルイ・シュヴァリエの『労働階級と危険な階級』でも、モロー＝クリストフは何度も引用されつつも、その思想自体にはふれられていない[2]。

　そこで本章では、モロー＝クリストフが監獄学を打ち立てるまでの経緯、およびそこに作家がどのように関わっていたのかを見てゆきたい[3]。

1 博愛主義から学問へ

すでに第1章で述べたように、フランスで監獄の状況が社会問題として認識されるようになったのは1820年代、モロー＝クリストフが活躍する10年前にさかのぼる。このころの監獄はあまりに劣悪な状況にあったため、改革家たちは囚人に対し強い憐れみの感情を覚えた。そして犯罪者はみな無知と貧困の犠牲者なのだと、つまり監獄の中で教育と豊かさを与えてやれば犯罪者は改良できるのだと考えた。こうした考え方は博愛主義と呼ばれ、監獄の改革を目指す人々は博愛家として讃えられた。

しかし1830年代に近づくと、こうした博愛主義的な監獄改革は下火になってゆく。その原因は、この時代が一般に博愛主義の衰退の時代だったからでもあるが★4、もっとも大きな原因は、博愛主義的な監獄改革が期待していたほど成果をあげられなかった、むしろ裏目に出てしまったことにあるだろう。というのも監獄に豊かさを導入する中で、囚人の生活が貧民の生活よりも恵まれるようになってしまい★5、それにより貧民が犯罪に走ってしまうのではないかと恐れられたからである。人々は犯罪が減らない原因を博愛主義の失敗に求めた。そのため1830年代の改革家の著作の中には、博愛主義、もしくは博愛主義を少しでも感じさせる見解に対する反発が随所に見られる。モロー＝クリストフもその例にもれず、博愛主義に対する強い反感を見せている。1837年の著作、『フランス監獄の現状』は、彼が初めてフランス監獄について論じた作品であるが、その中で彼は読者にこのように呼びかけている。

　　気をつけよう！　正義にはもはや斧しか残っていない。軽率な博愛主義はこの斧を壊したがっているが、壊してはならない。正義の天秤のおもりが狂わされただけでもう十分なのだ★6。

さて、博愛主義はそれまでの監獄改革の原動力であった。ではそれを否定してしまった1830年代の監獄改革は、いったい何をよりどころにしたのか。それは学問だった。人々はいままでのように囚人への憐れみといった感情からではなく、理性的に、学問的に改革を行なおうと考えたのである。たとえば統計学の研究が進められた。どういった犯罪がどれだけ増えているのかを冷静に確かめるためである。またモロー＝クリストフの同僚シャルル・リュカの言葉に

よれば、監獄問題に取り組むには「金融学」も必要だという★7。実際には経済感覚のようなことを意味しているのだが、わざわざ「学」という言葉が使われているところに、このころの改革家たちがいかに学問を求めていたかがうかがえるだろう。さらに 1831 年に発足したパリ骨相学会には多くの監獄改革家たちが参加した★8。囚人を十羽ひとからげに無知と貧困の犠牲者と捉えるのではなく、囚人一人一人がどのような人間なのかを研究しようというのである。会員たちはまるで競い合うかのように囚人の頭蓋骨を調べ、その都度、殺人欲や肉欲を示す隆起を見つけては発表した★9。

　このようなわけであるから、監獄改革家たちの関心が、無知や貧困といった囚人の後天的な特徴から囚人の先天的な特徴に向けられていったとしても不思議はない。モロー＝クリストフもその一人だった。1838 年、モロー＝クリストフは次のように述べている。

　　猛獣というものがいる。血の嗜好を持って生まれてきた動物たちだ。他方、臆病で穏やかな動物もいる。何より血を恐れる動物たちだ。これと同じように、獰猛な人間というものがいる。暴行も盗みも殺人も、彼らにとっては純粋に本能の問題なのだ。そして、無抵抗の人間というのもいる。名誉と無私と隣人愛は、彼らにとっては純粋に生来の性向の問題なのだ★10。

モロー＝クリストフは猛獣とおとなしい動物、言い換えれば肉食動物と草食動物の例を挙げ、人間も二種類に分けられるのだとしている。肉食動物が犯罪者の、草食動物が一般市民の例えであることは言うまでもない。よってこの例えからは、犯罪者が一般市民を餌食にしようとしているという不安、およびその不安の扇動がうかがえる。さらに肉食動物か草食動物かのちがいが生まれながらに決まっていることにも注意しなければならない。肉食動物を草食動物に変えることが不可能である以上、犯罪者を一般市民にする、つまり囚人を改良することも不可能だということにつながるのである。このことはモロー＝クリストフの次の文章にはっきりと表れている。

　　監獄にいる人員を深く研究した結果、私は、再犯に陥る釈放者の大部分が生まれつき堕落しているのだということを信じないわけにはいかなくなってしまった。私は、身体に奇形があるように、精神にも奇形があると考える。どちらも、ほとんどの場合が先天的奇形であり、そして治すことの不

可能なものでもある★11。

ここでモロー＝クリストフは、犯罪者の多くが精神に先天的な奇形を持っており治療不可能なのだとはっきりと述べている★12。第1章で改革家たちが囚人の矯正を不可能、ないしは二義的なものとし、社会を防衛することを目指すようになっていったのにはこうした背景があったのである。

2 監獄学の誕生

　こうして二つの監獄制度が注目された。一つは独房を一日中使うという制度で、ペンシルヴェニアシステムと呼ばれた。もう一つは独房を夜間だけ使うという制度で、オーバーンシステムと呼ばれた。どちらの制度もその呼び名からわかるようにアメリカで生まれたものだった。このうち、フランスではペンシルヴェニアシステムが望まれるようになってゆく。というのも犯罪者から社会を守るという目的からすれば、独房を一日中使い、囚人同士が一切会うことのないペンシルヴェニアシステムのほうが明らかに効果的だからである。しかしペンシルヴェニアシステムは、囚人を一日中静寂と孤独の中に置くことで彼らを錯乱させるとも言われていた。

　ペンシルヴェニアシステムとオーバーンシステム、この二つの制度をめぐる議論は、精神医学★13や都市計画★14などさまざまな分野に影響した。文学も例外ではなかった。第1章で述べたように、1843年、ウージェーヌ・シューは『パリの秘密』の中でペンシルヴェニアシステムを支持した。1847年、オノレ・ド・バルザックは『娼婦の栄光と悲惨』の中で、ペンシルヴェニアシステムへの反対意見を表明しただけでなく、主人公が独房で錯乱するようすも描いた。ヴィクトル・ユゴーも忘れてはならない。作家であるとともに議員でもあったユゴーは、ペンシルヴェニアシステムを支持する演説原稿を執筆し、演説の中で使われた監獄の描写、そして演説における主張を、当時執筆中だった『レ・ミゼール』、すなわち『レ・ミゼラブル』に反映させた★15。だが誰よりも早くこの議論に参加した作家は、イギリスのチャールズ・ディケンズだった★16。同様の議論はイギリスでも行なわれていたのである。1842年、ディケンズはアメリカの監獄を自ら視察したのち、『アメリカ紀行』という作品を残した。そしてその中で、ペンシルヴェニアシステムのもとで幻覚に悩まされる囚人の姿を描いたのだった★17。この『アメリカ紀行』は、フランスでは

第 2 章　フランス文学と犯罪学（2）

1843 年、一部訳が『マガザン・ピトレスク』という大衆誌に掲載された。

　モロー＝クリストフはといえば、かなり早い段階からペンシルヴェニアシステムを支持していた。そのため 1843 年、ディケンズの『アメリカ紀行』の抜粋を読んだ彼は、すぐさま次のように反論したのだった。

　　どうしたらまじめな人間がこれほどまでにふまじめな権威に頼れるというのか。（ディケンズの作品は）『マガザン・ピトレスク』向けだ[18]。

かつて博愛主義の全盛期、囚人の道徳化のために作家の力が借りられていたことを思い出してみると、モロー＝クリストフのこの引用からは、作家に対する改革家の視線が変化しはじめていたようすがうかがえる[19]。

　さて、モロー＝クリストフによれば、ペンシルヴェニアシステムを非難するディケンズはふまじめな権威である。では彼にとってまじめな権威とは何だったのか。それは学問だった。モロー＝クリストフはアレクシ・ド・トックヴィルの言葉を引用して言っている。

　　ペンシルヴェニアシステムがほかの制度に代わり発展するに従って、この制度に賛同する者はより勢いを増し、より増えてゆく。この制度を攻撃するのは、この制度をまったく知らない者だけなのだ[20]。

このうち、モロー＝クリストフが強調している部分に注目してみよう。この制度、つまりペンシルヴェニアシステムを攻撃するのは、この制度を「まったく知らない者だけ」だという。言い換えれば、ペンシルヴェニアシステムを批判する人間は「無知」なのだとモロー＝クリストフは強調しているのである。さらにモロー＝クリストフは別の著作の中で、「無知と派閥心は学問と事実が日々否定していることを繰り返すのだ」とも述べている[21]。学問と事実が日々否定していることとは、ペンシルヴェニアシステムと囚人の錯乱の因果関係にほかならない。つまりペンシルヴェニアシステムを囚人の錯乱のかどで批判するのは無知だ、ということをモロー＝クリストフは言おうとしているのである。

　そしてついに 1843 年、モロー＝クリストフは『監獄紀要』という紀要を創刊する。その第 1 号の序文には次のように書かれていた。

　　監獄に関する学問はこれから作られるのか？　否、監獄に関してはすでに

33

理論が、独自の用語があり、博士がいる。だがほかのどの学問もそうであるように、監獄に関する学問はその成果を、発見を、進歩を中心となって集め、普及させる機関が必要である。その機関を『監獄紀要』は創出したのだ★22。

モロー＝クリストフは、監獄に関する学問はすでに存在していたと言っている。実際にはさまざまな分野の出身の監獄改革家たちがそれぞれ個々に書いていたにすぎず、協力して学問をなしているのだという意識は彼らの側にはなかった。しかしモロー＝クリストフはその中でもペンシルヴェニアシステムに好意的なものだけを集め、それらを監獄に関する学問と呼び、『監獄紀要』という学術論文集の形で発表したのである。この点において、モロー＝クリストフこそがこの監獄に関する学問の創始者であったと言えるだろう。

　さらに1846年の『監獄紀要』第3号を見てみよう。この号でモロー＝クリストフは、アメリカのウィリアム・ピーターという人物の手紙を翻訳し掲載している。ピーターはペンシルヴェニアシステムを支持していた。そしてモロー＝クリストフと同様、やはりディケンズに反論するべく、『ペンシルヴェニア監獄紀要』に手紙を寄せたのだった。以下はその原文である。

But all things are not given to all men; and the very faculty which has enabled him so to excel in one species of composition, almost incapacitates him <u>for some others</u>★23。
すべての人間にすべてのものが与えられているわけではない。ディケンズ氏を一種の創作に傑出させたその能力は、彼に<u>それ以外のもの</u>を不可能にさせたとさえ言えるだろう。

しかしモロー＝クリストフは『監獄紀要』の中で、これを次のように訳している。

Il n'est donné à nul homme de savoir toute chose. Les facultés éminentes de Charles Dickens pour le roman sont exclusives de celles qu'il faut <u>pour la science pénitentiaire</u>★24。
いかなる人間にもすべてのものを知ることはできない。チャールズ・ディケンズの持っている小説を書くための立派な能力は、<u>監獄学のために必要</u>

第 2 章　フランス文学と犯罪学（2）

<u>な能力</u>とは相容れないのだ。

　前半でモロー＝クリストフはピーターの英語をほぼ忠実に訳している。しかし
ピーターが単に「それ以外のもの」としていたところを、モロー＝クリストフ
は「監獄学」と訳しているのである。ペンシルヴェニアシステムやオーバーン
システムがアメリカから来たことからもわかるように、当時アメリカは監獄問
題における最先端の国とみなされていた。モロー＝クリストフは「監獄学」と
いうみずからの造語をアメリカ人であるピーターの手紙の中で使うことによっ
て、この学問があたかも先進国アメリカではすでに存在するかのように、しか
もその学問がペンシルヴェニアシステムを認めているかのように見せかけたの
である。以降フランスでは、監獄に関する学問ではなく、監獄学という呼称が
一般的なものとなる。

　それだけでは終わらなかった。同じ 1846 年、モロー＝クリストフは国際監
獄学会 Congrès pénitentiaire を、ドイツの改革家たちとともにフランクフ
ルトで開催する★25。国際監獄学会には、フランス、ドイツだけでなく、イギ
リスやスウェーデンなどヨーロッパ諸国、およびアメリカ、ロシアの司法関係
者や医師、監獄所長、政治家、司祭などが参加した。そして翌 1847 年には早
くも第 2 回国際監獄学会がブリュッセルで行なわれた。この 2 回の学会を通
して決議されたのは、ペンシルヴェニアシステムが採用されるべきであるとい
うこと、そして第 3 回国際監獄学会がオランダかスイスで開催されるという
ことだった。しかしその後、二月革命が起こり、この計画だけでなく学会その
ものも消えてしまう。

　それから 20 年ほどのちの 1872 年、ロンドンで国際監獄学会という同名の
学会が開催され、以降、2 度の大戦期をのぞいてほぼ 5 年おきに、1950 年ま
で開催されることとなる★26。この新しい国際監獄学会のイニシアティブはア
メリカが採ったものとされている★27。しかし 1840 年代に監獄学を作り出し
同名の国際学会も開催していたモロー＝クリストフは、この新しい国際監獄学
会においても、言い換えれば 19 世紀後半から 20 世紀半ばまでの監獄政策にも、
間接的ながら大きな役割を担っていたと言うことができるだろう。さらに忘れ
てはならないのが、この監獄学がディケンズの意見を、すなわち文学的な視点
を否定する形で打ち立てられたということである。このことは犯罪に関する知
の根底に文学への反発があることを示しているとともに、作家たちは犯罪に関
する知がこのように構築されるかたわらで監獄や犯罪を描いてきたのだという

ことを、つまり作家による監獄や犯罪の描写の目的や意義についていまいちど、より広い視野をもって考え直す必要性をわれわれに訴えているのではないだろうか。

おわりに

　その後のモロー＝クリストフについて簡単にふれておきたい。すでに見たように1830年代、モロー＝クリストフは犯罪者の多くが生まれつきのもので矯正不可能であることに気づいた。その後1840年代の論争をへて、1850年代、彼の関心はいったん監獄を離れ、ミゼールへと移る★28。しかしそれは、犯罪の原因をミゼールに見出しその解決策をはかるというのではなく、犯罪の原因をミゼールに求めるいまだ根強い世論を学問的に否定するためだった。そしてモロー＝クリストフは、ミゼールは怠惰によるものであると結論するに至ったのだった。

　こうしてモロー＝クリストフは1863年、彼の集大成とも言える『ならず者の世界』を発表する。実はこの1年前、ユゴーの『レ・ミゼラブル』が出版されていた。その中でユゴーは犯罪者をミゼールの犠牲者として描いていた。モロー＝クリストフは『ならず者の世界』の冒頭を、そうしたユゴーの批判にあてている。

> 　これがあのよく知られた『ミゼラブル』たちの小説のテーマだ。その評判はおさまったが、事実と理論に関する誤りは、まばゆくそして矛盾に満ちた形で人々の心の中に轍を残した。もしこの小説の嘘を知る者が、こうした誤りを一掃しようと、少なくともその影響を消し、薄めようという熱意を抱かなければ、この轍は人々の心に長く残ることだろう。
> 　ヴィクトル・ユゴーの本の間違いの中でも一番のもの、それは、ミゼールにそそのかされたことが犯罪の原因だとする点だ★29。

かつてモロー＝クリストフはディケンズの描写を否定する形で監獄学を打ち立てたが、今度もまた、ユゴーによる犯罪者描写を否定したうえで独自の犯罪者理論を展開しようというのである。ではモロー＝クリストフが犯罪者をどのように描いているのかを見てみよう。

生まれながらの顔の歪み、異常な頭の形が、性格の歪みに、不可解な物の見方に、判断の異常さに合致していることに、私は視察の中でしばしば気づくのだった[30]。

モロー＝クリストフ自身のかつての言葉を借りるならば、いわゆる精神の奇形が身体の奇形となって表れているというのである。そのためモロー＝クリストフは、犯罪者の精神ではなくひたすら身体を描写する。

乞食や浮浪者の施設に赤毛がとても多いというのは揺るがない事実である[31]。

通常、窃盗犯は指が長く、細く、乾燥していて、骨ばっていて、平たいかとがっている[32]。

殺人や謀殺に走る者たちは顔がとても赤いか青いかである。赤い顔の者は怒りか放蕩の中で、青い顔の者は悪の本能から殺人へと走るのだろう。[…]手ががっしりしている場合、その形は悪く、指は曲がり、とくに親指は丸太のようであろう[33]。

犯罪事件の捜査にあたり写真の使用を提案したのがモロー＝クリストフだったことも付け加えておこう[34]。モロー＝クリストフにとってそれは常習犯の捜査を簡便にするためだけでなく、ちょうどロンブローゾがしたように、犯罪者の身体的特徴をより体系的に研究するためでもあったのだろう。そしてモロー＝クリストフは次のように結論する。

ならず者の中には黒人と同じ者がいる。黒人が本当に黒いように、彼らは本当に堕落しているのだ。黒人を白くしようとするのと同じように、彼らを変えようとする努力はすべて無力なものとなる。彼らは生まれつきならず者なのだ[35]。

1830年代にすでにその片鱗を見せていた一種の生来犯罪者説を、モロー＝クリストフが1860年代になってさらに追究していたことがうかがえる。

　19世紀前半、犯罪学に先立ち監獄学という学問がすでに誕生していたこと。

その監獄学が文学的視点を排除する形で誕生したこと。そしてその創始者が生来犯罪者説の一部を予感させるような見解を示していたこと。本章で明らかとなった以上の3点は、イタリア犯罪学がフランスに紹介される以前のフランスにおける生来犯罪者説の発展について、そしてその時代の作家による犯罪者描写についての研究をわれわれに促しているように思われる。

注

★1 Cf. Michel Foucauld, *Surveiller et punir. Naissance de la prison*, Gallimard, 1975.

★2 Cf. Louis Chevalier, *Classes laborieuses et classes dangereuses*, Hachette, 1984.

★3 監獄学についてはすでに以下の拙稿で論じている。そのため本章はこれとときに重複することをお断りしておく。拙稿「学問的なものと学問的でないもの——19世紀フランス『監獄学』を例に」石塚正英編『近代の超克 II——フクシマ以後』理想社、2013年。

★4 Cf. Catherine Duprat, *Usage et pratiques de la philanthropie*, Association pour l'étude de l'histoire de la sécurité sociale, 1997.

★5 以降この問題は監獄について議論になるたびに必ず持ち上がることとなる。Dominique Kalifa, *Crime et culture au XIXe siècle*, Perrin, 2005, p. 159-160.

★6 Louis Mathurin Moreau-Christophe, *De L'État actuel des prisons en France*, considéré dans ses rapports avec la théorie pénale du Code, A. Desrez, 1837, p. 204.

★7 Charles Lucas, *Du Système pénitentiaire en Europe et aux États-Unis*, Timothée Dehay, 1828, p. 8.

★8 Cf. Marc Renneville, *Le Langage des crânes. Une histoire de la phrénologie*, Sanofi-synthelabo, 2000.

★9 犯罪者の頭蓋骨の隆起 bosse への注目は、すべてを欠いた人間としての従来の犯罪者像から、欲望を過剰に持つ人間としての犯罪者像への転換を可能にした。拙稿「犯罪者の欠如せる境遇と過剰なる身体——トックヴィルのライバル、リュカの法思想」『Les Lettres françaises』第30号、上智大学、2010年参照。

★10 Moreau-Christophe, *De La Réforme des prisons en France, basée sur la doctrine du système pénal et le principe de l'isolement individuel*, Mme Huzard, 1838, p. 168.

★11 *Ibid.*, p. 168.

★12 50年後、チェーザレ・ロンブローゾらイタリア学派が犯罪者生来説を打ち立てたとき、フランスの学者たちがすぐに反論を示さなかった理由の多くもこのあたりにあるのだろう。Cf. Laurent Mucchielli, « Hérédité et "Milieu social". Le faux antagonisme franco-italien. La place de l'école de Lacassagne dans l'histoire de la criminologie », in *Histoire de la criminologie française*, L'Harmattan, 1994.

★13 19世紀後半に精神医学会を牽引することになるジュール・バイヤルジェとルイ=フラ

ンシスク・レリュは、1846年、ともに「監獄における狂気」という論文を後述の『監獄紀要』に発表している。なお、エドモン・ド・ゴンクールの『娼婦エリザ』はこれらの論文に一部依拠し、一部対立する形で執筆されている。拙稿 « La Fille Elisa et La Fille Elisa et les ouvrages sur les prisons. Autour de la citation de Baillarger »、『フランス語フランス文学研究』105号、日本フランス語フランス文学会、2014年参照。

★14　拙稿「空気と光を求めて——監獄改革と首都改造」澤田肇編著『パリという首都風景の誕生』上智大学出版会、2014年参照。

★15　拙稿 « "Loi sur les prisons" et "Les Misères". Une autre origine du couvent de Saint-Michel »、『フランス語フランス文学研究』101号、日本フランス語フランス文学会、2012年参照。

★16　中西敏一『イギリス文学と監獄——18、19世紀イギリス文学の一断面』開文社出版、1991年参照。

★17　チャールズ・ディケンズ『アメリカ紀行』伊藤弘之・下笠徳次・隅元貞広訳、岩波書店、2005年。

★18　Moreau-Christophe, Défense du projet de loi contre les attaques de ses adversaires, Bureau de la Revue pénitentiaire, 1844, p. 102.

★19　すでに1830年代後半、一部の文学は読者に道徳的悪影響をもたらすとして非難されていた。Cf. La Querelle du roman-feuilleton, littérature, presse et politique, un débat précurseur (1836-1848), textes réunis et présentés par Lise Dumasy, Grenoble, ELLUG, 1999.

★20　Moreau-Christophe, « De la mortalité et de la folie dans le régime pénitentiaire », in Annales d'hygiène publique et de médecine légale, t. XXII (2), Baillière, 1839, p. 70. 1831年から32年まで監獄視察のためにアメリカに滞在していたトックヴィルは、同行していたギュスターヴ・ド・ボーモンとともにペンシルヴェニアシステムを支持していた。

★21　Id, Résumé de la question pénitentiaire en France et à l'Étranger, postface de Willem Hendrick Suringar, Considérations sur la réclusion individuelle des détenus, Bouchard-Huzard, 1843, p. 91.

★22　Id, « Préface », Revue pénitentiaire, t. I, Bureau de la Revue pénitentiaire, 1843, p. 8-9.

★23　Pennsylvania journal of prison discipline, 1845, p. 88. 下線筆者。

★24　Revue pénitentiaire, t. III, 1846, p. 291. 下線筆者。

★25　ドイツの監獄改革の中心人物ユリウス医師は1842年以降、『監獄および刑務施設に関する年報』Annales des prisons et des établissements pénitentiaire を関係者らと刊行していたが、これはモロー＝クリストフによれば「完全にペンシルヴェニア的な目的で」作られたものであり、その点において『監獄紀要』によく似ていたという。Revue pénitentiaire, t. IV, p. 593.

★26　Acte des douze congrès pénitentiaires internationaux, Berne, Staempfli, 1950.

★27 Enrico Ferri, *Le Congrès pénitentiaire international de Londres*, Marchal et Billard, 1926.

★28 Moreau-Christophe, *Du problème de la misère et de la solution chez les peuples anciens et modernes*, t. I-III, Guillaumin, 1851 ; Id, *Christ et pauvres, extrait du problème de la misère et de sa solution*, Guillaumin, 1854. モロー＝クリストフがミゼールに関心を示すようになったきっかけは、10年前、『フランス人の自画像』第4巻で、「囚人」の項とともに「貧民」の項を担当したことにあるのだろう。Id, « Les détenus », « Les pauvres », *Les Français peints par eux-mêmes*, t. IV, Curmer, 1841.

★29 Id, *Le Monde des coquins*, t. I, Librairie de la Société des gens de lettres, 1863, p. 2.

★30 *Ibid.*, pp. 97-98.

★31 *Ibid.*, p. 105.

★32 *Ibid.*, p. 105.

★33 *Ibid.*, pp. 150-151.

★34 *Ibid.*, pp. 166-167.

★35 Id, *Le Monde des coquins*, t. II, Librairie de la société des gens de lettres, 1865, p. 270. アメリカの犯罪者、とくに独房で錯乱する囚人の中に黒色人種が多いことはすでに1840年代にたびたび指摘されていた。独房で錯乱する囚人に関して言えば実際にはその割合は白色人種とほとんど変わらなかったのだが、たとえば下院議員のリション＝デ＝ブリュによれば、黒人という「堕落した階級に属し、悪徳にまみれ、アルコール飲料の濫用で痴呆と化したこの不幸な者たち」は、「致命的な習慣（自慰行為のこと）に激しくふけるせいで白人よりも拘禁に耐えられず、かなりの精神病者を排出してい」たという。*Moniteur universel*, 1er mai 1844. また前述の精神医学者レリュは、よりはっきりと、黒人は白人よりも劣っており、その元来の劣性が無知、ミゼール、堕落に結びつくことで彼らのうちに錯乱を引き起こすのだと述べている。Lélut, « Folie pénitentiaire », *Revue pénitentiaire*, t. III, p. 28.

第3章

フランス文学と犯罪学（3）
19-20世紀の文学と「共感の犯罪学」

梅澤 礼

はじめに

　本章は、第1章、第2章とともに、南山大学地域研究センター共同研究「19-20世紀のヨーロッパにおける科学と文学の関係」における研究発表をもとにしたものである。第1章と第2章は、どちらも本章と同じく、主題を「フランス文学と犯罪学」としていた。つまり副題のみが変化してきたことになる。第1章の副題は「19世紀前半の文学と『囚人に関する知』」であった。これにより何が明らかになったかというと、犯罪に関する知が監獄を舞台に発展したこと、そして、当初は犯罪者の改良を目指していた学者たちが、それをあきらめ、むしろ社会を守ることを最優先にするようになっていたこと、しかし作家たちは、依然として犯罪者の改良を目指し続けていた、ということである。続く第2章は副題を「19世紀前半の文学と『監獄学』」としていた。その中で判明したのが、19世紀中ごろには監獄学という学問が、世紀末の犯罪学に先立って誕生していたこと、その監獄学が、犯罪者の文学的描写を否定するものであったこと、そしてその創始者であるモロー＝クリストフが、世紀末の生来性犯罪者説の一部を予感させるような見解を示していたことである。ここまでで明らかになったことを一言でまとめると、19世紀初頭、犯罪に関する知と文学、双方のまなざしは監獄という場で交差したものの、19世紀を通して少しずつ離れていった、ということになるだろう。

　ところが20世紀前半、その犯罪学に文学を活用しようとする人物が現れる。ベルギーの犯罪学者、エチエンヌ・ド・グレーフである。ド・グレーフをめぐ

っては、その理論についてはいくつか研究があるが、文学との関係については
あまり細かくふれられていない[1]。1世紀前から関係が悪化していたはずの犯
罪学と文学は、なぜ、そしてどのように結びつけられたのだろうか。まずは、
19世紀後半から20世紀にかけての犯罪学と文学の関係を見てみたい。

1　19世紀後半から20世紀にかけての犯罪学と文学の状況

　19世紀後半、犯罪に関する出版物は、19世紀前半にくらべて減少し、かわ
りに変質 dégénérescence に関するものが増加する。変質という言葉自体は
かなり以前から存在しており、個人の体の中でなんらかの部位が悪化する、と
いうような意味で使われていた[2]。しかし19世紀後半の変質、それは個人に
おける一部位の悪化ではなく、遺伝により子孫に伝わり、やがてはフランス全
体をむしばむおそれすらある身体や精神の悪化を指すものである。

　こうして変質理論が発展する中で、犯罪もまたその変質の一部とされるよう
になる。その原因は、大きく分けて三つあるだろう。一つめは、1830年代の
監獄論争の中で、犯罪者の身体への関心が高まったこと。二つめは、1840年
代の独房論争の中で、犯罪と狂気の関係が強く意識されたこと。そして三つめ
は、1840年代末に遺伝が注目されたことである。

　犯罪は一つの変質となった。だからこそ、1870年代にチェーザレ・ロンブ
ローゾの生来性犯罪者説が紹介されたとき、フランスは即座にはそれを否定し
ようとはしなかったのだ。とくにロンブローゾらの主張する、犯罪傾向は遺伝
するという説、しかもそれは身体的特徴をともなうという説には、フランスの
学者たちは賛成してさえいた。こうした状況は20世紀に入ってからも続くこ
ととなる[3]。

　こうした世紀末の犯罪学がエミール・ゾラの作品に反映されていることはよ
く知られている。だがコレット・ベッケールの研究によれば、ゾラは同時代の
犯罪学をそのまま使用したのではなく、ロンブローゾを出発点にしたにすぎな
いという[4]。ところがこうしたいわば「忠実でない」作家たちに対して、犯罪
学者たちは容赦しなかった。犯罪学者たちは、文学作品の中に、「正しい点」
と「間違った点」を見出しては指摘したのだ。イタリアの犯罪学者であるエン
リコ・フェッリは、文学はこうした、彼らの言うところの「間違い」をただし、
「真実」を民衆に伝えなければならないのだとした[5]。いわば犯罪学者たちは
文学に「科学的な査読」をほどこそうとしていたのである。

2　犯罪学者エチエンヌ・ド・グレーフ

　こうした状況の中で、1898年、ド・グレーフはベルギーに生まれた。やが
て精神科医となった彼の最初の着任地は、アントワープ近郊にある町、ヘール
だった。このヘールという町であるが、ここはある伝説の残る町だった。それ
によれば7世紀、アイルランドから、発狂した父親に追われて、あるキリス
ト教徒の女性がこの地に逃げてきたという。ところが彼女は父親に見つかって
しまい、この地、ヘールで殺されてしまう。死後、彼女は聖女として、ヘール
の礼拝堂によって列聖された。以降、ヘールは狂人とその家族の巡礼地になっ
た。そして近世に入ると、狂人の完全な治癒を願う家族が、狂人を町に置いて
ゆくようになったのである。やがてこれが一般化し、町の人々は狂人の世話を
するようになった。狂人は見ず知らずの人々と共生することとなったのである。
　このヘールという町の存在は、フランスでは、1860年代の狂人法反対運動
の中で注目された。狂人法とは1838年から施行されていた法律で、危険と思
われる狂人の封じ込めのための法律である。つまり狂人法はヘールとは対極に
あったことになる。ときに、狂人法が目指すところの封じ込めであるが、これ
は対象を危険な者であるとか社会の敵であるとする言説から生まれるものであ
り、またそうした言説を生み出してゆくものでもある。これまでの章で見てき
たように、こうした社会防衛の言説が土台となって、フランスの犯罪に関する
知は発達してきた。ヘールはこの、フランス犯罪学の土台そのものに対立する
ものだったのである。そしてそのヘールが、ド・グレーフの研究者人生のスタ
ート地点となったのである。このことはのちの彼の理論に大きな影響を及ぼす
ことになる。
　ヘールで修業を積んだのち、26歳になったド・グレーフはルーヴェンの中
央監獄の医師となり、29歳のときにはルーヴェン大学の犯罪学科の講師にも
なる。こうして実地経験を積み大学における研究活動も行なうド・グレーフで
あったが、あるときから、犯罪者に対する自分の視線とほかの学者の視線とが
大きく異なることに気づくようになる。ヘール出身の彼は、犯罪者を治療の対
象として眺めていた。それに対し監獄の、そして犯罪学科の同僚たちは、犯罪
者を危険な者として眺めていたのである。折しもベルギーでは1930年、社会
防衛法案が審議されていた。これは、罪を犯した者が狂人であった場合、つま
り社会的に危険であるとされた場合、期間を定めずに監禁することができると

いうものである★6。ド・グレーフによれば、犯罪が狂気によるものか否かは簡単に測れる問題ではない。だが結局この社会防衛法案は可決され、ド・グレーフは犯罪学のあまりに単純な側面を実感したのだった。犯罪者を危険視することに対する違和感、そして 19 世紀来の単純すぎる犯罪学に対する危機感。この二つがド・グレーフ理論の出発点となったのである。

3 犯罪者への視線——共感の犯罪学へ

3・1 防御本能と共感本能

ド・グレーフが抱いた、当時の犯罪学に対する二つの問題意識であるが、5 年後の 1935 年、早くも彼はこのことを論文の中で取り上げている。その論文「殺人の心理学」は以下の言葉で始められている。

> 殺人の問題は、医学、犯罪学的視点からはかなり頻繁に取り上げられているが、少なくともわれわれの知る限り、その心理的な面に関してはなおざりにされているように思われる。どうやら精神科医も犯罪学者も、ダーウィン、ロンブローゾ、それにあらゆる人類学世代により図式化された通俗的な概念をとくに驚くこともなく受け入れてきたようだ★7。

ここでド・グレーフは、これから述べる殺人の心理学が、従来の「図式化された」知識とは異なるのだと宣言している。図式化された知識とは、ダーウィンやロンブローゾの名があげられていることからも明らかなように、19 世紀以来いまだに主流であった、犯罪は生まれつきの、遺伝するものだとする理論を指している。こうした図式化された知識への反発は、それから 12 年後の著書『防御本能と共感本能』にも見ることができる。

> 防御本能とは、きわめて肥沃な認識方法を含むものであるが、それは還元的構造の中に花開くものであり、その構造はますます完全なものになってゆく。防御本能は他者の中にある敵意の図式だけを考慮し、それを他者の本来の人格に置き換えてしまうのである★8。

防御本能を土台にした知識というものは、どうしても自分が敵であると感じた人物が敵であることを証明するものになってしまう。そうした防御本能に基づ

く知、それが、あの図式化された知識、いまだ主流であった、遺伝や変質に注目する犯罪学の知だというのである。

　防御本能に基づく、図式化された従来の犯罪学。これに対抗するべくド・グレーフは、「防御本能に関連した認識方法とは全面的に対立し、またある意味では、単純な図式の中で人間が完全に非人格化されてしまうのを防ぎうるものでもある、愛情や共感と関連する認識方法」[9] を提案する。簡単に言うと、防御本能に基づく犯罪学が、人間を図式で捉え人格を無視してしまうのに対し、ド・グレーフは別の本能、人間が誰かを愛したり誰かに共感したりする本能に基づく犯罪学を提案しているのである。このことをよりわかりやすく述べているのが以下の文章である。

　　　罰するのはいい。助け、救うのはもっといいだろう。だがそれには対象の人生に少しだけ介入しなければならない。そしてそれは、対象に対して、真の共感の身振りがなければできることではないのだ[10]。

ド・グレーフの出発点であった、犯罪学者たちの視線に対する違和感と、単純すぎる犯罪学に対する危機感。これをド・グレーフは、防御本能ではなく共感本能に基づく犯罪学を実践することで解消しようとしたのである。

3・2　共感の犯罪学

　では共感本能に基づく犯罪学とは、じっさいにはどのようなものなのか。さきほどあげた、ド・グレーフの初期の論文「殺人の心理学」を見てみよう。この論文の中でド・グレーフは、ラウル・アリエという人物による、未開人がキリスト教に改宗するまでの心理研究を紹介している[11]。犯罪者について述べるときに未開人を例に出すというのは、はじめてのことではない。とくに 19 世紀前半においては、囚人はしばしば未開人にたとえられた[12]。このたとえは人々に、囚人の文明化（監獄での教化）の必要性を痛感させるとともに、属国化（植民地への追放）の可能性をも示唆することとなった。しかし、ド・グレーフが未開人の改宗を例にあげたのは、それらとはまったく異なる目的からだった。ド・グレーフは改宗が、人生を変えてしまうほどの重大な行為であるだけでなく、未開人にとっては一つの反社会的行為であるという点に注目したのである。改宗を決意するまでの心理、それは、犯罪を遂行するまでの心理を明らかにしてくれるのではないか。そうド・グレーフは考えたのだった。

その未開人の改宗までの心理であるが、アリエによれば、そこにはまず「無効の同意 assentiment inefficace」とでも言うべき段階が現れるという。未開人は、宣教師の言葉を聞き、心を動かされるのである。とはいえ、まだ何も行動しようとまでは思わない。未開人の心には、改宗という考えが浮かんだだけにすぎず、彼自身そのことを深く考えてはいないのだ。次に、「有効な同意 assentiment efficace」という段階が現れる。このとき未開人は、「自分は改宗することになるかもしれない」と感じるようになるという。だが改宗は反社会的行為であり、罰せられてしまう。だから未開人は、考えるのをできるだけ後回しにしようとするのだが、心の中では葛藤が繰り広げられている。こうした努力の甲斐もなく三つめの段階、これをアリエは「危機的段階 crise」と呼んでいるが、この最終段階に入ってしまうと、葛藤のあまり未開人には、体調不良や不眠、ついには幻覚までもが現れるようになる。こうして彼は改宗へと一歩一歩近づいてゆくのである。

　未開人が改宗に至るまでのこの心理。これをド・グレーフは犯罪学に応用しようとした。このことはド・グレーフが、厳密に言えば、殺人犯の心理ではなく、人間が殺人に至るまでの心理を明らかにしようとしていたことの表れでもあった。では第1の段階である「無効の同意」の段階で、人の心には何が起こるのだろうか。ド・グレーフによれば、このとき人は、たとえば新聞などによって、何かしらの死亡事件、死亡事故を目にするという。そして、自分がかねがね疎ましいと思っていた人物のことを思い浮かべながら、「これがあいつの身に起こっていたらよかったのにな」などとぼんやり考えるのだという。こうした考え、これは殺人犯だけにかぎらず、誰しもが一度は抱き得る考えであることに気づかれるだろう。殺人の心理と聞くと、なにか特殊な心理だろうと思ってしまうものであるが、ド・グレーフは、この誰しもが抱き得る考え、ここに殺人の最初の兆候を見出したのだった。続く第2の段階、「有効な同意」の段階では、人は犯罪という手段を意識することになる。第1の段階では、何らかの事件事故を知って「これであいつが死んでいれば」と思ったわけであるが、第2段階では、「もしかしたら自分が手を下すことになるかもしれない」と思うようになるのである。とはいえ殺人は、未開人にとっての改宗と同じように、反社会的行為であり罰せられる。だから人は、自分がわざわざ手を下さなくてもあいつはいつか死ぬだろうと思う、もしくは思おうとするのである。こうした努力にもかかわらず第3段階、「危機的段階」に入ってしまった場合。人は仕事を辞め、交友関係を断つという。そして錯乱状態の中で、相手のちょ

っとした一言や、ささいなきっかけで、それまでの「自分が手を下すかもしれ
ない」という思いは、「自分が手を下さなければならない」に変わり、人は最
後の行為に至ってしまうのである。未開人の改宗心理を応用した、殺人の心理、
より正確に言えば、人間が殺人に至るまでの心理。これをド・グレーフは「犯
罪生成過程 processus criminogène」と名付け、発表したのだった。
　ではこの理論を実際の事件に適用すると、どのようなことが明らかになるの
だろうか。たとえば一般に謀殺は、計画性があるという理由から、突発的な犯
行に比べて厳しく罰せられる。だがド・グレーフは、一概に厳しく罰するので
はなく犯罪生成過程に注目しなければならないと主張する。その根拠となるの
が、以下の事件である。ド・グレーフはまず、検察の記録を引用して事件を紹
介している。

　　　ジョルジュ（21歳）はZの妻の愛人であった。1922年9月10日から
　　11日にかけての夜、ジョルジュはZの妻と共謀して、自分の庇護者であ
　　るはずのZを、ジャガイモを盗もうと言って畑に連れて行った。ジョル
　　ジュはそこでZに銃を数発発射したのだが、殺しそこねてしまった。ジ
　　ョルジュとZの妻の間では、死体が発見されたとき、疑いがジャガイモ
　　畑の所有者にかかるようにと、すべて計画のうえでのことだった。そして
　　そのあと二人は結婚する予定だったのだ。よってジョルジュに15年の強
　　制労働刑を宣告した裁判所は、正しい判決を下したことになる[13]。

この検察の記録を、ド・グレーフはあまりに短く、あまりに月並みな説明であ
ると一蹴する。そして犯人ジョルジュの心の動きに注意しつつ、事件を整理す
るのである。ド・グレーフが描き直した事件は、検察の記録にくらべると、
20倍近くの長さになるため、ここにすべてを引用することはできない。かい
つまんで述べると、計画を立てたのはじつはZの妻であった。最初は断って
いたジョルジュであったが、ついに計画を受け入れてしまう。と、ここでド・
グレーフの描写はジョルジュと聞き手との会話形式に変わり、以降事件はジョ
ルジュの告白の形で、一人称で語られる。それによれば、ジョルジュは計画を
受け入れはしたものの、成功させるにはいくつかの障害があった。それはジョ
ルジュにとっては障害というよりも、殺人を犯さずにすむための砦のようなも
のだった。ジョルジュは犯行の直前まで、こうした砦にすがっていたのである。
ところが最終的に砦は一つ一つとくずされてしまい、ジョルジュはやむなく被

害者に向けて発砲、そしてみずから憲兵を呼び逮捕してもらったのだった。ド・グレーフによる事件の描き直しにより、犯人ジョルジュは長い間あの犯罪生成過程の第2段階にとどまっていたこと、もしかしたら発砲したそのときさえまだ第2段階にあったのかもしれないことが明らかになった。こうしてド・グレーフは、ジョルジュに15年の強制労働を言い渡した判決が、決して、検察の言っていたように正しいものなどではなかったのだと批判したのだった。

4　文学と共感の犯罪学

4・1　ド・グレーフと文学

　こうしたド・グレーフによる犯罪描写は、検察の文体と異なるのはもちろんのこと、一般的な論文の文体ともかけ離れていた。たしかに、それまで犯罪者の心理に関する論文がまったくなかったというわけではない。だがその心理がここまで長く、詳細に描かれたことはなかった。そもそも論文には、とくにそれが紀要論文であれば、長さの制約というものがある。そのためド・グレーフも、ちょうどわれわれがしたように、事件をかいつまんで語るということだってできたのである。それでもド・グレーフは、ポイントを下げてまで全文を載せた。しかも三人称で語ったあとに、一人称で語るという試みまで見せたのである。それは、犯人ジョルジュの心理を細部まで明らかにするためでももちろんあったが、論文の読者である犯罪学者たちに、ジョルジュに対する防御本能ではなく、共感本能を抱かせるためでもあったのではないだろうか。

　ところがこうした共感本能に基づく犯罪学は、犯罪学者たちにはなかなか受け入れられなかった。ド・グレーフのある同僚などは、彼のことを批判するにあたり、彼は学問的なのではなく「文学的」なのだとさえ言ったという★14。だがこの「文学的」という形容は、じつはあながち間違ってはいなかったどころか、真実を突くものでさえあったのかもしれない。というのも、検察による事件の記述を、ド・グレーフが三人称で、ついで一人称で書き換えたこと。このことはちょうど作家が、実際の事件や新聞記事をもとに小説を書く、あの手法を思い起こさせはしないだろうか。それに作家は、多くの場合、登場人物の心理を細かく描こうとする。そしてそのために登場人物の内側に入り、内側から見た世界を描こうとする。こうした世界は、対象に向かって壁を築こうとする防衛本能があっては描ききれるものではなく、むしろ対象への共感を抱きつつ描かざるをえないのではないだろうか。言い換えれば、犯罪者を描く際、多

48

くの場合作家は、いかに客観的であろうとつとめても、やはり必然的に、共感本能を働かせないわけにはいかないのではないだろうか。

　事実、ド・グレーフと文学とは無関係ではなかった。自身の犯罪生成過程理論を説明するにあたり、ド・グレーフは同時代の文学作品であるフランソワ・モーリヤックの『癩者への口づけ』（1922）の最終章（1932）を例にあげたのである。この最終章で、夫の死後、義理の父親の面倒を見続けてきたノエミは、ある日ついに義父に殺意を覚える。そして、彼が消化に悪いものを摂取するのを止めないばかりか、消化薬がないと嘘をつくのである。結局義父は死ななかった。この箇所について、ド・グレーフは以下のように解説する。

　　　ノエミはかなり以前から、無効の同意とはっきりした同意の間のあいまいな段階に身を投じていた。何度も心の中で、義父が消えたあとの自分の人生を思い描いた。出来事は重なり、われわれにはわからない事情が合わさって、あの9月の末の夜、「みずから義父を殺そう」という明確な自覚、はっきりとした同意へとたどり着くことになる状況を引き起こしてしまったのだ。［…］
　　　彼女の中の殺人という考えは、あいまいながら一種それに匹敵するものを受けたことで消えたのである★15。

ド・グレーフによれば、ノエミは犯罪生成過程の第2段階に入ってしまっていたが、本人にとっては殺人に匹敵する行為によってその過程は止められたのだという。このように小説を例に犯罪学理論を説明すること。それはこの時代、つまり犯罪学において文学的視点が退けられていた時代にあっては、きわめて大胆な行為であった。

　それだけではなかった。ド・グレーフはなんとみずから文学作品まで執筆してしまったのである。ド・グレーフが残したのは、2冊の中編小説だった。1冊めは1949年に出版された、『夜はわが光』という小説で、ある日突然発狂した女性エリザベットと、彼女を取り巻く人々の苦しみを描いた作品である。この発狂したエリザベットであるが、彼女の父親も、また夫も精神科医をしている。父親のほうは、なぜ娘が突然狂ったのだろうとショックを隠し切れない。だが、より精神医学に精通している、エリザベットの夫は違った。

　　　いまや、彼にはわかっていた。これは続きであり、発展であり、症状の連

鎖であり、突如として現れた病的な感情なのだということを★16。

じっさい作品のいたるところで、狂気の原因がじつはエリザベットの結婚、さらにはそれ以前の思春期にあったことがほのめかされる。エリザベットの狂気は、このように過程を持つものだったのである。

　だが過程を見せているのは狂気だけではなかった。自宅で看護を受けていたエリザベットだが、狂気の中でみずからをエジプトの妃であると思いこみ、そして自分のそばにずっといる看護師をアヌビス（冥界の神）の偽物だと思い込んでしまうのである。看護師はあるときから、エリザベットが自分を目で追っているのに気付き、恐怖を覚えるようになる。そしてほんのささいなきっかけで事件は起こるのである。

　　そのとき、家政婦が静かにドアをノックして入った。そして秘密めかしたようすで、一種喜びを隠しきれないといったようすで、看護師に耳打ちした。
　「シスター、奥様を施設にお戻しすることになりましたよ」★17。

家政婦がエリザベットを施設に移すことを看護師に告げて部屋を出て行った次の瞬間、エリザベットの手が看護師の首をしめる。そして意識を失った看護師を部屋の外まで引きずっていったのち、彼女の顔の肉にかみつき、食いちぎろうとするのである。ようやく家族がやってきてエリザベットを止めるのだが、看護師の顔と心には大きな傷が残ることとなるのである。

　エリザベットが看護師に殺意を抱いたきっかけ、そしてその残忍な犯行、どちらも彼女のまったくの狂気を示している。だがこれは突発的な犯行ではなかった。エリザベットは数日前から看護師を目で追っており、自分を施設に入れるというその一言を聞いて犯行に及んだのである。つまりド・グレーフは、こうした狂気に由来する犯罪にも、やはり、犯罪生成過程を見いだし、そして描き出しているのである。しかもこの犯罪が過程を持つものであることは、描写だけでなく、言語のレベルでも示されている。作品中には、かむ mordre という動詞が９回使われているが、じつはその半数が、エリザベットが看護師にかみついた、あの事件より前に使われているのだ。これにより読者には、エリザベットの事件は突飛なものではなく、一種の過程を伴うものであることがおぼろげながら感じられるのである。狂気にも、そして狂人の犯罪にも過程が

見られる。逆に言えば、家族も医師も、本来ならば狂人の心理過程に寄り添うことができるはずであり、事件を防ぐこともできるのだ。このことを、ド・グレーフは小説を通して、学者のみならず一般読者にも訴えようとしていたのである。

　小説『夜はわが光』は、精神科医ならではの知識と登場人物への共感的な視線によって、それまで知られずにいた狂気をまさに光で照らし出す作品だった。それにくらべて７年後に発表されたもう一つの小説、『モーリー裁判官』は、裁判官とその妻に不幸が襲い掛かるというミステリー仕立ての物語で、実際のところ前作ほどの緊迫感も特色もないように思われる。だが注目すべきは、裁判官とその妻に襲い掛かる不幸というのが、じつは裁判官が10年以上前に関わった事件に由来するものであるということである。そしてそのときの判決を逆恨みした女が、家政婦として一家に入り込み、裁判官を少しずつ追い詰め、最終的には彼の料理に毒を混入するのである。ところが、

　　まさに最後の瞬間になって、ルイーズ・ドゥルーズはたじろぎ、被害者に
　　致死量を摂取する時間を与える前に皿を下げたのだった★18。

この、最後の最後になって摂取されなかったほんの一滴により、裁判官は助かり、また家政婦も殺人を犯すことなく修道院で罪をつぐなうことになる。この小説でもやはり、ド・グレーフは犯罪に至るまでの長期にわたる心理過程を描くとともに、どれだけ犯罪を準備しても、人間には最後の最後まで引き返す可能性が残されているのだということを読者に伝えようとしているのである。

　余談になるかもしれないが、この『モーリー裁判官』、舞台となる家は、かえで屋敷と呼ばれている。じつは前作『夜はわが光』でエリザベットの一家が住んでいた家も、かえで屋敷と呼ばれている。前作の舞台は第二次大戦直前で、『モーリー裁判官』の舞台は現代、つまり1950年代半ばであるから、あれから15年ほどが経過し、同じ家でまた事件が起こったということになるのである。しかしそれだけではない。モーリー裁判官殺害を企てたルイーズ・ドゥルーズという家政婦であるが、じつはエリザベットを看護していてかみつかれた、あの看護師と同じ苗字なのだ。しかもモーリーの妻の友人は、家に招かれたとき、「お宅の家政婦の顔にはひどい傷があるのね」と言っている。つまりド・グレーフは、一種の人物再登場を試みていたのである。だが再登場しているのは、人物だけではない。どちらの作品にも、犯罪生成過程理論が反映され、そ

51

してどちらの作品も、罪を犯す者、犯しうる者に対する共感的なまなざしで貫かれているのである。

4・2　文学と共感の犯罪学

　そんな「文学的」犯罪学者ド・グレーフであるが、彼にとって文学とは、理論を説明するための例や、理論を発信するための場だけではなかったようである。というのも、犯罪学者たちが避けようとするあの文学というものについて、ド・グレーフは以下のように言っている。

　　　［…］価値ある文学においては精神病理学的な情報が豊富に含まれていることに驚かされる。われわれの時代においては、小説家のほうが病理学を学んだのだと考えられるかもしれないし、たしかにそういう場合もあるだろう。だが小説家の観察は学者の観察にずっと先んじており、この本の結論も、つまるところは深刻な心の葛藤に関する文学的な描写の中に、数世紀前から暗黙裡に示されていたのだ[19]。

ド・グレーフは学者の観察眼に対し作家の観察眼を評価するとともに、共感の犯罪学が導き出したみずからの理論でさえも、文学作品の中にはこれまで描かれてきたのだと述べている。そうした文学作品の例として、まず思い浮かぶのはモーリヤックの作品だろう。じっさい、すでに見た『癩者への接吻』のほかにも、代表作『テレーズ・デスケルー』の主人公にも犯罪生成過程が見られることを、ド・グレーフは学生から指摘されている[20]。だが犯罪者の心が描かれているのは、ド・グレーフと同時代の作品ばかりとはかぎらない。

　たとえばマルセル・プルーストの『失われた時を求めて』の中の「スワンの恋」を見てみよう。これはド・グレーフが生まれたころ、すなわち防御本能を土台とした犯罪学が全盛期にあったころの作品である。作品中で、スワンはオデットを愛するようになる。しかしその愛は、次第に病的な様相を呈するようになってゆく。オデットとともに通っていたサロンから彼だけが追い出されたとき、スワンは顔だけでなく首の筋肉までひきつらせて、一人、大声でどなりながら帰宅する。もちろんこれは、一流サロンの寵児であるはずの自分が一介のブルジョワサロンから追放されたことに対する怒りによるものかもしれない。だがスワンは、オデットが来たら呼ぶようにと門番に 10 度も同じことを言いに行ったり、オデットが浮気をしていないか調べるべく探偵を雇おうと考

えたり、いやむしろ自分でオデットをつけようと思ったり、果てには彼女を閉じこめることを望むようにもなる。そしてとうとう次のような状態に陥る。

　　ときおり彼は、朝から晩まで外にいる彼女が、小道で、大通りで、なにかの事故で苦しまずに死んでくれたらと願った[21]。

同じ『失われた時を求めて』の「消え去ったアルベルチーヌ」で、語り手は、三面記事を読みながらスワンと同じことを願うなんて自分にはできなかったと述べている[22]。みずからの想像の中で、もしくは三面記事を読みながら、オデットがこんな事故で死んでくれたらと願うスワン。そこには、新聞を読みながら「この事故があいつに起きていたら」と考える、犯罪生成過程第1段階にある人間の姿がぼんやりと重なりはしないだろうか。その後、スワンは研究も交友関係もすべて断ち切り、ただオデットのことだけを考え、マホメット2世という、愛する女性を殺した王に強い関心を示すようになる。そしてついにスワンは、オデットの目をえぐり頬を切り裂く夢を見るのである。このことは、彼が一種の危機的段階にまで到達していたことをうかがわせるだろう。そしてこの夢から覚めたとき、つまり一種殺人と同じ価値のものを得たことによって、スワンはこの病的な状態から完全に抜けきるのである。

　今度はプルーストからさらに時代をさかのぼり、ヴィクトル・ユゴーを見てみよう。1847年の夏、ある事件が上流社会を驚かせる。プララン公爵が妻を殺害したのである。犯行は謀殺であるとされ、人々はプラランの凶暴さに驚きおののいた。しかしユゴーは、プラランは特別なのではない、むしろ誰しもが彼のようになりうるのだと日記につづった。プラランは事件の前夜に妻の殺害を思い立ったのだとされていたが、ユゴーによればそうではなかったのだ。ユゴーは言っている。

　　犯罪を、まるで根気仕事であるかのように、まるで芸術作品であるかのように、望み、準備し、計画し、足場を組み、手はずを整えるといった、法的な予謀がある。
　　そして、無意志の予謀がある[23]。

ユゴーによれば、プラランの事件にはこの「無意志の予謀」が見られるというのだ。そしてユゴーは、同じような状況にあったとき、人がどのように犯罪に

至るかを描き出そうとしたのだった。ここに、ある仲の悪い夫婦がいるとする。いさかいが絶えない中、夫は、

> 新聞を読んでいて、こんな報道を目にする。「何々公爵夫人が亡くなられた」。彼は言う。「なんてことだ、あれは旦那さんを幸せにしていたいい奥さんだったのに！ なんて残念なことだろう、別のじゃなくて彼女が亡くなったなんて！ いい女房は先に行き、悪い女房は残るんだな」★24。

新聞記事などを読みながら、この事件があいつに起こったらと願う。まさにド・グレーフの言っていた犯罪生成過程の第1段階がここにはすでに描かれていることになる。さて、結婚生活に耐えられなくなった夫は、愛人を持つようになる。ところがそのことを妻に気づかれ、さんざんののしられてしまう。夫は独り言を言う。「誰かあいつから解放してくれたら1000フランだってやるのにな！」★25。ここで夫は、みずから手を下そうとまでは思っていない。そのためド・グレーフの理論で言うならば、まだ第2段階にあるということになるだろう。しかし妻は夫を、愛人のことで情け容赦なく責め続ける。そのうちに夫は、こうぶつぶつと口にするようになる。「あいつも気をつけたほうがいいな！すずめみたいに首をへしおってやるんだから」★26。ここまで来ると、言ったこととすることの間にはもはやあと一歩の距離しかないとユゴーは言う。

> 実行へと彼をいざなうのに必要なのは、もはやほんのちょっとした口論である。すでにいっぱいになっている花瓶をあふれさせる一滴である。いっぱいになっているとは？ 何によっていっぱいになっているのか？ 一滴一滴、恨みから恨みへと、この心におそらくは何年もかけて浸透してきて、当の殺人犯でさえ知らないうちに練り上げてきたため理解していない、無自覚の予謀である★27。

ユゴーの言うところの、花瓶をあふれさせる最後の一滴。これはド・グレーフの理論においては、第3段階にあって人を実行へと押し出す、被害者のほんのわずかな一言に相当するだろう。
　ユゴーが描く、夫がのぼってきた階段の一段一段。そしてド・グレーフが描く、犯罪者が歩んできた段階。両者の類似点には驚かされるばかりであるが、

そもそもユゴーがこの話を日記に書こうとしたその理由自体が、ド・グレーフのそれと似通っていた。ド・グレーフは、犯罪者が、自分たちとは異なる人間として描かれていることに抵抗した。ユゴーは、プラランが、特別に凶暴な人間であるかのように語られていることに抵抗したのである。そしてユゴーは、プラランの立場に立って、すなわち防御本能ではなく共感本能を持って、同じような立場に置かれた人間の姿を描き出したのだった。

このように、文学は犯罪者の心理を描き続けてきた。その文学にド・グレーフは目を向け、みずからの理論がすでに描かれていたことに気づいた。そして文学の中に、また別の犯罪学的発見がかくされている可能性をも示したのだった。

おわりに

19世紀以降、フランスの犯罪に関する知は、犯罪者に対する社会の防衛を第一の目的として発達してきた。こうした「防御の犯罪学」に異議を唱え、ド・グレーフは「共感の犯罪学」を打ち立てた。そしてその一環として、自身の犯罪学理論を文学作品を例に説明するとともに、みずから文学作品を執筆しさえしたのだった。

ド・グレーフはまた、作家たちによる犯罪者描写についても、同時代の犯罪学者たちのように学問的でないとして退けるのではなく、犯罪学的発見がかくされているのかもしれないとして目を向けようとした。19世紀初頭に交差し、その後離れてきた犯罪に関する知と文学の視線。両者は1世紀を経てふたたび交差することとなったと言えるだろう。

その後、ド・グレーフの活動は大きく評価されるようになり、1950年の国際犯罪学会は、ド・グレーフを学術委員長に任命した。19世紀来の防御の犯罪学に対する共感の犯罪学が、世界的に認められた瞬間だった。犯罪者を客観的にだけでなく主観的にも眺めようとするド・グレーフの姿勢は、現在、ルーヴェン（ルーヴァン）大学の犯罪学講座で受け継がれているほか、ローラン・ムキエリ編著の『フランス犯罪学史』の中でも大きく取り上げられている。

注

★1　Jean Pinatel, *Etienne de Greeff (1898-1961)*, Cujas, 1967 ; Christian Debuyst, « Les Différents courant psychiatriques et psychologiques en rapport avec les savoir criminologiques », dans *Histoire des savoirs sur le crime et la peine*, t. II,

Bruxelles, De Boeck, 1998 ; Debuyst, « Etienne de Greeff. Une analyse complexe du comportement délinquant », dans Laurent Mucchielli (dir), *Histoire de la criminologie française*, L'Harmattan, 1994.

★2　変質は 1814 年、パンクックの医学辞典で説明されている。だがそこでは変質は退化 dégénération の同義語とされていた。1869 年になってようやく、シジスモン＝フラン ソワ・ジャクーの医学辞典の中で、変質は遺伝とからめて説明された。1873 年のエミ ール・リトレとシャルル・ロバンの医学辞典では「人類の肉体的、知的、精神的変質」 にも言及されている。他方、アカデミー・フランセーズの辞書では、やはり変質は退化 の同義語として説明されているものの、すでに 1835 年の段階で、このような例があげ られている。「植物の、動物の、人種の、人類の退化」。Une société de médecins et de chirurgiens, *Dictionnaire des sciences médicales*, Panckoucke, 1812 ; Sigismond-François Jaccoud, *Nouveau dictionnaire de médecine de chirurgie pratique*, J-B. Baillière, 1864-86 ; Emile Littré et Charles Robin, *Dictionnaire de médecine,* J. B. Baillière, 1873 ; *Dictionnaire de l'Académie française*, Firmin Didot frères, 1835.

★3　Cf. Mucchielli, « Hérédité et milieu social. Le faux antagonisme franco-italien. La place de l'école de Lacassagne dans l'histoire de la criminologie », dans Mucchielli (dir), *op. cit.*

★4　Colette Becker, « Zola et Lombroso. A propos de "La Bête humaine" », intervention au colloque « Cesare Lombroso e la fine del secolo. La verità dei corpi » à Gênes, http://www.farum.it/publifarumv/n/01/becker.php, 2005.

★5　Enrico Ferri, *Crimes dans l'art et dans la littérature*, Félix Arcan, 1897, p. 103.

★6　すでに 1921 年からこうした方法は取られていたが、そのときは監獄の一部がその監禁 に充てられていた。これを、政府の管理する施設もしくは特別施設で行なおうとしたの が社会防衛法案である。監獄か精神病院かではなく、その中間施設を設けるこの法案は、 犯罪者か狂人かではなく、犯罪者で狂人（つまりは社会にとって危険な者）を創り出す 法律だったのである。Yves Cartuyvels, Brice Champetier, Anne Wyvekens. « La défense sociale en Belgique, entre soin et sécurité. Une approche empirique », *Déviance et société*, 2010, 34 (4), pp.615-645.

★7　Etienne de Greeff, « La Psychologie de l'assassinat », dans *Revue de droit pénal et de criminologie*, t. XV (1), Bruxelles, Union belge et luxembourgeoise de droit pénal, 1935, p. 153.

★8　Id., *Les Instincts de défense et de sympathie*, PUF, 1947, p. 112.

★9　*Ibid.*, p. 100.

★10　Id., *Amour et crime d'amour* (1942), Bruxelles, Dessart, 1973, p. 269.

★11　Raoul Allier, *La Psychologie de la conversion chez les peuples non civilisés*, Payot, 1925.

★12　たとえば囚人作家の一人であるイポリット・レナルは、まわりの囚人を半裸で血に飢 えた未開人に、自身をロビンソン・クルーソーにたとえている。また、監獄視察官のシ

ャルル・リュカは、教育を施さなければ囚人は未開の状態に戻ってしまうだろうと危機感をあおっている。Hippolyte Raynal, *Malheur et poésie*, Perrotin, 1834, pp. 171-172 ; Charles Lucas, *De la réforme des prisons en France*, t. II, Legrand et Descauriet, 1838, pp. 12-13.

★13　De Greeff, « La psychologie de l'assassinat » (3), p. 229.

★14　Christian Debuyst, « Les Différents courants psychiatriques et psychologiques en rapport avec les savoirs criminologiques », p. 462.

★15　De Greeff, « La psychologie de l'assassinat » (3), pp. 227-228. これはあくまでド・グレーフがみずからの理論を説明するためにあげている例であって、本来ならばこの最終章は単独で分析されるべきではないことをつけ加えておく。1922 年の『癩者への接吻』で、ノエミは、再婚しないという条件で夫と義父の遺産を相続できることになっており、実家の貧しい両親は自分が再婚することを望みはしないだろうという理由から義父と住み続けることになる。1932 年に発表された最終章は、その 20 年後という設定である。義父の世話を続けるノエミは町の人々から聖女であると言われているが、じっさいにはそれは上に述べたような消極的な理由からであって、なかなか死なず、ますますわがままになってゆく義父がいなくなることを心の中では願っている。しかし義父が消化不良にもかかわらず無事であったことを知ったとき、ノエミは落胆するのではなく、ほっと胸をなでおろす。そして母親のような態度で義父の布団を直し、そっと部屋から出てゆくのである。このように最終章では 1922 年の作品で残されていた問題に光が当てられ、ノエミはようやく「癩者への接吻」を成し遂げるのである。

★16　Id., *La Nuit est ma lumière*, Seuil, 1949, pp. 18-19.

★17　*Ibid.*, p. 216.

★18　Id., *Le Juge Maury*, Seuil, 1955, p. 298.

★19　Id., *Amour et crimes d'amour*, pp. 313-314.

★20　*Ibid.*, p. 309.

★21　Marcel Proust, « Du Côté de chez Swann », *A La Recherche du temps perdu*, t. I, Gallimard (Pléiade), 1987, p. 282.

★22　Id., « Albertine disparue », *A La Recherche du temps perdu*, t. IV, Gallimard (Pléiade), 1989, p. 58.

★23　Victor Hugo, *Choses vues 1847-1848*, édition d'Hubert Juin, Gallimard (Folio), 1972, p. 159.

★24　*Ibid.*, p. 166.

★25　*Ibid.*, p. 167.

★26　*Ibid.*, p. 167.

★27　*Ibid.*, p. 168.

第４章

動物と犯罪

アレクサンドル・ラカサーニュ（1843-1924）の「動物犯罪学」とその挫折

橋本 一径

1　動物は罪を犯すか

　動物は犯罪者になることができるだろうか。仮にこのような問いが発されたとしたら、それをナンセンスとして退けるのが、常識的にも法的にも賢明な態度であるに違いない。犯罪とは、法的に人格として認められた主体のみが犯すことのできる、言わば特権的な行為であり、たとえ馬や牛が物を破壊したり人や動物を傷つけたりしたとしても、責任を問われるのはその馬や牛の所有者であって、馬や牛自身の行為のうちには、いかなる犯罪性も認めることは不可能である。馬や牛は法的にはあくまで「物」であるにすぎず、それらの犯罪を語ることは、机や椅子の犯罪を語るのと同じくらい不条理なことだ。だから動物を「犯人」として持つ探偵小説の古典であるエドガー・アラン・ポーの『モルグ街の殺人』（1841）について、並木士郎が以下のように述べるのは、きわめて正当なことである。

　　E・A・ポーの "The Murders in the Rue Morgue" はふつう「モルグ街の殺人」もしくは「モルグ街の殺人事件」と訳されるのだが、実際には刑法上ないし一般的な意味での殺人事件が作中で起こるわけではないのだから、少なくとも「モルグ街の殺人事件」という訳題は一見不適当のようでもある。誰に命じられたわけでもなく勝手に飼い主のもとを逃げ出し、勝手にモルグ街の邸に侵入して女性二人を惨殺したオランウータンを「殺人者」と呼ぶのは適切ではなかろうし、獣にすぎぬ「彼」のしでかした騒

59

ぎは「殺人事件」というよりは事故・災害の範疇に含められるのが通常だろう[1]。

　しかしながらアレクサンドル・ラカサーニュ（Alexandre Lacassagne, 1843-1924）によれば、動物の犯罪を考察することは、ナンセンスであるどころか、法医学者や犯罪人類学者が早急に取り組まなくてはならない、喫緊の課題である。「動物の解剖学や病理学が人間の性質の理解に貢献してきたことを、認めるのは容易だろう」[2]。1882年の『科学雑誌』に掲載された論文「動物における犯罪性」においてこう述べるラカサーニュは、だとすればなぜ法医学や犯罪科学も同じことを試みないのかと憤る。「法医学者や犯罪科学者が、人間によってなされた犯罪の理解を深めるために、動物における犯罪を研究してみようとは、未だに考えていないのはどういうことなのだろうか」[3]。こうした状況を打ち破るためにラカサーニュ自身が投じた一石こそ、1882年発表のこの論文に他ならなかった。

　とはいえラカサーニュの投じたこの一石は、どうやらさしたる波紋を呼ぶことなく終わってしまったようだ。同論文は同じ年に、若干の文献を補足されて、リヨンの印刷店ブルジョン社から小冊子として刊行されたものの[4]、彼自身がその後この問題に再び本格的に取り組んだ形跡はなく、動物の犯罪研究は、たとえば犯罪者の筆跡やタトゥーの研究のような、ラカサーニュが生涯にわたって取り組んだテーマの仲間入りをすることはなかった[5]。ラカサーニュを中心に1886年から刊行の始まった『犯罪人類学雑誌』*Archives d'anthropologie criminelle* においても、このテーマが彼や他の論者たちによって取り上げられることはなく、ラカサーニュ教授率いるリヨン大学医学部がヨーロッパにおける犯罪人類学のメッカとして名声を高めていくのとは裏腹に、かつて彼が訴えた動物の犯罪研究の必要性は、「動物犯罪学」とでも呼ぶべき一分野に結実することもないまま、やがて忘れ去られてしまったようである。

　このような「動物犯罪学」の頓挫は単に、動物において犯罪を問題にすることが、やはりナンセンスであったのを物語っているにすぎないのかもしれない。ここで明らかにしようとするのはしかし、動物の犯罪を問うことは、若きラカサーニュが主張していたように、犯罪人類学にとって不可避とも言えるような、本質的な問いを孕んでいたということである。そしてその問いは本質的なものであったからこそ、問われることなく終わってしまったということだ。そのことはすなわち、「動物犯罪学」を打ち立てることのできなかった犯罪人類学そ

のものの、根本的な欠陥を示唆してもいるだろう。だが先を急ぐ前に、まずは
ラカサーニュが 1882 年に提唱した動物における犯罪研究が、いかなるもので
あったのかを見ておくことにしよう。

2　ラカサーニュの「動物犯罪学」

　動物が犯罪者として法の裁きを受けるということならば、たとえば西洋にお
ける中世の動物裁判などのように、古今東西において様々な例が知られており、
必ずしも珍しいことであったとは言えない。もちろんラカサーニュもそのこと
について無知であったわけではなく、論文の中でも彼は、人を傷つけた牛に対
する裁きを記した『出エジプト記』の記述に始まり、人間の子供を食い殺した
罪で死刑になった、14 世紀のノルマンディ地方の雌豚の例などを列挙してみ
せている。だがラカサーニュによれば、こうした例において問題とされる動物
の犯罪は、「まったくもって誤った考え方」に基づいているという。なぜなら
そこで犯罪とされているのはいずれも、動物が人間に対して犯した行為に限ら
れていたからだ。

　　　われわれの時代に至るまで、動物によってなされた軽罪や犯罪については、
　　　まったくもって誤った考え方がなされていたことも明らかとなった。動物
　　　の他の動物に対する行為は、ほとんど注意を払われることがなく、通報さ
　　　れるにも及ばないかのようであった。だからその道徳的な射程について検
　　　討しようなどとは、誰も考えようとはしなかったのである。動物が裁かれ、
　　　罰されるのは、人間や社会に危害を加えたときだけだったのだ★6。

　つまりラカサーニュが提案するのは、これまでのような人間が被害者となる
動物の行為ではなく、動物が動物に対して及んだ「犯罪」を考察することであ
る。「動物たちによるある種の違法行為を科学的に研究して、人間たちが犯し、
われわれの法によって処罰されている、同様の行為と比較するべき時期が訪れ
たようである」★7。ではその「ある種の違法行為」とは、具体的にはいかなる
行為なのであろうか。ラカサーニュは動物の本能を「摂食本能」「生殖本能」「母
性本能」「破壊本能」、さらには「虚栄本能」「社会性本能」に区分し、これら
の本能が過剰となるあまり、他の動物に対して害を及ぼしてしまうような行為
を、動物による犯罪行為とみなして、それぞれの本能について、具体例を提示

してみせる。たとえば「摂食本能」に関しては、あらゆる動物で日常的に見られるという食料の盗難がそれにあたる。

　とりわけ多くの紙幅を割いて論じられるのが、「生殖本能」に関する「犯罪」である。雄について言えば、雌の取り合いに由来する暴行は、狼のほか、牛や羊など「普段はおとなしい」[8]反芻動物でも、激しい格闘に及ぶことがあるという。また人間の世界ならば強姦に相当するような強引な性行為に及ぶことがあるとされているのは、鳩や若い種馬である。ラカサーニュは自慰行為もこうした「性犯罪」に加えており、猿のほか馬や牛、熊や犬もそれに及ぶことがあるとされる。さらには「雄同士の関係」[9]については、馬や牛、犬などの、「まだ雌を知らない」若い個体において、「絶えず試みられている」[10]。だが雌については、こうした「生殖本能」に由来する「犯罪」は、雄よりもはるかに少ないという。発情期の雌犬や雌猫が下半身をこすりつける行為が、自慰と呼べるかどうかは、ラカサーニュも疑問であるとしている。それでも雌に特有の「犯罪」としてラカサーニュが特記するのが「色情症」であり、中には「他の種の個体」を追い求める雌もいるが、「雄が自分の種に属さない雌を求めることは極めて稀」[11]なのだとされる。

　「母性本能」に関する「犯罪」の例としてラカサーニュが主に挙げるのは、むしろその本能の欠如としての、育児放棄や子殺しである。また「破壊本能」の帰結として挙げられるのは、犬と猫の間のような、競合関係にある種同士の暴力のほか、飼い主から乱暴を受け続けた家畜などが見せる破壊行為であり、これらは「復讐による殺人的動物」[12]と呼ばれている。最後の「虚栄本能」および「社会性本能」については、動物よりも人間に顕著であるとされるものの、いくつかの動物については、これらの本能に由来する「犯罪」が見られることもあるという。たとえばラカサーニュが「虚栄本能」の帰結だとみなすのは、日ごろ飼い主とその友人には従順な犬が、貧乏人に対しては獰猛になるというような例である。また「社会性本能」の「犯罪」とは、集団生活を営む動物が、他の動物や人間を出し抜くために及ぶ行為などである。ラカサーニュが挙げるのは、集団で暮らす犬の一匹が、冬の寒い日に暖炉の近くの場所を独占するために、遠くの中庭で騒ぎ声をあげて他の犬たちの注意を引いてから、自分だけ家の中に戻って特等席を確保する、というようなエピソードだ。

3　犯罪から犯罪者へ

　ラカサーニュが挙げる以上のような例は、とりわけ「自慰」や「同性愛」な
ど、今日のわれわれからすれば「犯罪」と断定するには躊躇われる行為も多い
が、それは彼がここで「犯罪」を、あくまで本能によって引き起こされる行為
として扱っているためである。そしてそれは当時ラカサーニュを中心に産声
を上げつつあった「犯罪人類学」の基本テーゼとも言える、「犯罪は相対的で
ある」[13] という考え方を反映したものだった。つまり犯罪とは誰もが同じよ
うに犯す可能性のある行為ではなく、一部の人間は、遺伝的に受け継がれた本
能によって、普通の人間よりも犯罪行為に及びやすいとする考え方である。こ
うした傾向を持つ人間は、「変質者 dégénéré」あるいは「生来性犯罪者
criminel-né」といった用語で名指されることになる。後者の語はとりわけチ
ェーザレ・ロンブローゾ（Cesare Lomboso, 1835-1909）の影響で人口に膾
炙するものとなり、「犯罪人類学」は、犯罪者の遺伝的・身体的形質を重視す
るこのロンブローゾらのイタリア学派と、環境の影響を強調するラカサーニュ
らのフランス学派とに分岐することになるが、いずれも犯罪の相対性を前提と
する立場であることに変わりはない。
　「人類学者にとって犯罪者とは、二つの水準の影響によって、不均等ながら
絶えず刺激を受けている存在である。つまり内在的、個人的な影響と ［…］、
外在的、社会的な影響である」[14]。フランス学派の立場を代弁しながらこの
ように述べるルグラン医師が批判するのは、「犯罪とは完璧に定義された、議
論の余地のないひとつの事柄」[15]であると考える、古典的な刑法の立場である。
この立場によれば、諸々の犯罪行為にはそれぞれに固有の「価値」があるので、
各人の自由意志によりその行為に及んだ者は、その「価値」に応じた一定の刑
罰という代価を支払うことになる（あるいは心神喪失などのため自由意志が不
在であると判断されれば、刑罰を免除される）。ところが犯罪人類学の立場か
らすると、同じ犯罪行為でも、それを犯した人物の遺伝的・環境的な背景によ
って、個人が負うべき責任の大きさは異なるので、その責任に見合った大きさ
の刑罰が、その都度宣告されなければならない。「刑罰の幅は、侵された危険
の幅に見合ったものとされるべきである。なぜならあらゆる刑罰の値段は、犯
罪の価値の正確な見積もりと ［…］ 責任の度合いの見積もりが前提とされるか
らだ」[16]。

犯罪の価値を常に一定に見積もる古典的な刑法の立場に対する批判は、フランス学派とイタリア学派が共に分かち持つ姿勢だった。ロンブローゾと並んでイタリア学派を代表したエンリコ・フェリ（Enrico Ferri, 1856-1929）は、これまでの刑法学者たちが、犯罪者よりも犯罪にばかり目を向けてきたとして非難する。

　　刑法学者たちは最近まで犯罪者を研究してこなかった。彼らは自らの注意のすべてと、自らの空論の努力のすべてを、犯罪の研究に向けてきたのだ［…］。古典的な法解釈は、C・ベッカリーアから F・カララに至るまで、犯罪にばかり専念してきた。犯罪の首謀者たちは闇に捨て置かれて、他のあらゆる人間と同じような、唯一の平均的な人間のタイプに帰属させられてきたのである［…］★17。

　こうした古典的な刑法学の欠落を埋めるべく、「犯罪者の肉体的・心理的な構成の研究」★18 に打って出たのが、犯罪人類学というわけである。フェリによれば、ロンブローゾらによって 19 世紀末に犯罪人類学が打ち立てられるまで、闇にとどめおかれてきた犯罪者に、かすかな光を当て続けてきたのが、文学を始めとする芸術に他ならなかった。文学はその意味で、犯罪人類学の先駆者ということになる。

　　ただ芸術だけが、現実のより近くに寄り添い、現実からより直接的に示唆を得ながら、重罪院における雄弁な弁論や、情熱的な劇、小説の中で、犯罪の人間的な分析を試みてきたのである。だからこそ芸術はしばしば、とりわけ心理的な観点において——時には天才的な明快さで——犯罪人類学のデータを先取りしてきたのである★19。

　こうしてフェリが称賛するのは、たとえばシェイクスピアの天才である。「シェイクスピアの作品は、くみ尽くせないほどの豊かさのつまった鉱脈である」★20。犯罪人類学が近年になって明らかにした新たな発見すら、彼の作品に先取りされていることがあるという。『マクベス』に描かれたマクベス夫人の姿などが、その例である。

　　マクベス夫人は夫よりも冷酷、非情で残忍に描かれている。そして犯罪人

類学が明らかにしてくれたのは、女性は男性よりも犯罪に及ぶことが少ないにしても［…］、より残酷で、執拗に再犯に及び、悔い改めることが男性よりも少ないということである。［…］実際、ロンブローゾ、セルジ、オトレンギの各氏が実験的に証明したように、女性たちの感受性は男性よりも少ないのである ［…］★21。

とはいえフェリに言わせれば、犯罪人類学の達成に匹敵するほどの作品を生み出すことができたのは、シェイクスピアなどのごく一部の天才に限られた話である。こうしてたとえばヴィクトル・ユゴーが描く犯罪者像は、「犯罪生活の直接的・実証的な観察という確かな導き役」★22 を欠いているとして、むしろ非難の対象となる。とりわけ『死刑囚最後の日』(1829) に描かれた囚人像は、「実験的な観察ではなく作家の空想に由来する」★23 ものだとして切って捨てられる。ユゴーがそこで描くのは、自らを待ち受ける断頭台のことだけしか考えられなくなり、「精神から他のあらゆる思考や感情が追い払われ」★24 てしまった死刑囚の姿だが、犯罪人類学の観察が、死刑執行間際の囚人に見出すのは、そのような激情にかられる姿ではなく、むしろ「病的無関心 apathie」と言われる、無感覚の状態である。

死刑がまだ実施されている国々において、極刑送りにされる人々というのは［…］、常に生来性犯罪者か、そうでなくとも極めて凶悪な犯罪者たちである。［…］したがってこれらの囚人たちは異常な人間たちである ［…］。そして彼らを犯罪へと導いた異常は、死を前にして、芸術家や一般人が想像するのとはまったく異なる心理的な態度を引き起こすのである。実際、犯罪心理学者たちが数々の資料の中の司法記録に見出すのは、死刑執行に際しての殺人者たちの病的無関心である。この病的無関心を、素人は勇気と呼ぶが、これは犯罪者の先天的な無感覚の新たな証拠であり、彼らの心理的・道徳的異常の明白な証明である★25。

フェリはこのように述べてから、1889 年にパリで自らが死刑執行に立ち会った際の観察記を開陳し始めるのだが、その詳細について立ち入るには及ぶまい。注目しておくべきなのはむしろ、フェリがここで大半の死刑囚をそこに分類している、「生来性犯罪者」（伊：delinquente nato 仏：criminel-né）というカテゴリーである。もともとはフェリが考案し、ロンブローゾに取り入れ

られることによって★26、犯罪人類学、とりわけイタリア学派の代名詞として
広く知られることになった、この「生来性犯罪者」の「発見」こそが、フェリ
によれば犯罪人類学の最大の成果のひとつである。すべての犯罪者を、「生来
性犯罪者」「狂人犯罪者」「獲得的習慣による犯罪者」「情念による犯罪者」「偶
然による犯罪者」の五つのカテゴリーに分類してみせるフェリは、最初のカテ
ゴリーであるこの「生来性犯罪者」が、「ごく最近になって科学により全貌を
明らかにされた」ばかりであるので、「芸術作品の中に見出されることがあま
りないのは当然」★27 だと述べる。フェリの言うように死刑囚の大半が生来性
犯罪者であるとするなら、ユゴーがその特徴を捉え損なったのも無理はないと
いうわけだ。文学がこの生来性犯罪者を適切に描けるようになったのは、「犯
罪人類学に着想を得た」★28 作品、とりわけエミール・ゾラの作品が登場して
からのことにすぎない。

> 『獣人』は、ゾラ氏が自ら公言しているように、ロンブローゾ氏の『犯罪
> 人』から着想を得て、それに導かれた小説であるが、この小説は芸術と科
> 学との連帯についてのもっとも近代的な資料のひとつである。[…] ゾラ
> 氏が『獣人』において、生来性犯罪者の病理的な類型を初めて芸術に取り
> 入れ、シェイクスピアやドストエフスキーによって見事に描かれて今では
> ありきたりになってしまった、狂人犯罪者や情念による犯罪者の類型に代
> わるものとして以来、小説家たちは、自らの空想の産物に人類学的な基盤
> を与えようと努力してきた★29。

4　怪物的犯罪者

　刑法学者らが犯罪にばかり注意を向ける中、芸術家たちは犯罪者に着目し、
来たるべき犯罪人類学を先取りしてきたが、そこに描かれてきたのは結局のと
ころ、シェイクスピアらの天才をもってしても、「狂人犯罪者」や「情念によ
る犯罪者」のような、「素人の目にもわかりやすい」★30 類型であるのがせい
ぜいだった。文学が「生来性犯罪者」を描き出せるようになったのは、ロンブ
ローゾらの犯罪人類学が、ようやくその姿を十全に明るみに出して以来のこと
にすぎない。つまりフェリによれば、犯罪者の描写において科学に先行してき
た文学は、犯罪人類学の登場によって、今やそれを追随するにすぎなくなった。
だが文学によっては捉えることができず、ただ犯罪人類学だけが見出すことの

できた「生来性犯罪者」とは、つまるところ何者なのか。名付け親であるフェリの定義はこうである。

　1881年に私が生来性犯罪者の名を与えた犯罪者とは、遺伝的な変質（dégénérescence）、病理的な異常（犯罪的ノイローゼ）の諸条件の犠牲者であり、こうした異常は生物学的な劣等性——白痴、狂気、自殺など——だけにはとどまらずに、環境の圧力が加わった場合には、反社会的・暴力的な力に変化するのである★31。

　フェリがここで生来性犯罪者の特徴として挙げる「変質」という概念は、とりわけ19世紀後半において、個人の身体的・精神的特徴ばかりではなく、世紀末的な空気の中で文化や社会の衰退を表すキーワードとして、広く用いられた用語である★32。もともとは博物誌において環境などによる種の特徴の変化を意味したこの語は、とりわけB・A・モレル（Benedict Augustin Morel, 1809-1873）が1857年に刊行した『変質論』*Traité des dégénérescences*以来、精神医学の用語として定着することになった★33。しかし1913年にこの語の歴史についての博士論文を刊行したジェニル＝ペラン医師が、「変質」という概念の「成功の理由はその不正確さ」★34にあると看破したように、犯罪人類学者の中でも、この用語の定義は論者によって少なからぬ齟齬が見受けられる。ロンブローゾを始めとするイタリア学派においては、この語は「先祖返り atavisme」や「退化 régression」に近い意味を持つ概念である。つまり「変質」を遺伝的に受け継いだ「生来性犯罪者」は、進化の階梯を逆戻りした、動物に近い存在ということになる。ロンブローゾの『犯罪人』（第3版以降）が、冒頭に「下位器官の犯罪」と題する章を掲げて、植物や動物における「犯罪」を論じるのはこのためである。そこに挙げられているのは、すでに紹介したラカサーニュの論文と同じような、たとえば以下のような例である。

　しかし動物においては、人間と同様に、熱情による犯罪でもっとも頻繁なのは、恋愛を原因とするものである。普段は用心深い象が、発情期にはちょっとした刺激でも怒り狂うのはこのためである★35。

　ロンブローゾがこうした動物と人間との比較によって導き出そうとするのは、「犯罪は器官の諸条件と結びついている」★36ということである。つまり

ロンブローゾにとって犯罪とは、犯罪者の自由意志に基づいてなされる行為ではなく、器質的な条件によって、やむにやまれず引き起こされてしまう行為だ。生来性犯罪者は、たとえば発情期の象が暴力行為に出るのと同じように、本能に任せて反社会的行為に及んでしまっているにすぎない。要するにロンブローゾにおいて犯罪者とは、「変質」によって人間という種を逸脱してしまった、動物的な存在のことなのだ。

　冒頭で動物の犯罪を列挙した『犯罪人』が、続く第2章では「未開人の犯罪と売春」を取り上げていることが端的に示すように、ロンブローゾにおいて、生来性犯罪者を、「変質」により進化の階梯を転がり落ちた者とみなそうとする意図は明白である。フランス学派からすれば、このように「変質」を短絡的に「先祖返り」や「退行」と結びつけてしまう点が、イタリア学派の稚拙さのひとつだった。フランス学派を代弁するルグラン医師の声に、再び耳を傾けてみよう。

　　　先祖返りの理論は、犯罪者の身体および精神と、種の祖先に当てはまる身体および精神との間に存在するように見える類似関係を拠り所にしている。犯罪者は、現代文明の中に紛れ込んでしまった野蛮人、未開人なのだという。先祖たちはわれわれよりもより犯罪的で、彼らはわれわれが現代の犯罪者に見出すような、悪徳や本能、情念や性癖を有していた。
　　　これこそ極めて奇妙な考え方である。何を根拠に、先祖たちの犯罪率が今日よりも高いなどと言えるのだろうか。現代人に都合のよいこのような断定には、いかなる科学的な根拠があるのだろうか。そもそもどの先祖のことを問題にしているのだろうか。今日の犯罪者と比べられる犯罪的先祖は、どこから始まり、どこで終わるのだろうか★37。

　とはいえフランス学派にしても、「犯罪性はしばしば身体的・精神的な変質と関連している」★38 とした精神科医シャルル・フェレ（Charles Féré, 1852-1907）の著作『変質と犯罪性』（1888）などに依拠しながら、「変質」を犯罪者の特性として重要視してきたことに変わりはない。イタリア学派が非難されるのは、その「変質」を古代人や未開人の特性と結びつけた点につきる。そしてフランス学派も、未開人を犯罪者と結びつけることを、人道的に非難しているわけではないことは注意が必要である。当時まだ仏訳のなかったロンブローゾ『犯罪人』の第3版を、1885年に批判的に紹介したガブリエル・タル

ド（Gabriel Tarde, 1843-1904）にとって、犯罪者を未開人や古代人と同一視することが矛盾するのは、進化の速度がそれほど早いものではないからだ。「われわれが祖先たちと比べて、平均的に見てより道徳的な特性を持って生まれてくるわけではないのは、文明化しつつある社会の道徳的な進歩は、知性の進歩よりも遅く、不確かであることを見ればわかる」★39。さらにタルドは、女性が男性に比べて、身体的・精神的な特徴が「未開人に近い」★40 にもかかわらず、犯罪率が高くはないことを指摘しながら、「われわれの祖先について考えを持ちたいのなら、殺人者や常習的窃盗犯ではなく、女性を見なければならない」★41 と言い放つ。

　つまりタルドにとって生来性犯罪者は、未開人や古代人ですらなく、それよりもさらに逸脱した存在である。端的に言ってそれは「怪物」なのである。

　　要約すれば、現代もしくは先史時代の未開人との、解剖学的・生理学的
　　──社会学的ではなく──な類似にもかかわらず、生来性犯罪者は、未開
　　人でもなければ、狂人でもない。それは怪物であり、多くの怪物がそうで
　　あるのと同様、人種や種の過去への退行という特徴を示すが、それらの特
　　徴の組み合わせが異なっているのであり、このサンプルからわれわれの祖
　　先について判断を下すのは差し控えなければなるまい★42。

　実際のところ、タルドがこの論文を記したのは、「怪物的」と形容される殺人犯の残虐な犯罪が、新聞紙上などをしばしば賑わせていた時代だった。古くは 1836 年に絞首刑となったピエール・ラスネールに始まり、「パンタンの虐殺」として知られる 1869 年の一家 8 名殺害の首謀者ジャン＝バティスト・トロップマン、そしてとりわけ、13 名の男女の暴行と殺害を自供し、1898 年に処刑されたジョゼフ・ヴァシェについては、ラカサーニュも精神鑑定に加わり、有罪判決に少なからぬ影響を与えたと考えられる。「ラスネールやトロップマンがそうだったように、ヴァシェは怪物であり、説明はそれだけでほぼすべてついてしまう」★43。彼らを「怪物」と形容するのは、その猟奇性をセンセーショナルに掻き立てるメディアの煽り文句という側面も多分にあるものの、それが「生来性犯罪者」や「変質」といった犯罪人類学の概念とも無縁ではないのは、こうした「怪物」には、責任能力があるとみなされていたからである。つまり彼らは心身喪失状態で凶行に及んでしまった狂人ではなく、自らの行動を理解しながら冷静に連続殺人を犯す、「シリアル・キラー」である★44。そして

犯罪人類学者が主張していたのも、「生来性犯罪者」や「変質者」が、「狂人」ではないということだった。ラカサーニュがヴァシェの鑑定において強調したのもこの点である。

　　証言台のラカサーニュ氏が検討したのはとりわけ、サン＝ロベール精神病院の出所から逮捕までにかけての、ヴァシェの人生における犯罪的期間である。彼が明らかにしたのは、ヴァシェが犠牲者の命を奪うために用いた方法は常に同じで、各犠牲者には言わばヴァシェの介入の署名が残されているということであり、それから彼は犯罪の完遂のために用意された状況や配慮について強調して、首謀者が衝動的な発作によって行為に及んだのではなく、自らの行為や、それが招く帰結を完全に自覚していたことを明らかにした。
　　　最後に彼はサディスムという言葉の意味を陪審員たちに説明し、サディストでも責任能力を持ちうることや、サディスム自体が責任無能力や狂気を意味するわけではないことを論証した[45]。

　狂人ではない以上、自らの凶行に対して何らかの責任を持つはずのこの「怪物」は、一方で「変質」により生まれつき犯罪的傾向を植え付けられてもいるため、健常者と同じ刑罰を課すのは不公平である。こうした複雑な存在に対して、法廷はどのような回答を示すべきなのだろうか。犯罪人類学者の提案する現実的な回答は、酌量減軽という措置だった。

　　変質者は責任無能力であると同時に、責任を有してもいる。変質者である以上、原理的には責任無能力であるが、有害である以上、社会的観点からすれば責任を有している。変質者を責任無能力だと宣告することは、すでに述べたように、抑止を弱めることにつながる。なぜなら変質犯罪者の数は膨大だからだ。［…］社会的な観点のみに立って、変質者が責任を有すると宣告することは、裁判官を非常に困難な立場に置き、不公平な刑罰の適用を強いることになる。したがって現状からすれば、酌量減軽が適切であると、鑑定医が主張する必要がある[46]。

　ルグラン医師がここで提案する「酌量減軽」とは具体的には、「有害者を、その有害の度合に見合った期間監禁すること」[47]である。そして「裁判官に

はまだ有害の度合いに応じて量刑を定める能力がない」[48]ため、その判断は犯罪人類学に通じた鑑定医が行うべきである。ただ犯罪人類学のみが、「変質者」の姿を的確に見出すことができるというわけだ。それは狂人ではない、つまり責任能力を有する法的主体ではあるが、「変質」により人間という種から逸脱した存在でもある。それはまさしく「怪物」という、犯罪人類学が正常な人間と狂人との間に作り出した、新たなカテゴリーだった。

5 似非科学としての犯罪人類学

　犯罪人類学者たちは、この「怪物」の「怪物性」を証明するために、常人や狂人からそれを区別する精神的・身体的な異常を見出そうと努力することになる。『変質と犯罪性』の著者フェレが、ジュール・セグラとともに着目したのは、耳の形の異常である[49]。ピエール＝アドルフ・ルエが1889年にボルドー大学医学部に提出した博士論文に選んだテーマである、「変質者における生殖器の異常」[50]は、その後もエミール・ロランによる「犯罪性変質者の陰茎の異常」[51]についての研究に引き継がれているところを見ると、必ずしも特異な研究として片付けてしまうことはできないようだ。
　だがこの「怪物」が、「変質」によって人間という種を逸脱してしまった存在であるとするならば、人間の中にのみそれを探し求めるのではなく、他の種とそれを比較したり、あるいは他の種における「変質」を研究したりすることも、意義深いことであるはずではないだろうか。「変質」を精神医学の問題とした嚆矢である1857年の『変質論』の中で、モレルはすでに、「人類の変質についての研究は、諸々の有機的存在において変化や変形、悪化を生み出す諸原因の研究と、完全に切り離すことはできない」[52]と記していたのだった。だからこそアレクサンドル・ラカサーニュは、「狼の道徳は人間の道徳の解明に役に立つ」[53]と述べながら、動物における「犯罪」の研究の重要性を指摘していたのであり、同様にチェーザレ・ロンブローゾも、主著『犯罪人』の巻頭の少なからぬ紙幅を、植物や動物の「犯罪」をめぐる記述に割いたのである。つまり動物の犯罪研究は、「変質」と犯罪を結びつける犯罪人類学にとって、欠かすことのできない一部門となるべきはずのものだった。
　ところが、冒頭ですでに確認しておいたように、犯罪人類学はこの研究を放棄してしまう。それはつまり犯罪人類学が、動物は「犯罪」などとは無縁であるという結論に達したということを意味するのであろうか。しかし犯罪人類学

はむしろ、人間ならざる存在すなわち「怪物」を、犯罪の責任者に指名したのである。法的な人格以外の存在に、言わば犯罪への門戸を開いたのだ。犯罪が法の問題から生物学の問題に移し替えられたのだと言い換えてもよいだろう。だとすれば「怪物」の犯罪と、他の動物、たとえば馬や牛や犬や猫の「犯罪」を区別することは、原理的には不可能である。「怪物」の犯罪の責任を問おうとするのなら、馬や牛たちのそれも問われなければならないはずだ。たとえば馬車が暴走して歩行者を轢き殺したとすれば、馬主や御者だけではなく、馬自身の責任も問われなければなるまい。「動物犯罪学者」が法廷に招かれて、馬の発作が精神異常によるものか、あるいは「変質」によるものなのかが、鑑定にかけられるかもしれない。あるいはラカサーニュが示唆していたように、人に対する犯罪行為だけではなく、動物同士の犯罪が俎上に載せられ、犬の餌を横取りした猫の「窃盗」が、法廷で争われることになるだろう。犯罪人類学からの論理的な帰結として導き出されるのは、このような中世の動物裁判を彷彿させる世界のはずだった。

　「動物犯罪学」は、こうした世界を意識的ないしは無意識的に予測した犯罪人類学者たちによって、言わば抑圧されたのである。「変質」によって「怪物」になることができるのは、人間だけの特権にとどめおかれたのだ。しかしだとすれば「変質」は、もはや生物学的な妥当性を保持はしていない。「怪物」とは、アルテミスによって鹿に変えられたアクタイオーン、あるいは白鳥に姿を変えられたオデットのような、神話的なメタモルフォーズである。「動物犯罪学」を抑圧した犯罪人類学は、西洋的な人間中心主義の伝統に、無意識のうちに連なることにより、自らの似非科学としての馬脚を現したのだと言える。

　犯罪人類学が抑圧した世界を垣間見せてくれていたのは、結局のところ文学の方だったのかもしれない。だから『モルグ街の殺人』において探偵デュパンは、すでに殺人の首謀者がオランウータンであることを完全に理解しながら、友人の語り手と以下のようなやり取りを繰り広げる。

　　「誰か気狂いの仕業じゃないのか。きわめつけの気狂いが精神病院から脱
　　走してきたんだ」
　　「いくつかの点では」とわが友は答える。「君の見解は決して外れている
　　とはいえない」[54]

　犯人が人間であるという考えから抜け出せない語り手をからかうようなデュ

第 4 章　動物と犯罪

パンの戯言からは、オランウータンに狂気を認めることもやぶさかでない姿勢
も窺い知れるだろう。確かにここで問題となっているのはあくまで狂気だが、
狂気と犯罪が、犯罪人類学においても常に隣接していたことを考えれば★55、
ここでのデュパンに、動物の狂気や犯罪を見出そうとする、真の犯罪人類学者
の姿を重ね合わせて見ることも、あながち見当はずれとは言えまい。しかし現
実の犯罪人類学は、そのような姿を決して認めることができない。ラカサーニ
ュ教授の指導のもと、『エドガー・ポーの精神医学的研究』と題する博士論文
をリヨン大学医学部に提出したジョルジュ・プティが、すべてをむしろデュパ
ンの狂気、ひいては作者ポーの狂気に還元しようとするのはこのためである。

　　彼の物語の主人公たちはすべて、常軌を逸した水準で、作者の病的な好奇
　　心を引き継いでいる。『モルグ街の殺人』『盗まれた手紙』『マリー・ロジ
　　ェの謎』『黄金虫』において、デュパンとルグランに見いだせるのは、並
　　の人間なら立ち入ることができないと考えるような謎に深入りしようとい
　　う真の欲求であり、この欲求こそが、厳密な論理の手助けを受けて、極め
　　て複雑な網の目を、ほとんど奇跡的に解きほぐすことを可能にするのだ。
　　［…］この飽くことを知らない欲求は、病的なものであることが容易に推
　　測される★56。

　このように作品や生い立ちの犯罪人類学的な解釈を繰り広げたプティは、「ポ
ーは自らの不朽の名声を、アルコール中毒によって強められた精神的変質に負
うことになるだろう」★57 と結論づける。不朽であるかどうかはともかくとし
ても、ポーの作品が今日でも相変わらず広く読まれ続けているのに対して、犯
罪人類学の方は、「変質」という概念と合わせて、すでにその信憑性を失って
久しいようだ。したがって今日においてその似非科学性をあげつらうことは、
勝ち馬に乗るような挙措でしかないのかもしれない。しかしながら、「生来性
犯罪者」の学説史をたどったニコル・ハーン・ラフターの 1997 年の著作が、
現代では「犯罪の生物学的な理論が、再び真剣に注目され始めている」★58 と
述べるように、犯罪的傾向を DNA などの生物学的な要素に還元しようとす
る言説は、分子生物学や遺伝学の日進月歩を受けて、新たな勢いを獲得してい
るようにも見受けられる。だとすれば犯罪人類学を、その躓きの石となった「動
物犯罪学」とともに捉え直すことには、単なる懐古趣味だけにはとどまらない、
今日的な意義を見出すことも可能であるはずだ。

73

追記　本研究は JSPS 科研費 26870651 の助成を受けたものです。

注

★1　並木士郎「モルグ街で起こらなかったこと　または起源の不在」『創元推理』17 号、1997 年、393-394 頁。

★2　Alexandre Lacassagne, « De la criminalité chez les animaux », *La Revue scientifique*, 3ᵉ série, tome III, 1882, p. 34.

★3　*Ibid.*

★4　Alexandre Lacassagne, *De la criminalité chez les animaux*, Lyon, Imprimerie L. Bourgeon, 1882.

★5　ラカサーニュの生涯と、彼が取り組んだ研究テーマについては、以下を参照のこと。Philippe Artières, Gérard Corneloup, *Le Médecin et le criminel: Alexandre Lacassagne, 1843-1924*, Lyon, Bibliothèque municipale de Lyon, 2004.

★6　A. Lacassagne, art. cit., p. 36.

★7　*Ibid.*

★8　*Ibid.*, p. 37.

★9　*Ibid.*

★10　*Ibid.*

★11　*Ibid.*, p. 38.

★12　*Ibid.*, p. 40.

★13　Maurice Paul Legrain, « La médecine légale du dégénéré », *Archives d'anthropologie criminelle*, tome 9, 1894, p. 14.

★14　*Ibid.*, p. 15.

★15　*Ibid.*, p. 12.

★16　*Ibid.*, p. 17.

★17　Enrico Ferri, *Les Criminels dans l'art et la littérature*, Paris, Félix Alcan, 1897, p. 8-9.

★18　*Ibid.*, p. 8.

★19　*Ibid.*

★20　*Ibid.*, p. 35.

★21　*Ibid.*, p. 42.

★22　*Ibid.*, p. 76.

★23　*Ibid.*

★24　*Ibid.*

★25　*Ibid.*, p. 77.

★26　フェリが 1881 年に考案したというこの語を、ロンブローゾが主著『犯罪人』*L'uomo delinquente* で用い始めたのは、1884 年刊行の第 3 版からである。Cf. Mary Gibson and Nicole Hahn Rafter, "Editors' introduction," Cesare Lombroso, *Criminal Man*, Durham and London, Duke University Press, 2006, p. 10.

第 4 章　動物と犯罪

★27　E. Ferri, *op. cit.*, p. 12.

★28　*Ibid.*

★29　*Ibid.*, p. 110, 116.

★30　*Ibid.*

★31　*Ibid.*, p. 11.

★32　「変質」の思想史的な展開については以下に詳しい。Daniel Pick, *Faces of Degeneration: A European Disorder, c. 1848-c. 1918*, Cambridge, Cambridge University Press, 1989. なお「変質」の社会・文化批評への応用としてもっとも知られている、マックス・ノルダウ（Max Simon Nordau, 1849-1923）の『変質』 *Entartung*（1892）は、1894 年に仏訳（*Dégénérescence*）、翌年に英訳（*Degeneration*）が刊行されているほか、1914 年には日本でも『現代の墜落』として抄訳が刊行されている。

★33　Cf. B. A. Morel, *Traité des dégénérescences physiques, intellectuelles et morales de l'espèce humaine*, Paris, Baillière, 1857.

★34　Georges Genil-Perrin, « L'évolution de l'idée de dégénérescence mentale », *Archives d'anthropologie criminelle*, tome 28, 1913, p. 375.

★35　Cesare Lombroso, *L'homme criminel*, Paris, Félix Alcan, 1887, p. 14-15.

★36　*Ibid.*, p. 28.

★37　M. P. Legrain, art. cit., p. 10.

★38　Charles Féré, *Dégénérescence et criminalité*, Paris, Félix Alcan, 1888, p. 70.

★39　Gabriel Tarde, « Le type criminel », *Revue philosophique*, vol. 19, 1885, p. 617.

★40　*Ibid.*, p. 618.

★41　*Ibid.*

★42　*Ibid.*, p. 617.

★43　Anne-Claude Ambroise-Rendu, « Vacher, Joseph », François Angelier et Stéphane Bou (sous la dir. de), *Dictionnaire des assassins et des meurtriers*, Paris, Calmann-Lévy, 2012, p. 577.

★44　Cf. Olivier Chevrier, *Crime ou folie : un cas de tueur en série au XIXe siècle. L'affaire Joseph Vacher*, Paris, L'Harmattan, 2006, p. 66-73.

★45　Etienne Martin, « Vacher devant la cour d'assise de l'Ain », Alexandre Lacassagne, *Vacher l'éventreur et les crimes sadiques*, Lyon, Storck, Paris, Masson, 1899, p. 71.

★46　M. P. Legrain, art. cit., p. 22.

★47　*Ibid.*, p. 21.

★48　*Ibid.*, p. 22.

★49　Charles Féré, Jules Séglas, « Contribution à l'étude de quelques variétés morphologiques du pavillon de l'oreille humaine », *Revue d'anthropologie*, 15e année, 3e série, tome 1, 1886, p. 226-239.

★50　Pierre-Adolphe Loüet, *Des anomalies des organes génitaux chez les dégénérés,*

Bordeaux, Cadoret, 1889.

★51 Emile Laurent, « Observations sur quelques anomalies de la verge chez les dégénérés criminels », *Archives d'anthropologie criminelle*, tome 7, 1892, p. 24-34.

★52 B. A. Morel, *Traité des dégénérescences physiques, intellectuelles et morales de l'espèce humaine*, Paris, Baillière, 1857, p. 8.

★53 A. Lacassagne, art. cit., p. 42.

★54 エドガー・アラン・ポー「モルグ街の殺人」『モルグ街の殺人・黄金虫』巽孝之訳、新潮文庫、59頁。

★55 19世紀における狂気と犯罪の関係については以下を参照のこと。Marc Renneville, *Crime et folie. Deux siècles d'enquêtes médicales et judiciaires*, Paris, Fayard, 2003.

★56 Georges Petit, *Etude médico-psychologique sur Edgar Poe*, Paris, Maloine, 1906, p. 36-37.

★57 *Ibid.*, p. 94.

★58 Nicole Hahn Rafter, *Creating Born Criminals*, Urbana and Chicago, University of Illinois Press, 1997, p. 237.

第 5 章

ゾラ『真実』における〈性的倒錯者〉
犯罪人類学的考察をめぐって

林田 愛

1 ゾラと『犯罪人類学雑誌』

　世紀末から世紀転換期にかけてフランスでは犯罪学研究の本が多く出版されたが、その中でも顕著なのが 1887 年に仏語訳が出た、イタリア学派の始祖ロンブローゾ（Cesare Lombroso, 1835-1909）の『犯罪者』*L'homme criminel*（1887）である。一方で、社会学的デテルミニスムを唱えるフランス環境学派の犯罪学者ラカサーニュ（Alexandre Lacassagne, 1843-1924）や社会心理学者タルド（Jean-Gabriel de Tarde, 1843-1904）は、遺伝など生物学的要因を重視するイタリア学派に対して論陣を張るが、彼らが編集委員を務めた『犯罪人類学雑誌』*Archives de l'Anthropologie criminelle* では、犯罪学者や精神医学者、法医学者、社会病理を解明しようとする社会心理学者たちが学派にとらわれない最新の理論を展開していった。

　犯罪学者エンリコ・フェリ（Enrico Ferri, 1856-1929）の弟子で社会心理学者シゲール（Scipio Sighele, 1868-1913）はその著書（仏語訳）『犯罪的群衆』*La Foule criminelle : Essai de Psychologie collective*（1901）において、イタリア犯罪人類学派としてロンブローゾやラカサーニュ、タルドの理論を援用しながら、群衆による犯罪にたいする刑罰の有無、群衆を構成する一定グループをめぐる遺伝学的考察などを試みている。シゲールの用いる「集合心性 psychologie collective」という概念や、群衆のなかに発生する「心理的発酵 fermentations psychologiques」という表現は確かにそれまでの社会学が踏み込み得ない領域を想起させる。ル・ボン（Gustave Le Bon, 1841-1931）

の群衆心理論にもみられるようにシゲールもまた群衆犯罪にともなう「暗示 suggestion」を強調するが、精神医学や心理学、法学や社会学など多岐にわたる学問体系を包括する犯罪人類学の奥行の深さを感じさせる[1]。

　そして、このような時代に霊感を得てフィクションの可能性を広げたのが、作家エミール・ゾラ（Émile Zola, 1840-1902）であった。前述した『犯罪的群衆』の中でシゲールは、ゾラやヴィクトル・ユゴーなど、「偉大な作家たち」が「集合心性の傑作」を書いたと称賛している[2]。実際にゾラは近代の病理を群衆に投影し、催眠状態に陥り理性を失った人間たちが「無意識の」衝動に突き動かされて破壊的な行動に向かう心理的・社会的メカニズムについての研究を行っている。デパートの商品を前に欲望をむき出しにするブルジョワ階級の女たちの群れ（『ボヌール・デ・ダム百貨店』Au Bonheur des Dames, 1883）、飢えと怒りから破壊行為に身をゆだねる群衆（『ジェルミナール』Germinal, 1885）、戦火のなか狂乱状態になる群衆（『壊滅』La Débâcle, 1892）、恍惚としながら奇跡を求めて行進する群衆（『ルルド』Lourdes, 1894）は、19世紀末の精神的危機を象徴するものであった。科学知と技術の加速度的進歩にともなう宗教的価値観の揺らぎや疎外感に苦しむ近代人、その抑圧された本能は強大なエネルギーとなって破壊的な衝動を呼び起こす。ゾラが同時代の作家たちと一線を画するのは、単に社会病理を描いたことにとどまらず「有機体 circulus vital」としての社会の〈治癒〉を模索した点にあり、その考察を深めるために第一線の科学者たちとの交流も厭わなかった。

　1907年出版の『犯罪人類学雑誌』（t. XXII）をひも解くと、医師ジョルジュ・サン＝ポール（Georges Saint-Paul, 1870-1937 : 筆名 Dr Laupts）によるゾラの追想記が掲載されている。サン＝ポールは犯罪心理学者ラカサーニュやタルドに師事していた医師であり、追想記には次のような経緯が記されていた。事の発端は1889年頃、ある高貴な生まれのイタリア人青年が自分の生い立ちから同性愛的嗜好の発見、男色についての心の葛藤などを切々と綴った手記がゾラのもとに届いたことにある。ゾラはその手記をしばらく自分の手元に置いて作品の着想源にすることを試みるが断念し、数年後、医師のサン＝ポールにそれを託した[3]。そしてこの手記が、ゾラの「序文」を冠したサン＝ポールの著書『遺伝的欠陥と毒──性的倒錯と倒錯行為について』（Dr Laupts, Tares et poison : Perversion et perversité sexuelles, 1896）において科学的な分析の対象となっている[4]。ちなみにサン＝ポールは、本著出版直前の1895年頃のゾラは「性的倒錯を扱った本を一冊も読んでいない」し、「クラフト＝エビン

グ（R.-F. von Krafft-Ebing, 1840-1902）　や　モ　ル（Albert Moll, 1862-1939)、ラカサーニュを知らなかった」と述べている★5。

　しかしながら、ゾラが友人に宛てた 1893 年 1 月 25 日付の手紙にはすでに「ラカサーニュ」の名前が認められる★6。その手紙の情報から 1892 年 12 月 10 日の『フィガロ』紙を参照すると、「文学的頭脳――生理学的告白」«Cerveaux littéraires : Confessions physiologiques » と題した記事が掲載されており、ラカサーニュがゾラを含めた三人の作家たちを対象にして脳機能と視聴覚の関係性を探るべく実験を行った旨と、被験者たちの告白が記されていた★7。一方でゾラは、患者としても懇意にしていた精神科医トゥールーズ（Édouard Toulouse, 1865-1947）がラカサーニュなどの犯罪学者の協力を仰いで行った一連の科学的実験の被験者にもなっており、この分析結果は 1896 年に出版されている★8。ラカサーニュについてはゾラが故意に無知を装ったのかどうか知り得ないが、性的倒錯に関する文献は精読していないと仮定しても、少なくともイタリア人青年から手紙を受け取った 1889 年以降、すなわち 1890 年代のゾラは性的倒錯の問題について意識的であったと考えられる。

　ゾラはサン＝ポールの著作に献じた「序文」のなかで同性愛の青年に心から同情を寄せながら、「真実の雄弁さ」に胸を打たれたとする。だが同時に、「生来性の性的倒錯者 inverti-né」は社会病理の要因であり、「性にかかわることは社会生活そのものにかかわる。生来性の性的倒錯者は家族、国家、人類の破壊者となるだろう」と断言する。ゾラが青年の手記を創作に活かさなかった理由としてまず主題的に扱いにくいこと、それから当時のゾラは批評家たちから「本能の醜さ」を描く作家として「犯罪者」のように扱われていたこと、「医者」かつ「科学者」であるサン＝ポールが問題の手記を公にすれば世間も騒ぎ立てることはないだろうと考えたからである★9。ゾラはおそらくこのとき、〈真実〉を追求する上で科学者ではない一作家としての無力をとりわけ強く意識し、もどかしさを感じたのかもしれない。作家のこの経験と『真実』を結びつけるのはいささか早急だが、全くの無関係だとは言い切れないであろう。ここで留意したいのは、ゾラは殺人者を主人公とした有名な作品『獣人』*La Bête humaine*（1890）の発案時、すなわち 1889 年に「男色・少年愛 pédérastie」のテーマに興味を抱いていたが、「やはり下劣なテーマで取り上げるに値しない」と断念していたということだ★10。先に述べたように、1889 年が作家が同性愛者から手記を受け取った年であることを考慮すれば、ほぼ間違いなく性的倒錯の問題が念頭にあったに違いない。それから 10 年以上も経過した 20 世

紀の幕開け、ゾラは満を持して世にも恐ろしい性的倒錯者を渾身の一作である『真実』に登場させるのである。

　本論では、ゾラが社会体にとって有害であると考えた〈性的倒錯〉という病理を軸にして、小説に描かれた殺人者の肖像や遺伝、心的外傷、環境、妄想などを草稿と比較すると同時に、犯罪人類学的考察に照らしながら作家の犯罪者像を浮き彫りにしたい。そして世を震撼させるような事件の彼方に内在するフランス社会の病理とは何か、本論ではその一端に迫る。

2　〈性的倒錯者〉と社会病理

　『真実』がドレフュス事件を背景としているように、表層的なレベルでのドレフュス事件と小説の対比は実に分かりやすく、ユダヤ人教師シモンの冤罪をめぐって対立する修道会経営の学校と公立学校のあり方はカトリシズムと共和主義のものに通じる。主人公マルクはゾラの分身であり、犯罪者の修道士ゴルジアはエステラジー、その犯罪の隠蔽を企てたクラボ修道司祭はボワデッフル、フィリバン修道司祭はアンリと、ゾラはそのモデルについて草稿の中で言及している[11]。そのため、小説の登場人物に、ドレフュス事件の首謀者たちの身体的特徴が反映されているかもしれないと想像するのは可能であろう。他方、ロンブローゾにも詳しく、『犯罪人類学雑誌』の定期購読者であったゾラの『獣人』や『ジェルミナール』に登場する殺人者像に実証学派の影響がみられることを忘れてはならない[12]。

　『真実』の校訂者アンリ・ミトランはこの小説を指して、「（作者は）物語構成上の興味や政治的意義のためにドレフュス事件そのものを提起したのではない」とし、小説の真意は「集合心性」の奥深いところから「悪の原因を根絶やしにする」ことにあると的確に分析する[13]。そこで本節では、より広い視点から『真実』における殺人者像を掘り下げ、頭蓋骨や骨相学、イタリア・フランス実証学派の流れを汲んで発展した当時の犯罪人類学との関係性において考察する。

2・1　聖職者による強姦殺人事件
　ゾラの絶筆となった『真実』は、聖職者による少年の強姦殺人という、スキャンダラス極まりないテーマを堂々と扱った長編である[14]。この作品は、『四福音書』（*Les Quatre Évangiles*, 1899-1903 : *Fécondité, Travail, Vérité,*

Justice) の第三作品目として、綿密な創作プランを経て 1901 年 7 月に執筆が始められ、1902 年 8 月にストーリーとしては一応の終了をみている。同年 9 月 10 日から『ローロール』紙 *L'Aurore* で連載が始まるが、作家はそのおよそ 3 週間足らず後の 9 月 28 日深夜か 29 日の未明、自宅寝室で一酸化炭素中毒によって死亡する。当時ドレフュス事件の渦中にいたゾラの死因はアンチ・ドレフュス派の人間による他殺であるとの見方が濃厚であり、道半ばの無念の死であった★15。

　『真実』のあらすじは次の通りである。聖体拝領を受けたばかりの少年が強姦殺人されるという、衝撃的な事件がある田舎町を震撼させる。事件現場にかけつけた主人公マルク・フロマンは、事件の残忍さに衝撃を受けると同時に、司法関係者よりも先に現場にいる修道士たちに不信感を抱く。真っ先に証拠物件を発見したというフィリバン修道司祭によれば、被害者の口内に押し込まれていたとされる紙屑は、新聞にくるまれた綴り方の手本であった。フィリバンは、この綴り方の手本にあるべき略署名の部分が消失していると主張する。そこに真犯人の情報が隠されているはずだが、その後立ち入った警察も見つけることができない。マルクは証拠物件の出所をはじめ当時の状況を冷静に推察した結果、真犯人は犠牲者の通っていた修道会経営の学校で教える修道士ゴルジアであるとの確信を抱く。

　だが迷信深いこの町ではユダヤ人への偏見が根強く、被害者の義理の伯父で養育者である公立小学校教師シモンが人種的な理由から真っ先に嫌疑の対象となる。第一審で有罪となった同僚シモンの無実を信じるマルクは忍耐強い調査を重ね、その情熱は教会や町の風聞を恐れて真実を明かすことのできなかった人々の心をついに動かし、シモンを冤罪から救う決定的な証言を引き出した──事件現場にあった綴り方の手本は、公立小学校のものではなく修道会経営校で使用されていたものであり、その左上にはフィリバンの主張する略署名ではなく、印が押されていたのである。第一審からマルクとシモンを支え続けてきた弁護士の尽力もあり、少しずつだが確実に真実が明るみになる。事件の日、現場に着いたフィリバンは教会の威信をかけてゴルジアを守るために綴り方の押印箇所を破りふところに入れ、第一審のときにはシモンの筆跡と見せかけた略署名の偽造まで行い、裁判官との癒着を通じて無実の者を有罪に導いたのであった。

　だが歳月を経てついに司法当局が動き出し、フィリバンの自宅で家宅捜索が行われる。とうとう失われた証拠物件が見つかり、フィリバンもゴルジアも次々

に失踪する。それでも再審でシモンの無実が確定することはなかった。マルクはこの残酷な結果に屈服することなく、その後も真実への道を模索する。そして事件から数十年が経ったある日、マルクは年老いてもなおおぞましいゴルジアの姿を往来で再び見出すのだが……。

さて、ユダヤ人教師シモンが強姦殺人の冤罪を受け、その無実を明かそうとする主人公マルクが修道会の陰謀や司法局を相手に戦うという物語の図式から、当時ゾラが身の危険もかえりみず深くかかわってしまったユダヤ人将校冤罪事件への深い憤り、卑劣な人権侵害を行う政府や参謀本部、軍法会議への怒りがこの小説に反映されているのは明白だ。しかし作家が文学的営為を通じて訴えたものは、ドレフュス事件そのものの根底にある「民衆の無知」と「卑しいエゴイズム」なのである。『真実』で繰り返し問われるように、「悪（mal＝病の意もある）の源」とは、このような人間性の根深い問題にある。

だが同時に、聖職者による少年の強姦殺人という、意識的思考のあずかり知らない深淵を明るみにすることで作家が訴えようとしたフランス社会の根源的病とは何か。次に、『真実』における殺人者像を分析する。

2・2 〈ペドフィリア〉殺人者の肖像

『真実』の執筆開始時期が新世紀の幕開けである1901年であるのを考慮するとき、この小説が生まれた時代性の意義を無視することはできない。まず、物語のモチーフとなる殺人事件についてヴィガレロの『強姦の歴史』（Georges Vigarello, *Histoire du viol : XVIe-XXe siècle*, Éditions du Seuil, 1998）を援用すると、「子どもの強姦」という概念が誕生したのは18世紀に遡る。ただし、当時子どもを強姦する事件は取り沙汰されても、強姦殺人は注目されなかった。というのも、子どもに対する強姦殺人は単に「殺人」という枠組みに分類され、性犯罪として扱われることがほとんどなかったからだという。ところが19世紀末になると、子どもに対する犯罪がより特殊なものとして捉えられるようになる。さらに聖職者や教師などによる犯罪は「異常性欲」への関心を惹起し、1886年にはクラフト＝エビングが犯罪のリストと精神病のリストの対応を試み始める。そして彼が打ち立てた〈性倒錯〉という概念を原形にして、20世紀の心理学者が小児性愛、すなわち「ペドフィリア（仏＝pédophilie）」という現在使用される言葉をあみ出したのである[16]。ヒステリーの言説をめぐって神経医学や精神医学が拮抗した激動の時代である1880年のこの時期に、犯罪者が単なる暴君ではなく精神異常者として捉えられ、そ

の精神の内奥に光が当てられるようになったことは意義深い。

ゾラは小児強姦殺人者ゴルジアを通じてより根源的な問いを読者につきつけている。それが文明社会を凌駕する人間の獣性、もしくは〈宗教と性的倒錯〉に対する作家の病理学的な考察であった。生来正義感にあふれた主人公マルクは、無垢の子どもを強姦し絞殺するという卑劣な犯罪に対して怒りに震えながら「忌まわしく陰険なサディズム sadisme ignoble et sournois」と形容する★17。ではその犯罪者はどのように描写されているだろうか。次の引用は、殺人事件の当日の午後、被害者であるゼファランが通っていた修道会経営の学校で行われた生徒たちの授賞式で、ゴルジア修道士が真犯人であるとの予感に息をつめて見守るマルクの視点を通して描かれたものである。

　　［…］この強迫観念〔亡くなったゼファランがその場にいるという〕は、やせてごつごつとし、縮れた黒髪の下の狭く険しい額、突き出た頬骨の間の大きな鷲鼻、犬歯ののぞく分厚い唇の男が受賞者名簿を読むために立ち上がったときにさらに高まった。ゼファランはクラスの優等生で、あらゆる賞を総なめにしており、常にその名前が呼ばれ続けた。黒い法衣に白い胸飾りをしたゴルジア修道士が、ゆっくりと陰鬱な口調でゼファランの名を読み上げるたびに、群衆の間に大きな戦慄が走った。［…］列席者の胸はたちまち張り裂けんばかりになり、ゴルジア修道士の、<u>残忍さと嘲りに思わずひきつれ、左側からわずかに白い歯がのぞく反り返った唇</u>からゼファランの名があげられてゆくと、あちこちでむせび泣く声が鳴り響いた★18。

ここで強調されるゴルジアの身体的特徴として、まず、骨ばって痩せているということ、「狭く険しい額」、「縮れた黒髪」、「大きな鷲鼻」、「突き出た頬骨」、「犬歯ののぞく分厚い唇」など、ロンブローゾ的殺人者の肖像と一致する。ロンブローゾもまた、鷲鼻、縮れ髪、たくましい顎、発達した犬歯、大きな頬骨を、殺人者の特徴としてあげている★19。だがもう一つ、ロンブローゾが単なる顔立ちの特徴ではなく強調する点が、独特な「表情」であり、それがゴルジアにも認められることに注意したい。上の引用下線部にある「残忍さと嘲りに思わずひきつれ、左側からわずかに白い歯がのぞく反り返った唇」は、まさにロンブローゾが、殺人者の顔の「片側のこわばり contractions d'un côté du visage」と、それによってのぞく「犬歯 dents de loup」を強調した点に一致する★20。『真実』の草稿における「ゴルジア」の項でも、引用下線部とほぼ

同じ顔の特徴に加えて、「反り返った上唇 le retroussement de la lèvre supérieure」に続く同記述が認められた。ただし、テクストでは単に「唇 lèvres」となっているのが、草稿では「上唇 lèvre supérieure」と特定されてあり、ゴルジアの酷薄な表情が具体性を帯びて迫ってくる★21。

　この殺人者像はその後も繰り返し読者に提示されることになるが、事件から数十年後、60歳を越えたマルクが再会した殺人者にもまったく同じ身体的特徴が見いだされた。

　　それはゴルジア修道士であり、油染みたフロックコートのゴルジアは、老いにやつれ、肉のこけ落ちた顔をして手足は曲がっていたが、突き出た頬に猛禽特有の残忍かつ大きな鼻ですぐに見分けがついた。デルボは間違ってなどおらず、ゴルジア修道士はすでに何か月も前から故郷に戻ってこの辺りをうろついていたのだ。[…]だが、ゴルジアは最初のときにそうしたように怯えて逃げ去ったりはせずに、左側からわずかに白い歯がのぞく反り返った唇が、残忍さと嘲りによって思わずひきつれていた★22。

　正義感にあふれ、第一審時からシモンの無実を信じ冤罪事件の究明に努めてきた弁護士デルボは、町でゴルジアの姿を見かけたことをマルクに話していた。半信半疑であったマルクはある日、修道会経営の学校の前に立ちつくしているみすぼらしい男をみて、その顔の特徴から一か月ほど前すでに街角で見かけた男がそうであったと気づくにいたったのである。老いさらばえてもなお「鷲鼻」や「突き出た頬骨」、それから先の引用と全く同じ「残忍さと嘲りに思わずひきつれ、左側からわずかに白い歯がのぞく反り返った唇」など卑しい殺人者の特徴を失わないゴルジアの姿をみて、総毛立つ思いをする。草稿で言及され、物語の中で執拗とも言えるほど強調されたこの身体的特徴は、数十年ぶりの再会でも相手の心にあらゆる記憶を喚起し、底知れぬ恐怖をかき立てる不吉なしるしとなる。ゴルジアの肖像は、犯罪と人相、心的メカニズムと身体器官との間の密接な関係を強調した犯罪人類学が作家に与えた影響を如実に示すものであろう★23。

　しかし繰り返し述べるように、ゾラはペドフィリア犯罪を単なる一個人の逆上や精神異常による犯罪として断罪したのではなく、あくまでも社会病理の一現象として描こうとした。『獣人』のジャックを「生来性犯罪者」として、文明社会に生きる人間のなかにひそむ〈隔世遺伝〉の脅威を描いたように、ゾラ

は『真実』の性倒錯者ゴルジアを通してさらなる狂気の淵を照らし出したのである。

3　殺人者における〈退化〉-〈隔世遺伝〉

フロイトが言うように、文明が人類に課した本能の抑圧は攻撃性につながり、原始的衝動は閾を超え人間存在をのみ込む。〈隔世遺伝〉という概念の他にも、ロンブローゾはリュカ（Posper Lucas, 1805-1885）など、当時の遺伝学者が唱える「退化 dégénérescence」を犯罪者に特有のものとしている。ロンブローゾによれば、犯罪者のおよそ三分の二が「生来性犯罪者criminels-nés」であり、「隔世遺伝 atavisme」と病理的性質によって犯罪にひきずられ、その性癖は肉体や顔の表情から読み取ることができるとされた[24]。犯罪者というのは、獣を思わせる身体的特徴からも分かるように、遺伝によって受け継がれた攻撃性や性衝動を抑圧する術を知らない。ゾラは『獣人』について友人に宛てた手紙の中で、「恐ろしい事件の直中で 20 世紀に向かう進歩。文明社会の獣人」を小説で描こうとしたのだと語っている[25]。

過度の進歩主義に疲弊した 19 世紀末フランス、科学的威信を誇った時代は皮肉にも〈退化〉に病んだ時代でもあった。言い換えれば、自我を肥大させる文明そのものが戦争や犯罪、アナーキズム、アルコール中毒、精神病、自殺、性的倒錯などの危険性を孕む[26]。はたして、『真実』におけるこの〈退化〉と〈隔世遺伝〉というモチーフはどのような様相のもと立ち現れてくるのだろうか。また人間はそれを乗り越えられるのか。本節では以上の問いに焦点を当てながら分析を行う。

3・1　反ユダヤ主義と〈隔世遺伝〉
ゾラは、高潔な人格と公平性、暖かい思いやりにあふれた性質をもつ主人公マルクの心理を通じ、個々人の嫌悪の情を超えたユダヤ人忌諱の根深さを浮き彫りにする。

> マルクは、ある種の隔世遺伝的猜疑心と嫌悪感によって、ユダヤ人をあまり好まなかった。彼は何ものにもとらわれない広い心を持ちながら、その理由についてあえて突き詰めて考えようとはしなかった。それでもシモンとはとても親しかったし、師範学校で出会った時の友情に満ちた思い出は

常に持ち続けていた★27。

　この引用箇所から、マルクのような開かれた精神をもつ者の心にさえ巣食う、遺伝子レベルでの根深いユダヤ人嫌悪が明らかになる。ゾラはマルクの人種的偏見を超えたシモンへの親愛の情を付け加えることを忘れてはいないが、人種としてのユダヤ人嫌悪に「隔世遺伝」という語を用いていることは非常に示唆的である。

　ゾラは〈隔世遺伝〉を、『ルーゴン＝マッカール叢書』（Les Rougon-Macquart : Histoire naturelle et sociale d'une famille sous le Second Empire, 1871-1893）の中で最も呪わしきもの、一族の人間がその顕在化を恐れているもの、何世代を経てもなお子孫を襲う可能性のある原罪として描いた。それゆえ、ユダヤ人嫌悪に隔世遺伝という表現を用いたゾラが、ドレフュス事件を個人による悪意や犯罪を超えた、人種問題にかかわる深刻な社会病理として危惧していたという仮定がいっそう強化される。『真実』の舞台となるメイユボワは迷信深い町であり、マルクの妻ジュヌヴィエーヴの祖母デュパルク夫人はその中でも際立って頑迷な信者である。シモンに冤罪の可能性があると考えることさえ神への冒瀆とし、ユダヤ人を罪人として弾劾する。デュパルク夫人はユダヤ人がいかに残忍かということを物語るエピソードとして、彼女が若かりし頃、町で四肢切断された死体の心臓だけがなかったので、ユダヤ人が過ぎ越しの祭りで食べる無酵母パンに使ったのだろうとうわさしたと意気揚々と語る。このようなユダヤ人差別が連綿と受け継がれた土壌におけるシモンの冤罪事件は多くの人間を巻き込み、修道会経営の学校と公立小学校との対立を激化させていった。

　ゾラは「ユダヤ人のために」と題した記事（『ル・フィガロ』紙 Le Figaro, 1896 年 5 月 16 日）において、ユダヤ人への中傷キャンペーンの動向を、「驚きと嫌悪」を募らせながら見続けてきたこと、その様相は良識や正義の埒外にある「奇怪」そのものであり、人を「数世紀後方に押し戻しかねない」盲目的事態として、次のように断罪する。「この嫌悪感のうちに、神を十字架につけたユダヤ教徒にたいするキリスト教徒の古き怒りが、軽蔑と復讐心の息の長い隔世遺伝となって入り込んでいないかどうか、ここで論じつくすつもりはない。ともかく、この身体的嫌悪がユダヤ人嫌いの確固たる、おそらくは唯一の理由である」★28。ここで重要なのは、『真実』以前すでにゾラが反ユダヤ主義のなかに〈隔世遺伝〉を認め、「身体的嫌悪」という言葉を用いていることである。

86

現代の医学用語を援用すれば、その憎しみは単なる社会・文化の違いに根ざした人種差別を超えた、DNA レベルでの憎悪そのものであろう。

ロンブローゾもまた、19 世紀に異常な増加をみたとされる「男色・少年愛 pédérastie」や「嬰児殺し infanticide」とともに、反ユダヤ主義を〈隔世遺伝〉に結びつけて考えた。ここでは古代ギリシア人における「美的趣味」が現代のペデラストにも見い出されること、それは遺伝による原始的本能の再生であることが論じられる。ロンブローゾは隔世遺伝理論を反ユダヤ主義者による犯罪についても応用しながら、ユダヤ人嫌悪をゾラのごとく「遺伝的嫌悪 haine héréditaire」と表現するのである[29]。

ゾラが『犯罪者』を読んでいることはすでに述べたが、先の「ユダヤ人のために」を執筆する際にロンブローゾのこの理論が作家の念頭にあったのか、もしくは単に当時の〈退化〉－〈隔世遺伝〉理論に依拠したのか確かめるすべはない。いずれにせよ、ゾラが『獣人』で提示したジャックの殺人衝動と『真実』におけるユダヤ人嫌悪が隔世遺伝というファクターでつながることは興味深いと言えるだろう。

3・2　遺伝の浄化

ゾラにとって〈遺伝〉とは、幸運な例外を除けば、人間が決して逃れ得ない〈原罪〉なのだろうか。五世代にわたる遺伝の脅威を描いた大作シリーズとして有名な『ルーゴン＝マッカール叢書』の執筆時期とは違い、狭義の自然主義理論から解放されたかにみえる『三都市』（*Les Trois Villes : Lourdes, Rome, Paris*, 1894-1898）シリーズでも、マルクの父親である主人公ピエール・フロマンの内奥で葛藤する両親の遺伝が象徴的に描かれた。だがその息子マルクが主人公となる『真実』ではついに、フロマン家の理想的血統のみが強調されることになる。

マルクは「生来性の犯罪者 criminel-né」のアンチテーゼともいえる「生まれながらの教師 instituteur-né」であり、高潔ながらも精神的に脆弱であった父親ピエールとは違い、常に静謐な心と困難に屈することのない強さを併せ持つ人物として描かれた。マルクの妻ジュヌヴィエーヴは快活で魅力あふれる女性だが、祖母デュパルク夫人の反ユダヤ主義や神秘主義への傾倒という隔世遺伝を潜在的に受け継いでいる。シモンの冤罪立証への道が困窮するなか、ジュヌヴィエーヴは徐々に祖母の言葉に洗脳され、ユダヤ人シモンへ激しい嫌悪感を示すようになる。マルクは妻の中に顕在化したこの隔世遺伝的気質を夫

としての愛情で和らげていたが、ついにジュヌヴィエーヴは祖母のもとに戻る。だが、ここで失意のマルクを救ったのが娘ルイーズの健全な意志と理性のちからであった。ゾラは、外見においても母方のデュパルク家と父方のフロマン家の血がほどよく混じり合いながら、後者の知性を豊かに体現するルイーズの肖像を丹念に描く★30。

　そしてこのルイーズこそが遺伝の呪いを断ち切る救世主となる。「横暴なごりごり信者 dévote despotique」★31 であり「不寛容な信仰 foi implacable」★32 に凝り固まる冷酷な曾祖母デュパルク夫人、夫から大きな愛情を受けて若き日を過ごし、夫亡き後は永遠の喪の悲しみに病弱な日々を過ごす心優しき祖母ベルトロー夫人、「父方の血によって」より朗らかで愛らしさの増した母ジュヌヴィエーヴ、そして知性豊かなマルクを父にもつ四世代目のルイーズこそが遺伝の浄化を果たすのである★33。ここで強調されるのが、曾祖母を筆頭とする女系譜が、曾祖父デュパルク、祖父ベルトロー、そして父親フロマンと、他家の健康な血をいれることで〈浄化〉につながっていることである

　実はこの遺伝的浄化が、『ルーゴン＝マッカール叢書』の掉尾を飾る『パスカル博士』（Le Docteur Pascal, 1893）で示唆された理想であることに着目したい。パスカル博士は姪のクロチルドにたいして、狂女アデライードを幹に五世代にわたるルーゴン＝マッカール家の人々の遺伝や人生を家系樹にまとめながら説明するが、彼が最も憂慮するのが家系の〈退化〉である。パスカルは一族の人間が享楽に酔い痴れる限り血の衰退をたどることを示し、幹の中に巣食う「虫 ver」が枝の先についた果実までも蝕むと嘆く。だが彼はある方法に未来を託した。それが「外から新しい血を入れる」ことで進行性の退化をくいとめることであり、その時こそ「遺伝的欠陥 tares héréditaires」は消滅するであろうと★34。『パスカル博士』のエンディングでは、パスカルとクロチルドの間に生まれた嬰児とその母との穏やかな情景が描かれるため、この嬰児こそが一族の退化に終止符を打つ希望の象徴とみなされる。だが両親が同じルーゴン家の出自という近親婚のため、この嬰児が一族の血を濃く受け継ぐ者であることに変わりはない。その意味で、ゾラは『真実』においてはじめてマルクの娘ルイーズの中に数世代を経た遺伝の浄化を具現化したのだと言える。

　しかし『真実』では遺伝の呪いが解かれることなく毒々しい果実を成す存在もある。ゴルジアの殺人衝動は、〈隔世遺伝〉によって受け継がれた人間の原始的本能としてのみならず、ゾラがその「直接遺伝 hérédité directe」、すなわち両親から受け継ぐ遺伝について言及していることに着目したい。まず母親

は素性も分からぬ売春婦で、森の中で出会った密猟者の父親と汚らわしく交わった末に身ごもったゴルジアを産んですぐに姿を消している。父親もまた後年、密猟者仲間から銃弾を受けて亡くなった。この限られた情報から窺えるのは、ゴルジアが遺伝的に劣悪ともいえる系譜に属しているということだ。ロンブローゾによれば生来性犯罪者は人生のごく早い時期から異常性の片鱗を見せ始めるが、ゴルジアもまた「ごく幼い時期から汚らわしい淫欲にとりつかれていた」★35。ゾラは草稿でもゴルジアの「淫欲 lubricité」について言及し、「その鋭利な頭脳にもかかわらず、勉強を怠け、常に学校をさぼり、畑を荒らし、百姓家の童女たちと遊んでばかりいた」と粗暴で早熟な子ども時代を強調している★36。

　ロンブローゾによれば、生来性犯罪者・背徳症の狂人・癲癇患者のいずれにおいてもその情動障害や執念深く激情に駆られる性質など、あらゆる遺伝の複合要因が衝動の源となる★37。だが、血も凍らせるような凶悪殺人者は悪しき遺伝という泥土のみがつくりあげるものではない。邪悪な魂はその糧となる倒錯の暗闇のなかで膨らみ続ける。次節では、どのようにしてゴルジアがおぞましい性的興奮と妄想を〈宗教的イマージュ〉に投影し共犯者に仕立てあげているのか、そして性欲充足の願望と宗教的法悦の関係についてみてゆく。

4　宗教と性的倒錯

　殺人者ゴルジアのような性質をもつ人間が聖職者であり、子どもたちを教え導く立場にあるのは、『真実』に内在する最大の不幸であった。マルクは事件発生後すぐにゴルジアが犯人であることを見抜いていたが、その理由としてこの修道士が「粗暴で、好色、かつ皮肉屋であり、ごりごりの宗教を盲信する狂信者である」とする。確かにゾラは草稿で、ゴルジアをドレフュス事件の真犯人エステラジーになぞらえながら「真の宗教心 le véritable esprit religieux」を持つとし、「信心深い狂人 un fou religieux」と定義している★38。さらに、ゴルジアをかばい冤罪事件をもくろんだ修道司祭たちとのホモセクシュアルな関係はテクストと草稿のいずれにおいても言及されている★39。ここには次の重要な二点が含まれる。それは、殺人者ゴルジアの、彼自身が帰依する宗教への「暴力的狂信さ」と、それを助長している「性的エネルギーの強さ」である。この「宗教」と「性的エネルギー」の相互関係は注目に値する。

4・1 〈宗教的錯乱〉

ロンブローゾによれば、犯罪者はふつう不信仰者だと思われているが、中には「自分の都合のよいように官能的宗教を思い描いており、神をして、自分たちの罪深き行為をあたたかく庇護するもの、共犯者となす」者もいると述べる★40。実はその顕著な例が『真実』の中に見出される。有罪の判決をおそれて数十年姿を消していたゴルジアが老年を迎えて町に戻り、いきり立つ群集の前でついに真実を告白する場面はひじょうに重要である。事件当日、ゴルジアは他の生徒を自宅まで送り届けた際、帰り道に、通りに面してまだ明かりのついていたゼファランの寝室の前を通りかかった。窓が開け放たれていることを軽く諭しながら最初は何の意図もなく窓越しに話していたゴルジアは、その日聖体拝領を受けたばかりのゼファランのテーブルの上に「とても清らかで甘美な très saintes et très douces」な「宗教画 images pieuses」、この「初聖体の香に満ちた embaumées de la première communion」宗教画を発見すると、突如「悪魔の誘惑 tentation du diable」である激しい欲望に駆られ、窓枠を乗り越えて部屋に入ったと言う★41。次に引用するのは、それに続く告白の内容である。

> おお神よ！　あなたは、天使のようなブロンドの巻き毛のなんと愛くるしい子どもをお創りになったのか。その小さなシャツの下のいたいけな不具の身体があまりにもほっそりとはかないので、まるで宗教画の天使ケルビムのように頭部と比翼のみであるかに感じたのです……。あの子を殺そうなど、ああ神よ！　そのようなむごたらしい考えを抱くことなどできますまい？　どうぞそう仰ってください、わたしの心をお読みくださるあなたさまならば。あの子はほんとうに美しく、あまりにも愛していたので、髪の毛の一本でさえ抜くことなどできなかったはずです……。それなのに、罪悪の焔が燃り、淫欲でわたしを燃え立たせてしまったのです。わたしはあの子を愛撫したくなりましたが、それはほんとうにそっと、口ごもりながら、おずおずとしたものでした。わたしはテーブルのそばに座り、宗教画を眺めていました。あの子をそっとそばに寄せて、膝の上に座らせ、一緒に見ようとしたのです。あの子は最初されるがままになっていて、とても素直で、とても甘えん坊でした。そして突然サタンがわたしに舞い降りて、理性を奪ったので、あの子は怯え、叫びだし、叫び、叫び狂ったのです……おお神よ！　あの子の叫び声が今も耳に残りわたしを狂

わせるのです！[42]

　性的倒錯者ゴルジアが群衆に向かって放散（カタルシス）する犯罪行為の内容はまさに衝撃的である。ここではまず、犯罪者が己の変態性欲を宗教的イマージュで美化していることに留意したい。ゴルジアの目に映る被害者の少年は、ほっそりとした巻き毛の小さな天使であり、宗教画にある羽の生えた天使ケルビムの頭部そのものに還元される。強姦殺人の被害者である12歳の少年ゼラファンはせむしの障害をもつが、ゾラは草稿のなかで、この奇形こそが頭部のみの「ケルビム」のイメージを促進することを示唆している[43]。「優しげな青い瞳」や「愛撫するような唇」などの正常な魅力を凌駕して、被害者の先天的奇形がこの性的倒錯者の欲望をかき立てる。

　ゴルジアは己の犯罪を誘発した原因として「罪悪の焔」、「淫欲」をあげ、自分は「サタン」にそそのかされたのであり、意志の及ばない外的なちからが働いたとした。そこから西欧近世の「悪魔憑き」や、フロイトも研究した「17世紀の悪魔神経症」などが想起されるが、ゴルジアのケースでは単なる異常性欲者の自己正当化、それにともなう誇大妄想の域を出ないであろう。

　だが上の引用で最も注意したいのは、ゴルジアの性的欲望が単に宗教的イマージュを介して描かれていることではなく、犯罪が行われたとき犯人が被害者を膝にのせて「宗教画」を見ていたという状況だ。『犯罪人類学雑誌』（1900, t. XV）に、実に興味深い記事がある。「宗教性錯乱における殺人道具としての聖具」« Les objets de piété comme instruments de meurtre dans le délire religieux » と題されたこの論文には、題名にあるように、神秘主義の精神病者がその独特な宗教的妄想によって激しい衝動に駆られ、他者もしくは己の身体を傷つける心的メカニズムについて論じられたものである。

　著者は「宗教的フェティシズム le fétichisme religieux」として「聖具 les objets de piété」、すなわち磔刑像やロザリオ、マリア像、宗教画など、神性を帯びるものすべてが「神秘的パワー」となって意識下に眠っていた衝動を呼び起こすとする。ここでは石膏のマリア像で父親の頭を殴打した青年の症例を含め様々なケースがあげられているが、多くが宗教と性欲にかかわることは示唆的である。ある男は己の淫欲を罰するために睾丸を切り取り、ある夫は自分たち夫婦の「色欲の悪魔」と「戦う」ために横臥する妻の太ももと臀部にロザリオを巻き付ける。また別の男は「行為を神聖化するために」十字架をマスターベーションの道具に用いるという[44]。これら性的倒錯の症例は、原始

的宗教やカルトならいざ知らず、本質的に「聖」を目指すキリスト教が人間においてもっとも動物的と言える「性衝動」を喚起するという逆説を提示している。これら「宗教性錯乱」に陥った精神病者たちは性欲を「悪魔」にみたてたり「神を汚すもの」として忌みながら、性的な行為をロザリオや十字架などのいわゆる聖具を使って「浄化」しようとするのだ。

　そして皮肉にも、この「浄化」行為は性衝動や殺人欲をさらに高めると同時に、聖具そのものが欲望の起爆剤になるという性質をもつ。性的倒錯者ゴルジアのケースもまた、「天使ケルビム」を思わせるような聖体拝領を受けたばかりの少年や香の匂い、「宗教画」という要素がその欲望をかき立てた。『真実』の執筆が 1901 年であり、上記論文が 1900 年 3 月の『犯罪人類学雑誌』所収であること、定期購読者であったゾラがこれを読んでいたという可能性を考慮すれば、ゴルジアの性的倒錯の病理がよりいっそう具体性をもってわれわれに迫ってくる。

4・2　禁欲と精神病理

　強姦や殺人など能動的欲望は存在しなかったが、それ以前のゾラの作品群でも一貫して宗教と抑圧された性欲の問題は描かれてきた。小説以外でも、ゾラは初期の評論『わが憎悪』Mes Haines（1866）所収のエッセイ「ヒステリー性のカトリック信者」« Le Catholique hystérique » でカトリシズムの独身制度を批判しているし、『三都市』シリーズは信仰に悩む青白き司祭ピエール・フロマンが法衣を捨てて女性への愛を選び力強い生命を取り戻してゆく物語でもある。

　『ルーゴン＝マッカール叢書』の『ムーレ司祭のあやまち』La Faute de l'abbé Mouret（1875）では、ゾラは医学文献を参照しながら宗教的禁欲と精神病理の関係をあざやかに描き出した★45。物語の主人公で、マルトの息子セルジュは繊細で優しい心をもった美しい青年司祭である。罪を犯すことを恐れるあまり、マリア像に一心不乱に祈ることで肉欲を鎮めようとする主人公の自我忘却的プロセスはマゾヒスティックでさえあり、祈りの時の異常な高揚感の描写にはエロテイックな隠喩が用いられている。その母であり、『プラッサンの征服』La Conquête de Plassans（1874）の主人公であるマルトもまた、フォージャ司祭への身を灼くような想いのなか冷たい床に跪き、時空間の感覚も失って教会のろうそくや香の匂いに恍惚としながら祈り続ける。そのような日々はマルトの心身を消耗し、抑圧された性欲はヒステリーの発作を引き起こす。深夜に

第5章　ゾラ『真実』における〈性的倒錯者〉

身をかきむしり傷だらけになるマルトの姿は狂人以外の何者でもない。

　一方、宗教性ヒステリーの醜悪な側面を体現するのが『ムーレ司祭のあやまち』の醜く邪悪な修道士アルシャンジアである。常に卑猥な言葉を用いながら「女性の肉体」を痛罵するアルシャンジアは、ムーレ司祭と少女アルビーヌとの恋愛を阻止しようとするが、ゾラはその深層心理について「忘れていた禁断の愛の甘美な感覚がよみがえり、自らに強引に課している禁欲がいっそう激化しているのであった」と説明する★46。実際にこの後、アルシャンジアが生まれながらもつ凶暴性や好色さは、無理な禁欲によってエスカレートしてゆく。『真実』のゴルジアは、このアルシャンジアの延長線上にいる登場人物といっても過言ではない。次の引用は、群衆を前に告白するゴルジアの興奮が極限に達する場面である。

　　それはまるでゴルジアのなかで発作が昂まってゆくようであり、痙攣した顔の中の目をぎらぎらと燃えたぎらせ、うっすらと泡の浮かぶ唇をゆがませた。痙攣性の衝撃がその痩せさらばえて曲がった身体を揺さぶった。そして極度の激情に突き動かされ、ゴルジアは大声で唸り出したが、それはまるで地獄に落ちた人間が悪魔に二叉で突かれ、地獄の猛火の上で炙られているかのようだった。［…］ゴルジアは、さかりがついて放たれた獣のごとく激情に燃え立ち、どのようにして幼いゼファランを押し倒し、引き裂いたシャツで少年の顔を覆い叫ばないようにして汚したのかを話した。［…］ゴルジアは自分の行為を一つももらすことなく、どんなに下劣で残忍なことも微に入り細に穿って語ったが、そこには修道院の暗がりで膨らみ悪化した、自然に抗う情念の錯乱が見られた★47。

　ゴルジアの獣のような告白は、罪を悔い改めた者が静謐な心で行うものとは遠くかけ離れている。ぎらぎらとした目、痙攣した顔、歪んだ唇の端に浮かぶ泡、そして痙攣する身体というゴルジアの「発作」の描写には、ヒステリー患者のカタレプシーに通じるものさえある。そして引用下線部の「修道院の暗がりで膨らみ悪化した、自然に抗う情念の錯乱」とあるように、ゾラは過度の宗教的禁欲が反自然的であり、心身の健やかな発露を妨げ病理的症状を引き起こすと考えていたのである。聖女テレーズの法悦や幻視が過度の禁欲によるヒステリーの症状としてみなされるように、当時の精神科医たちは宗教と精神疾患との関連性について研究した★48。強姦殺人の詳細を脳裏に再現し、それを他

者に語ることで激しさを増す性的興奮、ゴルジアのこのマグマのような情念は殺気立つ群衆の熱気にあおられ、ヒステリーの症状として身体に表出したのである。

　興味深いことに、性的倒錯者が異常な興奮状態のなか聴衆を前に強姦殺人の内容を告白するというシーンが、ユイスマンス（J.-K. Huysmans, 1848-1907）著の『彼方』À Rebours（1884）にも認められる。犯人は、歴史上悪名高いペドフィリア殺人者のジル・ドレ（Gilles de Rais, 1404-1440）であり、裁判で多くの傍聴者を前になされるその告白の内容はゴルジアのものよりはるかに凄まじい。「夢遊病者のような somnambule」と表される完全な自我忘却と法悦に浸りながら残虐な殺害シーンを脳裏に再生し、燃えるような目で神の赦しを乞う性的倒錯者の姿はそのままゴルジアに重なる★49。ユイスマンスと近しいゾラが『彼方』を読んでいた可能性は否定できない。数百人にものぼる少年たちを殺害したジル・ドレの最初の犠牲者は天使のような聖歌隊の少年であり、もとは敬虔なキリスト教徒であったこの悪魔主義者の深層心理も宗教的錯乱との関連で論じることができるだろう。『彼方』では修道院におけるヒステリーと悪魔主義、禁欲と夢魔の出現など、抑圧された性欲と宗教的妄想についても述べられるが、神秘主義に毒された19世紀末フランス社会は、中世の悪夢を甦らせるには十分な精神的退化を迎えていたのである。

4・3　〈心的外傷〉が再現する殺人

　先にあげた論文「宗教性錯乱における殺人道具としての聖具」と同巻の『犯罪人類学雑誌』（1900, t. XV）に所収の「神経症の病因学的分類考」« Essai de classification étiologique des névroses » でもまた、種々の妄想を引き起こす「禁欲」がヒステリーの発症源としてあげられている。しかしこの論文で特に注意したいのは、著者が扱ったヒステリーの事例のおよそ半分が「死を目撃すること」、とくに「恐怖を喚起する劇的な死」によって引き起こされているという記述である★50。実はゴルジアの告白の中で明らかになるのが、別の聖職者によるもう一つの少年殺害であった。

　広大な狩猟地をもつ侯爵夫人の番人として雇われていた父の死後、ゴルジアはその夫人の孫である少年の遊び相手として邸で生活する。だがある日、少年は川で水死してしまう。侯爵夫人の跡取りを、信心深い老婦人を籠絡し広大な領地の法的贈与を狙っていたクラボ修道司祭が少年の家庭教師だったフィリバンと共謀して事故死にみせかけ殺害したのは明確であり、これを遠くから目撃

第 5 章　ゾラ『真実』における〈性的倒錯者〉

していたゴルジアを、二人の殺人者は修道士にして口を封じたという。ゴルジアはその残酷なシーンの記憶を抑圧せねばならなかったことの苦悩を神に訴え、激昂状態に胸を叩きながら群衆を前に吐き出した。

　　ゴルジアは荒れ狂う激情のなか胸を打ち鳴らし、声は嗄れ、痛悔で無我夢中であった。「わたしは罪を犯した、罪を犯したのです、おお神よ！……わたしの指導者たちは、さらに恐ろしい罪を犯しました、おお神よ！　彼らはわたしに悪い例を示したのです……しかし、おお神よ！　わたしはすべてを話すことで、わたし自身と彼らのために罪の償いをしているのですから、おお神よ、あなたさまの限りない慈愛で彼らに赦しを与えてくださいますか！　わたし自身をお許しくださるように」★51。

　上の引用から、子ども時代に目撃した聖職者たちによる殺人事件がゴルジアの脳裏に深くやきつきトラウマとなって、その深層心理に影響を与えていたことが分かる。すでにみたように単純な遺伝的図式を描けば、ゴルジアが両親から好色さや暴力性を受け継いでいることは否定できない。そして成育環境については、自分を生み落としてすぐに失踪した母親、元密猟者の父親は殺されるという状態で、両親の愛情も監視もない野放図な状態で育った。長ずるにつれて好色さは増すが、聖職者による殺人という異常な事件から受けた強い衝撃と恐怖心、目撃者としての罪悪感は混ざり合い、ゴルジアの意識の奥深く眠っていた悪魔（＝遺伝）に感応したのである。そしてマルクが想像するように、クラボやフィリバンはゴルジアというこの「神の恐るべき子ども l'enfant terrible de Dieu」の「罪 深 い 肉 体 の 中 に 燃 え 立 つ 見 事 な 宗 教 心 le magnifique esprit religieux qui brûlait dans sa chair coupable」を驚愕の念とともに見出したのであった★52。上の引用にも認められるように、ゴルジアはその師よりも自分自身が最も神に近い存在であると信じて疑わない。『真実』の草稿には、ゴルジアが「聖職者はあらゆる犯罪を犯すことができる Le religieux peut commettre tous les crimes」★53 という信念をもつと記されているが、狂信者のこの全能感が凶悪犯罪の根底にあると言える。

　ゴルジアの犯罪は、遺伝による「生来性の性的倒錯者」もしくは「生来性犯罪者」としての気質とトラウマ、強烈なリビドー、そして宗教的法悦に爛れた脳がつむぎだす激情が可能にしたものであった。ゾラは情念の焔に身をさらしながら雄叫びをあげる罪人の姿を通じて、無意識の奥深くに潜む怪物の存在を

ありありと示してみせたのである。

むすびに代えて──社会病理と個人

　世紀転換期を迎えてもなお高まりゆく反ユダヤ主義に増加する凶悪犯罪、ロンブローゾやゾラはこのような道徳的荒廃を、〈隔世遺伝〉と表現した。人類の進歩に逆行するこの現象はまさに、何世代を経てもなお人間の魂を腐敗させる悪そのものであろう。フロイトが発展させた文化精神医学の考え方にもあるように、ある時代や社会が内蔵している病理は、個々の人間存在を狂気に導く可能性をはらんでいる★54。そしてまた、個人の病理が社会病理につながってゆく。暴力や犯罪、心身症など様々な様相を帯びて立ち現れる人間存在の退化を、一義的な解釈では説明し尽くすことはできない。ゾラはゴルジアの遺伝的素質や成育環境のみならず、少年時に目撃した殺人事件、口封じのため結ばされた殺人者たちとの異常な関係にまで迫ることによって、深層心理の暗闇に迫ろうとしたのである。器質的な解釈が主流であった 19 世紀の精神医学を超克したのがフロイトであったが、ゾラもまた文学者としての慧眼で、社会病理にもかかわる人間の心理についての考察を行った。『獣人』はフロイトの理論を先取りした作品だとみなされてきたが、獣人ジャックの殺人欲は単純に遺伝や衝動でしか説明されなかった。その意味において、『真実』のゴルジアこそ当時最新の知をもとに創造された、20 世紀を予言する殺人者像と言えるかもしれない。

　ところで、『真実』の犯罪者はゴルジアやフィリバンなどの聖職者だけではない。この小説のなかで蠢動する群衆こそ、その無知と暴力性において最も危険な存在に思われる。『真実』における群衆狂気の表象は、それ以前の作品群に比べてより邪悪で危険なものとして『真実』で機能する。咆哮をあげ、無実のユダヤ人への死を連呼する群衆をさしてゾラは、「感受性というものが麻痺し」、「迷信の暗闇の中にいる者たち」だとした★55。しかしいったん事件の真相が明るみになると、その同じ群衆が今度は「ゴルジアを殺せ！」、「地獄の底に引きずり込め」と雄叫びをあげるのである。この狂気こそ、ドレフュス事件の渦中で「ゾラを殺せ！」★56 と絶叫する群衆を目の当たりにして、ゾラ自身が感じた人間性の狂気そのものであったろう。宗教的蒙昧によって真実への道をふさがれる民衆たち、この「あらゆる無秩序と苦悩の悪しき種 ferment mauvais de tous les désordres et de toutes les souffrances」である「宗

教的毒 poison religieux」がどれほど人心を迷わせたのか★57。『真実』におけるユダヤ人冤罪事件を、ゾラは有機体としての社会を蝕む「癌 cancer」に例えている★58。

このような社会病理に対して『真実』で提示された処方箋こそが、宗教色を排し、男女平等の思想に基づいた〈正しい教育〉の必要性、そして何よりも満ち足りた〈愛情〉である。ゾラは、迷信深い町でもとくに頑迷で「専制的信心者 dévote despotique」、反ユダヤ主義者のデュパルク夫人の信仰心の基盤にある、満たされない愛情ゆえの精神的飢餓感、官能充足の代替としての神父や教会のあり方に警笛を鳴らす★59。さらにこの老夫人の精神的偏狭さや、「神の呪い」という宗教的な脅しで他を支配しようとする側面を通じて、宗教の教義が人の心に罪悪の念を植えつけることで生じる病理に警告を発した。ゾラは草稿でデュパルク夫人の深層心理を丹念に描くが、「隔世遺伝的にataviquement」愛情を欲する女たちの心の隙に忍び込む司祭や教会の抗いがたい魅力、「支配するために支配されたい」という両義的な感情を鋭く抉っている★60。神に救われるのか罰を受けるのかと絶えず怯えることは人生から希望をうばい精神の病を引き起こす。強姦殺人という忌まわしい犯罪の種となったのは、実は犠牲者の亡き母親の哀しい迷信そのものであった。

カトリックの彼女はユダヤ人の男性と結婚し、ゼファランの母となったが、ある日夫が工場で勤務中に機械にはさまれて無惨な死を遂げると、「ユダヤ人と結婚したために神の罰が下されたのだ」と思い込み、ゴルジアのいる修道会経営の学校に子供を入学させたのであった。言うまでもなく、責められるべきは忌まわしきゴルジアである。だが宗教的迷信がつまずきの石であることを、この事件について否定することはできない。『ルーゴン＝マッカール叢書』のマルト、セルジュ、アンジェリックと、宗教性ヒステリーの遺伝を受け継ぐ登場人物たちは、神もしくは神に代わる者の恩寵を欲し、その裏切りの代償に恐れ戦く。四肢を麻痺させるような陶酔感のなかで彼らの病んだ脳内を満たすのは天上の煌めく世界だが、その法悦は同時に煉獄や神の裁きなどの観念が呼び覚ます、激しい恐怖心と背中合わせでもある。この恐怖心が精神を蝕み、肉体を滅ぼすのだ。『ルーゴン＝マッカール叢書』、『三都市』、『四福音書』と一貫して、ゾラが理想とする登場人物に繰り返し用いる形容詞に「静謐なtranquille」という語があるが、情念に病む者とは対極の境地であり、人間が本来取り戻すべき魂のあり方として描かれる。

さらに『真実』では、主人公やその妻を救うのが愛情であり、それは結びつ

きという神秘的な経験のうちに存在する。愛情によってのみ、人は他者や自然とのかかわりにおいて自己の価値を見いだし、精神の自由や健康が可能になるのである★61。マルクは引退するその日まで、教職に復帰した妻のジュヌヴィエーヴとともに公立学校の理想実現化の努力を怠らなかった。幸福な晩年に起こった別の冤罪事件――ある夜、マルクの曾孫が強姦されそうになるが、この少女の父親である、マルクの孫フランソワが嫌疑の対象となる――も、マルクの元教え子の青年が虚偽の証言を改め、真実を告白することにより、真犯人も特定されシモン冤罪の悪夢は繰り返されなかった。それは長い年月をかけてマルクが子どもたちの心に種をまき、愛情で花を咲かせた教育の賜物であろう。人生につきものの不幸さえも甘受しつつ、小説のラストシーンで微笑むマルクとジュヌヴィエーヴ、シモン夫妻と、彼らの血を受け継ぐ子どもや孫に曾孫たち、この幸福な情景のなかにこそ真実が在るのであり、〈冤罪〉という精神の殺害を行う卑しき者たちの暗闇を消滅させる、神聖な光そのものであった。

　科学の急激な進歩が精神の危機を招いた19世紀末フランス、ゾラは偏った科学主義に陥ることなく、「科学は立ち止まらず、真実によって絶えず誤謬に打ち克ってゆく」ことを信条とした★62。20・21世紀の科学は様々な事件の謎を解き明かしてきたが、冤罪はいまだ根絶にはいたらない。正義はふみにじられ、他者を落し入れても卑劣な人間は生き続ける。それでもなお、19世紀には叶わなかったDNA研究のおかげで科学捜査の分野は大きく発展し、現在だけではなく過去の冤罪事件の真相解明にも貢献している。それは、「真実のみを愛し、できるだけ多くの真実を成すことが人生の目標」★63としたゾラにとって、科学知が可能にした人間性の復権、逃れ難い〈退化〉を斥ける真の進歩に他ならないであろう。

注
★1　「暗示」の理論は19世紀当時、神経学者シャルコー（J.-M. Charcot, 1825-1893）やベルネーム（H.-M. Bernheim, 1873-1919）によって研究されていた。

★2　Scipio Sighele, *La Foule criminelle : Essai de psychologie collective*, traduit par Paul Vigny, Paris, Félix Alcan, 1901 (2ème éd.), p. 98.

★3　ゾラがイタリア人青年から手記を受け取ったのは1889年頃だが、サン＝ポールに手渡されたのは1893年秋頃とされる。後者によって手記の抜粋が1894年3月から1895年5月まで『犯罪人類学雑誌』に掲載された。Henri Mitterand, *Zola : III*, Paris, Fayard, 2002, pp. 155-157.

★4　著者は、クラフト＝エビングに依拠しながら、« perversion » と « perversité » を区別する。前者が「倒錯した本能」を指すのに対し、後者は「倒錯した行為」そのものを

第 5 章　ゾラ『真実』における〈性的倒錯者〉

指す. Cf. Dr Laupts, *Tares et poison : Perversion et perversité sexuelles. Une enquête médicale sur l'inversion Notes et documents. Le roman d'un inverti-né. Le procès Wilde. La guérison et la prophylaxie de l'inversion*, Préfacé par Émile Zola, Paris, Georges Carré, 1896, p. 225.

★5　« À la mémoire d'Émile Zola », *Archives de l'Anthropologie criminelle de criminologue et de psychologie normale et pathologique*, Lyon, A Rey et Cie, Paris, Masson et Cie, 1907, t.XXII, p. 832.

★6　Cf. La lettre de Zola du 25 janvier 1893 à Jean Van Santen Kolf, « Correspondance », *Œuvres Complètes*, édition établie sous la direction de Henri Mitterand, Cercle du Livre Précieux, 1968, t. XIV, p. 1484.

★7　Léon Riotor, « Cerveaux littéraires - Confessions physiologiques », *Le Figaro*, le 10 décembre 1892, p. 2.

★8　この著書については、橋本一径氏にご教示いただいた。Édouard Toulouse, *Émile Zola : Enquête médico-psychologique sur la supériorité intellectuelle*, Slatkine Reprints, 2012 (1re éd., 1896).

★9　«Préface » par Émile Zola, Dr Laupts, *op. cit.*, pp. 1-4.

★10　Cf. « Étude » de *La Bête humaine*, Émile Zola, *Les Rougon-Macquart : Histoire naturelle et sociale d'une famille sous le Second Empire*, édition de Henri Mitterand, Paris, Gallimard « Bibliothèque de la Pléiade », t. IV, 1966, p. 1721.

★11　Cf. « Notice » de *Vérité*, Émile Zola, *Quatre Évangiles*, édition de Henri Mitterand, Paris, Cercle du Livre Précieux, 1968, p. 1498.

★12　ピエール・ダルモン『医者と殺人者像──ロンブローゾと生来性犯罪者伝説』鈴木秀治訳、新評論、1992 年、95 頁。

★13　Cf. « Notice » de *Vérité, op. cit.*, p. 1490.

★14　小説の草案でゾラは犠牲者を当初「少女」に設定していたが、終盤にさしかかった時点で「少年」に変更している。その理由として修道会経営の学校が共学ではないことに気づいたからだと言う。« Notice » de *Vérité*, p. 1497. ちなみに『真実』では、未遂に終わるが少女強姦についても描かれる。

★15　『ローロール』紙 *L'Aurore* での『真実』の連載は、作家の死後翌年の 2 月 15 日まで続けられ、その後すぐに単行本として出版されている。主人公やその家族の幸福な大団円で終わるにもかかわらず、『真実』は未完とみなされることが多い。草稿研究からも分かるように、推敲を重ねてテクスト化されたものが完成品であるならば、単行本化の前に作者が亡くなった『真実』が未完であるという見方はごく自然であろう。実際にゾラは草稿の一部を修正することができなかった。Cf. « Notice » de *Vérité*, p. 1498.

★16　Cf. Georges Vigarello, *Histoire du viol : XVIe-XXe siècle*, Paris, Éditions du Seuil, 1998, pp. 218-219.

★17　*Vérité*, p. 1015.

★18　*Ibid.*, p. 1031.

★19 Cf. Cesare Lombroso, *L'Homme criminel : Étude anthropologique et médico-légale*, traduit par MM. Régnier et Bournet, Paris, Félix Alcan, 1887, pp. 225-226.

★20 *Ibid.*

★21 B.N., Ms, N.a.f., n° 10344, f° 201.

★22 *Vérité*, p. 1416.

★23 『真実』では、犯罪者とは対照的な肖像をもつ聖職者が登場する。ゾラは教条主義とは対極にある素朴で愛情深いカンデュー司祭を丹念に描く。「どこまでも澄んだ青い瞳」や「丸い頬」、「やわらかな線の顎」などの特徴は、明らかにゴルジアの肖像と対峙させてある。ゾラはこれらの特徴を、神父の「賢明な精神」や「忍耐強さ」など内面の美徳を表すものとした。*Ibid.*, p. 1025.

★24 ピエール・ダルモン、前掲書、111 頁。

★25 Cf. Lettre d'Émile Zola à Van Santen Kolff, datée du 6 juin 1889. Émile Zola, *Correspondance VI*, Les Presses de l'Université de Montréal, Éditions du CNRS, 1989, pp. 394-395.

★26 〈退化〉の概念ついては、次の文献を参照されたい。Daniel Pick, *Faces of degeneration : A European Disorder, c.1848-c.1918*, New York, Cambridge University Press, 1989.

★27 *Vérité*, p. 1019.

★28 ゾラの記事については次の翻訳を参照した。「ユダヤ人のために」『時代を読む 1870-1900』小倉孝誠・菅野賢治訳、藤原書店、2002 年、233-244 頁。

★29 Cesare Lombroso, *op. cit.*, pp. 662-663.

★30 *Vérité*, p. 1213.

★31 *Ibid.*, p. 1117.

★32 *Ibid.*, p. 1221.

★33 *Ibid.*, p. 1364.

★34 *Le Docteur Pascal*, *op. cit.*, t.V, 1967, pp. 1017-1018.

★35 *Vérité*, p. 1458.

★36 B.N., Ms, N.a.f., n° 10344, f° 201.

★37 Cesare Lombroso, *op. cit.*, p. 640.

★38 B.N., Ms, N.a.f., n° 10344, f° 202.

★39 *Vérité*, p. 1089. テクストではゴルジアはフィリバン、クラボ両方と性的関係を持ったことになるが、草案ではフィリバンのみが言及されている。Cf. N.a.f. 10344, f° 196.

★40 Césare Lombroso, *op. cit.*, p. 415.

★41 *Vérité*, p. 1459.

★42 *Ibid.*, p. 1459.

★43 B.N., Ms, N.a.f., n° 10344, f° 81.

★44 Cf. Dr A. Cullerrk, « Les objets de piété comme instruments de meurtre dans le délire religieux », *op. cit.*, 1900, t. XV, pp. 442-449.

第5章　ゾラ『真実』における〈性的倒錯者〉

★45　ゾラが参照した文献は次の通り。Jean-Ennemond Dufieux, *Nature et Virginité : Considérations pathologiques sur le célibat religieux*, Paris, Librairie de Juliens, 1854.

★46　*Vérité*, p. 1441.

★47　*Ibid.*, p. 1460.

★48　Cf. Émile Murisier, *Les Maladies du sentiment religieux*, Paris, Félix Alcan, 1903.

★49　J.-K.Huysmans, *Là-Bas*, édition d'Yves Hersant, Paris, Gallimard, 1985 (1re éd., 1884), pp. 278-279.

★50　Cf. C. Tournier, « Essai de classification étiologique des névroses », *op. cit.*, 1900, t. 15, pp. 28-33.

★51　*Vérité*, pp. 1458-1459.

★52　*Ibid.*, p. 1459.

★53　B.N., Ms, N.a.f., n° 10344, f°209 ;

★54　Cf. Sigmund Freud, *Le Malaise dans la culture*, traduit par Pierre Cotet, Presses Uinversitaires de France, 1995.

★55　*Ibid.*, p. 1119.

★56　サン゠ポールは前述した追想記のなかで、ゾラの死を叫ぶパリの群集について書きとめている。Cf. Dr Laupts, «À la mémoire d'Émile Zola », *op. cit.*, p. 839.

★57　*Vérité*, p. 1197.

★58　*Ibid.*, p. 1403.

★59　*Ibid.*, p. 1361.

★60　B.N., Ms, N.a.f., n° 10344, f° 49.

★61　ゾラが小説で提示した〈健康な社会〉のための処方箋は、20世紀の社会心理学者フロムの思想にも通じる。Cf. Erich Fromm, « Mental health and society », *The Sane Society*, New York, Routledge, 1956, pp. 67-77.

★62　Émile Zola, « La science et le catholicisme » (1896), *Œuvres Complètes, op. cit.*, pp. 839-840.

★63　« Lettre de M. Émile Zola », Édouard Toulouse, *op. cit.*, p. 1.

文献表

Charcot, J.-M., *Leçons du mardi à la Salpêtrière, policlinique 1887-1888*, Paris, Bureau du Progrès médical, 1892.

Cullerrk, Alain, « Les objets de piété comme instruments de meurtre dans le délire religieux », *Archives de l'Anthropologie criminelle de criminologue et de psychologie normale et pathologique*, Lyon, A Rey et Cie, Paris, Masson et Cie, 1900, t. XV, pp. 442-449.

Dufieux, Jean-Ennemond, *Nature et Virginité : Considérations pathologiques sur le célibat religieux*, Paris, Librairie de Juliens, 1854.

Huysmans, J.-K., *Là-Bas*, édition d'Yves Hersant, Paris, Gallimard, 1985(1re éd., 1884)

Laupts, *Tares et Poisons. Preversion et perversité sexuelles. Une enquête médicale sur l'inversion Notes et documents. Le roman d'un inverti-né. Le procès Wilde. La guérison et la prophylaxie de l'inversion,* Préfacé par Émile Zola, Paris, Georges Carré, 1896.

————, « À la mémoire d'Émile Zola », *Archives de l'Anthropologie criminelle de criminologue et de psychologie normale et pathologique,* Lyon, A Rey et Cie, Paris, Masson et Cie, 1907, t. XXII, pp.832-841.

Le Bon, Gustave, *Psychologie des foules*, Paris, Presses Universitaires de France, 1963 (1re éd., 1895).

Lombroso, Cesare, *L'Homme criminel,* traduit par MM. Regnier et Bournet, Paris, Ancienne Librairie Germer Baillière, 1887.

Mazonni, Christina, *Saint Hysteria : Neurosis, mysticism and danger in European Culture,* London, Cornell University Press, 1996.

Michelet, Jules, *Le Prêtre, la femme et la famille,* Paris, Chamerot, 1861.

Murisier, Émile, *Les Maladies du sentiment religieux,* Paris, Félix Alcan, 1903.

Pick, Daniel, *Faces of degeneration : A European Disorder, c.1848-c.1918,* New York, Cambridge University Press, 1989.

Sighele, Scipio, *La Foule criminelle : Essai de psychologie collective,* traduit par Paul Vigny, Paris, Félix Alcan, 1901 (2ème éd.).

Toulouse, Édouard, *Émile Zola : Enquête psychologique sur la supériorité intellectuelle,* Slatkine Reprints, 2012 (1re éd., 1896).

Tournier, Charles, « Essai de classification étiologique des névroses », *Archives de l'Anthropologie criminelle de criminologue et de psychologie normale et pathologique,* Lyon, A Rey et Cie, Paris, Masson et Cie, 1900, t. XV, pp. 28-33.

Vigarello, Georges, *Histoire du viol : XVIe-XXe siècle,* Paris, Éditions du Seuil, 1998.

Zola, Émile, *La Bête humaine, Les Rougon-Macquart : Histoire naturelle et sociale d'une famille sous le Second Empire,* édition de Henri Mitterand, Paris, Gallimard « Bibliothèque de la Pléiade », 1966, t. IV.

————, *Vérité, Œuvres Complètes,* édition de Henri Mitterand, Paris, Cercle du Livre Précieux, 1968, t. VIII.

————, *Œuvres Complètes,* édition de Henri Mitterand, Paris, Cercle du Livre Précieux, 1968, t. XIV.

ダルモン、ピエール『医者と殺人者像——ロンブローゾと生来性犯罪者伝説』鈴木秀治訳、新評論、1992 年。

第2部

医学・生理学との交錯

第6章

19世紀において医学史をどう書くか

松村 博史

はじめに

　本論では、19世紀フランスにおいて、「医学史」という歴史の分野がどのような形で展開していったかを概観したい。もちろん「医学史の歴史」を網羅することなどは到底不可能であるし、フランスだけに話を限っても、もっと大きな視野をもった研究が必要となるだろう。したがって、ここでは私自身がバルザックと同時代の医学という研究分野において19世紀医学の文献に接する中で感じたことを出発点とし、そこから取り出せる、この時代の医学史を特徴づけるいくつかの要素について考察したいと思う。

　医学史でなくとも、「歴史学の歴史」について調べるのは容易ならざるものがある。「医学の歴史」についての文献は無数にあるが、「医学史の歴史」の文献、あるいはそれに関する研究となると非常に限られてくるだろう。それを踏まえた上で、「医学の歴史」が19世紀フランスにおいてどのように書かれたかを見るためには、いくつかの変数を考慮する必要があると思われる。これは「科学史」を考える際に共通する問題意識でもあるが、まずはそれらを順不同に挙げてみることにする。

　最初に注目すべきは、19世紀中に医学史上で起こった変化である。19世紀フランスにおいて、医学は大きく変貌した。またフランス革命後、医学研究の制度も大きく変わっている。18世紀末から19世紀初頭にかけては、フーコーが『臨床医学の誕生』で取り上げた時代である。この時代を特徴づける医学の流れとしては、18世紀末からの観察医学、19世紀前半に登場したグザヴィエ・ビシャなどによる人体組織の解剖に基づく生理学、ブルッセなどによる病理解剖学、ラエンネックによる聴診法の発明などが挙げられよう★1。また世紀の後

半にはクロード・ベルナールの実験医学やルイ・パストゥールの細菌学に基づく医学などが大きな影響を及ぼした。一言で言うと、医学はこの時代にアンシャン・レジームの医学から近代的で「科学的」な医学へと大きく様変わりしたと考えられる。

　歴史の記述はもちろん、対象となる時代だけではなく、その歴史が書かれた時代の考え方にも大きく左右される。それぞれの医学史が書かれた時代に、どのような「医学」が存在していたかが重要な意味を持つのである。

　次には、それぞれの医学史が書かれた時代において、「歴史学」はどのような状況にあったのかということが問題となる。その時代に「歴史」がどのような考え方に基づいて書かれていたのかということである。これもフランスだけを見ても、フランス革命による断絶を経て、近代的な歴史学が始まった時代、ミシュレに代表されるロマン主義的な歴史学の時代、そののちにドイツから導入された実証主義的な歴史学の時代、そして新しい学問である社会学に基づく歴史学の時代など、いくつかのモーメントを見出すことができる[2]。19世紀は、すでに何らかの歴史学が存在したのではなく、近代的な意味での「歴史学」そのものが創り出された時代だと考えた方が正確であろう。さらに「歴史を書くこと」が年代を追って次第に意識的な行為になってくることも重要と思われる[3]。

　それから、歴史の中でとくにその一分野としての「科学史」をどう捉えるのかということも重要な問題である。「科学史」は政治史や経済史、文化史のような歴史と同じものなのか[4]。このことは、医学史を「誰が書いているのか？」という問いかけからもよく意識できると思われる。というのも医学史を書いているのは「医者」であることも多い[5]。それぞれの医学史を書いているのは、「医者」なのか、「作家」なのか、あるいは「歴史家」なのか。これを意識することも興味深い試みである。

　19世紀という時代においてまず注目すべきことは、初めて医学の「歴史」が意識されるに至ったことである。それは次のエミール・リトレの引用からもよく理解することができるだろう。

　　医科学は、もし手仕事の地位に貶められることを望まないならば、自らの歴史に関心を持ち、過去の時代が残した昔の偉大な事業を大切にしなければならない。時の流れの中で人間精神の進展を追うこと、それが歴史家の役目である[6]。

医学が自らの歴史を持つことの重要性を強調したこのリトレの引用は、医学が初めて示した歴史に対する意識を表明すると同時に、それが医者よりも人文学者と呼ばれるにふさわしいリトレによって書かれたことも注目すべきであり、「医学史」が「医学」から独立して成立しうることも示唆するものだ。ここに記された医学の歴史への目覚めを問題の出発点としたい。

1 「医学史」の目覚め

フランス語で最初に『医学史』というタイトルで出版された本は恐らくダニエル・ルクレール（1652-1728）の『医学史』（1698）[7]である。ルクレールはスイスの医者でジュネーヴに生まれ、他に解剖学に関する著作がある。前書きを読むと、これまでの医学史に関する本を批判して、自分の本こそが初めての医学史だと主張している[8]が、700ページ以上の大部の書物であるにもかかわらず、その記述は2世紀の医者ガレノスまでで終わっている。著者によれば、同書の目的は古代の医学と近代の医学を比較することにあり、「古代の著者の考えを近代の人々に帰したり、近代の所有物であるものを古代に付与したりすることがないようにとりわけ注意しなければならない」[9]と述べている。すなわちヒポクラテスやガレノスの医学に近代医学と同じかそれ以上の比重を置いており、これが18世紀以前の医学の特徴であると言うことができる。

これ以降の医学史は外国の書物からの翻訳が続く。まずジョン・フレンド（1675-1728）の『医学史』（1727）[10]が見出される。これは英語からの翻訳で、原書は1725年にロンドンで出版されている。フレンドはイギリスの医者だが、この書物でイギリス初の医学史家という評判を得たという。翻訳しているのはエティエンヌ・クーレというオランダの医者で、『痛風礼賛』という著作がある。このフレンドの『医学史』は、時代的にはルクレールの続き、ガレノスから16世紀初めまでを扱っており、イギリスの人文学者についても詳しいようである。この医学史の記述は、16世紀イギリスの人文学者トマス・リナカーについての解説で終わっている。

ここまでの医学史は、まだ近代的な医学を扱っているとは言えず、記述も近代以降の歴史学とは程遠いものである。時代的にはルクレールは古代で、フレンドは16世紀で止まっていることからもそれがわかる。一方、西欧の近代的な医学はウィリアム・ハーヴィー（1578-1657）の血液循環論に始まるとされ

る。フレンドも前書きに書いているように、彼の本は記述も「医学の主要な著者たちの生涯、性格、著作、見解、新しい発明についての抜粋」(« Préface », p. v)にとどまっている。

2　19世紀前半の状況

　18世紀以前の医学史書については以上であり、ここから19世紀に入る。フレンドの翻訳の次に見られる代表的な医学史の著作はドイツ語からの翻訳である。それはクルト・シュプレンゲル(1766-1821)の『医学史』(1815)★11 で、副題に「その起源から19世紀まで」と掲げられている通り、これが書かれた頃までの全ての時代を網羅する通史になっている。全部で9巻から成る大部の書物である。この書物からそろそろ変化の兆しが見え始めるので、内容を少し詳しく見ていくことにしよう。

　著者のシュプレンゲルはドイツの植物学者で医者である。また翻訳を行ったのは、A. J. L. ジュルダン(1788-1859)というフランスの医者である。この医学史の第1巻冒頭には「翻訳者の前書き」と「序論」が付されており、フランス人である翻訳者ジュルダンと、ドイツ人作者シュプレンゲルの両方から興味深い要素を取り出すことができる。

　まずジュルダンは、このシュプレンゲルの書物が存在することによって、当時の医学史の分野でドイツの方がフランスより進んでいることを強調している。すなわちフランスにはこれに匹敵する医学史の本はこれまで存在しなかったことが示唆されているのである。

　　　フランスは長い間、このような著作を所有しているドイツをうらやましく
　　　思ってきたが、ついにフランスの医学文献にこれを加えるという誇らしい
　　　希望を抱くに至ったのである。　　(« Préface du traducteur », p. xiii)

この引用は、ジュルダンの翻訳に先立つ1809年に出た同じシュプレンゲルの旧訳について触れているが、これに続く部分で翻訳者は従来の翻訳をさんざんに批判している。

　この翻訳者による序文で、もう一つ重要なのは、例えば次の引用に見られる要素である。

第 6 章　19 世紀において医学史をどう書くか

これまで書かれた全ての医学史からは、近代人の手の中で科学が経験した
ほとんど全面的な革命をもたらした原因や出来事の連鎖について何も知る
ことができないという大きな欠点があった。　　　　　　　（*Ibid.*, p. xi）

すなわち従来の医学史は古代を重視するあまり、近代の発見を軽視する傾向が
あった。近代の医学をもっと重視すべきだという主張だが、ここで注目すべき
は「革命」という言葉である。今日のわれわれは革命という言葉を目にしても、
つい見過ごしてしまいがちであるが、これが書かれた時代に「革命」と言えば、
もちろん何よりもフランス革命が筆者の意識にあっただろう。実際 19 世紀初
めにおいて、フランス革命をどう解釈するかは大きな問題であった。前の時代
との完全な断絶という意味で「革命」の語が用いられるのは、フランス革命以
後のことに他ならない★12（このあと、原作者シュプレンゲルの引用において
も「科学革命」〔p. 4〕の語が出てくる）。すなわち、科学の歴史が逆行するこ
とが許されない、いくつかの連続する断絶から成るものとして意識されるよう
になったのである。
　シュプレンゲルによる「序文」において、19 世紀的な意味での「近代性」
を感じさせるのは、まず「歴史」というものに対する意識が見られることであ
る。次の引用を見てみよう。

歴史家の神聖な義務とは、できうる限り原資料にあたることである。そう
でなければ歴史家は単なる収集家にすぎなくなり、その著作も好事家には
喜ばれるが、真の学者を満足させるものとはならないだろう。
　　　　　　　　　　　　　　　　　　（*Ibid.*, « Introduction », p. 8）

ここでは「歴史家」がその分野の専門家、プロとして認識されているのがわか
る。すなわち単に過去における医学に関する事実を書き並べるだけではなく、
そこには歴史家の専門性の高い技術が要求されるという主張である。その技術
とはどのようなものか。いくつかの引用があるのだが、ここでは一つだけ挙げ
ておくことにする。

この歴史に使われた資料は各世紀の医者たちの著作である。しかしそれら
を慎重に用い、それらの書物が真正なものであるかを十分に確かめ、それ
らが書かれている言語について完璧な知識を持たねばならない。したがっ

て批判することは歴史家にとって重要な、必要不可欠でさえある訓練なの
だ。　　　　　　　　　　　　　　　　　　　　　　　　　（*Ibid*., p. 7）

　読めば分かる通り、ここで主張されているのは今の歴史学で言う「史料批判」
に他ならない。史料批判に基づく実証主義の歴史学は、ランケ（1795-1886）
によって大成されたことになっているが、それに先立つこの書物において、す
でにドイツではこうした考え方が根付いていたことが見て取れる。
　それから 19 世紀後半に移るまでの時代にも、医学の歴史に関することが全
く書かれなかったわけではもちろんない。例えば 19 世紀初頭までの医学的知
識の集大成とも言える *Dictionnaire des sciences médicales*（Panckoucke,
1812-1822）、これは『ボヴァリー夫人』に登場するシャルル・ボヴァリーも
所持していた医学事典であるが、この全 60 巻に亘る事典にもそれぞれの項目
に歴史的記述が混ざっている。あるいはそれと前後して編纂された
Encyclopédie méthodique（Panckoucke, 1787-1830）のうち、医学を扱っ
た 14 巻についても同様である。「解剖」であれ、「生理学」であれ、これらの
辞書の基本的なスタイルとしては、それぞれの概念について、古代以来の考え
方や慣例をたどる記述が通例であった。
　19 世紀前半はフランスがヨーロッパの医学をリードした時代であった。パ
リでは新しい医学的発見が次々となされ、パリの医学界は多くの有名な医者た
ちを輩出していた。この時代にはフーコーが『臨床医学の誕生』で指摘した通
り、解剖学の知識に基づいた臨床解剖的な視点が医学に取り入れられた時代で
あり、またアッカークネヒトが「病院医学」と特徴づけた時代でもある[13]。
打診法をフランスに導入して症状を身体器官の状態に結びつけ、内科学を革新
したコルヴィザール（1755-1821）、解剖学の知識を組織の分析にまで推し進め、
医学に新たな身体空間の概念を導入したビシャ（1771-1802）、コルヴィザー
ルが導入した打診法をさらに発展させて間接聴診法を発明したラエンネック
（1781-1826）などがこの時代を代表する医者たちである。こうした状況下では、
医学の歴史への関心が薄れ、人々の目がむしろ医学の現在あるいは未来へと向
けられるのは当然のことであろう。
　この時代の医学の過去に対する姿勢を最も端的に象徴し、さらには同時代に
最も大きな影響を与えた人物がブルッセ（1772-1838）である。彼の代表作と
言えるものは『医学学説の検討』であるが、1816 年に初版、1821 年に大幅に
増補した改訂版が出されたこの著作[14]の基本的な姿勢は、過去の徹底的な否

第 6 章　19 世紀において医学史をどう書くか

定であった。ここでブルッセは過去の医学学説と病理学の理論体系をことごとくあげつらい、徹底した批判を加えている。ここで彼が主張するのは、

> 過去の著者たちが本質的熱病に起因するものとした症状はどれも内部器官の炎症の徴候に過ぎず［…］一言で言うならば、器官の炎症から独立した熱病などというものは全く存在しない。　　　（Examen, 1821, p. 4）

ということであった。彼が唱える「生理学的医学」においては、過去に熱病の変種と考えられたものが、ことごとく「存在論」として否定され、胃腸器官の炎症のせいとされたのである。

　このブルッセの影響はすさまじく、このあとで取り上げるダランベールも当時の状況を次のように描写している。

> 自らの力で身を守ることもできない医学史の教育は、古い医学やそれに伴って歴史も標的となった激しい攻撃に長く持ちこたえることはできなかった。その攻撃は『医学学説の検討』のどのページでも「医学、それは私だ」と繰り返し主張する容赦なき改革者によってなされた。ブルッセは過去だろうが現在だろうが、ライバルがいることが許せなかった。［…］彼の弟子たちは当時高い地位を占めていて、反対者に対して破門を連発していた。そんな中では歴史は学生の負担を増やし教授の研究の邪魔になるだけだというのが暗黙の了解だったのである。
> 　（Daremberg, *Histoire des sciences médicales*, 1870, pp. 5-6）

ブルッセの『医学学説の検討』は、上の引用にもある通り古代のヒポクラテスから 19 世紀のコルヴィザールやラエンネックに至るまでの医学思想を事細かに取り上げては批判しており、その点では、逆説的な医学史の書と見ることもできる。

　ブルッセの理論はその行き過ぎた主張により 1830 年代の終わりには急速に影響力を失い、彼の名前も今日ではほとんど忘れ去られているが、彼が過去に崇拝の対象であったヒポクラテスを始め、過去の医学のほとんどを形而上学的な「存在論」として否定し去った影響は測り知れない★15。彼によって 19 世紀の医学は「逆行」がもはや不可能となり、医学の歴史が直線的な時間を刻み始めたと考えられるのである。

111

3 19世紀後半の医学史書——ダランベールとリトレ

「医学史」という分野でこの次に大きな成果と言えるものは、1870年に出版されたシャルル・ダランベール（1817-1872）の『医科学史』（1870）★16 であろう。ダランベールはこのあと出てくるエミール・リトレの弟子、あるいはより正確には、オーギュスト・コントの弟子としてリトレの後輩に当たる人物である。この書物は、ダランベールによるコレージュ・ド・フランスでの講義録をまとめたものである。

ダランベールはまず、医学史の分野が他の歴史の分野に比べ、あるいは他の科学史に比べても大変遅れを取っていると証言している。

> 医学史の今日における欠乏状態はフランスにとってまことに残念なことだ。どちらを向いてもそれぞれの科学の歴史には一定の地位が与えられているのに、医学史はフランスにおいて公式にはコレージュ・ド・フランスの講座によって代表されるのみである。　　　　　　　　（« Préface », p. xvi）

ダランベール自身が担当するこの講座でさえ、医学史講座が1823年に廃止されて以来、40年ぶりに復活したという。その理由として挙げられるのは、前で述べた19世紀前半におけるパリ医学の急速な進歩やブルッセなどの影響もあるだろうが、それに劣らず重要な要因として挙げられるのは、医学と歴史学の両方が、この時代に至るまで連携が可能になるほどには成熟していなかったことであった。

> 医学も歴史学も、お互いを相照らすに至るにはまだ十分に進んでいなかった。医学においては古代の医学から距離が近すぎるためにそれをよく理解することができず、あまりにその弊害が大きかったために公正に判断することができなかった。観察の分野があまりにも限られており、文献の解釈があまりに恣意的で、理論体系に影響されていたために実り多い比較を成すには至らなかったのである。　　　　　　　　（« Introduction », p. 5）

ここでダランベールが言いたいのは、すなわちこの時代においてようやく「医学史」を研究するための環境が整ったということだろう。では当時の医学と歴

史学はどのような状況にあったのか。ダランベールは同時代の医学について、次のように書いている。

　　今日の医学は古代の医学からは遠く離れ、確固たる基礎の上に立ち、従来の権威に代わって実験と観察を、仮説に代わって実験的方法を取り入れてきたので、体系や理論を判断するための望みうる限り最良の手段を獲得するに至った。　　　　　　　　　　　　　　　　　　　　　　（*Ibid*., p. 13）

ここで注目すべきは、やはり「観察」に加えて「実験」の語が用いられていることであろう。クロード・ベルナールの『実験医学序説』が出版されたのは1865年のことである。「観察と実験」は時代のキーワードであったと言える。1860年代後半から70年代にかけての医学の状況は、ジャン＝ルイ・カバネスが次に書いているようなものであった。

　　実証的に確かめられた事実への信奉、実験的方法の称揚、生体が法則の形で表現できる決定論によって支配されているとする仮説は、クロード・ベルナール、シャルル・ロバン、アクセンフェルト、ヴュルピアン、ブラウン＝セカール、シャルコーなどの医者たちを特徴づける共通のしるしであり、それにより彼らは共通のイデオロギー領域の上に立つことができたのである★17。

　ダランベールにとって、「医学史」を書くということは、こうした新しい医学の見方を採用して歴史に向き合うだけではなく、これらの新しい科学の方法を歴史学に取り入れることであった。次の引用を見ることにする。

　　われわれは今日諸科学の強みであり栄光であるところの方法を歴史学に適用せずにはいられなかった。その方法こそは医学史を除いた他の全ての歴史を変革したものだったのである。もし事実が科学の実質そのものであるならば、また文献は歴史学の実質に他ならない。　　（*Ibid*., p. xiv）

歴史家にとっての文献は、まさに科学者にとっての事実に相当する。つまり実地の資料を読み、全ての歴史的事実に通暁してそれぞれの時代を特徴づけること、「それこそがわれわれ歴史家の実験的方法なのだ」（*Ibid*.）とダランベー

ルは述べている。

　このダランベールの医学史は、実証主義的な歴史観に基づいている。ただフランスの実証主義的歴史学は、普仏戦争敗北のあとドイツからランケなどの史料批判に基づく歴史学が流入し、しばらくの間それが主流になるとされる★18。それは科学的で客観的な歴史を目指し、同時に大学における歴史学の制度化を図るものであったが、ダランベールの著作に見られる歴史観はその直前に位置し、むしろオーギュスト・コントからの直系の実証主義を反映していると言うことができるだろう。

　ここでは触れるだけにするが、『医学史』と題された19世紀の書物には他に、リュシアン・バルビヨン（1859-1943）の『医学史』（1886）★19がある。この本を見ると、「前書き」も「序文」も何もなく、いきなりヒポクラテス以前の医学から話が始まり、最後は19世紀の臨床医学と生理学、そしてパストゥールについての記述で終わっている。教科書的な本でやや拍子抜けするのだが、裏を返せば、この時代になると、前書きなどで歴史学や医学史の方法論をこまごまと説明しなくても、「医学史」が自明のものとして、客観的に存在できるようになった、別な言い方をすれば完全に「制度化」されたことを証明しているのかも知れない。

　この項の最後に、やや人文科学にも近い医学史の試みとして、有名な辞書の編纂者であるエミール・リトレ（1801-81）の著作を取り上げることにする。リトレは医学や医学史に関しても造詣が深く、その一つの表れとして『医学と医者たち』（1872）★20という興味深い書物も著している。この本を出発点にして、リトレと医学史との関わりを見ていくことにしたい。リトレを医学史に結びつけることは、19世紀文学や医学史の専門家でない限り少し意外に思われるかも知れない。しかし先ほど扱った『医科学史』の著者ダランベールも、リトレの取った方法を自らのモデルにしていると述べている★21。

　リトレは最初医学を志し、早くからその研究に打ち込んでいる。またそののちも長きにわたって医学を研究し、新聞や雑誌に多くの論文を寄稿し、しかも20年以上かけてヒポクラテス全集の翻訳（全10巻、1839-61）という事業を完成させている。しかし彼は医師の資格を得ることもなく、医学博士の学位を得ることもなかった。ちょうど試験を準備しているときに、彼の父親が亡くなり、家族を養わなければならないことになり、開業の見込みが立たなくなったからである。「こうして私の医者としての前途は閉ざされた」（p. ii）と彼は書いている。

第 6 章　19 世紀において医学史をどう書くか

　私がそのあとどうなったかは、今さら読者に説明するまでもあるまい。し
かし頑固な性分でせっかく始めた研究の成果を、それを放棄することで失
いたくなかったので、生活のために働きながら、無報酬の門下生としてシャ
リテ病院におけるレイエ氏★22 の臨床指導を受け始めたのである。

（« Préface », p. ii）

リトレには開業医の経験がなく、地元で村人たちを診察しただけだと語ってい
る。しかしダランベールは、リトレは確かに臨床医（médecin praticien）
ではなかったが、歴史家の医者（médecin historien）である★23 として高く
評価しており、ずっと彼に師事していた。また二人は親友でもあり、ブルター
ニュに一緒に旅行に出かけたり、ダランベールがリトレをノルマンディの別荘
に招待したこともあった★24 らしい。
　リトレが『ヒポクラテス全集』で取った方法とは、原典についての厳密な史
料批判であった。これは彼が辞書に用いたのと同じ方法を歴史学でも適応した
ということになるだろう。

　私はパリ王立図書館の手稿を注意深く照合していった。この作業には長い
時間がかかったが、すばらしい結果をもたらしてくれた。私が照合した手稿
にあった異文、および他の版本からの異文はページの下に示してある★25。

リトレはヒポクラテスの著作の校訂に関するさまざまな問題を序文に書くつも
りだったが、結果的には長いものとなり、第 1 巻のほとんどがそれに充てら
れることになった。こうした作業の目指すところは、現在と過去を結びつける
ことだと彼は主張している。

　古代からもたらされた書物が与えてくれる興味と利点とは、どんな場合で
も、心の中で近代科学と古代科学が比較されるということである。［…］
肝心なことは、現在と過去のつながりを理解させることであり、その関係
の中で古代の出来事を近代の出来事と同じくらい明瞭に感じられるように
することなのだ。

（Ibid., p. xiv）

これがリトレの方法であり、彼の実証主義の核心であるが、再び 1872 年の『医

115

学と医者たち』に戻ると、リトレはオーギュスト・コントからもう一つの教え
を取り出していることがわかる。コントが人間精神の発展を神学的、形而上学
的、実証的の三つの段階に分けているのは有名であるが、リトレは生理学とい
う学問分野が19世紀の初めに実証的段階に入った★26 としている。そして今
後必要なことは、医学を含む生理学が、他の諸科学との関連で位置づけられる
ことだと主張するのである。

> 実証哲学にとって、科学全体は一つの長い連鎖を成しており、個別の科学
> はそれぞれ自然で絶対的に決定された位置を占めている。この見方からす
> れば、一つの科学の性質あるいは位置づけは、それぞれに固有の複雑さか
> ら決まってくるのである。科学の中で最も単純なものは数学であり、最も
> 複雑なのは社会学である。医学をその一部とする生理学は、社会学に先行
> し、化学のあとに続くものなのである。　　　　(*Ibid.*, pp. vii-viii)

このように、生理学および医学は、コントが創始したとされる社会学の隣とい
う栄えある位置を与えられているのだが、この考え方は『医学と医者』の中身
にも反映されている。
　この著作はリトレが医学について発表したさまざまな論文を集めたものだ
が、その中でもコレラなどの伝染病に関する記述が多く見られ、そこにリトレ
の関心があることを示している。さらにその対策を論じていると考えられるの
が、「衛生について」という論文である。リトレは衛生学を人間を取り巻く
milieu（環境）の研究だとし、この研究は物理、化学、社会学など他の諸科
学に依存するものだとしている。「この milieu（環境）の作用を知り、それを
よい方向に導くこと、さらにそれに対する個人の反応を知り、これもよい方向
に導くこと、それが衛生学なのである」(*Ibid.*, p. 236)。
　すなわちリトレは、ヒポクラテス以来の医学が19世紀になって社会学に近
づいた、その最前線に位置するのが衛生学だ、と主張しているのである。『医
学と医者』は確かに、本来の意味での医学史を扱った書物ではないのだが、そ
こには明らかに歴史家の視点が見出される。すなわちこの書物は、リトレによ
る医学史の近過去を扱ったもの、いわば彼による医学史の「現代史」であると
言うことができるだろう。

おわりに

　ここまで19世紀のフランスにおけるさまざまな医学史書の変遷を見てきたが、さらに一風変わった研究として、アルフレッド・フランクラン（1830-1917）の『かつての私生活』に含まれる医学に関連する数冊[27]がある。最近、その解説を書く機会があったので、詳しい内容についてはそちらに譲るが、フランクランは中世からフランス革命前までの医学や外科学のありようをそれぞれの時代の文献を細部まで引用しながら描いている。このフランクランの書物も過去の医学をテーマとしている点では「医学史」に違いないが、これまで見てきた医学史と異なるところは、過去の医学的事象を医学の「進歩」という観点からは見ていないところであろう。そこでは、近代の見方からすると奇妙で迷信的な考え方も紹介され、一般に「偉大」とされる医者以外に、社会の片隅に生活する民間医療者の姿も描かれている。このような方法も、文献という「事実」に忠実であろうとする姿勢から導き出される、一つの歴史記述のあり方には違いない。

　このフランクランもそうだが、最後に見たリトレの医学観、あるいは医学史観が、医学と社会の関係に目を向け始めているというのは、ある意味で現代の科学史にもつながるものがあるように思われる。というのは、1960年代以降、恐らく今も主流であると思われる科学史の動向は、科学と社会の関係について研究するものであり、「科学の社会学」とでも呼ぶべきもの[28]からである。

　C・ドラクロワらによるフランスにおける歴史学の歴史を叙述した本には、実証主義以降の歴史学はフランスにおいては長いパランテーズであり、アナール派に近くなると、歴史家たちはしばらく忘れ去られていたミシュレを再発見したと書かれている[29]が、1870年代以降のドイツ流実証主義に比べると、ここで取り上げたダランベールやリトレなどは、そうした歴史学の流れとはまた異なる主張を展開していたように思われる。

　19世紀における医学史の考え方、書かれ方をいくつかの例でこれまで見てきたが、最初に述べたように、この問題を考えるにあたってはまず医学という変数、そして歴史学という変数をそれぞれ比較しながら検討していく必要があるだろう。そうすることによって科学の歴史に固有の問題、さらには医学の歴史に固有の問題がさまざまな形で見えてくるのではないだろうか。今回の短い論考でそうした問題を扱い得たとはとても言えないが、今後さらにこの問題に

ついて考えていくきっかけとしたい。

注

★1　この時代を扱ったもう一つの主要な著作である『パリにおける病院医学 1794-1848』に、アッカークネヒトは、その対象である約50年間について、次のように書いている。「しかし何と言う年月であろうか。そこでは政治的事件と医学的事件が注目すべきことに相伴って進展した。新しい学校〔=1794年に創設された保健学校を指す〕と新しい医学はともに大革命の娘であり、共和暦第III年（1794年）の喧噪と、寒波と、飢餓の中で誕生したのであった」（E. H. Ackerknecht, *La médecine hospitalière à Paris : 1794-1848*, trad. par F. Blateau, Payot, 1986, p. 10）。

★2　19世紀から20世紀にかけての歴史学の動向や歴史の概念の変遷については、C. Delacroix, F. Dosse et P. Garcia, *Les courants historiques en France : XIXe-XXe siècle*, Gallimard, Folio histoire, 2007 に簡潔にまとめられている。

★3　*Ibid.*, p. 14.

★4　C. Delacroix et al. (dir.), *Historiographies : Concepts et débats*, Gallimard, Folio histoire, 2010 の「科学技術史」の項目（t. I, pp. 243-247）には、科学史の特殊性について多様な観点からの分析がなされている。

★5　「科学者自身によって著される科学史が存在することも、科学史のユニークな特徴の一つである」（*Ibid.*, p. 244）。

★6　Émile Littré, « Du système de Van Helmont », *Journal hebdomadaire de médecine* (1830) : cité dans Daremberg, *Histoire des sciences médicales*, 1870.

★7　Genève, 1698 ; Amsterdam, Gallet, 1702. フランスの国立図書館のカタログで検索できるのは、1702年のアムステルダム版である。

★8　「私が名前を挙げたこれらすべての作者たちは医学史を書くための知見を与えてはくれるが、私が見る限り、医学史を書いた者はおろか、それを計画した者さえいなかった」（D. Le Clerc, *Histoire de la médecine, où l'on voit l'origine et les progrès de cet art, de siècle en siècle [...]*, Amsterdam, 1702, « Préface »）。

★9　*Ibid.*

★10　J. Freind, *Histoire de la médecine depuis Galien jusqu'au commencement du XVIe siècle*, trad. par E. Coulet, Leyde, Langerak, 1727.

★11　Kurt Sprengel, *Histoire de la médecine, depuis son origine jusqu'au dix-neuvième siècle*, trad. par A. J. L. Jourdan, Paris, Deterville et Desoer, 1815.

★12　C. Delacroix et al., *Les courants historiques en France, op. cit.*, pp. 15-16.「フランス革命までは、過去は決して克服されたものとして考えられてこなかった」「révolution の語は克服よりは回帰を意味し、到達すべき地平よりは見出すべき過去という意味合いが強かった」が、「実際フランス革命は、歴史意識に根本的な断絶をもたらすことになった」という。

★13　E. H. Ackerknecht, *La médecine hospitalière à Paris (1794-1848), op. cit.* 日本語の翻訳は E. H. アッカークネヒト『パリ病院 1794-1848』舘野之男訳、思索社、1978年。

第6章　19世紀において医学史をどう書くか

★14　F. J. V. Broussais, *Examen de la doctrine médicale généralement adoptée et des systèmes modernes de nosologie*, Paris, Gabon, 1816 ; *Examen des doctrines médicales et des systèmes de nosologie*, Méquignon et Marvis, 1821.

★15　「ブルッセは公然としかも徹底的に過去と決別した人物であり、当時の人々の目には永続すると思われた組織的な理論体系を打ち立てた最初の指導者であった」とアッカークネヒトは書いている（*La médecine hospitalière, op. cit.*, p. 99）。

★16　Charles Daremberg, *Histoire des sciences médicales, comprenant l'anatomie, la phyiologie, la médecine, la chirurgie et les doctrines de pathologie générale*, 1870.

★17　J.-L. Cabanès, *Le Corps et la maladie dans les récits réalistes*, Paris, Klincksieck, 1991, t. I, p. 160.

★18　このランケなどを源流とする歴史学は、「実証主義」と呼ばれることが多いが、P・ガルシアらはむしろ「方法的」（méthodique）歴史学と呼ぶ方が適切であるとしている（C. Delacroix et al., *Les courants histoqiques en France, op. cit.*, p. 97）。

★19　Lucien Barbillon, *Histoire de la médecine*, Paris, Dupret, 1886.

★20　Émile Littré, *Médecine et médecins*, 2ᵉ édition, 1872.

★21　ダランベールの『医科学史』は、リトレに献呈されている。「リトレはダランベールにとっては模範であり親友であった。リトレは彼と歴史について議論し、健康を気遣い、彼の校正原稿を読み、様々な雑誌に彼の著作の批評を書き、外国の人々との貴重な出会いをももたらしてくれた」（D. Gourevitch, « Charles Victor Daremberg et une histoire positiviste de la médecine », Bibliothèque numérique Medica.

★22　ピエール・レイエ（Pierre Rayer, 1793-1867）。医者、皮膚科医。1862年から64年までパリ大学の医学部長を務めた。医学アカデミー会員でもあった。

★23　Daremberg, *Histoire des sciences médicales, op. cit.*, p. 9.

★24　D. Gourevitch, *op. cit.*

★25　Émile Littré, *Œuvres complètes d'Hippocrate, traduction nouvelle, avec le texte grec en regard* [...], t. 1, 1839, « Préface », p. vii.

★26　*Médecine et médecins, op. cit.*, p. vi.

★27　A. Franklin, *La Vie privée d'autrefois : L'hygiène* (1890) ; *Les médicaments* (1891) ; *Les médecins* (1892) ; *Les chirurgiens* (1893) ; *Variétés chirurgicales* (1894). これらはアルフレッド・フランクラン『パリの私生活』第4部「衛生・医療」編（解説・松村博史）として、アティーナ・プレスより2013年9月に復刻刊行された。

★28　C. Delacroix et al.(dir.), *Historiographies : Concepts et débats*, t. I, « Histoire des sciences et techniques », p. 243.

★29　C. Delacroix et al., *Les courants historiques en France, op. cit.*, pp. 12-13.

第7章

バルザック『田舎医者』における
医学と医者像

松村 博史

はじめに

　ここでは、バルザックの小説『田舎医者』において、医学という学問がテクストの中でどのように扱われ、また登場人物としての医者の人物像がどのように描かれているのかを見ていくことにしたい。

　『人間喜劇』の作品群の中で、「医者」をタイトルに掲げているのはこの『田舎医者』のみであり、しかも長編小説であることから、バルザックと医学の関係を考える上で最初に読者の目に留まる作品であることは確かであろう。1833 年に初版が出版されたこの作品は、グルノーブル近郊の山奥の小さな町で住人から慕われる医者を主人公としている。いま『人間喜劇』と書いたが、1833 年の時点ではまだバルザックは自分の作品を『人間喜劇』の総題のもとにまとめることは考えていなかった。『田舎医者』は彼の作品としてはかなり初期に位置しており、1829 年に『ふくろう党』（当時は『最後のふくろう党員』というタイトルだった）と『結婚の生理学』を刊行して、本格的な文壇デビューを果たしてからまだ 4 年しか経っていないのである。バルザックはこの作品の構想を 1832 年の秋から抱いていた。

　医者が主人公であれば、当然バルザックと医学の関係について研究する上では真っ先に取り上げるべき作品に思われるだろうが、実は筆者自身、これまで『田舎医者』を正面から取り上げたことはなかった。というのもこの作品は正直なところ、あまり「医学的」とは言えないからである。この小説は主人公の医師ベナシスが、荒んだ山奥の寒村であった場所を立ち直らせ、産業を盛んに

し、住人が豊かで幸せな暮らしができる小さな町に変えていく物語である。すなわち一種のユートピア小説であって、医学よりは、政治的な側面の方がはるかに重要な位置を占めているのだ。主人公のベナシスも村人たちを相手に簡単な医療行為を行ってはいるが、彼はそれ以上に開明的な村長とでもいうべき人物像で描かれており、またあるべき地方経済の姿について演説する政治思想家としての側面も持ち合わせている。そしてまた実際に、『田舎医者』における医学という主題を扱った先行研究はほとんど見出すことができない[1]。この作品についての論文で大きな割合を占めるのは、やはりユートピア思想的な側面を取り上げたもの、経済的な視点から見たもの、宗教や信仰に関するもの、それでなければナポレオン伝説などとの関連を論じたものなどである。

　また医者としてのベナシスを取り上げるにしても、それは「社会の医者」「社会の病を治す医者」という捉え方をされるのが普通であると思われる。『田舎医者』についてはサン＝シモン主義の影響もよく取りざたされる。この作品の内容を見れば、「社会的生理学」を唱えたサン＝シモン派の主張をそこに読み取ることも容易であるし[2]、そのような引用もテクストの中には確かに見出すことができる。

　しかし、それではこの作品における本来の意味での「医学」はあまり大きな意味を持たないのだろうか。そもそもこの作品に見られる医学とはどのような医学なのか、あるいは主人公であるベナシスは医者としてどのような役割を果たしているのか、このような問いかけを行うことはできないのであろうか。

　こうした検討を行うためには、まずこの作品が出版された当時の医学の状況と、この作品に見られる医学の実践を比べることも必要になるだろう。あるいは、バルザックの作品に登場する他の医者たち、たとえば『ゴリオ爺さん』でもおなじみのビアンションなどと、ベナシスは医者として共通点はあるのか、あるいは違うのかということも考えねばならない。今回、このような問題意識で改めて『田舎医者』に向かうことで、ある程度この作品の「医学小説」としての位置づけができてきたように思う。こうした関連づけを行うことで、バルザックにおける医学という問題をより広く深く捉えたいというのが本論考の目的である。

1　ベナシスの医学的実践

　この小説の舞台となるのは、すでに述べたようにグルノーブルの近くにある

小さな町である。小説では bourg と書かれているが、読んでいる限りではたとえ小さなものであろうと「町」という感じはしない。印象としては田舎の「村」の感じがむしろ強いようである。物語はこの村にやってきた元ナポレオン軍人のジェネスタスが、ベナシスの往診に付き添いながら彼の活動を追っていくという形で展開していく。

　主人公である医師ベナシスは、十年ほど前からこの村にやってきて、毎日住人たちの往診をしなから、彼らの生活についてもさまざまな援助をしている。彼は村人たちから大変尊敬されており、ほとんど信仰の対象にまでなっているという。

　　「ベナシスさんはいい医者かね」とやがてジェネスタスは尋ねた。
　　「そんなことはわかりません。しかし先生は貧しい人たちを無料で治してくださいます」
　　「この医者はまさにひとかどの人物のようだな」とジェネスタスは自らに語りかけるように言葉を継いだ。
　　「ええ、しかも立派な人物でいらっしゃいます！　ここの人はほとんど皆、先生のお名前を朝と晩のお祈りの中で唱えていますよ」★3

少々立派な人物すぎて、そのことがこの小説をある意味平板なものにしていると言えそうである。実際に有名な作品である割には、この作品の読者は現在ではあまり多くない。これはバルザックが当時、選挙に出て国会議員になることを企んでいたことも関係しているという。ともあれベナシスはこのように、日々村人たちを診察し、彼らの病気を治療し、彼らと語らいながら過ごしている。そこでは華々しい医学上の発見もなければ、鋭い観察眼も必要とはならない。ただジェネスタスは彼の様子のところどころに何か秘密があることに気付き始める。それは作品後半に置かれた医者の告白につながる隠された過去の秘密であった。

　こうしたベナシスの医学的実践がどのような性質のものかが理解できる例として、まず彼のクレチン病への対処が挙げられる。村を回っている途中で、ベナシスとジェネスタスはこの病気の末期症状にあった患者がついに亡くなる瞬間に立ち会う。ジェネスタスが見たクレチン病患者は次のような様子であった。

馬に乗った老ジェネスタスはそのとき恐怖を伴った驚きを感じた。彼が見たのは思考の輝きに照らされたことのない顔であり、苦しみも素朴で静かな外観を保っている土気色の顔つきであり、まだ言葉を話せないもののもはや泣き叫ぶこともできない子どもの顔であった。それが死にかけたクレチン病患者の全く動物的な顔だったのである。　　　　　　　　（p. 401）

このような引用には、現在の目から見ると、この病気に対する時代的な制約からくるある種の偏見があることは否定できないかも知れない。それも踏まえた上で、バルザックがこれらの描写を通じて何を伝えようとしているのかをさらに見ていくことにしよう。

　ベナシスが10年前にこの地にやってきたとき、最初に直面することになったのがこの病気であった。この医者はその頃の様子を次のように語っている。

　　私がこの場所に来て暮らし始めたとき、村のこの周辺には10人あまりのクレチン病患者がいました。[…] この集落は谷の最も低いところにあって空気も通らず、近くには雪解け水の流れる急流があり、太陽の光も山の頂上を照らすだけで谷底がその恩恵に浴することはありません。これら全ての状況がこの恐ろしい病気を蔓延させる原因となったのです。（p. 404）

まずこのように病気が拡大する地理的条件が語られ、さらにはそれが住人たちの迷信的な信仰心に関連づけられる。

　　身体と知性の両方を蝕むこの病気の伝染を食い止めることは、この地方に大いなる利益をもたらすことではなかったでしょうか。しかしこうした善行は、それが緊急なものであるにもかかわらず、それを行おうと試みる者の命を奪う恐れがありました。ここでも、その他の社会的領域でも同じことですが、善を為すためには、利益よりもさらに取り扱いが危ういもの、すなわち人間の思想の中でも最も頑迷な、迷信に凝り固まった宗教心を攻撃する必要があったのです。　　　　　　　　　　　　　　（Ibid.）

作品の中での直接的言及や関連付けは見当たらないが、この小説の中でのクレチン病は、明らかに田舎の人々を支配する迷信を象徴していると思われる節がある。すなわち医師ベナシスの使命はこうした迷信を打ち破り、理性的で社会

的に有用な宗教の方向へと民衆を導くことであるというわけである。

上の引用の少し前の部分では、この病気が多く見られる地方では、クレチン病の病人が家族に幸福をもたらす縁起のいい存在とされ（p. 402）、患者と交わって子どもを作ろうとする人々がいるとまで示唆されている（p. 404）。しかし一方ではこうした信仰も相まって村人たちはクレチン病の患者たちを敬遠せず、慈悲の心をもって大事にするのだと書かれている（p. 402）。

ベナシスがこの村に来て、クレチン病への対策として最初に行ったのは、これらの患者たちを村から出して別の場所へ移すことであった。

> 私は何も恐れませんでした。そしてまず町長の地位を希望し、その地位を得ました。そして知事から口頭での承認を受けたあとで、大金を積んで夜中のうちにこれらの不幸な人々をサヴォワ地方のエーグベル方面に転地させました。そこでは多くのクレチン病患者が集められ、適切な治療を受けているのです。この人道的な行いが知られるやいなや、私は全住人から憎まれることとなりました。　　　　　　　　　　　　　　　　（p. 404）

しかしベナシスはこののち、ただ一人の病人を残して全患者を転地させ、さらには同じ村に住んでいた家族たちを、より衛生的な場所に新しく建造した村落に移動させることにも成功する。そののちは彼の行為の正しさも認識され、よそ者として扱われていた医者も次第に村人たちの信頼を得ていくのである。

さてバルザックによるこうしたクレチン病の描写には、いくつかの同時代の資料が存在する。これらはバルザックと医学について網羅的な研究を行ったモイーズ・ル・ヤウアンクも指摘しているものだが、F.-E. フォデレによる『甲状腺腫およびクレチン病論』 Traité du goître et du crétinisme（1799）、それにパンクーク刊の『医科学事典』Dictionnaire des sciences médicales（1812-22）に見られる「クレチン病患者」（« Crétin », t. 7）の項目などである。とくに後者の『医科学事典』は、かのシャルル・ボヴァリーが書棚に飾っていたことでも有名であり、バルザックの父親もトゥールにいた頃にこの事典を購入した記録が残っている。バルザックが『田舎医者』を執筆する際にこの事典を参照できたかどうかははっきりしないが★4、これを見ればクレチン病が当時、どのように認識されていたかがよく理解できるので、まずはこちらから取り上げていくことにする。

この項目は当時の生気論 vitalisme を唱える代表的な医者であった J.-J. ヴ

ィレー（1776-1847）によって執筆されている。ここではまず病気の特徴として次のような説明がなされている。

> この種のカヘキシー（全身衰弱）は顎下腺のリンパ閉塞によるものであり、その特徴とは大小の差はあれ甲状腺腫の肥大が見られること、筋肉系および神経系の全般的衰弱があり、そのため患者があらゆる動作において困難をきたし、最も完全なる痴呆状態に陥ってしまうことである。
>
> （*Dictionnaire des sciences médicales*, t. 7, 1813, p. 343）

そしてさらに興味深いのは、この病気を誘発しやすい要因として、山間地の土地環境に言及しているところである。これは上の引用にあったように、この作品の舞台となっている集落の地形と共通する点が多く見られる。

> ある種の土地において、神経の脆弱な個人にこうした状態が作り出されるのには二つの原因がある。第一の原因は体に良くない蒸気や霧が充満した濃厚で停滞した空気である。こうした空気は狭い谷合いや大きな山脈の峡谷部で、湿気に覆われ、森や山の高さによって風の作用が妨げられる場所に見られる。
>
> （*Ibid.*, p. 344）

このことはフォデレも指摘している、と述べられている。ちなみにもう一つの原因とは、空気の入れ替わりがなく、暑気がこもることだという。

　そしてこのような環境が、迷信に関連づけられていることが注目されるところである。この病気の症状は「空気が非常に湿気ていて停滞しており、とりわけ今でも恐れと悲しみと迷信が支配しているような無気力で怠惰な人々の間で普通に見られる」（*Ibid.*）としている。さらに言えば、「クレチン病患者crétin」「クレチン病crétinisme」の語源が「キリスト教徒chrétien」であることが項目の冒頭から指摘されており、その連想も働くのだろうと思われる。「クレチン病患者crétin の名前はキリスト教徒chrétien に由来すると言われる。なぜなら、クレチン病に冒された人々は［…］純真で謙虚になり、非常に敬虔な人たちとしてあがめられるからである」（p. 343）というのがこの項目の書出しである。

　ではバルザックによるクレチン病の描写や、当時の医学的資料との比較から、何が言えるのだろうか。重要なのは、今見たような医学がある意味で「古

い医学」に属すると考えられることである。バルザックの時代、19世紀前半において、フランス医学は病理解剖学や臨床医学の急速な発達によりヨーロッパ医学をリードするようになった。しかし今見たような医学は、新しい研究成果も取り入れられ、この時代に特有の医学用語も使われているが、その主要部分はヒポクラテス以来の土地や水、空気の影響を重視する医学なのである。『田舎医者』のフォリオ版に序文を書いているル・ロワ・ラデュリーもこの点を指摘している[5]。彼によればここでのベナシスの態度は「二重の意味で伝統的」であると言う。それは空気の状態が身体に影響を及ぼすとする「組成の医学 médecine des constitutions」[6]、そしてクレチン病患者の去勢という主張にもつながる「種の医学 médecine des espèces」を表明しているとのことである[7]。一方、こうした医学は古代から直接影響されたものではなく、18世紀においてカバニスなどによって継承されたものであり、やがて社会改良を目指すサン゠シモン主義や公衆衛生学などへと発展していく[8]という指摘もある。

　ちなみに、現代の医学ではクレチン病は甲状腺ホルモンの先天的な不足によるものであることが判明しており、治療法としても甲状腺ホルモン剤の投与が効果的であることが確立している（『世界大百科事典』平凡社による）。バルザックのテクストが示唆するように風土病でもなければ伝染病でもないのである。19世紀の頃にはもちろんこうした事実はわかっていなかったが、これまで見た通り、医学文献の方では甲状腺肥大の現象は確認されている。とりわけフォデレの『甲状腺腫およびクレチン病論』では、クレチン病の解剖的詳細についても大きな部分が割かれている。しかしバルザックの文章では環境や住人の迷信については語られているが、クレチン病についての解剖的な詳細は出て来ない。これは注目すべきことであると思われる。というのも、こうした医学の特徴がベナシスの医師像に反映されていると考えられるからである。その仮説をさらに追求していくことにする。

2　肺病への新しい医学的眼差し

　クレチン病などの描写が上で見たように伝統的な医学を連想させる一方で、ベナシスの医学的実践の中にも19世紀初頭からの医学の変革を反映していると思われる箇所がある。それはベナシスとジェネスタスが村を回っているときに耳にした、この世のものとは思えない歌声を発する少年を診察する時のことである。ベナシスはこの声を聞くとすぐに、次のような言葉を口にする。

これは白鳥の歌です。一つの世紀のあいだにこのような声が二度と人の耳
　　に響くことはありますまい。急ぎましょう。歌うのをやめさせなくてはな
　　りません！　あの子は自ら命を絶とうとしています。これ以上聞き続ける
　　のは残酷というものです。　　　　　　　　　　　　　　　　　　（p. 490）

実際にこの少年、ジャック・コラは肺結核に冒されていた。彼が出す美しい歌
声は、この病気の症状の一つだったのである。ここではベナシスがこの少年に
対して行っている診察の様子を見ていくことにする。

　　ジェネスタスが明かりをつけて藁葺きの家の中を照らし出すと、彼はその
　　子どもがひどくやせており、骨と皮ばかりになっていることに驚いた。農
　　民の少年が横になると、ベナシスは彼の胸部を指で叩いて、聞こえてくる
　　音を聴き取った。そして不吉な前兆を告げる音をよく調べたあとで、彼は
　　ジャックに毛布を再びかけてやり、数歩退いて彼をじっと見つめた。
　　　　　　　　　　　　　　　　　　　　　　　　　　　　　　　（p. 491）

この様子は今日のわれわれにはごく普通の医者の診察に見えるが、ここで行わ
れているのは「打診」あるいは「聴診」であり、この方法は 18 世紀末から 19
世紀にかけて大きな進展を遂げたものである。それはとくに肺病の診断におい
て顕著であった。医学における打診法は 1761 年に J. L. アウエンブルッガー
によって始められ、その彼の『肺内疾患を識別するための新しい方法』をフラ
ンスのコルヴィザールが 1808 年にフランス語に翻訳して序文をつけている。
さらには 1816 年にラエンネックにより聴診器が発明され、彼の『間接聴診法論』
が 1819 年に出版されているのである。
　ベナシスがこの少年の症例に関して、誇らしげにパリの医学校の教授たちに
言及しているのは、こうした新しい医学の実績を踏まえているものと考えられ
る。

　　「この農家の少年は肺結核なのですか」とジェネスタスが尋ねた。すると
　　ベナシスは次のように答えた。「まったくその通りです！　自然界に何ら
　　かの奇跡でも起こらない限り、科学はこの少年を救うことはできません。
　　パリ医学校の教授たちはしばしばあなたが今目にした現象について語って

います。この種の病気のあるものは声の器官に変化を及ぼし、それによって病人がいかなるヴィルチュオーゾも及ばない完璧な歌声を発する能力を身につけるのです」　　　　　　　　　　　　　　　　　　　　　　　（p. 492）

　こうした現象が本当に存在するのか、あるいは単なるバルザックの空想に過ぎないのだろうか★9。このような現象をはっきりと示す医学的文献はどうやら見つかっていないが、ともあれここでのベナシスの診察の仕方、および彼の診断は、19世紀前半の「新しい医学」を反映していることがわかるのである。
　このことに関連して、バルザックの作品の中で、『田舎医者』よりも早く肺結核とその新しい診断法についての言及が見られるのは、『あら皮』においてであった。護符のあら皮が小さくなって衰弱していく主人公のラファエルが最後に冒されることになったのが、この肺結核という病気である。この病気の症状には、医者よりも早くラファエルの愛人であるポーリーヌが気付いている。

　　あなたは眠っている間に小さく渇いた咳をしているけれど、それは肺結核で死にかけている私の父と全くそっくりだわ。私、あなたの肺から出る音に、この病気の奇妙な効果が混ざっていることに気付いたの★10。

ここでのポーリーヌは、咳の響きや肺から出る空気の音で肺結核を見分けており、医者ではないのに聴診法を用いたのと同じ結論を下している。
　しかしこうしたラファエルの病状を専門家として捉え、肺結核の明確な診断を下したのは、彼の友人である若い医師であった。この医師は『人間喜劇』においてはビアンションとなっているが、1831年の初版ではプロスペルという名前を与えられていた。それがビアンションに差し替えられたのは1838年の版からである。しかしここでは、より新しい版のビアンションになっている方で引用しておくことにする。

　　第四の医者は将来性と知識にあふれるビアンションであった。新しい医者たちの中でも最も際立った存在であり、過去五十年にパリ学派によって積み重ねられた貴重な知識の遺産を取り込もうと準備している熱心な若い世代の代表であった。［…］彼は侯爵［＝ラファエル］とラスティニャックの友人で、ここ数日ラファエルを看病し、三人の医学教授の質問に彼が受け答えするのを助けていた。ビアンションは彼にとって肺結核を示すと思

われた診断結果を、時には繰り返し強調しながら説明していた。

(*Ibid.*, p. 257)

これは『あら皮』の中でも有名な、三人の当時を代表する医者たちによる診察の場面である。生気論、器質論、折衷主義をそれぞれ代表する医者たちがラファエルをめぐって議論を闘わせるのだが、筆者自身、これまでビアンションについては何度か取り上げてきたし、『あら皮』のこの場面についても詳しく分析したことがある★11 ので、ここでは立ち入らないことにする。

ただここでビアンションが代表している「パリ学派」というのは、フーコーが『臨床医学の誕生』で、またアッカークネヒトが『パリ病院医学』で取り上げている、19世紀前半に当時のヨーロッパ医学の最先端にあった医学であることは確かである。そして先ほどの『田舎医者』の引用からも、ほんの1年程度を隔てて書かれたこの二つのテクストの関連は明らかであり、誰にも知られない山の中で医学を実践するベナシスもこうした新しい医学に通じていたことが確認できるということである。

3　医者としてのベナシスの人物像

ここまで『田舎医者』における主人公ベナシスの医学的実践を、二つの場面だけに絞って取り上げてきたが、そこから浮かんでくる医者としてのベナシスの人物像とはどのようなものであろうか。

実は最初に取り挙げたクレチン病に対してベナシスが取った行為と、二つ目の肺結核の診断では、物語の中で占める比重に大きな差がある。というのも、今見たばかりのジャック・コラの肺結核の描写は、さまざまな断片をつなぎ合わせたようだとも評されるこの小説の中でのほんのエピソードに過ぎない。ジェネスタスとベナシスが村のあちこちを回る中で出会った患者たちの一つの例である。それに対してクレチン病への対処は、この物語の中では大きな比重を占めている。なぜならそれはベナシスがこの村に来て最初に行った医療行為であり、病気の患者を他所に移し、不衛生な谷底に暮らしていた人々を新しく作った集落に引っ越しさせたことが、この村の住人の意識改革の始まりとなっているからである。すなわちクレチン病への対処は、ベナシスがのちに行うすべての社会改革の始まりであり、さらに言えばユートピア建設の起源ともなっていたということだ。

第 7 章　バルザック『田舎医者』における医学と医者像

　バルザックの作品に登場する医者の中でも、例えばビアンションのような医者とベナシスとはその人物像に大きな違いがあり、ほとんど対照的であると言うことができる。先ほどの『あら皮』でもそうだが、ビアンションは『人間喜劇』の中ではほとんど常に観察する存在、観察者として現れてくる★12。例えば『ゴリオ爺さん』の中でのビアンションは、ゴリオが死に至る直前の症状について、次のような観察眼を発揮しているのである。

　　もし間違いでなければ、奴さんもうおしまいだ。体内で何か異常が起きたのに違いない。漿液性卒中の危険があるようだ。顔の下半分は落ち着いているが、上の方の各部は意志に関係なく額に向かって引きつっている。見ろよ！　それにこういう目の状態は、漿液が脳に入り込んだことを示しているんだ★13。

ここでのビアンションは、体の外から認められる症状から、身体内部の解剖的詳細を推察するという、当時の病理解剖学に典型的な観察方法を見せている。これは時には比喩的な次元にも発揮され、例えばサロンで出会った公爵夫人の表情に「怪物性のあらゆる症状」★14 を読み取るようなところにも応用されるのである（『禁治産』）。またこのような観察する医者としての人物像は、ビアンションの師であり友人でもあるデプランにも見出される。『無神論者のミサ』において、彼は神々しいほどの目の一瞥を持っており、病人と病気を直感的に捉えることができたと書かれている★15。

　これに対し、医師としてのベナシスは小説のほとんど全体を通じて、観察される存在である。村を診察して回るときには、ジェネスタスがずっと彼に付き従い、彼の行動の一部始終を観察している。ナポレオン軍の元将校であるジェネスタスは、彼が保護している難病の息子を治療してもらえるかを判断するためにベナシスに付き添い、この医者の日々の行動を追い、彼がこの村をいかに改革してきたかという話や政治に対する考え方を知り、ついには過去に犯した罪を償うためにこの山奥の孤立した村で医者をやっているのだというベナシスの告白まで聞く立場になるのである。

　そうしたベナシスの日常や彼の考え方を追っても、この小説のあらすじをたどることにしかならないので、最後にいかにベナシスがこの小説の中で観察される存在かを示す部分を引用したい。ジェネスタスはベナシスが単なる善意の医者ではなく、何かの秘密を持っていることを早くから見抜いている。そのこ

とを示す一節である。

　　ジェネスタスはこの人に知られない生活に何らかの謎があることを見抜い
　た。そしてこの人並みではない顔つきを見て自らつぶやくのだった。「いっ
　ったいどんな偶然からこの人物は田舎の医者であり続けているのだろ
　う？」
　　　　　　　　　　　　　　　　　　　　　　　　　　　　　　　　　　　（p. 401）

そして「他の人間の容貌と変わるところはないが、見かけの凡俗さとは調和し
ない秘められた生活を露わにしているこの相貌を真剣に観察」（*Ibid.*）したと
ある。また次の引用からも、医師ベナシスが観察者ではなくむしろ観察される
人間であることがよくわかるだろう。

　　しばらく沈黙の時が流れた。その間、ベナシスは客人が彼を見抜こうとす
　る刺し通すような目つきに警戒することもなく、ただ自分の考えにふけり
　始めた。
　　　　　　　　　　　　　　　　　　　　　　　　　　　　　　　　　　　（p. 413）

　ベナシスの本質は「行動する医者」であるということだ。彼は社会という身
体に立ち向かい、その病気を治し、それがよりよく機能するように作り替えて
いく役割を担っている。さらには自ら過去の罪を背負い、それを贖うために罪
の意識を社会の役に立つことに、有益な行動に変えていく人物である。このこ
とが彼を行動し、その行動を観察される人物に仕立てていると言えるだろう。
まさにそれゆえに、ビアンションが『人間喜劇』の 30 余りの小説に登場する
名脇役であり、デプランもまた 10 余りの小説に出てくるのとは対照的に、ベ
ナシスがほとんど『田舎医者』にしか登場せず、他の一つの小説（『現代生活
の裏面』）で言及されるだけという、『人間喜劇』の中でもユニークな存在であ
ることにもつながっている。

おわりに──二つの医者像・二つの医学

　上の分析で、ベナシスのクレチン病に対する対処法を取り上げ、こうした彼
の方法は「古い医学」に属するものであり、19 世紀初頭以降の「新しい医学」
とは異なるものであると主張した。このことも、ベナシスの医者像に関係して
いると考えられる。というのも、実際に 19 世紀に医学を根底から変革するに

第 7 章　バルザック『田舎医者』における医学と医者像

至ったパリの医学は、本質的に「観察医学」であり、病気の症状と身体内部の病変を観察し、その両者を付き合わせていくことを主な目的としていた。このことは人体やその病気に対する認識を深めることには大きく貢献したが、それ自体、患者の治療に直接つながるものではなかったのである。それどころか、この時代のパリ学派の医学は、診断と病理分析を重視しすぎるあまり、治療はなおざりにしたという批判があったことを、アッカークネヒトなどは指摘している★16。また医学史において現在一般的とされる見方においても、この時代は身体や病気にたいする分析や理解は飛躍的に進んだものの、まだそれが患者の治癒や死者の減少にはつながるものではなく、それが実際に効果となって現れるには、19 世紀半ば以降の公衆衛生学の発達や、パストゥールの細菌学の成果を待たなくてはならなかったと考えられている。

　その一方で、18 世紀までの医学は、その現実的な効果は措くとしても、日々患者に接し、治癒へと向かわせるのを目的とする医学であった。医者たちは生きた患者を直接診察し、薬を処方したり、瀉血を施したり、栄養を考えたり、転地させたり、温泉を薦めたりしていたのである。こうして見ると、ベナシスのように社会の改革者となる医者は、ある意味で 19 世紀以前の「古い医学」を体現する医者でなくてはならなかったことがわかるだろう。ベナシスは、パリで最先端の医学を追求して研究に没頭するような医者ではなかった。むしろパリ医学校の教育から脱落したことが、彼を行動へと向かわせたと見ることができよう。最後に次の引用を見ることにする。

　　何冊かのほこりをかぶった本が、同じくほこりだらけの棚板の上に散らばっておかれていた。ラベルを貼ったビンをいっぱいに並べた棚からは、科学よりも薬学の方が重要な地位を占めていることが見て取れた。(p. 441)

この引用は、ベナシスにとっては科学すなわち医学研究よりも、薬学に象徴される医療の実践の方が大切であったというように読むことができるだろう。

　バルザックがこの小説で構想したのは、個々の人間としての患者に向き合い、一人一人の性質の違いを見極め、彼らを取り巻く環境にも考慮して、病気から健康へと向かわせる、ヒポクラテス的な医者ではなかっただろうか。実際にバルザックはそこまで考えてベナシスの医学の要素を選んだわけではなかったかも知れないが、現実にバルザックは観察する医者と行動する医者という二つの人物像を異なるタイプとして創造し、それぞれに異なる医学観

133

を振り分けているのである。

注

★1　最近では例えば 2003 年の *L'Année balzacienne* が『田舎医者』の特集を組んでいるが、そこに集められた論文は文体論的なものが 1 件、宗教的なテーマを扱うものが 3 件、政治的なテーマのものが 2 件であった。医学を中心に扱った論文は見当たらない（*L'Année balzacienne 2003*, « Le médecin de campagne », PUF, 2004）。

★2　『田舎医者』におけるサン＝シモン主義的要素については、従来から指摘されていることであるが、J.-L. カバネスはこれについて、「サン＝シモン主義に影響された小説である『田舎医者』においては、真の『市民』としての魂を持つ医者が、見捨てられた集落を生まれ変わらせる任務を与えられる」と説明している（J.-L. Cabanès, *Le Corps et la Maladie dans les récits réalistes (1856-1893)*, Klincksieck, 1991, p. 73）。

★3　*Le Médecin de campagne*, in *La Comédie humaine*, édition publiée sous la direction de P.-G. Castex, Gallimard, Bibliothèque de la Pléiade, t. IX, 1978, p. 395. このあと、『田舎医者』からの引用は全てこの版のページ数のみで示す。

★4　ル・ヤウアンクはこの点をバルザックの書簡や当時の資料に基づいて考察し、彼がこの事典を参照できたという明白な証拠は見つからなかったとしている。Cf. Moïse Le Yaouanc, *Nosographie de l'humanité balzacienne*, Maloine, 1959, pp. 15-18.

★5　Balzac, *Le Médecin de campagne*, Gallimard, coll. Folio, 1974 ; préface d'E. Le Roy Ladurie, p. 19. またプレイヤード版『田舎医者』の R. Fortassier による注（p. 1444）も参照。

★6　1845 年刊のニステンによる『医学事典』によれば、constitution の語には人間の「体質」、空気の「組成」（constitution atmosphérique）などの意味があり、大気の組成は人体にも影響を及ぼすという（P.-H. Nysten, *Dictionnaire de médecine*, Baillière, 1845, article « constitution »）。

★7　ちなみに『田舎医者』は重要な生成研究の対象になりうる作品で、構想の段階から手稿、校正刷りなどがかなり完全に近く残っている。このクレチン病に関する箇所は、手稿の段階から存在しているが、今回の論旨に関わることではないものの、バルザックが校正段階でかなりの追加を行っていることがわかっている。Cf. B. Guyon, *La Création littéraire chez Balzac : la genèse du* Médecin de campagne, Armand Colin, 1951, p. ix ; « Notes et variantes » in *Le Médecin de campagne*, éd. Pléiade, *op. cit.*

★8　J.-L. Cabanès, *op. cit.*, pp. 46-47 et 70-71.

★9　ル・ヤウアンクは当時出版された『体系的百科事典』（*Encyclopédie méthodique*）の「肺結核」の項目で、肺結核の患者が発病する前に、特徴的な歌声を出すことがあるとモロー・ド・ラ・サルトという医者が書いているのを発見している（*Op. cit.*, pp. 192-193）。

★10　*La Peau de chagrin*, in *La Comédie humaine*, éd. Pléiade, t. X, 1979, p. 255.

★11　『人間喜劇』全体におけるビアンションの役割については、拙論「医師ビアンションの目——『人間喜劇』における医学の視点（1）」『近畿大学語学教育部紀要』第 3 巻第 1 号、65-82 頁、「病気と死に向き合う医師ビアンション——『人間喜劇』における医学

の視点（2）」同第 3 巻第 2 号、51-68 頁を参照。および『あら皮』の医学の場面につい
ては、« Balzac et la médecine de synthèse : le point de vue médical dans *La
Peau de chagrin* », *Études de langue et littérature françaises*, no 74、日本フランス語
フランス文学会、pp. 33-46 を参照。

★12　カバネスによれば、臨床医学が文学に及ぼした最初の影響の一つは、医者の登場人物
が人間の心と体の深みを貫き通すような鋭い観察眼を備えるようになったことだという
（J.-L. Cabanès, *op. cit.*, p. 33）。

★13　*Le Père Goriot*, in *La Comédie humaine*, éd. Pléiade, t. III, 1976, p. 254.

★14　*L'Interdiction*, *ibid.*, pp. 424-425.

★15　*La Messe de l'athée*, *ibid.*, p. 386. この作品の外科医デプランは、当時の著名な外科
医デュピュイトラン（1777-1835）がモデルになっているとされる。

★16　E. H. Ackerknecht, *La médecine hospitalière à Paris (1794-1848)*, traduit de
l'anglais par F. Blateau, Payot, 1986, p. 167.

第 8 章

所有物としての胎児

「身体的完全性」というフィクション

橋本 一径

1 生命倫理と「完全性」

「完全性 intégrité」、とりわけ「身体的完全性 intégrité physique（また
は intégrité corporelle)」とは、身体が第三者による侵害から守られるべき
基盤であることを説明するため、近年では特に生命倫理に関する議論において
しばしば援用される概念である。たとえばフランスの国家倫理諮問委員会
Comité consultatif national d'éthique は、1990 年の「人体の非商品化に
ついての答申」の中で、以下のように述べている。

> 我々は個人による胎児、胚、配偶子、組織、細胞の取引もまた、禁じられ
> るべきものだと考える。つまり我々は、人体の尊厳という概念を、可能な
> 限り最大限に拡大して解釈しているのである。身体の完全性 l'intégrité
> corporelle に対する侵害は、どれほど僅かなものであっても、健康を目
> 的とする利用しか許容できないであろう[1]。

「完全性」という用語がフランスの法律に明文化されるようになったのは
1990 年代以降のことである。たとえば民法典には、1994 年の改正によって、「人
体の完全性に対する侵害は、本人の治療の必要がある場合にしか認められない」
（16-3 条）との条文が付け加えられた[2]。同様に 1994 年に発効した新刑法典
には、「人の身体的もしくは精神的完全性に対する侵害」を扱った 1 章が加え
られることになった（第 1 巻第 2 編第 2 章）。ロラン・モレイヨンによれば、「生

命および身体的完全性が、もっとも絶対的な保護を享受する権利であることは疑いようがない」★³。しかしその一方で、生命や完全性は、「その内実がほとんど定義されておらず、限界も曖昧である」★⁴。完全性とは、やはり定義が困難な「身体」という語に代わる語として、近年になって法的な場面において頻繁に用いられるようになったものである。だが「完全性」もまた同じように定義が曖昧であるとするのなら、なぜ敢えてこの語を用いる必要があるのだろうか。その理由を考えるためには、そもそもこの語が法学の領域において用いられることになった経緯を振り返っておく必要がある。

2　生物学における「完全性」

「全体性、無傷の状態」を意味するラテン語の integritas に由来する「完全性 intégrité」は、もともと「潔白、誠実」という道徳的な意味で用いられてきたが、15 世紀から、「物の完全な状態」という、ラテン語の本来の意味に近い、抽象的な意味が付け加わり始めたとされる★⁵。身体との関わりで言えば、医学においても当初はこの語は道徳的な意味を引きずっていたようである。たとえば 1823 年刊行の医学用語辞典における「完全性 intégrité」の項目には、「人体の完全な健康状態」という意味が記されている★⁶。しかし「生とは死に抗する諸機能の総体である」★⁷ との定義で知られるグザビエ・ビシャ（Xavier Bichat, 1771-1802）の生気論が、19 世紀初頭より興隆し、生命をめぐる議論において「魂」のような身体全体を統率する原理を持ち出すことが下火になると、それに呼応するように、医学における「完全性」という語は、解剖における各器官の状態を指すものとなる。たとえば窒息死した患者の解剖を記録した 1864 年の医学雑誌の記事には、「一言で言えば咽頭を構成するすべての部分は見事な完全性の状態だった」★⁸ との記述が見られる。また同じ雑誌の 1869 年の解剖記録でも、「二つの腎臓は、表面も切断面も、可能な限りの見事な完全性の状態を示していた」★⁹ と述べられている。生命が単なる器官の集合と見なされ、まとまりとしての身体という概念が、生物学的に意味を持たなくなることにより、「完全性」も、器官のレベルでしか論じることができなくなったのだと言えるのかもしれない。

　生物学においてまとまりとしての生命について論じる議論を復活させたのは、クロード・ベルナール（Claude Bernard, 1813-1878）が晩年にかけて展開させた「内部環境 Le milieu intérieur」という概念である。もっともべ

ルナールにとって生命の単位はあくまで細胞だが、内部環境は、それらの細胞を「有機的な液体」によって包み込み、「自由で独立した生命」にとっての安定した条件を形成している。

　　生き物は外部環境——陸棲動物であれば大気、水棲動物であれば淡水もしくは塩水——の中に存在しているのではない。内部の液体環境の中に存在しているのである。この内部の液体環境を構成しているのは、組織の解剖学的要素のすべてを取り巻き、それらを浸している、循環的な組織液である［…］。内部環境の安定性は、自由で独立した生命の条件である。これを可能にするメカニズムが、諸要素からなる生命の必要条件のすべてを、内部環境の中で保証しているのである★10。

　ベルナールは「完全性」という言葉は用いていないが、彼がこの内部環境の議論を展開させたのと同じ頃に、免疫学において、身体全体のまとまりを表す言葉として「完全性」の語が用いられるようになる。ジェンナー（Edward Jenner, 1749-1823）による天然痘のワクチンの研究に端を発し、19世紀初頭に「免疫学 immunologie」という名を与えられたこの科学は、個別の感染症に対する対処法を模索する経験的な学問として出発したが、やがてバクテリアなどの外敵から身体全体を守る免疫システムについての科学へと進化していく中で、生命の個体性を成り立たせる「まとまり」、ひいては生命そのものを考察する学問へと発展していく。免疫学がそうした方面への考察を本格的に展開させるのは20世紀後半になってからのことではあるが★11、その先駆者と言えるメチニコフ（Élie Metchnikoff, 1845-1916）は、1901年の著作で以下のように記している。

　　つまり皮膚には細菌の侵入を防ぐという非常に重要な役割が与えられているのである［…］。皮膚の完全性 intégrité は生命の保存にとってきわめて重要であるので、それを維持するための非常に優れたメカニズムが作り上げられたのだ★12。

　つまりメチニコフにとって皮膚とは免疫システムを構成する重要な要素であり、その完全性こそが、生命の保存にとっての不可欠な条件である。このように生命のまとまりについての議論を生物学に再導入したメチニコフが、やがて

「楽観主義哲学」と称する形而上学的な議論を展開させ始めるのは示唆的である[13]。

3　生物学から法学へ

　現代において生命倫理などの議論で援用される「完全性」が、このような生物学における議論を経由した概念であることは疑いようがない。ではこの概念はどのようにして法学に導入されることになったのであろうか。おそらくそれは労働災害および妊娠中絶という、ともに 19 世紀末から 20 世紀初頭にかけて法学において議論となった問題を契機としている。

3・1　労働災害

　工場などで用いられる機械が大型化・複雑化し、危険な薬品の製造や使用が頻繁になるにつれて、労働者たちが置かれる環境はますます過酷なものになっていく。労働法の整備の動きとあわせて、そのような労働現場で生じた事故について、雇用者の責任を問う声が高まるようになる。フランスでは 1898 年に、労働災害における被害者に対する賠償を定めた法律が制定され、雇用者は事故の発生から 48 時間以内に医師による証明を役場に提出することなどが義務付けられる。これはつまり雇用者は、事故に際して被害者に医師の診断を受けさせなければ、責任を問われることを意味する。問題となるのは被害者である労働者が受診を拒否した場合である。たとえば事故の直後には被害者が自らの傷の大きさを楽観して、受診の勧めに耳を貸さず、帰宅してしまうようなケース。何事もなく傷が癒えれば問題はなかろうが、帰宅後に症状が悪化し、すぐに医師の診察を受けなかったために、かえって重傷化してしまったような場合、その責任は誰が負うのか。あるいは怪我をした手足の切断手術が必要だと医師が判断しても、患者がその手術を拒んだ場合、本人の意志に反して手術を強制することはできるのだろうか。法学者たちがたどり着いた最終的な結論は、そのような強制はできないというものであったが、その根拠になったものこそ、「完全性」に他ならない。たとえば 1904 年に第 3 版の刊行された、『労働災害についての法制度の理論と実践』の中で、著者であるヴィエンヌ民事裁判所裁判長のアドリアン・サシェ（Adrien Sachet, 1856-1927）は、以下のように述べる。

第8章　所有物としての胎児

労働者に、彼の労働能力を向上させる目的で、彼の身体の完全性 intégri-té を侵害する手術を受けさせることは、やはりできないだろう。たとえば外傷性の骨折がうまく癒合していない腕を新たに折ることや、労働の妨げになるほど曲がってしまった指の切断、切開による傷跡の摘出、体の他の部分から取られた肉片の移植などである★14。

　逆に言えばこれは「完全性」を侵害しない限りは、患者は治療を拒むことができないということである。サシェがそのような治療として挙げているのは、「処方された薬を服用すること」、「包帯を巻いてもらうこと」、「服を脱いで傷を見せること」、「傷口を洗浄すること」などである★15。問題は「完全性」を侵害するが危険は伴わない（あるいはリスクが限りなく低い）ような手術の場合であるが、当初はこれも患者に強制できるとする見方もあったものの、労働法の先進国だったドイツなどでの判例を受け継ぐ形で、フランスでも、「完全性」を侵害する手術は、危険であろうとなかろうと、どんなものでも患者は拒む権利があるということが、1910年ごろまでに確認されるに至る。たとえば1911年の『法医学雑誌』は、尾てい骨の切除という「比較的簡単な」外科手術を患者が拒んだ場合について、以下のように確認している。

　　要するに提起されているのは次のような問題である。怪我人には、自らの労働能力を向上させるための、重大ではない、もしくは軽微な手術を受けることを拒む権利はあるのだろうか。またその場合には、事故に起因する恒久的な部分障害を、どのように見積もるべきなのだろうか。［…］国外ではこの問題には解決が出されている。ドイツ、英国、スイス、イタリアにおいては、それがたとえ何の危険性もない手術であったとしても、個人の身体的完全性を侵害する手術を拒むことを、労働者の絶対的な権利とみなすことで一致している★16。

　現実に被害者が手術を拒み、その結果として怪我が悪化したとしても、被害者は雇用者からさらなる補償を受けることはできないが、雇用者の方も、被害者が必要な治療を拒んだことを理由に、補償額を減額することは許されない★17。要するに手術を拒否することは患者にとって言わば損も得もしない行為だということになるが、いずれにしても身体の「完全性」は、本人の意志に反して侵害することのできないものであることが、こうして労働災害をめぐ

る議論において確認されるに至ったのである。

3・2　妊娠中絶

　このように労働災害をめぐって身体の「完全性」が問題となったのと同じ頃に、やはりこの概念が争点となったのは、妊娠中絶をめぐる議論においてだった。「完全性」は、妊娠中絶を女性の権利として擁護する主張の根拠となったのである。そしてこうした議論が、医学や法学に先駆けて展開された場こそが、文学であった。しかしこのことの背景を理解するには、フランスにおける 19世紀末からの、妊娠中絶をめぐる社会的・法的な状況を、簡単に振り返っておく必要がある。

　19 世紀末から 20 世紀初頭のフランスで社会問題化していたのは、人口の停滞である。この時期のフランスの人口は、決して減少していたわけではなかったが、周辺の諸国に比べて増加率が明らかに低かったことが、知識人たちの危機感を煽っていた。フランスの人口減少は「前世紀が新世紀に譲り渡した社会問題の一つである」[18]。『人口の法則』の著者であるコデルリエは、1901 年の記事でこのように記す。出生率の低下が、このような人口停滞の最大の原因であった。19 世紀初頭には 1000 人あたり 33 だった出生率は、1890 年代には 23.9、1911 年には 18.7 になっていた[19]。こうした状況を脅威と考えた政府は、1902 年と 1912 年に、この問題を専門に取り扱う委員会を設置し、1920 年には、出生率についての審議会を設立した[20]。

　大きな戦乱や政変もなく、フランスが「ベル・エポック」を謳歌していたこの時代に、なぜ出生率は低下したのだろうか。原因の一つとして槍玉にあげられたのが、避妊や妊娠中絶の習慣である。確かにこの時期のフランスには、避妊や妊娠中絶を推奨し擁護する言説が、雑誌やパンフレットの形で数多く流通していた。そうした言説は保守派らによって「新ラマルク主義」と名指され、フランスを滅亡に導くプロパガンダとして激しく避難された。その急先鋒の一人である、人口統計学者のジャック・ベルティヨン（Jacques Bertillon, 1851-1922）によれば、少子化こそが国力の低下を招く諸悪の根源であり、その悪をはびこらせるものこそ、「新マルサス主義のプロパガンダ」に他ならない。

　　一人っ子の親は子供がたくさんいる親ほど勤勉であることを強いられていない。必要によりそれを強いられるということがないのだ。[…] 同じように考えれば、ストの扇動者たちは一般的に子供が少なく、いずれにせよ

彼らの努力は小家族に対して特に成功しやすいということに気付かされる
はずだ。それこそ彼らが新マルサス主義のプロパガンダに耳を傾ける動機
の一つなのである★21。

ここで「新マルサス主義」と呼ばれている教説は、『人口論』（1798）で知
られるマルサス（Thomas R. Malthus, 1766-1834）の理論を自由に翻案して、
避妊の利点を説く議論に単純化したものであり、19世紀後半のイギリスから
広まったものだと言われる★22。しかし保守派らが「新マルサス主義」と呼び
習わした言説の内実は、性の解放を唱えるものからフェミニズム的な主張まで、
雑多な議論の集まりであり、「主義」と呼びうるほどの実質を備えていたわけ
ではない。それらは避妊を推奨するという点では一致していたとしても、中絶
に対する態度は、擁護派、慎重派、反対派と様々であった。しかし人口停滞を
危惧する者たちにとっては、中絶は避妊と同様に、「新マルサス主義」が喧伝
する悪事の一つであり、助産婦らによって暗黙裡に実践されているこの犯罪行
為を取り締まることが、喫緊の課題とされた★23。
　1810年の刑法典（317条）が、中絶を犯罪と定めて以来、フランスにおい
て中絶は、1975年のヴェイユ法成立に至るまで、犯罪行為と見なされ続けて
いた。「新マルサス主義」を批判する論者たちが問題にしたのは、中絶の罪で
実際に検挙される数が、きわめて少ないことであった。ジャック・ベルティヨ
ンによれば、1903年の中絶の訴訟件数は597件。この数がすでに、実際に行
われている中絶の件数をまったく反映していないものであったとされるが、こ
の597件のうち、最終的に有罪判決にまで至ったのは、11件でしかなかった
という★24。こうした状況は、1810年の刑法典が中絶を重罪裁判所の管轄とし
ていたために生み出されたものである。この裁判所で下される禁錮刑などの判
決は、中絶に対して適用するには重すぎたのであり、たとえば女性が実際に妊
娠していたことを裏付ける証拠がないなどの理由で、公訴棄却の決定が下され
ることが多かったのである。
　こうした現状が中絶を野放しにしていると考える者たちは、中絶を軽罪扱い
とすることで、より取り締まりやすい制度を整えるべきであると主張した。彼
らの主張が認められる形で、1923年3月17日法により、中絶は軽罪裁判所
の管轄となり、中絶を受けた女性は罰金刑などの比較的軽い刑に処されること
になった★25。またそれに先立つ1920年7月31日には、中絶の教唆や、避妊
プロパガンダを禁錮刑や罰金刑に処するという、まさしく「新マルサス主義」

をターゲットにした法律も成立していた。

　こうした流れに抗して、中絶の合法化を主張する議論の拠り所とされたのが、「完全性」の概念である。「中絶権」と呼ばれたこの議論の骨子は、それに反対する側からの要約を借りるならば、たとえば以下のようなものである。

　　女性が同意しているのなら犯罪はないのであり、多くの場合そうなのだと、中絶の支持者たちは言い張る。女性は自らの身体を自由に用いることができる。中絶行為の結果身体的損害を被っても、それに不平を述べることはできない、なぜならそれは自分の行為だからだ。あるいはもし中絶を取り締まりたいなら、放蕩や売春、アルコール中毒も取り締まるべきである、なぜならそれらも身体の全体性 l'intégrité corporelle に対する侵害だからだ[26]。

　このような「中絶権」の主張のもっとも早い例は、Ｅ＝アドルフ・スピラルが 1882 年に刊行した『法学的観点から見た中絶研究試論』に見出すことができる。スピラルはその中で「完全性」という言葉こそ用いてはいないものの、「妊娠 3 カ月」までの胎児は「母体と区別のつかない」、「不活性で言わば不定形の血の塊」であるので、母親はそれを「自分の好きなように守るなり消し去るなりすることができる」としている[27]。しかしながらその後は法学の分野においては、スピラルを受け継ぐような議論が展開されることはなかった。スピラルの議論が引き継がれたのは、むしろ文学においてである。20 世紀初頭より、数多くの作家たちが、望まない妊娠がもたらした不幸や、そうした妊娠で生まれた子供たちをテーマにした小説や戯曲を発表し、「新マルサス主義文学」という一つのジャンルと呼べるほどの、豊富な作品群を形成していた[28]。

　その一例である『不妊！』Stérilité ! は、ジョルジュ・サンド（George Sand, 1804-1876）の甥であるというフェリ＝ピザニ（Ferri-Pisani）が、1906 年に発表した中編小説である。フランスの人口停滞に対する危惧を共有していたゾラ（Émile Zola, 1840-1902）が、1899 年に発表し、ジャック・ベルティヨンを始めとする中絶反対派の典拠としてしばしば用いられた長編『多産〔豊穣〕』Fécondité [29] に、真っ向から対立するタイトルを持つこの作品は、高齢の伯爵との望まない結婚を強いられたジルベルトが主人公である。野心あふれる若き弁護士ジャンとの情事のみをよすがに生きる彼女は、やがてジャンの子を身ごもってしまう。互いに心を通わせ合う女中のマリ＝ローズも

第8章　所有物としての胎児

同じ悩みを抱えていることを知ったジルベルトは、中絶手術を受けるべく、二人でモラン医師のもとを訪ねる。このモラン医師こそ、「新マルサス主義」的な信念のもとに、望まない妊娠をした女性を安全な中絶で救おうとする、腕利きの医師だった。マリ＝ローズの手術を成功させた後、逮捕されたモラン医師は、重罪裁判所の法廷で、以下のような一節を含む演説を繰り広げる。

　　「否、中絶は犯罪ではない。胚がまだ不定形の卵で、生存能力がない限りは、それは母親に属しており、母の一部であり、母がそれを取り除いたとしても、部分的な自殺をしたにすぎないのだ！」★30

　胎児は母親の身体の一部であり、その処分は母親の自由である。このような「中絶権」の主張は、ヴィクトール・マルグリット（Victor Margueritte, 1866-1942）による長編小説『お前の体はお前のもの』でも展開されることになる。タイトルがすでに「中絶権」の理念の要約となっているこの作品は、その刊行こそ 1927 年とやや遅いが、著者のヴィクトール・マルグリットは、20世紀初頭からすでに「新マルサス主義」的な見解を雑誌などで表明していた。この小説の主人公の一人であるセバスチャン・パコーも、「確固たる新マルサス主義者」★31 だとされている。物語は、彼と強い絆で結ばれている姪のスピリタとの関係を中心に展開することになる。スピリタの精神的な指導者として振る舞うセバスチャンは、思春期を迎えた姪に、『妊娠を避ける方法』という禁書を貸し与えながら、望まない妊娠を避けることがいかに重要かを繰り返し説き聞かせる。彼の持論は時として以下のような優生学的な主張に接近することもあった。

　　生殖、よいだろう。だが種が健全で、その生産が飼育で必要な量に釣り合っているのが条件だ。蚕の場合には、欠陥が生命を脅かさないように細心の注意が払われるのに、人間の場合にはそれがほとんどなされないのだ！［…］いずれにしても、お前は子供がどのようにできるのか知っているし、すぐにどうすればできないのかもわかるだろうから、子供たちが自分でやっていけるまで、彼らの生存が保証されているときにしか、危険を冒してはならないということを、よく覚えておくんだ★32。

1906 年に医師のジャン・ダリカレール（Jean Darricarrère）が刊行した『中

絶権』という名の著作も、やはり小説作品であった。1919 年には医師のクロツ=フォレスト（Klotz-Forrest）が、「中絶権」を擁護する立場から、『中絶は犯罪か？』という書物を刊行し、中絶の医学史と法制史を振り返りながら、「女性は望まない妊娠期間を合法的に中断することができるべきだ」★33 と結論づけている。こうした議論が医学や法学の分野で再び活性化するまでの間をつないだのは、間違いなく文学だった。だが現実においては中絶に対する取り締まりはむしろ強まり、ヴィシー政権下においては国家犯罪と規定され、中絶を手がけた者が死刑や終身刑に処されたケースも見られた。すでに見たように、フランスにおいて中絶が合法化するのは、1975 年のヴェイユ法の成立を待たなければならない。

　しかしながらここでの争点は、中絶の合法化までの道のりではなく、あくまで「完全性」という概念である★34。労働災害や妊娠中絶をめぐる議論で拠り所とされた身体の「完全性」とは、本人の同意なしに他人が侵害することのできない身体の境界を意味した。ルース・A・ミラーの指摘するように、とりわけ妊娠中絶に関しては、その境界線上でひしめき合うのは、「生物学的なものと政治的なもの」★35 だった。そこでは人口の停滞により脅かされるフランスの国力と、母親という個体が、胎児の可処分権をめぐって争い合う。そのことは中絶に反対する論者が繰り広げる以下のような議論にも明らかである。

　　　財に関してなら、所有権は、本来どんなに絶対的なものであったとしても、公共の利益の範囲において制限を受ける。［…］人についてもそれは同じである。戦争時には、男は身体の自由を持たず、それを国家に捧げなければならない。女もまた、尊い産みの親であるという特権によって、国家を益さなければならない。彼女が生殖機能を抑制するのなら、脱走兵と同じように、国家に対して罪を犯すことになるのだ★36。

　所有権が公共の利益の前に制限されることがあるように、「生殖機能」、具体的に言えば胎児も、戦争などの非常時に際しては、妊婦がそれを自由にする権利を失う。つまりここで問題となっているのは胎児の所有権である。それが母にあるのなら、中絶によってそれを処分するのは彼女の自由であるが、それが国家にあるのなら、中絶は犯罪となる。要するに「完全性」とは、ここでは所有の範囲と同義である。その中に含まれるものは、所有物と同じように、その所有者のみが自由にできるのであり、それ以外の者が許可なく侵害することは

許されないのである。

4 「完全性」というフィクション

　しかし近年の生命倫理の議論などにおいて問題となる「完全性」とは、所有の範囲と必ずしも同義ではない。所有物であれば、所有者はそれを他人に売ることもできるだろう。だが冒頭で見たフランスの国家倫理諮問委員会の答申がそうであったように、「完全性」は、臓器などの体の一部を、本人や他人が自由に売買することを禁じる根拠でもあるからだ。移植技術の進歩などにより、19世紀末にはほとんど想定外だった、臓器売買が現実味を帯びるにつれて、「完全性」は所有から切り離されていった。いまやそれは、他人はもちろんのこと、本人ですら時には自由にできない何かである。「完全性」は、所有権の及ばないものとなることによって、この語が本来持っていた、道徳的・宗教的な意味を取り戻したようにも見える。

　だがなぜそれは、単に「身体」ではなく、「完全性」と呼ばれなければならないのだろうか。問題となるのは「完全」と「不完全」の境界である。たとえば髪の毛ならば、切られる前でも後でも、広義での「身体」の一部であることに変わりはあるまい。しかし切られる前の髪が「完全性」に含まれるのに対し（他人の髪を勝手に切ることは暴行罪を構成しうる）、切られた後の髪の毛は、「不完全」な「物」となる。法的な概念としての「身体」を、このような「切断」の観点から、法制史的に検討したのが、ジャン＝ピエール・ボーの『盗まれた手の事件』である。ボーがこの書の議論の手がかりにするのは、事故などで切断された手が他人に盗まれるという、架空の事件である。ボーによれば、フランスの定説からすると、手を持ち去ったものは無罪放免とせざるを得ない。窃盗罪が成立するためには、手が「物」である必要があるが、「フランスの定説によれば、肉体の各部分は体から離れたときにはじめて『物』になる」★37。切断されてはじめて「物」になった手は、所有者がいないため、窃盗も成立し得ないというわけだ。

　ボーによればこのような法理を成り立たせてしまうのが、「人格」という概念である。「人格」とはローマ法に由来する擬制であり、「法人格」と同様に、それ自体は肉体を持たない。現実の場面においてこの「人格」は、「所有者」として「物」と出会う。一方で「人格」自身は決して「物」ではない。このことは人が奴隷のように「物」として所有されることを防いでくれたし、人格の

死と肉体の死がほぼ一致している限りは、とりたてて問題が生じることもなかった。ところが現代においては、人格が不在の身体に、人類は直面することになる。移植用の臓器は、摘出される前と変わらない身体の一部であり、だからこそそれは移植が可能である。それを「物」だと認めてしまえば、摘出される前の臓器もまた「物」ということになり、つまるところ身体は「物」であるということになるだろう。だとすればこの「物」の所有者は誰であるのか。本人であるとすれば、自らの臓器を自由に売買することも認められるのか。このような困難な問いを回避させてくれる概念こそ、「完全性」なのである。

　要するに「完全性」は、純粋な擬制であった「人格」に、肉体を受肉させるための概念である。それにより「人格」と「物」との区別は、「完全」な身体と「不完全（部分的）」な身体という区別に引き継がれるだろう。「完全」な身体の方は、本人もまたそれを自由に処理することはできない。とはいえ臓器移植においては、摘出される前と後の臓器は、どちらも同じ身体部分である以上、両者に区別を設けようとする「完全性」は、結局のところやはりもう一つの擬制であるにすぎない。

　臓器を売買することの道徳的な是非を、ここで問題にするつもりはないが、貧困のために自らの健康を害してまで臓器を売り渡そうとする者が、実際に出現しているとすれば、そこに何らかの歯止めは必要であろう。しかしながら、「人格」というローマ法由来の古めかしい概念を生きながらえさせるための新たな擬制である「完全性」が、この歯止めとして有効に機能しているかどうかは疑わしい。人体から取り出して保管したり、他人に移植したりできる臓器は、紛れもない「物」であり、完全な身体から不完全（部分的）な身体の移行に、ある種の実体変化を見るような議論が、普遍性を持つとは考え難い。臓器や胚などの売買は、今後も闇で続けられるだろう。これに対しボーが提案するのは、身体を「物」であると認めることである。ただしそれは「取引されない物」であるという。

　　肉体が「物」であるという考え方は、それでは野菜や家庭電化製品と同じ店の棚の上に人体を並べることになるという理由で、拒否されてきた。しかしそうではなく、〔民法典〕1128条は、肉体が教会や墓地と同じ「物」のカテゴリーに属すると言っているのである。［…］肉体は、近代における「神聖な物」であると同時に、「共有の物」にもなろうとしており、この点で、まさに「取引されない物」の典型であると結論づけることができる★38。

しかしながら、世俗化の進んだ現代において、「神聖な物」を持ち出すボーの議論もまた、どこまで現実味があるのかは未知数である。「完全性」も「神聖な物」も、身体の虚構的なステータスを裏付けるための概念であると言えるが、すでに見たように、生物学や免疫学に由来する前者が、「科学」の色彩を帯びていることは示唆的である。世界の中のあらゆる存在を「取引可能な物」とみなし、土地や空間や労働力を取引しながら、グローバルに拡大することを可能にしたのもまた、「科学」を生み出したのと同じ合理主義であるからだ★39。「身体」は、そのような合理主義が、「取引可能な物」として自らのうちに見出した、最後のフロンティアであるのかもしれない。「完全性」は、自らの中で進行するこうしたグローバル化を、食い止めることが果たしてできるのであろうか。

追記　本研究は JSPS 科研費 26870651 の助成を受けたものです。

注

★1　Comité consultatif national d'éthique [CCNE], « Avis sur la non-commercialisation du corps humain », Avis N° 21, 13 décembre 1990. En ligne : http://www.ccne-ethique.fr/sites/default/files/publications/avis021.pdf

★2　*Code civil*, Article 16-3 : « Il ne peut être porté atteinte à l'intégrité du corps humain qu'en cas de nécessité médicale pour la personne ». 2004 年の改正によって、「もしくは例外的に他人の治療に役立つ場合 ou à titre exceptionnel dans l'intérêt thérapeutique d'autrui」との文言が加わった。

★3　Laurent Moreillon, *L'infraction par omission*, Genève, Librairie Droz, 1993, p. 182.

★4　*Ibid.*

★5　« intégrité », Alain Rey (sous la dir. de), *Dictionnaire historique de la langue française*, Nouvelle édition, 2010, p. 1102.

★6　Bégin et al., *Dictionnaire des termes de médecine, chirurgie, art vétérinaire, pharmacie, histoire naturelle, botanique, physique, chimie, etc.*, Paris, Crevot, Béchet, Baillière, 1823, p. 366.

★7　Xavier Bichat, *Recherches physiologiques sur la vie et la mort*, 3ᵉ édition, Paris, Brosson, 1805, p. 1.

★8　« Clinique médicale », *L'Union médicale*, Mardi 6 Décembre 1864, p. 465.

★9　« Clinique médicale », *L'Union médicale*, Jeudi 18 Février 1869, p. 243.

★10　Claude Bernard, *Leçons sur les phénomènes de la vie communs aux animaux et aux végétaux*, Tome premier, 2ᵉ édition, Paris, Baillière, 1885, p. 113. 強調は原文

による。

★11 Cf. F.M. Burnet, T*he Integrity of the Body: A Discussion of Modern Immunological Ideas*, Cambridge, Harvard University Press, 1963.

★12 Élie Metchnikoff, *L'Immunité dans les maladies infectieuses*, Paris, Masson, 1901, p. 424-425.

★13 その一部である長寿研究は平野威馬雄によって日本にも紹介されている。E・メチニコフ『長寿の研究　楽観論者のエッセイ』(昭和17年)、平野威馬雄訳、幸書房、2006年。

★14 Adrien Sachet, *Traité théorique et pratique de la législation sur les accidents du travail*, Tome 1, Paris, Larose, 1904, p. 230.

★15 *Ibid.*, p. 231.

★16 Courtois-Suffit et Fr. Bourgeois, « Deux cas de coccygodynie d'origine traumatique, leur interprétation au point de vue médico-légal », *Revue de médecine légale*, 1911, p. 71.

★17 Cf. Adrien Peytel, « Le refus d'opération chirurgicale dans les accidents de travail », *Paris médical*, 1913, n° 10, p. 676.

★18 G. Cauderlier, « Les causes de la dépopulation de la France », *Bulletins de la Société d'anthropologie de Paris*, Ve série, tome 2, 1901, p. 520.

★19 Cf. Christiane Derobert, « Le néo-malthusianisme en France et sa répression (1895-1920) », *Champs Libres. Études interdisciplinaires*, n°6, 2007, p. 233.

★20 *Ibid.*, p. 234.

★21 Jacques Bertillon, *La dépopulation de la France*, Paris, Félix Alcan, 1911, p. 25.

★22 C. Derobert, art. cit., p. 235.

★23 19世紀フランスの中絶の実体については以下を参照。Rachel G. Fuchs, *Poor and Pregnant in Paris: Strategies for Survival in the Nineteenth Century*, New Brunswick, Rutgers University Press, 1992, p. 175-199.

★24 J. Bertillon, *op. cit.*, p. 242.

★25 これに対して実際に中絶手術を手がけた者に対しては、1年から5年の禁錮刑などの重い刑罰に処された。Cf. Yvonne Knibiehler, « Avortement », Dominique Lecourt (sous la dir. de), *Dictionnaire de la pensée médicale*, Paris, PUF, « Quadrige », 2004, p. 143.

★26 Xavier Tallet, *Les Délits contre la Natalité*, Avignon, Imprimerie Barthélemy, 1938, p. 35.

★27 E.-Adolphe Spiral, *Essai d'une étude sur l'avortement considéré au point de vue légal*, Nancy, G. Crépin-Leblond, 1882, p. 16.

★28 たとえば以下の諸作品がその一例である。Michel Corday, *Sésame, ou la maternité consentie*, Paris, Charpentier, 1903 ; Léon Frapié, *La maternelle*, Paris, Librairie universelle, 1904 ; Fernand Kolney, *Le salon de Madame Truphot :*

mœurs littéraires, Paris, Albin Michel, 1904 ; Ferri-Pisani, *Stérilité !* Paris, Le roman pour tous, 1906. より網羅的なリストは以下を参照。C. Derobert, art. cit., p. 240-241. 19 世紀末のフランス文学の独身主義と、それに対立するものとしてのゾラ『多産〔豊穣〕』については以下を参照。小倉孝誠「幸福な身体のために──19 世紀の性科学と文学」アラン・コルバン他『身体はどう変わってきたか』藤原書店、2014 年、230~268 頁。

★29　ゾラの『多産〔豊穣〕』と新マルサス主義などの当時のイデオロギーとの関係については以下を参照。David Baguley, *Fécondité d' Émile Zola*, Toronto, University of Toronto Press, 1973.

★30　Ferri-Pisani, *op. cit.*, p. 77.

★31　Victor Margueritte, *Ton corps est à toi*, Paris, Flammarion, 1927, p. 75.

★32　V. Margueritte, *op. cit.*, p. 76, 78.

★33　Klotz-Forest, *De l'avortement. Est-ce un Crime ?*, Paris, Edition Victoria, 1919, p. 240.

★34　フランスの中絶合法化にはずみをつけた 1971 年の「343 人宣言」や、同年に始まるマリ＝クレールの裁判については以下を参照。〈ショワジール〉会編『妊娠中絶裁判』辻由美訳、みすず書房、1987 年。

★35　Ruth A. Miller, *The Limits of Bodily Integrity: Abortion, Adultery, and Rape Legislation in Comparative Perspective*, Aldershot, Ashgate, 2007, p. 69.

★36　X. Tallet, *op. cit.*, p. 35-36.

★37　Jean-Pierre Baud, *L'affaire de la main volée*, Paris, Seuil, 1993, p. 15（ジャン＝ピエール・ボー『盗まれた手の事件』、野上博義訳、法政大学出版局、2004 年、11 頁）。

★38　*Ibid.*, p. 222-223（同上、272~273 頁）。

★39　西洋的合理主義と契約や所有といった法的概念の関係については以下を参照。Alain Supiot, *Homo Juridicus. Essai sur la fonction anthropologique du Droit*, Paris, Seuil, 2005（アラン・シュピオ『法的人間』（仮）、嵩さやか・橋本一径訳、勁草書房、近刊）。

第9章

生産力の円環

有機体論としてのドイツ栄養生理学

高岡 佑介

はじめに

　19世紀から20世紀にかけてのヨーロッパ思想史を構成する軸の一つとして、生命科学の発展が挙げられる。それは生命現象をめぐる思考と認識が科学として確立されていく過程である。端緒となったのは、ナチュラル・ヒストリーの終焉と呼ばれる事態だ。ナチュラル・ヒストリーとは、自然の事物に対して、外見の特徴を観察、記述することにより分類を行う学問である。そこで自然は「鉱物界」「植物界」「動物界」に三分され、個々の生物種もまた、観察によって明らかになる形態上の特徴に基づいて分類されていた。しかし19世紀初頭になると、こうした認識の枠組みに変動が起きる。自然の秩序づけは、外見上の可視的な構造と特徴の組み合わせではなく、内部に配置された器官相互の関係、そうした諸部分の連関によって生まれる不可視の機能を基準として行われるようになる。鉱物、植物、動物という自然の三界説に代わり、「有機物」「無機物」という区分が基礎的な地位を占めるようになったのだ。以後、生命の研究は、有機物が示す現象に固有の規則性や合法則性の解明を指針として進められる。その際、生物＝有機物を対象とする研究の営みに科学的性格を付与するものとして、測定・実験という当時すでに発達していた物理学・化学の手法が導入された。物理学・化学的手法の援用は生命科学の発展を促す大きな推進力となり、19世紀末には、発生の問題をはじめ代謝・呼吸など、生命現象の物質的メカニズムが解明されていった[1]。

　有機物をめぐる一連の研究実践が明らかにした生命の様相は、生気論と機械

153

論というそれまで主流をなしてきた生命観の妥当性を揺るがすものだった。発生や代謝などの生命現象に対して、「有機物には物理的諸力とは異なる生命固有の力が働いている」「生体は機械になぞらえて理解することができ、部品＝全体を構成する要素の水準に還元可能である」といった観点では問題を適切に分節化できないということが次第に気づかれるようになったのだ。そうして生命現象の精確な記述を可能にする第三の観点が要請される。それがシステム論である。1949年、オーストリアの生物学者ベルタランフィはそれまでの生命研究の進展を振り返り、生気論と機械論を「古典的見解」として退けた上で、生命現象を「システム」すなわち「たがいに作用しあう諸要素の複合体」として捉える立場を提案した。ベルタランフィはそれを「有機体論的見方」[2]と呼んだ。

　このように生命研究の変遷を整理してみると、19世紀中頃からドイツで発展した栄養生理学は、生気論・機械論から有機体論へという思想潮流の変化を示す初期の事例として位置づけられる。栄養とは、外部から取り込まれた物質が身体の内部で生じる化学反応によって自己の構成素へと変成する一連の現象を指す。栄養生理学は、栄養摂取という生物＝有機体に特有の振る舞いを物理学・化学の視角から問うものである。

　本稿は、世紀転換期ドイツの栄養生理学に関する言説を辿ることで、そこに伏在していた生命観、有機体像の一端を明らかにしようとする試みである。分析の重心はあくまで文献資料に観察される生命や有機体をめぐるイメージに置かれる。というのも、一般に科学の営みは、仮説と経験的データの照合を通じて諸々の現象が生起する条件ないし法則を追求することによって特徴づけられるが、しかしその営為のなかで現象の成り立ちを説明するためのさまざまな概念やモデルが形成される点に着目するなら、科学を諸種のイメージの生産現場と見なすことができるからだ。スイスの歴史家フィリップ・サラシンとヤーコプ・ターナーは著書『生理学と産業社会』のなかで、19世紀ヨーロッパの生理学の試みが身体に関するさまざまなイメージやメタファーの創出過程であったことを指摘して、次のように述べている。「生理学の主要な概念やコンセプトは、大学の外や医学以外の領域においても取り上げられた。この躍動する科学分野の中心的な概念やモデル（たとえば細胞、神経、有機体、循環、調節、フィードバックなど）は、社会科学や伝統的文学、大衆科学の表象の世界へと流れ込んでいった」[3]。こうした科学の実践によるイメージの生成と転移こそ、本研究の背景をなす問題意識である。

本稿の構成は次のとおりである。第1節では栄養現象のプロセスのなかで中心的地位を占める物質代謝について、先行研究に基づき、この概念の焦点と外延を明らかにする。第2節では、世紀転換期のドイツにおいて栄養学、生理学、衛生学の分野で活躍したマックス・ルブナー（Max Rubner, 1854-1932）のカロリー研究を検討する。第3節では、科学表象の伝播の一例として、ドイツの医師・大衆科学作家フリッツ・カーン（Fritz Kahn, 1888-1968）の主著『人間の生命——大衆に向けた人間の解剖学、生物学、生理学および発生史』（1923-1931）を取り上げ、分析の対象に据える。

1　物質代謝とエネルギー保存の法則

医学史家ジョージ・ローゼンによれば、「物質代謝」とは、「体内に取り入れられた栄養物質が内部で化学的に変化し、身体の構成、摩耗した組織の置換、運動や思考のプロセスに必要なエネルギーの供給が行われる」過程を扱う「生物学、医学の基礎概念の一つ」[4] である。物質代謝に相当する現象そのものは、ヒポクラテスやガレノスの例に見られるように、古代より研究の対象となっていたが、それが科学上の術語として用いられるようになったのは19世紀に入ってからであり、ドイツでは1838年、化学者グメリンによる使用が最初だとされている[5]。

まず指摘しておきたいのは、物質代謝（英：metabolism、独：Stoffwechsel）が、生物学や医学だけでなく複数の学問分野と関連を持つ、領域横断的な概念だったということである。

先述のローゼンの定義に依拠して、物質代謝が指示している事態を次の二点に整理することができるだろう。第一は生体を構成する物質 Stoff の交代 Wechsel であり、第二は精神の活動や身体の運動を可能にするエネルギーの供給である。

第一の点は、主体そのものの再構成という哲学的な問いに関わる。具体的に、主体は外部から調達した素材を食すことで自らの身体を自己ならざるもの＝他者の身体で構成し直す。そこで更新される身体は脳を含めた身体である。エンゲルスは言う。「もっとも本質的だったのは、肉食が脳に及ぼす作用である。脳へはいまやその栄養と発育に必要な物質が以前よりずっと豊富に流れ込んだ［…］」[6]。つまり物質代謝で問題となるのは、主体の中枢・根幹の交換過程である。そこでは思考という脳の機能もまた、変転する物質によって基礎づけら

れるだろうし、この観点をさらに推し進めていけば、「生命とは蛋白体の存在様式である」★7 という見解に至る。

これに対して第二の点が示しているのは、「エネルギー」という語からうかがえるように、物理学、とくに熱力学との関連である。ローゼンは、「物質代謝の研究」と「エネルギー保存の法則が及ぼした広範な影響」との結びつきを強調している★8。じっさい、グメリンやリービヒらドイツの化学者によって物質代謝の現象が分析の俎上にのぼっていた 1840 年前後は、ヨーロッパの物理学者を中心として、エネルギー保存則に関する仮説が相次いで提出された時期でもあった。トーマス・クーンによれば、19 世紀中葉までに展開された科学的実践のなかで定立されたこの仮説は、新たな自然観の胎動を予告するものだった。少し長くなるが、引用しよう。

> 1842 年から 1847 年にかけて、エネルギー保存 energy conservation の仮説が、互いに遠く隔たり合った 4 人のヨーロッパの科学者によって発表された。それは、マイヤー、ジュール、コールディング、ヘルムホルツであり、最後の 1 人を除けば他の人びとをまったく知らないままに研究していた。[…] サディ・カルノーは、1832 年以前に、マーク・セガンは 1839 年に、カール・ホルツマンは 1845 年に、G・A・イルンは 1854 年に、いずれも熱と仕事は定量的に相互転換が可能であるという確信に独立に到達していた。[…] C・F・モール、ウィリアム・グローヴ、ファラデー、リービッヒはいずれも、現象世界をたった一つだけの「力」force の現れであるとし、その力は電気的、熱的、力学的、その他多くの形となって現れるが、どの変換においても生成されたり消滅したりはしないと記述している。[…] 我々はすでに、短期間に独力でエネルギー概念とその保存の本質的部分を把握した 12 人の名前を挙げた。[…] すでに挙げた人数だけで、1850 年までの 20 年間におけるヨーロッパの科学的思考の状況は、感受性の強い科学者を重要な自然観へと導くことのできる要素を含んでいた、ということを示すのに十分である★9。

自然界で生じる現象がただ一つの力の現れであり、その現象形態は電気や熱などさまざまであるが、いずれの形態を取っても、「仕事」という対象を動かし変化を導く能力それ自体は一定不変である★10。このような自然に対する見方は、物体のような外的自然にのみ適用されるわけではない。エネルギー保存

則の認識論的射程は、身体という人間の内的自然にも及ぶ。この点は、先に名を挙げた物理学者のうち医学を修めていたマイヤーとヘルムホルツによって自覚されていた。「［…］エネルギー保存則の確立に一番駆けした医学者マイヤーは、［…］それが自然現象の一つとしての生体内のできごとにも当然適用されるはずであること、それが物質代謝とかかわっていることを鋭く指摘した。［…］マイヤーのほか医学出身のヘルムホルツもはっきりとその生体への適用を考えていた［…］」[11]。

　マイヤーとヘルムホルツがエネルギー保存則の適用対象として身体に着目したことは、医学という人体の専門研究に従事していた両者の知的関心によるところが大きいと考えられる。しかしその着眼は、自然科学の内部にとどまらない、より広い射程を含むものだった。アメリカの文化史家アンソン・ラビンバックによれば、エネルギー保存則が提示した身体像は、世紀転換期の社会改革運動を促進する役割を果たしたというのだ。「身体とはエネルギーの保存と変換の場であるという考え方は、19世紀末葉から20世紀初頭にかけてのヨーロッパにおける大規模な国家的改革運動の推進に寄与した」[12]。

　エネルギー保存則という自然科学上の一仮説が、改革運動における社会認識の参照点として機能することを可能にしたのは、同仮説の構成要素である「仕事」（独：Arbeit、仏：travail）という概念が有していた二面性である。すなわち自然科学においては物に対し働きかけそれを動かす作用を意味する「仕事」は、社会科学においては自然に対して働きかけそれを変形、加工する「労働」にほかならなかった。「仕事」をなす力がエネルギーであるなら、「労働」をなす力は労働力である。身体は、二つの力が交差する「自然と社会の転換ないし交換の場」であり、「自然の諸力を社会の推進力へ変換する」[13]生産力の媒体として理解された。

　まとめれば物質代謝とは、物質の交代とともに、運動を可能にするエネルギーの供給を意味する。そこでのエネルギーとは身体を運動させることにより社会の運動を導くものであり、物質代謝の問題には、そのような身体／社会の動力の源泉を問うという側面が含まれていた。

2　熱機関としての有機体

　前節で触れた生体内部における力の形態変化というマイヤーとヘルムホルツの関心は、1880年代になって栄養生理学の分野で一つの具体的な形を与えら

れることになる。それが、測定によって食物の代謝とエネルギーの出入りとの関係を数量的に把握しようとしたマックス・ルブナーの研究である。

ここでルブナーの経歴を簡単に紹介しておこう。ルブナーは、19世紀から20世紀へ至る転換期のドイツにおいて、主として栄養学の立場から生命研究に取り組んだ。ミュンヘン、ライプツィヒで医学と生理学を学んだルブナーは、一方でまた自らの研究を当時産業化の影響により劣悪な状態にあった都市の生活環境の改善に応用すべく、ロベルト・コッホの後継としてベルリン大学の衛生学講座で研究・教育活動に従事する傍ら、1890年代以降、帝国健康評議会 Reichsgesundheitsrat や帝国保健所 Kaiserliches Gesundheitsamt など行政機関の委員を務め、ヴィルヘルム期ドイツの衛生政策にも関与した。また、労働者や子ども、高齢者の栄養状態、食事、衣服、住環境をテーマとした講演を行うなど、一般大衆に対する啓発活動にも積極的だった★14。このようにルブナーは、生命現象の探求に従事する科学者と、人間の生存条件の整備を目指す社会改革家という二つの顔を併せ持つ人物だった。

ここでは、多彩な側面を持つルブナーの取り組みのうち、彼の物質代謝研究に絞って検討することにしよう。

まず確認すべきは、エネルギー保存則の発見が生気論と機械論という従来の生命観に対して果たした役割である。生気論とは「有機物には物理的諸力とは異なる生命固有の力が働いている」とする立場だった。エネルギー保存則は物理法則に属するものであるから、生気論と機械論という構図のなかでこの仮説が支持されるということは、前者の妥当性が失われることを意味するだろう。じじつ、ドイツでは「[…]1900年まで、エネルギー保存は、生理学において『生気論』を打破するための手段を提供するものとして広くもてはやされた」★15。

しかし、生気論を失効に導くための理路としてエネルギー保存則が活用されたという事実がそのまま機械論の勝利を意味したかといえば、事態はもう少し複雑である。エネルギー保存則がもたらしたのは、むしろ機械論の書き換えとでも呼ぶべきものだった。

ふたたびラビンバックの議論に依拠すれば、エネルギー保存則に基づく「19世紀の機械」は、「原動機、つまり強力な自然のしもべにして動力の貯蔵庫として理解された」のであって、それは人間や動物のメカニズムの再現を狙いとして職人が製作する18世紀の機械とは異なる★16。前節の引用のなかでクーンが述べていたように、エネルギー保存則の主要な局面は、「熱と仕事の定量的な相互転換」であった。つまりこの仮説が提示する機械像は、動力学的原理に

第9章 生産力の円環

従って熱と仕事の転換を行う「機関」と呼ぶべきものである。

こうした認識モデルを従来の機械論の延長線上に位置づけるのはいささか不適切だと言わねばならない。なぜならこの見方は、生き物を機械のアナロジーにより理解するという点では確かに機械論の性格を備えているが、他方において「構成要素（部分）への還元」という機械論のもう一つの要件を十分に満たさないからである。エネルギー保存則が提示する機械像で問題となっているのは、部品として組み立てられた物体の協働よりも、むしろ動力という、熱と運動を導く不可視の抽象的な作用なのだ[17]。

もはや、生気論と機械論のどちらの陣営に軍配を上げるかは問題ではなかった。生体を機械になぞらえて理解することはいまや前提であり、重要なのはその上で、生体が示す現象が自然科学の法則に従うかどうかを究明することである。ラビンバックは言う。「1870年代、1880年代まで、ライン川の両側では人間機械におけるエネルギー保存の問題は科学雑誌のなかで生理学者たちによってたえず議論されていた。この議論は、1887年にフランスの生理学者アレクサンドル・エルザンが述べた次の言葉に要約される。『生ける有機体が熱を生み出す機械であるなら、問題はその機械が普遍的な熱力学的平衡に従うかどうかを知ることである』」[18]。

食物摂取とそれにより生体内部で生じる熱の関係を主題としたルブナーのカロリー（生理的熱量）研究は、この論脈のなかに位置づけられる。ルブナーによれば、「今日の生命研究の根底をなしているのは、力と物質の保存法則である」[19]。栄養学はこの物質と力の相互変換を中心的に問わなければならないのだ。ルブナーは1885年に発表した「カロリー測定研究」という論文のなかで、従来の栄養学が物質代謝研究において力の問題を十分に検討してこなかったことを批判しつつ、次のように述べている。

> 栄養学の考察や理論は、ある部分で物質の交代（Wechsel der Stoffe）のみを究明しつつ、力の変換（Wechsel der Kräfte）にはごくわずかな注意しか払ってこなかった。これは、何らかの正当化を施すならば、実際に力の変換が物質の交代の本質的でない添え物のように思われたということによる。〔力の変換は〕副次的なプロセスであるように考えられてきたのだ[20]。

> ［…］問題は何よりも個々の栄養物質がどの程度力を供給できるか、さま

159

ざまな生存条件のもとでの人間の力の変換の大きさ、個々の栄養物質の燃焼への関与である。／栄養学にとってもこれらの研究は重要なものとなるだろう。というのも多くの問題に関して、物質代謝（Stoffwechsel）は力の変換（Kraftwechsel）の知識を欠くことができないのだから[21]。

　物質の交代に伴う力の変換とは、物質による力の供給であり、それは具体的に物質の燃焼がもたらす熱の産出というかたちで現象する。ルブナーによれば、カロリー（その語源は「熱」を意味するラテン語 calor である）の研究は、この現象に光を当てるためのもっとも有効なアプローチなのだ。「有機体の熱産出の研究には、次の方法よりも優れたものはほとんどない。すなわち、動物の体内で分解された栄養物質、身体物質から生み出される熱の計算に基づく、とくに正確なカロリー測定研究による蛋白、脂肪、炭水化物の燃焼熱を十分に確かめるという方法である」[22]。

　ルブナーは、ミュンヘンで指導を受けた師フォイトの呼吸計を呼吸・熱量計に改装し、動物を被験体として、食事摂取の代謝に対する影響を調べた。この実験でルブナーは、肉を食すと、食事を摂っていない場合に比べて熱の発生量が増すこと、また摂取する食事によって発生する熱量が異なることを見出した[23]。ルブナーにとってこの結果は、マイヤーやヘルムホルツによって発見されたエネルギー保存則が生理学の領域においても成り立つことを確信させるものだった。「動物の体温の源」（1894）と題された論文のなかでルブナーは、外部から摂り入れる食物こそが動物の体熱の源であるという見解を述べている。「無から力が生じることはなく、力が無へと消えゆくこともない。[…]諸力の量が不変であるのに対し、その質は変転を被る。[…]これらの法則によって必然的に、動物有機体に見られた熱源の多様性は統一され、われわれの食物の成分の変換という唯一つの原因に帰せられる」[24]。

　では、エネルギー保存則から着想を受けた物質代謝研究を通じてルブナーが辿り着いた有機体像とはいかなるものだったか。1909 年に発表された著作『自然の経済における力と物質』のなかの次の一節が、その手がかりを与えてくれる。

　　栄養物質と生き物が接近する場面とその結果として熱が発生する場面の間で生じていることは、明らかに栄養と生命一般の核心をなしている。栄養物質の中にあるエネルギーは生き物において何らかの過程を生じさせる。

第9章　生産力の円環

生き物は栄養なしに急には変化せず、栄養によって繰り返し生まれ変わる。すなわち生き物は栄養（エネルギー）の不足と充足の状態の間でたえまなくあちらへこちらへと揺れ動くのだ。一方は、生き物を通じてエネルギーの供給がなされている状態であり、第二はこのエネルギーが熱量や仕事へ変化する状態である。[…] 生き物はわれわれの前にいわば備給状態と放出状態という二つの極端なかたちにおいて現れる。すなわちそれは永久に繰り返されるエネルギーの供給と放出の循環プロセス（Kreisprozeß）なのだ[25]。

　生体が物質を内部に摂り込むことで、物質に含まれるエネルギーが変換されて熱となる。その熱は運動へと変換され、生体にはふたたび物質が送り込まれる。このように有機体は、供給（充足）と放出（不足）というかたちで物質の交代＝力の変換を繰り返しながら、円環 Kreis を描くようにして自己の再構成を続ける「熱機関」と表現することができるだろう。

3　「産業宮殿としての人間」

　ところで、科学者たちによる研究実践から生み出されるイメージは、書き手も読み手もともに専門家から構成される学術雑誌のみを媒体とするわけではない。それはつねに研究論文として表現されるとはかぎらず、しばしば、科学という専門家集団による営みの外側で生活する人びとに向けて、わかりやすく興味を喚起するような形式に書き換えられて伝達される。そのように、ひろく一般の人びとによるイメージの受容と共有を目指して、科学の専門的知識や情報を印象的な標題や鮮明なイラストのもとに再構成して発信する試みが大衆科学である。

　フリッツ・カーンという人物がいる。婦人科医を生業としながら、1920年代から1960年代にかけて活躍したドイツの大衆科学作家である[26]。カーンの主著『人間の生命——大衆に向けた人間の解剖学、生物学、生理学および発生史』（1923-1931、全5巻）は、人体の構造と機能を多彩なイラストにより視覚的に解説した科学啓蒙書である。それは、19世紀までの科学技術が人間を対象とした研究のなかで達成した成果を一般大衆に向けて総括し、その普及を図ったものだ。

161

われわれは空と大地、動植物の生命、発達史、民族学に関するたくさんの
すぐれた作品を持っているけれども、前世紀までの人間研究が明らかにし
た無数の美しさと驚きをまとめあげ、「近代科学からみた人間」という一
つの全体像として自然愛好家の目の前に示すという試みを行ったものは一
つとして持っていない。[…] この空白を埋めるために『人間の生命』は
書かれた。それは人間の身体と人間の生命に関するわれわれの知識の総体
的な描写である。[…] 顕微鏡と暗視野顕微鏡、細菌培養器と試験管、レ
ントゲン撮影の蛍光スクリーンと心電図、写真撮影とあらゆる種類のレン
ズ。これらを用いて近代科学が明らかにした無数の興味深い発見のもとで、
誰もが […] たくさんのことを知るだろう[27]。

　引用文が示すように、近代科学は顕微鏡をはじめとするさまざまな実験器具
を用いて、人間の身体と生命について多くの事実を明らかにした。それらの知
見は、『人間の生命』では以下の標題のもとにまとめられている。各巻の目次
を見てみよう。

　　第1巻　「生命の物理学」「生命の化学」「原形質」「細胞」「生殖細胞」「胚
　　　　　　の発生過程」
　　第2巻　結合組織「骨格のしくみ」「筋肉組織」「血液のしくみ」
　　第3巻　内蔵概論「呼吸器」「消化器系」「物質代謝」「栄養学」
　　第4巻　「神経組織」「皮膚」「感覚器官」
　　第5巻　「眼球」「生殖器」「老化と死」[28]

　全体の内容は、生物学・医学に関するテーマを主調としていることが見て取
れる。また、シリーズの導入部分にあたる第1巻の冒頭には、「生命の物理学」
「生命の化学」と題された節が置かれている。このことから、近代科学のなか
でもとりわけ物理学と化学の成果が『人間の生命』の知的基盤をなすものとし
て位置づけられていることがうかがえるだろう。
　本節では、とくに物質代謝の問題を扱った第3巻に収められている図版に
焦点を絞って考察を進めたい（図1）[29]。
　「力と物質の循環」という標題を付されたこの図は、前節で確認した有機体
における物質代謝の過程の鮮やかなイラストレーションとなっている。図の下
部に付された説明文にあるとおり[30]、この図が描いているのは、葉や果実に

第 9 章　生産力の円環

含まれる物質が体内を通過するなかで熱へと形を変えて動力となり、体外へ排出された後は植物と太陽に媒介されてふたたび体内へ送り込まれ内部を通過していく、そのような一連のサイクルである。図の上部中央に太陽が、下部両端にはタービンとおぼしき回転式の機械のイメージが配置され、さらに樹木を中心としてガス・人間・機械が円を描くような構造のもとに描かれているのは偶然ではないだろう。中心と対称性を保持し、回転運動を続ける整然とした円のイメージが強調されているのだ。

ところで科学情報の大衆化においては、専門的な内容が一般の人びとに無理なく理解されるよう、しばしば発信者に

図1 「力と物質の循環」

よってイメージの誇張や装飾が施される。大衆科学という視座の特徴は、発信者によるそうした表現上の意匠を本質的なものと見なす点にある。つまりそこには、「難解で先端的な内容も、このような形式（フォーム）においてならば、一般の人びとの興味を刺激し、受け入れられるはずだ」という、大衆の嗜好や関心への呼応を狙う発信者の見立てが作用しているにちがいないと考えるのである[31]。大衆科学とは、いわば同時代の人びとによって仮構される欲望の伝播経路であり、大衆化というかたちで科学イメージを問題にすることは、そのような過剰演出の空間に分析の照準を定めることにより、当時の人びとの期待の地平を間接的な仕方で問うことを意味する。

そのような視点から、最後に指摘しておきたいのは、カーンが物質代謝の循環プロセスを産業の営為と結びつけていたという点である。

カーンの作品のなかでよく知られたものの一つに、「産業宮殿としての人間」

163

というイラストがある（図2）。これは『人間の生命』の付録として付けられた大型ポスターで、人体の内部構造とその働きを図解したものである。

このポスターの狙いをカーンは次のように述べている。

> ほとんどの生命過程は不可視の性格を持つ化学的プロセスであるため、それを直接具体的に描くことはできない。[…]「産業宮殿としての人間」の図版で試みたのは、上述のように直接には決して観察されえないもっとも重要な生命過程を既知の技術的プロセスの形で示すことであり、そうして人間の身体の内的生命に関する全体像を提示することである★32。

じじつ、このイラストでは、人体を構成する各器官はその機能に対応した技術装置によって表象されている。一例とし

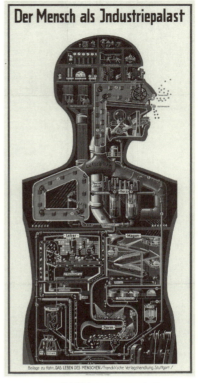

図2 「産業宮殿としての人間」

て、図2の頭部に関するカーンの説明を見てみよう。「耳は世界最小のラジオ装置であり、マイクの膜と探知機の先端部で大気の音波を受信する。それに対して視覚器官である眼は、構造の点でわれわれの写真装置にきわめて類似しており、光の放射をレンズに集め、暗幕が敷かれたカメラ・オブスキュラのなかで縮小された像を感光版である網膜に投影する。／後頭部は下方へ延びる髄と小脳で埋まっている。それらは脳から発信されたメッセージを、電話交換室のように、対応する神経系の電話線に切り替え、脊髄という大きな導線の束を通して目的地へと送り届ける」★33。

以上のように見たとき、このイラストの特徴は、人体を主要な器官ごとに区画し、そのそれぞれを特定の働きをなすために活動する個別の機関として描写した点にあると言うことができるだろう。コルネリウス・ボルクが述べるように、そこでは「生物学的対象と技術的対象が融合している。[…] カーンの図

像は、生物学の知識の（テクノロジカルな）本性を視覚化するものとして展開されている」[34]。

　しかしここでさらに注目すべきは、カーンが視覚化の対象とした生物学的知識の中心を占めていたのは、物質代謝のメカニズムだったということである。「物質代謝の図式」は、「『産業宮殿としての人間』の図版で描かれたプロセスのひな型をなす表現」[35] である。

　物質代謝とは、第1節、第2節で示唆したように、物質の交代による力の変換であり、そこには個別の身体のみならず、社会体の動力の源泉を問うという側面も含まれていた。この点に着目するなら、器官／機関 Organ の集合的な働きの場である人間の身体を「産業宮殿」すなわち生産活動の壮大な舞台として描写し発信するカーンの手つきには、物質代謝という有機体による生の円環運動を、生産力の追求として社会の原動力へと編成しようとするヴァイマール期ドイツの欲望の流れを読み取ることができるのではないだろうか。

おわりに

　本稿では、19世紀中頃から20世紀前半までを主な分析範囲に据え、この時期にドイツで展開された栄養生理学に関する言説を辿ることで、転換期ドイツにおける生命観、有機体像の諸相を浮き彫りにしようと試みた。導きの糸となったのは、物質代謝の概念である。

　第1節では、ローゼンの定義を出発点として、この概念のスコープを確認した。そこでは物質代謝の概念が複数の領野に連絡していることを指摘し、とくに同時代の科学的発見であるエネルギー保存則との関連を重点的に論じた。第2節では、エネルギー保存則の生体への適用という問題意識から物質代謝を主題化したルブナーのカロリー研究に焦点をあて、それを生気論・機械論から有機体論へという生命観の変移の一局面として位置づけた。第3節では、カーンによる科学啓蒙書『人間の生命』を取り上げ、大衆科学の視点から物質代謝の問題を再検討した。

　有機体は、個体の次元に閉じるものではない。個別の身体が有機体であるように、社会や国家もまた有機体として考えることができる。そうであれば、社会の生理学、国家の生理学といった試みもまた構想されるにちがいない。この点で、栄養生理学者であったルブナーが、同時に社会改革運動、国家の衛生政策に関与したのは偶然ではない。生命や有機体をめぐるイメージの分析は、さ

らに社会科学、国家学の領野へとその探査の範囲を広げていく必要があるだろう。

注

★1 　林真理・廣野喜幸「第1章　近代生物学の思想的・社会的成立条件」廣野喜幸・市野川容孝・林真理編『生命科学の近現代史』勁草書房、2002年、4-19頁。

★2 　フォン・ベルタランフィ『生命──有機体論の考察』長野敬・飯島衛共訳、みすず書房、1974年、10-13頁。

★3 　Philipp Sarasin, Jakob Tanner (hg.), *Physiologie und industrielle Gesellschaft: Studien zur Verwissenschaftlichung des Körpers im 19. und 20. Jahrhundert*, Suhrkamp 1998, S. 30.

★4 　George Rosen, "Metabolism: The Evolution of a Concept", in: *Journal of the American Dietetic Association*, 31, 1955, p. 861.

★5 　*Ibid.*, pp. 862-866.

★6 　Friedrich Engels, *Dialektik der Natur*, Dietz Verlag, Berlin 1975 (1886), S. 169.（フリードリヒ・エンゲルス『自然の弁証法』大内兵衛・細川嘉六監訳、大月書店、1968年、488頁）

★7 　「生命とは蛋白体の存在様式であって、その本質的契機は自らを取り囲む外部の自然との不断の物質代謝にあり、この物質代謝が終わればそうした存在様式も終わり、蛋白の分解をもたらす」(*ibid.*, S. 294., 邦訳603頁)。

★8 　Rosen, "The Conservation of Energy and the Study of Metabolism", in: Chandler McC. Brooks and Paul F. Cranefield (eds.), *The Historical Development of Physiological Thought*, The Hafner Publishing Company, New York 1959, p. 253.

★9 　トーマス・クーン「同時発見の一例としてのエネルギー保存」『本質的緊張──科学における伝統と革新1』安孫子誠也・佐野正博訳、みすず書房、1987年、89-90頁。

★10 　寺田寅彦は「力」「仕事」「エネルギー」の関係を次のように整理している。「力の考えから仕事の考えが導かれる。力の作用せる物が動けば力はその物に対して仕事をし、また仕事を受ける。[…]仕事の考えが定まればエネルギーの考えはこれから導かれる。すなわち仕事をなす能をエネルギーと名づける」(寺田寅彦「物質とエネルギー」『寺田寅彦全集　第5巻』岩波書店、1997年、28頁)。

　　また、中谷宇吉郎は「エネルギー」を「自然界に起こっているいろいろな変化の原動力になる能力」と定義し、さらに比喩を用いて説明する。「[…]熱には機関車を動かす、従って汽車を引張って走る能力があり、電気や放射線にも、それぞれにある仕事をする能力がある。こういういろいろな原動力のことをエネルギーという」(中谷宇吉郎『科学の方法』岩波書店、1958年、64頁)。

　　ここでは、寺田と中谷の解説に見られる「物を動かす力」「変化の原動力」という記述に依拠して、「仕事」をおおまかに「対象を動かし変化させる能力」と規定した。

★11 　川喜田愛郎『近代医学の史的基盤　下』岩波書店、1977年、771-772頁。

第 9 章 生産力の円環

★12 Anson Rabinbach, *The Human Motor: Energy, Fatigue and the Origins of Modernity*, University of California Press, Berkeley and Los Angeles 1990, p. 2.

★13 *Ibid.*, pp. 2-3.

★14 Karl Rothschuh, "Rubner, Max", in: Charles C. Gillispie (ed.), *Dictionary of Scientific Biography*, vol. 11, Scribner, New York 1975, pp. 585-586; Sabine und Frank Wildt, »Bemerkungen zu Max Rubners Tätigkeit als Ordinarius für Hygiene an der Berliner Universität (1891-1908) «, in: *Wissenschaftliche Zeitschrift der Humboldt Universität zu Berlin, Mathematisch-Naturwissenschaftliche Reihe* 28 (1979), S. 301-307.

★15 Richard L. Kremer, *The Thermodynamics of Life and Experimental Physiology 1770-1880*, Garland Publishing, New York and London 1990, p. 6.

★16 Rabinbach, *op. cit.*, pp. 51-52.

★17 ラビンバックは別の箇所でエネルギー保存則の認識論的含意を「脱物質化した唯物論 dematerialized materialism」という言葉で特徴づけている（*Ibid.*, p. 48.）。これは、物質とエネルギーの関係を扱ったガストン・バシュラールの論考で用いられた「唯物論の非物質化 dématérialisation du matérialisme」という表現を承けたものである（バシュラール「物質と輻射」『新しい科学的精神』関根克彦訳、筑摩書房、2002 年、86 頁）。

★18 Rabinbach, *op. cit.*, p. 66.

★19 Max Rubner, *Kraft und Stoff im Haushalt der Natur*, VDM Verlag Dr. Müller, 2007 (1909), S. 23.

★20 Ders., »Calorimetrische Untersuchungen«, in: W. Kuhne und C. Voit (hg.), *Zeitschrift für Biologie*, 21, R. Oldenbourg, München und Leipzig 1885, S. 250.

★21 *Ibid.*, S. 337.

★22 Ders., »Ein Calorimeter für physiologische und hygienische Zwecke«, in: *Zeitschrift für Biologie*, 25, 1889, S. 400.

★23 島薗順雄『栄養学史』朝倉書店、1978 年、38-39 頁。

★24 Rubner, »Die Quelle der thierischen Wärme«, in: *Zeitschrift für Biologie*, 30, 1894, S. 83.

★25 Ders., *Kraft und Stoff im Haushalt der Natur*, S. 55f.

★26 Cornelius Borck, "Communicating the Modern Body: Fritz Kahn's Popular Images of Human Physiology as an Industrialized World", in: *Canadian Journal of Communication*, 32, 2007, p. 495.

★27 Fritz Kahn, *Das Leben des Menschen : Eine volkstümliche Anatomie, Biologie, Physiologie und Entwicklungsgeschichte des Menschen*, Bd. 1, Kosmos Franckh'sche Verlagshandlung, Stuttgart 1923, S. I.

★28 Ders., *Das Leben des Menschen*, Bd.1-5.

★29 Ders., *Das Leben des Menschen*, Bd. 3, 1926, S. 272.

★30 「人間と機械によって吐き出された炭酸ガス CO_2（青）（これは炭素 C と酸素 O_2 から

合成される）を、植物が太陽熱を利用して炭素 C（黄）と酸素 O_2（赤）に分解する。植物は炭素から樹木と果実をつくり、葉は酸素を放出する。炭素は薪と石炭に形を変えて機械の内部へ、果実に形を変えて人間の体内へ入っていき、そこで同時に吸い込まれた酸素と合一し、それに結びついていた太陽熱が解放され、燃焼熱となって機械と人体を駆動する。炭素と酸素の合一により発生した炭酸ガスは、人間と機械により吐き出される。人間と機械によって吐き出された炭酸ガスは、……はじめを見よ。」(*Ibid.*)

★31　原克『図説　20世紀テクノロジーと大衆文化』柏書房、2009年、9-10頁。

★32　Kahn, »Der Mensch als Industriepalast: Versuch einer technischen Darstellung der wichtigsten Lebensprozesse«, in: *Das Leben des Menschen*, Bd. 4, 1929, S. I.

★33　*Ibid.*

★34　Borck, *op. cit.*, pp. 496-498.

★35　Kahn, »Der Mensch als Industriepalast«, S. VI.

第10章

ドレスデン衛生博覧会（1911 / 1930）
二度の国際博覧会参加にみる近代日独医学交流史[1]

石原あえか

はじめに——ドレスデン衛生博物館の由来

「エルベ河畔のフィレンツェ」、ドイツ・ザクセン州都ドレスデンと言えば、後期バロック建築の威容を誇るツヴィンガー宮殿、ザクセン宮廷歌劇場を起源とする堂々とした構えのゼンパー・オペラ、第二次世界大戦中の爆撃で倒壊しつつも瓦礫の山から蘇った聖母教会が「三大観光スポット」として有名だ。この旧市街観光スポットからさほど遠くない緑豊かな「大公園 Großer Garten」には、少年少女が放課後や休日を利用して車掌や運転手などをつとめる、可愛らしいが本格的な公園鉄道 Parkeisenbahn が走る。この公園鉄道、実は 1930 年にドレスデンで二度目に国際衛生博覧会（1930 年 5 月 17 日から 10 月 12 日まで、加えて延長期間が翌 1931 年 5 月 6 日から 10 月 20 日）が開催された時は、見学者の足として——当時は電動ではなく、小型蒸気機関車だった——使われていた由緒ある乗り物である。

　この大公園と車道を挟んでほぼ向かい、並木道の奥に立っているネオ・クラシックとバウハウスの両様式を折衷した建物が、本論で言及する「ドレスデン・ドイツ衛生博物館 Deutsches Hygiene-Museum Dresden」（以下、略称 DHMD を使用）である[2]。1930 年の開館以来、ドイツはもとより、ヨーロッパいや全世界に対して「公衆衛生」や「健康・予防」の中心的かつユニークな役割を果たしてきた。もっとも本館の起源は、1911 年の第 1 回国際衛生博覧会に遡る。この博覧会展示をそのまま常設博物館にする計画が正式に発動したのは会期終了後の 1912 年だったが、第一次世界大戦の打撃と深刻なイ

図1 現在のDHMD正面玄関・著者撮影

ンフレのために着工は大幅に遅れた。建築家ヴィルヘルム・クライス（Wilhelm Kreis, 1873-1955）が手がけたこの博物館の建設が終了し、ようやく開館を祝ったのは、1930年5月16日のことだった。

　ちなみに開館時の目玉となった展示は、プラスチックで精巧に作られた男性の透明人体模型だった。こちら「透明人間gläserner Mensch」が定訳になっているが、しっかり肉眼で見ることができる展示品だ。具体的に言えば、プラスチックでできた——ドイツ語直訳だと「ガラス人間」となるが、ガラス製ではない——等身大の人形の体内が透けて見える人体模型である。所定のボタンを押すと、骨格・内臓器・血管がライトアップされる、非常に繊細で凝った作りの「電飾人形」で、当時の人々の眼を瞠らせた。こちら今なおDHMDで1体（女性版、1935年作）が常設展示され、見学者の関心をひいている。

　開館後もDHMDは時代の波に翻弄され続けた。第二次大戦中は国家社会主義ドイツ労働党（ナチス）政権下における優生学的衛生プロパガンダの一翼を担い、また敗戦直前1945年2月のドレスデン大空襲では、博物館の80％が爆撃で破壊される深刻なダメージを受けた。再び開館に漕ぎつけたのもつかの間、東西ドイツ分裂にともない、1967年には「ドイツ民主共和国（DDR）の衛生博物館」に改称、旧東ドイツの衛生行政と密接に関与する。両ドイツを隔てていた壁が崩壊すると、1990年に「人間〔について〕の博物館Museum vom Menschen」という新コンセプトを採用、2004年には現在の常設展示「人間という冒険Abenteuer Mensch」に模様替えした。さらに2011年には大規模修繕工事が終了し、近年は企画展示にも力を入れている。

1 「衛生」概念普及の背景と第1回ドレスデン衛生博覧会

そもそもいつから「衛生 Hygiene」という概念は普及したのだろうか。ドイツ語および英語の「Hygiene」、フランス語の「Hygiène」をはじめ、欧州諸国の語源は、概ねギリシア神話における医学の神アスクレピオスの娘のひとりで、健康を司る女神、さらに薬剤師の守護神とも言われる「ヒュギエイア Hygieia」にあるという。DHMD の中庭にも彼女の像が立つ。だがギリシア古典の伝統を踏襲しない日本語では、新たな訳語をあてるしかなかった。

「生を養う」と書いて、暴飲暴食等を慎み、健康維持に努める「養生」という言葉は、たとえば鴨長明の『方丈記』にも認められるように、日本語にも古くからあったが、これは個人とそのかかりつけの医師たちが管理するプライベートな領域の話だった。しかし江戸時代末期の開国とともにペリーの黒船が日本にもたらしたのは、欧米の新しい知識や文化、蒸気船をはじめとする最新の科学技術だけではなかった。その猛威により衛生概念を普及させたという意味で「衛生の母」とも呼ばれるコレラを筆頭に、赤痢・腸チフスといった様々な伝染病が次々と襲いかかってきたのである。

西南戦争が終わりを迎えつつあった 1877 年（明治 10 年）8 月下旬、長崎に入港したイギリス軍艦がもとで長崎・大浦からコレラが発生（コレラで死んだ水夫の埋葬を手伝ったために感染）、翌 9 月上旬にはアメリカ軍艦が原因で横浜にもコレラが発生し、アメリカ商館の下働きの女性が最初の犠牲者となった。東西の開港場から侵入したコレラは感染領域を拡大し、さらに西南戦争後各地に帰還する官軍将兵が媒介者になって流行を加速させ、1 万 3816 人が罹患、うち 8027 名が命を落とした[3]。コレラはその 9 年後の 1886 年に再び猛威を振るい、罹患者は一桁多い 15 万 5923 人、死者は 10 万 8405 人を数えた。コレラだけでも 10 万人以上が命を失ったが、さらにこの年は天然痘で 1 万 8678 人、腸チフスで 1 万 3807 人、赤痢で 6839 人が死亡しており、伝染病だけでなんと 15 万人弱の人命が奪われている[4]。こうした伝染病の予防には、国家レベルでの防疫体制の整備が急務であり、特にコレラを予防するには上下水道の整備、すなわち都市衛生が必要不可欠な課題だった。

個人レベルの「養生」ではなく、行政・自治体など公共レベルで行うべき生活環境維持対策を「衛生」と訳出したのが長与専斎（1838-1902）[5]である。『荘子』庚桑楚篇にある、生命や生活を衛るという文から採った[6]。これより前、

長与は緒方洪庵の適塾で学び、岩倉遣欧使節団の一員、特にドイツ・オランダの医学と衛生行政を視察する役目を担って、1871年に渡欧している。帰国後まもなく文部省医務局長に就任（1874年）、医療体制の確立に携わる。翌1875年に医務局が内務省に移管されたのを機に「衛生局」と改称し、1891年に辞任するまでの16年間、伝染病対策を推進し、衛生思想の普及に努めた。

　こうして「衛生」の語は、文明開化を象徴する流行語のひとつになった★7。さらに明治半ばから、衛生思想の普及・啓発を目的とした「衛生展覧会」が国内でさかんに開催されるようになる。初期の一例として、1887年に大日本私立衛生会主催により東京・築地本願寺を会場にして5月下旬に4日間——当初3日の予定が、満員盛況のため1日延長されて——開催された「衛生参考品展覧会」がまず挙げられるだろう。

　他方、海外では一足早く1883年5月に「衛生」の語こそ冠しないが、衛生救難をテーマにした「ドイツ博覧会」がベルリンで開催されており、この視察に内務省御用掛の柴田承桂が渡欧している。ちなみに「博覧会」という訳語も「衛生」同様の新語で、1867年のパリ万国博覧会の折、現地に赴いた外国奉行・栗本鋤雲がフランス語のExpositionの訳語として考案したという説が有力である★8。ベルリンに続く1884年のロンドン万国衛生博覧会は、当時の外務卿・伊藤博文宛に参加依頼が届き、日本も参加を表明したものの、展示品が香港の積みかえ時に火災に見舞われ焼失、準備不能のまま会期を逃した★9。

　もっとも欧州の大都市における衛生対策も、日本よりほんの少し早かった程度だ。南独の都市ミュンヘンも、19世紀の半ばでは、10万人の市民のうち200人から300人が毎年チフスで命を落としていた★10。だが1882年に北里の師ローベルト・コッホ（Robert Koch, 1843-1910）が結核菌を発見する。人々は顕微鏡で伝染病の源を確認できるようになり、衛生意識が高まっていく。そして「科学性と展示の独創性において空前絶後のイベント」★11 と言えば、1911年5月6日から10月30日までドレスデンで開催された第1回「国際衛生博覧会 Internationale Hygiene-Ausstellung（以下、略称IHAを使用）」以外にないだろう。保健衛生の視点からドイツを含め参加各国が、それぞれの国威を誇示するためにパビリオンを新設した。会場面積は32万平方メートル、うち建物面積が7万5000平方メートル、会期中のべ550万人が入場し、100万マルクの純益を上げたという破格のスケールだった★12。宣伝・広告に不可欠なポスターは、象徴派の芸術家フランツ・フォン・シュトック（Franz von Stuck 1863-1928）が作成した。彼が描いた巨大な輝く目、いわゆる「衛

生の目 das Hygiene-Auge」のデザインは、現在の DHMD のロゴに継承されている。しかも冒頭で述べたように、会期終了後は恒久施設化、すなわち常設博物館に移行保存する新方式をとり、「ドレスデン方式」と呼ばれた。

この破格の衛生博覧会を企画・実行した中心人物が、ドレスデンの企業家カール・アウグスト・リングナー（Karl August Lingner, 1861-1916）だった。彼はさまざまな事業に手を出した末、1892 年頃から化学者の友人経由で殺菌剤、特にバクテリア対策事業に参入し、口腔内の清浄を保つマウスウォッシュ、今もドイツ語圏の薬局・ドラッグストアでお馴染みの「オドール Odol」で富を

図2　シュトック作・第 1 回 IHA ポスター
© Volker Kreidler 撮影、DHMD の許可による、転用・転載不可

成した。「オドール王」と呼ばれた大企業家リングナーは、以後、市民への衛生理念の啓発をライフワークとし、歯科衛生センター（1900）や除菌施設（1902）を開設はもとより、悲願の衛生博物館建設にも巨額の私財を投じた。

IHA の発端は、1903 年にドレスデンで行われた移動展覧会「国民病とその克服 Volkskrankheiten und ihre Bekämpfung」に始まる。この興行成績が予想をはるかに超えて良かった（のべ 1 万人動員）ので、あえて首都ベルリンではなく、ゼンパー・オペラなどの舞台技術を得意とする職人も多いと理由づけ、ザクセンの古都を候補とした★[13]。当初は 1908 年か 1909 年に開催の予定が、資金繰りの問題で 1911 年に延期となり、諸外国の参加については 1910 年初めからようやく打診が始まっている。イギリスやオーストリアは当初参加を渋ったのに対して、日本は参加を快諾し、台湾総督府と共同で 2000 平方メートルの敷地を借用、こちらも国の威信にかけて入念な準備を行った。また北里柴三郎には、ベルリンの恩師コッホ★[14] から 1910 年 3 月 14 日付で直接書簡が送られ、リングナーの兄エミール（Emil A. Lingner, 1857-1925）が IHA 参加依頼の件で来日することが予告された★[15]。事実、この訪問を受けて伝染病研究所からは宮島幹之助（1872-1944）★[16] が実行委員として派遣され、内務省役人待遇で準備期間から会期中および撤去作業まで含む 10 か月間をドレスデンで過ごした。

2　日本館に出品された土肥&伊藤コンビの皮膚科ムラージュ

　コッホの予告通り来日して北里研究所にも参加を依頼したエミール・リング
ナーは、1911 年 8 月 28 日付北里宛の絵葉書で、IHA が現時点で 350 万人も
の入場者を数える成功を博し、日本館、特に北里率いる伝染病研究所の展示が
大変好評だ、と伝えている[17]。これに呼応するように 1911 年発行の『細菌
學雑誌』[18] には「最も豊富なるは傳染病の部屬なりとす」[19]、また褒賞授与
式で日本の展示では「陸軍省及内務省傳染病研究所の出品等最高賞を得たる趣
なりと聞く」[20] という記述が認められる。

　ところで第 1 回 IHA には、北里率いる伝染病研究所のほかに東京大学（当
時の正式呼称は東京帝国大学医科大学）皮膚科からも「皮膚の蝋模型」が出
品されていた。北里寄りの『細菌學雑誌』にも「技術の進歩の高きを示すに足
る」[21] と評されたこの皮膚科学研究用の蝋模型標本は、一般にフランス語由
来の「ムラージュ Moulage」と呼びならわされる[22]。皮膚科の症例を二次元
の絵画や写真ではなく、三次元の立体で示す教材として日本では 1960 年頃ま
で一般的に授業で使われていた。実際の患部を石膏取りし、その石膏型に蝋を
流し込んで作った模型に水泡などの濡れた感じや肌のかさつきまで克明に
再現した彩色や植毛を施す。実物を石膏取りしているので、顔面なら所謂ライ
フマスクになり、肌理や指紋も正確に写し取られる。

　ムラージュを医学教材に使う試みは、1800 年前後から欧州各地で複数の医
学者が個々に始めていたが、本格的に皮膚科に導入されたのは 19 世紀末であ
る[23]。その意味でムラージュ師の始祖と言えるのが、パリのサン・ルイ病院
で活躍したジュール・バレッタ（Jules Baretta, 1834-1923）で、1889 年 8
月にパリで開催された第 1 回皮膚科泌尿器科国際会議場に飾られた彼の精巧
なムラージュは、世界中から集まった皮膚科学者たちを圧倒した。この技術を
獲得すべく、ウィーン大学医学部皮膚科学教授モーリッツ・カポシ（Moritz
Kaposi 1837-1902）[24] 門下の医師カール・ヘニング（Carl Henning,
1860-1917）がバレッタに強引な弟子入りを試みる。むろんバレッタは胸襟を
開いてヘニングに秘伝を教えることなどしなかったが、それでもおおよその工
程を理解してヘニングは帰国、1890 年にベルリンで開催された国際医学会議
に早くも自作ムラージュを出展した。1892 年にウィーン大学が第 2 回皮膚科
泌尿器科国際会議の当番校を引き受けた際は、約 70 点のムラージュを展示し

174

第 10 章　ドレスデン衛生博覧会（1911/1930）

た。その 2 年後、1894 年 2 月から 1896 年 5 月まで、皮膚科学の名門ウィーン大学に留学し、近代皮膚科学の祖・ヘブラ（Ferdinand von Hebra, 1816-80）の高弟かつ女婿のカポシに師事したのが、日本の皮膚科泌尿器科の先駆者とされる土肥慶蔵（1866-1931）だった。

　その間にすでに定評を得ていたヘニングのムラージュを目の当たりにした土肥もまた、すぐにその教材的価値を理解し、作成技法の伝授を請うた。指導教授カポシの口添えもあって、この願いは聞き届けられ、土肥は他言無用でヘニングから直接ムラージュ作りの基本を学んだ。なお、彼がウィーン留学中に、後に欧州の皮膚科学界を牽引していく同世代の研究者、たとえばヨーゼフ・ヤダースゾーン（Josef Jadassohn, 1863-1936）[25] やエーリッヒ・ホフマン（Erich Hoffmann, 1868-1959）[26] らと知りあい、親しい交友関係を結んでいるのも見逃せない。

　帰国後の 1898 年、東京帝国大学皮膚病梅毒学講座に着任した土肥は、同郷・福井の幼なじみで画才に優れた伊藤有（1864-1934）を呼び寄せ、彼を自分の教室専属のムラージュ技師とした。ここに皮膚科医・土肥とムラージュ師・伊藤の名コンビが発足する。土肥の指示で伊藤が作った精巧なムラージュは 2000 点余とされ、複数の国際博覧会で表彰されている[27]。伊藤は独自に製作技法および工程の改良・工夫を重ね、芸術的な域までムラージュを高めていく一方で、バレッタやヘニングのようにムラージュ製作技法を秘匿せず、積極的に後進の育成を行った。現在、北海道大学・名古屋大学・金沢大学・九州大学・慶應義塾大学などに残る皮膚科ムラージュを作った技師たちは、2012 年からの実地調査で筆者が確認した限りでは、ほぼ例外なく伊藤に師事している。

　ドレスデン衛生博覧会について言えば、代表者である Prof. Dr. K. DOHI（Direktor der dermatologischen Klinik der Universität Tokio）の名前は当然のことながら——ちなみに土肥は博覧会開会パーティーにも出席しており、その席順は主催者の座る雛壇間近の中央、すなわち賓客扱いである——ムラージュ師である Tamotsu ITO の名前入りで、A.　梅毒、B.　結核およびハンセン病、C.　糸状菌症、D.　急性疾患（天然痘などを含む）の 4 グループ、計 21 点のムラージュが出展されたことが日本館展示カタログから明らかになっている[28]。なお、同日本館カタログの伝染病研究所からの展示品リストにもツツガムシ病[29]関連の「モデル・標本 Modelle」が 4 点出品されたとの記述があり、これもムラージュであった可能性が高いが、写真資料等の不足により断定は難しい。

会期終了後、日本館の展示品は、返送費用が嵩むことから概ねそのままドレスデンに寄付あるいは売却された★30。リングナーの遺志となったドレスデンに世界一の博物館を作る計画はなかなか実現されなかったが、その間、各国パビリオンから寄付された展示品等の移動巡回展を行い、収益を得た。また工房に残る石膏型を使って、新たな教材用ムラージュを量産・販売することでも建設資金を得た。1930年に第2回IHAのため再訪した宮島幹之助は、最初の博覧会を回想しつつ、500万マルクを注ぎ込んだという間口100メートル、奥行き160メートルの——現在もほぼ変わらぬ姿を保つ——堂々としたコンクリート建ての博物館を前に、賛嘆の言葉を惜しまなかった。

3　第2回ドレスデン衛生博覧会の「透明人間」と　　皮膚科医・田村春吉

　衛生博覧会に関する研究を行った田中聡は、衛生博覧会とは視覚的に確認することが難しい衛生制度を「可視的なものにして見せる祝祭」であると述べている★31。同じ箇所で彼は、1937年の名古屋市主催「汎太平洋平和博覧会」に言及し、「ドレスデンの衛生博物館から出品された《透明人間》」を前にした当時の見学者の感想を引用している。田中は、当時の「透明人間」がDHMDに現存することを関知していないようだが、これがすでに本論冒頭で説明したプラスチック製の人体模型と同一のものをさすのは明らかである。
　「汎太平洋平和博覧会」は、大正博覧会および平和記念東京博覧会と並び称される戦前の三大博覧会であり、現在の名古屋市港区港明・港楽一帯の約50ヘクタールの臨海地帯を会場とし、3月15日から5月31日まで計78日間開催された★32。平和をコンセプトとしながらも閉会から2か月足らずで、日中戦争が勃発するのだが、戦前開催された博覧会としては最大規模を誇り、この機会に新しい名古屋駅舎、桜通、東山公園などが建設・整備され、都市計画という点からもその後の名古屋市に影響を与えた。入場者数480万人余、海外から29か国が参加し、総出品数は約36万点、展示館は57館を数えた。そのうちのひとつが、他でもない「透明人間館」であり、ここにDHMDに特注した、当時の値段で1体「四萬円」——現在の貨幣価値に換算すると数千万円に値する——という「透明人間」の展示だった。
　そもそも1895年にヴィルヘルム・コンラート・レントゲン（Wilhelm Conrad Röntgen, 1845-1923）がエックス線を発見し、人間の体内を透視で

第 10 章　ドレスデン衛生博覧会（1911/1930）

きるようになったのは衝撃的だったが、1930 年のドレスデンにおける第 2 回
IHA で披露された「透明人間」は数世紀にわたる解剖学の研究成果を効果的
にまとめただけでなく、いかに人体が機能しているかを一般見学者にも視覚的
にわかりやすく提示した逸品だった。神経や血管表示に計 1 万 2000 メートル
の電線をめぐらし、当時の科学技術の粋を凝らした人体模型は、標本技術者フ
ランツ・チャッケルト（Franz Tschackert, 1887-1958）の指揮下、DHMD
の工房で独自に開発・作成されていた★33。1934 年には意図的に「性別なし」
でアメリカ・バッファローの科学博物館のために発注された「透明人間」1 体
が海を渡った。また 1936 年には最初の「女性の透明人間 gläserne Frau」
も完成した。第二次世界大戦後にもこのプラスチック製透明標本は、DHMD
を支える主力製品となった。

　このドレスデンで作られた「透明人間」が名古屋に至る経緯で、またもや日
本人皮膚科医が関与しているのは興味深い。しかもこの人物こそ、土肥慶蔵門
下の高弟で、まず名古屋大学医学部の前身である愛知医科大学教授として着任
し、後に名古屋医科大学長や名古屋帝国大学総長を歴任した田村春吉（1883-
1949）だった。

　田村は名古屋医科大学学長時代の 1936 年 6 月から翌年 1 月初めまで、半年
ほど欧米視察に出た。夏期休暇中にベルリン医科大学が外国人医学研究者のた
めに大型自動車をチャーターして行ったドイツ国内の大学・研究施設を中心に
見学する団体旅行に参加した後、彼はドレスデンに向かった。田村の遺稿『欧
米視察談』には「透明人体というのを買いに出かけました」★34 と、まるでち
ょっと遠出してお土産を買いに行くかのように書いているが、彼のお目当ては、
まだ当時世界に 2 体しかないという貴重で高価な人体模型だったのだ。これ
を裏付けるように、DHMD に残る 1936 年の『年間活動記録』Tätigkeiten
には、「1937 年 3 月開催予定の名古屋市博覧会のため、《透明人間》1 体の注
文を受ける」★35 という記録が残っている。事実、この前代未聞の「おつかい」
を田村に頼んだのは名古屋市で、後輩の皮膚科同僚だった竹内譲が、回想録で
少し詳しく記述しているので、引用する。なおこれ以降、本論で使う引用文は、
基本的に原典通りに（旧漢字や旧仮名遣い等も）記すこととする。

　　名古屋市が主催で汎太平洋平和博覧会というのを開くことになって、種々
　　変った趣向が考えられたが、その内の一つに透明人間と云うのがあった。
　　普通人体の何倍かの大きさで、人体内部の諸臓器が、電気で識別されるも

177

のだが、これは世界にたった二個しかなく、一つは紐育に、他の一つはドレスデンに在る筈だ、というところまで判っていた。それでドレスデンの方のものを、目下ベルリンに居られる田村先生に買ってきて貰おうではないかというので、市の係りから打電した★36。

竹内は先輩・田村をどんな難問でも解決する名人だったと回想しているが、この件も田村の関与によって一件落着、「透明人間」は博覧会に展示され、多くの見学者を魅了した。しかしこの「おつかい」は、ある意味、田村の命がけの仕事になった。少々本題から外れるが、これもひとつの史実として、まずは田村の言葉を借りて、「透明人間を買いに」出かけた途中で何が起きたかを紹介しよう。

　プリバート〔privat のドイツ語読み、プライベート〕の自動車で、同行は金原保健部長の息子さんでした。そうすると八十キロから百キロ位の速力で走るので、初めは危いと思って居たけど、兎も角それで行くので、まアまアと思って居りました。自動車の専用道路は、随分よくゆきわたっていて、その道路さえ通っている分には、決して自動車はひっくり返らないように出来ているのだ相です。そのベルリン・ドレスデン間は、道路はそんな風だが、しかしカーヴが少くない。で私は大丈夫か大丈夫かと心配している内に、カーヴの箇所で立木にぶつかり、見事にでんぐり返ってしまった。
　一緒に乗っていた人は、車外へおっぽり出されて無事だったが、私は中へもぐるようにしたので、顔を怪我した。ガソリンが燃え出したら大変だと、やっと外へ這出しましたが、いい按配にそれは燃えずに済んだ。
　放り出された人は、全然では無いが、少しく意識が不明でした。運転手は眞面目な男で、日本から来たお客様に怪我させたのは、申わけないといって、ぎやアぎやア泣いて居る。大した傷ではないと思っていたが、何しろ血だらけで仕様がないから、その場に寝て居たのです★37。

その後、同乗の金原ともども救急車で村の病院に運ばれ、レントゲン撮影で田村は肋骨にヒビが入ったことが判明し、ふたりとも1週間ほど入院して手厚い看護と治療を受けた。余談になるが、ドレスデンと縁のあった宮島幹之助は1944年に日本国内での仕事帰り、自動車事故で急逝しているので、この時、

第 10 章　ドレスデン衛生博覧会（1911/1930）

田村がヒビ程度で済んだのは不幸中の幸いだった。ところでこの交通事故、田村の後輩医師・竹内によれば、もう少し人情が絡んだエピソードになっている。先に引用した文章の続きをついでに披露しておこう。

　　〔透明人間の買い付けは：筆者注〕相当面倒臭い仕事だが、頼まれると進んでそれに当る〔田村〕先生だから、早速ドレスデンへ向はれた。田舎道を自動車を駆ってくると、途中で一人の若い婦人が非常に疲れた格好で歩いていた。先生の情け深い義侠がここでも抬頭したのだろう、その者を車上に誘って或箇所まで乗せていって遣ることにしたのが、いけなかった。
　　今まで普通の速度で走行していたのが、この時から急にスピードが高まり、運転手は極度に腕の冴えを見せた。おやおやいいかな？　とやや心配になり出したとたん、見事車体は立木にぶつかり、先生はもんどり打って路上へ投出された。これで無事に済むわけがない、最寄りの病院へかつぎ込まれて、幾日か入院生活を送られたが、後で先生の曰く、
　　若い女を陪乗させた時に、これは悪くするとこの車は事故を起こすかも知れぬと気がついた。しかし気がついたからと言って、今乗せたものを降すわけにはいかぬから、観念して眼をとじた。というのは、運転手の立場ともなれば、異性を乗せると興奮する傾向となるし、また腕前の素晴らしさを見せようと、夢中になるのが独乙青年の短所なのだ、だから無事に行けば幸運だ位に思っていた云々[38]。

　なぜこんなエピソードを紹介したかと言えば、人の心の機微を解する能力に秀でた田村春吉の周囲には、こじれかけた人間関係を彼にとりなしてもらい、救われた人物が多いからだ。なかでも近代日本の皮膚科に大きく貢献したふたりの人物の運命は、田村という恩人に出会わなければ、かなり面倒なことになっていた可能性が高い。
　そのひとりがこれまで引用文献として利用してきた追悼文集『田村春吉』を編集した長谷川兼太郎（1891-1981）[39]である。この長谷川こそ、土肥と名コンビを組んだ日本のムラージュ師の祖・伊藤有の直弟子であり、また同時におそらくその系譜に連なる最後の名ムラージュ師だった。
　直弟子と言っても、伊藤と長谷川はともに下谷（現在の台東区）の長屋暮らし、いわばご近所づきあいがそもそもの縁だった[40]。本人曰く、「ムラージュ作りに惚れ込んだのでも、天職を感じて発奮したわけでもない」。左官屋の親

179

方の長男だが、芸術家肌で塑像などを試みていた長谷川青年に「それじゃあ飯は食っていけないから、ムラージュでもやってみるか」と勧めたのが伊藤だった。弟子入り後も長谷川は、実際に扱う症例の凄まじさに何度も逃げ出し、こんな仕事は辞めようと思ったという。それでも結局は師匠・伊藤のもとへ舞い戻るのだった。そして一人前の技術を身につけた長谷川に京都帝国大学への就職が、土肥への相談なしに、伊藤の口利きだけで内定する。これが部外者にされた土肥の逆鱗に触れた。この時、事態の収拾に困っていた伊藤・長谷川師弟にさりげなく救いの手を差し伸べたのが、他ならぬ田村だったのである。1916年、田村は誰の顔も潰すことなく、独り立ちしたばかりのムラージュ師・長谷川を伴って、愛知県立医学専門学校（現在の名古屋大学医学部の前身）に赴任した。その後、長谷川は詩人・木下杢太郎こと皮膚科医・太田正雄（1885-1945）★41 に誘われ、1920年に満州奉天の南満医学堂（満州医科大学を経て、現在は中国医科大学となっている）に移籍し、太田の帰国後も満州に留まり——この間、長谷川は短歌や文筆活動も積極的に行っている——、ムラージュ技師として腕を振るった。そして1946年に着の身着のまま引き揚げてきた長谷川を、再度名古屋大学の技官として温かく迎えたのも田村だった。

4　土肥の後継者・太田正雄が繋いだ 仏・独の皮膚科学研究

　もうひとり田村に恩義のある皮膚科関係者と言えば、前節末で名前を挙げた木下杢太郎こと、土肥の門弟にして東京帝国大学医学部皮膚科学教室の後継者（第三代教授）となった太田正雄である（以下、「太田」で統一する）。詩集『食後の唄』や戯曲『南蛮寺門前』で知られる木下杢太郎の昼の顔は、皮膚科学の研究者だった。そして彼もまた長谷川同様、就職がらみで指導教授・土肥の怒りを買い、田村にとりなしてもらったひとりだった。

　一高時代にゲーテを愛読した太田は、日本のドイツ文学を語る際に無視できない森鷗外こと森林太郎の勧めで土肥慶蔵の皮膚科学教室に入局した。しかも当時は依然として多くの同僚研究者たちがドイツを目指したにもかかわらず、彼は自らの留学先をドイツではなく、フランスに定めた。田村が太田を弁護したのは、そのフランス留学中（1921-1924）のこと、したがって太田は不在だったので、全く与り知らぬ話だったとも言える。他方、田村は医学博士を取得後、半年以上かけてヨーロッパに私費出張していた。1922年4月下旬に帰国し、

第 10 章　ドレスデン衛生博覧会（1911/1930）

挨拶に参上したのだが、久しぶりに会った師・土肥は何やら相当ご立腹の様子
である。以下、田村自身の回想から引用しよう。

　　其の理由とする所は君〔太田〕が大に運動して傳研〔伝染病研究所の略称〕
　　に入りピルツ〔ドイツ語 Pilz で菌糸類のこと、ここでは特に糸状菌をさす：
　　筆者注〕學者で立たうと云ふ事は先日長與所長が先生を訪ね、嘱託でも良
　　ければ傳研へ入れる事が出来るが技師の席はないがと諒解を得られた事で
　　明かだ。
　　　小生は太田君のぬれぎぬとはいへないが先生におこられてゐるのを何し
　　ろ氣の毒でたまらないから辯明大につとめたつもり、其の言はかうでした。
　　太田君は男にほれられるひとなんです、巴里で宮島さん〔北里の高弟・宮
　　島幹之助のこと〕にほれられて、ピルツ研究の便宜を受け尚北研〔北里研
　　究所の略〕の方へつれて行かうかと思はれた事もあり又傳研の河本君が君
　　の勉強ぶりを見てほれてしまひ、長與先生へ傳研にはピルツを専門にやっ
　　て居る人が無いから君の様な人を是非傳研へも入れるべきだと進言した結
　　果が長與所長の先生訪問となったのでせう、君は決して自ら運動してどこ
　　かへ入らうとする人ではありません、男にほれられる人なんですと★42。

引用にある伝染病研究所★43 所長の長与は、「衛生」の訳語を定着・普及させ
た専斎の三男で、病理学者の長与又郎（1878-1941）をさす。田村の言葉は効
き目があったようで、土肥は不承不承肯きつつ、「自分は太田君に一生皮膚科
学者として立ち居てもらいたい」と漏らし、あと 2 年ほどして講座に空席が
出るまで、公立ゆえ講座制をとっていなかった愛知県立医大に先に着任してい
た田村と皮膚科教授のポストを分けてくれないかと頼んだ。土肥の願いは田村
を介して山崎学長に伝えられ、この山崎が偶然にもその直後、欧州に出張する
機会があり、パリで太田に直接会ったところ、これまたその勉強ぶりに惚れ込
んでしまったという。確かに「男にほれられる」太田、罪作りな御仁ではある。
　ちなみに当の太田は、妻・正子宛の私信によれば、帰国後、伝染病研究所で
働くのを第一希望とし、第二を慶應、第三を名古屋と考えていたらしい★44。
しかし愛知医大から土肥に正式な申し込みがあり、土肥が太田に手紙で打診し、
太田は土肥に自分の人事については一任したため、1924 年 10 月、太田は愛
知県立医科大学の皮膚科学教授に就任したのだった。
　少し時計を巻き戻そう。ちょうど母校の教室でそんな人事が動き始めた

181

1922年の夏、太田はパリからリヨンに研究拠点を移し、リヨン大学の植物学者モーリス・ランジェロン（Maurice Langeron, 1874-1950）と――1970年頃までカビは植物とされていたため――真菌分類法の研究を開始した★45。ちなみに太田の最初の留学先は、かつて皮膚科ムラージュの始祖バレッタが活躍し、今も歴史的ムラージュ・コレクションで有名なパリのサン・ルイ病院だった。当時は糸状菌研究の大家レーモン・サブロー（Raymond Sabouraud, 1869-1938）が君臨していた。太田も何度か研究室を訪ね、彼に指導を請うている。サブローは大著『白癬（あるいは糸状菌症）』*Les teignes* を著し、独自の白癬菌分類体系を発表していたが、その分類に対しては、感染組織内の観察形態を重視しすぎているという批判があった。この問題を踏まえ、リヨンに移った太田はランジェロンとともに、緻密な顕微鏡観察と形態学にもとづく新しい分類体系『皮膚糸状菌の新分類』*Nouvelle classification des dermatophytes* を 1923 年 10 月に完成・発表した。この業績は国際的に高く評価され、1941年にはフランス政府からレジオン・ド・ヌール勲章を授けられた。

　パリのバレッタが始めた皮膚科ムラージュをウィーンで知った土肥慶蔵が、日本にその技術を導入してから半世紀を経て、土肥の弟子でドイツとも縁の深い太田正雄がフランスとの共同研究で皮膚科学界に貢献したところで、ひとつの円環が見事に閉じられたように見える。むろん医学と芸術が織りなす歴史はここで終わらず、新たな円環を描きだすのだが、本論はここで一旦締めくくりとする。

謝辞　本研究資料調査にご協力いただいた以下の方々および研究機関の皆様に心から感謝致します（順不同）。ドイツ衛生博物館（DHMD）館長 Herrn Prof. Klaus Vogel, Frau Susanne Roeßiger, Frau Marion Schneider および 同附属図書館司書 Frau Ute Krepper ／ザクセン州立文書館 Dresden Staatsarchiv の皆様／名古屋大学総合博物館 西田佐知子先生・野崎ますみ様／北里柴三郎記念室 森孝之先生・檀原宏文先生・大久保美穂子様／熊本保健科学大学学長 小野友道先生／慶應義塾大学医学部名誉教授 西川武二先生および慶應義塾大学メディアセンターの皆様／東京大学医学部皮膚科学教室 ボーズマン肥田ひとみ様

　また本論の内容を飛躍的に充実させることができたのは、2014 年 8 月からの 1 か月余に及ぶ DHMD での調査を可能にしてくれたドイツ研究財団 A. v. Humboldt-Stiftung の研究支援によるところが大きい。あわせて心からお礼申し上げます。

第 10 章　ドレスデン衛生博覧会（1911/1930）

注

★1　本論は 2013 年 12 月 7 日、東京大学・駒場キャンパスで開催された南山大学と東京大学鍛治科研の合同シンポジウム「科学知の詩学」第三部における筆者の発表「日独仏における近代皮膚科受容史　1911 年ドレスデン衛生博覧会を中心に」をもとにしているが、発表時は終始 PowerPoint を用い、視覚資料を提示し続けるスタイルをとった。今回、文字原稿にするにあたり、その後の日独両サイドでの新たな研究調査結果を反映させ、さらに加筆・修正した。その意味で構成・内容ともに当初の発表の続編的内容となっている。

★2　同館の歴史については、DHMD 刊行の図録 Hrsg. v. Klaus Vogel: *Das Deutsche Hygiene-Museum Dresden 1911-1990*（2003）や見学者用パンフレットをはじめ、同館附属図書館所蔵の小冊子（年代不明）*Das deutsche Hygiene-Museum in Dresden und seine Werkstätten* などを参照した。

★3　青柳精一『近代医療のあけぼの──幕末・明治の医事制度』思文閣、2011 年、306 頁参照。

★4　データは立川昭二『明治医事往来』講談社学術文庫、2013 年、23 頁以降を参照した。あわせて小野芳朗『《清潔》の近代──「衛生唱歌」から「抗菌グッズ」へ』講談社選書メチエ、1997 年ほか複数の参考文献を参照した。

★5　長与と医制については青柳『近代医療のあけぼの』、145 頁以降参照。他にも小野『清潔の近代』、98 頁以降および北里研究所・北里柴三郎記念室編図録（改訂新版）『北里柴三郎　伝染病の制圧は私の使命』、2012 年、119 頁などを参照。長与は後藤新平（1857-1929）や北里柴三郎（1853-1931）の上司でもあった。

★6　試みに『大言海』を引くと、「呼吸、飲食、居住ナドニ注意シ、身體ノ健康ヲ保チ、強壮ナラムヲ勉ルコト」とあり、「養生」と同義語としている。また『荘子』の出典箇所も添えられている。大槻文彦、新編『大言海』冨山房、昭和 57 年、275 頁参照。

★7　立川昭二『明治医事往来』、56 頁参照。

★8　荒俣宏『衛生博覧会を求めて』角川文庫、2011 年、83 頁を参照。また別に英語の Exhibition からの訳語とする説があり、これについては福澤諭吉が 1862 年に遣欧使節団の一員として第 2 回ロンドン万国博覧会開幕式に参列しており、彼が 1866 年に刊行した『西洋事情』に「博覧会」の語が用いられていることを指摘する。

★9　荒俣『衛生博覧会を求めて』、88 頁を参照。

★10　Klaus Vogel (Hrsg.): *Das Deutsche Hygiene-Museum Dresden 1911-1990*, S.14 参照。

★11　荒俣『衛生博覧会を求めて』、57 頁より引用。なお以下、本節でのドレスデン衛生博覧会に関しては、DHMD 図書館所蔵の一次文献に加え、荒俣の同書および田中の『衛生展覧会の欲望』を特に参考にした。

★12　Klaus Vogel (Hrsg.): *Das Deutsche Hygiene-Museum Dresden 1911-1990*, S.29 参照。宮島幹之助のエッセイ「世界一の衛生博物館」、同著作『カエルの目玉』双雅房、昭和 11 年、225 頁ほかにも同様の記述がある。

★13　これらの経緯については、州立文書館所蔵内務省文書（Ministerium des Innern.

Sektion16. Gesundheitswesen）の関連文書に筆者が目を通し、本文では簡単にその経緯をまとめた。

★14　コッホは IHA の名誉理事として名を連ねていた。

★15　北里柴三郎記念室所蔵資料番号 K01047.

★16　寄生虫研究者で、マラリア、ツツガムシ病、日本住血吸虫、ワイル氏病等の研究に従事した。のちに国際連盟のアヘン中央委員会委員としても活躍。公務中の自動車事故により急逝した。このドレスデン滞在中、宮島が展示作業進捗報告を書き送った北里宛の書簡や絵葉書は北里記念室に現存する。本研究へのご理解・ご協力に深謝するとともに、以下、本文で使用した資料については、北里柴三郎記念室の所蔵資料番号のみを注で明示する。なお、1911 年の IHA 事務総長 F. A. Weber の回想録 *Die Internationale Hygiene-Ausstellung Dresden 1911 als Wegweiser und Wegbereiter späterer Arbeit*（DHMD 刊行の *10 Jahre Dresdner Ausstellungsarbeit*, 1931 所収）には宮島らが現場責任者だったことが明記されている（S.203）ほか、州立文書館の Ministerium des Innern 文書には開会バンケット席順記録も残る（Akten Nr. 3573 巻末綴込）。

★17　北里柴三郎記念室所蔵資料番号 K01077.

★18　1895 年創刊、現在の『日本細菌学雑誌』の前身誌で、北里柴三郎が創刊し、事務局は北里研究所内にあった。

★19　『細菌學雜誌』No.192、1911 年、623 頁。

★20　『細菌學雜誌』No.192、1911 年、836 頁。

★21　『細菌學雜誌』No.192、1911 年、624 頁。

★22　詳しくは拙論「日本におけるムラージュ技師の系譜——ゲーテを起点とする近代日独医学交流補遺」東京大学大学院総合文化研究科言語情報科学専攻紀要『言語・情報・テクスト』*Language Information Text* Vol.19（2012）、1-12 頁および「科学と芸術のはざまで——ゲーテ時代の大学絵画教師からムラージュ技師まで」日本独文学会機関誌『ドイツ文学』146 号、88-102 頁（2013 年）などをあわせて参照されたい。

★23　以下、欧州での皮膚科ムラージュの歴史については、特に Walther, Elfriede/ Hahn, Susanne/ Scholz, Albrecht: *Moulagen. Krankheitsbilder in Wachs*. DHMD 1993 および Schnalke, Thomas: *Diseases in Wax. The History of the Medical Moulage*. Translated by Kathy Spatschek. Quintessence Publishing 1995 を参考にした。

★24　「カポシ肉腫」などに名を残すウィーンで活躍した皮膚科学者。ハンガリー生まれのユダヤ系出自で当初は Kohn と名乗っていた。指導教授で皮膚科の権威ヘブラ（Ferdinand Karl Franz Ritter von Hebra, 1816-1880）の娘マルタと結婚するにあたりカトリックに改宗、カポシと改名。

★25　当時ドイツ領（現ポーランド領）所属のブレスラウ大学医学部皮膚科を率いたナイサー（Albert Neisser, 1855-1916）の愛弟子で後継者。20 世紀前半皮膚科学のスタンダード、全 23 巻の『皮膚科性病科便覧』*Handbuch der Haut- und Geschlechtskrankheiten*（1927-34）を刊行したことで有名。

★26　1905 年 5 月 3 日、ドイツの動物学者シャウディンとともに梅毒スピロヘータを発見した。

第 10 章　ドレスデン衛生博覧会（1911/1930）

★27　Löser, Christian/ Plewig Gerd (Hg.): *Pantheon der Dermatologie*. Springer Medizin Verlag (2008), hier S.212. Keizo Dohi の項目より。

★28　*Katalog von der Kaiserlichen Japanischen Regierung ausgestellten Gegenstände*. IHA Dresden 1911（東京大学総合図書館・鷗外文庫）、合冊製本 S.44 参照。鷗外文庫のように製本されていない、個々の日本館カタログ小冊子は DHMD 附属図書館にも現存する（一部欠落あり）。

★29　リケッチアを病原体とする急性発疹性熱疾患で、南太平洋から東南アジア、日本まで広く分布する。病原体を持つツツガムシの幼虫に刺されることで感染し、約 10 日間の潜伏期間を経て、倦怠感や頭痛・高熱を発し、さらに刺口部の炎症・皮疹、全身の末梢血管周囲に炎症を起こす。死亡例も少なくない。なお、ツツガムシ病は宮島幹之助の専門のひとつだった。

★30　1911 年 10 月 16 日付、ドレスデンから北里柴三郎宛の宮島幹之助書簡参照。北里柴三郎記念室所蔵資料番号 K01123。また 1911 年の博覧会で日本館に出展された日本橋三越百貨店で誂えた和服着用の「生人形」（いきにんぎょう、「活人形」とも書く）については、拙論「近代医学と人形──ドレスデン国際衛生博覧会（1911）に出展された日本の生人形と節句人形」東京大学大学院総合文化研究科言語情報科学専攻紀要 Vol.21（2014 年、29-42 頁）を参照されたい。

★31　田中聡『衛生博覧会の欲望』青弓社、1994 年、133 頁より引用。

★32　特集「汎太平洋平和博覧会　戦前、名古屋で開かれた博覧会」『Nagoya Urban Institute News Letter』Vol.62（2004 年 12 月発行）、財団法人名古屋都市センター、1-3 頁および橋爪紳也監修『日本の博覧会　寺下勍コレクション』（別冊太陽 日本のこころ 133）、平凡社、2005 年参照。あわせてウィーン博物館 Wien Museum Karlsplatz 特別展示カタログ *Nagoya. Das Werden der japanischen Großstadt*（会期は 2008 年 2 月 7 日〜 5 月 4 日）, Salzburg (Anton Pustet) 2008, S.230ff.

★33　DHMD の小冊子 *Das deutsche Hygiene-Museum in Dresden und seine Werkstätten* および Klaus Vogel (Hg.): *Das Deutsche Hygiene-Museum Dresden 1911-1990*, S.77 ほか参照。

★34　長谷川兼太郎編『田村春吉』名古屋大学医学部皮泌科「春光同門会」（非売品・東京大学医学図書館所蔵）、1954 年から、田村春吉の遺稿「欧米視察談」16 頁より引用。

★35　DHMD 附属図書館所蔵、1936 年の小冊子『年間活動記録』*Tätigkeiten*、S.11 より訳出。

★36　長谷川編『田村春吉』から、竹内譲「親身の人 田村先生」159 頁より引用。ただし標本はほぼドイツ人の等身大で、「人体の何倍も」という表現は誇張しすぎだろう。

★37　長谷川編『田村春吉』から、「欧米視察談」17 頁より引用。

★38　長谷川編『田村春吉』から、竹内譲「親身の人 田村先生」159 頁より引用。

★39　この関連で、名古屋大学総合博物館で長谷川氏のムラージュを中心とした企画展『教育標本ムラージュ　本物？作り物？ロウ細工？』が 2013 年 8 月 6 日〜 10 月 19 日まで開催された。長谷川氏の経歴については、本企画展図録 12-13 頁を参照したほか、学芸員・野崎ますみ様より新聞・雑誌記事を含む参考資料をご提供いただいた。

★40 「ここに生きる 39　ムラージュ（医療模型）づくり　長谷川兼太郎さん」『朝日ジャーナル』2（40）、1958 年、60-65 頁参照。

★41 次節でも言及する詩人・木下杢太郎こと皮膚科医・太田正雄については、拙論「ゲーテと木下杢太郎——皮膚科学との関わりを中心に」専攻紀要『言語・情報・テクスト』Vol.20（2013 年）、1-12 頁をあわせて参照されたい。

★42 『鷗軒先生追悼文集』戊戌會、1937 年所収の田村春吉による回想「思出の一つ」、172-173 頁より引用。

★43 北里柴三郎が率いていた伝染病研究所は、1899 年以来内務省の管轄だったが、1914 年に国立伝染病研究所の文部省移管が決定すると、所長の北里以下、所員は総辞職し、新たに創設された私立北里研究所に移籍した。その後、伝染病研究所は 1916 年から東京帝国大学の附属研究所となり、1919 年からは長与又郎が所長を務めていた。

★44 木下杢太郎記念館編『目で見る木下杢太郎の生涯』緑星社、1981 年、88 頁参照。

★45 真菌学研究者としての太田については山口英世『わが国医真菌学の祖　太田正雄先生』杢太郎会シリーズ 16 号（2011）を特に参考にした。

心の科学を求めて

第11章

グラン＝ギニョル劇と精神医学の諸問題

アンドレ・ド・ロルドの作品における精神病者像

真野 倫平

はじめに

19世紀はヨーロッパで精神医学が確立した時代である。18世紀末にフィリップ・ピネルは精神病院の改革を行い、近代的精神医学の端緒を開いた。1838年に成立した精神医療法は狂人を治療すべき精神病者として認め、治療に関する行政的責任を明らかにした。19世紀後半に犯罪と精神病を結びつける変質理論が台頭すると、精神医学は司法の領域においても重要な役割を演じることになる。さらに世紀末には三面記事メディアによる犯罪報道が加熱し、精神医学は公安の観点からも一段と影響力を増していった。

20世紀初頭に隆盛を見たグラン＝ギニョル劇は、主要な観客であるブルジョワ階級が現実に抱える不安を想像力の源泉としていた★1。すなわちそこで恐怖の対象とされたのは、幽霊や悪魔といった想像上の存在ではなく、犯罪者・下層階級・流れ者・異民族・伝染病といった現実的存在であった。1897年に初代支配人オスカール・メテニエによって自然主義劇場として誕生したグラン＝ギニョル座は、第二代支配人マクス・モレーのもとで恐怖劇場に転じた後も、自然主義がもつ現実主義的傾向を保ち続けたといえる。これらの対象はいわばブルジョワ階級の秩序と安全を脅かす危険な「他者」を意味していた。そして精神病者もまた健常者の中にひそむ異常者として、いわばブルジョワ社会の「内なる他者」として恐怖演劇の重要な素材とされた。

本論においては、19世紀における精神医学の発達の歴史を踏まえて、グラン＝ギニョル劇に対する精神医学の影響を検討したい。ここでは特に、このジ

ャンルの代表的作家であるアンドレ・ド・ロルド（1869-1942）の作品を取り上げる。彼のいくつかの作品は心理学者アルフレッド・ビネ（1857-1911）との共作であった。ここではロルドのいくつかの作品に登場する精神病者像を検討することで、グラン＝ギニョル劇が同時代の医学的知識をどのように取り入れたかを検証したい。

1　ロルド『グドロン博士とプリュム教授の療法』

　まず、ロルド『グドロン博士とプリュム教授の療法』を取り上げよう。1903年4月3日にグラン＝ギニョル座で初演された本作は、恐怖演劇という新しいジャンルを創造し、その後の劇場の方向性を決定した重要な作品である。梗概を以下に記す（全一幕）。二人の新聞記者が精神病院の取材に訪れる。彼らを出迎えた院長は、自分が考案した画期的な療法について説明する。それは患者を拘束せずに最大限の自由を与えるというものであった。記者たちは次第に院長と同僚たちの奇妙な言動に不審を抱く。実は彼らは反乱を起こし病院を占拠した患者たちであった。記者たちは彼らに襲われるが、人々が駆けつけ間一髪で救出される。しかし本物の院長はすでに彼らに殺害されていた。

　本作はE・A・ポーの小説『タール博士とフェザー教授の療法』（1845）の翻案である。原作は捕らえられていた医師たちが脱出し患者たちを取り押さえる場面で終わるが、ロルドはそこに血まみれの死体が舞台を横切る暴力的な場面を付け加えた。それに先立つやりとりのあいだに院長は奥の部屋で殺される。観客はその悲鳴を耳にしているが、その真相は最後の場面になって判明する。グラン＝ギニョル劇では一般に俳優の身体性が重視され、登場人物の身体をめぐってドラマツルギーが構築されるが★2、ここでもドラマは隠された身体の発見をめぐって展開される。

　ポーの原作において、院長のメーヤール氏は以前採用していた「鎮静療法 system of soothing」をある理由から取りやめたと語る。それは狂人が正気を装い騒動を起こす危険性があるからである。「狂人の狡知の大いなることは、天下周知の所です。狂人がある計画を思いつく時、驚くべき智慧をめぐらして、これを人目から隠す。狂人が正気を装う巧妙さは、形而上学者にとって、人間の精神の研究における最も特異な難題の一つですよ」★3。一方、ロルドの作品ではグドロン博士がやはり自らの「《鎮静》療法 système de la *douceur*」について、正気と狂気を見分けることの困難さと、そこからもたらされる危険性

190

について説明する。

> **グドロン** この療法はきわめて人道的ですが、しかし危険もあります。大きな危険が！ 狂人たちの気まぐれを見抜き、予見するのは至難のわざです。彼らにいかなる監視もつけず、自由に行き来させるのは、慎重ではありません。狂人は一時的には「なだめる」ことができます。しかしそこには常に、騒乱の危険性があるのです。それに、狂人のずる賢さは周知のとおりです。本当にすごいものです。もし何か計画を胸に抱いたら、それを偽善の仮面で見事に隠し通すことができるのです★4。(59)

　精神病者に対して自由を与えるべきか否かというのは、精神医学の成立当初からの重大な問題であった。1793年にフィリップ・ピネル（1745-1826）はビセートル病院の閉鎖病棟の患者たちを鎖から解放したが、これは精神病者の人権を確立した重要な事件として、いわば近代精神医学の誕生をしるしづけるエピソードとして知られている★5。ピネルは『精神病に関する医学哲学論』（1801）において精神障害の疾病分類を試み、治療として「心理的療法traitement moral」を行うことを唱えた。彼は従来の看護人による暴力を批判し、優しさをもって患者に接することを説いた★6。
　ピネルの弟子であるジャン＝エティエンヌ・エスキロール（1772-1840）は『精神病論』（1838）で師の疾病分類を精密化するとともに、精神治療のための適切な隔離施設の建設を訴えた。彼はある特定の対象にしか理性を失わない狂気として「モノマニー」概念を提唱した★7。こうして部分的な狂気の存在を認めることは、狂気と正気の境界をますます流動的なものにした。特に「殺人モノマニー」の概念は社会への脅威として精神病者に対する不安を惹起するに十分であった。
　1838年6月30日にエスキロールらによって史上初の精神医療法が成立した。この法律により精神病者は監禁すべき狂人ではなく治療すべき患者として扱われるようになり、各県が治療のための施設を設置することが義務づけられた。また、この法律は精神病者の収容に関する判断の権限を精神科医に与えた。すでに1810年の刑法64条が精神障害による免責を規定していたこともあり、これ以降精神科医は司法判断に深く関わるようになる。

2　ロルド、ビネ『謎の男』

　ロルド、ビネ『謎の男』は 1910 年 11 月 3 日にサラ・ベルナール座で初演された。（第一幕）実業家のレーモンが突然妻に襲いかかったので家族は彼を精神病院に入院させた。しかし一族が経営する企業の取引に支障が出たので、親族は議論のうえ彼を退院させることにする。（第二幕）精神病院で兄のリオネルが弟の退院を求める。医師は治っていないと反対するが、検事は退院を許可する。（第三幕）帰宅したレーモンは次第に異常性を発揮する。彼は妻に襲いかかり、それを止めようとした兄を殺害する★8。

　この作品ではまさに 1838 年の精神医療法が問題になっている。第一幕で兄のリオネルは、弟が入院したために臨時管財人が立てられ財産が動かせなくなったと語る。「しかし弟が入院するとすぐに――精神病者は未成年として扱われるので――裁判所が強制的に差し押さえに来ました。裁判所は弟の利益を守るための臨時管財人を任命したのです」★9（261）。この管財人の役割については精神医療法の第 31 条以下に記されている。すなわち、保護院は精神病者の財産を管理する管財人を立てる必要があるが、この管財人の権限は患者の拘禁が解かれ次第無効とされる★10。

　第二幕では患者の退院に賛成する検事と反対する医師とが議論を闘わせる。医師はこの種の患者を治療できるのかという問いに「まず無理です」（292）と答え、さらにこの種の狂気を見抜くことの難しさを強調する。「狂人というものは理性的なふりをすることができます。十分な知性と、巧妙さと、意志があれば、狂気を隠すことができるのです」(293)。ここにはエスキロール以来の、理性ある狂人の危険性に関する議論の反映が認められる。

> **医師**　お気持ちはごもっともです。弟さんを思うあまり、そばにいないことが耐えられないのですね。しかし愛情ゆえに盲目になってはいけません。ここで弟さんを家に返すのは無謀です。きっと大変なことになります。（検事に）この手の患者はきわめて危険です。まず彼ら自身にとってそうですし、他の者たち、とりわけ家族にとってそうなのです。われわれは彼らを慢性譫妄性患者と呼びます。あるいは被害妄想と言ってもいい。でもとにかく、これらの患者は監禁すべきなのです！　　（291）

ここでは検事と医師がそれぞれ司法権力と医学権力を体現する。19世紀に精神医学が司法裁判と深く関わるようになるにつれ、この二つの権力の対立は社会的に重要な問題となった。この問題は演劇でも取り上げられ、舞台上で司法関係者と医学関係者が精神病者の犯罪をめぐって議論を闘わせることも珍しくなかった★11。

3　ロルド、ビネ、モレー『強迫観念』

ロルド、ビネ、モレー『強迫観念、あるいは二つの力』は1905年5月17日にグラン＝ギニョル座で初演された。（第一幕）ジャンは精神科の医師を訪れ、わが子への殺意に悩まされる男のことを相談する。医師はそれがジャン自身のことだと気づかないまま、それが遺伝的変質者ならば治療は不可能だと答える。（第二幕）ジャンは帰宅すると、たまたま訪れていた伯父から父親が発狂して死んだことを聞きだす。絶望した彼は翌日医者に行くことを決意するが、そこで発作が起こり息子を殺害してしまう。

この作品でも前二作と同様に、狂気を判断することの難しさと精神病者の危険性が説明される。「われわれ精神科医なら一目見ただけですぐに分かるだろうと思われがちだが……そんな馬鹿なことがあるものか！」★12（146）、「あなたがたは彼をそばに置いていてはいけません。きっと大変なことになります」（151）。また本作では特に、19世紀後半に影響力を振るった変質理論が強調される。

> **メルシエ医師**　その家族には遺伝的欠陥 tares héréditaires がありませんか。彼の両親は健康で元気でしたか。すべてはそこにかかっています。彼が苦しんでいる神経障害は――きちんとした持続的な治療が必要ですが――完全に治すことができるでしょう。ただし、それがいかなる器質的な理由によるのでもなく、いわゆる変質状態 état de dégénérescence の偶発症状でないかぎりにおいてですが。　　（150）

19世紀半ばにプロスペル・リュカ（1808-85）が『自然遺伝論』（1847）により遺伝の重要性を主張した。さらにベネディクト・モレル（1809-73）は『変質論』（1857）で独自の変質理論を確立した。すなわち、現代人は遺伝的要因ならびにさまざまな外的要因による変質の危険にさらされており、精神病はそ

の兆候にほかならない。さらに世紀末にはヴァランタン・マニャン（1835-1916）が『遺伝性あるいは変質性の狂気に関する一般的考察』（1887）において変質理論を刷新した。結局、ジャン＝クリストフ・コファンが『狂気の伝達1850-1914年』（2003）で指摘するように、変質理論はさまざまに形を変えて生き延び、第一次大戦にいたるまで影響力を保ち続けた[13]。

そして本作の共作者の一人であるビネもまた、モレルからマニャンにいたる変質論に多大な影響を受けていた。ビネが『愛におけるフェティシズム』（1887）において心理学における「フェティシズム」概念を確立したことはよく知られているが、そこで彼は性的倒錯が遺伝的狂気の表れであるという変質論的解釈に従っている[14]。

> 確認しておくが、われわれはここで精神医学者としてではなく心理学者として事実を研究する。二つの視点の相違は容易に理解できるだろう。精神医学者にとって重要なのは症状の疾病単位に対する関係である。よく知られるように、この関係を研究した結果、モレル、M・ファルレ、そして特にマニャンは、われわれがこれから研究する症状の大部分が変質者の遺伝的狂気の偶発症状であると見なすにいたった。心理学者にとって重要な点は別にある。彼は症状を直接研究し、その形成とメカニズムを分析し、こうした疾病事例によって愛の心理学を解明する[15]。

ビネはサルペトリエール病院におけるジャン＝マルタン・シャルコー（1825-93）の協力者でもあった。シャルコーの臨床講義においてはヒステリー患者に対する催眠療法が実践され、聴衆の前でヒステリー発作の実演が行われた。グラン＝ギニョル劇が身体的なスペクタクルとして成立したことの背景には、ビネを通じたこの臨床講義の影響があったように思われる[16]。

4　精神病者の脅威

モレルが変質による諸人種の衰退を訴えたことで、変質理論はある種の文明論としての広がりを獲得し、医学の領域を超えて文化的にも大きな影響を与えた。ジャン・ボリーが『十九世紀における遺伝神話』（1981）で指摘するように、変質理論はゾラなどの自然主義文学に取り入れられただけでなく、近代の新たな「神話」としてナショナリズム・帝国主義・植民地主義などの言説にも医学

的修辞として取り込まれた★17。興味深いことに、変質理論がさまざまな文化的領域にまで拡大された一方で、文化を精神病理として読み解く試みも現れた。例えば、モロー・ド・トゥール（1804-84）は『病的心理学』（1859）において天才は神経症の一種であると断言した★18。また生来的犯罪者の研究で知られるチェーザレ・ロンブローゾ（1835-1909）も『天才論』（1877）で天才を精神医学的観点から分析した。

19世紀において変質理論はなぜこれほどの影響力を振るったのだろうか。それを探るために、以上で確認した精神医学の発達を治安意識という観点から再検討してみよう。ピネルによる精神病者の鎖からの解放は、一般には近代精神医学の誕生と精神病者に対する人権意識のめばえを示すエピソードと見なされる。しかしミシェル・フーコーは『狂気の歴史』（1961）において、近代における狂気の監禁体制の完成をそこに見出す★19。患者はその身体を鎖から解放されたのと引き換えに心を縛られるようになった。そしてそのための道具として作られたのが精神医学にほかならない。1838年の法にしても、そこには危険な狂人から社会秩序を守ろうとするブルジョワ階級の意図が色濃く表れていた★20。

ピネル以降、狂人は監禁すべき犯罪者とは区別され、治療し社会復帰させるべき精神病者となった。しかしフーコーによれば、そこで正常と異常の基準とされたのは純粋な医学的判断である以上にブルジョワ道徳であった。「ピネルの手中にある狂人保護院が、道徳的画一化および社会的な告発の道具となるのは、同じ一つの動きによるのである。普遍的なものというかたちで、一つの道徳を支配させるわけであって、その道徳は、それに無関係である人々に、また精神錯乱が個々人にあらわれるまえからすでに所与のものとなっている人々に、内側から押しつけられるようになるだろう」★21。この「道徳的画一化」において、精神病は精神医学によって救済されるべき「よき狂気」と排斥されるべき「悪しき狂気」の二つに分割される。こうして変質者は治療不可能な「悪しき狂気」として問答無用で社会から排除されることになる。

こうして、狂気の新たな分割がおこなわれる。［…］しかも最初の狂気のほうは、理性に接近し、それと混ざりあい、それをもとにして理解されるのにたいして、もう一方は、外面的な暗闇のほうへ投げかえされている。そこから生れているのが、十九世紀につぎつぎと出されてくる、悖徳症folie morale・変質 dégénérescence・生れつきの犯罪者 criminel né・

邪悪さ perversité などの異様な概念である。近代人の意識では同一化されえず、しかも非理性の還元されがたい残滓を形成する、同じく多くの《悪しき狂気》があったわけである。こうした《悪しき狂気》から人が自分を守りうるのは、まったく消極的な仕方によって、拒否と絶対的な非難によって以外にはないのだが★22。

　19世紀の変質理論の一例としてユリッス・トレラ（1795-1879）の『明晰な狂気』（1861）を取り上げよう。同書の目次では精神病の類型による分類がなされているが、そこでは「痴愚」「知性薄弱」などの医学的症状にもとづく分類と、「浪費家」「窃盗狂」などの社会的行為にもとづく分類が混交している★23。精神病のカテゴリーはブルジョワ道徳に対応して拡大され、社会的秩序への違反が狂気と見なされるのである。「明晰な狂人」は外見的にはまったく正常であり、健常者と区別するのは難しい。「明晰な精神病者は、その非理性にもかかわらずなされた質問に明確に答えるので、表面的な観察者の目には少しも精神病者には見えない。そして大抵近しい者にしか内心をうかがわせない。それだけに彼らは一層有害であり危険である」★24。しかし彼らの病は治療不可能であり、もはや社会から隔離する以外に打つ手はない。「これらの病人はほぼすべて不治の病である。理性を備えた者は、彼らのことをよく知って縁組や関係を結ばないようにしなければならない」★25。
　かぎりなくわれわれの近くにいながら、同時にわれわれとは決定的に異なる存在。この逆説的なイメージこそ、ブルジョワ階級の想像力が作り上げた恐るべき「内なる他者」の形象化にほかならない。19世紀の精神医学はこのような威嚇的なイメージを振りかざして社会的不安をいたずらにあおりたてた。意識的か否かはさておき、医師たちはこうして社会秩序の守護者を任ずることで自らの有用性を強調したのである★26。そしてグラン＝ギニョル劇はこの悪夢的なイメージを舞台上に再現することで、観客であるブルジョワ階級の関心を引きつけようとした★27。

おわりに

　19世紀の精神医学は恐るべき変質者の概念を作り上げ、メディアはそのイメージを大量生産した。19世紀末には三面記事ジャーナリズムが台頭し、新聞や雑誌に無数の犯罪物語が流通した。その全体を、市民の法的感覚をとぎす

ましい治安意識を高めるための一種の巨大な教育装置と見なすこともできるだろう。ちょうどロンブローゾの犯罪人類学が流行し、メディアには「変質」「倒錯」「生来的犯罪者」などの医学用語が氾濫した。こうしてブルジョワ社会には精神病者への恐怖が蔓延したのである。

　ミシェル・フーコーは『監獄の誕生』（1975）において、19世紀末のメディアが犯罪を描く際の奇妙な二重性を指摘する。すなわち、三面記事が犯罪を市民の安全を脅かす身近な脅威として描く一方で、犯罪小説はそれを現実離れした空想的冒険として描き出した★28。ここにはおそらく、人間の犯罪に対する二つの矛盾した態度が反映している。すなわち、法に守られると同時に法に縛られているわれわれ現代人は、法を脅かすものとして犯罪を恐れると同時に、法を超越する完全犯罪にひそかに憧れるのである。メディアの犯罪に対する二重の距離感は、読者が犯罪に適度な関心を抱き続け、メディアが教育装置として効率的に機能するうえで重要なことであった★29。

　それと同様の二重性が狂気をめぐっても働いているのではないか。19世紀のブルジョワ階級は一方で狂気を社会から排除しようと努めながら、他方で狂気を芸術の主題とし、時には狂気に天才のしるしを見出した。ここにはおそらく、われわれ自身の狂気に対する二つの矛盾した態度が反映している。すなわち、われわれは理性を脅かす狂気に怯えつつ、理性を超越するものとしての狂気に魅了されずにはいられないのである。そしてグラン＝ギニョル劇はまさに狂気のこのような性格を利用した。それはブルジョワ階級の悪夢としての狂気を適度に審美化することで、それをおぞましいと同時に魅惑的なスペクタクルに仕立て上げたのである。

注

★1　グラン＝ギニョル劇の特徴については真野倫平編・訳『グラン＝ギニョル傑作選』水声社、2010年の解説を参照。

★2　注1を参照。

★3　「タール博士とフェザー教授の療法」佐伯彰一訳、『ポオ小説全集　4』創元推理文庫、1974年、217頁。

★4　André de Lorde, *Le système du docteur Goudron et du professeur Plume* in *Le Grand Guignol. Le théâtre des peurs de la Belle Epoque*, édition établie par Agnès Pierron, Robert Laffont, « Bouquins », 1995. 本作については引用に続けてページ数を記す。

★5　このエピソードは美術の主題にもなった。シャルル＝ルイ・ミュレ「1793年にビセートルの精神病患者を解放するピネル」、トニ・ロベール＝フルリー「1795年にサルペト

リエールの精神病患者を解放するピネル」など。

★6 「即ち、ビセートルの精神病者の指導において支配的なものはこの上もなく純粋な博愛心そのものと言える倫理基準であり、看護職員はいかなる口実の下でも、たとえ報復としてであっても彼らを殴ってはならないし、極めて制限された期間の拘束化や隔離手段がこれに課せられる唯一の処罰であり、そして柔和な手段や抑圧の強制用具で首尾よくいかない時には、巧妙な智略が時には思わぬ効果をもたらすものである、と」（フィリップ・ピネル『精神病に関する医学・哲学論』影山任佐訳、中央洋書出版部、1990 年、68 頁）。

★7 「人々はモノマニー患者の存在を否定する。一つの対象にしか理性を失わない精神病者など存在しないと言うのだ。あれらの病人は常にいくらかの感情と意志の混乱を示すものだと。しかしもしそうでないとしたら、モノマニー患者は狂人ではないということになる。私は質問したい。マニー患者は常に、あらゆる対象に対して理性を失うのだろうか？ 常にあらゆる知的機能が冒されるのだろうか？」（Esquirol, *Des Maladies mentales considérées sous les rapports médical, hygiénique et médico-légal*, Paris, J.-B. Baillière, 1838, 2 vols., t. II, p. 4）

★8 本作はロルド『狂気の演劇』（1913）、『死の演劇』1921 年版、『死の演劇』1928 年版に収録されているが、版により微妙な異同がある。特に 1928 年版は結末が大きく異なり、レーモンは殺人の衝動を自制し、子供に泣きながら別れを告げる。また本作は 1933 年にモーリス・トゥルヌール監督により『強迫観念』の題名で映画化されているが、この映画版も主人公が子供を抱きしめながら精神病院に電話をかける場面で終わる。

★9 Alfred Binet et André de Lorde, *L'Homme mystérieux* dans Alfred Binet, *Etudes de psychologie dramatique*, Textes choisis et présentés par Agnès Pierron, Slatkine, 1998. 本作については引用に続けてページ数を記す。

★10 第 31 条「精神病者のための公的な救済院や保護院の管理委員会または監視委員会は、そこに収容されている非禁治産者の者に対して、一時的管理者という役目を果たす。委員会は、その役目を果たす者として委員の一人を任命する」。第 37 条「これまでの条項によって付与された権限は、保護院に収容された者の拘禁が解かれ次第、正当な権利をもって停止する」（須藤葵「フランス精神医療法を通してみる精神医療制度の課題」『法政理論』第 39（3）号、新潟大学、2007 年の訳による）。

★11 例えばジョルジュ・アンリオ『捜査』（1902 年、アントワーヌ座）は殺人事件をめぐる一種の推理ドラマになっており、予審判事が立てた推理を弁護士が法医師の助けを借りて覆す。オラフ、パロー『気のふれた女たち』（1921 年、ドゥー＝マスク座）では少女の失踪事件をめぐって医師と警視が意見を闘わせる。ロルド『無罪になった女』（1905 年から数年にわたり世間を騒がせた「グット＝ドール街の食人鬼」ことジャンヌ・ヴェベールの事件がモデルとなっている）では判事が無罪とした被告の有罪を医師が催眠術によって明らかにする。

★12 André de Lorde, Alfred Binet et Max Mauray, *L'obsession ou les deux forces* in *Le Grand Guignol. Le théâtre des peurs de la Belle Epoque*, édition établie par Agnès Pierron, Robert Laffont, « Bouquins », 1995. 本作については引用に続けて

ページ数を記す。

★13 「精神的変質の概念は 1870 年代から第一次大戦にいたるフランスの精神医学を支配した。高名な精神医学者たちがこの問題に身を投じ、それに関する数多くの議論に参加した。変質は精神医学の領域を超えて、新聞や時評欄をにぎわせた。［…］しかしひとたび人口に膾炙すると、変質の概念はかつてないほど厳密な定義なしで用いられる便利な概念となった」（Jean-Christophe Coffin, *La transmision de la folie. 1850-1914*, L'Harmattan, 2003, p. 249）

★14 ただし本作については、父親が狂人であった事実が暗示としてはたらき主人公に殺人を犯させたという解釈も完全には排除できない。ロルドには『強迫観念』という同名の短編小説があり、それは若者が父親が狂人であった事実を知ったことで父親と同じ自殺強迫にとりつかれ、ついには自殺してしまうという物語である。しかし物語の最後に、彼は実は血の繋がった息子ではなく、暗示によって自殺に追いやられたことが明かされる。暗示もまた当時の精神医学の重要なテーマであり、グラン＝ギニョル劇の素材の一つであった。

★15 Alfred Binet, *Le fétichisme dans l'amour*, « Petit Bibliothèque Payot », Editions Payot & Rivages, 2001, p. 35.

★16 グラン＝ギニョル劇とサルペトリエール病院におけるシャルコーの臨床講義の関係については、真野倫平「文学と医学の接点——グラン＝ギニョル劇とシャルコー」『南山大学ヨーロッパ研究センター報』第 17 号、2011 年を参照。

★17 「それとは別に、永遠に自由と罪にとらわれ、永遠に個人的な言葉を繰り返す文学者を忘れてはならない。遺伝は現代の神話を彼の幻想に委ねた。堅固で、詩的イメージに富み、一貫した因果関係に支えられ、客観的で、説得力に富む神話を」（Jean Borie, *Mythologie de l'hérédité au XIXe siècle*, éditions galilée, 1981, p. 13）。

★18 「知的活動の最高の表現であり《至高》である天才とは、神経症なのか？ しかり」（Moreau de Tours, *La psychologie morbide*, Paris, Victor Masson, 1859, p. 464）。

★19 「ピネルが選ばれたのは、まさしく、狂気をして《その計画を失敗させる》ためであり、狂気の正確な医学的な拡がりを測るためであり、犠牲者を釈放し革命容疑者を告発し、きわめて厳密な意味で、狂気の監禁を、その必要性は認識されていながらも、その危難が感じられている監禁を確立するためである」（ミシェル・フーコー『狂気の歴史』田村俶訳、新潮社、1975 年、492 頁）。

★20 「長い議論の末、できあがった法律は、まっとうな治療を目指すものと、1830 年代のルイ・フィリップ王政下でのブルジョワたちだけが思い描いた社会防衛との妥協のうえに出現したのである」（ジャック・オックマン『精神医学の歴史』阿部惠一郎訳、文庫クセジュ、白水社、20-21 頁）。

★21 フーコー『狂気の歴史』、515 頁。

★22 同、478-479 頁。

★23 第 1 章から第 13 章までの表題を列挙する。「痴愚と知性薄弱」「男子色情狂あるいは女子色情狂」「モノマニー」「エロトマニー」「嫉妬者」「渇酒症」「浪費家、山師」「傲慢」「悪人」「窃盗狂」「自殺」「無気力」「明晰なマニー」。

★24　Ulysse Trélat, *La Folie lucide*, Paris, Adrien Delahaye, 1861, p. x.

★25　*Ibid.*, p. 15.

★26　「変質理論の信奉者は狂気を慢性かつ不治の病とすることでこのような不安を広める
ことに貢献した」（Jean-Christophe Coffin, *op. cit.*, p. 253）。

★27　本論では扱わなかったが、狂気と正気の境界の曖昧さという主題は、ロルドの別の作
品においては逆の観点から扱われる。すなわちそこでは、正気でありながら狂人と見な
されるという悲劇が描かれる。例えば『サルペトリエール病院の講義』（1908）では患
者の少女が研修医に人体実験の材料にされたと訴えるが、ヒステリー患者の虚言と見な
される。『精神病院の音楽会』（1909）では精神病院を退院した母親が息子に治っていな
いと見なされて病院に連れ戻される。『精神病院の犯罪』（1925）では入院患者の少女が
他の患者たちに脅迫されたと訴えるが、精神病者の妄想と見なされる。

★28　「探偵〔＝警察〕文学と結びついた三面記事が一世紀以上のあいだ生み出しつづけた
のは過度に多数の《犯罪物語》であって、そこではとりわけ非行性はきわめて卑近なも
のとしてと同時にまったく無縁なものとして、日常生活に永久に脅威を与えるものとし
て、だがその起源や動機や日常的でしかも異国的な姿を見せるその環境などの点では迂
遠なものとして現われる」（ミシェル・フーコー『監獄の誕生』田村俶訳、新潮社、
1977 年、283 頁）。

★29　グラン＝ギニョル劇と犯罪報道の問題については、真野倫平「グラン＝ギニョル劇と
三面記事」『南山大学ヨーロッパ研究センター報』第 18 号、2012 年を参照。

第12章

グラン＝ギニョル劇における
心霊的主題について

エラン、デストク『彼方へ』を中心に

真野 倫平

はじめに

19世紀後半、フランスにおいて心霊主義が大いに流行した。アメリカに始まったターニングテーブルによる交霊術はやがてヨーロッパ諸国に伝わり、フランスでも爆発的な流行を呼んだ。多くの心霊学者が登場したが、とりわけアラン・カルデックは独自の「スピリティスム」を創始して多くの支持を集めた。心霊主義はユゴーをはじめとする文学者や、フラマリオンらの科学者を巻き込み、第一次大戦にいたるまで大きな影響力を振るった。

20世紀初頭に成立したグラン＝ギニョル劇は、主要な観客層であるブルジョワ階級が現実に抱える不安を想像力の源泉としていた。すなわち、そこで恐怖の対象となったのは、伝統的な幽霊や悪魔ではなく、犯罪者・プロレタリア・流れ者・異民族・精神病者・伝染病といった現実的存在であった。それはいわばブルジョワ社会の秩序と安全を脅かす危険な「他者」を意味していた[1]。

その一方でグラン＝ギニョル劇には、交霊術、死後の世界、魂の移転といった心霊現象を扱った作品が少なからず存在する。レアリスム的傾向の強いこのジャンルにおいてこうした超自然的主題がしばしば扱われたという事実は注目に値する。本論では心霊的主題を扱ったグラン＝ギニョル劇をいくつか取り上げると同時に、19世紀以降のフランス社会における心霊主義の展開を歴史的にたどることで、このジャンルと心霊主義との関係について分析を試みたい。

1 エラン、デストク『彼方へ』

　まず、1922 年 5 月 10 日にドゥー・マスク座で初演されたシャルル・エラン、ポル・デストクの『彼方へ』（全二幕）を取り上げよう。（第一幕）検事は法務大臣から高名な医学者であるティエルスロ教授の実験に協力するよう命じられる。教授は 19 世紀の画家ヴィールツが行った催眠実験を用いて、死刑囚の死後の意識を探ろうとしている。医学生である検事の娘は実験に立ち会うことを希望する。（第二幕）処刑の間際に被験者が逃げ出したため、検事の娘が代理を申し出る。教授は彼女に催眠術をかけ、死刑囚と意識を同一化させる。処刑が行われると、催眠状態の彼女は死後の魂の状態を物語る。直後に緊急の連絡が入り、教授が実は危険な狂人であることが判明する。検事はあわてて娘の安否を確かめるが、彼女はすでに息絶えている。

> **ティエルスロ**　ヴィールツは斬首された人間がなおも苦痛を感じると確信しました。それを確かめようとしたのです。処刑が行われる予定でした。彼は、当時は高かった処刑台の下に隠れる許可を取りました。二人の証人と友人である監獄の医師と一緒にです。医師は画家を眠らせ、死刑囚と一体化するよう命じました。[…] そこで医師は眠ったヴィールツに、刃が落ちるとすぐ、ギロチンにかけられた者の感覚を二重人格によって話すよう命じました★2。

　アントワーヌ・ヴィールツ（1806-65）はベルギーの画家、彫刻家であり、神話的、象徴的な主題を好んだ。彼は 1842 年、1848 年、1851 年の自作の展示の際に作品解説を書いたが、これは後に『文学作品集』（1870）の中に「ヴィールツ氏のアトリエ」としてまとめられた。この「実験」はヴィールツが自作「斬られた首の思考と幻視」の解説において、みずから被験者として実行したと述べるものである。この作品は三輯画の形態をとっており、左側に断頭台における処刑の状況が、中央に群衆の視線の中で浮遊する頭部と身体が、右側に身体が崩壊し骸骨と化す様子が描かれている（図1）。実験の目的は切断された首がなおも思考力や感覚を有するか確認することであり、ヴィールツの意図は死刑制度の残酷さを糾弾することにあった。それはいわば、死刑囚の最後の一日を描くことで死刑制度反対を訴えたユゴーの『死刑囚最後の日』に類似

図1　ヴィールツ「斬られた首の思考と幻視」

した試みといってよい。

　ヴィールツ自身の説明による実験方法は戯曲内のものとほぼ同様である。「……私はM…と磁気術の実験に詳しいD氏によって処刑台の下に連れてゆかれた。そこで私はD氏に、最新の方法を用いて私と切断された首とを結びつけてほしいと依頼した。D氏は承諾した。彼はいくつかの準備をし、われわれはある種の感慨をもって人間の首が落ちるのを待ち構えた」★3。このようにヴィールツの「磁気術」は、われわれが通常考える「催眠術」のように単に被験者を眠らせたり操ったりするだけでなく、被験者から特殊な能力（ここでは他人の心を読む力）を引き出すものとされている★4。

　この後、ヴィールツの意識を通じて、死刑囚の死後の思考が示される。「第一の瞬間。処刑台の上で」では処刑台上の恐怖と刃が落ちた瞬間の衝撃が、「第二の瞬間。処刑台の下で」では斬首後の身体的・精神的苦痛、さらに自分の死体や残された家族に関する幻が、「第三の瞬間。永遠において」では異世界における想像を絶する苦痛、そして身体の崩壊に関する幻が語られる。最後に魂は死後の世界らしきものをかいま見て、底知れぬ恐怖に震え上がる。「恐るべき考えだ！　彼が進んだ新たな段階は生者にとってもはやいかなる意味ももたない。何もかもが未知の世界の存在を告げている。空間を漂う雲、揺らめき移ろう不吉な光、これらすべての混沌のうちに生と死の諸要素がたえず格闘し、多くの恐るべきものが永遠の回転運動のうちに再生する。これがわれわれの魂が死後果てしなくさまようであろう未来のすみかなのだろうか？」★5

『彼方へ』においては催眠状態の検事の娘が死刑囚の処刑後の意識を物語るのであるが、その内容はヴィールツのテクストとはかなり異なる。斬首の直後には凄まじい苦痛が語られるが、やがて空間の中を移動する感覚がそれに続き、最終的に苦痛は消え失せて穏やかな恍惚感が訪れる。

> **アルベルト**（さらに弱い声で）　まだ見える……思い出した……感じる……。まるでボールのように空間を飛んでゆく……。もうそんなに苦しくない……。おお、遠くのほうに……光が見える。（穏やかに）星だわ！ああ、いい気持ち。なんて静かで、穏やかなの……。（うっとりと恍惚となる）あああ！★6

ティエルスロはアルベルトの独白が終わった時刻と生首の生気が消えた時刻が一致することを確認し、実験は成功したと宣言する。彼は歓喜のあまり興奮状態に陥り、その言動は次第に異常性をあらわにする。「胴体から切り離された首は空間を横切って星々まで飛んでゆく。今度はその首が新しい星座を作るのだ。そう、その通り。無限は斬られた首で一杯なのだ」★7。このように『彼方へ』に描かれる死後の世界には、ヴィールツのテクストには存在しない天文学的なイメージが認められる。

本作では最後に警察から博士が危険な狂人であるとの連絡が入るのであるが、この新たな視点の介入により、心霊をめぐるドラマは狂気をめぐるドラマへと変貌する。このどんでん返しによって教授の実験の科学性は疑問に付されることになり、アルベルトの幻視が本当に死後の世界を表していたのか、あるいは催眠の際の暗示による幻影なのかは曖昧なままに終わる。

2　フランスにおける心霊主義

それでは、当時のヨーロッパ人の心霊観はどのようなものだったのだろうか。ここで時代をさかのぼり、心霊主義の歴史を簡単にたどってみよう★8。1848年、ニューヨーク郊外ハイズヴィルの民家でフォックス姉妹が謎のラップ音を聞き、さらにそれを通して霊的存在と交信した。評判を聞きつけてマスコミや学者たちが集まり、やがて一家は全米でパフォーマンスを行うようになった。こうしてアメリカで始まったターニングテーブルによる交霊術は、やがてヨーロッパにも伝わり爆発的に流行した。それは知識人のあいだでも強い関心を呼び、

一部の科学者は実験を用いた科学的な心霊研究に取り組んだ[9]。

　ここでフランスの心霊主義者を何人か取り上げよう。まず、アラン・カルデック（1804-69）は『霊の書』（1857）を刊行して独自の「スピリティスムspiritisme」を提唱した。カルデックの心霊主義は至高の知性である唯一神の教えを伝えるもので、一神教の立場をとる点でキリスト教の現代版という性格が強い。カルデックによれば魂は不滅であり、人間の誕生の際にその身体に宿り、死後は身体を離れて心霊の世界に戻る。そして次々と転生を繰り返しながら次第に高い審級へと上ってゆく。心霊は精神と物質の中間的流体である「ペリスプリ」を介して人間の前に出現したり人間と交信したりする[10]。死は物質からの解放を意味するので、死にゆく魂は『彼方へ』における死刑囚の霊のように、苦痛よりも喜びを強く感じる。

　　　死の瞬間に魂はときに熱望や恍惚を感じ、それによって自分が帰ろうとしている世界をかいま見る。魂はすでに部分的に物質から解放され、自分を地上に結びつける絆が壊れるのを感じ、みずからその絆を断ち切ろうとする。魂は未来が眼前に展開するのを見る[11]。

　カルデックは『創世記』（1868）において、スピリティスムを単なる神秘的実践ではなく、精神現象を扱う実証科学であると主張する[12]。「仕上げの手段として、スピリティスムは実証科学とまったく同じ方法を用いる。すなわち、実験的方法を応用する。既知の法則によっては説明できないような新種の事実が示される。スピリティスムはそれらを観察し、比較し、分析し、結果から原因にさかのぼり、それらを支配する法則に到達する。それから帰結を演繹し、有益な応用を求める」[13]。また、同書の「一般天体誌」と題された章[14]においては、宇宙の生成が心霊的観点から分析され、霊の流体がエーテルという物理学の概念によって説明される[15]。

　ルイ・フィギエ（1819-94）は科学啓蒙家として知られ、『驚異の歴史』（1860）において悪魔憑き、動物磁気、交霊術などの超自然現象について合理的な解明を試みた。同書の第4巻「ターニングテーブル、霊媒と心霊」において、フィギエは心霊現象に対して基本的に医学的・心理学的な視点から解釈を試みる。「ターニングテーブルという事実に対する説明は、できるかぎり単純に考えると、これらの現象から導かれるように見える［…］。不動の対象を長時間じっと見つめた結果、脳は極度に緊張し、やがて特殊な状態に陥る。この状態は、

磁気的状態とか神経的睡眠とか生命的状態といったさまざまな名前で呼ばれるが、それらはいずれもほぼ同じ状態の個々の局面を表している」[16]。

　しかしこの科学啓蒙家は晩年に息子を失ったことで心霊主義に接近する[17]。彼は『死の直後あるいは科学による未来の生』（1889）において、カルデックに類似した転生説を唱える。すなわち、人間の魂は死後に他の身体に転生し、やがて人間を超えた高次の存在となる。それは「天使」に例えられるような「超人的存在」であり、地球ではなく太陽をすみかとする。「われわれの考えでは、人間の魂は死後新しい身体に移る。他の身体に受肉し、人間よりずっと高度な精神力をもつ存在、自然のヒエラルキーにおいて人間の後に続く存在を形成する。世界を満たす諸生物の階梯において人間より高度のこの存在は、いかなる言語においても名前をもたない。キリスト教が認め崇拝する天使だけがわれわれにその観念を与えてくれる」[18]。

　カミーユ・フラマリオン（1842-1925）は天文学者であり、『大衆天文学』（1880）や『火星とその居住可能性』（1892）などの科学啓蒙書を出版して大成功を収めた（後者は H・G・ウェルズの『宇宙戦争』（1898）に影響を与えた）。フラマリオンは若いころカルデックのもとで「霊界通信」の記録係や霊媒をつとめた。カルデックの死後は天文学に専念するが、『未知なるものと心霊の問題』（1900）以降に心霊に関する著作を次々と発表し、1923 年には心霊研究協会[19]（SPR）の会長に選ばれた。フラマリオンは『未知なるものと心霊の問題』（1900）において心霊研究を天文学の延長線上に位置づける。「超心理的問題は一般に思われるほど天文学的問題と無縁ではない。魂が不死であり、天空が未来の祖国であるならば、魂についての知識は天空についての知識と無縁ではありえない。無限の空間は永遠なるもののすみかではないだろうか」[20]。フラマリオンは同書において、エーテルの概念を導入することで心霊現象を物理学的に説明しようと試みる。

　　物理学では認められていることであるが、空間を満たすと考えられる不可量の流体であるエーテルはあらゆる物体を通過する。そしてどんなに分厚い鉱物においても原子はたがいに触れることなくエーテルの中を漂っている。[…]
　　この流体が実際にわれわれの頭脳に振動として浸透することで、遠くからの流れを伝達してわれわれの頭脳に送りこみ、思考する者たちのあいだ、同一世界の住人のあいだ、もしかしたら空間を越えて地球と宇宙のあいだ

で、共感と思念の真の交換をなしとげたとしても、何を驚くことがあろうか★21。

　ギヨーム・キュシェは19世紀のフランスにおける交霊術の歴史を扱った『墓の彼方からの声』（2012）において、心霊主義と天文学のあいだの強い親和性を指摘する★22。そのことを示す別の例として、ジュネーヴ大学の心理学医テオドール・フルルノワ（1854-1920）の『インドから火星へ――異言を伴う夢遊症の症例研究』（1900）を取り上げよう。同書で「エレーヌ・スミス」と呼ばれる女性患者は霊媒として「インドの連作」「王家の連作」「火星の連作」という三つの物語を語る。彼女は最初の二つでは時間を超越して前世に到達するが、三つ目では空間を越えて宇宙と交信する★23。「これらの小説のうち二つは心霊主義の前世という観念に関係がある。［…］500年前、彼女はアラブの長老の娘だった。［…］前世紀には彼女は高名で不幸なマリー＝アントワネットの姿で再び現れた。［…］私は同様に第三の小説を『火星の連作』と呼ぶ。スミス嬢はそこで現在の人生の特性であり慰安である霊媒能力を用いて、火星の人や物と関係を結んだり、われわれにその秘密を明かしたりすることができた」★24。
　シャルル・リシェ（1850-1935）はフランスの生理学者で、アレルギー研究によって1913年にノーベル生理学・医学賞を受賞した。彼は心霊研究にも精力を注ぎ、1905年に心霊研究協会（SPR）の会長に就任した。彼は『超心理論』（1922）において、心霊現象を解明するために「超心理 métaphychique」という概念を提唱する。「超心理は次のように定義できる。すなわち『何らかの知的な力による、あるいは人間知性の未知の潜在力による、力学的あるいは心理的現象を対象とする学問』」★25。彼はさらにこれまでの心霊主義の歴史を次のように要約する。

　　われわれは次の四つの時代を提示する。
　　一、「神話的」時代。メスメル（1778年）まで。
　　二、「磁気的」時代。メスメルからフォックス姉妹（1847年）まで。
　　三、「心霊的」時代。フォックス姉妹からウィリアム・クルックスまで（1847-1872年）。
　　四、「科学的」時代。ウィリアム・クルックス（1872年）から始まる。
　　本書によって第五の「古典的」時代が始まると期待してもよいだろうか？★26

リシェはこのように自らの心霊研究を従来の磁気術や交霊術と峻別する。彼は同書で「クリプテステジー」（透視力）、「テレキネジー」（念力）、「エクトプラスミー」★27（物質化）という三つの現象を取り上げ、科学的な立場から解釈を施そうと試みる。

3　心霊主義と精神諸科学

以上のように、フランスにおける心霊主義は、19世紀後半の実証主義が支配的となる時代を執拗に生き延びた。それは進歩的な科学者からの厳しい批判を受けながらも、自ら科学的な体裁をとることによってそれに抵抗した。ニコール・エーデルマンは19世紀の女性夢遊症者の歴史を論じた『フランスの女性透視者、治療者、幻視者。1785-1914年』（1995）において、19世紀半ばに爆発的に広まった交霊術を、フランスにそれ以前から存在した磁気術などの医学的実践の延長線上に位置づける。

> それまで歴史家たちはこれら山ほどの奇妙な現象を、精霊や不可視者との交信の前兆として取り上げた。しかし、磁気術や夢遊症は（そして憑依も）すでにこの手の事実を生み出していたのである。したがってスピリティスムやその霊媒は、ひとつの現象の始まりと見なすべきではなく、むしろ反対に、19世紀を貫く霊的で社会的な長い探求の到達点と見なすべきである★28。

磁気術あるいはメスメリスムとは、フランツ・アントン・メスメル（1734-1815）が発明した、患者の身体に磁気流体を流すことによる治療法である。それはさらにピュイセギュール侯爵らによって改良され、患者を夢遊状態にする催眠術として用いられた。とはいえ磁気術の応用は医学的治療の領域にとどまらなかった。磁気術師によって催眠状態になった霊媒あるいは夢遊症者は、幻視能力を用いて過去や未来を語り、死者の霊との交信を行った★29。19世紀後半に交霊術が科学として受け入れられたのは、すでに同じような働きをもつ磁気術が医学的実践として認められていたからにほかならない。

ギヨーム・キュシェは前掲の『墓の彼方からの声』において、交霊術の大流行の要因として次の三点を挙げる。第一に科学技術の発達、とりわけ電信と

第 12 章　グラン＝ギニョル劇における心霊的主題について

写真の発明。第二に政治的状況として、1848 年以降の反体制勢力の政治的失望★30。第三に宗教的要因として、カトリック教会の権威低下★31。キュシェは第一の点について、この時代におけるさまざまな科学技術の登場はかならずしも超自然的存在への信仰を揺るがすことにならなかったと指摘する。むしろ電信や写真の発明は、人間がそれまで経験したことのない知覚やコミュニケーションの手段を示すことで、人間の知覚を超えるものの存在を裏づけるように見えた★32。つまり科学技術の進歩は、一方で魂や心霊の存在を前近代的な迷信として排斥しながら、他方でそれらに対する新しい科学的解釈の可能性を提供したのである。

　　実際、平行関係をさらに見出すこともできるだろう。一方には写真と感光板があり、他方には霊媒とターニングテーブルがある。いずれのケースにおいても結局、謎めいた儀式が用いられ（スタジオ、長時間のポーズ、黒布）、幽霊が製造される。写真もまた幽霊製造機であり、死の瞬間を越えて死者たちの個人的視覚像を保存する。それまでこの像がこれほどのリアリズムで再現され、社会的に流通したことはなかった。
　　以上のことから、技術の進歩が人間の環境に対する支配力を増し、ある種のやりかたで「魔法を解く」のに役立つのと同時に、逆説的なベクトルをとり「再び魔法にかける」こともありうるということがよくわかる★33。

　別のところで指摘したように、19 世紀はヨーロッパで精神に関する諸科学が発達した時代である★34。18 世紀末にフィリップ・ピネルが近代的精神医学の端緒を開き、1838 年には狂人を治療すべき精神病者として認めた精神医療法が成立した。19 世紀後半に犯罪と精神病を結びつける変質理論が台頭すると、精神医学は司法の領域においても重要な役割を演じることになる。1889 年にはリボがコレージュ・ド・フランスに実験心理学講座を開設した。またシャルコーが世紀末に臨床講義を開始すると、若きフロイトがその講義を聴講し、やがて精神分析を開発することになる。
　磁気術や交霊術はこれらの精神諸科学と混じり合い、そこから栄養を取ることによって生き延びた。科学の光によって闇を追い出された超感覚的存在への信仰は、科学そのものの中に新たなすみかを見出そうとしたのである。見世物としての交霊術と病院における臨床実験のあいだには、ひそかな親近性が存在していた。1919 年のドイツ映画『カリガリ博士』では舞台が祭りの見世物小

屋から病院へ移りゆき、カリガリ博士は見世物の催眠術師から精神病院の院長へと変貌する★35。このような科学と見世物とのいかがわしい共犯関係は、シャルコーが女性ヒステリー患者を自由自在に操ってみせた、19世紀末のサルペトリエール病院の臨床講義にも認められるだろう。フランスにおける心霊主義はこうして第一次大戦の後まで大きな影響力を振るうことになる★36。

4　グラン＝ギニョル劇における心霊主義

『彼方へ』は、20世紀初頭における科学化された心霊主義の特徴を数多く示している。ティエルスロの実験は霊媒による一種のテレパシー実験であり、医学的な診断や厳密な時間測定などの科学的外観を備えている。そこで被験者が体験する天文学的イメージや死後の恍惚感は、カルデックやフラマリオンの描いた死後の世界を連想させる。しかし、そうしたすべてが最後のどんでん返しによって否定されるところは、この作品の心霊科学そのものに対する批判的な距離を感じさせる。

　ここで、心霊現象を扱ったグラン＝ギニョル劇をさらにいくつか取り上げよう。アンドレ・ド・ロルド、アンリ・ボーシュ『肉体の棺』（1924）はE・A・ポー『ヴァルドマアル氏の病症の真相』（1845）の翻案である★37。心霊研究家のマーフィーは、心臓発作で倒れた妻の愛人の青年に催眠術をかける。催眠術の効果で青年の精神は死後も生き続け、遺体は腐敗せずにいる。マーフィーは妻に向かいこれが青年への復讐だと言い放つが、直後に遺体から伸びた謎の白い手によって変死を遂げる。本作の心霊研究家たちもまた科学的な立場からの心霊研究を自任する。腐敗しない遺体を前にして、マーフィーは心霊の実在を主張するが、別の医師はカタレプシーの可能性を示唆する。「これは一種のカタレプシー、新型のカタレプシーだ。医学的な観点からはきわめて興味深いが、生理的現象を超えるものではないし、人体の属性に従っている。それはこの世の現象であってあの世の現象ではない」★38。本作の末尾に現れる謎の手は、シャルル・リシェが「エクトプラスム」と命名した心霊の「物質化」に見えるが、その正体は謎のままに残される。

　モーリス・ルナール『死女の愛人』（1925）も同様に催眠術の死後にいたる効果を扱っている★39。ロベールは親友の妻のシモーヌに催眠術をかけ、5週間の転地療養が終わったら自分のもとに来るよう命じるが、直後に彼女は列車事故で急死する。5週間後、ロベールの前に彼女の霊が血まみれの姿で出現し、

第12章　グラン＝ギニョル劇における心霊的主題について

彼は恐怖のあまり自殺する。本作のロベールもまた、催眠術は交霊術とは異な
る純然たる科学であると主張する。「誓ってもいいけれど、催眠術は単なるい
んちきの道具ではなく、ひとつの科学なんだ」★40。劇の末尾においてその効
果が現れるが、ここでは主人公が薬物中毒という設定になっているため、本当
に死者の霊が出現したのか、あるいは主人公が薬物による幻覚を見たのかは曖
昧なままである。

　ロルド、ボーシュ『死の支配者』（『黒の演劇』（1930）所収）ではアフリカ
の呪術による魂の入れ替えが描かれる。コンゴで植民地開拓を指揮するモーリ
スは、森に住む黒人魔術師のバハマと衝突する。その後バハマは森で死体とな
って発見され、一方モーリスはバハマの魂が憑依したかのように森で暮らしは
じめる。モーリスは医師の電気ショックによって一瞬正気に返るが、自分が見
た彼岸の光景を話して息絶える。劇中で医師はモーリスの変貌は自己暗示によ
って起きた二重人格であると診断する。「あるいはこれはありふれた暗示の
――自己暗示の現象かもしれません。私はそう確信しています。過労による衰
弱、慣れない気候、事故の際の身体的精神的状況、魂の入れ替えに関する呪術
師の理論、こうしたすべての影響で患者は狂気に陥り、自分自身が呪術師だと
思い込むようになったのです」★41。それゆえモーリスが本当に彼岸の光景を
見たのか、あるいは自己暗示による幻影を見たのかは謎のままである。

　ロルド、ボーシュ『黒魔術』（『グラン＝ギニョル』（1936）所収）でもアフ
リカの呪術による魂の移転が扱われる。ジョージ夫妻の家に残忍な奴隷商人で
あるジョージの兄が逗留する。警官が兄を逮捕しに来るが、彼はその場で急死
する。その後ジョージはまるで兄の魂が憑依したようにスーダンで奴隷貿易に
従事する。ジョージは怯える妻を殺そうとし、直後に謎の自殺を遂げる。劇中
で医師は医学的見地から憑依という解釈を否定する。「そう、治療が必要なの
です。たぶんすべては幻想です。あなたのご主人はただ単に狂気に陥った。狂
気も病気のひとつにすぎない。しかしわれわれはそこに神秘的なもの、超自然
的なものを見ようとする」★42。したがって本作の憑依現象についても、暗示
による二重人格という解釈が可能である。

　シャルル・メレ『悪徳の人形』（1929）では魂を人形に移転する試みが描か
れる。心霊研究家のハインツ教授が人形師の父娘を訪ねてくる。教授は瀕死の
アニアの魂を人形に移し替えようとするが、アニアは死によって教授の支配か
ら解放されることを望む。アニアの殺意が人形へ、さらに人形師の娘へと伝染
し、娘は教授を刺し殺す。劇中で教授はアニアとともに心霊現象を実現したと

主張する。「アニア・デニドフ！　物質化にかけてはこれまでに存在した世界一の霊媒だ。彼女は言われた通りに容貌と人格を変えられる。エーテルを凝固させて思いのままの形を作り出す」★43。しかし劇の末尾に登場する警官は、教授を危険な「狂人」として逮捕しようとする。この新たな視点の介入によって心霊のドラマは狂気のドラマへと変貌し、人形師の娘による殺害が心霊の作用なのか暗示の結果なのかは曖昧なままに残される。

おわりに

　以上で検討したグラン＝ギニョル劇にはいくつかの共通点が見出される。まず、そこでは心霊現象が基本的に科学的な観点から扱われる。舞台には大学教授、心霊研究家、医師などの知識階級が登場し、心霊現象を合理的に説明しようと試みる。その結果、超自然現象に対して、心霊的解釈とは異なる心理学的・医学的な解釈の可能性が示される。たとえば『彼方へ』では彼岸の幻視が催眠暗示による幻影として、『肉体の棺』では死後の魂の生存がカタレプシーとして、『死女の愛人』では心霊の出現が薬物による幻覚として、『悪徳の人形』では魂の移転が暗示の結果として、『死の支配者』『黒魔術』では魂の転移が自己暗示による幻覚として、それぞれ解釈の余地が残される。結局、霊的現象が実在するかいなかは最終的に曖昧なままに残される。

　20世紀初頭に誕生したグラン＝ギニョル劇は精神医学に関心を抱き、精神病者を数多くの作品に登場させた。このジャンルが、当時の精神諸科学と深い関連をもっていた心霊主義に関心を抱くのは自然な流れであったように思われる。とはいえ、現実主義を基調とするこのジャンルは心霊現象を無批判に受け入れるのではなく、あくまで医学的・心理学的な検証の対象として扱おうとした。心霊主義はここにおいても、科学的な体裁をとることによって生き延びたといえるだろう。結局、グラン＝ギニョル劇は当時の交霊術と精神諸科学のあいだのひそかな共犯関係を利用することで、心霊主義を科学的時代の新たな怪談に仕立て上げたのである。

注

★1　グラン＝ギニョル劇の特徴については真野倫平編・訳『グラン＝ギニョル傑作選』水声社、2010年の解説を参照。

★2　Charles Hellem et Pol d'Estoc, *Vers l'au-delà* in *Le Grand Guignol. Le théâtre des peurs de la Belle Epoque*, édition établie par Agnès Pierron, Robert Laffont,

第 12 章　グラン＝ギニョル劇における心霊的主題について

« Bouquins », 1995, p. 885.

★3　A. J. Wiertz, *Œuvres littéraires*, Paris, Librairie internationale, 1870, p. 492.

★4　「メスメリズム mesmérisme」や「磁気術 magnétisme」に代わって「催眠術 hypnotisme」の語が使用されるようになるのは 1845 年以降である。

★5　A. J. Wiertz, *op. cit.*, p. 495.

★6　Charles Hellem et Pol d'Estoc, *op. cit.*, p. 897.

★7　*Ibid.*, p. 899.

★8　心霊科学の歴史に関する邦語文献としてはデボラ・ブラム『幽霊を捕まえようとした科学者たち』鈴木恵訳、文春文庫、2010 年、三浦清宏『近代スピリチュアリズムの歴史』講談社、2008 年などがある。また、19 世紀フランスの心霊科学、とりわけユゴー、カルデック、フラマリオンについては稲垣直樹『フランス〈心霊科学〉考』人文書院、2007 年を参照のこと。

★9　多くの高名な科学者や知識人が心霊研究に関わった。イギリスでは心霊研究協会（SPR）初代会長のヘンリー・シジウィック、進化論のラッセル・ウォリス、ウィリアム・クルックス。フランスの天文学者カミーユ・フラマリオン、生理学者シャルル・リシェ、哲学者アンリ・ベルクソン。イタリアの犯罪人類学者ロンブローゾ。アメリカの心理学者ウィリアム・ジェームズ。文学者ではヴィクトル・ユゴーやコナン・ドイルが交霊術に没頭した。

★10　「ペリスプリは半物質的な、すなわち精神と物質の中間的な性質をもつ。それは霊の意志が決めた形態をとり、場合によってはわれわれの感覚に作用する」（Allan Kardec, *Le livre des esprits,* Paris, E. Dentu, 1857, p. 44）。

★11　*Ibid.*, p. 61.

★12　スピリティスムの対象はけっして霊の出現や応答といった心霊現象だけではない。例えばカルデックの『霊の書』（1860 年版）では、「睡眠と夢」「思考の伝達」「レタルジー」「カタレプシー」「仮死」「夢遊症」「恍惚」「千里眼」「憑依」「痙攣」「白痴」「狂気」など精神のあらゆる作用が扱われる。

★13　Allan Kardec, *La genèse. Les miracles et les prédictions selon le spiritisme*, Paris, Librairie internationale, 1868, p. 9-10.

★14　この章は後で述べるようにカミーユ・フラマリオンが霊媒として口述したものである。「この章の本文は、1862 年と 1863 年にパリ心霊協会において口述された一連の対話の抜粋である。そのタイトルは『天文誌研究』であり、霊媒の C・F 氏によってガリレイとサインされた」（*Ibid.*, p. 108）。

★15　「空間を満たし身体に浸透する精妙な流体がある。この流体はエーテルとか原初の宇宙的物質と呼ばれ、世界と諸生物を生み出すものである」（*Ibid.*, p. 117）。

★16　Louis Figuier, *Histoire des merveilleux dans les temps modernes*, L. Hachette et Cie, 1860, 4 vol., t. IV, p. 317.

★17　Louis Figuier, *Le lendemain de la mort ou La vie future selon la science*, 11e édition, Paris, Hachette, 1904, p. 3-4.

★18　*Ibid.*, p. 60.

★19 1882 年にケンブリッジ大学トリニティ・カレッジのヘンリー・シジウィック、フレデリック・マイヤーズ、エドマンド・ガーニーによって設立された研究団体。

★20 Camille Flammarion, *L'inconnu et les problèmes psychiques*, Paris, E. Flammarion, 1900, p. xii.

★21 *Ibid.*, p. 365.

★22 「フラマリオンという人物を超えて、心霊主義の成功は大衆天文学と『世界の複数性』の流行と無関係ではなかった。主要な問題は『不死なる場所』が結局どこであるのかもはやよくわからなかったことである。［…］心霊主義はその無限転生によって昔の神学よりも新しい天文学的世界に適応しているように見えた」（Guillaume Cuchet, *Les voix d'outre-tombe. Table tournantes, spiritisme et société au XIXe siècle*, Seuil, 2012, p. 310）。

★23 エレーヌ・スミスはインドの連作では習ったことのないサンスクリット語を、火星の物語では火星語を話すという「異言」現象を示し、フェルディナン・ド・ソシュールがそれについて言語学的な検証を求められるにいたった。

★24 Théodore Flournoy, *Des Indes à la planète Mars*, 3e édition, 1900, p. 9-10.

★25 Charles Richet, *Traité de métapsychique*, Paris, Librairie Félix Alcan, 1922, p. 5.

★26 *Ibid.*, p. 16.

★27 リシェは霊媒エウサビア・パラディーノを調査する過程で、霊媒が生み出すように見える不定形の物質を「エクトプラスム」と名づけた。*Ibid.*, p. 561.

★28 Nicole Edelman, *Voyantes, guérisseuses et visionnaires en France 1785-1914*, Albin Michel, 1995, p. 77.

★29 「女性夢遊症者や霊媒は三つの能力を有すると称した。彼女たちは身体の内部を見て治療することができると断言した。同時に、彼方のもの、心霊や異世界の住人を見てそれらと会話することができると言った。最後に、未来と過去を見てそれを伝えることができると言った」（*Ibid.*, p. 10-11）。

★30 「テーブルは、より広くは宗教的思索は、一連の事件により意気阻喪した共和主義と社会主義の反対勢力の一部にとって、一種の避難所を形成した。その代表者のうち最も有名なのはヴィクトル・ユゴーである」（Guillaume Cuchet, *op. cit.*, p. 97）。

★31 「ところでこの時代は、少なくとも 1835-40 年以降は、さらに言えば第二共和政以降は、宗教的再構成というかなり重要な現象によって特徴づけられる。その影響は、一時的に『流動層』が増加したことである」（*Ibid.*, p. 101）。

★32 写真については、ディディ＝ユベルマンが『アウラ・ヒステリカ』（1982、邦訳 1990）で分析したイポリット・バラデュック（1850-1909）の試みが興味深い。神経病の専門医であったバラデュックはヒステリーに興味をもち、『人間の魂』（1896）などにおいて写真に写る「アウラ」の研究を行った。

★33 Guillaume Cuchet, *op. cit.*, p. 94-95.

★34 本書の第 11 章「グラン＝ギニョル劇と精神医学の諸問題」を参照。

★35 本作はロルドとボーシュにより演劇化され、1925 年にグラン＝ギニョル座で *Le*

第 12 章　グラン＝ギニョル劇における心霊的主題について

Cabinet du Docteur Caligari の表題で初演された。

★36　エーデルマンもキュシェもフランスにおける心霊主義の流行の終焉を 1920 年代前後に置いている。Nicole Edelman, *op. cit.*, p. 252 ; Guillaume Cuchet, *op. cit.*, p. 404.

★37　ポーはグラン＝ギニョル劇において最も重要な作家であり、ロルド『グドロン博士とプリュム教授の療法』をはじめ翻案は数多い。

★38　André de Lorde & Henri Bauche, *Le Cercueil de Chair*, drame en deux actes, présenté pour la première fois au Grand Guignol, le 18 mars 1924, Paris, Librairie Théâtrale, 1924, p. 34.

★39　モーリス・ルナール（1875-1939）は 20 世紀初頭における SF 小説のパイオニアの一人。代表作にはマッド・サイエンティストを主人公にした『レルヌ博士』（1908）、両腕の移植手術を題材にした『オルラックの手』（1921）などがあり、後者はロベルト・ヴィーネやカール・フロイントによって映画化された。

★40　Maurice Renard, *L'amant de la morte* in *Le Grand Guignol. Le théâtre des peurs de la Belle Epoque*, Robert Laffont, « Bouquins », 1995, p. 1075.

★41　André de Lorde et Henri Bauche, *Théâtre noir. Le Maître de la mort, Le Vice, Le Mystère de la maison noire, Le Crime monstrueux*, Paris, Eugène Figuière, 1930, p. 46-47.

★42　André de Lorde, Pierre Chaine et Henri Bauche, *Grand-Guignol*, Paris, Eugène Figuière, 1936, p. 190.

★43　Charles Méré, *Les Pantins du Vice*, drame en deux actes, Paris, Librairie Théâtrale, 1929, p. 34.

215

第 13 章

世紀転換期ドイツ語圏における魂の行方

G・ベンとS・フロイトにおける心霊学★1

鍛治 哲郎

はじめに

19世紀末から20世紀初めにかけてのドイツ語圏においても、心霊学・心霊術★2の流行が認められる。1921年にジークムント・フロイトは未公表の原稿のなかで、心霊学が人を引きつけている理由に触れて、第一次世界大戦による既成の価値観の崩壊と、それを補償しようとする試みを挙げたのちに、科学の分野での発見自体が、心霊学に有利に働いていると述べ、その例としてラジウムの発見と相対性理論を指摘している★3。もちろん、科学は19世紀に飛躍的な発展を遂げ、既存の価値観の崩壊過程も世界大戦以前から始まっている。心霊術もすでに19世末には流行現象となっていた。それはともかくとして、フロイトの言葉は、最新の自然科学上の発見が心霊学・心霊術の流行に有利に働いた可能性を示唆してくれている。言うまでもなく心霊学自身はアカデミズムの外にあった。だが反科学ではなかった。自ら科学を名乗り実験を重んじる立場を取っていた。これに加えて、その流行の土壌が「既成の価値観の崩壊」によって準備されたのだとすれば、そして「価値観の崩壊」の一因として科学の進歩を挙げることができるのならば、科学そのものが心霊学の流行を支えていたと見なしても牽強付会ではないだろう★4。

フロイトも当時、心霊学者たちと同じようにアカデミズムの外部で、心と魂の問題に取り組んでいた。上述の原稿のなかでは、既存の学問に対して精神分析学と心霊学が共同戦線を張る可能性について言及している。もちろん仮定上の話である。公認の学問に対する異端的立場の共通性は認めながらも、学問的

厳密さを要求するフロイトは心霊学とは慎重に一線を画そうとしている。心霊学者は、「自らの信仰を公然と表明することを目的に、確証を求めようと努めている」★5 にすぎない。それに対して分析家は、厳密な学問性を奉じ、その代表者を自認している。「分析家は本当のところは、心的なものや精神的なものからまだ知られていない特徴を奪わないように注意しようと努めるにしても、どうしようもない機械論者で唯物論者なのだ」★6。しかしながら、心霊学の不思議な事例を検証しようとする草稿自体が物語っているように、完全な無視の姿勢はとっていない。

　フロイトは厳密な学問性を自然科学から学ぶとともに、心のメカニズムを探るために医学や生物学に由来する知識を活用して大胆な学問的思弁を働かせている。この時代の文学も自然科学の知の浸透を受けて想像力を飛翔させた。なかでも医者としての教育を受けたゴットフリート・ベンは、医学や生理学、生物学の知見をもとに創作活動を繰り広げた作家である。ベンにとって魂は身体とともに重要なテーマを構成していた。たしかに心霊学についてはほとんど取り上げられてはいない。ごく稀に催眠術とテレパシーに触れているに過ぎない。しかし、それが顔を覗かせるのは心的・身体的な太古の遺産が問題になる場面である。そしてフロイトの場合にも、後ほど見るように、心霊学についての考察は生物学的な古層へと遡っていく。

　以下の論攷では、まず初めに、世紀転換期の文学における心霊学の受容の様子を、二人の代表的作家を通して紹介する。続いて心的なものを身体との関係でベンがどのように捉えていたかを確認して、その心身観のなかに心霊学との接点を求める。そして最後に、フロイトによる心霊学の検証作業の跡を追う。もっとも心霊学そのものは本論の主題ではない。その痕跡をたどりながら、自然科学の知に浸された詩的想像力と学問的想像力のなかに心と魂の行方を探ること、それが本論の主意である。

1　文学作品における心霊学の受容

　心霊学は、文学史に名を残している著名な作家たちの作品にも痕跡を留めている。1911 年にアルトゥール・シュニッツラーは『レデゴンダの日記』★7 という短編を発表する。この物語は、ある夜、帰宅途中、公園のベンチで一休みしている語り手の前に、知り合いの男が現れ、その男が語った話を語り手が再現するという構成を取っている。不意に現れたこの知人は、自分が決闘で殺さ

れたことを最後に告げて急に目の前から消えてしまうが、語り手はすかさず、この男が決闘で命を失ったこと、またその経緯を前日の晩にカフェーで耳にした事実を思い出した、と告白する。この語り手の説明は、すべては前日の噂に基づいた語り手の夢と解釈することができるから、この幽霊話しの種明かしになっている。ところが、このように種を明かした後で、語り手は後書き風に次のように付け加える。ベンチで男から話を聞いた夜を、男の死よりも以前に設定すれば、物語はもっと奇怪で印象深くなっただろう。だが、そのような構成に敢えてしなかった。なぜならば、もしそのように手を加えれば、神秘主義や心霊学に手を貸している、と非難される、それを恐れたからだ、と言い訳めいた口調で話を終えている。

　この作品には幽霊の他に、テレパシーも道具立てとして用いられている。決闘相手の妻レデゴンダの日記に、密かにレデゴンダに思いを懐いていた知人の空想がそのまま書き記されている。この日記が夫に発見されて、決闘をする羽目になったのだ、と知人の幽霊は語る。さらにシュニッツラーは、小説『予言』★8（1905）においては予言と催眠術を扱っている。興味深いことに、この作品にも後書きが付されている。そのなかで、この作品の原稿が今は亡きある作家のものであり、保養地メランで召霊術、テレパシー、予言術について話を交わしたとある医者から出版を託されたのだ、と断っている。

　この二つの小説の内容と、それに付された注釈的な後書きから、この時代に心霊術が広く話題になっていたこと、そしてシュニッツラー自身は、オカルト的なものや心霊術を作品に利用しつつ、同時にそれから巧みに距離を取ろうとしていたことが読み取れる。

　そのようなシュニッツラーの慎重な姿勢とは対照的に、もう一人例として挙げる作家は、後書き等の安全装置を一切使わず、幽霊を作品の中に堂々と登場させる。ドイツ語圏世紀転換期において、心霊学がその詩作の根幹と深く関わっている詩人といえば、まず詩人ライナー・マリア・リルケの名を挙げなくてはならない。散文の代表作『マルテの手記』（1910）には、幽霊が繰り返し登場あるいは暗示されている★9。最初に登場する場面がテクスト内で置かれている位置は印象的である。作家を志す主人公マルテが、それまでの詩と戯曲の創作を失敗作と見なして、反省をもとに新たに書き始めねばならないと記した後、書き始める逸話が、幽霊をめぐる思い出だからである。この思い出話は草稿の段階では、作品の冒頭に置かれていた。したがって、単なる挿話以上の意味を持っていると考えてよい。その梗概は、マルテが 12、3 歳の頃、父親とともに、

母方の祖父ブラーエ伯爵を訪ねたときのこと、夕食を取る広く薄暗い広間に、150年ほど前に死んだクリスティーネ・ブラーエの幽霊が姿を現す、というものである。

ここで注目したいのは幽霊そのものではなく、マルテと父親が夕食の食卓を囲むことになる母方の親族である。みな遠い親戚で、まず母の従姉妹のマティルデ、それからこれも遠戚の退役少佐であるという叔父、マティルデとは別の従姉妹の息子である少年エリック、そして祖父の四人。この四人のなかで、マティルデについては、ウィーンの心霊学者と手紙のやりとりをしていて、その意見を仰いでいる、とある。退役少佐の叔父に関しては、奇妙な趣味があり、とある獄舎から死体を取り寄せ、城の一室で解剖し「腐敗しないように」処理を施して標本を作っている、という使用人たちの噂が紹介されている。幽霊登場の舞台に、このような人物が配置されているのは、霊魂をめぐっての時代の関心の方向性と無縁ではない。心霊学は言うまでもなく、死体の解剖と標本作成も、やや古風な色彩が加えられてはいるものの、霊魂との関連で持ち出されていると見てよいだろう。

『マルテの手記』は1910年に刊行される。同じ1910年に書かれ、その翌年に出版されるのが、ドイツ表現主義芸術の理論を代表する著作、ワシリー・カンディンスキーの『芸術における精神的なもの』[★10]である。この著書のなかで、カンディンスキーは「霊的なもの」の重要性を訴えようとするが、その際に、芸術の領域だけではなく、当時の時代全体の動向にも目を向ける。「霊的なもの」を重視する機運が様々な分野から取り上げられる。「物質主義的科学」に背を向ける人々の例として、心霊学者も列挙されている。ヘレーナ・P・ブラヴァツキーを初めとして、イギリスからはウイリアム・クルークス、フランスからはシャルル・リシェとカミユ・フラマリオン、イタリアからはチェザーレ・ロンブロソ、ドイツからはルドルフ・シュタイナーの名が挙げられている。

カンディンスキーによる心霊学に関するこのような言及は、心霊学がこの時代に様々な形で、文学・芸術に取り入れられていた例証としてだけではなく、革新的な芸術に対して持っていた影響力も教えてくれる。が、世紀転換期のドイツ語圏の文学芸術における心霊学のプレゼンスについては、これぐらいで十分であろう[★11]。むしろここでは、カンディンスキーがこの著作の中で、括弧にくくって提示している2行足らずの一寸した例示に注目したい。それは「科学については実証主義者で、計測されうるものしか承認しない」人々、神を否定する人々が、自己の立場を正当化するための根拠として挙げる言葉の例であ

る。そこにはこう書かれている。「(例えば、フィルヒョウの学者に相応しからぬ、『私は多くの死体を解剖したが、一度も魂は見つからなかった』、という言葉である)」★12。フィルヒョウとは、もちろん19世紀の高名な病理学者ルドルフ・フィルヒョウを指している。

　リルケの『マルテの手記』、そしてカンディンスキーによるこの引用から、世紀転換期の時代には霊魂と身体の解剖とはなお話題の圏域として重なり合っていた、と見なすことが可能である。解剖と魂との間に時代の言説上の繋がりを確認したところで、ゴットフリート・ベンに話を移そう。ベンの最初の小説は、2年間に2000を超える遺体を解剖した医者を主人公にしている。そのタイトルは『脳髄』★13である。

2　ベンにおける魂と心霊学

　ベンは1886年に生まれ1956年に没している。リルケが19世紀末に既に活動を開始していた作家であるのに対して、1910年代に革新的な作風で登場する、いわゆる表現主義の作家に属している。第二次大戦後にも詩作を発表し、20世紀前半のドイツ語圏ではリルケと並ぶ、もっとも著名な、あるいは重要な詩人の一人である。ベンは終生医者を生業とした。第一次大戦後は、第二次大戦中を除いて、皮膚科の開業医であった。

　その経歴は、1905-1910年までベルリンの軍医養成機関（Kaiser Wilhelm Akademie für das militärärztliche Bildungswesen）で学び、その後、見習い軍医として、また同時にシャリテ（当時のベルリン大学病院）の精神科でも客員見習い医として勤務する。医師の国家試験を受けた後、1912年にベルリン大学医学部で学位を取得、正式の軍医となるが、1年足らずで軍籍から離れる。その理由は、精神的な問題と推測される。ベン自身は自伝的な記述の中で自我感喪失と診断している★14。また、このような症状が出て勤務が不可能となるまでは、自分は精神科医であったと語っている★15。軍籍を離脱した後、つまり精神科医として破綻した後、ベルリンの複数の病院で病理学および血清学医として、また婦人科医として働き、第一次世界大戦勃発と共に招集され、ブリュッセルで性病科医として勤務する。

　丁度シャリテの精神科の見習いであった時期に、ベンは自然科学に関するエッセイを三つ発表している。文学的な作品を公にし始めるのと同じ時期にあたる。この三編のエッセイのタイトルは、『精神医学の歴史について』、『自然科

学の歴史について』、『医学心理学』と名付けられている[16]。「医学心理学 Medizinsche Psychologie」という術語はウィーンの精神科医で脳解剖学者テオドア・マイネルトに由来する、とベンのシュトットガルト版全集の注釈には示唆されている[17]。マイネルトは、ジークムント・フロイトが（脳）神経学を学んでいた当時の師に当たる人物である。1885年から86年にかけてフロイトは、パリのシャルコーのもとに留学するが、帰国後にマイネルトと決裂してしまう。パリで学んできた催眠術（療法）についての見解の相違が原因と説明されている[18]。

　ベンに話を戻せば、最近の研究では「医学心理学」という用語は、マイネルトではなく、パウル・フレクスィヒに由来するようである[19]。フレクスィヒはダニエル・パウル・シュレーバーの診察を行ったライプツィヒ大学の教授である。1896年に刊行された『脳と心』にはベンの記述と似た表現が認められ、確かに Medizinsche Psychologie という言葉も用いられている[20]。しかしながら、マイネルトの考え方はフレクスィヒと「心的現象を物質的過程に還元する」[21]点では一致しているので[22]、ベンの立場を確認する上では両者の違い自体はここでは重要ではない。

　ベンの三つのエッセイに共通している点は、魂と身体（Seele und Leib）あるいは精神と肉体（Geist und Körper）の関係が、近代の精神史・医学史の流れのなかで論じられていることである。いずれも魂の議論が神学・形而上学から解放されたこと、魂が自然科学の帰納的手法と実験結果の因果論的分析によって「探求する感覚の前に」「身体という下僕の姿」となってしまった経緯、あるいは「魂の学 Psychologie が生物学の一部門へと貶められる」[23]という道筋を大まかに描こうとしている。マイネルトやフレクスィヒの立場に沿った解説といえる。魂の身体への従属については、具体的に、「魂とは大脳皮質、魂の病とは大脳皮質の病」[24]になった、あるいは「変化に富んだ多様な魂全体の源は不毛な灰色の皮質」[25]に定位されたとの記述が見られる。つまり、魂は脳のなかの大脳皮質の働きと等値されている。しかしながら、このような魂についての歴史的説明は、過去時制で記述されていて、ベン自身の考えがすべてそのまま表明されているわけではない。当時のベンの自然科学および魂についての見方が間接的に、あるいは距離を保って表現されていると見るのが妥当である。

　実のところ、ベンはこの初期のエッセイを除くと、以後、散文作品の中では Seele あるいは Psyche という言葉をほとんど用いていない。これらのエッセ

222

イを公表した時期と同じ頃に、ベンは『大脳皮質の下で、海からの便り』（1911）という作品を発表している。そこでは大脳皮質はむしろ知性 Intellekt、あるいは知的能力と結びつけられている[26]。魂はどこに行ってしまったのだろうか。

　ベンのいわゆる文学作品のなかにこの言葉を追い求めていくと、強い肯定的な意味を込めて用いられている最初の例は、1914年の戯曲『イータカ』の最後の台詞に見られる。「魂よ Seele、その翼を広く広げよ！　魂よ、魂よ。僕たちは夢を欲している。陶酔を望んでいる」[27]。詩のなかを探して見てみると、魂という語はある程度の頻度で用いられている。例えば、「魂が知っている奥底のこと」[28]、あるいは「魂は夜に、あらゆる音階をかき鳴らして荒れ狂う」[29] という具合に、大脳皮質へと追いつめられた受け身の存在とは異なる意味が与えられている。

　このような魂について、概念を用いて論述形式で説いているのが、1930年に発表されたエッセイ『人格の構造』である。そこには、戯曲『イータカ』と同様に、魂と夢と陶酔の繋がりが認められる。

　このエッセイの中で「夜の活動の中に、かつて昼に支配していたものが追放されているように思われる」とフロイトから引用した後、次のようにベンは続ける。「この一文には現代心理学のすべてが含まれている。現代心理学の重要な思想とは、心的なもの das Psychische の層をなす特性、つまり地質学的原理である。魂 Seele は層をなして生成し層をなす構造をもっている。そして先ほど大脳の形成過程に触れた折りに、進化解剖学的に身体器官の内に聞き取った永劫の過去に由来するものを、夢が、子供が、異常な精神状態が、今日なお存在している心的な seelisch 現実として明らかにしてくれる。」「私たちは魂・心 Seele の中に人類初期の諸族を抱え持っている。そして後に発達した理性 Ratio が、夢の中、陶酔の中で緩むと、原初の民族が頭をもたげてくる」[30]。

　ここでも、魂は解剖学的、身体的なものと結びつけられている。しかしながら、この身体的なものはもはや大脳ではない。このエッセイの表題『人格の構造』に謳われている人格については、「人格の生物学的基礎は、少し前の時期の学問が想定していたのとは違って、大脳ではなく、全身体器官である」[31]とある。人格が全身体のうえに形成されるのと同じように、魂も身体器官に根ざしている。「私たちは身体器官 Organismus の中に嘗ての進化段階の残滓と痕跡を抱えていて」、「この痕跡が夢や陶酔の中で、精神を病んだ者の特定の

状態において現実化される」★32 とベンが語るとき、この痕跡と残滓はもちろん心的な、魂の領域に属している。魂は身体全体に関連づけられている。と同時に、はるか遠い人類の過去に繋がっている。

　ベンが心霊学と触れ合うのはここにおいてである。原初の人間、第三紀に生まれた人類の能力として、テレパシーとテレキネーゼが挙げられている★33。もちろんベンは、現代の人間にその能力が可能だと直接は述べてはいない。しかし魂の中に原初の人間が潜んでいると仮定すれば、特定の条件の下でその力を発揮できる可能性が魂には秘められていると推測できる。いずれにしても、テレパシーは過去の心的な遺産である。

3　フロイトと心霊学

　このエッセイの中で、ベンは次のように主張している。「心的なもの das Seelische が系統発生的な構造を持つという着想が、精神分析学派お好みの仮説だなどと思ってはならない、これは歴史的にまた学問的に広く受け入れられた保障付きの考えだ」★34。先ほど見たように、フロイトからの引用も行っている。このエッセイのタイトル『人格の構造』 *Der Aufbau der Persönlichkeit* は、フロイトが『精神分析学入門講義』の続編として発表した第 31 回講義のタイトル「心的人格の分解 Die Zerlegung der psychischen Persönlichkeit」のもじりであるかのように読める。しかしながら、ベンのエッセイは 1930 年に著名な雑誌『新展望』に発表され、フロイトの講義の続編は 33 年に刊行されている。もちろん逆の場合、つまり『新展望』掲載のベンのエッセイをフロイトが読んでいた、とも考えられるが、単なる推測の域は出ない。それよりもフロイトの『精神分析学入門講義　続編』の一つ前の第 30 回の講義に目を向けるならば、そのタイトルは「夢と心霊学 Traum und Okkultismus」となっている。

　フロイトの論の運びは非常に明晰であると同時に、極めて慎重に展開される。心霊術について、冒頭に紹介した 1921 年に書かれた原稿では、かなり強い否定的で用心深い見解を長々と開陳することから始めていたが、10 年以上後の『精神分析学入門講義　続編』には用心深さのなかにも余裕が窺える。しかしこの余裕は、心霊現象を見下しているからではない。先入観と嫌悪感を克服して、事実かどうか科学的に観察すべきことが強調された後で、具体例の検討が行われる。心霊学といっても取り上げられているのは思想転移、テレパシーで

ある。テレパシーや予言ならば、受け手あるいは聞き手の秘められた願望を手掛かりにして、精神分析からの接近と検証が可能だからである★35。

その具体例は、話の枕に置かれた精神感応夢と最後の一例を除いて、フロイト自身が分析した患者の体験談がもとになっている。予言者と占星術師、筆跡鑑定家が患者に与えた予言と解釈のなかに、患者の無意識の願望が明るみに出されている事例が三件と、フロイトと患者との間に起こった事例が一件である。一件ずつ仔細に検証するごとに、留保を付けつつ、遠回しに推測が行われている。最初の事例を検証した後で、ただ一回きりの事例ならば、無視することができるが、全体的に見ると、思想転移が実際に起こっているという蓋然性はかなり高いと述べて、話が長くなり、医者としての守秘義務もあるので、そういう例をすべて紹介できないと断って次の話に移る。そして、次の事例を分析した後では、こうした調査結果の客観的現実性を信じることが許されるかどうかと自問する。その問いに対して、精神分析学は直接には答えられないが、精神分析学の助けを借りて明るみに出された資料は、少なくともその問いの肯定に有利な印象を与える、と肯定的な評価を与えている★36。

自らの体験がもとになっている三例目には、三つの思想転移らしい出来事が指摘される。そのうち二つは合理的に解釈が可能であるが、最後の一つだけは説明がつかない。フロイトはこう付け加える。「私の感じるところでは、この場合も、天秤の秤は思想転移に有利に傾いている、と告白せざるを得ません」★37。さらに、「思想転移の、したがってまたテレパシーの客観的な可能性について、皆さんに好意的に考えていただくように勧めざるを得ません」★38 と語る。

講義の結論部では、心霊学の主張のなかで真実と判明した部分については受け入れて我がものとする柔軟性を、科学・学問に要求する。そして思想転移に関しては、科学・学問的思考方法（これは機械論的思考方法とも言い換えられている）を把握し難い精神的なもの das Geistige の上にも広げていく上で有利に働く、と評価している★39。が、問題はこの後に続く箇所である。テレパシーが、ある人物の心的行為が他の人物に同じ心的行為を引き起こす現象であれば、両者の心的行為の間に介在しているのは物理的 physikalisch 過程であろう、つまり、心的なものが一方の端で物理的過程に変換され、もう一方の端でその物理的過程が心的なものに変換される。そのような趣旨のことを述べた後に、こう続ける。「もし仮に心的な行為と物理的に等価なものが手に入ったならば、と考えてみてください。私はこう言ってみたいのです。物理的なものとそれまで〈心理的〉と呼ばれていたものとの間に無意識的なものを挿入する

ことによって、精神分析学はテレパシーのような事象を受け入れる心の準備を
させてくれたのです。テレパシーという考え方に慣れれば、それによって多く
の成果を上げることができるでしょう。と言っても、当面は想像上のことに過
ぎませんが」[40]。

　そして続いて想像上のこととして持ち出されるのが、昆虫の巨大な集団での
全構成員に共通する「意志」の成立過程である。これは直接的な心的転移によ
って生じ、このような個体間の原初の意思疎通の方法は、系統発生の過程のな
かで、記号を通しての方法に駆逐されてしまう。ところが古い方法は背後に保
存されていて、特定の条件下で頭をもたげてくる可能性がある、と推測した後
で、興奮した群衆の例へと話は飛ぶ。群集とはもちろん人間の集団である。昆
虫から人間に至る心的な連続性ないしは共通性が存在しているかのような展開
である。

　もちろんこれは大胆な憶測にすぎない。だが、フロイトによれば、心的な領
域においては原初的なものは残存し続ける[41]。心的な次元では、個体発生が
系統発生を繰り返すという考えは、幾つもの箇所で披瀝されている。しかし人
間という種を越えて他の生物との間の連続性もフロイトは想定している。『快
感原則の彼岸』では、まさにそのことを論拠として思弁と憶測が展開されてい
る。無機物から生命体が生まれたがゆえに、反復強迫によって無機物へと生物
体は戻ろうとする、という死への衝動のテーゼである[42]。また『自我とエス』
では、「自我とエスの区別は、原始人にだけではなくもっと単純な生物にも認
められなければならない」[43] と述べられている。

　それでは、魂と身体との関係はどのように考えられているのだろうか。『講義』
続編の「心的人格の分解」の章には、エスはその末端で身体的なものに開かれ
ている、という記述も窺える[44]。科学者であるフロイトは慎重である。それ
に対して作家ベンは心と身体を難なく結びつけてしまう。というよりも、心・
魂は身体のなかに解消される。フロイトではエスの身体側とは逆の位置に自我
と超自我が想定されている。ベンも心の古い層と新しい層に分けて考えるが、
古い層をひたすら強調する。それに対して精神分析学の使命は、自我を強め、
エスの一部を新たに取り込んで自我の組織を拡大することにある。その点で二
人は逆を向いている。だが、二人とも生物学・医学から出発して、魂の奥底に
目を注いだ。そしてその部分にテレパシーは位置づけられている。心霊学の痕
跡を手掛かりにして二人の想像力のなかに心と魂を追っていくと、その先には
身体的なもの、あるいは物質的なものと接する領域が控えている。

第 13 章　世紀転換期ドイツ語圏における魂の行方

注

★1　本稿は、2013 年 12 月 7 日（土）に東京大学駒場キャンパス 18 号館 4 階コラボレーシ
　　ョンルーム 1 で開催されたシンポジウム「科学知の詩学——19 ～ 20 世紀のフランス・
　　ドイツにおける科学と文学・芸術」での発表原稿「医学・生物学とゴットフリート・ベ
　　ン——ドイツ語圏世紀転換期の文学における〈霊魂〉の行方」に加筆訂正を加えたもの
　　である。

★2　ドイツ語では Okkultismus あるいは Spiritismus だが、以下においては心霊学と訳
　　す。

★3　Sigmund Freud, *Psychoanalyse und Telepathie*, in: *Gesammelte Werke*, Bd.17, 8.
　　Aufl. Frankfurt/M. 1993, S.27f.

★4　心霊学が科学的に実証しようと努めたのは霊魂の存在、あるいは霊魂に関わる不思議
　　な出来事である。たしかにドイツ語圏の先端的自然科学は全般的にはこのような問題に
　　は強い関心を示してはいないが、心と魂、あるいはその存在と機能・権能についてならば、
　　当時のアカデミズムの関心範囲に含まれていた。ギリシア語由来の言葉が名称として用
　　いられている心・魂についての学問、日本語では心理学と訳されているこの学問は、19
　　世紀末のドイツ語圏ではまだ哲学と実証科学の間で揺れ動いていた。当時の代表的な心
　　理学者ヴィルヘルム・ヴントは実験心理学の生みの親として知られているが、医学生理
　　学者としての経歴を積んだ後に、心的事象を生理的過程によって説明しようとしていた。
　　ヴィルヘルム・ディルタイにとっても魂の論理は、自然科学に対して精神科学の確立を
　　計る上でも、哲学者として取り組むべき大きな関心事であった。そして、1890 年と 94
　　年には古典文献学者エルヴィン・ローデによって 2 巻から成る『魂——ギリシア人の霊
　　魂崇拝と霊魂不滅の信仰』が発表されている。またエルンスト・ヘッケル等の「モニス
　　ムス」も魂についての学説である。心霊学の流行は、このような広い意味での心と魂を
　　巡る時代の関心のなかに生じた現象でもある。

★5　Freud, a.a.O., S.28f.

★6　Freud, a.a.O., S.29.

★7　Arthur Schnitzler, *Das Tagebuch der Redegonda*, in: ders., *Gesammelte Werke.*
　　Die Erzählenden Schriften, 1.Bd., Frankfurt/M. 1970. 以下の主な要約箇所は S.990f.
　　と S.989.

★8　Schnitzler, *Die Weissagung*, a.a.O.「後書き」については S.618f. を参照。「召霊術」、
　　「テレパシー」、「予言術」のそれぞれの原語は、Geisterseherei、Wirkung in die
　　Ferne、Weissagungskunst である。

★9　Rainer Maria Rilke, *Die Aufzeichnungen des Malte Laurids Brigge*, in: *Rilke*
　　Werke. Kommentierte Ausgabe in vier Bänden, hrsg.von Manfred Engel u.a.,
　　Frankfurt/M. 1996, Bd.3. 以下の場面は 471ff. を参照。なお、『マルテの手記』には、
　　この箇所以外にも幽霊が出現する。このテーマについては、Moritz Baßler, *Maltes*
　　Gespenster, in: *Mystik, Mystizismus und Moderne in Deutschland um 1900*, hrsg.
　　von Moritz Baßler und Hildegard Châtellier, Strasbourg 1998, S.239-253 が詳
　　しく論じている。

★10　Wassily Kandinsky, *Über das Geistige in der Kunst*, Bern 2009, 3.Aufl. der 2004 revidierten Neuaufl. 以下の人名はブラヴァツキーを除いて注で言及されている。45ff. を参照。

★11　詳しくは、Priska Pytlik (Hrsg.), *Spiritismus und ästhetische Moderne – Berlin und München um 1900. Dokumennte und Kommentare*, Tübingen 2006. を参照。

★12　Kandinsky, a.a.O.,S.41.

★13　Gottfried Benn, *Gehirne*, in: ders., *Sämtliche Werke* (Prosa 1), Bd.3, Stuttgart 1987,S.29-41.

★14　Gottfried Benn, *Epilog und lyrisches Ich*, in: ders., a.a.O., S.129. ドイツ語では Depersonalisation oder Entfremdung der Wahrnehmungswelt である。

★15　Benn, a.a.O., S.128.

★16　それぞれのドイツ語での表題は、*Beitrag zur Geschichte der Psychiatrie*、*Zur Geschichte der Naturwissenschaften*、*Medizinische Psychologie* である。Benn, a.a.O., S.7-22. を参照。

★17　Benn, a.a.O.,S.18f. und S.427.

★18　Frank J. Sulloway, *Freud, Biologist of the Mind*, paperback edditon, Cambridge,MA/London 1992, S.42ff.

★19　Marcus Hahn, *Gottfried Benn und das Wissen der Moderne*, Bd.1 1905-1920, Göttingten 2011, S.71. ハーンはこの言葉の由来自体については語っていない。ベンのこのエッセイでは、「変化に富んだ多様な魂全体の源が不毛で灰色の大脳皮質にあると突き止めたと信じた」「有名な精神科医」が、「心理学はついに精密な科学の地位に達すると保証して、このような「将来の学問」に「医学心理学」という名を与えた、と書かれている（Benn, a.a.O., S.18f.）。ハーンはこの「有名な精神科医」をフレクスィヒと同定している。

★20　ここでは Paul Flechsig, *Gehirn und Seele. Hans Berger, Über die Lokalisation im Großhirn*, hrsg. u. eingel. v. Tobias H. Dunker, Frankfurt/M. 2010 の版を使用。59頁参照。ただしその箇所でフレクスィヒは、自らそのように名付けるとは語っていない。「今日の医学心理学」という言い方をしているに過ぎない。

★21　Flechsig/Beger, a.a.O., S.58.

★22　Theodor Meynert, *Sammlungen von populär-wissenschaftlichen Vorträgen über den Aufbau und die Leistung des Gehirns*, Saarbrücken 2006 を参照。

★23　Benn, a.a.O., S.9u.22.

★24　Benn, a.a.O., S.10.

★25　Benn, a.a.O., S.19.

★26　Benn, *Unter der Großhirnrinde. Briefe vom Meer*, in: ders., *Sämtliche Werke*, Bd.7/1, Stuttgart 2003, S.355ff.

★27　Benn, *Ithaka*, in: ders., *Sämtliche Werke*, Bd.7/1, Stuttgart 2003, S.16

★28　Benn, *Trunkene Flut*, in: ders., *Sämtliche Werke*, Bd.1, S.57.

★29　Benn, *Sputt*, a.a.O., S.60.

★30 Benn, *Der Aufbau der Persönlichkeit*, in:ders., *Sämtliche Werke*, Bd.3, S.271.

★31 Benn, a.a.O., S.269.

★32 Benn, a.a.O., S.272.

★33 Benn, a.a.O., S.277. なお、催眠術についてベンが触れているのは『挑発された生』においてである。*Provoziertes Leben*, in: *Sämtliche Werke*, Bd.2, Stuttgart 2008, S.316. もちろん催眠術は「古代のメカニズムの解放」に資するゆえに取り上げられている。

★34 Benn, a.a.O., S.271.

★35 明示的にフロイトがそのように述べているわけではないが、無意識の願望を表す夢の例から始めて、他の事例にも夢の解釈、つまり精神分析の方法を適用して解明しようとしている。

★36 Sigmund Freud, *Vorlesungen zur Einführung in die Psychoanalyse und Neue Folge*, Studienausgabe Bd.1, 11. korrigierte Aufl. Frankfurt/M. 1989, S.486.

★37 Freud, a.a.O., S.492f.

★38 Freud, a.a.O., S.493.

★39 Freud, a.a.O., S.493.

★40 Freud, a.a.O., S.494.

★41 Freud, *Das Unbehagen in der Kultur*, in: ders., *Fragen der Gesellschaft. Ursprünge der Religion*, Studienausgbe Bd.9, 5. Aufl. Frankfurt/M. 1989, S.201 und S.203.

★42 Freud, *Jenseits des Lustprinzips*, in: ders., *Psychologie des Unbewußten*, Studienausgabe Bd.3, Frankfurt/M. 1975, S.248.

★43 Freud, *Das Ich und das Es*, in: ders., a.a.O., S.305.

★44 Freud, *Vorlesungen zur Einführung in die Psychoanalyse und Neue Folge*, in: ders., a.a.O., S.511.

第 14 章

犯行現場としての心

G・W・パプスト『心の不思議』をめぐって

竹峰 義和

1　映画の件

　1925 年 8 月 14 日、当時 69 歳のジークムント・フロイトは、弟子のシャンドール・フェレンツィに宛てて、次のような言葉を書き送っている。

　　映画の件では、馬鹿げたことが起こっている。ザックスとアブラハムを惑わせた会社が、私の「同意」を全世界に向けて喧伝することを自制できないのは当然のことだ。私はザックスに激しく抗議した。[……] 私自身が何かを提供することはないし、どんな映画であっても個人的な関わりをもつつもりもない[★1]。

ここで問題になっている「映画」とは、当時ベルリンで撮影準備が進められていたウーファ社の「文化映画」の新作『心の不思議』 *Geheimnisse einer Seele* のことである[★2]。フロイトをかくも立腹させた直接の原因は、このころ『タイムズ』紙などの英米圏のメディアで、「精神分析を扱った映画が、フロイト博士の監修のもと、まもなくウィーンで制作される」[★3] といった内容の誤報が出たという情報を知らされたことであった。さらに、「どんな映画であっても個人的な関わりをもつつもりもない」という断言の背景には、その前年、ハリウッドの大物プロデューサーのサミュエル・ゴールドウィンが、「愛に関する世界最高の専門家」であるフロイトに、アントニーとクレオパトラを主題とした映画のためのストーリーを書いてもらう見返りとして 10 万ドルの報酬を申

し出たという、よく知られたエピソードもあったと推測される★4。このころ新しい科学知としての精神分析への関心が急速に高まり、フロイト・ブームとも呼ぶべき現象が世界規模で生じていた。そのなかで、大衆メディアとしての映画が、性愛や精神疾患、父殺しといったセンセーショナルな要素を多分に含みながらも、学術的権威に裏づけられてもいるこの素材に目をつけたことは、ごく自然な流れであるといえよう。

　ただし、この「映画の件」は、晩年のフロイトおよびその弟子たちにとって、娯楽産業による精神分析への無理解な干渉というだけにとどまらない、いささか深刻な問題を孕んでいた。というのも、引用した書簡にあるように、カール・アブラハムとハンス・ザックスというフロイトの二人の高弟が、当初から協力者としてこの映画に関与していたからである。チューリッヒでブロイラーとユングのもとで精神医学の研鑽をつんだアブラハムは、1907年にベルリンに移住し精神分析医として活動を開始。そのころからフロイトと書簡のやり取りをつうじて交友を深め、そのもっとも親しい友人にして忠実な弟子の一人となる。また、この人物は、1910年にベルリン精神分析協会を創設し、指導者として数多くの分析家を養成するとともに、1924年より国際精神分析学協会の会長職にも就いていた。そして、ウィーン出身のザックスもまた、フロイトの古参の弟子の一人であり、オットー・ランクとともに雑誌『イマーゴ』の編集委員を長年にわたってつとめ、1920年からはベルリン精神分析協会で主に教育分析に携わっていた。つまり、まさにフロイト・クライスの中枢におり、師からも厚い信頼を寄せられていた二人が、奇しくも精神分析とほぼ同時期に成立した映画によって「惑わ」され、さらには、映画会社があたかもフロイト自身のお墨付きを得たかのように「全世界に向けて『喧伝』する」という事態を招来してしまったのである。精神分析を怪しげな疑似科学という偏見から解放し、一個の学問として確立することにつねに心を砕いていたフロイトの眼に、それがきわめて忌まわしい背信行為であるように映ったであろうことは想像に難くない★5。

　もともと『心の不思議』の企画は、ベルリンで自身の映画制作会社を率いていた独立プロデューサーのハンス・ノイマンの発案によるものである。フロイトの著作にもある程度通じていたノイマンは、1925年6月5日にアブラハムと面会し、「抑圧、無意識、夢、失錯行為、不安などを描写する印象的な個々の例をつうじて〔精神分析を〕導入する」という「第一部」と、「一人の人間の運命を精神分析的な見地から表現し、神経症的な症例を治療する様子を見せ

る」という「第二部」からなる「通俗科学的な精神分析映画」の基本的なアイディアを説明する。さらに、封切りにあわせて「精神分析についての簡単に理解できる大衆向けの論説」をブックレットのかたちで出版するという計画についても紹介する。そのうえでノイマンは、アブラハムとともにフロイト自身が契約書に署名し、この映画の監修を引き受けてくれたあかつきには、興行収益の10%を謝礼として支払うという提案をおこなうのである★6。つねに誤解や偏見がつきまとってきた精神分析の正しい姿と有益さについて大衆に正しい知識を与えるための絶好の機会であり、さらに「もしわれわれが拒絶すると、多くの『野生』の分析家たち［…］が、この申し出にがつがつと殺到する」のではないか――そう考えたアブラハムは、その二日後、契約書の写しを添えてフロイトに協力を乞う旨の手紙を書き送る。それにたいして、返信のなかでフロイトは、「われわれが扱っている抽象的な事柄を、何らかのしかるべきかたちで具象的に表現することなど不可能であると思われる」以上、「何かよいものや適切なものが制作される可能性があると信じることができないので、さしあたって監修者として私の名前を使うことを許すことはできない旨、その会社に伝えてほしい」と拒絶する。だが、「私の名前がそんなこととはまったく無関係である方が望ましいことは否定できない」ものの、「かりに提示された企画が実行可能であると、あなたと同じく私を説得することができた場合、そのときは監修を引き受ける用意がある」と言い添えることで★7、映画という未知の領域に敢えて踏み込もうとする愛弟子たちにたいして、きわめて消極的なかたちではあるが、将来的に協力する可能性がまったくないわけではないことを伝えるのである。この一縷の望みに賭けるようにしてアブラハムは、ベルリン精神分析協会の同僚であるザックスとともに、ノイマンおよび旅行ジャーナリストのコリン・ロス★8 が「第二部」の構想をもとに共同執筆した「E・ビュルガー〔＝市民〕博士」の日常生活をめぐるシナリオにたいして、学術的見地からの助言を繰り返しおこなう。なお、そのようにして完成された脚本の最終稿の出来栄えが、いかに監修者たちを満足させたかについては、「われわれは、きわめて抽象的な事柄を『表現可能にすること』に基本的に成功したと［…］思います」という、アブラハムがフロイト宛書簡で記した誇らしげな言葉が端的に示している★9。

　だが、この直後にノイマンの映画会社がヨーロッパ最大の映画コンツェルンであるウーファに吸収合併されることで、「通俗科学的な精神分析映画」の企画も、プロデューサーこそ引きつづきノイマンが担当したものの、世界的に有

名なウーファの「文化映画」シリーズの一本として制作されることに変更となる。さらに監督としては、もともとみずからメガフォンをとるつもりであったノイマンに変わって、より経験豊富な人物として、『喜びなき街』（1925）の容赦のないリアリズム的な演出で評判を呼んだ新鋭監督のG・W・パプストが新たに起用。俳優についても、『カリガリ博士』のタイトル・ロールを演じたヴェルナー・クラウスが主役に抜擢されたのをはじめ、ルート・ワイヤー（主人公の妻）、ジャック・トレヴァー（主人公の親友にして妻の従弟）、イルカ・グリュニング（主人公の母親）といった当時の映画・舞台での人気俳優たち、さらにはモスクワ芸術座出身のロシア人亡命俳優パーヴェル・パヴロフ（分析医）など、「文化映画」としては異例の豪華なメンバーがキャスティングされた★10。とりわけ、『カリガリ博士』での狂える精神病院の院長役で名を馳せたクラウスが、ここでは逆に神経症患者役を演じるというのは、宣伝上のインパクトを狙った戦略的なキャスティングであったに違いない。かくして、アブラハムとザックスの予想をはるかに超えたかたちで、精神分析についての大衆啓蒙映画の構想が、ドイツのみならず国際市場までをも睨んだ大規模なプロジェクトへと膨れあがる。それにたいして、フロイトの周辺では、「私の名前がそんなこととはまったく無関係である方が望ましい」という師の意向に逆らってまで映画に肩入れするアブラハムたちへの反感が急速に高まっていった。とりわけ、先に引用した『タイムズ』紙の記事やウーファ社の広告のなかで、撮影中の『心の不思議』との関連でフロイトの名前が頻繁に取り上げられ、さらにはフロイト自身が監督するといった誤報すら流れたことが★11、フロイト本人のみならず、フェレンツィ、アーネスト・ジョーンズ、マックス・アンティンゴンといったフロイトの側近たちを激しく苛立たせたのである★12。しかし、1925年12月25日、一本の映画をめぐるフロイト派内での諍いは、思いがけないかたちで水入りとなる。夏ごろから体調不良を訴えて高地で療養していたアブラハムが、その日、肺癌のために48歳の若さで逝去したからである。この「われわれを見舞いうる、いや実際に見舞った、最大の損失」★13によってフロイトは失意の底に沈み、アブラハムにたいする仲間内での攻撃はいったん休止することとなる。

　その一方、11月の時点ですでに撮影を終了していた『心の不思議』は、アブラハムの葬儀が営まれたその週にベルリン精神分析協会の建物内で数回にわたって試写会がおこなわれるなど、着実に公開準備が進められた。そして、1926年3月24日、ベルリン最大級の映画館グロリア・パラストで『心の不

思議』のプレミア上演会が華々しく開催されると、記録的な興行収入をあげた
だけでなく、批評家たちからも絶賛され★14、このあとアメリカ、オーストリア、
イギリス、フランス、フィンランド、日本など、世界各地に次々と配給された。
また、映画の公開にあわせて、ザックス執筆による『精神分析——無意識の謎』
と題された 32 頁のブックレットがベルリンの映画雑誌『リヒトビルト・ビュ
ーネ』の別冊として刊行された。そこでは、「失錯行為」「神経症」「夢解釈」
という三つの項目が、『心の不思議』のストーリーに即して詳しく解説されて
おり、精神分析理論という「きわめて抽象的な事柄」を、大衆にとって理解可
能なかたちで正しく伝達するというアブラハムの遺志に忠実に従ったものとな
っている★15。

　このように、観客と批評家の双方から大喝采によって迎えられた『心の不思
議』であるが、試写の時点でのフロイト派内部での評判は芳しいものではまっ
たくなく、検閲局に働きかけて公開を差し止めようとする動きすらあった★16。
そして、そうした拒絶的な姿勢をなおも踏襲するように、この映画についてこ
れまで書かれてきた批評文や研究論文でも、モンタージュを駆使した夢の場面
の斬新な映像美が称賛される一方で★17、実際に分析がおこなわれる場面や、
そこでのフロイト理論の扱いに関しては手厳しい評価が多い★18。1925 年から
26 年といえば、「自我とエス」（1923）の議論などにあるように、すでにフロ
イトが意識／前意識／無意識という局所論的モデルから、自我／エス／超自我
の三つの要素からなる第二局所論モデルへと移行していた時期であった。それ
ゆえ、長椅子のうえでの夢解釈によって抑圧された無意識を意識へともたらす
ことで一件落着という『心の不思議』の基本構図は、すでに当時のフロイト派
の立場からしても、いささか古めかしくナイーヴなように思われたことであろ
う。ほかにも、患者にたいする分析家の姿勢が過度に干渉的であるなど★19、
さまざまな問題点がこれまで指摘されてきたが、たんに精神分析的な見地から
のみならず、映画的・説話的なドラマツルギーという点でも、この映画は批評
家たちに不満を抱かせてきた。すなわち、夢の場面がきわめて鮮烈な視覚的印
象を残すのにたいして、そこに加えられる肝心の分析があまりに皮相的で不充
分なように感じられるという点であり、結果として観客は「いかに多くのイメ
ージが分析も解釈もされないままになっているか」★20 という印象を抱かざる
をえないというのである。『心の不思議』についての論考では、最後にエピロ
ーグとして付け加えられるハッピーエンドの場面の陳腐さやわざとらしさがた
びたび批判されるが★21、これもまた、分析の場面がまったく説得力に乏しい

という根本的な欠陥に起因していると見なすことができるだろう。要するに、『心の不思議』は、「精神分析医を一種のシャーロック・ジュニア」にするような「探偵映画の構造」を備えているにもかかわらず[22]、謎が全面的に解決されるという推理小説的なカタルシスではなく、真相が不明なままに強引に幕が引かれたような隔靴掻痒感が、この映画を鑑賞したあとに否応なく残るのだ。そして、映画の冒頭で提示される字幕テキストで「『精神分析の訓練を受けた』医師の手にかかると、大学教授であるジークムント・フロイト博士の教説は、そのような精神疾患の治療にあたって重要な進歩を意味している」と謳われている以上、それはまた、登場人物としての精神科医が全面的に依拠するフロイト理論そのものの有効性や意義にたいする疑念をも生じさせかねないだろう。

　もっとも、そうした印象を与える最大の要因の一つとして、検閲の存在があったことを見逃してはならない。ヴァイマル共和国では、1920年5月12日に成立した国家映画法によって、すべての映画の国家検閲が義務化され、「公共の秩序や安全を脅かす」ものや「宗教的な感覚を傷つける」ものとともに、「風紀良俗を乱すような効果を及ぼす」作品の上演が禁止された[23]。このあと詳述するように、この映画に二度にわたって登場する夢の場面では、男根、性交、不能、去勢など、性にまつわるさまざまな象徴が露骨なまでに繰り返し登場してくる。それにたいして、そこに加えられる分析医の解釈で、こうしたモティーフにほとんどまったく言及されていないのは、まぎれもない検閲への配慮として捉えられるべきだろう（事実、ザックス執筆による先述のパンフレットでも、「精神分析にとってきわめて重要なエロスに関わる問題は、多くの個所でほのめかされているものの、ある程度までしか明確化できなかった」[24] という断りがわざわざ記されている）。くわえて、そこには、すべてを性欲や性器へと還元する破廉恥な疑似科学といったたぐいのフロイト理論にたいする偏見や誤解を払拭すべく、さらには諸外国にこの映画を輸出する際に障害とならないようにするために、セックスに関する契機をできるかぎり前景化しないという戦略的な配慮が、制作者と監修者の側に働いていたのかもしれない。

　ともあれ、『心の不思議』は、作品内で提示される謎めいた夢の映像についての〈正しい〉読解が、登場人物の一人によって最後に明らかにされるという意味で、自己解釈的な構造をとっている。だが、それが自主検閲による脱性化というかたちで完全に不徹底に終わっている以上、分析医が最後に下す解釈は、作品読解のプロセスを終結させるものではまったくなく、むしろ、観客の一人ひとりが精神分析医＝探偵の役割を引き継ぐかたちで、さらなる解釈をおこな

うことを必然的に要請していると言えるだろう。フロイトの教説に従うならば、おのれの記憶や夢についての患者の自己解釈とは、無意識下における抑圧や歪曲をつねに孕みもつのであり、この映画とほぼ同時期に成立したフロイトの論考「否定」（1925）にあるように「表象のなかで知覚が再生産されるとき、いつもその知覚が正確に反復されるとはかぎら」ず、「省略によって変更されたり、さまざまな要素が融合して改変されたりする可能性がある」[25] のだから、なおさらである。以下、本論では、『心の不思議』における諸々の表象を、精神分析的な観点と映画論的な観点の双方からあらためて読解することをつうじて、この映画が潜在的な次元で表現している〈無意識〉の一端を解き明かすことを試みてみたい。その際、これまで強い関心を集めてきた例の夢の場面に加えて、患者が幼年期の原光景を想起するシーンや、最後の牧歌的なエピローグという、これまでほとんど考察されることがなかった場面にも焦点をあてることで、分析家の言葉によってたやすく昇華されない作品の無意識の次元があらわにされていくだろう。

2　ファルス、不能、去勢

　本題に入るまえに、まずは『心の不思議』のあらすじを簡単に説明しておこう。主人公は、妻と二人で瀟洒な邸宅で暮らす化学者であり、ある朝、髭剃りのついでに妻のうなじの産毛を剃刀で剃ろうとしたとき、窓の外で助けを求める女性の叫び声を聞き、思わず妻の首に切り傷をつくってしまう。そのあと職場に向かった主人公は、人々の立ち話から、前夜に隣家でナイフを凶器とする殺人事件が起きたことを知る。しばらくして、主人公の幼少期からの親友で妻の従弟でもあるハンスから、インドの女神の彫像とスマトラ土産のサーベルという贈り物とともに、長年にわたる海外生活から帰国して二人を訪問する予定である旨の手紙が届く。その晩、戸外では猛烈な嵐が吹き荒れるなか、いつものように妻とは別の部屋で床についた主人公は、ひどい悪夢にうなされる。不思議な光景が次々に登場したのち、妻の幻影に何度もナイフを突き立てる行為のさなかに、ようやく目が覚める。だが、その晩を境に、あらゆるナイフ類に触れることができなくなってしまった彼は、やがて自分が愛する妻をナイフで殺害してしまうのではないかという激しい強迫観念に駆られるようになり、訪ねてきたハンスと妻を残して自宅を離れ、ふとした偶然で知り合った分析医のオルト博士に助けを求める。博士の勧めによって主人公は、母親のもとで暮ら

しながら、数カ月をかけて精神分析を受けるなかで、みずからの過去や夢の記憶を少しずつたどっていく。そして、剃刀の一件と悪夢についての詳細を聞いた分析医は、殺人事件のニュースと、それを聞いたときに手にしていた剃刀とが無意識のなかで結びつき、妻を殺したくないという思いがナイフ恐怖症として現れたのだと解釈する。さらに、主人公の口から語られた「ある重要な新しい記憶」——自分と妻とハンスの三人が子供だったころ、妻が親友にだけ人形をプレゼントしたこと——についても、子供のできない結婚生活についての鬱屈した感情がそこに結びついていることが分析から明らかとなる。エピローグでは、治療を終えて完全に精神疾患から恢復した主人公が、緑深い田舎のロッジで、妻から手渡された赤ん坊を抱きしめるというシーンが示される。

　かつてプロデューサーのノイマンがアブラハムに説明したように、この映画は「抑圧、無意識、夢、失錯行為、不安などを描写する印象的な個々の例」とともに「一人の人間の運命を精神分析的な見地から表現し、神経症的な症例を治療する様子を見せる」という、精神分析についての教育映画に相応しい構成になっている。だが、映画の最大の見せ場は、症例や治療の場面ではなく、かたちを変えて二度反復される夢の場面にあることは衆目が一致している。そこでは、美術監督のエルネー・メッスナー★26 と、チーフ・カメラマンのグイード・ゼーバー★27 が、多重焼き付けやスローモーション、リヴァースモーションなど、特殊撮影技術の粋を尽くしてつくりあげたアヴァンギャルド的映像が、息つく間もなく矢継ぎ早に移り変わっていく★28。すでに指摘されているように、他のすべての場面がリアリズムを基調としているのにたいして、ここにおいてのみ「初期のヴァイマル映画の不気味な影の世界」が支配的となるという意味で★29、この場面は表現主義から新即物主義へといたる映画スタイル上の分岐点となっていると言えるかもしれない。ともあれ、主人公が最初に見る夢は、全部で以下の七つの場景から構成されている。

1. 自宅の庭の樹のうえに探検家の恰好でたたずむハンス。寝間着姿の主人公が外に出てくると、歯を剥き出しにして笑う（図1）。家に戻ろうとする主人公だが、扉は閉まっており、そのまま手をばたつかせて上方に飛んで逃げようと試みるも、ハンスによっておもちゃの小銃で撃墜され、地面へとまっさかさまに落下する。
2. 洞窟を抜けた先に翼がはえた聖廟が見える（図2）。主人公が近づこうとすると、不意に遮断機が下りて遮られる（図3）。歪んだレールのうえを

238

第14章　犯行現場としての心

図1

図2

走り去る蒸気機関車。運転席にはハンスが座っており、帽子をとって窓から挨拶する。遮断機のバーがようやく上がり、駆け抜ける主人公。

3. 神殿のような建物の中央に、妻らしき女性の顔をした巨大な彫像が鎮座しており、主人公が近寄って何かを訴えると、首を振って拒絶する（図4）。少し考えたのち、寝間着のポケットから一枚の紙を取り出すと、そこには「敬具。あなたの従弟のハンスより」と書かれている。手紙を放り出すと煙とともに消える。半透明化した彫像のなかを通り抜けて先に進む。

4. ピストン運動をする機械のぼやけた映像が一瞬映し出されたあ

図3

図4

と、フロック姿の主人公の目のまえで、イタリアの街——主人公と妻が新婚旅行で訪れた場所であることが分析のなかで明らかにされる——の書割が地面からむくむくと生えてくる。その真ん中には階段のついた塔がそびえており、天辺では無数の鐘が打ち鳴らされている。そのうちの

239

三つの鐘が、妻と職場の助手、家のメイドの顔に変容する（図5）。ステッキを振り上げて階段を勢いよく昇ろうとするも、しだいに歩みが遅くなる。ようやく天辺に辿りつくと、下にいた大勢の男たちから嘲笑される。

図5

5. 夜中、窓越しに激しく揉みあう男女のシルエットが見えるが、接吻しているのか争っているのかは判然としない。鉄柵に隔てられたところで怒り狂う主人公。すると、鉄柵がするすると高く伸びて、主人公は宙吊りにされる。鉄柵は刑務所の鉄格子に変わり、ビーカー越しに現れたハンスが何かを指差す。太鼓が鳴り響く空間で、裁判のような儀式が進行している。ハンスが扮していると思しき裁判官が指示すると、正装をした三人の男性に妻がうなじの傷を見せる（図6）。糾弾される主人公に向かって、三人の男性が近づいていく。

図6

6. ライトを点灯した列車が接近してくる。化学実験室で作業をしているとき、助手の女性が奥の窓を指差す。覗こうにも高さが届かないので、机のうえの無数の本を地面に積み上げて踏み台の代わりにする。格子越しに窓の外を覗きこむと、蓮の花が浮かぶ水面に妻とハンスをのせた小舟があらわれ、妻が水中から赤ん坊の人形を取り出し、必死に叫んで抗議する主人公をよそに、二人で楽しげに人形をあやす（図7）。激昂した主人公は、机のうえのナイフをつかんで、笑いながら手を振って挨拶する妻の幻影に何度もナイフを突き立てる（図8）。

さらに、後半の治療の場面に移ると、主人公と分析医とが対話を重ねていくなかで、殺人事件のニュースを聞いたときの様子や、職場での日常、これまで

第 14 章　犯行現場としての心

図7

図8

の結婚生活を織りなす幾つかの場面や心象風景、悪夢、子供のころの記憶などが、ときに白地の背景のまえで断片的なかたちで再現・再演される。新たに示されたもののうち、嵐の晩に主人公が見た悪夢に含まれるのは、次の場面である。

7. 格子越しに主人公が覗くと、妻を含む四人の半裸の女性と、太鼓腹で水タバコを吹かせているハンスが、オリエンタルな雰囲気を漂わせたハーレム風の部屋でくつろいでいる（図9）。主人公の目のまえでいちゃつく妻とハンス。

図9

　フロイトの著作にある程度通じている観客であれば、これらの場面のうちに、共通する象徴的なモティーフを読み取ることはさほど困難ではない。すなわち、①ファルス／②ヴァギナ／③不能という三つのモティーフであり、①は親友のハンス、②は妻、③は主人公というかたちで、主要な登場人物の属性にそれぞれ対応している。

　①ファルス　主人公の悪夢は、その冒頭からさまざまなファルス的形象に満ち溢れており、多くの場合、それらはハンスと直接的に結びつけられている。ヘルメットと小銃、蒸気機関車、太鼓腹などがそれに相当するが、ハーレムの場面も含め、夢のなかのハンスがほとんどつねに探検家の恰好をしていることも——脚本家の一人で、著名な旅行ジャーナリストでもあったコリン・ロスが、

みずからのイメージを投影させたという以上に★30──「倦むことなき官能性、あくことなき欲望、底知れぬ生殖のエネルギー」(エドワード・W・サイード)★31を示唆する記号としてのオリエント性を表象していると見なすことができる。もっとも、地面から渦を巻くようにして生えてくる塔など、ハンスがその場に登場しないにもかかわらず、あからさまにペニスの置き換えであるような形象も存在するが、主人公が手にもっているステッキと同じく、最終的にそれは性的不能の表現へと転化していく。

②**ヴァギナ** 夢のなかのハンスが性的能力の象徴としてのファルスを形象化しているのにたいして、妻はヴァギナの象徴としてあらわれてくる。洞窟を抜けた先に鎮座する、妻の顔をしたインドの女神の彫像がその典型であり(洞窟はあからさまに膣のメタファーをなしている)、女性の顔へと変貌する塔のうえの三つの鐘、妻のうなじの傷口もまた、同じく女性器を表象しているといえるだろう。これらの形象は、主人公にたいして、つねに拒絶的な態度をとる(首をふる彫像、嘲笑する鐘、無言で罪を訴える傷口)。

③**不能** ハンス(=ファルス)と妻(=ヴァギナ)をまえにして、夢のなかの主人公はつねに不能者として振る舞いつづける。多くの場合それは、性的な含意を多分に含んだ主人公の行為が何らかのかたちで妨害・制止される(飛んでいるところを撃ち落とされる、遮断機で行く手を阻まれる、塔になかなか登れない、柵越しに不快な場面を眺める)というかたちをとるとともに、多くの場合、誰かから嘲笑ないしは糾弾される場面がそのあとにつづく。

さらに、これら三つの形象は、去勢というより大きなモティーフを構成している。性的不能という劣等感に無意識のなかで苛まれる主人公にたいして、十全なる性的能力を備えた優越者としてのハンスは、幻想のなかで妻を性的に独占し、子供を孕ませるのみならず、〈父〉の代理者として、主人公に去勢の脅威を与えつづける(主人公を小銃で撃ち落とす、主人公のまえで遮断機が下がる)。また、フロイトが強調するように、幼児にとって女性器とは、ペニスを奪われた負の形象として、去勢不安を掻き立てるものであって、ギリシア神話におけるメデューサの首がその典型的な表現であるとするならば★32、三人の女性の首に変貌する鐘もまた、主人公の去勢コンプレックスに由来していると解釈できるだろう★33(さらに、ここで女性たちが歯を剥き出しにして笑うのは、たんに主人公の性的不能を嘲笑しているだけでなく、〈歯の生えた膣〉として、去勢恐怖を惹起させていると考えられる)。そして、こうした主人公の去勢不安の源泉をなしているのが、エディプス・コンプレックス的な構造にほかなら

ない。つまり、男児（＝主人公）は〈母〉（＝妻）に近親相姦的な欲望を抱くものの、〈父〉（＝ハンス）から去勢の脅迫をうけて断念するという、お馴染みの三角形の構図である。そのなかにあって、主人公が触れることができなくなるナイフとは、〈父〉のファルスの暗喩として羨望の対象であるとともに、去勢の脅しをおこなう恐怖と憎悪の対象でもあるという意味で、きわめてアンビヴァレントな位置を占めている。たとえば、ハンスから主人公のもとに贈り物として届けられるサーベルは、〈私のように性的能力を持った存在になれ〉と命令すると同時に、〈母を欲望した罰としておまえを去勢する〉と脅迫する〈父〉からの両義的なメッセージをなしているといえよう。そのあと、主人公がナイフを手に取ろうとしたその瞬間、妻殺しへの強烈な衝動とともに、ファルスをもった〈父〉に同一化したいという潜在的な欲望と、〈母〉のように去勢されたくないという恐怖心が、深層心理のなかで一挙に噴き出すのだ。

　くわえて、未来の妻がハンスにだけ人形を贈ったという主人公の過去の記憶についても、一見したところ他愛もないこの場面が、きわめて深刻なトラウマとなって、中年にさしかかろうとする患者の精神疾患の核心部を形成しえたのは、たんなる失望や嫉妬心からではまったく説明がつかない。むしろ、そこにこそ去勢恐怖の痕跡を認めるべきではないか。すなわち、この記憶は、去勢された女の子が切り取られたおのれのペニスを別の男の子に譲渡しているという恐ろしい去勢幻想を置換したかたちで表象する、一種の隠蔽記憶であると考えられるべきではないだろうか。あるいは、さらに憶測を重ねることができるかもしれない。この場面が主人公の性的コンプレックスをかくも激しく刺激するのは、性交と出産というモティーフと密接に結びついているからであることは間違いない。1915年に書かれた「精神分析理論にそぐわないパラノイアの一例の報告」のなかでフロイトは、子供が両親の性行為を目撃するという場面について、「無意識的な空想の宝物庫のうちに見つからないことはめったにない」ものであり、「分析をつうじてすべての神経症者のもとにそれを見出すし、おそらくすべての人類のもとに見出すこともできるだろう」と述べていた★34。その言葉にしたがうならば、主人公が記憶する幼児体験は、ハンスによって代理表象される〈父〉──夢の冒頭部で、木のうえのハンスが、主人公の幼少期の記憶のなかでカメラを構える父親（図10）とまったく同じ表情を浮かべて笑うのはきわめて示唆的である★35──が、未来の妻によって代理表象される〈母〉と性交することで（部屋のなかに、馬の乗用玩具と機関車の模型というファルス的な小道具が二つもあることに注意しよう）、子供を受け取るという

原光景をソフトな形式へと置換したものであると解釈できるだろう。そして、この場面にたいして幼い主人公は、性的興奮を感じつつも、しかし自分もまた〈父〉によって暴力的に蹂躙され、去勢によって処罰されるのではないかという恐怖を覚えながら、受動的な窃視者という役柄を演じることを余儀なくされる。夢のなかで主人公が、ハン

図10

スと妻とが性的にむつみあうさまを鉄柵や格子越しに眺めるという場面に繰り返し身を置かれるのは、両親の性行為を目撃するという原光景をひたすら反復しているのだ。

　もっとも、それにたいして、映画のなかの分析医は、エディプス・コンプレックスや原光景はもちろん、不能という言葉さえいっさい口にすることのないままに、患者の無意識のうちなる欲望という真実を、会話をつうじて本人に意識化させるという談話療法のスタイルに固執する。主人公が抱えるナイフへの激しい恐怖心は、隣家で起きた殺人事件からの心的影響に結びつけられるのみであり、主人公が想起した幼年期の一場面に関しても、分析医はそれをあくまで額面通りに受け取ったうえで、「あなたの妻が『あなたの』人形を従弟に与えたときに経験した苦痛が、子供のいないあなたの結婚生活のなかで呼びさまされつづけたのです！」と結論づける。診察の最後に主人公は、例の悪夢の記憶を最後までたどっていくなかで、思わず机のうえのペーパーナイフを摑んで、妻の幻影にナイフを突き立てるという身振りを分析医のまえで再現してみせる。我を忘れた状態で、腰の位置にかまえたナイフを、息を荒げながら、下から突き上げるようにして、妻の腹部に繰り返し刺し入れる（図11）——この行為が性交の隠喩であることは誰の目にも明らかであろう。「あなたは手に何を持っているのか気づきましたか？」ここにいたっては言語という手段さえも放棄され、無意識のうちに封印された内容を患者にみずからの身体によって文字通り再演させることで治

図11

療はあっさりと終了する。

　ここで主人公の心に何が起こったのかについては、もはや分析医から説明されることはない。それを補うかたちで、先に触れたブックレットのなかでハンス・ザックスは、この最後の場面についてこう解説してみせる。

　　彼はそれによって夢の場面をたんに反復しているのではなく、分析をつうじて無意識から掘り起こされ、彼の意識へと併合された情念と荒々しい欲動とを爆発させ、放電させているのであるが、それは、このあと、そうした情念や欲動を意識的な人格の意思の力によって支配できるようするためである★36。

　この引用の前半で述べられているのは、フロイトがヨーゼフ・ブロイアーとの共著である『ヒステリー研究』（1895）で立脚していた「カタルシス法」にほかならない。つまり、患者の無意識のなかで抑圧されることによって鬱積した「情念」を、軽い催眠状態のなかで一挙に放出させ、それによって症状を沈静化・除去するという、もともとはブロイラーが提唱した治療法である。だが、つづけてザックスは、その目的が「意識的な人格の意思の力」によっておのれの欲動を「支配」することにあると主張することで、催眠と浄化に基づく初期フロイトの立場から、抑圧されたみずからの欲動を患者が意識化するという「徹底操作」を重視する中期以降のフロイトの立場へと移行しているのである。もっとも、こうした〈公式的な〉解釈でも、なぜ主人公がふたたびナイフを持つことができるようになったのかについて、明確な回答は与えられないままである。しかし、ナイフがファルスの象徴であるとするという先に示した解釈に従うならば、それは〈父〉の審級との和解として捉えることもできるだろう。フロイトが第二局所論で打ち出した自我モデルによると、幼児期におけるエディプス・コンプレックスは、〈父〉の権威を自我のうちに投影した自我理想が形成されることをつうじて解消されるはずであった。この映画の主人公の場合、それは無意識下においてハンスに投影されていた自我理想を、自身のうちに完全に取り込むことを意味しているといえよう。そして、このカタルシス的な「放電」の瞬間、ナイフ＝ファルスを持つことがふたたび可能となった主人公は、おのれの去勢コンプレックスを克服し、これまでハンスに仮託されていた性的能力を備えた〈父〉なる主体へと、みずから変貌するにいたるのである。かくしてナイフ恐怖症と性的不能から同時に解放された主人公は、このあと真の〈主

人〉として帰還した自宅で、ナイフならぬペニスを妻に何度も突き立てるという行為をつうじて、ハンスによって奪われていた人形＝子供をようやく取り戻すことに成功することとなる──少なくとも、最後のエピローグはそう示唆しているように見える。

3　二人の女性

　だが、『心の不思議』には、以上のようなかたちでフロイト理論をそのまま適用しただけでは完全には解消されないような謎めいた要素が、なおも数多く残されている。たとえば、映画の冒頭部において唐突に知らされる隣家で起こった殺人事件についてのニュースにたいして主人公は、どうしてこれほどまでに激しい心的反応を示すのだろうか。母に性的欲望を抱くようになった少年がその障害である父を排除したいと願望することが、エディプス・コンプレックスを発生させるのだとすれば、主人公がハンスにたいしてまったく攻撃的衝動を向けないのはどういう理由からか。それにたいして、妻にたいしてのみ、ナイフで殺害したいという感情が抑制できないほど激しく生じるのはなぜか。

　そうした疑問に答えるにあたっては、主人公と女性たちとの関係があらためて問い直されなくてはならない。なかでも、とりわけ注目に値すると思われるのが、主人公の母親の存在である。一切のナイフ類に触れることができなくなった主人公が自宅で悲嘆にくれているとき、慰めようとした妻がやさしく彼を抱きしめる。しかしそのとき、妻のうなじをハンスから贈られたサーベルで切りたいという強い衝動に駆られた主人公が、自宅から逃げ出すようにして向かった先は母親のいる実家であり、悲壮な表情で最愛の妻を殺してしまうかもしれないと告白する息子にぴったりと寄り添った母親は、その頭を何度もやさしく撫でる（図12）。さらに、分析医の勧めに応じて主人公は、診察を受ける数カ月のあいだ、妻のもとから離れ、母と女召使のいる実家で暮らすのであり、診療室から戻り、あらかじめ細かく切り分けられた食事を美味しそうに頬張る息子にたいして、母親は微笑みながらおかわりをよそう。ここにおいて、映画の前半部を規定していた主人公／妻／ハンスからなるエディプス的な構図は、主人公／母／分析医という、もう一つの疑似家族的な構図へと移行する。ただし、前者がファルス的な形象の数々によって色濃く染められており、それによって主人公の去勢不安を激しく刺激するのにたいして、後者のなかで主人公は、ペニスを喪失するのではないかという恐怖にもはや苛まれることはない[37]。

母親に抱きかかえられ、分析医のまえで従順に寝ころんでみせる主人公は、愛する養育者たち（母親と分析医）が望むもの（栄養物の摂取、自由連想）を贈与することに喜びを感じるという意味で、男根期以前の肛門サディズム期の段階にあると考えることができるだろう。治療にあたって分析医は、無意識のうちに潜伏する過去の記憶の探

図12

索へと患者を向かわせるだけではない。主人公は同時に、男根体制が確立され、エディプス・コンプレックスが始動する以前の前性器的体制という失われた過去へと退行するよう巧みに誘導されるのである。

　主人公と女性たちとの関係という問題に戻るならば、精神疾患に苦しむ主人公の無意識のなかで、妻と母親とが真逆の属性を付与されていることは明白である。悪夢や幼児体験の記憶をつうじて赤裸々に描出されるように、妻は自身の従弟と近親相姦的な関係を結び、性的放縦に耽った挙句、従弟の子供を出産する一方で、夫である自分にたいしては、他人たちとともに、性的不能を執拗に嘲笑する。それにたいして母親は、症状を訴える息子をやさしく慰め、ナイフを目にすることがないよう入念に気を配ることで、ファルスの脅威から守られた母胎的空間――主人公の夢のなかに登場する神殿は、ヴァギナの象徴であるとともに、母胎への回帰願望のあらわれとして捉えられよう――をみずから準備する。このように、主人公にとって女性は、淫猥で攻撃的な娼婦と、安らぎと庇護を与える善良な母親という対極的な二つの形象に分裂している。そうしたアンビヴァレントな女性像が、フリッツ・ラング監督の『メトロポリス』（1926 ／ 27）のマリア／偽マリアを挙げるまでもなく、ヴァイマル映画に頻繁に登場するステレオタイプ的なモティーフの一つにほかならない。しばしば主張されるように、モダニティの深化とそれにともなう旧来の価値秩序の崩壊にたいする男性主体の危機意識が性的に堕落した脅威としてのヴァンプという他者イメージに投影される一方[38]、母親との前エディプス的な想像的同一化によってこの危機を乗り切るべく、大衆文化などをつうじて〈母〉というイデオロギー的形象が動員される。もっとも、今日われわれにとって鑑賞可能な『心の不思議』において、妻に比べて母親の存在はいささか影が薄く、両者のコントラストはかならずしも明確ではない。だが、ザックスが執筆したブックレッ

トの記述によれば、主人公が妻のうなじをサーベルで切りたいという衝動に駆られる場面のあと、本来は次のようなシーンが挿入されていた。

　　人生が耐えがたいものになった彼は、すべてを終わりにすることを決意する。自分の実験室に駆け込み、毒が入った瓶が机のうえに置かれる。妻への書置きの最初の台詞はすでに書いてしまった。すると彼は、妻の写真の隣に飾っていたもう一枚の写真に目をとめ、自分の人生で重要な役割を演じた女性がもう一人いたことを思い出す——妻と自分との愛よりもさらに深い愛によって結ばれていた女性が。それは彼の母の写真だった——そして、別れの挨拶にキスしようと母の写真を唇まで持ってきたとき、毒入りの瓶を倒してしまう★39。

　この「生死を決定づける［…］失錯行為」★40 の場面は、1996 年にデジタル修復された版も含め、現存する『心の不思議』のどのヴァージョンにも存在せず、検閲によって削除されたという記録もない★41。もっとも、当時の批評やあらすじ紹介にはこの場面について言及されているものがあることから★42、おそらくは公開後に何らかの理由★43 でカットされたものしか残っていないと考えられる。ともあれ、ここで妻と母親という二人の女性の写真は、主人公の心のなかで、自己破壊的な死の欲動と、おのれの生命を維持しようとする自己保存的な欲動とをそれぞれ掻き立てるのであり、妻のいる自宅から母親のいる実家へと逃げ込むという、現行のヴァージョンではいささか唐突に見える主人公の行動にたいして、その背後にある深層心理的な動機を説明するものとなっている。
　妻と母親——この「自分の人生で重要な役割を演じた」二人の女性のうち、主人公がナイフで突き刺したいという衝動に駆られる対象は、妻のみである。分析医の診断結果によれば、それは隣家での殺人事件について耳にした瞬間、たまたま妻のうなじを剃刀で切ってしまったことで、無意識のうちに両者が結びつき、それが愛する妻にたいして凶行を繰り返してしまうのではないかという強迫的な不安に転じていったのだとされる。だが、夢のなかの主人公が妻の幻影にナイフを突き立てるときの異様なまでの激しさは、そうした穏当な解釈のうちに収まらないような強烈なサディズム的欲動がそこに蠢いていることを、如実に物語っているのではないだろうか。そこから必然的に、少々不穏当な帰結が導き出されてくる。すなわち、深層心理のレヴェルで主人公は、実際

に妻をナイフで殺害したいという激しい衝動をかねてより抱きつづけていた、という帰結である。そして、この妻殺しへの密かな欲望こそが、妻の肌を思わず剃刀で傷つけ、隣家での殺人事件の犯人があたかも自分であるかのように——つまり、おのれの秘められた願望が他者によって先に実現されたように——感じさせたのであり、そうした願望を実践することを禁ずる超自我の命令が、まさにナイフ恐怖症となって顕在化したのである（その意味で、「この心の病は、あなたが妻を殺さないように防いでくれているのです！」という分析医の言葉は正鵠を射ている）。かかるサディズム的な破壊欲動が醸造された原因としては、まずはおのれの性的不能にたいする劣等感——〈おまえがいなければこんな屈辱を味わうことはなかったのに〉——を挙げることができる。だが、さらにそこには、みずからに去勢恐怖を起こさせるメデューサの首——妻のうなじの傷は、ヴァギナの形象化であるともに、ペニスを去勢された生々しい傷跡の隠喩でもある——を打ち落としたいという欲望や、さらには夫である自分をさしおいてハンスと性的関係を結び、その子を孕もうとする不貞な淫女にたいする、多分に嫉妬が入り混じった処罰感情も強く働いているものと考えられる★44。

　一方、母親は、息子が抱く負の衝動をもすべて受けとめてくれる存在として、ファルスにまつわるさまざまな葛藤やコンプレックスから逃れて、いわばナルシシズム的な想像界に退却することを許容してくれるように見える。だが、ここで例の主人公の幼年期の記憶にたいして前節でわれわれが試みた解釈を想起してみるならば、妻と母親とをたがいに相いれない対極的な属性を備えた女性形象として、完全な二項対立関係にあると見なすことは、いささか早計だろう。というのも、そこでの幼い少女がハンスに人形を贈る場面が、父親と母親との性行為の場面という原光景を置換したかたちで表現するものであるとするならば、この少女は、未来の妻であると同時に、みずからの母親の隠喩でもあるからだ。だとすると、妻に向けられた破壊欲動は、もともとはみずからの目のまえで父と性行為に耽っていた母親にたいして向けられたものであると解釈しなくてはならない。つまり、主人公にとって〈母〉は、優しくも清純な庇護者と、自分以外の男性のファルスを見境なく受け入れる淫らな娼婦とにつねにすでに分裂しているという意味で、きわめてアンビヴァレントな存在なのだ。それゆえ、ナイフで妻の身体を滅多切りにしたいという衝動は、悪しき〈母〉を抹殺することで、良き〈母〉を救い出したいという願望に由来しているのである。

　ただし、すでに確認したように、主人公の無意識において、ナイフという形

象は、同時に〈父〉のファルスの隠喩でもある。したがって、ナイフを突き立てることは、みずからもまた十全な性的能力の持ち主であることを実証するという自己顕示的な含意をもっているのであり、だからこそ、夢のなかでおこなったこの行為を分析医のまえで再演することが、性的不能が治癒したことの証左として捉えられるわけだ。だが、すでに述べたように、そこにはさらに、去勢不安の源泉であるとともに嫉妬と憎悪を掻き立てる厭わしい女性のセクシュアリティを暴力的に処罰し、抹消したいというサディスト的な欲望が不可分に付随しているのであり、分析を終えたあとも事態はまったく変わらない。それどころか、ナイフに触れることを禁ずる超自我の命令が最終的に解除されることで、おのれの秘められた願望を抑圧することなく実践する道が拓かれる。もっとも、この映画の主人公の場合、妻の身体に突き立てるものはナイフからペニスへと平和なかたちで昇華したように見える。しかしながら、それがいつしか反転し、妻のうなじや下腹部をナイフで抉りたいという衝動がふたたび抑えがたい次元にまで高まらないという保証は何もない。結局のところ、分析医との数カ月におよぶ談話療法によって主人公にもたらされたのは、ザックスが主張するように、妻に向けられたサディズム的な攻撃性にたいする冷徹な自己認識──「そうした情念や欲動」を「支配」できるような「意識的な人格の意思の力」──ではなく、この破壊欲動を性的衝動とたんに混同させることにすぎなかったのではないか。要するに、激しい嗜虐性とオルガズムとが不可分に結びついているような肛門サディスト的な性的倒錯へと人為的にいたらしめることが、ここで治癒と称されるものの実体にほかならないのだ。

　映画の最後のエピローグでは、山小屋の庭影で書き物をしている妻と、ふもとの小川で熱心に魚釣りに興ずる主人公の姿が映し出される。狙った獲物を首尾よく捕え、釣り上げた何匹もの魚が入ったバケツを片手に家路につく途中、上方のロッジから手を振る妻に気づいた主人公は、持っていたバケツと釣り道具を放り投げ、赤ん坊を抱えた妻に向かって斜面を勢いよく駆け上がる。そして、妻から赤ん坊を受け取ると、空に向かって高く掲げ、愛おしそうに頬ずりする。まさに絵に描いたようなハッピーエンドであり、主人公が性的不能を見事に克服したことが、坂を駆け上がり、トロフィーのように赤ん坊を掲げるという動作によって、視覚的に表象されている（図13）（夢のなかの主人公が、上に向かって飛んだり、塔の階段を上ったりする行為──明らかに勃起を示唆している──の途中でつねに遮られてしまっていたことを想起しよう★45）。だ

が、一見些細なことのように見える事柄のなかに「『意識』には知られていない願望や情念が存在する」という映画の冒頭の字幕テキストの言葉に従って、この平和な場面にさらなる深読みを施すこともできるかもしれない。すなわち、無闇に魚を釣るという行為は、主人公のうちに潜伏していた、手当たり次第に節操なく女性をひっかけたい

図13

という願望を暗に表現しているのではないか、と（夢のなかのハーレムの場面や、三人の女性の顔をした鐘は、まさにそのあらわれである）。そして、せっかく釣った魚をあっさりと捨ててしまうのは、主人公にとって真に問題なのは征服欲をたんに満たすことであって、いったん仕留めた獲物の運命にはまったく関心がないという点を示しているといえよう。あるいは、主人公の心の内奥に、女性嫌悪的でサディスト的な衝動がなおも潜伏しているとするならば、獲物の生死にたいするこの冷淡さは、誰の手にもかかるような存在を罰したいという欲望のあらわれとして捉えることもできるかもしれない。

『心の不思議』の封切りから三年後、同じくベルリンのグロリア・パラストで、パプストの最新作『パンドラの箱』が公開された。フランク・ヴェーデキントの戯曲を原作として、アメリカ人女優ルイズ・ブルックスを主役のルルに据えたこの作品は、現在にいたるまでパプストの最高傑作と見なされているが、この映画は、夜霧のロンドンの街中に切り裂きジャックが登場し、売春婦に身をやつしたヒロインをナイフで殺害する場面で終わる。あどけない表情で抱きついてくるルルをまえに、いったん握っていた自分のナイフを手から離すものの、ベッドの脇の机のうえにナイフが置かれていることに気づくと、おのれの内なる病的な衝動に屈服するかのように、女性の身体に刃物をゆっくりと突き刺していく——この切り裂きジャックの行為は、あたかも、『心の不思議』の主人公が治療の最後に激しい身振りでおこなう所作を、静かなかたちで反復するようだ。精神疾患がフロイト理論によって首尾よく治療されるというプロセスをストーリーの主軸に据えた『心の不思議』であるが、そこでは、まさにヴェルナー・クラウスがかつて主役を演じた『カリガリ博士』のように、正常と狂気とが幾重にもねじれたかたちで混在しているのであり、それによって、科学知によって完全には統御しえない、抑圧された無意識の複雑な位相を告げて

いるのである。

注

★1 Sigmund Freud an Sándor Ferenczi, 14.08.1925, in: Freud/ Ferenczi, *Briefwechsel*, hg. von Eva Brabant, Ernst Falzeder und Patrizia Giampieri-Deutsch, Bd.3-2, Wien : Böhlau 2005, 49.

★2 『心の不思議』の成立およびフロイト派内での反応についての以下の記述は、Paul Ries, »Popularise and/or Be Damned: Psychoanalysis and Film at the Crossroads in 1925«, in: *International Journal of Psycho-Analysis* 76 (1995), 759-791 に多くを負っているほか、さらに以下の文献を参照した。Bernhard Chodorkoff/ Seymour Baxter, »"Secrets of a Soul": An Early Psychoanalytic Film Venture«, in: *American Imago* 31-4 (1974 Winter), 319-334; Anne Friedberg, »An *Unheimlich* Maneuver between Psychoanalysis and the Cinema: Secrets of a Soul«, in: Eric Rentschler (ed.), *The Films of G. W. Pabst: An Extraterritorial Cinema*, New Brunswick/London: Rutgers UP 1990, 41-51; Klaus Kreimeier, »Trennungen. G. W. Pabst und seine Filme«, in: Wolfgang Jacobsen (Hg.), *G. W. Pabst*, Berlin: Argon 1997, 11-124, bes. 63-70.

★3 *The Times*, 04.08.1925, zit. nach: Ries, »Popularise and/or Be Damned«, a.a.O., 771.

★4 Peter Gay, *Freud: A Life for Our Time*, New York/London: W.W. Norton & Company 1988, 454. (ピーター・ゲイ『フロイト 2』鈴木晶訳、みすず書房、527 頁）を参照。

★5 ちなみにフロイトは、1909 年にマサチューセッツ州のクラーク大学での講演のために渡米した折、ニューヨークでユングとフェレンツィとともに映画を鑑賞していた。また、1937 年にハリウッド映画を上映しているウィーンの映画館でフロイトを目撃したという証言もあるが、そのほかにフロイトが映画を観たという記録はない（Bruce Sklarew, »Freud and Film. Encounters in the *Wetlgeist*«, in: *Journal of the American Psychoanalytic Association* 47 (1999), 1239-1247 を参照）。

★6 Karl Abraham an Freud, 07.06.1925, in: Freud/Abraham, *Briefe 1907-1926*, hg. von Hilda C. Abraham und Ernst L. Freud, Frankfurt a.M.: Fischer 1965, ^{2}1980, 356.

★7 Freund an Abraham, 09.06.1925, in: ebd., 357f.

★8 コリン・ロス（Colin Ross, 1885-1945）は、第一次世界大戦に従軍後に旅行ジャーナリストとして成功をおさめ、1924 年にノイマンのプロデュースによる紀行映画『カメラをもって世界をめぐる』*Mit dem Kurbelkasten um die Erde* の監督・脚本を担当することで映画業界入りする。『心の不思議』での共同脚本——ちなみに、警視役で映画のなかにも一瞬登場する——のあとは、旅行記や通俗心理学に基づく文化論などを数多く刊行。ヒトラー政権誕生後はナチスのイデオローグとしてドイツの出版界で活躍するとともに、アメリカで親独プロパガンダ活動に従事するものの、政府に批判的な発言を

第 14 章　犯行現場としての心

したことがきっかけでゲシュタポの監視下に置かれるようになり、敗戦直前に自殺した。ロスの経歴および『心の不思議』との関わりについての詳細は、Bodo-Michael Baumunk, »"Eine Reise zu sich selbst". Der Drehbuchautor Colin Ross«, in: Jacobsen (Hg.), *G. W. Pabst*, a.a.O., 169-174 を参照。

★9　Abraham an Freud, 18.07.1925, in: *Briefe 1907-1926*, a.a.O., 362.

★10　パプストの『喜びなき街』にはヴェルナー・クラウスとイルカ・グリュニングが、ノイマンが 1925 年に自身の制作・脚本・監督作として手掛けた『真夏の夜の夢』には、クラウス、ルート・ワイヤーがそれぞれ出演している。また、パーヴェル・パヴロフは、ノイマン制作の『I.N.R.I.』（ローベルト・ヴィーネ監督、1923）に出演しているほか、ドストエフスキー原作による『ラスコリーニコフ』（ヴィーネ監督、1923）に大審問官役で出演したときの表情をパプストが気に入り、精神分析家役に抜擢された。なお、俳優が役になりきることを求めるパプストの依頼によって、ドイツ語も分からなければ精神分析についてもまったく無知だったパヴロフに、ハンス・ザックスが通訳をまじえて直々に精神分析のレクチャーを二週間にわたっておこなったという（Ries, »Popularise and/or Be Damned«, a.a.O., 768f. を参照）。

★11　Ebd., 771. Ernest Jones, *The Life and Work of Sigmund Freud*, ed. by Lionel Trilling and Steven Marcus, New York: Basic Books 1961, 443-445.（アーネスト・ジョーンズ『フロイトの生涯』竹友安彦・藤井治彦訳、紀伊國屋書店、1964 年、449 頁）も併せて参照。

★12　ちなみに、このころフロイト派の内部では、ベルリンで進行中の『心の不思議』の企画に張り合うかたちで、精神分析を主題としたもう一つの映画の企画が、フロイトのお膝元のウィーンで持ち上がっていた。すなわち、1925 年夏、アブラハムとザックスの映画の宣伝手法や内容に強く反発した精神分析家・教育改革運動家のジークフリート・ベルンフェルト（Siegfried Bernfeld: 1892-1953）、および国際精神分析出版社社長のアードルフ・ヨーゼフ・シュトルフェル（Adorf Josef Storfel: 1988-1944）が、『心の不思議』によって精神分析についての誤ったイメージが広がるのではないかという懸念を表明するとともに、「フロイトの教えを真正なかたちで表現した長編映画のために脚本」がすでに書かれていると発表したのである（Ries, »Popularise and/or Be Damned«, a.a.O., 773）。実際、そのときベルンフェルトは、「長篇劇映画の形式でフロイトの精神分析を映画的に表現するための構想」と題された映画の脚本をすでに書き上げていた。この脚本は全部で五幕からなり、不眠症と幻影に悩む男性患者が、恋人の勧めによって精神分析家のもとを訪れ、さまざまな夢を解釈してもらうなかで心の病から回復するというのが主な内容であった（Bernfeld, »Entwurf zu einer filmischen Darstellung der Freudschen Psychoanalyse im Rahmen eines abendfüllenden Spielfilms«, in: Karl Sierek/ Barbara Eppensteiner (Hg.), *Der Analytiker im Kino. Siegfried Bernfeld/ Psychoanalyse/ Filmtheorie*, Frankfurt a.M./Basel: Stroemfeld 2000, 37-98 を参照）。さらにベルンフェルトは、『カリガリ博士』を監督したローベルト・ヴィーネや、ハリウッドのパラマウント社にこの脚本の売り込みをはかるものの、結局のところ実現にいたることはなかった（Paul Ries, »Film und

Psychoanalyse in Berlin und Wien 1925«, in: Sierek u.a. (Hg.), *Der Analytiker im Kino*, a.a.O., 171-197, bes. 194 を参照）。なお、1925 年 9 月にホンブルクで国際精神分析協会の大会が開催された際には、アブラハム／ザックスと、ベルンフェルト／シュトルフェル、さらにベルンフェルトたちを支持するフェレンツィ、ジョーンズ、アイティンゴン、アンナ・フロイトのあいだで激しい応酬があったという（Ries, »Popularise and/or Be Damned«, a.a.O., 775）。それにたいしてフロイトは、どちらの陣営にも肩入れすることはなかった。

★13 Frend an Jones, 30.12.1925, in: *Briefwechsel Sigmund Freud / Ernet Jones 1908-1939*, Transkription und editorische Bearbeitung von Ingeborg Meyer-Palmedo, Frankfurt a.M.: Fischer 1993, 41.

★14 たとえば、「これまでの他のどんな映画よりも幻想的で、夢幻的で、幻視的である。ここでは味気ない理論が教えられるのではなく、ドラマとして優れた、人間としてきわめて分かりやすい心の葛藤をここでわれわれは経験するのだ」（Dr. M–I. (= Dr. Mendel)，»Kritik zu *Geheimnisse einer Seele*«, in: *Lichtbild-Bühne*, Nr. 71, 25.3.1926）。公開当時の『心の不思議』評についての概観として、Gerald Koll, *Pandoras Schätze. Erotikkonzeptionen in den Stummfilmen von G. W. Pabst*, München: diskurs film 1998, 137f. を参照。

★15 Hanns Sachs, *Psychoanalyse. Rätsel des Unbewußten*, Berlin: Lichtbild-Bühne 1926, jetzt in: Jacobsen (Hg.), *G. W. Pabst*, a.a.O., 175-184.

★16 Ries, »Popularise and/or Be Damned«, a.a.O., 780-783 を参照。

★17 ちなみに、日本で『心の不思議』が 1928 年 4 月 6 日に公開されたのにあわせて、雑誌『新青年』では、辻潤、村山知義、甲賀三郎、江戸川乱歩、飯島正、武田忠哉、飯田心美、水谷準、渡邊温、横溝正史を出席者として「合評座談会」が開催されているが、そこでもとりわけ夢の場面が評価されている。「甲賀「夢の場面はよかつたね」／横溝「思ひ出を話す場面はよかつた。バックが白くて変つてゐて」／江戸川「うん良い所があつた」／横溝「僕はあれでたんのうしたよ」」（『新青年』第 9 巻第 4 号（1928 年）143 頁）。

★18 たとえば、「この特殊な映画は［…］ところどころできわめて素朴であるために、滑稽すれすれであった」（Edward Glover, »Vorwort«, in: Freud/Abraham, *Briefe 1907-1926*, a.a.O., 10）、「『心の不思議』は、教育映画として、設定された目的を遂行しているように見えるものの、逆説的なことに、心理学の使い方や機能という点では、ここで考察している〔『パンドラの箱』『M』『心の不思議』という〕三本の映画のなかでもっとも説得力に欠ける」（Janet Bergstrom, »Psychological Explanation in the Films of Lang and Pabst«, in: E. Ann Kaplan (ed.), *Psychoanalysis & Cinema*, New York/London: Routledge 1990, 177）。

★19 「分析家の行動や患者を分析する仕方については曖昧に示されており、いずれにせよわれわれが今日抱いている見解との不一致が際立っている。［…］ここでの分析医は自身の患者に関わりすぎる人物として提示されているのである」（Chodorkoff/Baxter, »"Secrets of a Soul"«, a.a.O., 328f.）。

★20 Friedberg, »An *Unheimlich* Maneuver between Psychoanalysis and the

Cinema«, a.a.O., 51. 同様の指摘として、次を参照。Koll, *Pandoras Schätze*, a.a.O., 139f.; Reinhard Barrabas, *Kerngebiete der Psychologie. Eine Einführung an Filmbeispielen*, Göttingen: Vandenhoeck & Ruprecht 2013, 169.

★21 「この映画のラストで、シーンは、教授が生まれたばかりの赤ん坊を抱いている山の風景へと急転している。それは、このように、そのより広い含みを決定的に無価値にしながら、プロット全体をメロドラマの領域へと引きずってゆくエピソードである」（Siegfried Kracauer, *From Caligari to Hitler. A Psychological History of the German Film*, Prinston: Prinston University Press 1947, 172.〔ジークフリート・クラカウアー『カリガリからヒトラーへ』丸尾定訳、みすず書房、1970 年、177 頁〕）、「もっともこの映画はその鋭い分析と精妙で独創的なカメラ・ワーク［…］の持つ価値を、あまりに陳腐なハッピーエンドで減じていた」（Klaus Kreimeier, *Die Ufa-Story. Geschichte eines Filmkonzerns*, München/Wien: Carl Hanser 1992, 135.〔クラウス・クライマイアー『ウーファ物語──ある映画コンツェルンの歴史』平田達治他訳、鳥影社、2005 年、206 頁〕）。

★22 Friedberg, »An *Unheimlich* Maneuver between Psychoanalysis and the Cinema«, a.a.O., 47.

★23 Lichtspielgesetz vom 12. Mai 1920, zit. nach: http://www.documentarchiv. de/wr/1920/lichtspielgesetz.html（最終アクセス日：2014 年 1 月 28 日）

★24 Sachs, *Psychoanalyse. Rätsel des Unbewußten*, a.a.O., 183. また、公開当時に書かれた批評でも、検閲の問題がすでに指摘されている。「不幸なことに、この映画では、最後に多くのことを台無しにしてしまったスタッフが関与していた。すなわち、検閲である。［…］この映画が完全なものであることは許̇さ̇れ̇な̇い̇の̇だ̇！」（Axel Eggebrecht, [Pressekritik zu *Geheimnisse einer Seele*], in: Die Literarische Welt, Nr. 15 (1926)）。もっとも、当時の検閲記録には、どちらかといえば些細な二つの変更──たとえば、「心の葛藤が『暴露＝露出 aufgedeckt』された」という字幕の言葉を、性的なニュアンスを帯びるおそれのない「意識化された」に改めること、など──が要求されているのみであり（Koll, *Pandoras Schätze*, a.a.O., 138 を参照）、性にまつわる事柄が極度に抑制されているのは、すべて自主検閲によるものと考えられる。

★25 Freud, »Die Verneunung«, in: ders., *Gesammelte Werke*, Frankfurt a.M.: Fischer Taschenbuch Verlag 1999, Bd. XIV, 14.（フロイト「否定」『フロイト全集』第 19 巻（加藤敏編訳、岩波書店、2010 年）所収、6 頁。訳文一部変更）

★26 エルネー・メツナー（Ernö Metzner, 1892-1953）は、ハンガリー出身の映画美術監督。1920 年代より、ルビッチュ監督の『寵姫ズルムン』(1920)や『ファラオの恋』(1922)、ハンス・ノイマン制作の『I.N.R.I.』などで美術を担当。『心の不思議』以降、『淪落の女の日記』(1929)、『死の銀嶺』(1929)、『西部戦線一九一八年』(1929) など、多くのパプスト監督作品の美術を手掛けたほか、実験短編映画『警察白書・襲撃』(1928) を監督した。ヒトラー政権誕生後はフランスに移住し、パプスト監督による『上から下まで』(1933) に参加。その後、イギリスを経て、1936 年にアメリカに亡命するも、ハリウッドでは仕事に恵まれなかった。

★27 グイード・ゼーバー（Guido Seeber, 1879-1940）は、ケムニッツ出身の映画カメラマン。父親とともに 1897 年より映画上映を手掛けるかたわらで、映写機の改良や映像と音響を同期させる「ゼーベロホーン」の開発をおこなう。1905 年にドイツ・ビオスコープ社に入り、数多くの音響映像を撮影。1912 年よりアスタ・ニールセンの主演映画のカメラを担当するようになり、さらに『プラーグの大学生』（シュテラン・ライ監督、1913）、『ゴーレム』（ヘンリック・ガレーン監督、1915）、『さまよえる像』（フリッツ・ラング監督、1920）、『除夜の悲劇』（ルプ・ピック監督、1923）、『喜びなき街』（1925）などを撮影。1920 年代半ばからはアニメーションやトーキーなど新たな映画技術の開発にも積極的に携わる。1932 年に撮影監督から引退したあとは、映像技術について多くの著作を執筆した。なお、『心の不思議』の撮影チームには、のちに映画監督として『白馬の騎士』（1933）などを手掛けるクルト・エルテル（Kurt Oertel, 1890-1960）と、オーストリア出身の映画カメラマン、ローベルト・ラッハ（Robert Lach, 1901-1971）が加わっている。

★28 カメラマンのゼーバーは、1927 年に刊行された特殊撮影のテクニックについての解説書のなかで、『心の不思議』の夢の場面がどのように撮影されたかについて詳細に記述している（Guido Seeber, *Der Trickfilm in seinen grundsätzlichen Möglichkeiten. Eine praktische und theoretische Darstellung der photographischen Filmtricks*, Berlin: Verlag der Lichtbildbühne 1927 (Reprint: Frankfurt a.M.: Deutsches Filmmuseum 1979), 85-93）。

★29 Hermann Kappelhoff, *Der möblierte Mensch. Georg Wilhelm Papst und die Utopie der Sachlichkeit*, Berlin: Vorwerk 1994, 51. 『心の不思議』の夢の場面と表現主義との関連については、すでに Lotte H. Eisner, *The Haunted Screen: Expressionism in the German Cinema and the Influence of Max Reinhardt,* Berkeley/Los Angeles: University of California Press, 1969, [2]2008, 31 で指摘されている。

★30 Baumunk, »Der Drehbuchautor Colin Ross«, a.a.O., 172 を参照。

★31 エドワード・W・サイード『オリエンタリズム』板垣雄三・杉田英明監訳／今沢紀子訳、平凡社ライブラリー、1993 年、上巻 430 頁。

★32 Freud, »Das Medusenhaupt«, in: ders., *Gesammelte Werke*, a.a.O., Bd. XVII, 45-48.（フロイト「メデューサの首」須藤訓任訳、『フロイト全集』第 17 巻（岩波書店、2006 年）所収、371-372 頁）

★33 この点については、Elisabeth Bronfen, »Geheimnisse einer Seele. Gedanken zu Pabsts psychoanalytischem Film«, in: Thomas Anz (Hg.), *Psychoanalyse in der modernen Literatur. Kooperation und Konkurrenz*, Königshausen & Neumann: Würzburg 1999, 61-82, bes. 68f. から示唆を受けた。なお、Anne Friedberg は、三つの鐘が三人の女性の顔に変貌するのは、英語の「bell」とフランス語の「美しい beau」の女性形「belle」との音声的な結びつきによるのではないかと推測している（»An *Unheimlich* Maneuver between Psychoanalysis and the Cinema«, a.a.O., 246 (note 35)）。

★34 Freud, »Mitteilung eines der psychoanalytischen Theorie widersprechenden

Falles von Paranoia«, in: ders., *Gesammelte Werke*, a.a.O., Bd. XVI, 242.（フロイト「精神分析理論にそぐわないパラノイアの一例の報告」本間直樹訳、『フロイト全集』第 14 巻（岩波書店、2010 年）所収、303 頁）。周知のように、幼少期における両親の性行為の目撃の場面をめぐる問題は、このあと、いわゆる症例「狼男」報告（1918）のなかで、「原光景」という名称が与えられるとともに、父親による母親へのサディズム的な攻撃性の発露と、それにたいする性的興奮と去勢恐怖とのアンビヴァレンツとの関連 で 理 論 的 に 精 緻 化 さ れ る こ と と な る（Freud, »Aus der Geschichte einer infantilen Neurose«, in: ders., *Gesammelte Werke*, a.a.O., Bd. XVI, 54-75（フロイト「ある幼児期神経症の病歴より〔狼男〕」須藤訓任訳、前掲『フロイト全集』第 14 巻所収、25-48 頁を参照）。木の幹にとまった存在に眺められるというモティーフや、幼年期のトラウマ的な記憶、不安を与える夢の報告など、『心の不思議』のシナリオ執筆・監修の際にこの「狼男」報告が参照された可能性はきわめて高いと思われる。

★35 Koll, *Pandoras Schätze*, a.a.O., 147 の指摘による。

★36 Sachs, *Psychoanalyse. Rätsel des Unbewußten*, a.a.O., S. 183. 強調原文。

★37 ハンス・ノイマンとコリン・ロスが共同執筆した脚本において分析医は「堂々とした巨大な葉巻」を口にくわえている人物として設定されていたが（Baumunk, »Der Drehbuchautor Colin Ross«, a.a.O., 171）、映像ではこのファロス的な小道具が消去（去勢？）されているのは示唆的である。

★38 そのような観点から『心の不思議』を含めたヴァイマル映画を解釈した試みとして、Richard W. McCormick, *Gender and Sexuality in Weimar Modernity: Film, Literature, and "New Objectivity"*, New York: Palgrave 2001, bes. 88-98 を参照。

★39 Sachs, *Psychoanalyse. Rätsel des Unbewußten*, a.a.O., S. 177.

★40 Ebd.

★41 Ries, »Popularise and/or Be Damned«, a.a.O., 770, 786f. を参照。

★42 たとえば、先述（注 16）の『新青年』での座談会では、江戸川乱歩が「母の寫眞を見て思い出し、家へ歸るのも意味があるね」と述べている（145 頁）。

★43 考えうる理由として、自殺というキリスト教の教義に反するモティーフがこの作品を輸出するうえで障害になりかねないために、キリスト教諸国に輸出されたヴァージョンでこの場面がカットされたのではないかとも推測されるが、詳細については不明である。

★44 注 33 で挙げた Elisabeth Bronfen の論考でも、主人公のナイフ恐怖症が「性的に脅威を与える妻は殺されるべきだ」とする「女性のセクシュアリティにたいする暴力的幻想」に由来するものであるという同様の解釈が提示されている（»Geheimnisse einer Seele«, 76）。ただし、ここでの強調点は、主人公がハンスにたいして密かにホモエロティックな欲望を抱いているという仮説であり、たとえば夢のなかで主人公がハンスに射殺される場面は「愛しているものの、愛の対象としては禁じられた従弟によって挿入されたいという欲望」（73）をあらわしており、妻殺しの衝動の誘因についても「従弟だけと一緒にいたいという願望」（82）に由来するとされる。だが、主人公がファルスをもったハンスにたいして——エディプス的な去勢恐怖の感情とともに——同一化への強い願望をもっていることは確かにせよ、それをホモエロティックな欲望にそのまま還元

するのはやや短絡的であるように思われる。また、主人公の母親の存在についてもまっ
たく考察されていない。

★45　Koll, *Pandoras Schätze*, a.a.O., 168 を参照。

第4部

〈知〉の枠組みをめぐって

第15章

バルザックにおける「全集」と「知」

鎌田 隆行

　バルザックは、それまで長らく娯楽的なジャンルとして認知されてきた小説、すなわち散文によるフィクションに、一社会全体の表象とその機能の解明というきわめて大きな射程を担わせようとした。そして、そのような野心的な創作の展開において既存の知——歴史、哲学、医学、化学、博物学などの学術はもとより、神秘思想や、さらには観相学、骨相学、動物磁気のようないまでは擬似科学とみなされているものまで——の援用が重要な役割を果たしていることが多くの研究者によって強調されてきた。たとえばバルザックの作品の思想的な射程全般については、既に伝統的となった研究においてクルティウスやニクログが浩瀚な論述を行っている[1]。他方、『人間喜劇』における個別の学問分野の知への依拠に関しては、マドレーヌ・アンブリエールによる『絶対の探求』と化学をめぐる研究が代表的であり、また近年では松村博史が医学的な知の現われの問題を跡付けている[2]。

　本稿では、バルザックによる総合的作品の構築という相において知の折り込みの問題にアプローチしてみたい。従来の小説を凌駕し、学問知と競合するような知を標榜する作品という作者の計画は、「全集」という機制と不可分だからだ。代表作である『人間喜劇』の初版は、フュルヌらによって刊行された『人間喜劇、バルザック氏の全集』（1842-46, 48）である。作者がその再版を期して準備した修正版である「フュルヌ修正版」が今日の大半の校訂本のもととなっているが、そもそも版本全般に言えるように、現在われわれが目にしているのは、刊行に至る紆余曲折の痕跡の大半が省かれたテクストである。しかるに、バルザックはかなり早い段階から総合的著作を構想しており、多様な出版形態を試み、作品の刊行と再版を重ねながら「全集」を目指すという、相反する方向性を含んだ運動の中で自作を展開していったのである。ここでは、『人間喜劇』という作品を本来の複数的な生成運動へと送り返しつつ、バルザックが挑んだ

壮大な著作の構築において作品群の分節、配列、相互の関連付けが、広義の知への参照を通じてどのように編成されていったかを考察する。また、『人間喜劇』の内的構造をめぐる、いくつかの検討すべき重要な問題の素描を試みたい[3]。

1　総合的作品の構想と『人間喜劇』の成立

　具体的にバルザックの作品群の生成過程を跡付けていく前に、まず、『人間喜劇』に伴う「全集」というコンセプトの背景について確認しておきたい。一作家の作品を総体的に集めて刊行する「全集」という発想は、19世紀前半のフランスの歴史的、文化的、また産業的状況と密接に結び付いたものである。思想・文化的側面では、ロマン主義において顕著に見られる、世界や存在する事物に関するトータルな認識という志向に呼応するものである。また、社会における民衆の導き手としての作家のステイタスの上昇という現象とも関連が深い。実際、バルザック自身、未完の断片『カトリック司祭』（1832 〜 34 年）においてハンスカ夫人に宛てた献辞で「今日では作家が司祭にとって代わりました」と記している[4]。激動し価値観が変容する近代世界にあっては、大聖堂ではなく印刷物が（ユゴー「これがあれを滅ぼすだろう」）、司祭ではなく作家が、知を司り、精神的な導き手となる。まさしくポール・ベニシューが指摘した、宗教的権威に代わって世俗的権威として決定的な役割を担う「作家の聖別」に対してバルザックが意識的であったことが確認できよう[5]。そしてまた、フランスの出版状況においても、王政復古期には文学作品の「全集」の刊行が流行していたことが知られている[6]。バルザック自身、出版業を営んでいた時代である 1825 〜 26 年にモリエールとラ・フォンテーヌのコンパクト版の刊行を試み、ラ・フォンテーヌ全集に寄せた紹介文では詩人の思考を全て収録したことを強調している[7]。

　実際、ほぼ同時期の 1824 〜 25 年頃に、バルザック自身、一つの総合的な作品を構想していた。『生彩フランス史』の総題のもとに一連の歴史小説を執筆するという計画である。後に『幻滅』第二部『パリにおける田舎の偉人』（1839年）において登場人物の作家ダルテズがリュシアンに与える歴史小説のシリーズについての指南がこの時の構想の概要をかなり忠実に反映したものと考えられている。

　シャルルマーニュ以降の歴代の王に少なくとも 1 冊ずつ、場合によっては、

ルイ 14 世、アンリ 4 世、フランソワ 1 世などは 4、5 冊が必要になるで
しょう。そのようにして『生彩フランス史』を書き、周知の史実を無理し
て物語るなどということなく、時代精神を表現しながら衣服、家具、家屋、
室内、私生活を描きなさい★8。

『生彩フランス史』の枠組みでは『破門された人』など実際に複数の作品計画
が試みられた。プレイヤード版『その他の作品』の注釈者であるロラン・ショ
レとルネ・ギーズは、実業生活を経たバルザックの文学への復帰作で、後に『人
間喜劇』に収録されることになる『最後のふくろう党員あるいは 1800 年のブ
ルターニュ』（1829 年）を歴史小説として『生彩フランス史』に属する最後の
作品（また唯一の完成した作品）と捉えている★9。作品は当初は『ル・ガ』の
題名のもとに構想され、バルザックは架空の人物ヴィクトール・モリヨンとい
う仮面のもとに序文を書き進めていた。この序文は刊行された『最後のふくろ
う党員…』には付されなかったが、その後の作品の展望を告げる文言を既に含
んでいる。作者は「我々の風俗や慣習の知られざる事実において国家の歴史が
描かれるような風俗画を提示しようと試みる人物」★10 だとされる。また、「こ
の作品は作者がつくろうとしている建築物のいわば一つの石材に過ぎないので
ある」★11 として、総合的な書物の構築の意志と、これに伴う建築物のメタ
ファーの使用が顕著にうかがえるのである。以後、『生彩フランス史』の計画は
1832 年、あるいはさらに後の 1836 年まで維持されたと考えられる★12。こう
した動きと並行しながら、1830 年 4 月には社会風俗を主題とした最初の作品
集である『私生活情景』が刊行されている。続いて 1831 年 9 月には『哲学的
長短編集』の出版に至る。この二つのシリーズは以後、再版が行われ、バルザ
ックはそのつど新しいテクストを加えるとともに既存の作品に加筆修正を加え
ている★13。1830 〜 47 年の間に使用した創作ノート『パンセ、主題、断片』
に記された多くのプランやタイトル集に見られるように、作品群の全体計画を
プログラムしていくこと、収録予定作品の再編成を行うことがこの小説家の創
作行為の中で重要な役割を担うことになるのである。
　そして、個別の作品の制作に関しては、バルザックのエネルギッシュな創造
行為の象徴としてしばしば語られる、校正刷りを駆使した執筆方法が『最後の
ふくろう党員…』以後に用いられるようになった。草稿の後（あるいは草稿が
全て書かれていなくても校正刷りを介入させる）は、ゲラで何度も書き直しな
がら作品を練り上げていくという手法である。複数の作品を同時進行で書き進

めるケースも稀ではなかった★14。

　ところで、1830年代に書かれた哲学小説の系譜の作品には、「絶対的なるもの」を求めてエネルギーを蕩尽し、倒れ果てる天才的探求者たちが頻繁に登場していることも注目される。『あら皮』（1831）において欲望の根源的蕩尽を望み、豪奢な生活を送った後に絶命する主人公ラファエルや、究極の思考者であったがカタレプシーに倒れる『ルイ・ランベール』（1832）の同名の主人公の挿話には、バルザックが少年期のヴァンドーム学院時代（1807-13）に取り組んでいた、あるいは取り組もうとしていたとされている、宇宙の統一原理の解明を目指す『意志論』なる書物の試みが描かれている。また、『知られざる傑作』（1831）の画家フレノフェールは絵画において絶対的な表現の極北を追求した末に自ら命を絶つ。『絶対の探求』（1834）のバルタザール・クラースは財産を使い果たして全ての物質に共通する原質を探求した上、最後は「ユーレカ」の声とともに事切れる。『ガンバラ』（1837）の主人公は全能の楽器パンアルモニコンを作り、あまりにも先鋭的な音楽を探求したために理解されず、不遇をかこつ。こうした「絶対」を追求する破滅型の天才を描きつつも、バルザック自身は表現者としてとどまり続けることを選択し、トータルな表象を目指す野心的な書物の計画を進めていく。1832年5月にハンスカ夫人に語った一節は有名である。

　　おそらく無謀なのでしょうが、自身の作品全体によって文学全体を表象し、建物の美しさ以上に素材の総体と集積によって存続するようなモニュメントをつくることを企てた以上、無能のそしりを受けないためにあらゆることに挑まねばなりません★15。

このように、自身が目指す未曾有の書物は何よりもまずモニュメントとしてイメージされている。そもそも、フィリップ・アモンが指摘するように、十九世紀文学において建築は一つのオブセッションと言えるほど多くの作品に姿を現わしている。文学作品に登場する広義の建築物は、たとえば内部と外部を設定することで解釈学的な対象を構築し、また隔てることによって欲望を掻き立てるといった差別化の装置としても機能し、さらに空間を階層化して従属・包含関係を提示するといった役割をも担う。そしてなによりも建築物は、広大な作品世界を仮託するメタファーとして随所で援用される。大伽藍にとって代わる書物は、大伽藍の形象を自らまとうのである★16。

さて同じくこの時期に、歴史小説から同時代の社会の描写へと次第に志向の変化が起きていることが見て取れる。1832年12月、『十九世紀風俗研究』の初期段階でのプランは『私生活情景』、『社交界生活情景』、『田舎生活情景』から構成されている[17]。他方、同年頃に書かれたと思われる刊行計画のメモには「バルザック氏による十九世紀フランス風俗史」と記されており、歴史小説から同時代のフランス社会を対象にした「現代史」への移行期であったことを証するものである[18]。

こうした変容をこうむりながら、バルザックの作品創造は1830年代半ばに極めて旺盛な展開を見せる。1833〜37年に刊行された12巻の『十九世紀風俗研究』は『私生活情景』、『地方生活情景』、『パリ生活情景』（各4巻）からなり、またその序文では『政治生活情景』、『軍隊生活情景』、『田園生活情景』も予告されている[19]。ただし後半の三情景は以後もあまり発展することがない。一方、哲学的作品群の方も、1834〜40年に『哲学研究』が刊行され、再録作品に新たな作品を加えながら拡大している。また、百話を目指す『コント・ドロラティック』の壮大な計画も、「通人たちのために建てられるモニュメント」[20]としてバルザックの大きな関心事であった。同作品の制作は1832〜33年頃が絶頂期で、1837年以後には計画は潰え去っていく。最終的に発表されたのは30篇であった。

そして1834年10月18日、バルザックはハンスカ夫人宛に自らの総合的作品を告知している。この時点での題名は『社会研究』である[21]。直後の10月26日、同じくハンスカ夫人に宛てた有名な手紙では『社会研究』の具体的な構想が語られている。小説家は、「1838年にはこの巨大な作品の三つの部分は、完成はしないまでも積み重ねられ、全体を判断することができるようになります」と語り、それら『風俗研究』、『哲学研究』、『分析的研究』はそれぞれ社会の結果、原因、原理を表すものだと表明している[22]。かくしてのちの『人間喜劇』の三層が姿を現したのであった。

他方、『ゴリオ爺さん』（1835年）を期に、同一の人物を別の作品にも登場させる人物再登場法が確立し、作品間を密接に結ぶ役割を果たしていく。バルザックは進行中の作品において、たえず人物再登場網を拡大させていこうと試みる一方[23]、既に執筆していた作品にも事後的に適用し、作品の再版のたびに人物の名前を変更して再登場人物に変えていった。とりわけ『人間喜劇』への収録の際に多くの端役の登場人物を再登場人物に変更し、同作品中の2000人以上の登場人物のうち、600人近くが再登場人物となった[24]。もっとも、

バルザックの作品においては、「名前のない」人物の登場、あるいは言及の事例も数多く、こちらも無視できない。クリステル・クローは、小説の作者の言説に知的な重みがいまだ十全に認められていなかった時代にあって、『人間喜劇』では医者、学者（知の専門家）、通行人、旅行者（証人）、作家、画家（芸術家）など、作者の分身といえるような存在に知をめぐる言説がしばしば託されていることを指摘している★25。

　さて、バルザックは自らが目指した総合的な社会表象のコンセプトを多くの序文的言説において明示している。フェリックス・ダヴァンによる『哲学研究』序文（1834年）と『十九世紀風俗研究』序文（1835年）はとりわけこのような野心的計画を詳述した長大なテクストである。署名者こそダヴァンであるものの、実際にはバルザックの意向に沿って執筆されたものであり、また小説家自身が手を加えたと考えられている★26。それぞれ、個別の「研究」だけでなく、今後制作されていくべき作品群全体に言及している。たとえば、『哲学研究』序文では、序文作者は『風俗研究』にも長々と論及しながら、作品群の大きな射程を予告している。

　　かつて小説家が細部や小さな出来事のこうした検証にかくも心を砕いて取り組んだことはなかった。これらは慧眼さをもって解釈、選定され、またいにしえのモザイク画の制作者のような技巧と忍耐をもって集積されれば、統一性、創造性、清新さを湛えた集合体を形成する。この小説家はウォルター・スコットが中世について行ったことを現代の社会に関して企てているのだ★27。

既に見たような建築物のメタファーに加え、ここに見られるようなモザイク画の比喩もまた、バルザックが序文において好んで用いたものである。小説家はまた作品への学術性の付与についても腐心を重ねている。たとえば『十九世紀風俗研究』の最終配本となった『幻滅』（1837年；現在の三部作の第一部）の序文にはこうした傾向が明白に見られる。作者によれば自身が目指すものは、

　　社会状態は人間をその欲求に適合させ、歪めてしまうので、どこにあっても人間は自分自身に似ていないこと、社会は「職業」の数に見合った「種」をつくりだしたこと、そして社会的人間には動物学と同じほどの種類があることを原理とし、あらゆる相から眺め、あらゆる局面で捉えた社会の完

第 15 章　バルザックにおける「全集」と「知」

全なる描写

だとされている★28。

　序文的言説においてはまたしばしば、ワーク・イン・プログレスの形で生成しつつある巨大な作品の総体が提示されている。1839 年の『イヴの娘』序文にそうした言説の典型を見ることができる。

　　躍動する現代風俗のこの長大な物語が完成するまでは、作者は、一なる全体に配置されるべき、また作業中の断片の集積、累積、並列によって別のものに変化する作品の各部分を切り離して判断することに固執する短絡的な批評を黙って受け入れることを余儀なくされるのである★29。

西洋文学の伝統において詩や演劇のようなギリシア以来の正統的ジャンルの埒外にあった小説に、かつてなかった知的構築物としての重要性を担わせる試みに対する理解は、当然のことながら自明ではない。作者は常に誤解と批判の危険にさらされる★30。バルザックにおいて見られる 1830 年代半ば以後の序文的言説の横溢は、未曾有の巨大な作品を目指せば目指すほど、ますます正統化の問題に直面していった作家の姿を現している。このように、小説を手にした読者に対して、それが属することになる「一なる全体」の完成を待つように呼びかける序文のパラドクシカルな性格については、ジェラール・ジュネットが端的に指摘を行っている。

　　全体を待ってから断片を判断せよというこれらの指示には、ある明白なリスクが含まれる。すなわち、大衆が刊行直後に読んでくれなくなるのではないか、そして完全な作品が出るまで待っていわゆるまとめ買いをするようになるのではないか、というリスクだ★31。

　読者に対して作品の解釈を方向付けるべき序文が、むしろその判断を先送りするように誘うことになる。作者はこの逆説を引き受けつつ、また、来るべき全体が完成したあかつきにはこれらの序文は削除されるであろうとも告げている★32。

　こうして次第に熟していった総合的作品の計画は、しかし、以後直線的に実現していくわけではない。それどころか、1830 年代中盤以後のバルザックは

出版戦略の多様化という手段に積極的に訴えているのである。1836年10～11月に『ラ・プレス』紙に掲載した『老嬢』はフランスで初の新聞連載小説であった。この時はまだ場所こそヴァラエティー欄（3～4面上段）であったが、後に学芸欄（1～2面下段）が小説の所定の掲載先となる。以後のバルザックにとって新聞は大半の作品の初出の場である。また、「シャルパンチエ叢書」として1838年10月～1840年1月（34作品）および1842年6月（2作品）に18折版の再版が行われることになる。

　1837年7月にバルザックは「自作全体の刊行という大事業が進行中」であることをハンスカ夫人に伝えている[33]。しかし結局『社会研究』として刊行できたのは1838年7月の『あら皮』の挿絵入り版本（第26巻）のみであった。その後、ある書簡において、『人間喜劇』の名称が初めて登場する。バルザックはここで『私生活情景』、『地方生活情景』、『パリ生活情景』、『田園生活情景』、『哲学研究』の配本計画を記し、『政治生活情景』や『軍隊生活情景』についてもこれに続くとした。宛先も日付も記されていないこの手紙は長らく1840年1月頃のものとみなされていたが[34]、ロジェ・ピエロとエルヴェ・ヨンによる最新のエディション（2011年）において、この書簡が編集者アルマン・デュタックに宛てたものであり、時期は1839年4～5月頃であることが解明された[35]。したがって『人間喜劇』の総題の付された刊行計画の出現の時期が、従来考えられていたよりも半年以上繰り上がったことになる。ところでステファンヌ・ヴァッションは1992年の研究論文で、バルザックが総合的な作品の刊行を見越して1839年から八折版での再版を控え、1846年の『人間喜劇』刊行後に再開したことに言及している[36]。まさに『人間喜劇』の計画の具体化の時期と合致した出版戦略上の挙措であることが明らかになるのである。

　なお、デュタックに宛てた手紙には「全集」の語は見られない。この編集者とのやりとりがなぜ不発に終わったかは判明していないが、その後、1841年4月にエッツェル、ポーラン、デュボシェ、サンシュを共同出版人とする契約が作成されるに至る。ここで「全集」と明記されるが、今度は『人間喜劇』の語が記されていない[37]。同年10月、サンシュに代わってフュルヌが共同出版人として参加した新しい契約書によって、「『人間喜劇』の総題のもとに〔バルザックの〕全集を印刷・販売する」契約が交わされた[38]。『人間喜劇』は挿絵入り本として1842年4月～1846年8月にかけて16巻が出版された[39]。それまでの版本に付属していた序文は削除され、長大な「総序」が付されている[40]。ここで、フランス社会の「秘書」たらんとし、「戸籍簿と競争する」と自負す

るバルザックの野心が表明されていることはよく知られている★41。だが、満を持して刊行した『人間喜劇』を解説するこのテクストには、作者のそれまでの序文的言説の実践に比べて、大きな変化が見られる。第一に、たえず自作の解説の労を取り、読者の理解を図ることに執着した作家が、この記念碑的作品のために自序を書くのをためらったことだ。実際、「総序」は紆余曲折を経て誕生している。まず刊行者のエッツェルらがシャルル・ノディエに打診したが拒否され、次にジャーナリストのイポリット・ロルが依頼を受諾したものの、今度は作者自身が大役を任せることに乗り気でなかった。バルザックはそこでジョルジュ・サンドに依頼したが、サンドは当時、視神経の不調に悩まされており、これに応じることができなかった★42。『人間喜劇』の刊行が始まったため、バルザックはやむなくエッツェルに過去の『風俗研究』と『哲学研究』の序文の再掲を提案した。しかしエッツェルは肯定せず、自身で署名した序文を掲載すべきと勧め、作者はようやくペンを取るに至り、1842年7～8月初めに執筆・校正が行われたのであった★43。第二に、内容的にも注目すべき変化が生じている。バルザックが序文において自作を仮託してきた複数的なモデル（建築、学術、絵画、演劇等）のうち、「総序」においては博物学を主とした学術モデルが冒頭に挙げられ、圧倒的に優勢となっているのだ。作者は、一つの根源的要素から環境によって異なる形態が獲得されるというジョフロワ・サン＝チレールの「組成の単一」を援用し、「「社会」は、人間の活動が展開される環境に応じて、人間を動物学における種類と同じくらい多種多様な人間にしているのではないだろうか？」★44と述べ、「動物種」と「社会種」のアナロジーを作品全体の発想源として提示している。その反面、それまで頻繁に登場していた建築モデルがあたかも場を譲ったかのようにほぼ姿を消しているのである★45。この二つの「変調」に対するひとつの説明として、バルザックにおける序文は先送りの装置としての役割が大きく、そこではとりわけ建築物のメタファーが、（生成しつつある）作品の形象であったことが挙げられるだろう。ステファンヌ・ヴァッションは、バルザックが「総序」において建築のモデルを回避することで『人間喜劇』が依然として未完の状態にあるという問題の露呈を回避したと捉えている★46。なお、作者を文責者としない「趣意書」は、『人間喜劇』を完成した作品としてではなく、いまだ進行中の作品として提示している★47。一方、博物学モデルの前景化には、『人間喜劇』とほぼ同じ頃に刊行された『フランス人の自画像』などのいわゆる「パノラマ文学」やそれと密接に関連する「生理学もの」との相互影響も見て取ることができよう★48。

1842 年末からバルザックはこの版本の修正を開始し、再版を計画する。1845 年、「社会を銀板写真に映し出す作品」★49 の刊行がまだ続いている段階で詳細な増補プランが作成され、1846 年 5 月に公表された★50。これが「『人間喜劇』の収録作品カタログ」（「1845 年のカタログ」）である。ここには 26 巻、137 作品の題名が記されており、そのうち 50 作品は今後の執筆予定とされている。一方、引き続き出版形態の多様化の模索が続けられ、『モデスト・ミニョン』や『結婚生活の小さな悲惨』の初版、『貧しき縁者』の「キャビネ・ド・レクチュール」用版本を含むシュランドウスキ版や、『ル・シエークル』紙の「ミュゼ・リテレール」への既刊作品の掲載が行われている。後者はフュルヌ版以後の修正を活かしたものであり、ピエール・ロブリエは『人間喜劇』の「部分的な第二版」の価値を持つものとみなしている★51。だが、「1845 年のカタログ」で計画された作品はおおむね書かれないままにとどまり、『風俗研究』の後半三部門と『分析的研究』は結局あまり発展することなく終わっている。他方、「カタログ」に含まれていない『貧しき縁者』が『人間喜劇』第 17 巻として 1848 年に刊行された。バルザックは『人間喜劇』の再版を果たせずにこの世を去ったため、本文の修正およびプランを書き記した自身の所蔵本（「フュルヌ修正版」）が現在の大部分の版本の底本となっている。

なお、フュルヌ版の版権を引き継いだアレクサンドル・ウシオによる 1853 〜 55 年刊行のいわゆる「ウシオ版」の『バルザック氏全集』は、既存の『人間喜劇』17 巻に加え、『ヴォートラン最後の化身』（『娼婦盛衰記』第四部）、『入会者』（『現代史の裏面』第二部）、『農民』、『結婚生活の小さな悲惨』（第 18 巻）、戯曲『ヴォートラン』、『キノラの策略』、『パメラ・ジロー』、『継母』（第 19 巻）、『コント・ドロラティック』（第 20 巻）を収録している。

2　テクストの分節と連関をめぐるパラドックス

このような実践を経て実現した『人間喜劇』という「全集」に対し、多くの伝統的な研究は、堅固な「一なる全体」を見てとろうとした。作者が序文などで示した意向の通り、各作品はあくまで全体との関係において十全な意味を持つとする捉え方である。だが、リュシアン・デーレンバックによる論考を主な契機としてこの三十年来、バルザック研究の問題系は大きく変容し、この作家におけるトータルな作品への志向と実践にともすれば自己解体的なまでの葛藤やパラドックスを読み取る作業が進められてきた★52。実際、『バルザック、全

集。『人間喜劇』の「モーメント」の編者クロード・デュッシェとイザベル・トゥルニエは、「全集」と『人間喜劇』のコンセプトが矛盾することに注意を促している。ジャンル的に雑多な作品の集積であり作者を聖化する「全集」に対し、『人間喜劇』は作者が後景に退く「一なる」作品だというのだ[53]。実際、バルザックの途方もない企画は、従来の小説ならざる総合的作品を目論み、単なる作品群の集積としてではなく、確固たる一つの体系をなすものとして「全集」を独自に再定義するものである。多様化運動を重ねながら統合化するという困難な作業は、そこで不可避的にテクスト内／テクスト間にプロブレマティックな分節の要素を招来しているように思われる。パラテクストの問題については上記で既に触れ、また別の場で概括的に論じる機会もあったので[54]、ここでは作品群の分類と内的分割、人物再登場の統括に関わるいくつかの問題点を提示したい。

2・1　作品群の分類と内的分割

　バルザックは常に新作の素案作り、既存の作品の新たな枠組み（「研究」、「情景」）への組み込み、また枠組みそのものの見直しといった作業を私的なノート類や公刊されたカタログなどにおいて行っていた。よって、自作全体にわたるグローバルな水準ではプログラム的な機制を敷いていたといえる。しかし一方、個別の作品の執筆においては詳細なプランやシナリオを準備せずに草稿に着手する「執筆構造化」の方法によっており、草稿や校正刷りで執筆・修正を進めながら作品の筋立てや細部を構築していた。すなわち、一方では作品全体の統括を目指すプログラム化、他方では新たな読解と書き換えの可能性に基づいて作品の拡大的な差異化を促す執筆方法が共存している。したがって、ある段階で全体計画が「部分」を規定していても、実際に制作される段になると、「部分」である個別作品は当初の計画から逸脱し、しばしば「全体」の見取り図の見直しを要請することになる。ならばこれは未完の原理となろう[55]。さらに、個別作品の変容には出版状況という要因が作用する場合も少なくない。たとえば新聞連載小説という刊行枠はしばしば作品の方向付けを変えている。『セザール・ビロトー』は当初は哲学的作品として着想されたが、新聞連載の計画（ただし実現せず）を経て『風俗研究』へと移行していった。『人間喜劇』の三層のうち、『風俗研究』が拡大した背景には連載小説での初出の頻繁化の影響があると考えられている[56]。

　かくして「1845年のカタログ」やあるいはそれをかなり縮小した「フュル

ヌ修正版」に見られるプランに比しても『人間喜劇』は未完である。『風俗研究』の後半の三情景や『分析的研究』に収録されるべく予定された作品の大半は書かれなかった。また、1830 年代の初頭に多く書かれた歴史ものは固有の収録先を持たないため、その多くは『哲学研究』に収録されている。歴史小説から現代史への計画の変更がこのような形で『人間喜劇』の中に痕跡を残しているのだ★57。なお、1950 〜 53 年に刊行されたベガンとデュクルノーによる『バルザック作品集』では、作者が定めたものとは全く異なる配列が採用され、語られている物語時空を考慮し、それが生起した年代順としている★58。作品群は四つのセクションに分類され、『十九世紀風俗研究』と『過去の小説』(16 世紀から 1810 年まで)は年代順の収録であり、哲学小説のうち時代確定が難しく上記の二セクションに収録できないものを『哲学研究』に収め、最後に『分析研究』が配置されている。こうした判断は多くの点で問題含みであろうが、おそらくは編者は上記のようなバルザックの「歴史もの」の収録先の模索に鑑みて『過去の小説』という項目を新たに立てたのではないかと思われる。

　一方、三層の最も上位に位置するはずの『分析的研究』がほとんど発展しなかったという問題がある。これについては、近年、バレル＝モワザンとクローによるシンポジウムで主題とされ、多くの論者はバルザックにおける分析的なるものは、『人間喜劇』全体および「パノラマ文学」に属する諸作品に遍在していること、そして作品群全体に必要であったからこそ局所的な形で一シリーズに収斂することはなかったことを論じている★59。

　また、『人間喜劇』に属することは確かでありながら、所属先のセクションが曖昧な作品も存在する。文献学的な原則にしたがって著者が生前最後に示した意志に基づくならば、校訂版は「フュルヌ修正版」の指示に可能な限り忠実であることが要請されることになろう。しかしながら、同修正版の段階における複数の断片的プランの間に存在する矛盾に対する扱いは編纂者にとって難題として残されている。たとえばフュルヌ修正版に記されたあるプランでは「パリ生活情景」中の 5 作品(『ゴリオ爺さん』、『シャベール大佐』、『ピエール・グラスー』、『無神論者のミサ』、『禁治産』)が「私生活情景」に変更されているが、別のリストでは『ピエール・グラスー』が依然として「パリ生活情景」の作品とされている。プランの前後関係は実証的に確定できず、曖昧さが払拭できない★60。

　一方、個別の作品のレヴェルでは、フュルヌ版で章分けがきっぱりと消し去られてしまった。時にペーパーバック版などがフュルヌ修正版を本文の底本と

しながらも『人間喜劇』収録以前の章分けと章題を復元することがあるが、それは実際、改行の多くも削除した（読みにくい）コンパクト版への受容側の抵抗を表すものである。こうした曖昧な挙措を含む個別のテクストの内的分割の問題もまた生成論的観点から再考されるべきであろう。

2・2　人物再登場

　既に見た通り、バルザックの諸作品を密接に関連づけているこの手法によって、個々の小説は「開かれた」作品となる。『人間喜劇』の登場人物の問題を広範に論じたジャック＝ダヴィッド・エブギーによれば、「人物再登場の原理は当然のことながら、諸人物に関わる時間の知覚に影響を及ぼさずにはいない。というのも、小説の結末は、登場人物が再び戻ってくることや、社会における最初の数歩を踏み出したに過ぎないことをはっきりと示唆するからだ。『ゴリオ爺さん』の登場人物ラスティニャックは、かくして『人間喜劇』と同様に未完の『主人公』なのである。小説は、方向性は示すが帰結点は示さない。時間性は開かれており、主人公は宙吊り状態で、一つの筋立ての推移では蕩尽されない存在、目的なき合目的性であり、他の展開への適用が可能なのだ」[61]。とはいえ、複数の作品に登場する人物の一貫性を維持するのは容易でなく、後付けの適用（多くは無名の人物や端役からの置き換え）も頻繁に行われていることから、挿話やクロノロジーの不整合や、人物の容姿・性格の不一致などの問題点が少なからず残存していることはつとに指摘されている[62]。そこから作品の解釈をどう捉えていくべきかについては、いまだに十分な議論はなされていないように思われる。例えば、一見すると人物再出上の不備に見える要素が、思いがけぬ意味作用を胚胎している場合も考えられよう。『ルイ・ランベール』のケースを挙げてみたい。主人公とかつてヴァンドーム学院で机を並べていたという語り手は、孤高の思想家として悲劇的な結末を迎えたこの人物の生涯を読者に開示しているかに見える。しかし、『人間喜劇』の他の作品と関連付けるならば、事態は不分明なものとなる。というのも、『幻滅』第二部『パリにおける田舎の偉人』で語られている、ランベールを初代頭領とするセナークルの挿話がここでは欠落しているのである。正確に言えば、セナークルのメンバーの一人であるメイローとランベールの交流についてはランベールが伯父に宛てた手紙からうかがえるのだが、他のメンバーは完全に不在である[63]。作品制作上の推移としては、メイローの名は、1835年8月に『ルヴュ・ド・パリ』に掲載され、『神秘の書』の『ルイ・ランベールの精神史』の一部をな

すことになる『ルイ・ランベールの未発表書簡』で初めて現れる★64。この時点では作者の筆の下でセナークルはまだ誕生していない。再登場人物と初出人物を糾合したセナークルなる集団が着想されるのは 1839 年の『パリにおける田舎の偉人』初版の執筆時のことである★65。ところが、バルザックは自作の再版のたびに再登場人物群の編成を強化していったにもかかわらず、以後の『ルイ・ランベール』の改訂（シャルパンチエ版、フュルヌ版、フュルヌ修正版）の際にセナークルの挿話との接続を行っていない。実際のところ、セナークルの話題を添加すると、パリ時代のルイ・ランベールは孤独に打ちひしがれるどころか、最良の理解者たちに囲まれ、友愛と研鑽の日々を過ごしていたことになるのであって、『ルイ・ランベール』の物語と齟齬をきたしてしまうのである★66。そして、作者がそれを回避したことで、これらのテクスト間に一つの重要な効果が生じていることがわかる。つまり次のようなことである。『パリにおける田舎の偉人』において、セナークルの第二代頭領であるダルテズとその仲間たちは、ブロワに戻ったランベールがカタレプシーに陥ったことを知り、絶望的な状態にある彼の身を憂いている★67。ならば、ランベールの周囲の者が彼らに連絡をしたということになろう。『ルイ・ランベール』と対照するならば、連絡をしたのは伯父か婚約者のポーリーヌであろうが、いずれにしても同作中で語り手はこの二人と会っている。そこから読み取れるのは、ランベールにとってのセナークルの重要性を承知していた近親者から彼の後半生の話を聞いたはずの話者が、旧友の生涯を語る際にこの有為の青年集団の存在を故意に黙殺したという事態である。稀有の天才ランベールの生涯を伝える特権を持つのが自分ひとりだけであるかのように思わせようとする話者にとって、彼と心を通わせていたパリの若き才人たちは、語る権利を根底からおびやかす存在にほかならないからだ。実際、究極の思考者であるランベールの物語が話者の曖昧な語りの挙措を通してしか我々のもとに伝わってこないことは既に先行研究で指摘されている★68。人物再登場の観点から再読するならば、ランベールの生涯を恣意的に「編集」し、自らにとって不都合な存在を滅却する語り手のもとでテクストはさらなる不透明さを呈することになるのである。

　以上のように、「全集」とその分節のコンセプトは、小説を新たな知の装置たらしめようとするバルザックの多岐にわたる創作と刊行の営為の中心にある。その発展の過程については既に多くの研究の対象になり、論考が重ねられてきた一方で、今日なお検討すべき複数の重要な争点を含む開かれた問題系で

第 15 章　バルザックにおける「全集」と「知」

あるといえるだろう。

注

★1　Ernst Robert Curtius, *Balzac*, Grasset, 1933 [trad. par H. Jourdan] ; Per Nykrog, *La Pensée de Balzac,* Klincksieck, 1966.

★2　Madeleine Ambrière, *Balzac et* La Recherche de l'Absolu, PUF, 1999 [1ère éd.,1968] ; 松村博史「医師ビアンションの目――「人間喜劇」における医学の視点（1）」『近畿大学語学教育部紀要』Vol.3 No.1、2003 年、65-82 頁 ;「病気と死に向き合う医師ビアンション――『人間喜劇』における医学の視点（2）」『近畿大学語学教育部紀要』Vol.3 No.2、2004 年、51-68 頁。

★3　『人間喜劇』全体の構築をめぐっては既に複数の先行研究が存在する。たとえば Stéphane Vachon, *Les Travaux et les jours d'Honoré de Balzac*, Presses Universitaires de Vincennes / Presses du CNRS / Presses de l'Université de Montréal, 1992 ; Claude Duchet et Isabelle Tournier (dir.), *Balzac, Œuvres complètes. Le « Moment » de* La Comédie humaine, Presses Universitaires de Vincennes, 1993 ; 泉利明「『全集』の夢」日本バルザック研究会編『バルザック生誕200 周年記念論文集』駿河台出版社、1999 年、445-457 頁。本論における基本情報の整理に関してこれらを参照した。

★4　*La Comédie humaine*, nouvelle édition publiée sous la direction de Pierre-Georges Castex, Gallimard, « Bibliothèque de la Pléiade », 1976-1981, 12 vol.（以下 *Pl.* と略）, t.XII, p. 802.

★5　Paul Bénichou, *Le Sacre de l'écrivain*, José Corti, 1973. この問題については次の論考を参照のこと。Nicole Mozet, « Laïcisation de la soutane : portrait de l'écrivain en "Prêtre catholique" », *Equinoxe*, n°11, 1994, pp. 5-12.

★6　Claude Duchet et Isabelle Tournier, « Avertissement quasi littéraire » in *Balzac, Œuvres complètes. Le « Moment » de* La Comédie humaine, *op. cit.*, p. 16.

★7　*Œuvres diverses*, Gallimard, « Bibliothèque de la Pléiade »（以下 *OD* と略）, t. II, 1996, p. 145. バルザックが 1822 ～ 25 年に共作を含む複数の小説（「青年期の作品」）を発表した後、出版業、印刷業、活字鋳造業に携わり、多額の負債を抱えたまま文壇に復帰したことはよく知られている。この時代の活動については次の研究を参照のこと。道宗照夫『バルザック初期小説研究「序説」』風間書房、1982 年 ;『バルザック初期小説研究「序説」（二）』風間書房、1989 年 ; José-Luis Diaz et Claire Barel-Moisan (dir.), *Balzac avant Balzac*, Pirot, 2006.

★8　*Pl.*, t.V, p. 313.

★9　*OD*, t.II, p. 1372.

★10　*Pl.*, t.VIII, p. 1680.

★11　*Ibid.*, p. 1683.

★12　Maurice Bardèche (éd.), *Pensées, sujets, fragmens*, in Balzac, *Œuvres complètes*, édition nouvelle établie par la Société des Études Balzaciennes, Club de l'Honnête homme, t.24, 1971, p. 708, folio 69.

★13　なお、ピエール・バルベリスが指摘するように、刊行の枠組みとしての「情景」のコンセプトはバルザックが創始したものではなく、さまざまな作家、出版社によって既に試みられていた（Pierre Barbéris, *Balzac. Une mythologie réaliste*, Larousse, 1971, p. 94）。

★14　バルザックが校正紙を用いて行う修正の多くは加筆または書き直しによる増幅化であるが、テクストの意味作用を変更する重要な削除も少なくない。たとえば『ニュシンゲン銀行』の結末に置かれていた話者と同伴の女性の会話について、作者は校正紙の当該箇所を切り取って削除している（Lov.A125, f°213r°; *Pl.*, t.VI, 1307-1308）。切り取られた断片は前述の『パンセ、主題、断片』に貼付されていることが確認できる（A182, f°38r°）。バルザックの執筆の手法の詳細については次の拙著を参照いただきたい。*La Stratégie de la composition chez Balzac. Essai d'étude génétique d'*Un grand homme de province à Paris, Surugadai-shuppansha, 2006.

★15　*Lettres à Madame Hanska*. Textes réunis, classés et annotés par Roger Pierrot, Laffont, « Bouquins », 2 vol., 1990（以下 *LHB* と略）, t.I, p. 11.

★16　Philippe Hamon, *Expositions*, José Corti, 1989, p. 30 et suiv. 同時代の文学におけるこうした建築物のモデルの問題については、本稿のもととなった研究発表の際に小倉孝誠氏から示唆をいただいた。

★17　Stéphane Vachon, « La gestion balzacienne du classement : du "catalogue Delloye" aux *Notes sur le classement et l'achèvement des œuvres* », *Le Courrier balzacien*, n°51, 1993, p. 5.

★18　Isabelle Tournier, « Titres et titrage balzaciens », *Genesis* 11, 1997, pp. 53-54.

★19　*Pl.*, t.I, p. 1145.

★20　*LHB*, t.I, p. 49.

★21　*Ibid.*, p. 196.

★22　*Ibid.*, p. 204.

★23　例えば『才女』（『役人』）で初めて登場させたジャーナリストのフィノを『セザール・ビロトー』の校正刷りの修正で導入し、作中での「セファリック油」の広告の役割を強化するとともに、フィノが登場する同時期の『ニュシンゲン銀行』との連関を強めている。次の拙論を参照のこと：「バルザックの作品生成における循環的ダイナミズム──『セザール・ビロトー』を中心に」松澤和宏編『バルザック、フローベール 作品の生成と解釈の問題』名古屋大学文学研究科、2008 年、32-33 頁。

★24　Fernand Lotte, « Le "Retour des personnages" dans *La Comédie humaine*. Avantages et inconvénients du procédé », *L'Année balzacienne*（以下 AB と略）, 1961, pp. 233-234.

★25　Christèle Couleau, « Les personnages génériques » in Emmanuelle Cullmann, José-Luis Diaz et Boris Lyon-Caen (dir.), *Balzac et la crise des identités*, Pirot, 2005, pp. 55-70.

★26　*Pl.*, t.I, p. 1143 ; t.X, p. 1199.

第 15 章　バルザックにおける「全集」と「知」

★27　*Pl.*, t.X, p. 1208.

★28　*Pl.*, t.V, p. 109. マドレーヌ・アンブリエールの指摘によれば、既に『結婚の生理学』の段階で、動物種と人間種（社会種）のアナロジーの萌芽が見られる（*Pl.*, t.I, p. 8）。

★29　*Pl.*, t.II, p. 262.

★30　同時代の社会の諸相、とりわけその問題点を剔抉しようとする小説家の挙措がしばしば批評家の断罪や揶揄の的となったことはよく知られている。次のジャナンの評などがその一例である。Jules Janin, « *Un grand homme de province à Paris* par M. de Balzac », *Revue de Paris*, juillet 1839.

★31　Gérard Genette, *Seuils*, Seuil, 1987, p. 204（ジェラール・ジュネット『スイユ』和泉涼一訳、水声社、2001 年、256 頁）. 同書でジュネットはバルザックの多数のパラテクストの事例に論及している。

★32　『骨董室』序文（*Pl.*, t.IV, p. 964）.

★33　*LHB*, t.I, p. 391.

★34　*Correspondance*. Textes réunis, classés et annotés par Roger Pierrot, Garnier, t.IV, 1966, p. 33.

★35　*Correspondance*. Édition établie, présentée et annotée par Roger Pierrot et Hervé Yon, Gallimard, « Bibliothèque de la Pléiade »（以下、*Pl.Corr.* と略）, t.II, 2011, p. 484.

★36　Stéphane Vachon, « Balzac en feuilletons et en livres. Quantification d'une production romanesque » in Alain Vaillant (dir.), *Mesure(s) du livre*, Publications de la Bibliothèque nationale, 1992, pp. 268-269.

★37　*Pl.Corr.*, t.II, pp. 884-888.

★38　*Ibid.*, p. 926. この契約書の改訂の問題については、次の研究が詳しい：石橋正孝『〈驚異の旅〉または出版をめぐる冒険』左右社、2013 年、66-74 頁。第一の契約書が主に作者バルザックの視点から作成され、規定された内容にやや混乱が含まれるのに対し、第二の契約では『人間喜劇』という巨大な刊行プロジェクトにおける作者・編集者としてのバルザックと本来の編集者たちの役割と権利が整理されるに至ったことが指摘されている。

★39　内容は次の通りである。第 1 巻〜第 4 巻『私生活情景』、第 5 巻〜第 8 巻『地方生活情景』、第 9 巻〜第 11 巻『パリ生活情景』、第 12 巻『パリ生活情景』『政治生活情景』、第 13 巻『軍隊生活情景』『田園生活情景』、第 14 巻〜第 15 巻『哲学研究』、第 16 巻『哲学研究』、『分析的研究』。

★40　その代わり、多くの献辞がこの段階で付され、序文的な献辞文を伴っている場合も少なくない。

★41　« Avant-propos », *Pl.*, t.I, pp. 10-11.

★42　サンドは後にウシオ版『人間喜劇』（後述）に序文を寄せている。

★43　Roger Pierrot, « A propos d'un livre récent. Hetzel et l'Avant-propos de *La Comédie humaine* », *Revue d'histoire littéraire de la France*, 1955, n°3, pp. 348-351 ; 持田明子「ジョルジュ・サンドとバルザック──『人間喜劇』序文執筆の周辺」『九州

産業大学国際文化学部紀要』第 18 号、2001 年、135-149 頁；私市保彦『名編集者エッツェルと巨匠たち』新曜社、2007 年、84-88 頁。

★44　*Op. cit.*, p. 8.

★45　ただし、「総序」は博物学モデルを強調しながらも、イデオロギーや美学にかかわる複数の発想源に言及し、そのモデルは依然として混交的である。この問題については次の論文に詳しい。Françoise Gaillard, « La science : modèle ou vérité. Réflexions sur l'avant-propos à *La Comédie humaine* » in Claude Duchet et Jacques Neefs (dir.), *Balzac, l'invention du roman*, Belfond, 1982, pp. 57-79.

★46　*Les Travaux et les jours d'Honoré de Balzac, op. cit.*, p. 38.

★47　「バルザック氏が埋めていくべき空白を満たしていくにつけ、我々は彼の新たな作品を刊行していく。このエディションはしたがって真に作者の『全集』を収録することになろう」(*Pl.*, t.I, p. 1110)。

★48　Cf. Ségolène Le Men, « La « littérature panoramique » dans la genèse de *La Comédie humaine* et *Les Français peints par eux-mêmes* », AB2002, p. 86.

★49　*Pl.*, t.VI, p. 426.

★50　*L'Époque*, le 22 mai 1846. Cf. Roger Pierrot, « Les enseignements du Furne corrigé revisités », AB2002, p. 60.

★51　Pierre Laubriet, « Balzac et "Le Siècle" », AB1961, p. 297.

★52　Lucien Dällenbach, « Du fragment au cosmos (*La Comédie humaine* et l'opération de lecture I) », *Poétique* 40, 1979, pp. 420-431 ; « Le tout en morceaux (*La Comédie humaine* et l'opération de lecture II) », *Poétique* 42, 1980, pp. 156-169 ; Franc Schuerewegen, « Histoire d'un groupe » in José-Luis Diaz et Isabelle Tournier (dir.), *Penser avec Balzac*, Pirot, 2003, pp. 155-164.

★53　Claude Duchet et Isabelle Tournier, « Avertissement quasi littéraire », *op. cit.*, p. 15.

★54　次の拙論を参照いただきたい：「パラテクストの生成と解釈──バルザック『人間喜劇』の「敷居」を読む」松澤和宏編『テクストの解釈学』水声社、2012 年、263-293 頁 .

★55　この問題については次の拙稿で論じた。« Enjeux et paradoxes de la composition hétérogène chez Balzac », 松澤和宏編「統合テクスト科学の構築」第 3 回国際研究集会報告書、名古屋大学、2004、pp. 49-57.（和文原稿を併録：「バルザックの混成的執筆法の賭金と背理」、147-153 頁）

★56　Stéphane Vachon, « L'œuvre au comptoir : la moitié de *La Comédie humaine* a paru en feuilletons », AB1995, pp. 349-361.

★57　また『ふくろう党』のように、もともと歴史小説として書かれながら『軍隊生活情景』に移されたケースもある。Cf. Tetsuo Takayama, *Les Œuvres romanesques avortées de Balzac (1829-1842)*, The Keio Institute of Cultural and Linguistic Studies, 1966, p. 11.

★58　*L'Œuvre de Balzac, publiée dans un ordre nouveau* sous la direction d'Albert Béguin et de Jean-A. Ducourneau, Formes et reflets, 16 vol., 1950-1953.

第 15 章　バルザックにおける「全集」と「知」

★59　Claire Barel-Moisan et Christèle Couleau (dir.), *Balzac, l'aventure analytique*, Pirot, 2009.

★60　Roger Pierrot, « Les enseignements du Furne corrigé », AB1965, p. 297. 他方、フュルヌ版および「1845 年のカタログ」で「地方生活情景」に属していた『谷間の百合』は、フュルヌ修正版で「田園生活情景」への移行が指示されている。ロジェ・ピエロは、フュルヌ版や「カタログ」での同作品の「地方生活情景」への帰属は、本来収録予定であった『地方の野心家たち』が完成しなかったことによるやむを得ない一時的な処置であったとして、人里離れた城館を舞台とする『谷間の百合』にふさわしい「田園生活情景」へと編入した「フュルヌ修正版」の操作を評価している（*ibid.*, p. 294, n.2）。

★61　Jacques-David Ebguy, *Le héros balzacien*, Pirot, 2010, p. 207.

★62　Fernand Lotte, « Le "Retour des personnages" dans *La Comédie humaine*. Avantages et inconvénients du procédé », *op. cit.*, pp. 227-281.

★63　*Pl.*, t.XI, p. 652.

★64　*Ibid.*, p. 1574. 西尾修はランベールとメイローの友情というテーマがセナークルの構想の重要な源流の一つであるとしている（Osamu Nishio, *La Signification du Cénacle dans* La Comédie humaine *de Balzac*, France Tosho, 1980, p. 32）。だが、そうであればこそ、この作品の再版において青年集団の挿話が導入されることなく終わったことの曖昧さが際立ってこよう。

★65　Takayuki Kamada, *La Stratégie de la composition chez Balzac*, *op. cit.*, p. 60 et suiv.

★66　語り手は次のように言っている。「以下の手紙には、パリ文明の光景に驚いた彼〔ランベール〕の精神状態が描き出されている。この利己主義の渦中にあっておそらくいつも傷ついていたであろう彼の心は、常に苦しんでいたに違いない。たぶん、慰めてくれる友人にも、生活に刺激を与えてくれる敵にも出会わなかったのであろう」（*Pl.*, t.XI, p. 645）。

★67　*Pl.*, t.V, p. 419.

★68　中山眞彦「小説言語、この曖昧なもの——バルザック作『ルイ・ランベール』について」『ポリフォニア』3、東京工業大学、1990 年、10-11 頁；奥田恭士『バルザック——語りの技法とその進化』朝日出版社、2009 年、252-255 頁。

第 16 章

« Monographie du rentier »
バルザックによる凡庸社会の分析

鎌田 隆行

序に代えて──「パノラマ文学」と「生理学」

　1840 年代初め、『人間喜劇』の刊行の開始とほぼ時を同じくして、バルザックは『フランス人の自画像』に 5 編のテクストを寄稿している。1839 年から 422 回の配布が行われ、1840 〜 42 年にキュルメール書店から刊行された『フランス人の自画像』はパリ編 4 巻、地方編 3 巻、そして予約購読者への付録の「プリズム」の計 8 巻からなる同時代の社会風俗の一大絵巻である。題名が雄弁に示す通り、パリ編と地方編によってフランスの代表的な社会集団を余すところなく描き出すという発想であった。同書はバルザックのほか、テオフィル・ゴーチエ、シャルル・ノディエ、ジュール・ジャナン、レオン・ゴズランなど多くの人気作家やジャーナリストを結集させ、またガヴァルニやグランヴィルなど当代の著名な挿絵画家を配することによってテクストと挿絵のコラボレーションによる戯画的な風俗描写を実現した。このようなオムニバス作品の試みは特に 1840 年代に大流行したものであり、同時代の社会風俗の特徴や流行、職業別に見た人々の生活の様相などを広範に映し出すといった趣向を持つものである。後に、こうした風俗スケッチを同時代の傑出した意匠であったパノラマに象徴的になぞらえたのがヴァルター・ベンヤミンであることはよく知られている。

　　市場に足を踏み入れた作家は、パノラマを見るように周囲を見廻した。作家のそういう最初のオリエンテーションの試みが、ひとつの独自な文学ジ

ャンルとなって、いまに残っている。つまりパノラマ文学である。『パリ
あるいは百一の書』、『フランス人の自画像』、『パリの悪魔』、『大都市』と
いった書物が、パノラマ館と同じ時期に首都の人気を集めたのは、偶然で
はない。これらの書物を構成する個々のスケッチは、いわばパノラマの模
写であって、その立体的な前景に逸話のころもを着せたり、その遠大な背
景に情報という舞台装置をおいたりしたものだった★1。

『パサージュ論』の著者が、遊歩と観察の真髄を「パノラマ文学」の著作に認
めていたことはいくら強調しても強調しすぎることはないだろう。なるほど、
一時代の社会風俗の網羅的な描写としては、18世紀のパリの文物を仔細に記
述したメルシエ『タブロー・ド・パリ』（1781-88）が傑出した先駆者である
と言える。しかし、その後、大革命後のフランス社会の大きな変容によって、
産業の飛躍的な進展、ブルジョワの台頭など社会階層の変化、社会機構の新た
な分節、都市人口の急激な増加といった現象が起き、人々に同時代の社会のあ
り方や定義化を求める心性を招来した。それに応えたのが19世紀中葉に精力
的に生み出された「パノラマ文学」であった。このような社会動向は、小説を
中心とした写実的な文学の発展のバックボーンでもある★2。だからこそ、この
点で共通の目的を持つ作家とジャーナリスト（というよりもこれらを同じ人間
がしばしば兼ねている）が、これらの著作に名を連ねているのである。かくし
て、印刷技術の発達による挿絵の流行と相俟って、作者・編集者・挿絵画家の
コラボレーションによる「パノラマ文学」の著作が当時次々と開花したことに
ついては、近年、盛んに研究が行われている★3。
　「パノラマ文学」の代表的著作としては、上記でベンヤミンが挙げている作
品のほかに、エドモン・テクシエ『タブロー・ド・パリ』（1852-53）、『十九
世紀のパリとパリ人』（1856）、エミール・ド・ラ・ベドリエール『新しいパ
リ――20区の歴史』（1860）などがある。また、エッツェルが『パリの悪魔』
（1844-45）に先立って編纂した『動物の私的公的生活情景』（1840-42）も、
動物寓話の形をとりながら同時代の世相を風刺している点でこうした系譜に位
置する。しかし何といっても決定的に大きなインパクトを与えたのは『フラン
ス人の自画像』であり、これら一群の著作の大半の発想源となったのである。
　さてバルザックが寄稿した5編は「食料品商」、「申し分のない女性」、「公
証人」、「金利生活者論」、「地方の女性」である。本稿ではこのうち、「金利生
活者論」« Monographie du rentier » を主な読解の対象としていく★4。1840

第 16 章 « Monographie du rentier »

年 3 月の初出の後、翌 1841 年 9 月には「パリの金利生活者の生理学」と改題され、アルヌー・フレミーの「地方の金利生活者の生理学」とともに『パリと地方の金利生活者の生理学』としてマルチノン社から刊行された★5。本文は同一だが、ここでは挿絵はガヴァルニ、ドーミエ、モニエ、メソニエが担当している。すなわち、『フランス人の自画像』の一部から、「生理学」へと転用がなされたのである。フレミーのテクストももとは『自画像』の地方編第 2 巻に収録された「ヴェルサイユの住人」である。ただし、これは田舎でもなければパリでもないヴェルサイユの街の成り立ちと現況を語るもので、金利生活者の話はほとんど出てこない。この版本では埋め草的な役割にとどまる。

　いずれにしても、医学的な生理学やラファーターの骨相学を多かれ少なかれ援用した「〜の生理学」といった題名のいわゆる「生理学もの」は、「パノラマ文学」ときわめて密接な関係を持っていることが改めて確認できよう。「パノラマ文学」が首都パリを中心にフランス社会を広範に描き出すことに力点を置いているのに対し、「生理学もの」は一つの職業集団などにおける変種のあり方やその生態を描くことが中心であるが、執筆陣の重複や、編集者の裁量が大きいこと、テクストと挿絵の相乗効果など、両者は共通するところが多い。実際、バルザックは『役人の生理学』（1841）を書いている★6。こうした題名から『結婚の生理学』（1829）がただちに思い浮かぶところだが、これはブリア＝サヴァランの『味覚の生理学』（1826）などとともに初期の生理学であり、いわゆる「生理学もの」のほうは、ルイ＝フィリップを風刺したペイテルの『洋梨の生理学』（1832）などを経て、また『結婚の生理学』の 1838 年 10 月および 1840 年 12 月の再版（いずれもシャルパンティエ）が話題になったことを経て、本格的な流行（『学生の生理学』、『冗談好きの生理学』、『寝取られ亭主の生理学』、等々）は 1840 年代を待たねばならなかった★7。

　以下で注目したいのは、バルザックが一社会種としての金利生活者に焦点を当てながら同時代のブルジョワ社会の特徴を抉出してみせた卓抜な表象と分析である。バルザックは、ブルジョワ社会の周縁的な場に身を置き、目立ったところなどない、月並みな人物像をあえて取り上げてみせる。そもそも、『人間喜劇』の作者によれば、大革命後の貴族社会の退潮は、それに代わる傑出した存在を生み出さず、卓越性を欠いたブルジョワが支配する時代に帰着した。アリストクラシーに取って代わったのは「凡庸支配（メディオクラシー）」★8 であるという歴史の皮肉だ。たとえば『ボエームの王』では、才能ある若者がしかるべく登用されず、卓越した人間が力を発揮する場がもはやないかのように、

283

酒や束の間の色恋で無聊を晴らしている様子が語られる。「優雅な生活論」(『社会生活の病理学』) では、「我々の社会において差異は消滅してしまった。もはやニュアンスしか残っていない」★9 とされている。したがって観察者はごく些細な徴候から社会の動向を読まねばならない。バルザックはこれを「瑣末学 science des riens」と呼んでいる★10。「金利生活者論」においても、おそらく同様の意味と思われる « Rienologie » なる言葉が用いられている★11。作者は、一見すると些細な金利生活者の挙措に注目し、後にフローベールが問題化することになる、ブルジョワ社会における生活様式や思考の皮相性といった凡庸さの瀰漫を早くも随所に浮かび上がらせつつ、近代社会批判を目指すのである。

1　金利生活者の肖像

　まず、本稿において「金利生活者論」と訳した原題の « Monographie du rentier » の考察から始めたい。描写の対象となっている rentier とはどのような人々であろうか？　仏和辞典ではしばしば「年金生活者」という訳語が用いられている。だが、原語が指すのは、日本で一般的に「年金生活者」という言葉が意味する、在職中に積み立てた年金で余生を送る退職者とはかなり異なる社会的カテゴリーである。すなわち、相続財産や商売などさまざまな手段で貯めた元金で国債を購入したり、終身年金を設定するなどして金利生活に入る人々を指す★12。よって、「金利生活者」の訳語の方が妥当と思われる。元金が限られ、それほど余裕のない金利生活を送る者が大半であり、バルザックがここでターゲットとしているのもそうした零細金利生活者である★13。実際、『人間喜劇』の中にも多数の金利生活者が登場している。有名なところでは、『ゴリオ爺さん』のゴリオやまた後述する『セザール・ビロトー』のモリヌーなどである。

　一方、monographie なる言葉について、バルザックはほかにも「パリ・ジャーナリズム論」« Monographie de la presse parisienne »（上記の『大都市』に所収）などで用いている。ラルース大辞典によれば「一綱や一種のみを論じた著作」と定義される★14。18 世紀末から使用されるようになったこの語は、学術的著作に用いられるのが一般的であったが、そこから派生して文学にも及んだ★15。ここではもともとの学術的用法が喚起され、テクストは金利生活者という一つの「社会種」に特化した博物学的記述の体裁を擬装してい

る★16。冒頭部分から典型的な箇所の一つを引用してみよう。

　　金利生活者は5〜6ピエほどの背丈に成長する。その動きは概して緩慢
　であるが、脆弱な種の保存に対して注意深い自然が乗合馬車を授けたので、
　大半の年金生活者はそれを使ってパリ都市圏内のある地点から別の地点へ
　と移動する。それよりも向こうに行くと彼らは生きていけない。金利生活
　者は郊外より先のほうへ移植されると衰弱し、死んでしまうのである★17。

　実際、「金利生活者論」において、そしてバルザックが『フランス人の自画像』
に寄稿した他のテクスト、さらにはそもそも『自画像』全般において試みられ
ているのは、フランスの新たな個々の社会集団のあり方と人々の肖像の提示
であり、「社会種」の発想と合致するものである。バルザックにおけるこの概念は、
『結婚の生理学』などかなり早い段階に遡る。

　　博物学者たちは人間のうちに二手類属という分類目のみを認めた［…］。
　彼らにとってこの分類目においては気候風土の影響によってもたらされた
　差異以外に違いはない。こうした差異は15種を形成しているが、その学
　名を挙げるには及ぶまい。また、生理学者は知性の程度と知的・金銭的状
　況によって種とその小分類を確立するのであった★18。

そして、動物種と社会種のアナロジーに言及する『幻滅』（1837年版）の序文
等を経て、『人間喜劇』の「総序」でこのコンセプトが詳しく語られることに
なる。実際、「総序」は作品全体を動物種と社会種のアナロジーに基づくもの
として提示している。「『社会』は、人間の活動が展開される環境に応じて、人
間を動物学における種類と同じくらいの多種多様な人間にしているのではない
だろうか？」★19と語る作者が、ジョフロワ・サン＝チレールの「組成の単一」
に依拠し、一つの根源的要素が環境に応じて異なる形態を獲得するという概念
を援用していることは多くの論者が指摘するところである★20。
　興味深いのは、「金利生活者論」に先立つ『セザール・ビロトー』（1837）
においても、金利生活者モリヌー氏の描写に博物学的比喩が用いられているこ
とである。語り手は、主人公の家主であるこの人物を次のように描写する。

　　モリヌー氏は珍妙な零細金利生活者であり、こうした類の人間はある種の

苔類がアイスランドにしか生えないのと同じようにパリにしか存在しない。この比較がひときわ適確となっているのはこの男が雑種性で、動物・植物両相に属するからで、メルシエのような人物がまた現われたらさしずめこの種属を、さまざまな異様かつ不潔な家々に好んで棲み、それらの漆喰の壁の上、あるいは下で発生し開花し死んでいく隠花植物からなると定義するかもしれない★21。

　このように、金利生活者の表象は『人間喜劇』に至る多層的な生成空間の中でかなり決定的な時期に展開し、そしてまた「社会種」のコンセプトの発展そのものに寄与してきたものであることが確認できる。金利生活者という社会種が注目されるのは、それが近代に特有の存在だからである。

　　　［…］金利生活者は近代文明の獲得物である。ローマ人、ギリシア人、エ
　　　ジプト人、ペルシア人は信用払いと呼ばれるこの偉大な国家の手形割引と
　　　全く無縁であった。　　　　　　　　　　　　　　　　　　　（p. 3）

　一方、「金利生活者」からの最初の引用と『セザール・ビロトー』からの引用を比較するならば、この社会種の緩慢さ、愚鈍さが喚起されているとともに、パリ人種であるとされている点も共通している。「金利生活者論」の初出は『自画像』のパリ編であるから、作者は最初から首都風俗の一類型にふさわしいものとしてこの社会種を選択していると言える。後に『パリと地方の金利生活者』として再版された際、パリ／地方の対立軸の導入にもかかわらず、バルザックはこの定義を変えていない★22。なお、『セザール・ビロトー』の草稿を参照すると、金利生活者をパリ特有の社会種とするコンセプトの誕生に立ち会うことができる。

　　　モリヌー氏はパリの零細金利生活者であり、ある種の苔類がアイスランドに
　　　しか生えないように、パリにしか存在しない、愚劣な珍妙な生き物である★23。

校正刷りで加筆される博物学的記述の端緒となった簡潔な一節である。最初の段階ではモリヌー氏を「パリの零細金利生活者」として提示しようとした痕跡があるが、作者はすぐにニュアンスを変え、そもそも零細金利生活者自体が「パリにしか存在しない」ものであるとし、金利生活者＝パリに棲息する都会人種

という設定が確立している。

　さて金利生活者の生理的な特性として、緩慢さが強調されているのは既に見た通りだが、外見の描写でもそのことは明示される。

　　青白く、大抵は丸い顔には特色がなく、そのことが一つの特徴となっている。ほとんど生気のない目には「シュヴェ」の店先でパセリの上に並べられた、もう泳ぐことのない魚のようなうつろな眼差しが浮かぶ。頭髪は少なく、体の肉は筋張っている。諸器官の働きは鈍い。　　　　　（p. 2）

冒頭の飾り文字では貝殻から顔を出したナイトキャップをかぶった金利生活者が描かれており、寄生的な鈍い動物という設定と同調している。

　金利生活者の基本的生態として、衣食住は月並みなものとされる。身なりはといえば、「安物の縞のチョッキ」、「12 フランの帽子」（p. 1）などである。食事については、後述の通り、家政婦がいるので日頃は家で食事し、家政婦が外出する日のみ外食するとしている。住居については次の通りである。

　　金利生活者は、彼があらゆることに適用する謎の規範が定めるところによって、家賃には収入の十分の一を充てる。［…］したがって家賃が 100 エキュを超過することは決してない。　　　　　　　　　　　（p. 7）

よって彼はマレなど比較的家賃相場の安そうな場に好んで住むのである★24。なお、「変種」の中には「田舎者」や「場末の金利生活者」が含まれている★25。「田舎者」と言っても地方の田舎ではなく、パリ近郊のベルヴィル、モンマルトル、ラ・ヴィレット、ラ・シャペル、バティニョルなどといった「城壁の外 extra-muros」に居住する者を指す。市門の外側で入市税がかからないのでパリ市内よりも生活費が安いことを彼らは喜んでいる。「場末の金利生活者」は元労働者などで、サン＝ドニ門より中には入って来ないとされる。

　「彼は凡庸である」（p. 3）と断じる語り手は、この社会種の生活様態を仔細に描くことによって、もはや卓越性を喪失した社会における平板さの蔓延に対して踏み込んだ分析を展開していく★26。

2 流行への眼差し

　金利生活者が示す平板さは、彼らの流行事象への眼差しと密接に関連している。まず、金利生活者と流行との関係を確認しておきたい。不労所得で生活するこの人士たちは定義からして賃労働とは無縁の存在である。とはいえ、既に肥大化しつつあった資本主義社会の金融取引に本格的に参戦しているわけでもない。この点で、文中で言及されている、ビリヤードのプレイヤーではなく見物人という立場は金利生活者の立場を象徴するものである。

　　　彼の本領はビリヤードで、一度たりともキューを手にしたことはないのに
　　　ビリヤードにとても長けている。「ギャラリー」として手練れというわけ
　　　だ。　　　　　　　　　　　　　　　　　　　　　　　　　　　　　　　（p. 9）

当時、制度上の変化につけこんで国債などの有価証券で儲けを出すといったマネーゲームのプレイヤーはブルジョワの富裕層に限られていた★27。これに対して、零細金利生活者はかろうじて生活費を捻出するにとどまる。すなわちゲームに参加しておらず、常に傍観者の身分なのだ。
　よって金利生活者は基本的に無為である★28。ところが彼らは平穏で循環的な日々の生活に決して満足しようとはしない。散策や寄り合いへの出席だけでは満たされない、強い好奇心を常に抱いている。

　　　金利生活者の好奇心は彼の人生を説明づける。彼はパリなしでは生きられ
　　　ない。パリにおいて何もかもを利用しているのだ。　　　　　　（p. 8）

無為で退屈な生活を送る金利生活者という社会種が首都でしか生息できないとされるのは、この近代都市が提供する日々の刺激ゆえである。彼はとりわけ、時の流行に対して旺盛で飽くなき関心を向け、さほど出費することなく観覧できる出来事を心待ちにしている。

　　　キリン、自然博物館の新規展示、絵画や工業製品の展示会、こういったも
　　　の一切は彼にとって祝祭であり、驚異的なものであり、検分するに足る素
　　　材なのである。豪奢なことで知られるカフェもまた常に貪欲な彼の目のた

第 16 章　《 Monographie du rentier 》

めに作られたのだ。彼にとって鉄道開通の日に比せられる一日はなかった。
その日は四回も行き来したのであった。　　　　　　　　　　（pp. 8-9）

　その他、街中の解体現場の観察、話題となっている裁判の傍聴、花火見物など、
折々の社会風俗やイベントといったありとあらゆる新奇なるものが関心の的と
なっていることを確認しておこう。なお、引用中に挙げられている事例の間に
はいくらかの時間的隔たりがある。たとえば、問題にされているキリンとは、
エジプトの統治者であったムハンマド・アリがフランスとの外交関係の強化策
としてシャルル 10 世に贈った「ザラファ」を指す。当時珍しかったこの動物
がパリ市民の間で大ブームとなったことはよく知られている★29。マルセイユ
を経て以後は陸路で運ばれたキリンは長旅の末に 1827 年 6 月に首都に到着し
た。その後、ジャルダン・デ・プラントで公開されて話題となり、キリン型の
クッキーが登場したり、女性が高々と結った髪型をするようになるなどブーム
は広く首都に波及した。キリンは単なる物珍しい動物ではなく、当時の動物学
の最先端の知見を左右しかねないトピックだったのであるが——ブームの立役
者はマルセイユからパリへの引率を担当したジョフロワ・サン＝チレールであ
ると言ってよい——、七月革命を経て世間の関心が移り変わっていったことも
あって、話題となっていたのは数年のみであった。『自画像』の刊行時にはキ
リン・ブームは既に旧聞に属する事柄である。こうした推移は『人間喜劇』の
作品にも反映されている。たとえば、『ウジェニー・グランデ』においてウジ
ェニーの従兄シャルルがグランデ家に到着した場面で次のような一節が見られ
る。

　　　このパリっ子が鼻メガネをかけ、広間の奇妙な調度類、天井の根太、板張
　　　りの色調、ハエがそこにつけていった『項目別百科事典』や『ル・モニト
　　　ゥール』紙の句読点にも及ぼうかという数の糞を眺め出すと、ロト遊びを
　　　していた連中は顔を上げ、キリンでも見るかのような好奇心で彼のことを
　　　じろじろと見た★30。

　シャルルの到着は 1819 年であるから、物語時空ではなく、読者にとっての現
在が参照されている。プレイヤード版の編者のニコル・モゼが指摘するように、
フュルヌ版刊行の際の作者の校閲によって、1833 年の草稿時から書かれてい
た表現「あのキリン la girafe」が「一頭のキリン une girafe」に修正された。

289

1843 年の時点でキリンの話題が既にアクチュアリティーの圏外にあったこと
を考慮した対応である★31。よって、同じく 1840 年代初頭の刊行の「金利生
活者論」での「あのキリン」は、一昔前の（金利生活者が夢中になった）事象
として引き合いに出されているのである。一方、鉄道については 1837 年のパ
リ～サン＝ジェルマン間の開通を指すのであろう。フランスにおける鉄道網は
1840 年代以後、大々的に整備され、この時代の最重要の話題の一つであった
ので、『自画像』の読者の耳目を集める事項であったことは間違いない★32。

　実際、金利生活者が以後立ち会っているのは、特権的な近代都市として強烈
なオーラを放ち続けるパリである★33。社会や産業の飛躍的な発展が次々と新
しい意匠の形をとって顕現し、人々にスペクタクルを提示し続けるこの都市空
間の絶えざる変容の閃光を形容する語として、上記の引用にある「祝祭」は何
よりもふさわしいものであろう。こうして見る限り、祝祭的都市空間で陶酔感
を味わう金利生活者に、我々は思いがけず魅力的な姿を見てしまうかもしれな
い。それもあながち間違いではない、と話者はほのめかす——「パリは強烈に
明るい光源であり、激しい勢いで燃え盛っているので、その照り返しがあらゆ
るもの、遠景にいる人々にまで精彩を与えているのだ」(p. 7)。

　だが話者はこうした両義性を残しながらも、1）マス・メディアと多数者へ
の従属、2）他者の言葉としての紋切型の使用、3）卑小なるものや平板な表
層への執着としてのコレクションの問題を通じ、同時代の社会の凡庸化をこの
人々に集約させている。以下それを見て行こう。

3　凡庸社会のメカニズム

3・1　メディアと多数者の支配

　既に多くの研究で強調されてきたように、1830 年代中盤のフランスにおい
て、それまでのオピニオン紙主体の潮流から、文化、エンターテイメント、実
用的情報を中心とした新聞の大量流通へとメディアのあり方が大きく変化し
た。1836 年に創刊された、ジラルダン主宰の『ラ・プレス』紙による、広告
の本格的導入に伴う購読料の引き下げと連載小説の掲載による読者獲得作戦の
成功が決定的な役割を果たしたのである★34。その意味で、新聞こそがこの時
代の新奇な文物の最たるものであった。また、早くからジャーナリズムに深く
関与し★35、『ラ・プレス』紙にフランス初の連載小説『老嬢』を掲載、その後
も新聞紙上を作品の初出の主な場とし続けたバルザックが、一方では『幻滅』

第16章　《Monographie du rentier》

第二部『パリにおける田舎の偉人』や『パリ・ジャーナリズム論』などにおいて同時代のジャーナリズムの痛烈な批判者であったこともよく知られている。こうした事項を改めて思い起こした上で、再び「金利生活者論」の読解に戻ろう。上記のテクストが主にジャーナリズムの書き手を批判したのに対し、ここでは読者の愚昧さが問題化されていく。

　　　彼は新聞、広告、ポスターを読む。ポスターなどは彼がいなければ無用のものとなってしまうほどだ。　　　　　　　　　　　　　　　　（p. 4）

新聞は無為な人間にとって恰好の娯楽である。金利生活者は後述のようにポスターについては蒐集を行うほどで、商業的活字メディアへの依存度が非常に高い。とりわけ次の箇所は象徴的である。

　　　［…］彼は新聞の四面に広告を出している新製品開発者のところに足を運び、改良、進歩した点をデモンストレーションしてもらう。彼らの製品をほめたたえ、顧客がつくに違いないと言葉をかけると、自国を誇らしく思って去っていく。　　　　　　　　　　　　　　　　　　　　（p. 8）

　金利生活者にとっては4ページからなる新聞の広告面こそがどの紙面にもまして注視して読むべきページなのである★36。本来の紙面を安価に流通させるために導入された広告が、そうした紙面を差し置いて魅惑的な対象となっているという倒錯的な現象がここに現われている。彼は、そこで多かれ少なかれ謳われている産業の発達（「改良、進歩」）に無条件に賛意を示す人間であることが示されている。同時代の関心事というよりもオブセッションであったマテリアリスムや進歩といった思想を完全に肯定し、「新製品」をその現れとしてうやうやしく戴くのである。後にゾラが描くことになる、新聞やポスターを人生の規範とする『広告の犠牲者』（1866）の原型が早くもここに成立している。ここでバルザックは、自由な公論の場の提供、大衆への知識の伝達という、大規模活字メディアが展望させるポジティヴな射程に包摂されえない新たな困難の出現を浮かび上がらせている。すなわち、自らの定見というものがなく、多数者の関心に利那的に左右される一群の人々の登場である。たとえば、金利生活者は費用がかさむ観劇にはたまにしか行かないとされるが、「彼はパリ中を魅了する大ヒットを待った上で、行列に並び、貯金をはたく」（p. 9）。可処分

所得の限られた金利生活者は、自分自身の美学的基準をもとにしてなけなしの貯金を使うべきスペクタクルを選定しているのではない。基準はあくまでも「パリ中を魅了する大ヒット」——首都住人の多数者が価値付与している（とされる）見世物であるかどうかという一点である。身も蓋もなく、皆が好きなものが好きという従属的な態度であって、彼にとって常に多数者が正しいのだ。実際、最初に見た引用において、金利生活者は「乗合馬車」（原文ではわざわざ大文字で強調されている）でパリ中を移動するとされていたのが意味深長である。皆と一緒にパリの移ろいを見物する存在のメタファーとして捉えられよう★37。

3・2　紋切型——流行語、臆見

こうした多数者の圧制の空虚さを象徴するのが紋切型である。金利生活者はマス・メディア時代の浅薄で空疎な言葉の反復を体現する存在として現われる。経済的にパラサイトである彼は、それに呼応するかのように、多数者の嗜好や好みを我がものとするのみならず、他者の言葉を以って語るのである。

> 進歩、蒸気機関、瀝青、国民軍、非貴族階級、結社精神、適法性、威嚇、運動、抵抗といった、何も意味しないのに何にでも使える語は、金利生活者のために作られたのではなかろうか。お風邪ですか？　ゴム製の衣服が風邪の予防になりますよ！　フランスの社会活動にブレーキをかけている行政手続きの恐るべき遅滞ぶりが気になり、この上なく不快に感じているあなたに金利生活者はこくりと頷いてみせ、微笑んでこう言う——「適法性ということですな。商業が立ち行かない——これが非貴族階級の結果ですよ！」。彼はいかなる話題に対してもこうした用語を口にし、その消費が多すぎるので、この十年来、未来の多くの歴史家に話題を提供できるほどだ——将来、これらの言葉に説明が必要となれば、の話だが。（p. 4）

事情通でも何でもない人々によって時の政治状況や産業・文化に関わる一連のキーワードやキャッチフレーズが際限なく反復されて拡散し、内実なき空疎な言葉として流布していく状況がここに示されている。1830 〜 40 年代は、もともと印刷用語であった「ステレオタイプ」が「紋切型」の意味を持つようになった時代である★38。判で押したような同じ言葉の大量反復の問題が、社会において前景化していたのである。『人間喜劇』の作品中でも動詞

第16章 « Monographie du rentier »

stéréotyper の形でこの意味での用例がいくつか見られる[39]。紋切型の文言に加え、紋切型的な思考について一つ興味深い例を見ておこう。

> 当節では彼はステッキに体をもたせかけ、優男（金利生活者の一種）に得意げな様子でこう尋ねる──「ずいぶん話題になっているあのジョルジュ・サン（彼はサンドをこう発音する）というのは結局のところ、男かね、女かね？」 (p. 7)

金利生活者は「文学に関してはポスターを眺めることでその動向を観察する」（p. 7）のであり、サンドの作品に関心を寄せているわけではない。彼にとっては、性別的アイデンティティーが何やら論議されているらしい噂の人気作家の話題を持ち出し、流通している記号と適度に接点を持ちさえすればそれで十分なのである。紋切型に依拠し、流行の事象と浅く戯れることを好む金利生活者は、話題の文物から離反するのも早い。彼が流行語を「使ったり、離反したりする的確さは実に見事」（p. 4）と話者は皮肉る。例えば、「瀝青ほど素晴らしいものはない、瀝青は何にでも使える」と絶賛する金利生活者は、「ビフテキも瀝青で作ればいいのではないか？」とまで言う過剰な惚れ込みようなのだが、ひとたび瀝青の道路が陥没すると、「瀝青から立ち戻らなければ！」（p. 5）と態度を急変させる[40]。関心が皮相であればこそ、利那的な消費対象からの変わり身も早いのである。

　他方、金利生活者における紋切型の使用は流行事象にとどまらず、生活全般にわたる臆見にまで根を下ろしている。

> あなたは彼が次のような公理を口にするのを聞くことになる──「グリーンピースは金持ちと食べ、サクランボは貧乏人と食べること。R のつかない月に牡蠣を食べてはならない、云々」[41]。 (p. 7)

> 一人しかいない家政婦が外出する日には金利生活者夫妻はレストランで夕食を取り、スフレ風オムレツの驚きの味わいや、「レストランでないとうまく調理できない」品々の美味に身をゆだねるのである。 (p. 9)

　二番目の引用でのカッコ内（原文ではイタリック）は他者の言説、借り物の言説を表している。既に起源の定かならぬ、反復に反復を重ねて磨耗してしま

った言説である。社会を左右する国家的関心事から流行事象、そして日常の行為に至るまで、金利生活者はことごとく紋切型＝他者の言葉を以って自身の言葉とする存在なのである。

3・3　コレクション

　金利生活者におけるもう一つの特徴的な挙措は蒐集趣味である。コレクションは 19 世紀文学、とりわけバルザックにおいて大革命後の社会の変容を表象する重要な役割を担っている。ピエール＝マルク・ド・ビアジは、単なる好事家や目利きとは異なるコレクターという形象が『従兄ポンス』（1847）において小説史上初めて誕生したことを指摘している。それによると、歴史的に蒐集の流行は、帝政時代末期以後のさまざまな美術館・博物館の創設、旧貴族の財産の散失・売却、投機や工業技術の発達、考古学の出現、歴史、芸術の意味合いの変化を背景としている。1840 年代になると、財力をつけてきたブルジョワたちがコレクションに対して急速に関心を寄せるようになった。「ブルジョワが骨董に手を出している。3 万人ものこうした勢力が襲い掛かると根こそぎにされてしまう」[42] と 1846 年 12 月にハンスカ夫人に語るバルザックは、この新興勢力が文化財を買い漁ってしまうのではないかと危惧を示している。蒐集という事象が当時まだ新しく、一般に自明でなかった証左として、関連する語彙が定着していない。例えば collectionneur の語は 1829 年に出現し、辞書に掲載されるようになるのは 19 世紀後半である[43]。

　さて、18 世紀までの貴族的なコレクションが卓越性を誇示するものであったのに対し、『人間喜劇』に登場する 20 例ほどのブルジョワのコレクションは軒並み小物化、皮相化している[44]。特権階級の消滅が凡庸の蔓延を生んだというメディオクラシーの顕著な現われの一つなのだ。同様に、金利生活者の変種の一つ「蒐集家」が関心を寄せるのももっぱら卑小なオブジェばかりである。語り手は次のように述べている。

　　掲示中の、あるいはかつて掲示されたであろうありとあらゆるポスターのコレクションを揃えている、この種に属する一個体と私は個人的に知り合った。この金利生活者の没後に王立図書館が彼のコレクションを買い取らないのであれば、パリはその壁に飾られた独創的な産物の素晴らしい標本を失うことになろう。またこれとは別の金利生活者はあらゆる広告を所持し、大変興味深い蔵書となっていた。またある者は俳優と衣装を表した版

第 16 章　« Monographie du rentier »

画ばかり蒐集し、ある者は 6 スー以下の書籍ばかりからなる蔵書を築い
た。　　　　　　　　　　　　　　　　　　　　　　　　　　　（p. 14）

ここでは当時の印刷文化の先鋭的な産物が参照されている。広告、版画、廉価
本、そしてとりわけポスターである。金利生活者のポスターへの関心について
は既に見てきた通りだが、ついには網羅的な蒐集を行う者が現われるほど、そ
の執着は深い。パリを彩るポスターの魅力と、その蒐集家がたちまち出現した
ことについては、早くも『パリにおける田舎の偉人』（1839）において言及が
見られる★45。実際、そこでは「蒐集家」の語がイタリックで強調されており、
新しい事象として強調されている。

　　ポスターはとても独創的なものとなったので、「蒐集家」と呼ばれる好事
　　家のうちの一人はパリ中のポスターを完全に一そろい集めたほどであっ
　　た★46。

『パリにおける田舎の偉人』でその創成期が描かれたポスターは、「金利生活
者論」では、その華やかさとはうらはらに、平板な表面であることが強調され、
凡庸時代を象徴するオブジェとして現れる★47。金利生活者という社会種、す
なわち、「どうでもよいものを圧延し、［…］些細なひと時でさえ、見事なまで
に無益で茫洋として深みを欠いた幸福感で飾り立てる」（p. 7）存在の執着の
対象として提示されているのである。
　だがここに危うい反映性が潜んでいることは見過ごせない。『自画像』自体が、
同時代のコレクションの実践の一般化に掉さす試みにほかならないのだ。実際、
『役人の生理学』で描かれている変種にも「蒐集家」が含まれているが、これ
は同書の熱心なコレクターである。

　　彼はコレクションを所蔵している！　分冊刊行されるものは全て予約購読
　　するのだ。グランヴィルの挿絵による『動物の私的〔公的〕生活情景』、『ド
　　ン・キホーテ』、『フロリアン寓話』、『フランス人の自画像』、書誌も含めて、
　　分冊刊行されるものについてこれほど熱心な購読者はいない。だが、分冊
　　刊行された作品を集めているのにそれを製本するのを忘れてしまう。彼は
　　オベール書店の版画や 50 サンチーム以下の美術品全般を購入する★48。

オベール書店から刊行された『役人の生理学』にこのように意図的な自己言及がある以上、このテクストと関連の深い「金利生活者論」の主人公が『自画像』に関心を寄せるというメタ・フィクション的な想像も許されよう。「金利生活者論」が凡庸の蔓延する時代を告発しようとしても、それが逢着する受け手は金利生活者その人ということになってしまう。それは理想的読者でないどころか、むしろ好ましからざる読者像であろう。だが、上記の引用を再読するなら、「製本するのを忘れ」るという語句が挟み込まれていることに注目できよう。ニコル・モゼはバルザックの作品においてコレクションが滑稽に描かれていることを指摘しつつも、作品のシリーズ化・集積は彼をはじめとした19世紀の多くの作家にとって決定的な実践であり、また実際、多様なものの集積によって新たな意味を生み出すことを『人間喜劇』は実践しえたと論じている★49。製本すること、結びつけること（relier）を忘れること、それはまた、再読すること（relire）──「金利生活者論」の一部が再利用されている『プチ・ブルジョワ』において、登場人物コルヴィルはアナグラム好きとして描かれており、文字の入れ替えはバルザックの作品が招請するものである──を疎かにすることにほかならない。役人の、そしておそらくは金利生活者の蒐集家においても看過されるであろう「読み直し」の努力が、バルザックが逃げ場のない凡庸社会の只中から、のちの時代、つまり現代の我々に託した自身のテクストの「使用法」なのかもしれない。

注

★1　ヴァルター・ベンヤミン『ボードレール』野村修訳、岩波文庫、1994年、171頁。表記の統一のため、一部、訳語を改変した。

★2　Cf. Judith Lyon-Caen, *La Lecture et la vie. Les usages du roman au temps de Balzac*, Tallandier, 2006, pp. 19-20.

★3　たとえばSégolène Le Men, « La "littérature panoramique" dans la genèse de *La Comédie humaine* et *Les Français peints par eux-mêmes* », *L'Année balzacienne* 2002, pp. 73-100.

★4　« Monographie du rentier » in *Français peints par eux-mêmes, encyclopédie morale du XIXᵉ siècle*, Curmer, 1840-1842, 8 vol., t.III, pp. 1-16. 他の4編がガヴァルニの挿絵であるのに対し、「金利生活者論」はグランヴィルが挿絵を担当している。

★5　Balzac et Arnould Frémy, *Physiologie du rentier de Paris et de province*, Martinon, 1841. また、1848年には『パリの地方人』の総題のもとに、『パリの地方人』（『そうとは知らない喜劇役者』）、『ジレット』（『知られざる傑作』）とともに『金利生活者論』が再録された（*Le Provincial à Paris*, Roux et Cassanet, 2 vol. ; Stéphane

第 16 章 《 Monographie du rentier 》

Vachon, *Les Travaux et les jours d'Honoré de Balzac*, Presses Universitaires de Vincennes / Presses du CNRS / Presses de l'Université de Montréal, 1992, p. 272）。

★6　Balzac, *Physiologie de l'employé*, Aubert, 1841.

★7　Nathalie Preiss (éd.), *De la poire au parapluie. Physiologies politiques*, Champion, 1999, pp.IX-X ; 私市保彦『名編集者エッツェルと巨匠たち』新曜社、2007 年、450-452 頁。

★8　『農民』における新語。Balzac, *La Comédie humaine*, nouvelle édition publiée sous la direction de Pierre-Georges Castex, Gallimard, « Bibliothèque de la Pléiade », 1976-1981, 12 vol.（以下 *Pl.* と略）, t.IX, p. 175.

★9　*Pl.*, t.XII, p. 224. 後に『娼婦盛衰記』初版（1844 年 8 月、版本には 1845 年と記載）の序文で作者は次のように述べている――「フランスの社会風俗の平板化、消失は次第に度を増している。10 年前、本書の著者は、『もはやニュアンスしか残っていない』と書いた。だが、今日ではニュアンスも消滅している」（*Pl.*, t.VI, p. 425）.

★10　同じく『社会生活の病理学』所収の「歩き方の理論」より。*Pl.*, t.XII, p. 268. Cf. Jacques Neefs, « La science des riens », *Magazine littéraire*, n°373, 1999, pp. 46-47.

★11　*Op. cit.*, p. 3.

★12　フランスにおける国債や年金の設定の仕組みについては次の著作が詳しい。鹿島茂『職業別パリ風俗』白水社、1999 年、112-124 頁。

★13　トマ・ピケティは、近代フランスの格差社会において、資本家、不労所得者が勝利する機制が『ゴリオ爺さん』の作中でヴォートランによっていみじくも指摘されているとする（Thomas Piketty, *Le capital au XXIe siècle*, Seuil, 2013, p. 376 et passim）。小規模不労所得者を同時代の社会的機能不全を象徴するネガティヴな相のもとに描き出す「金利生活者論」をこの観点から読み直すことも可能であろう。

★14　Pierre Larousse, *Grand dictionnaire universel du XIXe siècle*, Administration du Grand Dictionnaire universel, t.11, 1874, p. 462.

★15　Cf. Elishva Rosen, « L'analytique ou la tentation de la monographie » in Claire Barel-Moisan et Christèle Couleau (dir.), *Balzac. L'aventure analytique*, Pirot, 2009, p. 101.

★16　本文は大きく分けて二つのパートからなる。大部分を占めるのは、金利生活者全般の生活様式を論じた解説であり、そして終盤に 12 の小分類が提示されている。

★17　*Op. cit.*, p. 1. 以下、「金利生活者論」からの抜粋は引用文の末尾にページのみを示す。

★18　*Pl.*, t.XI, p. 922.

★19　*Pl.*, t.I, p. 8.

★20　これについては本書の第 15 章「バルザックにおける「全集」と「知」」、269 頁で言及した。

★21　Balzac, *Histoire de la grandeur et de la décadence de César Birotteau, parfumeur, chevalier de la Légion d'honneur, adjoint au maire du 2e arrondissement de la ville de Paris, etc.*, l'éditeur [Boulé], 1837 [daté : 1838], t.I, p. 175 ; *Pl.*, t.VI, p. 105. 訳文作成の際、大矢タカヤス訳『セザール・ビロトー』（藤原書店、1999 年）を参考とした。

★22　ただし、既に確認したようにフレミーのテクストは実際には「地方の金利生活者」を論じてはいない。

★23　Lov. A92, f°58r°.

★24　*Op. cit.*, p. 7.

★25　*Op. cit.*, pp. 15-16.

★26　引用文の原文は « Il est médiocre ». 本文においてはこれ以外には médiocre（médiocrité）, bête（bêtise）といった語は直接的には姿を現さないが、事象としての凡庸さや愚昧さが多面的に喚起されているのは以下に見る通りである。

★27　Alexandre Péraud, *Le Crédit dans la poétique balzacienne*, Classiques Garnier, 2012, p. 40.

★28　語り手によれば、金利生活者は労働を行わないばかりか、あらゆる面倒を厭うので、金利受取人なる仲介業が出現した。「代訴人、執達吏、競売人、代理士、公証人の事務所を構えるだけの資金がない実業家」（p. 5）が金利受取業を担当するという。つまり、それ自体が資本主義社会のパラサイトである金利生活者をクライアントとする隙間産業が出現したということである。こうした新職業のあり方を解明するところがまさしくバルザックの面目躍如と言える。

★29　パリにおけるこの時のキリン・ブームについては次の著作に詳しい。マイケル・アリン『パリが愛したキリン』椋田直子訳、翔泳社、1999 年。

★30　*Pl.*, t.III, p. 1058.

★31　*Ibid.*, p. 1668.

★32　Cf. 小倉孝誠『19 世紀フランス　夢と創造』人文書院、1995 年、第 I 章「鉄道と時空間の変容」。

★33　ピエール・シトロンは、1830 年以後、この首都が文学作品においてポエジーを体現したことを跡付けている。Pierre Citron, *La poésie de Paris dans la littérature française de Rousseau à Baudelaire*, Paris-Musées, 2006.

★34　『ラ・プレス』によるメディア革命については次の著作を参照のこと。Marie-Ève Thérenty et Alain Vaillant, *1836. L'An I de l'ère médiatique*, Nouveau monde, 2001.

★35　バルザックのジャーナリズム活動についてはロラン・ショレの研究を以って嚆矢とする。Roland Chollet, *Balzac journaliste, le tournant de 1830*, Klincksieck, 1983.

★36　『役人の生理学』でも退職した役人が暇なので新聞を隅々まで読み、広告に目を通す様子が描かれている――「引退した役人は疲れを知らない新聞の読み手となり、題名から発行人の名に至るまで読み、広告をじっくりと読み込むので、三時間はつぶれる […]」（Balzac, *Physiologie de l'employé, op. cit.*, p. 120）。

★37　なお、アントワーヌ・コンパニオンは、「流行の先を行くでもなく、次から次へと後追いするという急務」を「乗合馬車を追いかける」悪夢（ロートレアモン）に見たジュリアン・グラックの『胃の文学』を論じている（アントワーヌ・コンパニオン『アンチ

第 16 章 « Monographie du rentier »

モダン』松澤和宏監訳、名古屋大学出版会、2012 年、303 頁)。

★38　Ruth Amossy et Anne Herschberg Pierrot, *Stéréotypes et clichés*, Nathan Université, 1997, p. 25 ; Boris Lyon-Caen, *Balzac et la comédie des signes*, Presses Universitaires de Vincennes, 2006, p. 174.

★39　霧生和夫氏作成のコンコルダンスによる。一方、これと関連の深い « cliché » の語が写真用語から転用されて「紋切型」の意味で用いられるようになるのは 1870 年頃からである（cf. R. Amossy et A. Herschberg Pierrot, *op. cit.*, p. 11）。よって、バルザックの作中には用例は登場しない。

★40　ルイ・レーボー『ジェローム・パチュロ』（1846）には、主人公がこの時代に多く使われていた人工瀝青の欠陥を挙げ、そうした問題がないとされるモロッコの瀝青で一儲けを企てる挿話がある。Louis Reybaud, *Jérôme Paturot. A la recherche d'une position sociale*, Belin, 1997, p. 63 et suiv.

★41　グリーンピースは新鮮なうちに食べるのがよく、サクランボは熟してから食べるのがよい、牡蠣は綴りに R のない月（5 月〜 8 月）には食べてはいけない、の意。

★42　*Lettres à Madame Hanska*. Textes réunis, classés et annotés par Roger Pierrot, Laffont, « Bouquins », 1990, t.II, p. 446.

★43　Pierre-Marc de Biasi, « La collection Pons comme figure du problématique » in Françoise van Rossum-Guyon et Michel van Brederode (dir.), *Balzac et* Les Parents pauvres, CDU et SEDES, 1981, pp. 66-69.

★44　Cf. Boris Lyon-Caen, « Balzac et la collection », *L'Année balzacienne* 2003, pp. 265-284.

★45　*Pl.*, t.V, p. 300.

★46　*Ibid.*, p. 449.

★47　Cf. Philippe Hamon, *Expositions*, José Corti, 1989, p. 135 et passim.

★48　Balzac, *Physiologie de l'employé*, *op. cit.*, p. 86

★49　Nicole Mozet, « Le passé au présent. Balzac ou l'esprit de la collection », *Romantisme*, n°112, 2001, pp. 83-85.

第17章

重力と運動

『ブヴァールとペキュシェ』におけるフィクションと知の言説

山崎 敦

　1880年5月8日、フローベールが脳出血で絶命したとき、その書斎には『ブヴァールとペキュシェ』の4000枚を優に超える、厖大な草稿が残されていた。フローベールは、全12章から成る小説として『ブヴァールとペキュシェ』を構想していたが、第10章の終盤までひととおり自筆で清書を終えていた。つまり第10章の幕切れと、書簡のなかで「第2巻 le second volume」と呼ばれもする第11章と第12章が未完のまま残されたことになる。

　未完の「第2巻」が、著者によって「コピー Copie」とも呼ばれていたとおり、ありとあらゆる文献からかき集められた愚説や珍説や謬見がきりもなく並ぶ、いわば「引用集」のような構成であるのに対し、ほぼ完成していた前半10章は、いささか破天荒ではあるがまだしも古典的な小説の形態をとどめており、その筋立てを要約するのはさして難しくない。1830年代後半、パリのある大通り、いずれも初老のふたりの筆耕がめぐりあい、すぐさま意気投合し親友になる。ブヴァールに舞いこんだ遺産とペキュシェの貯金をつぎこんで、共同で片田舎に屋敷と農地を購入し、その地に引き移るところまでが第1章で描かれる。その後第2章から第10章まで、千篇一律のごとく、同一のリズムで物語が展開する。ある学問に興味をおぼえ、無我夢中で勉強し、無残に挫折する──この三拍子からなる単調な反復。第2章で取り組む学問領域は農業・農学、第3章は科学（化学・医学・生理学・天文学・動物学・地質学）、第4章は考古学・歴史学、第5章は文学、第6章は政治学（二月革命から第二帝政樹立までの歴史が緯糸として織りこまれる）、第7章はふたりが学問を離れる唯一の章で、ふたりの恋愛をめぐって物語は展開する。つぎの第8章は、体操・テーブル回し・動物磁気・神秘思想・哲学とつづき、体操から哲学まで振

幅が大きいのに対し、第9章は一転して宗教のみを扱い、最後の第10章は教育学を軸に物語が展開する。つまり第2章から第10章まで、章分けはブヴァールとペキュシェの取り組む学問領域に対応している。

　ではあらためて、先に触れた「コピー」（第11章）とは、あるいは「コピー」を包摂する「第2巻」（第11章＋第12章）とは、いかなるものなのか。構想の奇抜さと異様さにおいて近代文学史上類例のない、この「コピー」の全貌を明らかにするには、なにしろ厖大かつ複雑奇怪な資料体であるだけに、委曲をつくして論じる必要があり、とうてい本稿の枠におさまりようもない。したがってここでは「コピー」に関する数あるプランのうち最後のものと目されるプランを部分的に引用し、その輪郭を素描するにとどめたい★1。

　　第11章＝彼らのコピー
　　彼らは書き写した……たまたま手に入ったものをなにもかも、……長い目録……以前読んだ諸著作からの抜萃集、——近所の製紙工場から目方で買いこんだ古紙の束。
　　しかし彼らは分類する必要を覚える……それで彼らは大きな帳簿に書き写す。書き写すという肉体的行為における快楽。
　　あらゆる文体の見本集。農業的、医学的、神学的、古典主義的、ロマン主義的文体、婉曲な言い回しの数々。
　　対比＝民衆の罪——王の罪——宗教の恩恵、宗教の罪。
　　傑作。傑作における世界史をあむこと。
　　紋切型辞典。シックな考えのカタログ。
　　［…］
　　が、しばしば彼らは事実を然るべきところに収めるのに困惑し、ためらう。彼らが作業を進めるほどに困難は増してゆく。——彼らは作業をつづける、それにもかかわらず★2。

　すでにこのプランのうちにその萌芽が見られるように——たとえば「それで彼らは大きな帳簿に書き写す」「が、しばしば彼らは事実を然るべきところに収めるのに困惑し、ためらう」——、フローベールは、「コピー」を「引用集」として構想しながらも、そこに一定の語りの枠組みをはめこむつもりであったと推測できる。しかしそう推測がついたところで、ほかのプランでもいくとおりにも素描されている語りの要素のうち、フローベールが最終的にどの要素を

採りどの要素を退けることになったか、もちろん確たることは何も言えない。要するに、未完である以上、われわれがいかなる仮説を立てようと、結局のところどれも仮説にとどまるほかない。

　さらに事態を複雑にしているのは、『ブヴァールとペキュシェ』の全草稿約4000枚のなかに「紋切型辞典」や「文体見本集」などのいくつかのユニットが、程度の差こそあれ、ほぼ完成した状態で埋めこまれている点である。そうした完成ユニットを一つひとつのピースとする「コピー」という大きなパズルの図柄を描きだしながら、同時にその「コピー」を包摂する「第2巻」全体の語りの枠組みについて仮説を立てる必要がある。そうしたわけで、「第2巻」の全容を視野におさめるのは至難の業であるが★3、本稿の論旨とのかねあいでさしあたって強調しておきたいのは、「コピー」の初動が「たまたま手に入ったものをなにもかも」という無差別性にある点であり、それにもかかわらず「コピー」とはたんなる愚言や珍説や謬見の無造作な集積ではなく、19世紀に流通していた知の言説に対する、包括的な批判的装置として構想されていた点である。

1　重力──二項対立・落下・四原因説・スピノザ

　本稿では、「第2巻」はひとまず措き、前半の物語部分、とくに第8章をフィクションと知の言説という観点から論じてみたい。そのさい小説のテクストから「重力」と「運動」という二つの「テーマ thème」をとりだし、哲学の言説がフィクションにどのように織りこまれているのかを明らかにしたい。言い換えれば、本稿の目指すところは、重力と運動という哲学的問題が物語の展開に即していかに変奏されているのかをあとづけ、それぞれがフィクションに固有のテーマとしていかに機能しているのかを明らかにすることにある。

　はじめに確認しておきたいのは、ブヴァールとペキュシェは哲学上の多種多様な概念や難問に逢着するが、一見したところ多彩に映りもするそうしたふたりの哲学遍歴が、じつのところきわめて単純な対立図式に即して展開している点である。すなわち唯物論と唯心論の二項対立である。この図式は、哲学のエピソードの冒頭、ふたりの関心が動物磁気や神秘思想から哲学に移る瞬間に露呈する。ブヴァールとペキュシェは七面鳥に催眠をかけることに成功し、つぎのように独白する。

かまうものか！　問題は解決した。恍惚は物質的原因に因る。
　　ならば物質とは何か？　精神とは何か？　一方から他方への影響は何に
由来し、またその逆の影響は何に由来するのだろうか？　　　　（*BP* 286）

　動物催眠の手法をブヴァールとペキュシェに伝授したのは、彼らの信奉する
動物磁気説を一蹴した医師ヴォコルベイユにほかならないが、ここで重要なの
は、彼らが効力を目の当たりにしたこの催眠導入法が、霊魂や魂の実在を前提
にする唯心論の否定につながる点である。魂やら心理やらを想定する必要のな
い動物に催眠をかけられる以上、催眠は魂と心理のいずれともまったく関係の
ない現象であり、したがってその原因は、霊的なものでも心的なものでもなく、
物質的なものであるほかない——つまり催眠は生理学的にすべて説明がつく。
引用箇所はこのような催眠の生理学的解釈を含意しており、これによって唯心
論に傾倒するペキュシェに対して、唯物論者ブヴァールが優位に立つことにな
る。この対立図式は、先の引用箇所のすぐあと、ふたりの哲学研究の幕開けを
告げる場面でもくり返される。

　　ブヴァールはラ・メトリーやロックやエルヴェシウスから論拠を引きだ
し、ペキュシェはクザン氏やトマス・リードやゲランドから引きだした。
前者は経験に執着し、後者にとっては観念がすべてだった。一方にはアリ
ストテレスが、他方にはプラトン的なものがあった。それで議論になっ
た。
　　　　　　　　　　　　　　　　　　　　　　　　　　　　（*BP* 287）

　このパラグラフを律する完全な対称性が示唆しているのは、唯物論／唯心論
の二項対立が哲学に没頭するブヴァールとペキュシェをたえず引き裂き、これ
から先噛み合わない議論がきりもなくつづくことである。そうであれば、鼻息
荒く哲学研究に乗り出すブヴァールとペキュシェの物語は、最初から最後まで、
出発点にあるこの対立図式の単調な引きのばしにすぎないのだろうか。この先
のフィクションの展開はすべてこの図式に還元しうるのだろうか？　むろんそ
うではあるまい——フィクションとしての『ブヴァールとペキュシェ』は、ふ
たりの主人公がそれぞれ支持する哲学的立場の対立構造にけっして還元される
ものではない。
　『ブヴァールとペキュシェ』において「思想の喜劇 comique d'idées」★4 を
試みると、フローベールはある書簡に書いたが、「思想の喜劇」とは、農学や

医学や哲学といった多種多様な知の言説の説話的再編成 reconfiguration narrative にほかならないだろう。フローベールのいう「思想の喜劇」、すなわち知の言説の説話的再編成をあとづけ、『ブヴァールとペキュシェ』に固有のフィクションの次元に光をあてること——くり返しになるが、それが本稿の目指すところである。その糸口として、第8章で展開する「思想の喜劇」から「重力」と「運動」という二つのテーマをとりだしてみたい。

　重力のテーマはつぎのようにフィクションに導入される。

　　　「それがどうしたっていうんだ！」とペキュシェは言った。「魂は物質の
　　性質を免れている！」
　　　「君は重力を認めるかい？」とブヴァールはつづけた。「ところで物質は
　　落下しうるのであれば、同様に物質は思考しうる。[…]」　　　（*BP* 288）

　ブヴァールのもちだす「物質は落下しうるのであれば、同様に物質は思考しうる」という論理展開は、完全な不条理ではないにしても、きわめて曖昧であり、この一文の意味を明らかにするためには、その生成過程にさかのぼり、フローベールがどのような資料に依拠しているか確認する必要があるだろう。

　フローベールは、哲学のエピソードのために18・19世紀に刊行された哲学書約45点を精読し、126頁の読書ノートを作成したが★5、そのうち10頁をヴォルテールの『哲学辞典』にあてている。その一枚にフローベールはつぎのような引用を書きとめている。

　　　物質　われわれは物質をまず、力、実体、延長と定義したが、ついでそ
　　れに固体性を付け加える必要があることを認めた。しばらくして、この物
　　質というものが慣性と呼ばれる力も有していることを認めねばならなかっ
　　た。その後われわれは、実に驚くべきことにも、物質が引力で動いている
　　ことを認めざるを得なかった★6。

　この引用文は『哲学辞典』の「魂」の項目に読まれるものだが、フローベールはここからいかなる帰結を引きだしたのか。小説の下書きの一枚では、この引用文はつぎのように圧縮・歪曲される。「人はまず物質に延長を認め、つぎに固体性を、そのつぎに慣性を、つぎに引力を認めた。それ物質が地面に落下しうるのであれば、同様に物質は思考しうる」★7。こうしてこの下書きにおい

て、決定稿とほぼ同じ表現で落下＝思考という論理が唐突に出現する。この落下＝思考という論理が、出典であるヴォルテールの記述からいちじるしく逸脱していることは明白であろう。フローベールはヴォルテールの記述を意図してねじまげているのだ。まさしくここにフローベールの資料操作の特徴がある。フィクションの内的論理に即して資料を換骨奪胎すること、あるいは資料を曲解・歪曲・変形すること。先に見たように、決定稿のブヴァールの科白において論理はいっそう切りつづめられ、この下書きに列挙されている物質の性質のうち延長も固体性も慣性も割愛され、引力（重力）しか言及されない。かくして物質をめぐる議論は、不条理すれすれの啖呵の応酬に変質してしまう。しかし、こうしてぎりぎりまで切りつめられた論拠は、それでも読者にどこかで聞いたことがあると思わせるに十分であり——つまり紋切型の反復を思わせ——、それだけにいっそうこの応酬は滑稽でグロテスクなものとして立ち現れることになる。

　ここで若干視点を変えて、読書ノートから下書きをへて決定稿にいたる執筆過程における語彙の揺れ、つまり gravitation から pesanteur への語彙の変更に着目してみたい。周知のように、ヴォルテールは 1738 年に『ニュートン哲学の基礎』を著し、フランスにおけるニュートン受容の立役者となったが、フローベールの参照した『哲学辞典』でも万有引力の法則に何度か言及している。読書ノートにおいて、フローベールは出典のヴォルテールに忠実にgraviter という語を書き写している。ところが、決定稿にあるのはgravitation ではなく pesanteur という語である。フローベールは下書きの数枚において gravitation という語を書き写したのち、Ms g 225⁷ f⁰ 848 において gravitation という語の真上に pesanteur という一語を書き添え、それ以降、決定稿までこの pesanteur という語を維持したのだ。ヴォルテール自身が、少なくとも『哲学辞典』において gravitation と pesanteur の二語をまったく区別することなく用いている以上、認識論的な水準において、この語彙の変更はさして重要な事柄ではないのかもしれない。

　しかし主題論的水準ではどうであろうか。この小説の主題系という観点に立てば、pesanteur という語を選択したことにより、落下のテーマがいっそう際立つことになったと考えられないだろうか。引力や回転（gravitation）というよりも重力や落下（pesanteur）。じっさい落下のテーマは、体操から動物磁気をへて哲学にいたる第 8 章において、これら三つの異質な領域をつらぬく通奏低音になっている。精神と物質の二元論、あるいは心身二元論の一方の項

第17章　重力と運動

目——物質と身体——をめぐってくり返し重力と落下のテーマが変奏される。
　たとえば、ブヴァールとペキュシェが体操に取り組むのは、あたかも重力から逃れるため、あるいは重力とたわむれるためであるかのようだ。

　　そこで彼らはパン焼室に手動式のシーソーを設置した。天井にネジで固定した二つの滑車に一本の綱をかけわたし、その両端に横木を取りつけた。それぞれ綱をつかむと、すぐさま一方は爪先で地面をけりあげ、他方は床すれすれまで腕をさげてゆく。前者の体重で後者は引っ張られ、後者がすこし綱をゆるめると、今度はこっちがのぼってゆく。五分もたたないうちに、彼らの手足は汗びっしょりになった。　　　　　　　　（BP 262）

　数頁先にも落下の場面が出てくるが、この落下のせいで、ブヴァールとペキュシェは体操の特訓を投げ出すことになる。

　　そして竹馬の上で落ち着き払ったペキュシェは、巨大なコウノトリが散歩でもするように庭中を大股に歩きまわった。
　　ブヴァールが窓から見ていると、ペキュシェはよろけた拍子にインゲン豆の上にばさりと倒れこんだ。蔦をからませた支柱が砕け散って落下をやわらげた。彼は泥だらけで鼻血を出し、蒼白になって、たすけ起こされた。彼は筋を痛めたと思いこんだ。　　　　　　　　　　　（BP 264）

　奇怪な巨大コウノトリは、飛び立とうともせず、ばたばたと地面をはいまわる。そのあげく無様に転んでインゲン豆の上にどさりと倒れる。ずいぶん派手な落下だが、第8章にはこの上をいく落下がある。聖ペトロ像の落下である。つまり人間ではなく、無機物の落下であるが、この聖人のフランス語での呼び名は saint Pierre だから、聖ペトロ像とは石という名を持つ人間を表象している石で出来た彫像ということになる。

　　ある晩、モナドについて論争している最中に、ブヴァールは聖ペトロの足の親指に爪先をぶつけた。それで八つ当たりをして、
　　「邪魔なでくの坊だ。外に放り出そう！」
　　階段からは難しかった。そこで窓を開けて、そろそろと窓の縁にもたせかけた。ペキュシェはひざまずいて、踵をもちあげようと頑張り、ブヴァ

307

ールの方は肩を押しこんだ。石像はびくともしなかった。例の槍を梃代わりに使わねばならなかった。それでやっと石像をまっすぐ横に寝かせることができた。すると、それはぐらりと傾いて、冠を下にして虚空に落ちていった。どすんという鈍い音が響いた。翌日見ると、石像は昔の混合肥料の穴の底で粉々に砕けていた。　　　　　　　　　　　　　　（*BP* 298）

　「落下しうるものは思考しうる」という先のブヴァールの主張を裏切るかのように、石像は落下したものの、むろんいかなる思考の痕跡をも示すことなく、手にしていた天国への鍵もろとも、粉々に砕け散ってしまう。あるいはこの場面は、ペキュシェがヴォルテールの著述のなかに見いだしたという物質をめぐる理論を、事後的に裏付けているのかもしれない──「思考を作動させるためには動因が必要だ。というのも物質はそれじたいでは運動を生みだせないからだ。そう言っているのは君の信奉するヴォルテールだよ！」（*BP* 292）。
　「物質はそれじたいでは運動を生みだせない」のは、むろん石像についても同じこと、だからブヴァールとペキュシェは槍を梃代わりにしてまで石像を動かさなければならなかったのだが、そうしてみれば、ふたりは石像の落下運動の「動因」であったといえるだろう。言い換えれば、彼らは石像の落下の「作用因 la cause motrice」であろう。ならば石像の落下における「質料因 la cause matérielle」と「形相因 la cause formelle」と「目的因 la cause finale」は何であろうか？
　ことさら作用因・質料因・形相因・目的因などという術語をもちだしたのは、聖ペトロ像の落下はアリストテレスの四原因説を想起させずにおかないからである。というのも、古代ギリシア哲学以来、スコラ哲学をへて近代哲学にいたるまで、アリストテレスの四原因説に準拠するにせよ、あるいは反対に批判するにせよ、哲学者たちは因果律を論じるさい頻繁に、一方では「彫像」の比喩を、他方では「落下する石」の比喩を引き合いに出してきたからである。
　では哲学史においてこの二つの比喩はいかなる論理構成において援用されてきたのか。まず「彫像」の比喩の場合、「質料因」は彫像の素材である大理石や石膏、「形相因」は彫像が表象しているもの、「作用因」は彫像を生みだしたもの、すなわち彫刻家を指す。「目的因」はといえば、なぜ制作するのかという彫刻家の制作の目的に帰せられる。
　「落下する石」の比喩の場合はどうか。アリストテレスの議論を単純化すれば、落下する石の「質料因」は石が石であるというその状態に求められ、「目的因」

308

は石の本質そのものに求められる。つまり石というものは、重さを有した物体ゆえに、低いところに存在することをその本質とする。「作用因」は、最終的には万物の第一原因たる神にまでさかのぼる。

このように「彫像」と「落下する石」の二つの比喩が哲学史における定型である以上、石という名を持つ人間を表象している石で出来た彫像の落下という事態を前にして、どうして四原因説を思い起こさずにいられようか。

定型的な哲学的比喩としての「落下する石」の一例として、ここでスピノザの『エチカ』の一節を引用したい。この一節は目的論批判の範例を成しているが、スピノザは目的因を問いに付すにあたって、まさしく落下する石の比喩を引き合いに出す。

　　例えばもしある屋根から石がある人間の頭上に落ちてその人間を殺したとするなら、彼らは石が人間を殺すために落ちたのだとして次のように証明するであろう。もし石が神の意志によってそうした目的のために落ちたのでなかったら、どうしてそのように多くの事情が偶然輻輳しえた（というのはしばしば多くの事情が同時に輻輳するから）のであるかと。これに対して、それは風が吹いたから、そして人間がそこを通ったから起こったのだと答えでもすれば、彼らはなぜ風がその時吹いたか、なぜ人間がちょうどその時刻にそこを通ったかと迫るであろう。［…］このように次から次へと原因の原因を尋ねて、相手がついに神の意志すなわち無知の避難所へ逃れるまではそれをやめないであろう★8。

別稿★9 で論じているのでここでは詳述しないが、草稿を参照すればフローベールがスピノザ主義に依拠してブヴァールの反目的論的立場を造形していることは明白であり（哲学研究に没頭しだして間もないころ、目的因を否定する機械論者ブヴァールに対して、目的論者ペキュシェは目的因を必死に擁護した）、したがって同じ第8章にある聖ペトロ像の落下の挿話によって──直近の前後の文脈はスピノザと無関係であるにしても──スピノザを連想しても、あながち無理なこじつけではないだろう。ブヴァールとペキュシェもまた『エチカ』をひもとき、スピノザ哲学に魅入られているのだから、なおさらである（「ブヴァールは、たぶんスピノザなら自分に論拠をもたらしてくれるだろうと思い、セセの翻訳を手に入れるためデュムシェルに手紙を書いた。［…］『エチカ』はその公理と定理によって彼らを怖気づかせた」〔BP 289〕）。

石像の落下とスピノザ哲学との類比（アナロジー）——『ブヴァールとペキュシェ』を覆い
つくすあまたの知の言説はそのような類比的な読みに開かれている。知の言説
とその記憶が、物語の展開に即して、作中人物の科白や仕草の細部のなかに、
あるいは作中人物をとりまく事物の細部のなかに、ある種の寓喩（アレゴリー）のように織り
こまれている。百科事典的とも評される小説が、それでもけっして百科事典に
還元されえないフィクションとして立ち現れるのは、まさしくこうした寓喩的
細部をおいてほかにない。

　落下のテーマの最後の例として、ブヴァールとペキュシェの自殺未遂の挿話
を引用しておこう。

　　　　蝋燭は床にあった。ペキュシェは綱を握りしめて、椅子の一つに突っ立っ
　　　ていた。
　　　　模倣の本能がブヴァールをかりたてた。「待ってくれ！」。そしてもう一
　　　つの椅子にあがったが、ふと思いとどまって、
　　　　「けど、遺書を書いていないじゃないか」　　　　　　　　　　　（*BP* 309）

　体操でも使った綱で首を吊る——これはいわば「重力」を利用した自殺方法
ではないだろうか。彼らの哲学研究と体操の特訓のいずれに対しても、これ以
上に整合性のある自殺方法は他にないだろう。まるでブヴァールとペキュシェ
は、「模倣の本能」にかられて、聖ペトロ像に科したのと同じ処罰をみずから
に科すことを望んでいるかのようだ。ことさら指摘するまでもなく、主題論的
観点において、石像の落下とブヴァールとペキュシェの落下（自殺）未遂は直
結する。そしてまた、第8章が自殺未遂の挿話で幕を閉じ、つづく第9章は
宗教の章であるから、これら二つの落下の宗教的な含意も明白である★10（な
にしろ落下するのは聖ペトロである）。

2　運動——自由意志・物質の運動・静止・愚かしさ

　本稿で扱う二つ目のテーマ、すなわち「運動」のテーマに目を転じたい。ブ
ヴァールとペキュシェが『エチカ』を読んでいる事実を先に指摘したが、彼ら
は『エチカ』から「したがって、人間にも神にも自由はない」（*BP* 290）とい
う結論を引きだす。これは『エチカ』における自由意志をめぐる複雑な議論を

第 17 章　重力と運動

たった一文に要約したものだが、このブヴァールとペキュシェによる要約を石
の問題系にひきよせれば、同じように自由意志をめぐる、スピノザの名高い書
簡の一節——ブヴァールとペキュシェがスピノザの書簡を読んだとは小説のど
こにも記されていないけれど——がおのずと想起されよう。

　　例えば、石は自己を衝き動かす外部の原因から一定の運動量を受け取り、
　外部の原因の衝撃が止んでから後も、この運動量によって必然的に運動を
　継続します。ところで、運動に対する石のこの固執は強制されたものであ
　りますが、しかしそれは、この固執が必然的だからではなくて、外部の原
　因の衝撃によって決定されねばならぬからです。［…］
　　さてこの石は、運動を継続しながら思惟するものと想像して下さい。そ
　して出来るだけ運動を継続しようと努めていることを自ら意識するものと
　して下さい。確かにこの石は、自己の努力のみを意識し、それについて決
　して無関心でないから、こう考えるでしょう。自分は完全に自由だ、自分
　が運動に固執しているのはただ自分がそうしようと思うからにほかなら
　ぬ、と。そしてこれは同時に、人間の自由でもあるのです。すべての人は、
　自由を持つことを誇りますけれども、この自由は単に、人々が自分の欲求
　は意識しているが自分をそれへ決定する諸原因は知らない、という点にの
　みあるのです★11。

　思惟する石という寓話によって、スピノザは運動の問題に自由意志の問題を
接続する。ブヴァールとペキュシェに突き落とされた石像が、落下のさなか不
意に意識を持ったと仮定して、みずからの自由意志で落下しつつあると思いこ
んだとしたら——意識以前にさかのぼる運動の原因を知ることはもとより不可
能である以上、そう思いこんで当然であるが——、つぎの瞬間には粉々に砕け
散る運命にあるのだから、これほど皮肉なことはないだろう。
　初老に達してにわかに知識欲にとり憑かれたブヴァールとペキュシェにして
も、この思惟する石と同じように、みずからを衝き動かす「欲求」を意識でき
たとしても（それも怪しいが）、けっして「それへ決定する諸原因」を知るこ
とはない。
　しかしふたりは哲学探究のはてに、およそ哲学とは無縁な村人たちに対して、
自由意志の陥穽を指摘しうるほどには聡明になる。

311

ブヴァールは身じろぎもしなかった。そして売台の上の天秤を指して言った。

「秤皿の片一方がカラであるかぎり、この天秤は動きません。意志も同じです。同じような二つの重りで天秤が揺れ動くさまは、最も強い動機に押し流されて決断を下すまでは種々の動機について熟慮する、そんなわれわれの精神の働きを表わしているのです」　　　　　（*BP* 303-304）

　人間の行為に自由などない。ましてや自由な意志などない。自由な意志にしたがって行為するとは、言い換えれば「みずから望むことを為しうる」とは、幻想にすぎない。行為には動機しかない。動機が一つしかなければ、行為に際して精神に迷いはないが、複数あれば、精神は最も強い動機が勝利するまで、天秤のように動揺するだろう。しかし最も強い動機、すなわち行為の原因については、かりにそれが何であるか意識できたにしても、それをみずから決定できない。動機を動機づける自由などないからだ——ブヴァールの科白の含意とはこのようなものであろう。この科白がショウペンハウアーの『自由意志論』★12の一節の引き写しであることは周知の事柄であるが、ここで着目したいのは、この典拠でもなければ、またこの『自由意志論』がスピノザに多くを負っている点でもなく、自由意志の問題をいわば蝶番にして、重力（重り）と運動（天秤の搖動）のテーマが結合している点である。

　あるいはこの天秤の喩えは、唯物論と唯心論のあいだ、身体と精神のあいだを絶え間なく揺れ動くブヴァールとペキュシェの哲学研究の喩えにもなっているのかもしれない。哲学のエピソードのみならず『ブヴァールとペキュシェ』全篇をとおして、ふたりは相矛盾する主義主張の代弁者となるが、そうした一連の二項対立は、天秤を搖動させるようにフィクションを駆動させる装置ではないだろうか。この天秤と先に引用したシーソーとの形態的類似は明白であるが、じっさいブヴァールとペキュシェはある学問にのめりこむとすぐさま、対立する相手の動きをたがいに利用しあって、シーソーの動きのごとく単調で機械的な戯れを演じてみせる★13。

　しかし運動のテーマはこの例だけにとどまらない。別の例として、石像の落下に劣らず哲学的な寓意にみちている挿話をつぎに引用しよう。

　　ふたりはチョッキのポケットの底に一本のラスパイユ煙草を見つけたの

で、それを粉々にして水の上にまいた。すると樟脳がくるくる回りだした。
　これこそ物質における運動ではないか！　さらに高度の運動であれば生命を導きださないともかぎらない。　　　　　　　　　　　　　（*BP* 297）

　水面で回転する物体——この挿話はひょっとして浮力を発見したアルキメデス★14 のパロディなのかもしれないが、それはともかく、いっそう重要なのは、ここでもまた物質における重力（浮力）のテーマに運動のテーマが接合されている点である。
　引用箇所に「物質における運動」という表現があるが、1850 年代（第 8 章のフィクションの舞台はまさにこの時期に設定されている）の動物磁気説の再発見において、まさしくこの問題が主たる争点の一つであった事実を忘れてはならない。当時、動物磁気説の信奉者が回そうとしたのは、むろん樟脳ではなく、テーブル——いわゆる「テーブル回し」である。「しかしながら、ヨーロッパ全土において、アメリカ、オーストラリア、インドにおいて数百万の人間がひたすらテーブルを回そうとしていた」（*BP* 265）。あるいはつぎのくだり——「小さな円卓には車輪がついており、右に滑っていった。実験者たちは指を動かさずにその動きについていった。すると円卓はひとりでにさらに二回まわった」（*BP* 266）。
　他愛もない手品か、手の込んだ詐欺か、あるいは集団幻覚か、それとも真の超常現象か、いずれにせよテーブル回しは、一方では動物磁気という科学的意匠をまとい、他方では降霊術としての神秘性をまとって、フランス全土に一頃疫病のように蔓延したが、およそ哲学とは無縁に見えもするこのオカルト的実践は、まぎれもなく「物質における運動」という哲学的問題の一つの変種にほかならない。「物質における運動」という哲学的問題を介してテーブルと樟脳がひそかに共鳴しあう、そんな荒唐無稽な認識論的文脈を構想すること——フローベールのいう「思想の喜劇」とはこのようなものである。

　　　二週間というもの、午後のあいだずっと、彼らは向きあってテーブルの上に手をおいた。それから帽子や、籠や、皿でもやってみた。どれもこれもぴくりともしなかった。　　　　　　　　　　　　　（*BP* 267）

　いまや彼らにとってあらゆるものが、たんなる物体であることを止め、テーブル回しの真偽を検証するための実験対象に変容している（ブヴァールとペキュ

313

シェにあっては、周囲のあらゆる事物が、その時々に信奉している知の媒体あるいは表象にそのつど変容してしまう）。しかし何に手をかざしてみても、まったく動かない。「どれもこれもぴくりともしなかった」という一文は、テーブル回しの実験だけでなく、ふたりが手を染めるあらゆること、つまりふたりの研究人生そのものを要約しているかのようだ。

　じっさい小説全篇をとおして、運動はつねに静止（あるいは不動・停滞）の影におびやかされている。スピノザの『エチカ』を斜め読みしたブヴァールとペキュシェは「自分たちのまわりには捉えがたく、不動で永遠なるものしかない」（*BP* 290）とめまいに襲われるし、シャヴィニョールに引っ越してきたその晩は、「夜の闇は完全な漆黒だった。なにもかも不動で、大いなる静寂と、大いなる甘美さに包まれていた」（*BP* 65）とあって、この先ふたりが真理や確実性を求めて数多くの学問を渉猟しても、「なにもかも不動」でありつづけることがのっけから仄めかされる。

　ブヴァールとペキュシェがめまぐるしくひたすら動きつづけるのは、ジャン＝ピエール・リシャールの指摘するとおり、必死に「静止の虚無」から逃げ回っているからなのだろう。虚ろな存在は静止したとたん落下する。「つまりだれもが、静止の虚無を忌み嫌っている。それは存在の落下にほかならず、そこに内面の空虚が露呈する。だから、なんとしてでも生きることにかかりきりになり、人生を高揚させなければならない」★15。リシャールは「フローベール的存在」をシシュポスになぞらえもするが、シシュポスは、たとえそれが際限のない劫罰であっても、石を転がしていられるだけまだましというもので、その石さえとりあげられ、永遠の休止を宣告されたとすれば……。転がすべき石を失うことを恐れるシシュポス。ブヴァールとペキュシェとはそのような存在なのかもしれない。

　無残な実験結果にもかかわらず、ブヴァールとペキュシェはなおもテーブル回しに固執して、この不可解な現象は、唯物論によって説明がつくのか、それとも唯心論によってなのかと自問する。これをきっかけに動物磁気の研究と実践にのめりこんでゆくのだが、ふたりがまずとびつくのは、動物磁気説のなかでも最も唯物論的な学説──ニュートンの万有引力の法則に着想を得たメスメルの万有流体説である。ここでもまた唯物論と唯心論の二項対立が物語の展開を律している。

　もちろん、フローベールがふたりの作中人物に唯物論と唯心論という二項対

第17章　重力と運動

立を割りふるのは、いずれかの優位を立証するためではなく——これは小説全篇（「第2巻」も例外ではない）に登場するすべての二項対立にあてはまることだが——、対立している二項を共倒れさせるため、あるいは相殺するためにほかならない★16。むしろこう問うべきだろうか。際限なきシーソー・ゲームにそもそも勝者などいるものだろうか、と。

　　　「自分が同時に物質であるとも思惟であるとも感じるけれど、それぞれが何であるのかまるで知りもしない。不可入性とか、固体性とか、重力なんて神秘であるとしか思えないし、それは自分の魂についても同じこと、まして魂と身体の合一なんて」

（*BP* 295）

　物質と思惟、あるいは身体と魂、こうした形而上学の根幹を成す概念でさえ、というかむしろそうした概念こそ神秘につつまれているのだから、形而上学に頭を悩ませていったいなんになろう——このように懐疑主義を標榜することで（その得意気なさまは滑稽だけれども）、ブヴァールとペキュシェはいっさいの重みから我が身を解き放とうと試みているかのようだ。しかしそれもまた悪あがきにすぎないことは、たちどころに明らかになる。なぜなら「人類の愚かしさ」が「全世界の重み」でもって彼らを圧迫するからだ。

　　　村で人びとが何をいっているのかと思い浮かべると、そして地球の裏側にもクーロンやマレスコやフーローのような連中がいるのかと思うと、彼らはまるで全世界の重みが自分たちにのしかかってくるように感じた。

（*BP* 305）

　愚かしさはここで、まるで重さをもつ実体であるかのように知覚されている。その重力はわれわれを圧迫する。フローベールはある書簡のなかで、アレクサンドリアの円柱に巨大な文字で自分の名前を落書きしたトンプソンなにがしのことを指して、「愚かしさとは揺るぎない何かです。愚かしさを攻撃すればかならず自分が砕け散るのです」★17 と述べているが、とほうもない質量をもった愚かしさに体当たりすれば、かならず粉々に砕け散る。だから「全世界の重み」を逃れようとして、ブヴァールとペキュシェが哲学研究を放棄して宗教の世界に向かうのは、ほとんど必然的な成行きであるのかもしれない。重さから逃れるためには、物質とは無縁の世界、つまり天界を目指すしかないからだ。

聖体は司祭によって両手で高々と捧げられた。そのとき歓喜の歌がわき
おこり、人びとを天使の王の足許に招きよせた。ブヴァールとペキュシェ
も思わずそれに加わった。そして自分たちの魂のうちに曙光のようなもの
が昇ってゆくのを感じた。　　　　　　　　　　　　　　　　（*BP* 310）

　こうしてほんの一瞬だけ、ブヴァールとペキュシェに魂の世界が啓示される。
物質は落下するのに対して、魂は上昇する。この単純な図式を、引用した一節
は曙光の比喩をとおして映像化している。

おわりに

　しかしわれわれとしては、いまいちど物質の世界に――聖ペトロ像が粉々に
砕け散った混合肥料の穴に、その穴が掘られた瞬間に舞い戻ろう。

　　ペキュシェは台所の前に大きな穴を掘らせ、それを三つに仕切った。そ
　こで混合肥料をつくろうというのだ。混合肥料は多くの作物を実らせ、そ
　の作物の残りかすは新たな収穫をもたらし、その収穫が新たな肥料をもた
　らしというように、きりもなくつづくというわけだ。それでペキュシェは
　穴のふちで夢想にふけり、山のような果物、あふれんばかりの花々、雪崩
　のような野菜を未来に思い描くのだった。　　　　　　　　（*BP* 69）

　この混合肥料の穴は、『ブヴァールとペキュシェ』における最も特異な形象、
最も強度をみなぎらせた形象であるが、この穴は、ピクチャレスク庭園や、が
らくたのみっしり詰まった博物館や、「ブヴァリーヌ」と名付けられたどろど
ろのクリームや、大爆発する蒸留器や、めちゃくちゃな雑種メロンや、怪物じ
みた巨大キャベツといった他の形象とひそかに共鳴している。こうした形象は
いずれも、ブヴァールとペキュシェの最後の記念碑（モニュメント）、つまり「コ
ピー」の雛形としてフィクション内で機能している。無差別になにもかも投げ
入れること（「彼らは書き写した……たまたま手に入ったものをなにもかも」）
――「ペキュシェに刺激されて、ブヴァールも肥料に熱狂した。混合肥料の穴
には、木の枝やら血やら臓物やら羽根やら、手あたりしだいのものが詰めこま
れた」（*BP* 81）。

第17章　重力と運動

注

★1　未完の「第2巻」の草稿は、前半10章の創作資料とともに——というか、ところどころこの創作資料と渾然一体になって——、フローベール研究者が「書類集 dossiers」と呼ぶ約2400枚のなかに埋めこまれている。この「書類集」は、筆者も参画したステファニー・ドール＝クルレ（フランス国立科学研究センター）を班長とする国際研究プロジェクトによってほぼすべて解読・転写され、専用サイトにおいて公開されている（http://www.dossiers-flaubert.fr/）。

★2　*Bouvard et Pécuchet*, éd. Stéphanie Dord-Crouslé, Flammarion, « GF », 2008, p. 400. 本稿における『ブヴァールとペキュシェ』からの引用はすべてこの版による。以下、各引用にこの版の該当頁数を付す（例　*BP* 400）。

★3　「第2巻」の包括的記述については、以下の基礎的文献を参照のこと。Claude Mouchard et Jacques Neefs, « Vers le second volume : *Bouvard et Pécuchet* », *Flaubert à l'œuvre*, Flammarion, 1980, p. 169-217 ; *Le second volume de Bouvard et Pécuchet. Le projet du Sottisier*, éd. Alberto Cento et Lea Caminiti Pennarola, Napoli, Liguori, 1981 ; Yvan Leclerc, *La spirale et le monument*, SEDES, 1988 ; Stéphanie Dord-Crouslé, « La place de la fiction dans le second volume de *Bouvard et Pécuchet* », *Arts et savoirs* [en ligne], n° 1, 2012 (http://lisaa.univ-mlv.fr/arts-et-savoirs/) ; Édition électronique des dossiers de *Bouvard et Pécuchet* (http://www.dossiers-flaubert.fr/).

★4　「第2章〔決定稿における第3章〕、つまり〈科学〉の章の構成にのめりこんでいます。あわせてこの章のために、喜劇的な視点から、〈生理学〉、それに治療法についてもう一度ノートをとっているけれど、この作業、朝飯前というわけにはぜんぜんいかない。しかも、それらを理解させた上で、造形的に仕上げなければならないのです。まだだれも思想の喜劇を試みていないのではないか。そこで溺れてしまうかもしれない。けれど、もしうまく切り抜けられれば、地球はもはや、ぼくを支えるにあたいしない」（1877年4月2日エドマ・ロジェ・デ・ジュネット宛）。cf. *Correspondance*, éd. Jean Bruneau et Yvan Leclerc, Gallimard, « Pléiade », 2007, t. V, p. 213-214.

★5　先に言及した約2400枚の「書類集」に含まれる哲学に関する「読書ノート」（Ms g 226^6 f° 1-f° 76 v°）のことであるが、その内訳や書誌情報についてはつぎの拙稿を参照のこと。cf. « *Bouvard et Pécuchet* ou la pulvérisation de la philosophie », *Études de langue et littérature françaises*, n° 90, Société japonaise de langue et littérature françaises, 2007, p. 81-100.

★6　Ms g 226^6 f° 41.

★7　Ms g 225^7 f° 850.

★8　スピノザ『エチカ』畠中尚志訳、岩波文庫、1951年、上巻、88頁。

★9　« Quel est le but de tout cela ? – Les "causes finales" dans *Bouvard et Pécuchet* », *Flaubert* [En ligne], 7 | 2012, http://flaubert.revues.org/1815

★10　第9章においてペキュシェは、いつもの蒐集癖を発揮して「宗教グッズ」をどっさり買いこむと、にわかに聖ペトロ像を粉々にしたことを悔やみだす。「聖ペトロ像が壊れ

ているのはなんとも残念だ。玄関におけばさぞかし良かっただろうに！　ペキュシェは、王冠やサンダルや耳のかけらがのぞいている、かつて混合肥料の穴であったところにときおり立ち止まると、ため息をもらし、そして庭仕事をつづけた」（*BP* 316）。さらに第10章のプラン（scénario）の一つには、「聖ペトロを窓から投げ捨てたことが不敬だとして非難される」という一節がある（Ms gg 10 f° 18）。この一節は、おおまかなプランしか残っていない「講演会」の場面に挿入されているものであるが、ほかに何の手掛かりもなく、どのような肉付けがなされることになったか推測しようもない。いずれにせよ確かなのは、この挿話が、共同体におけるブヴァールとペキュシェの孤立を決定づける「講演会」の趣旨にきわめてかなっている点である。

★11　『スピノザ往復書簡集』畠中尚志訳、岩波文庫、1995年、269-270頁（シュラー宛）。

★12　Arthur Schopenhauer, *Essai sur le libre arbitre*, traduit par Salomon Reinach, 1877, G. Baillière. 哲学の読書ノートにはこの書物も含まれている（Ms g 226⁶ f° 60）。

★13　テーヌがツルゲーネフに対して、ふたりの共通の友人であるフローベールの書こうとしている『ブヴァールとペキュシェ』について自説を開陳している書簡があるが（日付不詳）、テーヌの懸念はまさしく、この小説がきりもなく昇降をくり返すシーソーのような単調さに陥りはしまいか、ということであった。「ふたりの主人公は視野が狭く愚鈍で、アンリ・モニエ風の人物である以上、彼らの失望と災難はどうしたって平板になります。予測がついて面白みがないのです。モンブランの頂上に這い上がろうと頑張る二匹のカタツムリの姿を見せられたところで、最初の転落を目にしてにやりとすることはあっても、それが十回にもなれば我慢なりません。こんなたぐいの主題はせいぜいのところ百頁の短篇にしかなりません」（引用はつぎによる。*Bouvard et Pécuchet*, éd. Stéphanie Dord-Crouslé, *op. cit.*, p. 19.）。この書簡の受取人であるツルゲーネフもテーヌとまったく同意見で、フローベールに直接「スウィフトやヴォルテール風の」短篇にすべきだと書き送るが、フローベールはこう反論する。「この主題を簡潔かつ軽妙なやり方で手短にあつかえば、多かれ少なかれ機知に富んだ奇抜な作品になりはしても、まるで効果のない、まったく真実味を欠いたものになるはずです。それに対し、細かく書きこんで大きく展開させれば、みずから書いている物語をぼくが信じているように見えるはずで、そうなると大真面目なもの、恐るべきものさえつくりだせます。単調で退屈なものになる危険性が大きいのですが。ところがまさにそれを恐れているのです……」（1874年7月29日付。cf. *Correspondance*, éd. Jean Bruneau, *op. cit.*, t. IV, 1998, p. 843.）。

★14　「紋切型辞典」には、つぎの三つの定義からなる「アルキメデス」の項目がある。「彼の名を聞いたらユーレカということ」「梃を下さい。地球を持ちあげてみせるから」「依然としてアルキメデスの螺旋はあるが、それが何なのか知らなくてもかまわない」（*BP* 418）。

★15　Jean-Pierre Richard, « La création de la forme chez Flaubert », dans *Littérature et sensation*, Seuil, « Points », 1954, p. 177.

★16　フローベールはこの点に関してブヴァールの口をかりてみずからの意見を述べてい

る。彼は 1868 年 3 月 23 日付姪カロリーヌ宛書簡のなかで、つぎのように述べる。「〈物質〉と精神というこの二つの実詞が何を意味しているのか分からない。どちらについても同じくらい、それが何であるのか誰も知らない。たぶんいずれもわれわれの知性がうみだした抽象概念にすぎないのではないか。要は〈唯物論〉と〈唯心論〉の二つとも、同程度に不適切だと思っている」。cf. *Correspondance*, éd. Jean Bruneau, *op. cit.*, t. III, 1991, p. 738.

★17　1850 年 10 月 6 日付叔父パラン宛。cf. *Correspondance*, éd. Jean Bruneau, *op. cit.*, t. I, 1973, p. 689.

第18章

イメージの生理学
テーヌとフロベール、ゾラ、モーパッサン

橋本 知子

> 「科学と聞いて、
> あなたがあくびをするのが目に浮かびます」
> スタンダール
> 妹ポーリーヌ・ベールへの手紙（1804 年 12 月 31 日）

> 「あくび：次のように言うこと
> 『ごめんなさい、退屈なわけではないのです、
> 胃腸のせいなのです』」
> フロベール『紋切型事典』

Préambule

　イメージを生理学的見地から論じる──どこまでもポジティヴであろうとする 19 世紀の批評家イポリット・テーヌ（1828-1893）は、代表作『知性論』 *De l'intelligence*（1870）において人間の認識メカニズムを考察しているが、その中核にはイメージ論が秘められている。

　テーヌが「イメージ」というとき、想定されているのは、« image mentale » のこと、つまり、ある人物を通して感知される世界、客観的に、アプリオリにあるのではなく、ひとりの個人の内面が投影された世界のことである。日本語でいうならば「心象風景」ということばが近いのかもしれない。しかし「心象風景」が心の中に思い浮かばれた形象を示すのに対し、« image mentale » はもっと広い範囲に及んでいる。それは、思い浮かんだある形象が、実際の世界、客観的な世界に重ね合わされて、主観と客観との境界線があいまいになり、それが自分の心によって見える世界なのか、それとも初めからそこ

にあった世界なのか、判然としない、そういった形象全体を示している。

　一方、奇妙なことに、テーヌと同時代にある作家たち、フロベール、ゾラ、そしてモーパッサンには、テーヌのいうイメージにきわめて似通った感覚的時空間がひろがっている。「陳腐なまでにも」と Jean-Louis Cabanès がいうように、レアリスムや自然主義と称される作家たちにおいては、テーヌのいうイメージ、記憶が幻覚となってよみがえる場面や、身体の感覚を残余として内に秘めたまま感知される世界が、反復して現れ、あたかもそれは、同じく Jean-Louis Cabanès がいうように、「レアリスムの紋章」であるかのようにさえみえる★1。だとすれば、作家たちは同時代批評を参照しつつ小説を書いた、というような、科学から文学への一方向的力学があるのではなく、むしろ、テーヌのイメージ論とレアリスムおよび自然主義文学とには、あらかじめテクスト的親和力をたたえているという意味で、双方向的力学がみとめられるとでもいえるのではないか。

　19 世紀の文学と科学は、「生理学的イメージ」という主題を介して、こうして結ばれえる。ではテーヌのいう生理学的イメージとはいかなるものであったか。まずはテーヌによるイメージ論を概観し、次にテーヌとフロベール、ゾラ、モーパッサンとの関係をそれぞれ見ることで、この三人のテーヌに対する立場表明を見ていくことにする。しかし、三人とも同時代科学を代表していたテーヌの著作に親しんでいたにもかかわらず、作品世界自体はそれぞれ異なる。最後に三人の作品を分析することで、そこに喚起される生理学的イメージとその差異について考えてみたい。

1　幽霊は二度現れる――テーヌによるイメージ論

「精神はイメージのポリープ体である」« l'esprit agissant est un polypier d'images »★2 という有名な一文が示すとおり、コンディヤックの系譜にあるテーヌにおいては、感覚こそが認識メカニズムの中心にあるとされる。感覚とは外部のできごとが内部で代用されるものにほかならず★3、外部からの刺激は、感覚となって内部へ伝わり、五感は内と外との嵌合となる。わたし自身の、いまここでの感覚を通してこそ、世界は知りえるのだ、とテーヌがいうとき、それは記憶についても同じとされる。何かを思いだすとき、それは感覚のよみがえりとしてその人の中に立ち上がってくるのであり、そのありありとした感覚の中においてのみ、過去は再現しうる。それは、自身の体験が「半ば蘇生し

た」状態 « une demie-résurrection de mon expérience » であり、「感懐 un arrière-goût」という名で呼ぶこともできれば、「反映 un écho」とも、「シュミラークル un simulacre」とも、「幽霊 un fantôme」とも、あるいは「原感覚のイ・メ・ー・ジ une image de la sensation primitive」とでもよべる、とテーヌはいう★4。

　感覚とイメージ、よって、このふたつは同等とみなされる。「イメージとは、自発的によみがえってくる感覚のことである」★5。ここで重要となってくるのは、感覚の反復可能性である。外部からの刺激は、イメージに転換され、そうすることで、生き生きと、あるいは徐々に弱まりつつも再現され、そうした感覚の追体験のことが、記憶という名でよばれる。このように、外界からの刺激が、感覚器官に受容され、そののち脳において、一度はそれに対応するイメージに変換されることで主体の内部に到達し、外界が認識される、と考えられているため、何かが認識されるときには、必ずやイメージという媒介性が関与してくることになる。

　　外界からの刺激→感覚器官→イメージ変換→認識作用

　あらゆる感覚は、よって、身体のうちにその幻影（シミュラークル）をやどすことになる。イメージというメディオムを介するため、テーヌのいう知覚行為のメカニズムは、ひとつの間隙地帯を有している。記憶の過程における、その媒介の後と先との行き違いに、テーヌは注目する。外界にあったオブジェが、心的イメージとなって、再現されるとき、主体にとっては同じオブジェであるとしても、それはもはやオブジェそのものではなく、あくまでもその似姿にすぎない。

　そうした感覚＝イメージの強度は、時として、過去と現在との敷居をあいまいにしてしまうことがある。あまりに生々しいため、感覚的イメージが立ち上がって、しばらくしてからでないと、それが過去のことであると認識できなくなる。テーヌはこれを「幻覚」とよぶ。

　幻覚という、主体の認識と、対象の不在との、拮抗状態が、ここから問題の中心となってくる。幻覚とは、そこにあるはずのないものをはっきりと感じてしまうこと、その感覚があまりにもはっきりとしているため、対象の不在を受け入れることができないような、そうした知覚のあり方、と換言されうるが、感覚＝心的イメージに重きをおくテーヌにとって、幻覚は、ごくごく自然な知覚のメカニズムの一段階、と説明づけられている。有名な一文を引用しよう。「知

覚とは真なる幻覚のことである」«La perception extérieure est une *hallucination vraie* »★6。では、「真の」幻覚があるとするならば、「偽りの」幻覚とは何か。そもそも「幻覚」ということばが示していたのは、あるはずのない所に何かを見てしまうこと、聞いてしまうこと、であった。そうした「あるはずのない」という存在の誤謬性は、イメージの媒介性にどう結びつけられているだろうか。

　「幽霊 fantôme」を例にして、テーヌはこう説明する。外界のオブジェは、感覚器官に刺激が伝わると、それに対応するイメージが立ち上がることで認識が成立するに至るが、時として、立ち上がったイメージが外界のオブジェに一致しない場合がある。いわゆる「見ちがい聞きちがい」、あるいは、錯覚や眩惑がこれに相当する。この場合、まずあるイメージが立ち上がり、それは外界のオブジェに相当する像と信じられているが、その後に別のイメージが立ち上がるため、実はそれが頭の中のイメージにすぎず、現実とは何ら関係のないイメージにすぎないと気づくことになる。こうして肯定されていた l'affirmatif はずのイメージは、後からくるイメージによって否定され le négatif ★7、先のイメージが後のイメージに「修正される redressement」ことによって、主体は知覚の誤りを正す★8。

　テーヌのいうイメージは、よって、時間的二重性を帯びている。先にくる第一のイメージ、「自然で spontanée」、「外界にあるもの extérieure」に思えたイメージは、後からくる第二のイメージによって、常にその真偽を問われている。もし第一のイメージと第二のイメージが一致するならば、そのまま認識の過程はおわる。しかし第一のイメージと第二のイメージが異なる場合、第一のイメージは第二のイメージによって修正をほどこされ、第一のイメージは誤りであり、外界の像と思われたものが、実は内部で想像された像にすぎなかった、と主体に判断される。このように、両者は対立関係 l'œuvre d'une lutte にあり、いかに生き生きとしたイメージであれ、前者は後者の「像 image」であり、「影／幽霊 fantôme」であり、「跡 apparence」にすぎない★9。

　幽霊を目にするという現象を生理学的に説明すると、次のようになる。幽霊が現れた、と仮定しよう。この最初のイメージ、非現実的なイメージが、後からくるはずのイメージ、実際的で、より現実に即したイメージによって、修正をほどこされることがないため、幽霊像はそのまま世界表象として受け入れられてしまう。修正がなされない、とはどういうことか。光線の加減といった外因的所由もあれば、心理状態という内因的所由もある。幽霊を見る、という事

324

象は、よって、必ずしも主体の狂気を意味するものではないとされる。ファンタスティックとは、イメージの二重性が機能不全をおこした状態である、とテーヌは結論づける★10。

　記憶におけるこうしたイメージの二重性は、記憶のよみがえりとそのおわりの時間的二地点を想定している。生々しい過去が、その時の感覚とともにイメージとして立ち上がると、それがまず「肯定的」イメージとなり、この第一のイメージを感じることで、記憶が想起される。しかし、やがて時間が経過し、感覚＝イメージが弱まり、色あせ、消えてゆくと、後からくる第二の感覚＝イメージ、テーヌのことばでいうと「否定的イメージ」によって、過去にかかわる第一のイメージは否定され、こうして記憶のよみがえりは終わりを迎える★11。

　ここでテーヌによるイメージ論の特徴をふりかえってみよう。

　心理学と生理学とを融合しようとするテーヌにとって、イメージとは、感覚器官が外部から刺激を受けたときに感じとられる、外界の代替物である像、心的イメージのことであった。テーヌはいう。イメージとは、感覚と同じく、本質的に幻覚である、と★12。こうした主体の内部に立ち上がるイメージのことを、テーヌは「真なる幻覚 hallucination vraie」とよんでいた。あらゆる知覚は、一度イメージという似姿を通しているのであり、その似姿を見ること（あるいは感じること）こそが、認識メカニズムとなる。

　こうしたテーヌのイメージ論は、イメージの媒介性が個人の経験的感覚に限定されてしまうという問題を孕んでいる。イメージを「感じること」によってしか外界を認識できないとするテーヌにおいて、見知った感覚によってしか外界は知りえない。あらゆるイメージは、感じたことのある感覚、感じることのできる感覚、以前に一度感じたことのある感覚にしか変換されえないため、感じたことのないもの、感じえないものは、心的イメージになりえない。テーヌにおいて、あらゆるイメージは、「デジャヴュの再現」に帰結している。こうしたテーヌにおける経験の有限性と媒介イメージとの関係は、フロベールがえがく幻覚との親近性を示している。「記憶の病 une maladie de la mémoire」★13と幻覚のことをよぶフロベールにおいても、そこでのイメージは、「かつて経験したものがふたたび襲ってくること」とされているのだった★14。

　では、テーヌの批評全体を歴史的文脈においてみるとどうなるだろうか。テーヌはその後大々的に反駁されるに至るのだが、にもかかわらず、批判的読解の対象となることで、逆説的にもふたたび脚光をあびるようになるのだった。それは、Nathalie Richard が「テーヌ・ルネッサンス」とよぶもの★15、

1870年代から1900年にかけて、大学のディシプリンが確立していく過程において、テーヌがひとつの批判的モデルとして参照されていたという「時代の気運」にかかわっている。ポール・ブールジェは1889年の観念小説『弟子』 Le Disciple にテーヌを思わせる人物を登場させ、その科学信仰を批判的にえがいている。テーヌは、世紀転換期の「示唆であると同時に反発」★16 として、再読されるようになるのだった。

テーヌのイメージ論を19世紀の医学史というコンテクストにおいてみるとどうなるだろうか。テーヌのいう幻覚とは、生理的現象としての幻覚であり、病理学的な幻覚とは一線を画する。では両者はどのように異なるのだろうか。幻覚をめぐる19世紀の医学ディスクールをふりかえってみよう。

幻覚という感覚の失調状態への関心もまた、きわめて19世紀的な事象といえる。古代ヒポクラテス時代にも幻覚についての言及はみられるが、体系的なものではなく、また中世には語彙用例は見あたらない。対して、「幻覚」ということばは19世紀に入ってから、その語彙数を急激にふやすが、それは医学における関心の高まりとパラレルをなす。

1830年代と1850年代の二つの時期において、医学における幻覚研究はその最盛期を迎える。その端緒として、まずは Esquirol が1817年に『医学事典』の中で、幻覚を、「外部に対象を持たない知覚のこと Une perception sans objet extérieur」とし、見ることと在ることの齟齬にこそ幻覚の本質がある、と定義づけた★17。この定義は後日、Des maladies mentales considérées sous le rapport hygiénique et médico-légal（1838）に採録され★18、他の研究からも参照項として引用されるようになる。次に、生理現象（physiologique）としての幻覚と、病理（pathologique）としての幻覚との区別が、1845年、Brière de Boismont によって提唱される★19。前者が、目の錯覚、光線のまばゆさ、心理の投影による知の変調といった、日常のあらゆる場面で、あらゆる人びとに起こりうるものとしての幻覚であるのに対し、後者は、脳の器質的疾患による知覚不全であり、狂気と同義語とされる。

19世紀前半に幻覚への関心が高まったことの背景には、理性の定義、あるいはその陰画として、狂気の定義が求められたという、近代の歴史的文脈がある。理性的主体（esprit raisonné）とは何かを問うとき、理性と狂気とのグレーゾーン上にあるものとしての幻覚が注目されるようになった。幻覚という、それまで狂気の領域だった現象が、「正常な」個人も経験しうるものとするならば、理性と狂気の中間地帯を明らかにしなければ、近代的理性の輪郭線が明

瞭にならない、というわけである。こうして幻覚を定義することは、理性と狂気の境界線を定義することでもある、とされた。狂っていないはずの主体にも幻覚は起こりうるとすれば、それは何か。

それまで宗教譚で語られていた奇蹟 merveilleux が、生理学的幻覚という新たな名を授けられ、あらゆるファンタスティックは駆逐されることとなる。Brière de Boismont によって、狂気に近しくとも明らかに異なるとされる、生理現象としての幻覚が、こうして新たな基準線となる。ジャンヌ・ダルクの耳に響いたのは、神の声ではなく、心理が外界に投影されたときにおこる、生理現象としての幻聴であると説明されるようになり、マホメットやルターや聖女テレーズといった、歴史的人物の秘儀的体験は、病としての幻覚ではなく、比類なき人びとに時としてもたらされる、あまりに思考を巡らせすぎたためにおこる知覚障害、一時的な生理現象、あるいは、思惟のもたらす感覚のゆがみ、「魂のこだま l'écho de l'âme」とみなされるようになる★20。こうして、幻想のことごとくが明るみに出されるのだった、生理学という「科学」の光の下に。

文学と科学とが交差する空間に、生理学もまたある。それは、19世紀前半のいわゆる「ロマン主義」とよばれる時代と、その次にくる「写実主義」の時代とをわかつ分水嶺をなしているのだが、エピグラフにあげたフロベール『紋切型事典』の一文は、そうした文学潮流と生理学との関係を暗示しているといえる。「あくび：次のように言うこと。『失礼、退屈 l'ennui なわけではないんです、胃腸のせいなんです』」。

ふりかえってみよう。「退屈 l'ennui」とは、「罪深き愉しみ délectation morose」よばれる飽くなきまでのよからぬ夢想や、神への奉仕を忘れるという怠惰な状態である「白昼のダイモン」、「懈怠 l'acedia」といった、中世の修道僧に襲いかかるひとつの無気力をその前身とし、19世紀、王政復古時代においては、ヴィニーやラマルチーヌのわずらった「世紀の病」、そしてボードレールにおいては、感受性が強いためにおこる心因性の事象、憂鬱の現代的身体徴候モデルヌ、と考えられていた。また、内面の投影を重視するロマン主義の下では、退屈とは、内なる空虚感が外面化したものであるとされ、芸術家の創造力、美を生みだす者の感受性と同一視されてもいた。美の女神に愛でられるという選ばれた者、つまり芸術家は、よって、宿命的に鬱々とした日々をすごすことになる。フロベールは手紙の中でいう、「どうしようもない退屈が、満足感とともにやってくるときがある、義務を果たしているような気がする」、と★21。ボードレールは撞着語法で詠う、退屈とは、荒れ狂う「怪物」であり、それは「繊

細」な存在である、と★22。

退屈の属性のひとつである「あくび」は、しかし、科学の洗礼を受けた写実主義の時代になると、「胃腸のせい」という器質的原因に帰されるようになる。魂から肉体へ、内面性から外面性へ、イマジネールから現実性へ——生理学的見地からすると、あくびはもはや、迷える魂の病である退屈からくるのではなく、ただただ胃の重みとともに日々誰もが経験しうる、消化器官の平凡な反応作用とみなされるようになる。同じく、『紋切型事典』の別の項、「悪夢」もまた、そうした科学の洗礼を受けた時代を反映している。「悪夢：胃腸が原因」★23。それはもはや、夢魔のうごめく畏怖と官能の空間ではない★24。

『ボヴァリー夫人』（1857）の主人公エンマは、少女時代の読書熱が高じるあまり、ロマン主義文学の瘴気にかかり、それはボヴァリスムとよばれるのだが、そうしたボヴァリスム的徴候のひとつがまた、「退屈 l'ennui」でもあった。『ボヴァリー夫人』においてエンマの退屈がもたらすのは、正の符号（「ロマンチック」な夢の多幸的拡散）と負の記号（その愚かさ）とが共存する両義的空間であったが、一方『紋切型事典』になると、それは一元的にアイロニーの対象となる。19世紀前半、美の創造に結びつけられていた退屈は、生理学によって想像力の翼を折られ、そして地に堕ちるのだった。

2　テーヌと三人の作家たち

フロベール、ゾラ、モーパッサンには、テーヌが知的審級としてあったという共通点がある。しかしテーヌの歴史観に対しては、先の二人は反抗の身ぶり——「人種・環境・時代 la race, le milieu, le moment」というあの禍々しいことばのために——を示し、対して、あとの一人は全面的肯定、というように、それぞれ反応は異なっている。

まずテーヌとフロベールとの関係はどのようなものであったか。幻覚をめぐって、ふたりはそれぞれ「理論と実践」の二極となる。テーヌのいう生理学的幻覚、狂気とは異なるものとされる幻覚は、フロベールをその証左のひとつとし、かの有名な「舌先にかんじた砒素」のエピソードが生理学的幻覚の例として『知性論』に次のように引用される。

　　現代作家のうち、もっとも綿密で、もっとも明晰な作家が、わたしに次のような手紙を書いてよこした。「想像の中の登場人物たちが、わたしに影

328

響をおよぼし、わたしにつきまとってくるのです。いやむしろ、わたしが
彼らの中にいるといった方がいいでしょう。エンマ・ボヴァリーが毒をあ
おる場面を書いているときには、口の中に砒素の味がして、自分自身が毒
を呑んだ状態なのでした、そのせいで、つぎつぎと消化不良を、本当に消
化不良を二回もおこしてしまったのです。というのも、夕食でたべたもの
をすべて吐いてしまいましたからね」★25。

　図らずもフロベールはここで、テーヌによって「もっとも緻密で、もっとも
明晰な作家」とよばれてしまうのだが、以前から親交のあったふたりは、幻覚
についての往復書簡をいくつか交わしている。『知性論』を執筆するに先立っ
てテーヌは、芸術にまつわる想像力の詳細をえるため、いくつかフロベールに
質問するための手紙を書いている★26。テーヌからの問いに応えるかたちでフ
ロベールは返答、その中で『ボヴァリー夫人』秘話と砒素のエピソードをかた
ることとなり★27、それは味覚にかかわる幻覚 hallucination gustative の例
として注目され、テーヌの理論を実証するものとして、『知性論』にほぼ原文
に近い形で引用される。悶絶をえがきつつ自らもまた悶絶するというフロベー
ルの感覚体験は、こうしてテーヌを介して広く知られるようになり、のちに神
話化される★28。
　しかしフロベールのテーヌに対する身ぶりは、ことその歴史観となると、一
転して両義的になる。「人種・環境・時代」を鍵語とするテーヌにおいて、ひ
とつの作品は、それが書かれた時代、それを取り巻く環境、そしてさらには作
者の属する人種によって条件づけられているとされているため、作品は個別と
してではなく、あくまでも集団の営為として説明づけられる。テクストよりも
コンテクストに、作品の内ではなく作品の外に、フィクション世界ではなく、
歴史的背景にこそ目をこらす、遠視的手法。より広いコンテクストに作品を帰
着させてしまう手法――これは還元主義である――の下では、作品の個別性は
無に帰してしまう。フロベールは反発する。「環境以外のものが、芸術にはある」
として。テーヌの手法は「才能ある人物の場合を論じえない」として★29。
　こうした反発はゾラにおいても同様であった。小説執筆上、ゾラはテーヌか
ら多大な影響を受けていた。ゾラの「遺伝」概念、およびその決定論は、草稿
から明らかなようにテーヌの敷写しであり★30、またゾラ自身が『テレーズ・
ラカン』第二版の序文で明らかにしているように、登場人物たちの行動原理は
気質（tempéraments）という生理学モデルに基づいている★31。さらに、「わ

たしは感じる、ゆえに、わたしは存在する」« Je sens, donc je suis » [32] と、感覚論をとおしたデカルト的命題が草稿に記されてもいるように、ゾラはテーヌの生理学から明らかに影響を受けていた。しかしその一方で、ゾラはテーヌを批判もするのだった。『テレーズ・ラカン』刊行に先立つこと 2 年、『わが憎悪』 Mes haines（1866）所収の「H・テーヌ氏」« M. H. Taine, artiste » と題された小論において、ゾラは次のように言う。「すべてを知り尽くそうとする、今世紀の狂気」の下では、「知性までもが、人種・環境・時代の所産とされてしまう」[33]。このようにゾラは、小説の方法論という点ではテーヌの理論に依拠しつつも、その理論自体には批判的であるという、逆説的両義性を示している。

対して、モーパッサンはテーヌを全面的に肯定するのだった。時評「夜」« La nuit » 然り [34]。時評「現代ギリシャ詩人」« Les poètes grecs contemporains » 然り [35]。モーパッサンの筆の下では、テーヌはいつも賞賛の的となって現れる。モーパッサンはいう。

> テーヌとハーバート・スペンサーの両氏は、芸術が花開くに至り、また、ごく日常の社会の出来事を生みだす元となった、環境や系譜や、あるいは秘かな関連性といったものについての探求に一生を捧げた [36]。

美にかかわる者に特権を与え、それを孤高の人とみるという、フロベールやゾラのような視点は、モーパッサンにはない。作家もまた社会集団の中の一個人、抗いがたくも時代の制約の中で生きる人とされている。芸術家とはいえども、例外はない。

テーヌの『知性論』が知的参照項としてあった時代、フロベール、ゾラ、モーパッサンは、等しくしてテーヌの著作に親しみつつも、肯定と否定という、異なった返答をしている。では三人の作品における生理学的イメージはどのようなものであろうか。

3 「レアリスム」文学におけるイメージ——記憶の肌理

感覚は、イメージとなり、イメージは、再来する——テーヌがイメージをこう捉えるとき、それに呼応するかのように、レアリスムあるいは自然主義と称される文学には、身体感覚がイメージへと移行する契機が、物語の動くときに

第18章　イメージの生理学

現れる。

　細部への関心によって特徴づけられる、レアリスムあるいは自然主義と称される作品では、直喩や隠喩が多用され、ひとつのことばは、また別のことばによって支えられていることで、そのことば本来のイメージとはまた別のイメージが喚起される。フロベールの作品ではしばしば、魂と身体とが融合し、19世紀を通して絶対的二項対立としてあった唯心論と唯物論とが、いともたやすく一元的に結びついているのだが★37、このとき外界は、身体器官からひろがるイメージによって感知される。

　初稿『感情教育』（1845）では、恋人たちの精神的側面は、手の質感という物質的側面を介して示される。比喩によってひとつのことばは別のことばへと導かれ、喩えられるもの le comparé が喩えるもの le comparant に並列されることで、そのことばが呈するイメージとはまた別のイメージが彩られる。学業のためパリへ上京してきたアンリは、下宿先の夫人エミリーと恋に落ちる。ふたりのこころの移りかわりは、手という、フロベールにおいて特権的な細部をとおして語られる。「こころとは、手のようなものだ。はじめはやさしく薔薇色、繊細である。次には弱さは失われるがそれでもまだ弱く、敏捷で、柔軟［…］、けれどもすぐさま毛むくじゃらになり、爪は固くなり、［…］、ちぢみ、こわれ、閉じてくる。片方はひからび、もう片方は消えてゆく」★38。

　こうして、魂の問題は、手のさまざまな様相、それが呼びさます形象によって示される。初めてアンリがエミリーに会ったとき、まず目についたのは「おそらくは少しぽってりとしすぎていて、短すぎもしている、それでいて動きはゆったりとし、指の付根にくぼみがあり、あたたかく、丸まるとした、薔薇色で、やわらかく、すべすべして、やさしく、表情ゆたか、そして、官能的な」彼女の手であり、「アンリの視線は異様なほどその手に惹きつけられた」★39。その後、絶望的なアメリカ逃避行を前にして、アンリとエミリーは、情熱と幻滅とがひとつになって迫りくるのをすでに予感しているのであり、「互いに愛し合い、それを互いに語りあい、いつでも惜しみない手で、お互いの美点の中から何かをつかみ出そうとしていたため、ふたりは飽くなき貪欲な人となった」★40。絶えず互いにまさぐりあう手は、すでに失われた恋人たちの焦燥感でもある。そしてついに情熱が冷めきってしまうころには、愛の拒絶はそのまま手の拒絶として描かれる。エミリーの手は「すこし触れただけでも、とてもしとやかなやわらかさを帯びていたが、時として荒々しく圧しつけることもあった」★41。

　あるいは、『ボヴァリー夫人』では、医学用語がこころの起伏を表すのに使

われている。ロドルフが去り、レオンとの関係も終わりに近づくと、夢みることに疲れはてたエンマは、「いまでは絶えずあらゆるところに凝りを感じるのだった」★42。この「凝り courbature」は、筋肉組織にできるしこりでもあり、また、だるさや倦怠感といった精神的な失調状態でもある。「あらゆるところ」とは、体中あちこち、という意味でもあり、「なにかにつけて（こころが萎える）」という意味でもある。心身合一のこうした比喩は、価値体系の転倒としても描かれている。情熱的な恋愛にあこがれていたはずのエンマは、いまではもはや、肩や背中の凝りという、日常的な事象、血流の滞りという即物的表現としてしか、その内面を語られない。

　身体と精神とが不可分に結びつき、こころの機敏は、身体のささいな変化を通して示され、外界の情景は、身体の問題として、内面化される。またその逆として、追憶という、こころの中にひろがる内的情景もまた、外界からの身体に体する刺激といった濾光器を通して語られる。そうして身体を通したひとつのイメージがひろがりゆく。

　『ボヴァリー夫人』 Madame Bovary （1857）において、過去は何よりもまず、エンマの身体を通して思い出されるのだった。第2部第8章、かの有名な農業共進会のくだり。愛人ロドルフの目をみつめていると、かつてヴォービエサールの舞踏会ですごした夢のような一夜が、「よろめき mollesse」ということばと共に、エンマの心と体とによみがえってくるのだった。

　　　エンマはロドルフの目の中に、細い金色のすじが黒い瞳のまわりに放射しているのを見た。彼の髪をひからせているポマードの香りをかいだ。そしてエンマはいつしかよろめいて、ヴォビエザールでワルツの相手をしてくれたあの子爵のことを思い出した。子爵の髭もこの髪の毛と同じヴァニラとレモンの香りがした。エンマはもっとよくかごうとして、思わずまぶたを半ば閉じた★43。

　「よろめいた mollesse」のは、体でもあり、心でもある。これから愛人となる男性からささやかれた愛のことばによって、エンマのこころはよろめいたのであり、また、きらびやかな舞踏会の思い出がよみがえり、そのときの香りの記憶に、体もまたよろめく。この mollesse は形容詞 mou の名詞化であり、mou は物質、人間、いずれにも使われる（「柔らかい」、「おだやかな」、「弱々しい」、「無気力な」、「ぐったりとした」など）。「神経とは、魂と肉体とに通じ

第18章　イメージの生理学

る扉である」★44 とフロベール自身がいっているように、魂と肉体とは、二律背反としてではなく「一元的」存在としてあり、そのため、心の動揺は、すぐさま体の動揺となる。二重の意味を担った「よろめき」は主語となって主人公エンマを客体化し、弱体化する★45。

　エンマの目に映るのは、このよろめきを通した世界にほかならない。類似関係による横滑りに注目してみよう。ロドルフの黒い瞳の、その奥にかがやく光の輪は、彼の黒髪にひかるポマードの光沢につながり、次にそのポマードにただよう香りは、記憶の中のヴァニラとレモンの香りにつながる。それはかつて舞踏会で一緒に踊ったことのある、さる子爵のあご髭からかおってきた香りなのだった。

　こことよそ、かつてといまが、世界を二重化する。ポマードがよみがえらせるヴァニラとレモンの香りの記憶は、シャルルによみがえる香りの記憶と同じものであろう。明け方、ベルトーの村から往診の申し出を受けたシャルルは、雨あがりの空の下、エンマと出会うことになる村へと向かう。途上、馬車に揺られてまどろみながら、「いましがたの感覚が昔の思い出と入り乱れる」のをシャルルは感じる。自分は学生でもあり、結婚もしている。先ほどまでのようにベッドに眠っていると同時に、以前のように外科病室を回診してもいる。草稿を見てみよう。「シャルルは、湿布のにおいと、妻の髪のにおいとを感じとった。すべては交じりあい、ひとつになった」★46。フロベールの登場人物たちは、まず鼻腔をふくらませることから、過去の現在、夢とうつつの二つ巴を目のあたりにする。そしてここでは、湿布という鼻腔をつつく薬品独特の臭気が、女性の官能的な髪の薫香と並列されている。いまもかつてもなく、不快も快もない。鼻腔が開き、魂が開き、世界が開き、ひとつのイメージが現れる。

　エンマの鼻腔へと戻ろう。香りと黒のかがやき、嗅覚と視覚とによって、かつての記憶が喚起される。ロドルフの黒髪と子爵のあご髭とは、黒光りする毛髪という、フォルムと質感との同一性のためひとつとなり、目の前にいるひとと、遠い記憶の中のひととが重なりあう。そして、「あの子爵」、「この髪」、「ヴァニラとレモンのこの香り」をみちびく指示形容詞のつらなり（「あの」「この」）は、「ここ」と「そこ」のいずれを示しているのかを、もはや曖昧とさせ、過去と現在とを同じものとしてしまう。「目を半ば閉じた」エンマは、目を閉じているのか、開いているのか。見ているのか、想像しているのか。いや、そうした二元論的問いは、ここでは有効ではないのかもしれない。「夢想はすべてを撹拌する」と Jean-Pierre Richard がいうように★47。ここで彼女は「機

333

械的に」、客体となって、ただただ見る人、感じる人となる。三次元空間はゆがんで、文字通り「ぐにゃりとなった状態 mollesse」となり、異次元空間へと移りかわる。抽象名詞の呈するイメージによって、こころとからだの質感は、そのまま世界の質感となる。

　一方ゾラの場合、身体感覚はどのようにしてイメージへと移行するのだろうか。『テレーズ・ラカン』Thérèse Raquin（1868）では、身体を介した心的イメージは、死の匂い——しかも過剰な——とともにやってくる。

　この小説が気質 tempéraments 概念にもとづいて書き上げられたことはよくしられている。しかし19世紀の気質概念とは、すべての人間を「神経質 nerveux」、「多血質 sanguin」、「粘液質 lymphatique」、「胆汁質 bilieux」に分類するという、あくまでもヒポクラテス時代の四体液説をそのまま踏襲したものにすぎなかった。当時よく読まれていた Bossu（1809-1898）の記述を見てみよう。「神経質」は「青白く、華奢、物憂げで、嫉妬にさいなまれ」、一方、「粘液質」は「色白で、か細く、顔はむくみ、唇は青ざめて、碧眼、無気力、おとなしい性格」であり、「多血質」は「活気にみちて、肌は赤く、髪は褐色か金髪、率直、陽気で、無節操」、さらに「胆汁質」は「中肉中背、肌は浅黒く、毛深い筋肉質で、野心家」というように、古代ヨーロッパのコスモロジーがそのまま反映されている★48。

　ゾラは、こうした「科学的」手法の文学への援用として、登場人物たちを性格づける★49。主人公テレーズは「神経質」、夫カミーユは「粘液質」。よってふたりは「必然的に」相容れない。やがてテレーズは「多血質」のロランに出会い、血の気の多い気質独特の、その強健な肉体を前にして、特に、「牛のような頸」に目をとめると、「体がぞくぞくする」のをおぼえる★50。そしてこの獣のような頸こそは、物語がすすむにつれて、殺す者ふたりと、殺される者との、エロスとタナトスの二つ巴が、重層化されたイメージとして現れる契機として、ふたたび描かれることだろう。ほどなくしてロランは、主人公テレーズの愛人となる。ゾラの関心事は、もっぱら「神経質」と「多血質」との組み合わせがもたらす化学反応であった。また、『ルーゴン・マッカール叢書』でも、序文で明らかにされているように、ゾラの作品の多くが、このふたつの気質のもたらす症候をめぐって繰りひろげられる。よって主人公テレーズと愛人ロランとがむすばれるのは、畢竟、予め定められた「必然」なのだった。

　物語のあらゆる行動原理は、こうして気質概念という決定論によって支配されている。主人公テレーズと愛人ロランとは、夫カミーユ殺害について考える

第 18 章　イメージの生理学

ようになり、それはまもなくアクト・アウトとなる。夫カミーユを殺めることによって、主人公とその愛人は、閨房での高揚をはるかにしのぐ多幸感、「飽くことをしらない、血の滾るような」★51 満足をえるに至るのだが、やがて死んだはずの夫カミーユの幻影がそこここに見出され、殺人者ふたりの抱擁は中断される。死の介入をもって成就したはずの性が、今度は、死それ自体によって阻まれるようになる。こうして物語は、その核心へとすすんでゆく。

　齟齬をきたした夫婦のもとへ、ある日突然、別の男性がやってくる。来たるべくしてやってきた闖入者がもたらす、悲劇の三重奏というかたちは、やがて『獣人』 La Bête humaine（1890）において反復されることになるだろう。愛人の出現によって、夫は殺害され、発作的にやってくる殺人の希求は、性の欲動と死の欲動とを抗いがたくもむすびつける──ドゥルーズのいう、いわゆる「裂け目 fêlure」である。神経と血は出会い、そして、「出会いは裂け目を共鳴させる」★52。「『テレーズ・ラカン』は悲劇であり、対して『獣人』は叙事詩にほかならない」と、ドゥルーズがいうように★53、あるいはまた、ゾラ自身が草稿の中で『獣人』のことを、「パリ全土に悪夢をもたらすような、『テレーズ・ラカン』に比する暴力的なドラマ、謎めいていて、彼岸にわたり、どこか現実離れした作品」★54 と書いているように、たしかに、『テレーズ・ラカン』と『獣人』とは二幅対であり、鮮血と愛欲とをめぐっての、主題的相似形をなしている。

　殺人の記憶は、心的イメージとなって半永久的に回帰してくるのだが、ここでは「唇」が中心的主題となっていることに注目してみたい。

　溺死させられる夫カミーユは、その死の瞬間に、最後の力をふりしぼって殺人者である愛人ロランの頸に咬みつく。やがてそれは傷跡となって、カミーユ本人亡き後も、いつまでも愛人ロランの皮膚の上に、亡き人の気配をとどめることになる。

　　［…］だが、カミーユに嚙まれた傷は、皮膚に焼きごてをあてられたかのように疼いた。［…］
　　ロランはシャツのえりを折ると、壁にかかった安物の鏡で傷口を見てみた。傷によって、赤い穴があいていた。二スー銅貨ほど大きかった。表皮はえぐりとられ、薔薇色がかった肉が見えて、黒い斑点ができていた。いく筋か血が肩まで流れ出していて、かさぶたになっていた。頸の白さのなかで、咬み傷は、強烈な鈍い黒に見えた。それはちょうど右耳の下あたり

だった。ロランは背中をまるめて、頸をのばし、見てみると、くすんだ緑色の鏡に、ゆがんだ残忍な顔が映っていた[55]。

　夫カミーユがのこした咬み傷は、ロランの肌の上に、あたかも「焼きごてをあてられたかのように」疼きつづける。「焼きごて fer rouge」、直訳すると「赤い鉄」というこの比喩は、かつて罪人たちがそうされていたように、ロランが犯罪者であるという事実を皮膚の上に刻印する、明示的細部として描かれているのだが、と同時に、David Baguley のいうように、『獣人』以前のゾラにおいて反復される「赤い染み」はつねに登場人物たちの罪悪感を象徴するという、作家特有の叙述的癖 tic narratif であるとも考えられる[56]。
　咬み傷は、テレーズと愛人ロランふたりに、こうして内なる傷あとをのこしてゆく。「赤い鉄 un fer rouge のような咬み傷」は、その次にくる言い換え表現である「赤い穴 un trou rouge」へとつながるが、なによりもまず、その色彩の同一性と、形状の類似性からして、「傷」にせよ「穴」にせよ、咬んだその人カミーユの唇を視覚的に暗示してもいる。死の間際に、あたかも形見分けかのようにひと咬みしてから息たえたカミーユは、殺人者の皮膚の上に、いわば「咬むこと」から「唇」へという換喩的横滑りを介することで、その似姿をいつまでも映しつづけているといえる。そうした亡き者の執拗なまでの存在感は、次にくる死体描写の中に現れる唇へとつながっていく。
　しばらくして夫カミーユの水死体は発見され、当時シテ島にあった死体公示所、いわゆるモルグに回収される。これは実際パリに存在した公共施設であり、死体はガラス越しに陳列され、物見遊山で死体を見物するパリ市民で賑わったという。無料で鑑賞することのできる劇場、近代都市にみちる大衆文化のひとつであり、そこでは「real なるものがスペクタクル化される」[57]。死というできごとの超越性は、こうして日常的なもの、とりとめのないものに様変わりする。同じように、ゾラの描く死体公示所をおとずれるパリ市民も、「頸をくくった人、殺された人、溺死した人、そして穴があいたり、砕かれた死体を見ると、興にのって冷やかしはじめる」のだった[58]。
　死体安置所を訪れた愛人ロランは、人びとの雑踏にまぎれて、夫カミーユの水死体を目のあたりにすることとなる。死体の行方を案じていたロランは、むしろ死体が発見され、水死体として警察に確認されることを内心のぞんでいたのだが、と同時に、目の前にその人を見ると、戦慄をおぼえる。記憶の中にぼんやりと思い出される死体なのではない。すぐそばに横たわる死体、しかも自

分自身の手でもって殺した死体という、圧倒的な現実を目のあたりにして、殺人者には、水死人があたかもうすら笑いを浮かべているかのように思えるのだった。

　　カミーユはおぞましいものになっていた。二週間も水の中につかっていたのだった。顔はまだかたくて引きしまり、輪郭ものこっていたが、ただ肌は黄ばんでしまって、泥のようだった。やせ細り、骨は浮きあがり、やや膨れあがって、顔をしかめていた。顔は少しうつむき加減で、髪がこめかみにひっつき、まぶたはめくれ上がり、どんよりとした眼球をさらけ出していた。曲がった口は、端の方へ引きつられ、不気味な笑いをたたえていた。白い歯の間から、黒ずんだ舌の先が見えていた。なめし革のように引きのばされたこの頭は、人間の様子をとどめてはいたが、苦痛と恐怖とをいまだ表情にたたえていた★59。

　以後、唇をめぐる形象は別の次元に入ってゆく。『不思議の国のアリス』のチェシャ・キャットのように、水死人は笑う口元だけを残している。それ以外は何も語ろうとしない。死体の口元は、「不気味な笑い」となって殺人者の目に映るが、それは殺人者の罪悪感という、内面の投影されたものであり、よってここで書かれる唇は、写実されるオブジェではもはやなく、オブジェを離れた別のもの、想像力（イマジネール）によって歪められた、別の存在へと変わりつつある。写実を重んじる小説の、徹底的な客観描写の中に、妄想によってもたらされる、歪曲された主観描写が紛れこむ。死体は「おぞましいもの ignoble」という情意的形容詞によって修飾され、それは視点人物の内面を示し、また「黄色 jeune」や「黒色 noir」ではなく、「黄ばんで jaunâtre」あるいは「黒ずんで noirâtre」といった軽蔑的意味を込めた接尾語によって、視点人物の心象が反映された色彩となって現れる。副詞「まだ encore かたくて」あるいは「ただ seulement 黄ばんで」によって、その時空間の中心である発話者の存在地点が明らかになる。ここでの描写全体は、語り手から見た光景なのではなく、登場人物——しかも犯罪者の——の目から見たそれにほかならない。見るものと、見られるものとの関係は緊密となり、写実を重んじる小説は、こうして過剰な細部の中に、透明ではない空間、視点人物によって彩られた、新たな空間を紛れこませるのだ。
　こうした想像力（イマジネール）のもたらす歪曲した世界は、次にくる場面において、さらに

顕著となる。水死人カミーユの亡霊が、犯罪者たちの寝室にまでやってくるようになるのだ。

　死んだはずの人間が、幽霊となって現れる。啓蒙の時代をとうに過ぎた19世紀後半、科学の進歩とともに、それまでに信じられていた超自然現象が科学的精神によって次々と反駁されていた時代において、幽霊という存在は時代錯誤にちがいない。けれどもゾラは、確信犯的に、こうした非科学的事象に惑わされるという前時代的精神を物語化する。

　幽霊の出現というできごとは、どのように捉えられていただろうか。中世の民間伝承において、妻は夫の所有物と見なされていたため、地方によっては、夫亡き後、妻の再婚は禁じられていただけでなく、性的関係は此岸と彼岸との区別なくつづいているとされ、さらには、いまは亡き夫が閨房に現れて、いわゆる夢魔となって眠る妻の上に身を屈めることもあると伝えられている。あるいは、再婚した妻の前に、嫉妬に駆られた元夫が現れ、不義を罰するために夜な夜な枕元にやってくる、と信じられていたという★60。

　こうした「夫の所有物としての妻」という観点は、中世だけの信仰ではない。19世紀においても、たとえば Michelet の『愛』L'Amour（1859）や、ゾラの理論的支柱であった Lucas の遺伝論（Traité philosophique et physiologique de l'hérédité naturelle dans les états de santé et de maladie du système nerveux, 1847-1850）には、最初でありまた最後の男性である夫は、唯一の経験として妻の肉体のうちに永久に宿るという、民間伝承と同等の見解を見出すことができる★61。つまり、妻の柔肌には、夫の存在証明が身体の記憶となって残されている、というのだ。

　殺害された夫が幽霊となって現れるという、寓言めいた出来事は、19世紀の歴史学や生理学の論理によっても、その有効性とリアリティをこうして保証される。いわば、19世紀「においてさえ」漂いつづける中世の余韻、あるいは、科学の光の下「においてさえ」実践されつづける民間信仰の闇の深さ、とでもいえるだろうか。いやむしろ、「だからこそ」なのかもしれない。「信仰とは、思考が本能よりも上位にあるのと同様、思考よりも上位にある」と、スェーデンボルグのまねびとして、バルザックも言っていたではないか★62。明るすぎる科学の光に対して、抵抗をつづけた闇の思考は、ノディエ然り、ネルヴァル然り、ユイスマンス然り、文学史を顧みると、きわめて19世紀的な文学事象であったと、逆説的に断言することもできるだろう。

　幽霊を前にして、殺人者ロランは狼狽する。有るか無きかの非科学的存在は、

いまもなお怖れをもたらす。しかしそれは闇の豊穣としてあるのではない。19世紀における「幽霊」とは、ラルース大辞典が記しているように、「民間信仰にすぎない」★63 のであり、もはや紋切型となった驚愕は、科学の洗礼を受けていない人間、つまり庶民階級に特有の、非論理的思考とされる。幽霊もまた、歴史的かつ文化的な存在であるならば、そして作家のイデオロギーによって構成されているならば、死んだはずの前夫が、妻と新たな夫との目合う、まさにその寝台へ回帰してくるという、『テレーズ・ラカン』の幽霊出没という中心的主題は、近代科学に対する、前近代的思考の勝利という、ひとつの意味を担わされている。

　水死人は、眠らない。肌をかさねあわせようとするまさにその瞬間、水死人はやってくる。抱擁は、こうして苦痛となり、柔肌は、畏怖をもたらすものとなり、接吻は、忌まわしい過去をよみがえらせ、犯罪者たちを悶えさせる。触れようとして、近づけば近づくほど、腐乱死体が顔をもたげて、ふたりは離れざるをえなくなる。痴情によってむすばれていたはずのテレーズとロランは、いつしか、予め失われた恋人たちとなり、抱擁をこころみるたびに、水死人の幻覚が見えるため、ふたりはどうしても肌を合わせることができなくなるのだった。

　唇はふたたび、死者の紋章として現れる。しかし今度は、犯罪者ふたりの唇をも巻き込んで、三つ巴となってやってくる。やがて正式に再婚したふたりの、その初夜の寝台のもとにやってくるのだ。

　　ふたりの接吻はおぞましくも残酷なものであった。テレーズは、ロランの堅くふくれた頸に、カミーユの咬み傷を探しあてようとして、みずからの唇を這わせ、狂ったようにして口をおしつけた。それは生きた傷口であった★64。

悪魔祓いのようにして、テレーズの唇が、咬み傷の上にあてられる。しかしそれはむしろ、悪魔を呼びよせてしまう。「生きた傷口」が、その傷をつくった本人である水死体を喚起してしまうのだ。

　　しかし唇はやけどしたようになり、ロランは鈍いうめき声をあげて、テレーズを荒々しく突きはなした。頸に焼きごてをあてられたかのように思えたからだった★65。

女による愛撫は、その熱っぽさによって、傷の記憶をよびさます。熱という類似性にみちびかれて、重ねられた唇は、焼きごてに比される。が、それはとりもなおさず、殺された者の断末魔の所作にほかならない。「皮膚は、ゾラの小説において、感じるとともに、記憶する」と Jean-Louis Cabanès がいうように★66、肌の上の、ひりひりとした、いかんともしがたい痛みが、殺人の光景を思い出させるのだ。

こうして、傷という、咬まれた者と、唇という、咬んだ者とが、女の唇を介して触れあい、過去は現在に重ねられ、男にとっての悪夢は、女のさらなる愛撫によって、ますます残酷になってゆく。

> テレーズは狂ったように、また傷跡に口づけしようとした。カミーユの歯がくいこんだこの肌の上に、唇をあててみることに、烈しい快感を感じたからだった。一瞬、まさにこの場所で夫に咬みついたのではないか、肉片を大きくちぎりとったのではないか、新たな、さらにふかい傷をつけたら、もとの傷跡をなくしてしまうのではないかというような気がした★67。

夫の存在の跡は、妻の身体に宿るという、中世の民間信仰がここでもまた繰りかえされる。肌に書き込まれた記憶を消し去るためには、新たな傷が必要となり、頸は頸そのものではもはやなく、ひとつの性感帯のごときものとなって、テレーズを刺激する。そもそもテレーズが初めてロランに会ったとき、その肉体に引きつけられ、戦慄したのは、まさしく獣のような頸においてなのだった★68。

男の猪首は、女の唇によって、こうして性的なものへと変化 érotiser する。女の唇は、男の頸を求め、傷を求める。同じ唇によって、水死人の唇が呼びよせられ、男は恐れおののく。咬み跡は、その形状の類型性によって、水死人カミーユの唇として現れて、テレーズの唇に重ねられる。けれどもテレーズを抱いているのは、新たな夫ロランではなかったか。テレーズが唇を重ねるのは、目の前にいる新たな夫ロランなのか、それとも亡霊となった前夫カミーユなのか。柔肌にしみついた記憶によって、記憶と現在とが混同される。

> けれどもロランは、口づけさせないように、頸をかばった。疼きによってなめ尽くされるようだったので、テレーズが唇をさし出すたびに、拒絶し

た。こうしてふたりは、抱擁の恐れの中で、争い、あえぎ、もがいた★69。

愛撫のよじれは、拒絶のよじれとなる。そこへ換喩によってもまた、記号が横滑りする。ここが閨房であることから、その隣接性によって、テレーズの唇は、テレーズの女陰としても示される。カミーユは、唇＝女陰を夫ロランの傷の上に合わせることで、夫と唇を重ねあわせ、交合している、と同時に、いまは亡き前夫カミーユと交わることにもなる。さらに、夫ロランの頸は硬直している«le cou gonflé et raidi»とあるため、男根の隠喩としても示されている。女は頸を抱く。しかしふたりの強迫観念が、ぱっくりと開いた傷口という、すべてをのみこむ深淵の裂け目をとおして、次々と別の記号を増殖させてしまうため、ふたりの交合は阻まれる。欲望するものがシニフィアンのつらなりとなって次々変化してゆくのではない。欲望するものが、欲望しないものへと、そしてまた、欲望しないものが、欲望するものへと、変化を繰りかえしてゆくのである。

抱き合うこともままならず、亡霊から解放されることもゆるされず、夜ごとの訪問者によって、殺人者ふたりは苦しめられる。水死人はかれらを追いつめる。やがてふたりは精神衰弱におちいり、愛は憎しみへとかわり、互いに互いを傷つけ、猜疑心の目で見つめあい、最後には死を選ぶことによってしか突破口を見出せなくなるだろう。ふたりは毒をあおる。「落雷に打たれたかのように、ふたりは次々と倒れた。死という慰めをついに見出して」★70。水死人は肌の上に傷跡をのこし、その傷の痛みをとおして、現前する。閨房における死神の顕現となって。『テレーズ・ラカン』における身体を介したイメージとは、こうした過剰性によって特徴づけられる。それはエロスとタナトスとの拮抗であり、身体感覚に喚起される記号の横滑りは、幾度となく繰りかえされ、肉 chair は、官能 charnel として、また死が横たわる場所 charnier として、物語の転回する瞬間 charnière に何度も現れるのだった。

一方モーパッサン（1850-1893）において、身体を介したイメージとはどのように表されているだろうか。目に見えない物体がおとずれるとき、ここでもまた触覚が介されることになるが、しかしゾラの例とは逆に、むしろイメージの不在が強調される。

モーパッサン自身が幻視の人であったこと、狂気にみまわれて死を迎えたということ、一連の短篇幻想小説に繰りひろげられる不安と錯乱は、精神病 psychose の徴候として読めること、フロイト（1856-1939）と同時代人であ

ったということは、よくしられている。モーパッサン自身の不安を反映するかのように、その幻想小説には、漠とした不安、予期せぬ不可視の闖入者、明かしえない出来事、まとわりついてはなれない強迫観念といった主題が、何度も描かれている。

たとえば、『髪』La chevelure（1884）という短篇をみてみよう。死女の魅力にみちた、ゴーチェ的幻想をおもわせるこの短篇は、精神病院という19世紀特有のトポスを舞台に繰りひろげられる。ある男が狂気におちいる。その男が手記を綴る。主人公はその手記を読む。別の人間の手記によってストーリーが進んでいくという、枠構造の物語だ。以後、一人称の主体は最初の主人公ではなく、手記の作者である狂人へと移ってゆく。狂人「ぼく」は、ある骨董品店で17世紀にさかのぼるというイタリア製の家具を偶然見つける。以来、その家具が忘れられなくなったという。ようやくのこと、男は家具を手に入れるに至る。引き出しを開けてみると、中には女性の髪が一房入っているだけ。髪というオブジェに魅入った男は、当然のごとく、髪を愛撫する。

　　髪の毛はぼくのゆびの上を流れ、奇妙な愛撫、死んだ女の愛撫でもって、ぼくの肌をくすぐった[71]。

髪から女性を、女性からその柔肌を、そしてその感触を、というように、女体のひとつの部分から、また別の部分へと、想像力は飛躍してゆく。こうしたフェティシストの飽くなき空想は、それほどめずらしいものではないだろう。しかしここで注目したいのは、髪の色や形といったヴィジュアルなものが偏執狂者を興奮させることは、物語の最後まで起こらない、という点である。終始一貫して、指先が探りあてるもの、つまり触覚こそが、偏執狂者をふるわせ、ヴィジュアルなものが不在なまま、やがてはそこにいないはずの女性の気配を出現させている。

髪のひとふさの虜となった「ぼく」は、その感触を楽しむだけで、何時間もすごすことができるという。家具の引き出しへ髪のひとふさを戻し、丁重に鍵をかけて、外出する。そして帰宅すると、また引き出しを開けて、ゆび先にふれると、「手足の先まで長い戦慄がはしる」[72]。帰宅するや否や、髪の毛の手ざわりを感じずには居てもたってもいられなくなり、引き出しへと走りよっていく。家具の鍵を開けるときといえば、心がときめいて仕方がない。フェティッシュなオブジェとして、髪は「ぼく」の世界の中心にこうして鎮座するよう

第18章　イメージの生理学

になる。

　　それから、愛撫を終えて、家具の扉をしめたときも、まるで命あるものを
　　閉じ込めたかのように、髪の毛がいつもそこにあることを忘れられなかっ
　　た。それをいつも身近に感じて、もっと愛撫したいという気持ちになった。
　　ふたたび髪の毛をとり出して、さわってみたい、あの冷たく、なめらかで、
　　いらだたしく、狂おしいばかりの、甘美な肌ざわりに、息苦しくなるまで
　　没入してみたいという、はげしい欲求にかられるのだった★73。

　肌ざわりを示す品質形容詞（「冷たく」「なめらかで」）の後に、主人公の心
理を投影した情意形容詞がつづく（「いらだたしく」「狂おしいばかりの」「甘
美な」）。しかし、その情念の対象となる「彼女」の姿は見えないまま、指先の
感覚の、その確かさだけが、偏執狂の目の前に「彼女」が存在していることを
保証する。ここでの女体の換喩としての髪の毛とは、女の顔を、乳房を、肢体
を、その手触りの中に思い起こさせるとはいえ、しかし決して視覚化へと結び
つくことはない。触覚は、依然として触覚にとどまりつづけ、幽霊的な存在と
して、いつまでも「ぼく」のそばに寄り添いつづける。やがて「ぼく」は、「彼
女」がすぐそばにやってくることを確信し、ひた、ひた、ひた、と近づいてく
るその気配に歓喜をおぼえる。それ以降、「ぼく」は髪のひとふさを、肌身離
さず手にするようにしているという。狂人の手記はここでおわる。
　幽霊は、肌を通してこそ感じられる。こうした物語がフランス文学において
頻繁に書かれるようになるのは、19世紀半ばに降霊術が一世を風靡して以降
であるという。それまではというと、幽霊はもっぱら視覚的存在であり、その
青白さ、白装束、こちらに向かって見開かれた目、浮遊する体、といった外見
や容貌ばかりが描かれてきた。対して、降霊術の流行により、幽霊というある
かなきかの存在が「物質化」され、主に「手」というメディアを介して、接触
が可能となった★74。だとすると、肌を介して幽霊の到来が語られるという叙
法は、19世紀フランス文学における科学的言説（それが後世からみて非科学
的であるものもふくめて）のひとつの貢献とでもいえるだろうか。
　あるいは『出現』Apparition（1883）もまた、そうした「何か」の到来は、
肌を介して告げられる。題名が端的に示すように、これは「幽霊」の「出現」
についての物語であり、そうした「恐ろしい」体験について、年老いた侯爵が
人々の前で語りはじめるという、モーパッサンに反復される入れ子構造をなし

343

ている。ストーリーは次のようになる。グルネル街にて、とある夜会が繰りひ
ろげられている。もう終わろうとするころ、集まった人々は、とっておきの話、
本当にあった話を、それぞれ披露することになった。「本当にあった話」という、
幽霊譚につきものの、真実性の保証という儀礼をへて、年老いた侯爵が「声を
震わせながら」話すところから、物語がはじまる。七月革命のちょうど 3 年前、
侯爵はかつての友人に出会う。その友人は、妻を失くしてからというもの、孤
独と絶望にうちひしがれた日々をすごし、そのためか、まだ若いというのに白
髪で、すっかり憔悴しきっていた。悲しみにくれる友人は、かつての幸せな思
い出が眠っている自分の館にはもう帰るつもりはない、という。そして侯爵に
向かって、ある書類が必要なので、自分の館に行って、代わりにそれを取りに
いくよう依頼する。

　侯爵はこうして館を訪れる。それはまるで何年も放擲されていたかのような
館で、あちこち荒れはて、草木は茫々と生い乱れ、死んだ部屋特有のかびの匂
いがする。侯爵が必要な書類を吟味していると、ふと、何ものかの存在が感じ
られるのだった。「物音が聞こえるのではなく、むしろ、背後にかすかな感触
を感じるような気がする」という侯爵の元に、その何ものかはやってくる。

　　　すると、後方で、衣ずれの音が聞こえました。聞こえるというよりは、そ
　　んな感じがしたように思えたのです。別にわたしは気にもとめませんでし
　　た。空気が流れこんできて、何か衣服でも揺り動かしたのだろうと思って。
　　でもそのすぐあとで、今度は別の、ほとんど見分けられないくらいのかす
　　かな気配がして、わたしは、自分の肌の上を、ある奇妙で、不快で、かす
　　かな戦慄がかすめるのを感じたのです★75。

　肌は、わたしと他者との、まさしくその接点にある。後になって、それが館主
の今は亡き妻だということが告げられる。けれども、彼女の姿は、依然として見
えない。侯爵は、不可視の物体のもたらす恐怖を、一心に伝えようとする。そ
の誇張した口調には、情意形容詞と強調の副詞とが、過度に重ねつづけられる
（「ひとつ奇妙なことをしっているんですがね、あまりにも奇妙なので、一生頭か
ら離れないのです」★76、「わたしはものすごい恐怖に遭遇したのです」★77、「こ
の話はわたしの精神をこの上なく転倒させ、わたしの中に投げこんだ不安は、
あまりにも深く、神秘的で、そら恐ろしいものでした」★78、「わたしは苦しか
った！　わたしの後半生のすべてよりも、その数秒間のほうがずっと苦しかっ

たのです、その超自然的な恐怖の抗いがたい苦悩のために」★79）。しかしいかに声高であれ、こうした誇張法 hyperbole は、逆説的にも、恐怖の対象が何なのかを言いあらわすことができない、なぜならそこにはイメージが不在なのだから。

　見知ったもの、見知ったことば、見知った形で表せないとき、恐怖は高まる。見知らぬオブジェの偏在は、侯爵のことばに不確実性を示す表現が多用される点からも明らかとなっている。空間描写はすべて、漠とした表現で説明される。たとえば、初めて部屋に入った時の印象によると、調度品は先ほどまで誰かが使っていたかのように感じられ、寝室には、枕の上に、頭やひじの形がはっきりと残されて、ついさっきまで誰かがそこにいたかのような気配がただよい、あるいは、風が布地をゆすったかのように何かが動きはじめるような気がしてきたりするが、その「頭」、「ひじ」、「布地」、「扉」、「衣装棚」、「肘掛け椅子」★80 は、すでに指摘されているように、そこにあるにもかかわらず、「できごとを示唆する」という幻想文学の定式にしたがって、あたかもその輪郭線がぼやかされるかのように、不確かなもの、漠然としたものとしての不定冠詞や不定形容詞を付されている★81。そこで何がおこったのか、どのような光景が見られたのか、侯爵は語りえない。けれども、確として「何か」はやってくる。一方、部屋の扉は「半ば開かれて」いる★82、あたかも「何か」の訪れをうながしているかのように。侯爵が饒舌であればあるほど、描写には逆言法（暗示的看過法 prétérition）が多用され、それが何かを敢えていわないことで、闖入者の不可解さを強調する。

　感覚をイメージに転化できないこと。未知の物体が、その不可視性によってこそ、恐怖をもよおさせるということ。そして世界に失調がもたらされるということ。こうした叙法は、『オルラ』Le Horla 第二版（1887）において頂点をむかえる。モーパッサンの幻想小説の中でもっとも有名なこの短篇においてもまた、「いわく言いがたいもの」をめぐって、狂気と正気の相半ばするところを行き来する。

　「5月8日──何といううららかな日だろう！」という一文によって始まるこの日記体小説は、しかしすぐさま灰色の日々を綴ることになる。何ものかにつきまとわれ、不安にうちひしがれ、日に日に精神を病んでゆく主人公の内面が、彼自身のことばによって語られてゆく。主人公はこの何ものかを、オルラと名づける。それは主人公の周囲にやってくるのだが、そのものは何だかわからない。オルラは夜な夜なやってきて、主人公の生命を吸いとってしまうのだ

という。錯乱はますます烈しくなり、主人公は自宅に火を放つ。しかしオルラは、依然としてそこにいる。不安からの解放として、主人公が最後にかろうじて選びえるのは、自死でしかない。

　すべては微熱のような感覚からはじまる。どこかしら調子がよくない、けれどもなぜだかはわからない。空気の中によからぬものの気配を感じとった主人公は、それがまず肌を通してやってくることを語る。

　　おれの皮膚をざわざわさせる悪寒が、おれの神経を刺激し、おれの精神を
　　暗くしたのだろうか？★83

　　突然、おれは後をつけられているような気がしてきた。おれにつきまとって、すぐ近く、すぐ近くから、おれに触れようとしているような気がしたのだ★84。

　闖入者は、そこにいると同時に、そこにはいない。けれども主人公の肌に、それは感じられる。肌をかすめるにすぎなかった「オルラ」は、次第に、近くへ、そして「おれ」の内側までやってくるようになり、体のあちこちにオルラが感じられるようになる。

　　夜になると、何者かがおれのうえにうずくまり、そして、おれの口の上に
　　その口をあて、おれの唇のあいだからおれの生命を飲んでいるような気が
　　した。そうなのだ。そいつはおれの喉からおれの生命を、蛭のようにして
　　吸ってしまうのだ★85。

　　すると突然、おれには感じられた、確かだ、おれの肩ごしにあいつが本を
　　読んでいる、あいつはここにいる、おれの耳に触れている★86。

　こうした「いわく言いがたいもの」を前にしての恐怖は、ラブクラフトを例に出すまでもなく、幻想文学のスタンダードであろう。また、オブジェの捉えがたさを反映してであろう、『オルラ』には肯定文よりも疑問文の方がはるかに多く使われているという★87。主人公はひたすら問いつづける。何ものかがわたしを不安にするのだが、それは本当に存在するのかだろうか、と。確かなものはなにもない。一方、想像界が言語の介在なくして現実界に触れてしまう

346

第18章　イメージの生理学

もの、としてラカンが幻覚のことを定義したように、主人公につきまとう一連のできごとは、言語体系の中に位置づけることはできない。よって、言いがたいものについて、ことばという媒体によって問うことは、撞着以外の何ものでもないだろう。『オルラ』の主人公が目のあたりにする恐怖に、当然、ことばは関与しえない。そしてまたページ上においても、主人公の恐怖は描写されない。そもそも主人公は、自分の感じた身体感覚を、ことば以前の段階、イメージに立ち上げることさえできないのだから。いかに皮膚の上を「オルラ」が徘徊しようとも、感覚は「いわく言いがたいもの」としてしか語りえない。こうして、ただ不安を前に恐れる自分が、終わりのない問い、不可能な問いを、問いつづけている。

　さらには、オルラの恐怖は、分身譚のひとつのあり方としても読むことができる。オルラとは、もはや超自然や神秘体験といったものではなく、たとえば、自己が他者によって蝕まれてしまうという怖れ、として主人公に迫りくる（「そのうち、少しずつ、言うにいわれぬ不快感がおれの中にしみこんできた」★88、「おれはもうだめだ！　何者かがおれの心に憑いて、支配している！」★89）。あるいは、鏡の中に映っているはずの自分の姿が見えないという不思議、としても表れる（「おれの姿は鏡に映っていない！　鏡はからっぽで、澄みきっていて、奥深く、光にみちている！」★90）。確固としてあったはずの理性が、別のものによって穴を穿たれてしまうのではないかという不安。別のものの存在、鏡の中に映っているはずのわたしが見えないのと同じように、この別のものは、目にすることができない。フロイト前夜にふさわしい不安だろう。

　しかしまた、幻想のプロトコルに反して、『オルラ』には合理的説明がほどこされてもいるのだった。小説の冒頭、「うららかな一日」の様子を述べるにあたって主人公は、セーヌ川を進んでいく帆船について言及する。

　　　船が長い列となって、家の前を通りすぎていった。［…］イギリスのゴエレット船が二隻、赤い旗を空になびかせて通っていったあとに、見事な三本マストのブラジル船がやってきた。純白の、実に瀟洒な船で、光かがやいていた★91。

　冒頭にさりげなく現れた、このブラジルの帆船が伏線であることは、のちに読者のしるところとなるだろう。錯乱がさらに烈しくなるころ、ブラジル船はふたたび言及され、オルラの正体とはまさしくこの帆船ではないのか、と主人

公は疑いはじめる。

　　ああ！　ああ！　思い出す、三本マストの美しいブラジル船が、去る５月
　　８日、セーヌ川をさかのぼる途中、おれの窓の下を通っていったのを思い
　　出す！★92

　ここでの主人公は、あたかも明晰であるかのように見える。「５月８日」とい
う数字は、この小説の最初のページに書かれていた日付であり、確かに主人
公はブラジルからきた三隻の帆船を眺めていた。ならばこの外国からの帆船こ
そが、不可視の物体を運んできた真の原因なのではないか。そして主人公は言
う。とある科学専門雑誌が、ブラジルで猛威をふるっている伝染性の狂気につ
いて報告している、と。悪しき存在は、外からやってくるものとされ、科学の
言説はここで、真理を証明するもの、絶対的な知の審級として引用されている。

　　わかった…わかった…すべてわかったぞ！　おれは『科学評論』を読んだ
　　ところだ。その記事にこう書いてある。「聞きずてならない報告がリオ・デ・
　　ジャネイロから入った。中世にヨーロッパ人を襲った伝染性の精神錯乱に
　　も酷似した、ひとつの狂気、一種の狂気の伝染病が、目下、サン・パウロ
　　地域に猖獗をきわめている」★93。

　けれども、強迫観念になやまされている主人公は、本当に明晰なのだろうか？
「５月８日」という時間的軸上の礎石にせよ、科学雑誌という信憑性をになっ
た科学言説にせよ、それらはすべて、狂人による一人称の世界においては、事
後的に組み立てられた世界の中での真実にすぎないのではないのか。
　フランス国内にコレラが伝染したのは、1884年のことと記録されている。
とするならば、「オルラ」はコレラにほかならないと、あれほど謎めいていた
存在、ことばにすることのできない存在の正体が、直截的に、あっけなくも、
明かされているのだろうか★94。一方、モーパッサン自身、コレラのことを「な
かなか愉快な客人」と1884年７月２日の書簡の中で言っているように、こう
した伝染病上陸の時事問題に意識的であった★95。そして『オルラ』の書かれ
た1880年代はまた、細菌学が発展をとげた時代でもあった。フランスではパ
ストゥールが、ドイツではコッホが、細菌学研究についての成果を次々と発表
し、細菌という、見えざる存在は、医学という枠組みをこえて、一般的な関心

事となったのだった。「わたし」の体内に侵入してくる、不可視の悪である「他者」を、こうして細菌学は可視化する。

　ここでのモーパッサンは、Jean-Louis Cabanès のいうように、「シャルコーとパストゥールのあいだで揺れている」★96。「わたし」が「何ものか」に蝕まれる不安を感じるとき、その「何ものか」とは、フロイトを経験したヨーロッパにおいて、わたしの中のもうひとりのわたし、わたしの知らないわたし、わたしの御しえないわたし、「無意識」にほかならなかった。1883 年から 1886 年までシャルコーの講義を聴講していたモーパッサンは、内なる他者という、この未知の存在を「発見」する。その一方で、モーパッサンのまさに同時代科学である、パストゥールやコッホをはじめとする細菌学は、見えざる悪を、主体の外におく。「わたし」と「他者」のあいだの稜線は鮮やかであり、その稜線をこえて、悪は、はるか遠い南米から、ヨーロッパの外から、ここではなくよそから、わたしではなくあなたから、「他者」からやってくる。

　オルラの恐怖とはつまるところ、自己の分身だったのか、それとも不可視の病原体だったのか。小説『オルラ』はその問いに、沈黙を以てでしか答えない。こことよそ、内と外、自と他。「いわく言いがたい」物体であったはずの存在に、名が与えられているとは、逆説的でもある。その名が示すとおり、その存在は、とりとめがない。「オルラ」、Horla、Hors-là。「そこ là」ではない、どこかそこ「以外 hors」。しかし、「そこ」がどこであるのか、明かされることはない。明かされえないまま、こうして、そこ「以外」へとすりぬけて、そこと、そこ以外との、結節点、その分断でもあり、隣接でもあるところ、まさにその場所に、Horla はやってくるのだ。

En guise de conclusion

　テーヌが、イメージとは感覚そのものである、というとき、フロベールは身体感覚によって二項対立が消去される心的イメージをえがき、ゾラは身体的イメージの過剰を、モーパッサンはその欠如を、それぞれえがいていた。

　テーヌやフロベールの幻覚体験において、イメージはすでに見たことのあるものの回帰とされていた。だとすれば、思い出がやがては薄れゆくのと同じように、記憶としてのイメージもまた、反復されることでその喚起力を弱め、いつかはもろくも消え去ってしまうだろう。

　しかしレアリスムあるいは自然主義と称される作品の中には、こうした記憶

の回帰する世界だけではなく、また別の世界、登場人物たちの、夢や願望や無意識や、そのほか諸々のことが映しだされた、玉虫色のスクリーン、きわめて個人的で、独特の、自律性を有した世界をも呈していた。現実にあるものとないもの、かつてあったこととそうでないこと、確然と漠然、虚と実とが入り乱れ、けれどもそのイメージ自体はくっきりと浮かび上がってきて、いわば「透明な不透明さ l'opacité transparente」とでもよべる様相を呈していた。そこでの境界線は曖昧で、いずれか一方にイメージを帰するのはむずかしい。

『ショワー』以降、イメージが問いなおされて久しい。アウシュヴィッツの表象不可能性をいうランズマンの立場にとって、イメージとは、視覚によって捉えることのできる、具体性をそなえたもの、見る者それぞれの内部に反復可能な、複製としての似姿であった。一方、ナンシー、ランシェール、ディディ＝ユベルマン（そして『映画史』をはじめとするゴダールの一連の作品もここに含めてもいいかもしれない）、彼らにとってのイメージとは、反復される像としてではなく、それそのものの中で自己完結し、自律した像として捉えられ、反復されることでむしろ、その強度と可能性とを強めていく。

「現実 le réel」をえがくとされるレアリスム文学や自然主義文学において、その美学的固有性 propre の何たるかを問うとするならば、それは、すでに見たことのあるもの、あるいはデジャヴュの再現、あるいはミメーシス、に帰着するわけでもなく、はたまた、自己完結した像としてだけあるのでもなく、むしろ、前者が後者に移行するとき、記憶の中から何かしら別の空間が現れるとき、その過程のさなかにおいて、ほんの一瞬、ページに立ち上がるもの、そう考えることもできるのではないだろうか。

結びにかえて、ある短編小説を、差しだしてみたい。久生十蘭という、明治末期から戦後の昭和にかけての時代を生きた、時代も地理も異なる作家の小説を。十蘭もまた、起こったかもしれず、想像にすぎないものだったかもしれない、あるかなきかのイメージを、鮮やかに描きだしていた。そこでは、ほのかに感じられる漠としたもの、雰囲気としてしか呼べないようなある印象が、手先の感覚を通して語られる。

戦後間もなく書かれた『黄泉から』（1946）という短篇では、忘却の彼方にあったはずの女性が、盆の入りという時間設定の下、ふと主人公の前に現れる。欧州帰りの魚返光太郎は、先見の明のある一流の美術品仲買人で、多忙な日々を送っていた。ある日電車のホームで、ルダンさんというフランス人に奇遇する。三十年近くも日本に住んでいるこの「つつましい老雅儒」は、自宅を開放

第18章　イメージの生理学

して若者を招き入れ、フランス語を教えたり、ソルボンヌ入学準備のための指導を行ったりしていた。弟子たちをかわいがり、「弟子のためなら智慧でも葡萄酒でも惜しげもなくだしつくしてしまう」人である。かつては光太郎もルダン氏の元へ通っていたが、渡仏後、美術史研究の道を逸れて、仲買人へと変貌をとげてしまったため、「さすがにばつがわるく」、帰国後、それとなく足が遠のいていた。逃げも隠れもできない、電車のホームである。光太郎はルダン氏に挨拶して、どこへ行くのかを尋ねてみた。

「きまっているじゃないか。きょうはお盆だから、墓まいりさ」。戦死した弟子たちの霊を弔うのだ、とルダン氏は言う。「ともかく、よかれあしかれ、この戦争の『意味（サンス）』もきまった。なんのために死んだかわからずに宙に浮いていた魂も、これでようやく落着くだろう。だから、今年のお盆は、この戦争の何百万人かの犠牲者の新盆だといってもいいわけだ。それできょうはみなに家へ来てもらって大宴会（バンケェ）をやるんだ」。

「でも、降霊術（ネクロマンシイ）のようなものは、カトリックでは異端なんでしょう」、「どうしてどうして、カトリックの信者ぐらい霊魂いじりのすきな連中はない」、という会話に垣間みることができるように、久生十蘭の小説では降霊術がウィットとともに語られる。霊の戻りを描いた小説が十蘭にはいくつかあるが、いずれも、『テレーズ・ラカン』にあったような前近代的思考をある一定の距離から離れて観察するためではない。能に通じていた十蘭にとって、死者のよみがえり、生者との邂逅、といった主題は、それがかもしだす幽玄の世界とともに、すでに自家薬籠中の物であり、あたかもまだ生きているかのように、死者はひょいとやってくる。

光太郎は、おけいも呼ばれているのかどうか尋ねた。おけいとは、光太郎の従妹、唯一の肉親であった。婦人軍属としてニューギニアに渡り、そのまま亡くなったため、遺骨はまだかの地にあるというが、今日の盆の入りには、きっと海を渡ってやってきてくれるだろう、とルダン氏は言う。そして、渡仏の数年間、おけいに一度も手紙を書かなかった光太郎のことを、ルダン氏は非難する。おけいは光太郎に対して思慕の念を抱いていたが、光太郎からまだまだ子供として扱われたため、あきらめてニューギニアに向かったのだった。雪の降る日、ルダン氏の元へ最後の挨拶にきたという。

ルダン氏と別れたあと、光太郎は雑踏を歩く。戦後の混乱をいまだ残し、「動物的な生命力をむきだしにした」、「修羅のようなさわぎ」の神田の市場のなかに、戦中のこと、パリのことが、とりとめもなく思い出される。そして今日一

日だけは、おけいの冥福のため、彼女への思いとともに過ごすことに決めて、仕事はすべてキャンセルする。子供の頃の慣習を思い出しながら、お盆まつりの支度をしようとするけれども、真菰、小笹、瓢箪、酸漿、蓮の蕾といった、飾りつけの細部はありありと思い浮かぶのに対し、もどかしいことに、実際どのように準備をすればいいのかはわからない。代わりに、ショコラ、キャンディ、マロン・グラッセ、プリュノオ、リキュールを揃えて、ピアノの上に飾ってみる。

　ぽつねんと椅子にすわって、蟋蟀の鳴き声を聞いていると、おけいのことが次々と思い出される。もう少し彼女にやさしくしていたら、パリへ呼びよせていたら、ニューギニアで死することはなかっただろう。耽美主義と拝金主義とが相俟ったこの独身者にはめずらしく、自責の念にかられると過去がよみがえってくる。おけいは裕福な家の末っ子に生まれた、なんとも鷹揚な子であった。かつて光太郎は、おけいの父から月見の船遊びに招かれたことがある。芸者たち七人もつきそい、みなで銀の総箔の扇を川へ投げるのだった。

　　　芸者たちが、おもて、みよし、艫とわかれておもいおもいに空へ川面へ錦扇を飛ばすと、ひらひらと千鳥のように舞いちがうのが月の光にきらめいて夢のようにうつくしい。おけいは中ノ間の座布団に坐って父の膝にもたれ、ニコニコ笑いながらながめていた★97。

　そこへふと、客人が現れる。ニューギニア婦人軍属でおけいと一緒だった千代という女性だった。近くへ墓参りに来たついでに、偶然立ち寄ったという。おけいのことを話してくれる。祖母の形見の琴爪を、戦地まで持っていき、ジャングルの樹木でつくった琴を、夜半、月明かりの下、つまびいていたという。「玲瓏と月のわたる千古の密林を洩れる琴の音は、どんな凄艶なものだろう」と、おけいの姿が、光太郎の目に浮かぶ。その後、おけいは雨に濡れて、喀血し、容態はみるみる悪化する。病床においても謡曲集を離すことはなかった。千代は臨終の様子を語る。「お亡くなりになる朝のことでした……日が暮れて、いよいよご臨終が近くなると、なんともいえない美しい顔つきにおなりになって、あたし『松虫』は文章がきれいだからすきなのよ、とおっしゃって、いい声で上げ歌のところを朗読なさいました」。部隊長がやってきて、最後に何かしてもらいたいことはないか、と尋ねると、おけいは、雪を見たい、という。内地を発つ前日、きれいな雪が降ったので、もう一度見たいのだという。ニューギ

第18章　イメージの生理学

ニアに雪は降らない。けれども部隊長は担架に病人をのせて、谷間の方へ向かった。

　　あたくしたち、なにがはじまるのだろうと思って担架について谷間の川の
　　あるところまでまいりますと、空の高みからしぶきとも、粉とも、灰とも
　　つかぬ、軽々とした雪がやみまもなく、チラチラと降りしきって、見る見
　　るうちに林も流れも真白になって行きます★98。

　そしておけいは、「まあ美しいこと」とうっとりして、眠るように目を閉じ
ていったのだった。
　ここでの雪は、ニューギニアの雨期明けによくある現象で、蜻蛉の大群が川
へ集まってきたものだという。死にゆく者の目の前に、幻視の空間がひろがり
ゆく。それは、フロベール『純なこころ』の最後、飛びたつ鸚鵡を死の瞬間に
おいて目にするという幻視から、そう遠いものではない。そこかしこに降りし
きる雪は、恩師ルダン氏のもとを最後に訪れた日の雪でもあり、また、子供の
頃、父の膝にもたれて眺めた、川面に舞いおちるいくつもの銀の扇のかがやき
でもある。そして闇夜に飛びかう蜻蛉は、死の床においてもなお口ずさんでい
た、謡曲『松虫』にほかならない。記憶がイメージとなり、イメージは再帰し、
そして現在時間のさなか、生の終わりの瞬間に、また別の空間を開かせる。
　いまここで光太郎の目の前にひろがるのは、死の床にあるおけいの目の前に
かつてひろがった光景でもある。死者の眼差しと、生者の眼差しとが、こうし
て重なりあう。しかしおけいの前に繰りひろげられる場面とは、あくまでも千
代による語りの中においてのものであった。第三者のことばという媒介をとお
した、不確かで、夢うつつの、遠い、再現された記憶でしかない。虚実はない
まぜとなり、二重化された位相については何も明かされないまま、見る者をた
だただ立ちすくませる。
　おけいの最期を語りきって、千代は帰ってゆく。残された光太郎は、しばし
考える。おけいの霊はこれから、恩師ルダン氏宅でもよおされる死者たちのた
めの大宴会へと向かうのだろう。そう思うと、門まで見送ってやりたくなるの
だった。提灯をともして、光太郎は外へ出る。戦後間もない頃であり、道普請
はまだ終わっていない。光太郎は、「壊えのあるところまでくると、われとも
なく、『おい、ここは穴ぼこだ。手をひいてやろう』といって闇の中へ手をの
べた」。死者はすぐそこにいる。すくなくとも光太郎にとって。光太郎の差し

のべる手とともに、小説は幕を閉じる。

　小説最後の一文の、差しのべる手という身ぶりは、また別の小説においても反復される。

　十蘭の死の前年に書かれた『雲の小径』（1956）もまた、霊の戻りが小説の主軸となっている。東京から大阪までの往復をくりかえし、多忙な日々を送る主人公白川幸次郎は、飛行機の窓から、「うごめく雲の色のほか、なにひとつ眼に入るものもない」風景を眺めている。「こんな夢幻的な情緒をひきおこされたのは、はじめての経験だった」という独白のあと、ある過去が想起される。香世子という、いまは亡き女性のことだった。

　年の瀬もおしせまったある日、香世子は謎の交通事故で亡くなる。別の男性の妻になってからも、香世子は幸次郎への思いを断ち切れずにいた。幸次郎の方でも心にひっかかりがあり、霊というものの存在を疑問に思いつつも、香世子の霊に会うため、ある日霊媒師のもとを訪れることにする。「霊の友会本部」という浅間（あさま）な家に入ると、霊媒師が奥から出てきて、香世子の霊を呼びだし、幸次郎は香世子とことばを交わすに至り、こうして一年もの間、霊との交遊はつづくのだが、「霊の友会」解散にともなって、降霊の機会はとだえてしまうのだった。

　時間は現在にもどり、幸次郎は機内にいる。空いていたはずの隣の席に、菫の花をつけた若い女性が坐っている。それは香世子の夫の先妻の子、柚子であり、香世子にとっては継娘にあたる女性であった。「鼻も顎もしゃくれ、唇まで受け口になり、全体に乾反（ひぞ）ってしまったような感じの個性の強い顔で、誰だって、いちど見たら忘れない」という容貌の柚子は、美しい継母の香世子とは対照的であり、ふたりはきしんだ関係にあった。

　柚子は幸次郎になれなれしく質問してくる。機体は偏揺（かたゆ）れする。幸次郎は尻もちをつく。あざ笑うような目つきで、柚子は招霊問答に凝っていることについて尋ねてくる。静まりかえった周囲を見てみると、乗客はみな同じ方向へ顔を向けて、死んだように眠りこんでいる。「白川さんに絡みついて死ねるなら、本望よ」と、柚子はしなだれかかってくる。払いのける幸次郎に、「霊媒師を探しているんでしょう」と、柚子は言いあてる。「あたし霊媒よ、ごぞんじなかった？」そして、香世子が亡くなった日、彼女はメルセデスの助手席に幸次郎をのせて一緒に死ぬつもりだった、と明かす。

　「それは初耳だ」「もし言わなければ、それはインチキ霊なの。どこかの霊に、遊ばれていたのよ……善人だの善意だのってものは、どうしてこう悲しげに見

えるのかしら」。香世子が幸次郎を思いつづけていたことを、柚子は滔々と語る。
そして伏眼になると、声色が変わり、「お忘れになったわけではないでしょう。
あたし香世子よ」とつぶやくのだった。ここでの降霊術は、もはやユーモラス
なものではなく、ひたすら不気味さという本来の属性を取りもどしている。「香
世子の霊が、なにかいっている。それがうれ、れる、れろ、と聞こえる。空の
高みをそよ風が吹きとおるように、どこからともなく漂い寄ってくる感じで、
かそけくもまたほのかに、白川の耳うらにひびいてくるふうであった」。

　物語の時間は次へとすすむ。幸次郎は、以前かかっていた霊媒師を求めて、
白雲山の奥にある、鶯鳴の滝へと向かう。幻視が錯覚の一種にすぎないと、幸
次郎にはわかっている。人にはわからない楽しみを降霊術に見出すことと、し
かし深入りすべきではないこととを自覚しつつ、山奥へ入っていく。

　　白川は道のうえに枝をのばしている石楠^{しゃくなげ}の葉をむしりとって、手のなかで
　　弄びながら、クヨクヨと考えつめていたが、荒神の滝をすぎて、截りたつ
　　ような岩の上に奥ノ院の輪郭が見えだしてくると、急に気持が浮き浮きし
　　てきて、ひさしぶりで香世子の霊に逢うということのほか、なにも頭に浮
　　かんでこなくなった★99。

　久しぶりに会った霊媒師は、早々に香世子の霊を呼びだして、幸次郎と霊と
の会話がふたたびつづけられる。事故死した日、あなたと一緒に死ぬつもりだ
った、と香世子は告白する。「思いきって、こちらへいらしたら？　そんなつ
まらないところに、未練なんかあるわけはないでしょう」。行けるものなら行
きたいがと、ことばを濁し、幸次郎は逃げ腰になる。ゆっくりお考えになると
いいわと言って、香世子の霊は帰ってゆく。霊媒師に付きそわれて、幸次郎は
帰途につく。

　それは霧のかかった裏山で、遠くに滝の音が聞こえてくる。深い谷底から、
雲が噴きあがって、たなびいては空に消えてゆく。この雲の道をつたっていけ
ば宿への帰り道に出る、と残して、霊媒師は去っていく。四辺は雲に巻かれて、
「眠いような、うっとりとした気分」になる。幸次郎は気がついた。香世子の
霊がここまで導いてきたのだ。「絶体絶命だ。おれは死にたくないのだ」。助け
てくれ、と叫んだところで、現実に立ち戻った。

　幸次郎は機内にいる。雲がたなびいている。「脇窓の外には、乳白色の溷濁
したものが、薄い陽の光を漉しながら模糊と漂っていた」。すべては冒頭の現

在時間にもどる。降霊術とはやはり、前近代の形骸化した遺物にすぎなかったのだろうか。香世子との会話は結局のところ、意識の深層からやってくる、自らのもつ観念のひとつの木霊にすぎなかったのだろうか。しかし漠とした世界は、確かな手の感覚によって、その存在を保証される。

　　夢だったのだろうが、どうしても夢だとは思えない。白川は気あたりがして、上着のポケットに手を入れてみると、指先にツルリとした石楠の葉がさわった★100。

　ここで小説は閉じられる。おぼろげな存在の危うさは、指先にあたった、「ツルリ」という石楠の葉の感触によって、その重みをとりもどす。現在の空間と、夢の空間とが、こうして結びつけられる。けれども幸次郎は石楠の葉を見ていない。ポケットの小さな暗闇の中にじっと収まっているのだから。ここでもまたイメージの存在は危ういものでしかない。ただ触覚があるのみで、石楠は、それを手に感じた本人によって、内的感覚としてしか明かされえない。
　先の小説『黄泉から』の最後に差しだされた手は、十蘭の死の前年に書かれた『雲の小径』の最後でもまた、反復される。差しのべる手は、ここで、手の先に何かの感触をえるという点において、主題的連鎖をなしている。後者は前者のつづきであり、あるいはひとつの帰結といえるかもしれない。手を差しだす。何かが返ってくる。『黄泉から』において、主人公は死者に対して手をさしのべていた。あたかも手向けの花を差しだすかのようにして。あらゆる抒情詩は元来、誰かへと向けて投げかけられたことばであったという。その宛先人が、実在のものであれ、架空のものであれ★101。差しだされた一輪の花のようなものとして詩があるならば、あらゆる詩的テクストは、内在的に「あなた」を想定している。『黄泉から』の魚返光太郎が差しだす手は、死者の弔いとしての花をその掌に載せた、ひとつの詩であろう。そして『雲の小径』の白川幸次郎がポケットに差し入れた手は、死者からの応答として、指先になめらかな感触をえる。どちらも死者という、おぼつかない存在、実在していたにもかかわらず、すでに架空の存在でしかないものに対して向けられている。相手がそこにいるのかいないのか、宛先は空白のまま差しだされた、ひとつの手。一輪の花を差しだしてみて、受けとる相手はもはや亡い／無いのかもしれない。けれども、もしその相手がいるとすれば、その指はあなたの指に、ひそかに、そっと、触れるだろう。石楠の葉のように。それは差しだしてみないとわからない。

356

第 18 章　イメージの生理学

注

★1　Jean-Louis Cabanès, *Le Négatif. Essai sur la représentation littéraire au XIXe siècle*, Classiques Garnier, 2011, p. 243.

★2　Hippolyte Taine, *De l'intelligence*, Hachette, 1870, 2 tomes. 引用はすべて復刻版による。L'Harmattan, 2005, t. 1, p. 139.

★3　*Ibid.*, p. 280.

★4　*Ibid.*, p. 76-79.　強調は著者テーヌによる。

★5　*Ibid.*, p. 75 : « Une image est une sensation spontanément renaissante. »

★6　Hippolyte Taine, *Les Philosophes français du XIXe siècle*, Hachette, 1857, p. 43. Cf. Hippolyte Taine, *De l'intelligence, ibid.*, t. II, p. 10. 強調はテーヌによる。

★7　Hippolyte Taine, *De l'intelligence, ibid.*, t. I, p. 92.

★8　*Ibid.* p. 100-101.

★9　*Ibid.*, p. 106.

★10　*Ibid.*, p. 108 et p. 117.

★11　*Ibid.*, p. 104-105.

★12　*Ibid.*, p. 435 : « l'image, comme la sensation qu'elle répète, est, de sa nature, *hallucinatoire.* »

★13　Gustave Flaubert, lettre à Hippolyte Taine, 20 novembre 1866, *Correspondance*, Gallimard, coll. « Bibliothèque de la Pléiade », t. III, p. 562.

★14　Cf. Sandra Jansen, « Hallucinations factices : psycho(patho)logie de l'imagination et procédés littéraires dans *La Tentation de saint Antoine* », *Cahiers de littérature française*, VI, « Image et pathologie au XIXe siècle », L'Harmattan, 2008, p. 68.

★15　Nathalie Richard, *Hippolyte Taine. Histoire, psychologie, littérature*, Classiques Garnier, 2013, p. 7-14.

★16　*Ibid.*, p. 8.

★17　*Dictionnaire des Sciences médicales*, Panckoucke, t. XX, 1817.

★18　Jean-Étienne Esquirol, *Des maladies mentales considérées sous le rapport hygiénique et médico-légal*, Baillière, 1838, 2 tomes.

★19　Alexandre Brière de Boismont, *Des hallucinations ou histoire raisonnée des apparitions, des visions, des songes, de l'extase, du magnétisme et du somnambulisme*, Baillière, 1845. Brière de Boismont 自身のことばでは、生理学的幻覚は « hallucination psycho-sensorielle » とよばれている。

★20　*Ibid.*, p. 508, cité par Jean-Louis Cabanès, *Le Négatif, op. cit.*, p. 189.

★21　Gustave Flaubert, lettre à Louise Colet, 24 avril 1852, *Correspondance*, éd. cit., t. II, 1980, p. 31 : « J'ai parfois de grands ennuis, de grands vides, des doutes qui me ricanent à la figure au milieu de mes satisfactions les plus naïves. [···] il me semble en ma conscience que j'accomplis mon devoir, que j'obéis à une fatalité supérieure, que je fais le Bien, que je suis dans le

357

Juste. »

★22　Charles Baudelaire, « Au lecteur », *Les Fleurs du Mal*, *Œuvres complètes*, Gallimard, coll. « Bibliothèque de la Pléiade », 1975, t. I, p. 6 : « Il en est un plus lais, plus méchant, plus immonde ! / […] Il ferait volontiers de la terre un débris / Et dans un bâillement avalerait le monde / C'est l'Ennui ! / […] Tu le connais, lecteur, ce monstre délicat […]. »

★23　Gustave Flaubert, *Dictionnaire des idées reçues*, « CAUCHEMAR : vient de l'estomac. »

★24　イマジネールの靄を霽らしてしまうものとしての即物的な「胃腸」はまた、ブルトン『通底器』においても、19世紀の科学至上主義を批判する一節に現れる。André Breton, *Les Vases communicants*, *Œuvres complètes*, Gallimard, coll. « Bibliothèque de la Pléiade », t. I, 1992, p. 108-109.

★25　Hippolyte Taine, *De l'intelligence*, *op. cit.*, t. I, p. 94. 強調は著者テーヌによる。

★26　テーヌとフロベールの往復書簡は主に、以下に採録されている。Gustave Flaubert, *Correspondance*, éd. cit., t. III, 1991, p. 1425-1426.

★27　Gustave Flaubert, lettre à Hippolyte Taine, 20 novembre 1866, *Correspondance*, *ibid.*, p. 561-563.

★28　砒素を幻覚の例としてあげるのは、しかしフロベールばかりではない。エスキロルがすでに症例として報告し（Esquirol, D*es maladies mentales considérées sous le rapport hygiénique et médico-légal*, *op. cit.*, t. I, p. 94）、このエスキロルの例は19世紀ラルース大辞典にも引用されている（*Grand dictionnaire universel du XIXe siècle*, t. IX, p. 39）。一方、フロベールがエスキロルを読んでいたという事実は読書ノートに記され、それは1870年3月から4月にかけてのことと推定されている（Carnet 16 bis, f° 38v°, *Carnets de travail*, édition critique et génétique établie par Pierre-Marc de Biasi, Balland, 1988, p. 604 et p. 626）。もしフロベールのいう砒素による幻覚のエピソードが、エスキロルを源泉とするのなら、読書ノートに記載されている日付は、時間的に後になってしまう。それともフロベールは、読書ノートに記録する以前にもエスキロルを読んでいたのだろうか。あるいはこうした時間の逆行は、Pierre Bayard のいう「予見された剽窃 Plagiat par anticipation」なのだろうか。砒素と幻覚という組み合わせは、いずれにせよ、フロベールの幻覚体験の特異性を示すものとしてあるだけでなく、むしろ逆に、それが19世紀の人口に膾炙した、あるいはもはや月並みとなった、医学における紋切型としてあるのかもしれない。

★29　Gustave Flaubert, lettre à Edma Roger des Genettes, 20 octobre 1864, *Correspondance*, éd. cit., t. III, p. 410-411. こうした作品の範疇化に対するフロベールの反発は、ベルゴットをはじめとする芸術家のスタイルを、その「予見不可能さ imprévisibles」の中にみようとするプルーストの主人公にオーヴァーラップする。Marcel Proust, *À la recherche du temps perdu*, Gallimard, coll. « Bibliothèque de la Pléiade » t. I, 1987, p. 540-541.

★30　Émile Zola, Ébauche des *Rougon-Macquart*, f° 343-345 : « En somme, la

第 18 章　イメージの生理学

psychologie cédant à la physiologie […], l'hérédité, le milieu et les circonstances déterminant le meurtre, dans l'étonnement de l'acte. »

★31　Émile Zola, La préface de la deuxième édition de *Thérèse Raquin* : « J'ai choisi des personnages souverainement dominés par leurs nerfs et leur sang, dépourvus de libre arbitre, entraînés à chaque acte de leur vie par les fatalités de leur chair. […] ce que j'ai été obligé d'appeler leurs remords, consiste en un simple désordre organique […]. »

★32　Émile Zola, plans préparatoires des *Rougon-Macquart*, B.N.F, Ms, NAF 10.345, f⁰ 43, cité par Jean-Louis Cabanès, « À fleur de peau, au fond du corps : sensation et archive », Véronique Cnockaert (dir.), *Émile Zola. Mémoire et sensations*, Montréal, XYZ éditeur, 2008, p. 145.

★33　Émile Zola, « M. H. Taine, artiste », *Mes haines, Œuvres complètes*, Nouveau Monde éditions, t, I, 2002, p. 836 : « cette folie de notre siècle, de tout savoir, de tout réduire en équations, de tout soumettre aux puissant agents mécaniques qui transformeront le monde. »

★34　Guy de Maupassant, « La nuit », *L'Écho de Paris*, le 10 janvier 1890, *Chroniques*, édition complète et critique présentée par Gérard Delaisement, Rive Droite, 2003, p. 1257-1263.

★35　Guy de Maupassant, « Les poètes grecs contemporains », *Le Gaulois*, 23 juin 1881, *Chroniques, ibid.*, p. 225-229.

★36　*Ibid*, p. 226 : « MM. Taine et Herbert Spencer, qui ont donné leur vie à ces recherches sur les milieux, les filières, les enchaînements secrets d'où proviennent les éclosions d'art ou même les simples faits sociaux. »

★37　Cf. Juliette Azoulai, *L'Âme et le Corps chez Flaubert. Une ontologie simple*, Classiques Garnier, 2014.

★38　Gustave Flaubert, *L'Éducation sentimentale* de 1845, *Œuvres de jeunesse*, Gallimard, coll. « Bibliothèque de la Pléiade », 2001, p. 915 : « Le cœur est comme la main. – D'abord tendre, rose, délicat, puis moins faible, mais faible encore, agile, souple […]. Mais vite la peau se couvre de poils et les ongles durcissent. […] puis ils se resserrent, ils se cassent, ils se ferment ; l'une se dessèche et l'autre s'éteint. » 訳出にあたって、平井照敏訳（『フロベール全集』筑摩書房、第 7 巻、1966 年）を参考にした。

★39　*Ibid.*, p. 849 : « C'était une main un peu grasse peut-être, et trop courte aussi, mais liante dans ses mouvements, garnie de fossettes au bas des doigts, chaude et potelée, rose, molle, onctueuse, et douce, une main expressive – une main sensuelle. »

★40　*Ibid.*, p. 969 : « À force de s'aimer, cependant, de se le dire, de toujours fouiller d'une main prodigue dans les trésors de leur nature, ils étaient devenus d'une cupidité insatiable. »

★41 *Ibid.*, p. 980 : « Ainsi sa main d'une mollesse si humide au simple toucher avait quelquefois des pressions brutales [⋯]. »

★42 Gustave Flaubert, *Madame Bovary*, *Œuvres complètes*, Gallimard, coll. « Bibliothèque de la Pléiade », t. III, 2013, troisième partie, chap. VI, p. 407 : « Elle éprouvait maintenant une courbature incessante et universelle. » 訳出 にあたって、山田爵訳（河出書房新社、2009 年）を参考にした。

★43 *Ibid.*, deuxième partie, chap. VIII, p. 279 : « Elle distinguait dans ses yeux des petits rayons d'or s'irradiant tout autour de ses pupilles noires, et même elle sentait le parfum de la pommade qui lustrait sa chevelure. Alors une mollesse la saisit, elle se rappela ce vicomte qui l'avait fait valser à la Vaubyessard, et dont la barbe exhalait, comme ces cheveux-là, cette odeur de vanille et de citron ; et, machinalement, elle entreferma les paupières pour la mieux respirer [⋯]. »

★44 Gustave Flaubert, lettre à Louise Colet, 11-12 décembre 1847, *Correspondance*, éd. cit., t. I, p. 489 : « des nerfs, cette porte de transmission entre l'âme et le corps. »

★45 直訳すると「よろめきがエンマを捉えた」となる（« une mollesse la saisit »）。

★46 *Madame Bovary*, Brouillon, volume 1, f° 95.「妻の髪のにおい」は、その後、「パンくずのにおい」、「台所のにおい」に書き直され（volume 1, f° 48,）、最終的に決定稿では「みずみずしい朝露のにおい」（volume 1, brouillon f° 47, f° 46, f° 27）となる。なお『ボヴァリー夫人』の草稿筆写はすべて、ルーアン大学のサイトにオンライン化されている（http://flaubert.univ-rouen.fr/bovary/index.php）。

★47 Jean-Pierre Richard, *Littérature et sensation*, Le Seuil, coll. « Points », 1954, p. 165.

★48 Antonin Bossu, *Anthropologie ou étude des organes, fonctions, maladies de l'homme et de la femme*, Comon, 1848 (2ᵉ éd.), p. 381-385.

★49 登場人物たちの身体、容貌、様相までもが、こうした気質概念を一字一句なぞるかのようにして描かれる。たとえば、テレーズは「青白く、深刻な顔つき、ほっそりとした鼻、薄い唇」（第 1 章）、病弱な夫カミーユは、「小柄で、やせ細り、青白い顔で憔悴しきっている」（第 3 章）、一方で、愛人カミーユは「頑丈な体つき、かたい黒髪、丸い頬、血色はよく、手足は大きく、いかにも意志堅固な様子をしていた」（第 5 章）というように。

★50 Émile Zola, *Thérèse Raquin*, *Œuvres complètes*, Nouveau Monde éditions, t. III, 2003, chap. 5, p. 45. 訳出にあたって、宮下志朗訳（「テレーズ・ラカン」、ゾラ・セレクション第 1 巻『初期名作集』所収、藤原書店、2004 年）を参考にした。

★51 *Ibid.*, chap. 16, p. 88.

★52 Gilles Deleuze, *Logique du sens*, Les Éditions de Minuit, coll. « Critique », 1969, p. 375.

★53 *Ibid.*, p. 383-384.

★54 Ébauche de *La Bête humaine*, f° 338 - f°339 : « un drame violent à donner le cauchemar à tout Paris, quelque chose pareil à *Thérèse Raquin*, avec un côté de mystère, d'au-delà, quelque chose qui ait l'air de sortir de la réalité Ipas d'hypnotisme, mais une force inconnue, à arranger, à trouver). » 『獣人』の草稿は、プレイアッド版巻末に筆写されている（Émile Zola, *Les Rougon-Macquart*, Gallimard, « Bibliothèque de la Pléiade », t. IV, 1966, p. 1718-1719）。

★55 Émile Zola, *Thérèse Raquin*, éd. cit., chap. 13, p. 80 : « La morsure de Camille était comme un fer rouge posé sur sa peau [⋯]. Il rabattit le col de sa chemise et regarda la plaie dans un méchant miroir de quinze sous accroché au mur. Cette plaie faisait un trou rouge, large comme une pièce de deux sous ; la peau avait été arrachée, la chair se montrait, rosâtre, avec des taches noires ; des filets de sang avaient coulé jusqu'à l'épaule, en minces traînées qui s'écaillaient. Sur le cou blanc, la morsure paraissait d'un brun sourd et puissant; elle se trouvait à droite, au-dessous de l'oreille. Laurent, le dos courbé, le cou tendu, regardait, et le miroir verdâtre donnait à sa face une grimace atroce. »

★56 David Baguley, « Image et symbole : la tache rouge dans l'œuvre de Zola », *Les Cahiers naturalistes*, n° 39, 1970.

★57 Vanessa R. Schwartz, *Spectacular Realities. Early Mass Culture in* Fin-de-Siècle *Paris*, Berkeley, Los Angeles and London, University of California Press, 1998, p. 48, .

★58 Émile Zola, *Thérèse Raquin*, éd. cit., chap. 13, « les pendus, les assassinés, les noyés, les cadavres troués ou broyés excitaient leur verve goguenarde. »

★59 *Ibid.*, p. 83 : « Camille était ignoble. Il avait séjourné quinze jours dans l'eau. Sa face paraissait encore ferme et rigide; les traits s'étaient conservés, la peau avait seulement pris une teinte jaunâtre et boueuse. La tête, maigre, osseuse, légèrement tuméfiée, grimaçait ; elle se penchait un peu, les cheveux collés aux tempes, les paupières levées, montrant le globe blafard des yeux : les lèvres tordues, tirées vers un des coins de la bouche, avaient un ricanement atroce ; un bout de langue noirâtre apparaissait dans la blancheur des dents. Cette tête, comme tannée et étirée, en gardant une apparence humaine, était restée plus effrayante de douleur et d'épouvante. »

★60 Sophie Ménard, « Les fantômes nuptiaux chez Zola », *Romantisme*, n° 149, 2010, p. 105.

★61 *Ibid.*, p. 106.

★62 Honoré de Balzac, *Séraphita*, Gallimard, 1980, p. 815 : « La Croyance, faisceau des vérités célestes, est également une langue, mais aussi supérieure à la pensée que la pensée est supérieure à l'instinct. »

★63 *Grand dictionnaire universel du XIXe siècle*, t. VIII, p. 97, l'entrée « fantôme » : « l'histoire des fantômes n'est, en réalité que l'histoire des croyances populaires. »

★64 Émile Zola, *Thérèse Raquin*, éd. cit., chap. 23, p. 126 : « Leurs baisers furent affreusement cruels. Thérèse chercha des lèvres la morsure de Camille sur le cou gonflé et raidi de Laurent, et elle y colla sa bouche avec emportement. Là était la plaie vive. »

★65 *Ibid.* : « Mais elle se brûla les lèvres, et Laurent la repoussa violemment, en jetant une plainte sourde ; il lui semblait qu'on lui appliquait un fer rouge sur le cou. »

★66 Jean-Louis Cabanès, « À fleur de peau, au fond du corps : sensation et archive », art. cit., p. 147.

★67 Émile Zola, *Thérèse Raquin*, éd. cit., chap. 23, p. 126 : « Thérèse, affolée, revint, voulut baiser encore la cicatrice ; elle éprouvait une volupté âcre à poser sa bouche sur cette peau où s'étaient enfoncées les dents de Camille. Un instant elle eut la pensée de mordre son mari à cet endroit, d'arracher un large morceau de chair, de faire une nouvelle blessure, plus profonde, qui emporterait les marques de l'ancienne. »

★68 *Ibid.*, chap. 5, p. 45 : « Et Thérèse l[= Laurent]'examinait avec curiosité, allant de ses poings à sa face, éprouvant de petits frissons lorsque ses yeux rencontraient son cou de taureau. »

★69 *Ibid.*, chap. 23, p. 126 : « Mais Laurent défendait son cou contre ses baisers ; il éprouvait des cuissons trop dévorantes, il la repoussait chaque fois qu'elle allongeait les lèvres. Ils luttèrent ainsi, râlant, se débattant dans l'horreur de leurs caresses. »

★70 *Ibid.*, chap. 32, p. 175 : « Ils tombèrent l'un sur l'autre, foudroyés, trouvant enfin une consolation dans la mort. »

★71 Guy de Maupassant, *La Chevelure*, *Contes et nouvelles*, coll. « Bibliothèque de la Pléiade », t. II, 1979, p. 111 : « Elle (= la chevelure) me coulait sur les doigts, me chatouillait la peau d'une caresse singulière, d'une caresse de morte. » 訳出にあたっては、『モーパッサン全集』（春陽堂、全三巻、1965-1966 年）を参考にした。

★72 *Ibid.*, p. 111 -112 : « Quand je rentrai chez moi, j'éprouvai un irrésistible désir de revoir mon étrange trouvaille ; et je la repris, et je sentis, en la touchant, un long frisson qui me courut dans les membres. »

★73 *Ibid.*, p. 112 : « Puis, quand j'avais fini de la caresser, quand j'avais refermé le meuble, je la sentais là toujours, comme si elle eût été un être vivant, caché, prisonnier ; je la sentais et je la désirais encore ; j'avais de nouveau le besoin impérieux de la reprendre, de la palper, de m'énerver jusqu'au malaise par ce contact froid, glissant, irritant, affolant, délicieux. »

★74 Daniel Sangsue, *Fantômes, esprits et autres morts-vivants. Essai de*

362

pneumatologie littéraire, José Corti, 2011, chap. 5 : « Aspect des spectres ».

★75 Guy de Maupassant, *Apparition, Contes et nouvelles*, éd. cit., t. I, p. 784 : « [⋯] je crus entendre ou plutôt sentir un frôlement derrière moi. Je n'y pris point garde, pensant qu'un courant d'air avait fait remuer quelque étoffe. Mais, au bout d'un minute, un autre mouvement, presque indistinct, me fit passer sur la peau un singulier petit frisson désagréable. »

★76 *Ibid.*, p. 780 : [⋯] je sais une chose étrange, tellement étrange, qu'elle a été l'obsession de ma vie. »

★77 *Ibid.* : « j'ai subi l'horrible épouvante. »

★78 *Ibid.* : « Cette histoire m'a tellement bouleversé l'esprit, a jeté en moi un trouble si profond, si mystérieux, si épouvantable. »

★79 *Ibid.*, p. 785 : « j'ai souffert, oh ! souffert en quelques instants plus qu'en tout le reste de ma vie, dans l'angoisse irrésistible des épouvantes surnaturelles. »

★80 *Ibid.*, p. 783-784 : « l'empreinte profonde d'un coude ou d'une tête », « quelque étoffe », « une porte », « une armoire », « un fauteuil ».

★81 Cf. Éric Tourrette, « D'un fantastique considéré comme forme. Autour d'"Apparition" », *L'Information grammaticale*, n° 101, 2004, p. 16.

★82 *Ibid*, p. 784 : « une porte [⋯] était demeurée entrouverte. »

★83 Guy de Maupassant, *Le Horla, Contes et nouvelles*, éd. cit., t. II, p. 914 : « Est-ce un frisson de froid qui, frôlant ma peau, a ébranlé mes nerfs et assombri mon âme ? »

★84 *Ibid.*, p. 916 : « Tout à coup, il me sembla que j'étais suivi, qu'on marchait sur mes talons, tout près, tout près, à me toucher. »

★85 *Ibid.*, p. 919 : « Cette nuit, j'ai senti quelqu'un accroupi sur moi, et qui, sa bouche sur la mienne, buvait ma vie entre mes lèvres. Oui, il la puisait dans ma gorge, comme aurait fait une sangsue. »

★86 *Ibid.*, p. 935 : « [⋯] et soudain, je sentis, je fus certain qu'il lisait par-dessus mon épaule, qu'il était là, frôlant mon oreille. »

★87 Pierre Bayard, *Maupassant, juste avant Freud*, Les Éditions de Minuit, coll. « Paradoxe », 1994, p. 24.

★88 Guy de Maupassant, *Le Horla*, éd. cit., p. 928 : « Peu à peu, cependant, un malaise inexplicable me pénétrait. »

★89 *Ibid.*, p. 929 : « Je suis perdu ! Quelqu'un possède mon âme et la gouverne ! »

★90 *Ibid.*, p. 935 : « je ne me vis pas dans ma glace ! ⋯ Elle était vide, claire, profonde, pleine de lumière ! »

★91 *Ibid.*, p. 913 : « un long convoi de navires [⋯] défila devant ma grille. Après deux goélettes anglaises, dont le pavillon rouge ondoyait sur le ciel, venait un superbe trois-mâts brésilien, tout blanc, admirablement propre et luisant. »

★92 *Ibid.*, p. 933 : « Ah ! Ah ! je me rappelle, je me rappelle le beau trois-mâts brésilien qui passa sous mes fenêtres en remontant la Seine, le 8 mai dernier ! »

★93　*Ibid.*, p. 932 : « Je sais⋯ je sais⋯ je sais tout ! Je viens de lire ceci dans la *Revue du Monde scientifique* : " Une nouvelle assez curieuse nous arrive de Rio de Janeiro. Une folie, une épidémie de folie, comparable aux démences contagieuses qui atteignirent les peuples d'Europe au moyen age, sévit en ce moment dans la province de San-Paolo."»

★94　これに呼応して、「あのオルラ」« ce Horla » は「コレラ」« choléra » のアナグラムでもあることを Louis Forestier は指摘している。*Ibid.*, p. 1621.

★95　Lettre du 2 juillet 1884 : « un visiteur assez joyeux, le choléra. »

★96　Jean-Louis Cabanès, *Le Corps et la maladie dans les récits réalistes (1856-1893)*, Klincksieck, 1991, p. 187.

★97　『定本久生十蘭全集』第 6 巻、国書刊行会、2010 年、54 頁。

★98　同、57 頁。

★99　『定本久生十蘭全集』第 9 巻、国書刊行会、2011 年、575-576 頁。

★100　同、578 頁。

★101　Cf. Dominique Rabaté, « "Voici des fruits, des fleurs⋯". Remarques sur le poème comme don d'amour », Jean-Nicolas Illouz (sous la direction de), *L'Offrande lyrique*, Hermann, 2009, p. 171 *sqq.*

科学技術と未来予想

第19章

空中旅行
科学的実験と知識の開示様式のはざまで（1850-1900年）

クリストフ・ガラベ

真野倫平 訳

序

　ガストン・バシュラールが『空気と夢』で示したように、飛行と飛行の夢は伝統的な詩的想像力に深く根をおろしたテーマであるが、空中旅行は19世紀後半の文学の中にとりわけ重要な反響を見出す。それはおそらく二つの理由から説明できる。一方で前世紀末の最初の有人飛行以来[1]、空中飛行は気球のおかげで社会にありふれた平凡で民衆的な存在になり、ついにはサーカスの見世物になるほどであったからである。他方で1850年以降、空中飛行の技術的・科学的な現実性——バシュラールが「合理化」と呼んだもの——はより強烈なものとなり[2]、それは自らの発見を大衆に説明するために啓蒙の手段を必要としたからである。より古典的な文学は喜んでそれに応えた。たとえばジュール・ヴェルヌはこの技術についての知識と想像力から発想を得て、『征服者ロビュール』(1886)で自らの飛行機械を創造した。空中旅行はその新しい物質性と「科学性」において、旅行物語と冒険物語の古い形態を近代化して一新することになった。空中旅行はとりわけ空想的な叙述の形象として現れる。それは波乱に富み、そこで物語られる冒険は（気球であれば膨張、離陸、飛行、着陸といった）何段階もにわたる大旅行という形で描かれるからである。

　それでも飛行はこの時代には何よりもまず科学的で教育的なモチーフであった。一方でそれは当初の実験的性格を保持しており、その機械は飛行する実験室と考えられていた。他方で飛行というのは物語中で知識を開示するためには

便利な叙述であった。文学と科学の接点において、飛行は当時の科学小説と啓蒙文書の指導的なテーマとなり、そこでは飛行こそが新しい知識に向かって開かれたベクトルであると見なされた。それは既知の場所を異なったやり方で横切ること、あるいはさまざまな異なった未知の場所を横切ることを可能にする。さらに、視点をずらすことで世界に新たな視線を向けることを可能にする。空中旅行は科学の対象であると同時に科学の道具であり、現実的なあるいは空想的な知識の獲得と生産に向けられている。それは特別な叙述的・教育的・認識論的な可能性をもっており、それゆえに科学的文学で大量に使用されたのである。そしてそれらの可能性を検討するには、空中旅行をその固有性において、すなわち移動様式ならびに知覚様式として理解するべきである。そのためにわれわれは、ジュール・ヴェルヌやカミーユ・フラマリオンの科学小説、そして気球飛行を扱った科学啓蒙文書にもとづき研究を行うことにする。

1 移動様式としての飛行

　ガストン・バシュラールは飛行を運動の想像力に結びつけた。そして 19 世紀後半の科学的文学の中で飛行が見出されるのはまずこの面においてである。とはいえ空中旅行はそこで、常に科学的実験と知識の開示という問題性に組み込まれている。それは空中旅行が想定する移動の多様性のおかげである。それは水平方向にも垂直方向にも進み、移動も上昇も行う。空間を通過し、さらに時間を通過し、19 世紀に広く流行した「さまよえるユダヤ人」のテーマ[★3]を再び取り上げる。これらの様態のそれぞれに対して、異なるタイプの知識が対応する。

　文学であれ科学啓蒙文書であれ、飛行はまず空間を水平に移動する新しい移動様式と見なされる。空中旅行はしたがって旅行物語の一形態あるいは一変形として示され、訪れた場所についての知識の開示という教育的伝統を継承する。この種の文学に関連する古典的なあらゆる知識がそこには見出される。すなわち、出会った諸民族の習俗や慣習、彼らの体格についての民族学的知識。それらの諸地方についての経済的知識。動物相や植物相についての生態学的知識……。とはいえ支配的なのは地理学的知識、とりわけ『気球に乗って五週間』（1863）における隆起や平地や水流についての数多くの描写が示すような自然地理学的知識である。

第 19 章　空中旅行

旅行者たちはこの地方の山岳的構造を完全に理解した。デュテュミ山が最初の頂きをなす三つに分かれた山塊は、縦長の広大な平原によって隔てられている。それらのなだらかな頂きは丸みを帯びた円錐形からなり、その間の大地には迷子石と砂利が点在している★4。

ジュール・ヴェルヌはこのように飛行をきわめて「描写的」な知識に当然のように結びつけ、気球からそれらを容易に把握できることを強調する。この特徴は宇宙旅行の物語にも見出され、ヴェルヌは宇宙に関する知識を開示するための便利な方法としてそれを利用する。たとえばヴェルヌは『エクトール・セルヴァダック』（1877）において、地球からアルジェリアの一部を掠め取った彗星によって宇宙に放り出された人物たちが木星と土星の近くを通過する機会を利用して、この二つの惑星の詳細な描写を行っている。この種の小説においても、旅行物語に特有の視点の移動にもとづく知識が見出される。それは異世界人がわれわれの世界に向ける視線、あるいはわれわれが異世界に向ける視線である。このモンテスキュー譲りの「ペルシア人の」視線は、われわれの文化や性質を比較し相対化する作用をもつ。カミーユ・フラマリオンは異星人の世界の訪問を通して、われわれの感覚や技術は不完全なものであり、自然について偏った知識しかもたらさないと強調する。「彼らの目はあなたがたの最高の望遠鏡よりも優れています。彼らの神経組織は彗星の通過に反応し、あなたがたが地球上では知りえない出来事を電気によって発見します」★5。観察や遭遇といった場合にかぎらず、飛行というモチーフはより一般的にいって知識の開示を引き起こしやすいように見える。たとえそれが旅行から生じた知識でない場合でも、当然のように知識の教育が行われる。とりわけジュール・ヴェルヌにおいて、語り手はしばしば読者に対して、さまざまな長さをもつ注記や備考のかたちで、旅行に関連する補足的情報を提供する。それは旅行から直接得られたわけではない百科全書的知識である。登場人物たちもまた、たとえば『月世界に行く』（1870）において同じ手段に訴える。

午前 1 時半頃、彼らは別の山の頂をかいま見た。バービケーンは地図を調べてそれがエラトステネス山であると確認した。
　それは標高 4500 メートルの環状の山であり、この衛星に数多くあるクレーターのひとつであった。バービケーンはクレーターの形成についてのケプラーの奇妙な意見を友人たちに伝えた。この高名な数学者によれば、

これらの杯状の窪みは人間の手によって掘られたものにちがいないとのことであった★6。

彼らの観察の貧弱さ（「かいま見た」）は、時代遅れの、科学史に属する（「ケプラーの意見」）書物の中の知識にもとづく議論によって補われる。それが地図の読解によってなされた月の地形の描写に続くのである！

　伝統的な旅行物語がそうであるように、空中旅行が当然に教育的傾向をもつならば、それはあらゆるタイプの知識——空間についてはもとより時間についても——の開示に適しているはずである。『彗星の物語』（1872）においてフラマリオンは、「さまよえるユダヤ人」のテーマを再び取り上げ、空中に描写する眼としての彗星を置く。彗星は周期的に地球に戻ってきて、地球の変遷を描写するのである。彗星はまた、異なる周期の別の彗星たちと出会い、それらは彗星に自分たちが見たものを物語る。彗星はこうして通過と通過のあいだの欠けた部分を補う。先史時代のさまざまな時期や動物相や植物相についての地質学的知識、そして次の例に見られるような歴史的知識が、物語の筋に挿入されるのである。

　　彼女は姉に対して、紀元前1254年から彼女が地上に最後に現れた1835年までの、諸帝国の変遷の全体的で対照的な歴史を物語るにいたった。大彗星は人類が民族の糸を紡いでは解くその素早さに驚かずにはいられなかった★7。

これは旅行文学における知識の開示を拡大したものである。そしてそれらは小説の筋立てにきちんと収まっている。というのもこれらの知識は登場人物によって体現されることで見事にフィクションと一体化しているからである。これらの古生物学的あるいは歴史的知識は、ヴェルヌの旅行者たちの観察に由来するのと同様に、彗星という旅行者たちの経験の証言に由来する。とはいえここにおいてもなお、飛行は移動様式と考えられており、カミーユ・フラマリオンは空中旅行において、運動と時間を結びつけることで移動のあらゆる可能性を利用する。すなわち、彗星の特異な視点は円環運動というフィクションによって空間から時間への移行を可能にするのである。描写的タブローをつなげることで、さまざまな知識を静的かつ動的に二重に開示することができる。このことは先史学にとってはきわめて興味深い。というのも歴史的タブローをたがい

第19章　空中旅行

に結びつけることで、フリーズを動かし進化を見せることが可能になるからである。

　　彼女はライアス統とオーライト統の時代から白亜紀の諸時代の最後まで、中生代全体の動物種の目覚めを目撃した。三千年ごとに、動物や植物の種が緩慢かつ規則的に変遷するのを追った。［…］われわれの三千倍の周期で年齢をひとつ重ねるごとに、揺りかごにいる地球の子供の成長を追ったのである[8]。

カミーユ・フラマリオンが発明あるいは採用した装置は、叙述の技巧に由来するにせよ、伝統的な気球飛行の空想的拡大に由来するにせよ、とにかく空中旅行というテーマがもつ大きな教育的便宜を前面に出している。彗星は三千年の公転周期で時間的行程をたどるので、先史時代の進化を長期間にわたって描写するのにとりわけ適している。それはちょうど、地球の上を飛ぶ気球の空間的行程が、地理的描写に適しているのと同様である。このように空中旅行は、それが非現実的な形態を取る場合でさえ、運動のさまざまな潜在的可能性から生じる諸知識を生産するための実験に似ているのである。

　このことは垂直移動の場合にはいっそう真実である。軽気球は啓蒙作家たちによって、大気圏という新しい科学的地平を開拓し、それを描写し研究するための実験室として用いられた。移動運動が生み出す文学的空想とは大きく異なり、気球による上昇は気象学という現実の新しい知識を発展させ、科学的啓蒙書はそれを伝え広めた。軽気球による飛行はその当初から大気の測定に結びついており、最初期の搭乗員たちは数多くの器具を持ち込んで革新的な実験に着手した[9]。カミーユ・フラマリオンは自ら数多くの上昇に参加し、飛行のこのような科学的価値を何度も指摘し確認している。それはすなわち、未来に向かって進歩する実用的で豊かな知識の源泉としての価値である。

　　軽気球の発明の最も高度で最も有益な応用は、気象学研究にちがいない。［…］誰が否定するだろうか。やがて大気中の運動が、天体の運動と同様に仔細に測量されるということを。人間が地球のメカニズムを把握し、日蝕を予測するのと同じくらい容易に、季節ごとの雨量の多さや暑さ寒さ、未来の収穫量を予測できるということを。そしてついには守るべき法則を予測して大地を常に豊穣で恵みゆたかに保てるようになるという

ことを★10。

自らも搭乗員であった、ガストン・ティサンディエ、カミーユ・フラマリオン、ヴィルフリート・ド・フォンヴィエルのような多くの啓蒙作家が、自らの上昇時に気象学研究に打ち込んだことは驚くに当たらない。それほど気球と気象学とは科学的啓蒙を象徴するテーマであり、科学的啓蒙が自らを正当化する戦いの旗印であった。フラマリオンはこの「全体的」で学際的な新しい科学★11 の実用的価値を強調した。19世紀においてはこの科学のアカデミックな地位と正当性が論争の的になっていた★12。また、この新しい科学には新しい科学的態度が対応しており、啓蒙作家たちはそれを自分たちのものと主張した。物質的世界の開拓は厳密な科学的手続きを必要とするが、それはさらに勇気ある実験者たちの領域で実践される。こうして気球による飛行は、教壇の科学者たちを排除するような科学的冒険として示される。

　　私が思うに、大気の流れを観察するための最も自然で最も直接的なやり方は、軽気球によるものである。さまざまな高度の一日の変化や気象的性格を知るため、嵐のメカニズムをその形成と進行において調べるための最上の手段は、ここでもやはり上方で何が起きているのかを「見にゆき」、事実を確認することであるように思われる。多くの事実の積み重ねとそれらについての体系的な議論こそが、いかなる仮説よりも問題の解決に役立つのである★13。

気球による飛行は気象学的な知識や観察を可能にし、当時の啓蒙的著作はそれについて体系的に報告した。それ以外にも、気球による飛行は19世紀後半において二重の重要性をもっていた。すなわちそれを大いに利用し奨励する啓蒙作家たちにとって、それは一方で営利的目的をもつサーカスの遊覧飛行から、他方で土地探検者にならないように生の科学的事実から自らを切り離して真の科学から遠ざかるアカデミックな科学者たちから、自らを区別することを可能にした。この点において、フラマリオンの「見にゆく」という表現は意味深い。世界は感覚によって感知され、感じられ、理解されることを求めている。空中飛行は移動手段として、それがもたらした運動から、そしてそれが空間的・歴史的に横断した現実について切り開いた視点から、実際に教育的な力を引き出す。空中飛行はこのように、独自の知識の源泉となるような特別な知覚様式で

372

もあるのだ。

2　知覚様式としての飛行

　飛行はその最初の試みから強烈で新鮮な感覚的経験に結びつけられていた。搭乗員たちは上昇の報告の中で、一見不動に感じられる中で気球旅行が展開するという奇妙な感覚を面白そうに伝えている。そして自らが体験したさまざまな聴覚的現象、すなわち空中で明確に伝わっていた音が次第に変化しやがて高度で完全な無音になる様子を伝えている[14]。とはいえ最も刺激される感覚はやはり視覚である。気球旅行は実際一方で、アラン・コルバンが「垂直的視線」[15]と呼ぶところの高く突き出た新しい視点を開拓した。他方で、天空や宇宙といった、イメージを大量生産する場所に眼を移動させた。空中飛行によってもたらされたこの新しい視覚的想像力は、その観察が現実的であろうと空想的であろうと、科学的であろうと詩的であろうと、知識の把握や生産に直接結びついている。

　「垂直的視線」という新しい現実の知覚様式は、歴史的には軽気球の出現と結びついている。それはかつての記念建造物や山頂からの眺めとは比較にならないほど高所からの視界をはっきりと打ち立て、あらゆる視野を粉砕した。空中旅行はパノラマ的で地図作成的な想像力をふくらませ、まず美的表象を作り出すことを要求した。小説や科学啓蒙書は高所から見たものを描写するために、絶えずパノラマやジオラマ[16]の壮麗さを参照し、それらはライトモチーフあるいは強迫的イメージとなってくり返し現れた。19世紀を通じてそれらが増加していくことは、サーカスにおいて気球が停留飛行に使用されたことによっても説明がつく。それによって大衆はこの新しいタイプの視覚に慣れたのである。こうした天空の視点からの絵画的な表象は、世紀の半ばに最も完全な実現を見る。すなわち、1856年に情熱的な搭乗員でもあったナダールが気球から撮影した最初の写真によってである。とはいえ、驚嘆の想像力が生み出したこの美的表象は、すぐにこうした視覚の科学的可能性を強調する言葉に取って代わられる。

　　夢中になったわれわれの眼下では、いかなる奇抜な夢も及ばないような魔術的なパノラマが展開される。フランスの中心部がわれわれの下方に限りない平原として広がっている。それはさまざまなニュアンスであまりに変

化に富んでいるので、私はここでもそれを壮麗な地図に比較するくらいの
ことしかできない★17。

「垂直の視線」が世界を解読可能な地図に変貌させるのは、この視覚的想像力
が、視覚の透明性という認識論（エピステモロジー）の周囲に構築されている
からである。そこでは、空中旅行が可能にする特別な視点のおかげで、見るこ
とは理解することに似てくる。カミーユ・フラマリオンにおける「視覚的デー
タと理解形式の直接的等価性」★18への信仰というダニエル・シャプロンの指
摘は、19世紀後半の空中旅行の視覚的エピステーメーの全体に拡大すること
ができるだろう。それほどこの確信はいたるところに認められる。すなわち、
天空から見ると「自然」は容易に見つけられ把握され理解される一冊の開かれ
た書物となる。たとえその垂直的視線が下方の地球へ向けられた場合であろう
と、上方の宇宙へ向けられた場合であろうと。ジュール・ヴェルヌは絶えずそ
う繰り返し、『気球に乗って五週間』においても（「ロゴウムの首都全体が広げ
られた地図のように把握されるがままであった」★19）、宇宙小説である『エク
トール・セルヴァダック』においても（「天空の書物がそこに開かれ、比類な
き明瞭さで読まれるがままになっていた」★20）、「されるがまま se laisser」
に導かれる同じ受動的意味の代名動詞構文を用いている。

　空中旅行が可能にしたこの視点は、より優れた現実の知覚、すなわちより正
しい知識への到達を可能にするものとされた。飛行機械は視覚の道具となるは
ずであり、実際同時代の文学の中ではしばしば望遠鏡や天体望遠鏡に比較され
たり置き換えられたりした。とはいえ、気球による最初期の飛行以来、搭乗員
の大半は逆説的なことに、天空から見た地球を描写することはできないという
点において一致した。これほどの高さになると、世界は見分けがつかないがゆ
えに理解不能であり、モーパッサンもそのことを世紀末に経験した。気球から
の視界の描写は、物質的で現実的な科学的再記述になるどころか、言語を絶す
るものを相手にすることであり、崇高の領域で書かれることになる。ウィルダ・
アンダーソンは「新たなパラダイムの上方の飛行」★21と題した論文の中で、
視覚が地図作成的視点に適応するにいたるまでのゆっくりとした変容を描き直
し、説明する。この視点のおかげで19世紀後半において現実の「垂直的視線」
が現れたのである。それゆえにわれわれが興味をもつ時代はひとつの移行期に
あたる。それはすなわち、空中旅行の視点が可能にしたこの視覚の透明性が、
少なくとも現実的観察に属するのと同じくらい科学的空想に属するような時代

第19章　空中旅行

である。空中旅行のモチーフを用いた作家たちは結局、詩的で文学的な形象または
テーマと科学的状況との合流点、これら二つの面が解きがたく交じり合うような合流
点にいたのである。啓蒙作家たち自身もこの混同あるいは錯綜を共有し、天空を、高
められた位置のおかげで視覚によって直接知識に到達できるような場所とした。それ
は、「上方」を知識の場所とし「下方」を誤謬と偏見の場所とするプラトンのイデア界
の一種の視覚的変形であった。

　搭乗員たちはやがて、天空を横切ることで現実にイメージの貯蔵所であるような場
所を発見し、さらに詩的な読解をうながすようになる。そのことが空中飛行の視覚的
次元を水平方向にさらに拡大する。こうして彼らは自分が天空で目撃したあらゆる奇
妙な現象を報告する。それは第一に熱気球に関するさまざまな現象であり、気球のイ
メージが雲の層に反映したり、あるいは二重になったりして、乗客の目を欺くのであ
る★22。天空はまた鏡のように、あるいは写真のネガのように世界のイメージを反転し
た。写真に関するメタファーについてはまた後で話すことにしよう。ガストン・ティ
サンディエは自らも正規の気球偵察兵で、『ナチュール』誌を創刊した有名な啓蒙作家
であったが、ある旅行のさいに次のような奇妙な観察をしたと報告している。

　　私は頭を上げてこの雲の壁のイメージを探した。天空に大洋のイメージに
　　似た緑がかった層を見つけたとき、私の驚きはどれほどのものであったか。
　　やがて、この天空の浜辺に小さな点が動いているのが見えた。それはクル
　　ミの殻くらいの大きさの船であった。注意してじっと見つめると、すぐに
　　それがこの逆さまの大洋を逆転して航行しているのが確認できた。マスト
　　は下方に、キールは上方にあった★23。

　天空は、厳密に導かれた知識の場所の階梯において、その高く突き出た位置により
独自の認識論的あるいは存在論的価値を保持していた。それでもガストン・ティサン
ディエと当時の他の搭乗員たちは、天空が逆説的なことに視覚において方向や上下を
無効にすることを発見した。すなわち天空は、天空と大地と海とを混同し、世界のイ
メージを大量に生産して並べることで、ついには風景のあらゆる区別を無効にするの
である。たしかに天空はいつの時代においても諸元素についての広大な夢想を支えて
きた。そして雲を海や山といった自然の風景に、あるいは地上の都市の反映である都
会の風景に変形させてきた。しかし実際の気球による飛行によって、搭乗員たちがこ
の混同を低所からではな

375

く高所から目で見て体験するようになると、旅行はでこぼこした起伏の上方を航行することへと変化した。

> 雲の上方百メートルに達すると、天空のさなかを航行することになる。それは一見地上とはまったく異なる空間であり、いわば二つの天空のあいだである。下方の天空は、白っぽい丘や谷からなり、そのさまざまな色調はなんとなく繊細な紡毛の白い筋を思わせるが、それは遠ざかるにつれて大きさや深さを失ってゆく。
> 　［…］気球の影が雲の大洋の上にぼんやりと浮かび上がる。まるで灰色の第二の気球が雲の中を航行しているようだ。軽気球が不動に見えるのは、雲と同じ気流によって運ばれているからである。眼下にある白い丘や谷は堅固に見えるので、われわれは思わずつりかごから降りて地面に足を下ろしたくなる[24]。

したがって天空は結局のところ、単にイメージを反映するだけなく、生産する場所でもある。それらのイメージは、空中旅行が可能にした新しい視覚的地位と、その新しい視点によって獲得され開拓されたのである。
　カミーユ・フラマリオンはこの地位をさらに拡大して利用し、自らの小説『ルーメン、地平の彼方の宇宙的対話』（1872）においてそれを知識の生産様式にするにいたる。この小説はこれまでに示したすべての点を極限にまで推し進める科学の夢である。ルーメンは死んだ友人の魂であり、語り手と対話し、語り手を宇宙に連れてゆく。そして宇宙が、人間が移動することで起動するイメージの貯蔵庫であることを話者に示す。こうして空中旅行によってこれらのイメージに到達することが可能になるが、それをダニエル・シャプロンは「天空のシネマトグラフ」[25]と名づけた。興味深いことに、カミーユ・フラマリオンはそのために、明白な科学的事実にもとづいて省察を組み立てる。それは科学的なものとして示されているが、あまりにも文学的な想像力から生まれたものである。彼のフィクションの科学性はこうして確証されたかに見える。というのもそれはまぎれもなく科学的で天文学的な現実、すなわち光とは過去の写真であるという現実から出発しているからである。

> より正確に言えば、光線とは郵便物であり、それはわれわれのもとに書かれたニュースではなく写真を届ける。より厳密には、それがやってきた国

の様相そのものを届ける。われわれが目にするこの様相は、光線が——それぞれの地点からわれわれに送られ、その様相をわれわれに知らせるこの光線が——出発した時点における姿を示している★26。

こうして宇宙においては過去と現在が無効になる。というのも観察者と観察される物体の時間的関係が光によって変化するからであり、われわれが地上から見る星のイメージは、われわれから何光年も離れた距離によって過去のものになっているからである。この写真的想像力は、宇宙をイメージを固定する光学的装置と見なすような宇宙の概念と結びつく。そこでは宇宙そのものはカメラの暗箱に、惑星はイメージが写し出される感光板に例えられる★27。そうするとこの作品における空中旅行の主要な興味は、永遠の現在に保存されたイメージを現前させることにある。そしてそれらのイメージは写真がもつ想像しうるかぎりのあらゆる科学的興味を備えている。さらに、空中旅行はそれらのイメージを起動させる。というのも光線はイメージの投影と考えられるので、この光線の内部を旅行することは映画フィルムを映してみることに比較しうるからである。このようにカミーユ・フラマリオンによれば、光とは物語を語る写真のネガの、あるいはスライドの連続であり、われわれはそれを運動によって展開することができる。空中旅行は、フェナキスティスコープやキネスティスコープ★28 と同時代の光学的で技術的なモデルに置き換えられるのである。

われわれは光線の中に、あるいはより正確にはひと続きに並んださまざまなイメージから構成される光の投射の中に、地球の歴史の流体的な記載をもつことになるだろう。精神がこのイメージのエーテル状の光線の中を光速を超えた速度で移動するとき、精神は過去のイメージを次々に再発見するのである★29。

このようなシステムは、移動速度がイメージの展開の速度を左右するという点で、映画に似ている。それは宇宙における空中旅行が可能にする映画である。カミーユ・フラマリオンはまた、シネマトグラフが現実に創造されるずっと以前に、光学的想像力と動的想像力を結びつけることでイメージのあらゆる科学的可能性を想像していた。彼はとりわけスローモーションに関心を示し、これを「クロノスコピー」すなわち時間視と呼んだ。

あなたはきっと頭の中でこの技法を、時間を拡大するような顕微鏡（ミクロスコープ）の技法と比較していることだろう。まさにそうである。われわれはここで増幅された時間を見ている。この技法は厳密にミクロスコープと名づけられるのではなく、むしろ「クロノスコープ」あるいはクロノ＝テレスコープ（時間遠視）と名づけられるべきであろう★30。

彼は科学的応用を次々と考案し、それらを自らの空中旅行に適用した。光線中を移動する速度や方向をさまざまに変えて、あれらのイメージを固定したり動かしたり、その速度を上げたり下げたり、さらに反転したりした。ちょうど稲妻の現象を研究するためにそれを提案したように。『ルーメン』においてカミーユ・フラマリオンは、19世紀後半の科学的想像力の最も特徴的な二つの要素を混ぜ合わせた。すなわち、視覚を知識に直接到達するための源泉と見なすような光学的想像力と、視点の変化として知覚された空間内の移動である。それは実際、運動そのものである。すなわち、空中旅行は自らの移動によって、空間と時間にはたらきかけて見ることを可能にし、科学的知識を生産するのである。

結論

空中旅行は、新しい領土と知識を開拓する手段として、知識を開示する叙述様式として、19世紀後半の文学によって広く利用され、そのあらゆる潜在的可能性が汲み取られた。それはすなわち上昇移動と横断移動であり、さらにそれに静的視点と動的視点、空間と時間の通過、あらゆる方向への視線が結びつけられた。空中旅行は現実について映画的知識を得るための必要条件として示されることさえあった。空間旅行は、空間と時間の交差点、運動の想像力と視覚の想像力の交差点にあり、それゆえに科学的啓蒙文学を象徴するテーマとして、そして科学小説において筋の流れに知識の開示を挿入するための最も特権的な叙述様式のひとつとして現れる。

とはいえこれらの知識が占める地位には大きな問題があるように見える。すなわち、その視点が可能にするはずの現実の直接的把握は、搭乗員たちの証言と矛盾しており、現実よりも幻想に近いように見える。また、あれらの旅行のさいになされた大気測定はまだ初期段階の科学に属するものであった。その科学はまだ実験マニュアルも定まっておらず、観察対象の性質（本質的に変わり

第 19 章　空中旅行

やすい天空の現象）がその科学性自体を疑問に付すようなものだった——とい
うのも伝統的には固定的現象の科学しか存在しなかったからである。最後に、
飛行とか天空というテーマのもつきわめて詩的な要素が、開示された知識の科
学的基盤を汚染する——あるいは美化すると言ってもよい——傾向があった。
最終的な分析として、空中旅行は、知識の把握と伝達が透明であるという幻想
を利用した、科学的想像力の途方もない ｺ ﾄ として現れる。

注

★1　ジャン＝フランソワ・ピラートル・ド・ロジエは 1783 年 10 月 19 日のモンゴルフィエ
　　　兄弟の熱気球（モンゴルフィエール）による最初の有人飛行、次いで 1783 年 11 月 21
　　　日のジャック・シャルルのガス気球（軽気球）に参加した。

★2　この半世紀は実際、「空気より重いもの」についての研究とその最初の成果の時代であ
　　　った。1857 年と 1868 年のあいだにジャン＝マリー・ル・ブリはグライダーによる飛行
　　　を何度も行い、1875 年にはクレマン・アデールが異論の多い 1890 年の最初の飛行に先
　　　立って、「飛行機 avion」という語を発明した。

★3　エドガール・キネは『アースヴェリュス』（1833）においてこの古い民間伝承を利用し
　　　て、読者に対しさまざまな歴史的タブローを並置して示すことを正当化する。時間の終
　　　わりまで地上をさまようことを宣告された「さまよえるユダヤ人」は、そこに自分の回
　　　想を書き記し、自分が生きたさまざまな時代を描写するのである。

★4　Jules Verne, *Cinq semaines en ballon*, Le Livre de Poche, 1966, p. 87.

★5　Camille Flammarion, *Uranie*, C. Marpon et E. Flammarion, 1889, p. 18.

★6　Jules Verne, *Autour de la Lune*, Le Livre de Poche, 1966, pp. 127-128.

★7　Camille Flammarion, *Histoire d'une Comète*, dans *Récits de l'infini*, Didier et
　　　Cie, 1873, pp. 332-333.

★8　*Ibid.*, pp. 273-274.

★9　この主題については Marie Thébaud-Sorger, *L'Aérostation au temps des Lumières*,
　　　Presses Universitaires de Rennes, 2009 を、とりわけ « invention et utilité »,
　　　pp. 71-77 を参照のこと。

★10　James Glaisher, Camille Flammarion, Wilfrid de Fonvielle, Gaston
　　　Tissandier, *Voyages Aériens*, Hachette et Cie, 1870, p. 140.

★11　アルフレッド・フィエロ『気象学の歴史』（Alfred Fierro, *l'Histoire de la
　　　météorologie*）によると、1834 年になってようやく近代科学としての気象学の最初の定
　　　義が提案された。一方、イギリスのルーク・ハワードが確立した雲の分類——今日でも
　　　有効である——は 1803 年にようやく発表された。これらの問題については以下の序文
　　　を参照のこと。L'introduction de Karin Becker, « Discours météorologiques et
　　　discours littéraires en France, du Moyen Âge à l'époque contemporaine » dans
　　　*La Pluie et le beau temps dans la littérature française - Discours scientifiques et
　　　transformations littéraires, du Moyen Âge à l'époque moderne -*, sous la direction de

Karin Becker, Hermann, 2012. 本序文の参考文献も興味深いので参照されたい。

★12 写真に関するヨーロッパで最初の雑誌である『ラ・リュミエール』のあるジャーナリストは、次のように憤慨する。「科学アカデミーの最近の会合のひとつにおいて、アルジェリアに気象観測所を設置することの是非について非常に激しい議論が起こった。驚くべきことに、設置の反対者の中にはコレージュ・ド・フランスの二人の高名な教授が含まれており、口実として気象学は科学でないと主張した」(*La Lumière*, n°25, 21 juin 1856)。

★13 Camille Flammarion, *Voyages Aériens*, *op. cit.*, p. 154.

★14 カミーユ・フラマリオンは1867年に初めて気球で上昇した体験について語るとき、特にこの二点にこだわっている。「運動については、絶対に感知不能である。[…] 運動は完全に感知不能であり、実際われわれはそれをいかなる方法でも感じなかった。われわれは自分たちが不動であると思った。地球はわれわれの下で沈んでいった。友人たちのグループは小さくなり、別れの声はよりかすかにしか聞こえなかった。それらの声はパリの巨大な声によって覆われ、それが巨大なざわめきによってすべてを支配した」(*Voyages Aériens*, *op. cit.*, p. 158)。

★15 この表現はたとえば *L'Homme dans le paysage*, Textuel, 2001 の中に見出される。

★16 パノラマとジオラマは19世紀に大流行した二つの視覚的装置である。パノラマは円形あるいは半円形の画布の上に描かれた展望図であり、場面や風景を再現する。ダゲールのジオラマは同じ原理を用いるが、部屋の中心に回転する展望台を置き、それが回転することで描かれた絵を動かして観客の目の前に繰り広げる。当時のコメントはいずれも、それらがもつ驚くべきリアリズムを称えている (Louis Daguerre, *Historique et description des procédés du daguerréotype et du diorama*, Susse Frères Éditeurs, 1839 を参照)。

★17 Camille Flammarion, *Voyages Aériens*, *op. cit.*, p. 192.

★18 Danielle Chaperon, *Camille Flammarion - entre astronomie et littérature -*, Imago, 1998, p. 43.

★19 Jules Verne, *Cinq semaines en ballon*, *op. cit.*, p. 233.

★20 Jules Verne, *Hector Servadac*, dans *Les romans de l'air Jules Verne*, Omnibus, 2001, p. 981.

★21 Wilda Anderson, « Vol au-dessus d'un paradigme nouveau » dans les *Cahiers de littérature française* numéro V, « Ballons et regards d'en haut », dirigé par Michel Delon et Jean M. Goulemot, éd. L'Harmattan, 2007, pp. 27-43.

★22 ジュール・ヴェルヌはこの現象を『気球に乗って五週間』で描いている。「実際、60メートルのところを軽気球がつりかごに旅行者を載せて空中に漂っていた。それはヴィクトリア号とまったく同じルートをたどっていた。[…] 博士は言った。『これは蜃気楼の現象にすぎない。単なる視覚現象さ。空気の層がところどころ薄くなることから起こるんだ。それだけのことさ』」(*Cinq Semaines en ballon*, *op. cit.*, pp. 194-196)。

★23 Gaston Tissandier, *Voyages Aériens*, *op. cit.*, p. 408. 本書にはこのシーンを描いた驚くべき挿絵が見られる。

第 19 章　空中旅行

★24　Camille Flammarion, *Voyages Aériens, op. cit.*, pp. 229-230.

★25　これは彼の著書の章題のひとつである。Danielle Chaperon, *op. cit.*, pp. 47-67.

★26　Camille Flammarion, *Lumen*, dans *Récits de l'infini*, Didier et Cie, 1873, pp. 43-44.

★27　カミーユ・フラマリオンはこう書いている。「ところで、天体のイメージがこれらの黒い深淵を通過するとき、それは人物や物体のイメージが写真家によってカメラ・オブスクラの中に通されるのと同じような条件のもとに置かれる。次のことはありえないことではない。すなわち、これらのイメージが広大な空間において暗い天体と出会い［…］、その暗い天体の表面（スペクトル分析を信じればヨウ素でできている）に感光作用があり、遠くの世界のイメージを自らの上に写し取ることができるということは。そうすれば地球上の出来事が暗い球体の上に描かれることになるだろう。そしてこの球体が他の天体同様に自転しているなら、さまざまな地帯を順々に地球のイメージの方へ向けることになり、こうして一連の出来事を連続写真に収めることになるだろう」（*Ibid.*, pp. 135-136）。

★28　フェナキスティスコープとキネスティスコープは、連続したさまざまなイメージから運動を合成するための最初の技術装置のひとつであり、映画の前身と考えられる。前者は 1830 年代初頭にベルギーの学者ジョゼフ・プラトーによって考案され、人気を博した光学的玩具であり、スリットの開いた円盤の形をしている。それを回転させて鏡に映し、スリットを通して見ると、円盤上に描かれた絵が動いているように見える。キネスティスコープは 1853 年に発明され、同じ原理を適用したものであるが、映写装置と一体になっている。この主題については Jonathan Crary, *L'Art de l'observateur - Vision et modernité au XIXème siècle -*, Jacqueline Chambon, traduction de F. Maurin, 1994, chapitre IV « Les techniques de l'observateur », pp. 143-190 を参照。

★29　Camille Flammarion, *Lumen, op. cit.*, p. 108.

★30　*Ibid.*, p. 228.

第20章

「書くこと」と「縫うこと」の間で

19世紀フランスにおけるミシン産業の発達と文学

橋本 一径

1　「女は縫い、男は書く」 ★1

　バルザックの『人間喜劇』シリーズの中で、「怪物性 monstruosité」という語がもっとも多く用いられている作品として知られる『ベアトリクス』（1845）において★2、この言葉の矛先のほとんどが向けられているのは、主人公の一人である女性作家のカミーユ・モーパンに対してである。たとえば彼女の暮らすゲランドの保守的な土地柄を代表する人物であるグリモン神父の目からすれば、カミーユは「セイレンと無神論者の血筋を引く［…］怪物的な生き物」であり、「女性と哲学者とが不道徳な結合を果たしたもの」★3 である。こうした言葉は、女性が書くことから遠ざけられていた19世紀半ばのフランスにあっては、あながち大げさな表現でもなかったようだ。19世紀フランスにおける女性と文学の関係を、女性たちの手記の分析を通して考察するコレット・コニエは、この時代の女性たちが置かれていた状況を総括して、以下のように述べる。

> 執筆は職業や生きがいであってはならず、家庭の主婦のスケジュールの余白を占めるだけの活動であるべきである。［…］それは女性にとって褒められた行いではまったくないのである。［…］女性にはいくつかの文学ジャンルが許されているだけである。書簡と日記がそれだ★4。

このように書簡と日記というごくわずかな分野を例外として、文学から徹底的

に遠ざけられていた女性たちが、その代わりに推奨されていたのが、「縫うこと」である。20世紀に入ってもなお、シャルル・グリモー神父は、若い女性たちに向けて道徳を説いた著作の中で、以下のように述べる。

女性にとっての針とは、作家にとっての筆だ。それを使って若い女性はしばしば、甘美な詩を書くことができるのである。針は描き、針は彫り、針は建てる。［…］針をあてがわれた女性は、キリスト教社会において至高の神の賛歌を力強く歌い上げることに貢献するのだ★5。

もちろんこれはあくまでカトリックの神父による発言ではあるが、公教育の側の姿勢も、大きく隔たりがあるわけではなかった。フランスでは1881年に初等教育が義務化されると、手仕事に大きな位置があてがわれることになる★6。男子たちがのこぎりで板を切ったり木箱を組み立てたりすることを学んだのに対して、女子たちに教えこまれたのが、針仕事だった。1882年に、こうした教育に従事する教員たちに向けての指導書を刊行したコシュリ夫人は、家庭における女性の針仕事の役割の重要さを説きながら、針や布の持ち方などよりなる初年度の基礎教育に始まり、最終的にはシャツやスカートを縫い上げるに至る、具体的なカリキュラムを提案する★7。

2 ミシンという「トロイの木馬」

この針仕事マニュアルの著者であるコシュリ夫人が、ミシンに対して示す態度は、きわめて両義的である。彼女はミシンを「手縫いの公然たる敵」★8と断言しながらも、ここ30年の間に「経済界に革命を起こした」★9というこの新たな機械に対して、針仕事の指導書がもはや無視を決め込むわけにはいかないことも自覚している。結果として彼女は、巻末の少なからぬページ数を割いて、上級者向けのミシンの詳細なマニュアルを書き加えることになる。

ミシンというこの「手縫いの敵」の出現は、「書くこと」を禁じられ、「縫うこと」を促されてきた女性たちの立場に、いかなる変化をもたらすことになったのだろうか。しかしこの問いに立ち入る前に、ミシンの歴史自体を、まずは簡単に振り返っておくことにしよう。

ミシンに先立つ技術の歴史は18世紀にまで遡ることができるが、この技術の特許を取得したのは、フランスでの1830年のバルテルミー・ティモニエが

初めてのことである。テェイモニエの技術はさしたる反響を呼ぶことのないま
ま、やがて忘れ去られてしまったが、1846 年にはエリアス・ハウが米国で、
今日のミシンに直接つながる技術の特許を取得する。ハウはこの特許をロンド
ンの傘・コルセット製造業者に売却するものの、これも大きな成功には結びつ
かなかった。やがて多くの者が様々な改良技術の特許を取得した結果、それら
の技術を統合した製品を製造することが難しくなってしまったが、1856 年に、
ハウ社、シンガー社などの 4 社により世界初の「特許プール」が形成された
ことが、製品化に弾みをつける。この年以降各社は、「家庭用」と呼ばれるタ
イプのミシンの生産を本格化させる★10。

　これらのミシンは実際の「家庭」においてどのように用いられていたのだろ
うか。この点を垣間見せてくれるのが、ブルドン夫人が 1869 年に刊行した戯
曲『ミシン』である。舞台となるのはフランスのとあるブルジョア家庭である。
良妻賢母だった妻のジャンヌの生活は、この家庭にミシンがやってきたことに
より一変する。幼い娘のしつけも忘れて、朝から晩までミシンにしがみつき、
衣装作りに精を出すようになってしまった彼女は、布地やボタンなどの材料費
を賄うために、夫に隠れて多額の借金をこしらえてしまう。彼女にミシンを買
い与えたことを後悔する夫は、親友に対して以下のように打ち明ける。

　　彼女のお祝いにミシンを贈るだなんて、馬鹿げた考えだった。友よ、私は
　　我が家にトロイの木馬を送り込んでしまったのだ！　この時以来、ジャン
　　ヌの生活はペダルを踏むばかりになり、彼女自身が機械になってしまった、
　　哀れな女工たちのように。[…] 私が結婚したのは、理知的な女性、才気
　　煥発な女性、同志であり親友のような女性だった。今や私には機械じかけ
　　の縫い女しかおらず、彼女のせいで私は怒りと倦怠で狂いださんばか
　　りだ★11。

　ミシンは「トロイの木馬」としてブルジョワ家庭の中に入り込み、良妻賢母
の生活を一変させてしまう。すでに見た引用の中でコニエが述べていたように、
文学もまた、それが「生きがい」となって「主婦のスケジュール」を乱すこと
が懸念されていたとするなら、ミシンとはある種の「文学」であったと言える
のかもしれない。そして医学的に見れば、ミシンは家庭にとってだけでなく、
女性の身体にとっても、言わば「トロイの木馬」であった。ミシンの使用が女
性の健康にとって害悪になるという懸念が、1860 年代に入って複数の医師た

ちにより表明されるようになったのである。

こうしたミシンの健康問題を初めて公にしたのは、管見の限りでは、ガードナーというニューヨークの産婦人科医が、1860 年に『アメリカン・メディカル・タイムズ』に投稿した記事である。ミシンを使って働く女性たちのなかに、背中の痛みなどを訴える声があるのに気づいた彼は、この問題について独自の調査を開始する。結果として彼は、そのような疾患はミシンを使い始めて間もない女性の間にまれに見られるものにすぎず、ミシンはむしろ「人類にとっての恵み blessing to mankind」[12] であるとの結論に到達する。しかし 1862 年になってこの問題は、フランスの医師マキシム・ヴェルノワによって、新たな側面を付け加えられることになる。さまざまな業種の労働者の健康問題を考察した研究においてヴェルノワは、ミシンの使用が、特に女性において「性的興奮の高まり」[13] を引き起こすことがあると指摘したのである。ヴェルノワ医師のこの指摘は、それを肯定する論者と否定する論者の間で議論を呼ぶことになったが、最終的には 1870 年に、デュケーヌ医師が、661 人もの女性を対象とした聞き取り調査を行い、「ミシンがある種の性的興奮に無関係だとは言い切れないものの、この問題に関して刊行された所見や、そこから導き出されようとした一般化には、何ら価値がないということを、私は認めざるをえない」[14] との結論に達し、医学的にはミシンと性的興奮との関係をめぐる議論に終止符が打たれる。しかしその後もこの問題は、医学の領域を離れて一般紙にも波及をしながら、19 世紀末までくすぶり続ける。足踏みではなく電動のミシンの開発を目指す動きが、19 世紀からすでに始まっていたのも、こうしたミシンの健康問題の議論が影響していたと言われている[15]。

3　ミシンによる女性の閉じ込め

しかしながら、ミシンが家庭や身体の秩序を撹乱する「トロイの木馬」もしくは「文学」であると考えるのは、ある意味でミシンを買いかぶりすぎた見方であったのかもしれない。確かにミシンの発明者であるティモニエは、1845 年の地方新聞に寄せた投書の中で、ミシンが「女性の力を男性の力に匹敵させ、男女を同じ知性のレベルに並べる」[16] ものだとして、女性の解放者としてのミシンの未来を思い描いていた。しかしながら現実のミシンは、女性を解放するどころか、むしろ逆に女性を家庭内に閉じ込め続けるものとして機能することになった。フランスで 1880 年に創刊されたミシンの業界紙は、1901 年に「ミ

シンの道徳的役割」と題する記事を掲載し、家庭の母や若い娘が外に働きに出ることで生じる様々な弊害を、ミシンは回避させてくれるのだという主張を展開する★17。確かにミシンは、お針子として内職をする女性たちの仕事を効率化し、彼女たちがより多くの仕事を引き受けることを可能にしただろう。しかしただでさえ悪条件の女性労働者の仕事の中でも、さらに最下層に位置づけられてきた裁縫女の労働環境は、ミシンの登場後も、悲惨なものであることに変わりはなかった。たとえば内職で働く女性たちの状況を調査したフランス労働省が、1907年に刊行した報告書に並ぶのは、以下のようなミシン労働者の過酷な境遇を伝える報告の数々である。

　　28歳のI夫人は警察官の夫の未亡人となって15カ月になる。援助を求めることのできる親類はいないため、働かなければならなかった。彼女は裁縫が上手だったが、プロの女工のような訓練も受けていなければ、器用さや迅速さも持ち合わせていなかった。彼女はどうしても自宅で働きたいと願っている、なぜなら彼女は工房に出入りしたことはないからである。[…]彼女はミシンを210フランで購入せねばならず、月々12フランの月賦で支払っている。[…]彼女は一日11時間働き、その他には家事に2時間半費やしている（彼女の一日は9時半から真夜中まで続く）★18。

　こうした女性たちの多くを苦しめているのは、分割払いで購入した高額なミシンのための、月々の支払いである。このようなミシンを売りつける業者の中には、買い手の女性の弱い立場を利用する悪徳な業者も存在した。1901年にミシンの道徳的な意義を高らかに歌い上げていた業界紙は、同じ年の11月には、「ミシン詐欺」とでも呼べるような以下のようなケースに対して、読者に注意を呼びかけている。

　　だがこうした真面目な業者の傍らには、関心を示した女工たちを搾取して、守れない約束をする業者もいる。こうした業者は貧しい人々から剥ぎとった品で身を肥やし、不法な取引をしているので、手口を明かしておいたほうがよい。働き者で活発な家庭の母たちが、僅かな蓄えをミシンの購入に費やし、窮乏を耐え忍んでも払おうとするのは、約束された仕事で利益を上げることを望んでいるからである。ところがそんな仕事は決して届かず、どん底の困窮と貧困に叩き落とされるのだ★19。

ミシンさえ買ってくれれば縫い仕事を回してあげるという甘い言葉で、女性たちに近づくこうした悪徳業者は、首尾よくミシンを売りさばいた後で、女性たちの前から姿をくらましてしまう。後に残されるのは、仕事もないまま、高額なミシンの借金を抱えて、途方に暮れる女性たちである。

4 沈黙としての文学

　　——さあ……働きませう。
　　そして夜中まで、仕事場には、ミシンの音と、絹を刺す針の軽い音だけしか聞えませんでした[20]。

　1910年に処女作『マリ=クレール』によってフェミナ賞を受賞したマルグリット・オドゥは、1920年にその続編『マリ=クレールの工房』を刊行し、パリの工房で裁縫女として働いた自らの経験をもとに、その過酷な労働環境を自伝的に綴っている。女性を解放するという発明者ティモニエの予言とは裏腹に、ミシンの登場後も家庭や工房に閉じ込められ、沈黙を強いられてきた女性たちは、このマルグリット・オドゥのようなプロレタリア文学の作家の登場によってようやく、縫い針をペンに持ち替えて、「縫うこと」から「書くこと」の方へと歩み出すことに成功したのかもしれない。
　しかしながら、マルグリット・オドゥが声を上げる前から、彼女が描き出したのと同じような工房は、沈黙を強いられたがゆえにこそ、奇妙な形で「文学」に接近していたのである。そのことを理解する手がかりを与えてくれるのが、1920年代からボルドー近郊の工房で裁縫の仕事に従事してきた、1903年生まれのアンヌ=マリとその周辺の人々への聞き取り調査にもとづいてなされた、マリ=クレール・ラトリの人類学的な研究である。彼女が明らかにしたのは、顧客の女性たちが自らの洋服を仕立ててもらうために集う工房の空間が、アンヌ=マリを始めとするお針子の女性たちの特殊な能力により、夢占いの空間ともなっていたという事実である。その空間で繰り広げられていたのは、たとえば以下のようなやりとりであった。

　　従姉妹が自分の夢の意味を尋ねにやってきました。夫を夢に見たのです。末亡人になってずいぶん経っていました。夫は消防士でした。消防服で現

れたのです。小さい男の子を抱えて、こう言ったそうです。『お前が必要だ、探しに来たんだ』。

――アンヌ＝マリや、これはどういう意味なの？（従姉妹がこう尋ねた）

――そうだねえ！　分かっているはずだよ。私たちのような年になったら、覚悟しておかなくちゃ。でも孫娘に会わなくちゃ。まだちゃんと気づいていないけれど。確かではないからまだ言っていないのだけど、彼女は妊娠しているんだ。男の子を産むだろうよ。

そして言ったとおりになりました。男の子が生まれました。それから従姉妹は亡くなりました、病院で私が看取りました[21]。

ラトリによれば、工房がこのような夢占いの空間となったのは、19世紀末以来の心霊主義の流行と、霊媒師たちの活躍が、直接的に影響しているという。しかし裁縫女たちがとりわけ夢占いとしての能力を発揮することができたのは、彼女たちが職業的な要請として日頃から培ってきた、「今流行しているものやモードの傾向を予測し、先取りする能力」[22]とも関係していた。つまり顧客の満足する洋服を仕立てあげるためには、巷の流行を敏感に読み取り、あわよくばそれを先取りする能力が求められていたのである。このことが彼女たちを、一種の予知能力者に近い存在たらしめていたのだ。

工房とはまた、「男たちにとってそこで何が行なわれているのかわからない場所」[23]でもあった。顧客の女性たちにとっては、そこが男性から隔離された、言わば秘密の空間であったからこそ、他所では決して話すことのできない夢も打ち明けることができた。閉ざされた空間、男たちにとっては沈黙の空間であることこそが、夢の空間であることを可能にしたのである。こうして工房は、ちょうど心霊主義のセッションが行なわれる霊媒師の部屋のような、「霊能的」な場所として機能することになったのだ。

5　シュルレアリスムの手前で

そしてとりわけ、解剖台の上での、ミシンと雨傘との偶発的な出会いのように！[24]

『マルドロールの歌』のこの一節は、文学史上でもっとも有名なミシンと言っても過言ではないかもしれない。「偶発的」と言われるここでの解剖台とミ

シンと雨傘の出会いは、ロートレアモン伯爵ことイジドール・デュカスが、モンテビデオで彼が目にしていたかもしれない名鑑の広告に由来する可能性があることは、すでによく知られている★25。だがこのような広告をデュカスが目にしていなかったとしても、解剖台とはすなわち医学であると考えるとすれば、この解剖台とミシンとの間には、別の必然的な結びつきを見出すことができるのではないだろうか。デュカスが『マルドロールの歌』を執筆していた1860年代は、すでに見たように、女性の身体にミシンが与える医学的な影響が論じられていた時期と重なるからである。この議論が医学界のみならず一般紙にまで波及していたことを考えれば、それがどこかでデュカスの耳に入っていたと考えたとしても、あながち無理なことではあるまい。雨傘を男性に見立てたブルトンよろしく、そこに過度に性的な意味合いを読み込むのは控えておくが、エリアス・ハウが1846年に取得したミシンの特許が最初に売り渡されたロンドンの会社が、傘とコルセットの製造業者であったことは、思い起こしておくべきなのかもしれない。

　いずれにせよ、シュルレアリストたちを熱狂させたこの「偶発的な出会い」が、「偶発的」であるどころか、むしろ必然的であったのだとしても、そのことがこの一節とシュルレアリスムとの結びつきを弱めることは決してないはずである。「夢見る権利」の回復を目指し、夢に覚醒時以上の意義を認めようとしたのが、シュルレアリスム運動に他ならないからだ。そしてすでに見たように、ミシンが忙しく立ち働く工房は、「書くこと」を抑圧され、「沈黙」を強いられた空間であったがゆえに、女性たちの「夢見る権利」が保証される空間ともなりえていた。だとすればミシン工房は、「偶発性」よりもむしろ「夢」を介することにより、シュルレアリスム的な意味で、あるいはシュルレアリスムに先立って、豊穣な「文学空間」を形成していたとも言えるのではないだろうか。

追記　本研究は JSPS 科研費 26870651 の助成を受けたものです。

注
★1　Colette Cosnier, *Le Silence des filles*, Paris, Fayard, 2001, p. 34.
★2　村田京子「「女流作家」と「女性作家」──バルザックにおける女性作家像カミーユ・モーパン」『女性学研究』13号、2006年、47頁。
★3　Balzac, *Béatrix, La Comédie humaine*, t. II, Paris, Gallimard, « Bibliothèque de la Pléiade », 1976, p. 687.
★4　C. Cosnier, *op. cit.*, p. 40-41.

第 20 章 「書くこと」と「縫うこと」の間で

★5　Abbé Charles Grimaud, *Futures Epouses*, neuvième édition, Paris, Pierre Téqui, 1924, p. 255-256.

★6　Cf. C. Cosnier, *op. cit.*, p. 219.

★7　Mme P. W. Cocheris, *Pédagogie des travaux à l'aiguille*, Paris, Delagrave, 1882. たとえば初級クラスの初年度の必修課題は、「針と布の持ち方。カンバスとタペストリー針の使い方。カンバスを使った、ぐし縫い、半返し縫い、まつり縫いの練習」（*ibid.*, p. 130）といった具合である。

★8　*Ibid.*, p. 217.

★9　*Ibid.*

★10　Cf. Monique Peyrière, « L'industrie de la machine à coudre en France 1830-1914 », L. Bergeron (sous la dir. de), *La Révolution des aiguilles*, Paris, Edition de l'Ecole des hautes études en sciences sociales, 1996, p. 95-114.

★11　Madame Bourdon, *La Machine à coudre*, Lille, Paris, Lefort, 1869, p. 23-24.

★12　A. K. Gardner, "Hygiene of the sewing machine", *American Medical Times*, Dec. 22, 1860, p. 436.

★13　Maxime Vernois, « De la main des ouvriers et des artisans au point de vue de l'hygiène et de la médecine légale », *Annales d'hygiène publique et de médecine légale*, série 2, no. 7, 1862, p. 137.

★14　E. Decaisne, « La machine à coudre et la santé des ouvrières », *Annales d'hygiène publique et de médecine légale*, série 2, no. 34, 1870, p. 341-342.

★15　Cf. Monique Peyrière, « Un moteur électrique pour la machine à coudre : une innovation dans l'impasse. Le cas parisien 1867-1914 », *Bulletin d'histoire de l'électricité*, 1992, n° 19-20, p. 73-86.

★16　Lettre de Barthélemy Thimonnier, parue dans *Journal de Villefranche*, n° 215, 28 septembre 1845, citée dans Marcel Doyen, Thimonnier 1793-1857, Lyon, Imprimerie Lescuyer, 1979, p. 44.

★17　« Le rôle moralisateur de la machine à coudre », *Journal des Machines à coudre et vélocipèdes*, 21e année, N° 9, 15 mai 1901.

★18　Ministère du travail et de la prévoyance sociale, *Enquête sur le travail à domicile dans l'industrie de la lingerie*, Tome I, Paris, Imprimerie nationale, 1907, p. 649.

★19　« Le travail à la machine », *Journal des Machines à coudre et vélocipèdes*, N° 22, 30 novembre 1901.

★20　Marguerite Audoux, *L'Atelier de Marie-Claire* [1920], Paris, Bibliothèque-Charpentier, 1921, p. 76（オオドゥウ『マリイの仕事場』堀口大學訳、齋藤書店、1947年、106頁）。

★21　Marie-Claire Latry, *Le fil du rêve. Des couturières entre les vivants et les morts*, Paris, L'Harmattan, 2002, p. 272-273.

★22　*Ibid.*, p. 64.

★23 *Ibid.*

★24 Lautréamont, « Les chants de Maldoror », *Œuvres complètes*, « Bibliothèque de la Pléiade », Gallimard, 1970, p. 224-225〔ロートレアモン「マルドロールの歌」、『ロートレアモン全集』、石井洋二郎訳、筑摩書房、2001 年、197 頁〕.

★25 ミシンの広告、帽子と傘の広告、そして外科用具の店の広告が同じ一冊に掲載された、1869 年刊行のモンテビデオの商業名鑑の存在を見出した、ジャン＝ジャック・ルフレールの以下の研究を参照のこと。Jean-Jacques Lefrère, *Isidore Ducasse*, Paris, Fayard, 1998, p. 492-493.

第 21 章

〈驚異の旅〉のネガとしての
『二十世紀のパリ』

否認される未来予想

石橋 正孝

　ジュール・ヴェルヌ（Jules Verne, 1828-1905）は、今を遡ること 150 年前の 1863 年に『気球に乗って五週間』を刊行して以来、1905 年にこの世を去るまでの間に 60 篇以上の冒険小説を書き、それらは〈驚異の旅〉という総タイトルの下、木版の挿絵を多数収録した形でエッツェル書店から出版された。『地球の中心への旅』『地球から月へ』『海底二万里』『八十日間世界一周』等がとりわけ有名であるが、〈驚異の旅〉構成作全体に共通する特徴は、科学啓蒙を柱としている点にあって、1872 年刊行の『八十日間世界一周』以後、作者本人が連作全体の目的として「地球の描写」を掲げたこともあり、地理学こそ〈驚異の旅〉のアルファにしてオメガである、と言っていいだろう。本稿の趣旨は、この〈驚異の旅〉がある意味において一つの巨大な反転ではないか、ヴェルヌ自身が最も執着し、自らの独自性が開花する場であると考えていたという意味で「未来予測」を「ネガ」に当たるとすれば、〈驚異の旅〉はそれを反転させた「ポジ」なのではないか、という仮説を提示することにある。

　実際に本題に入る前に、なぜこのような仮説に至ったのか、その経緯を簡単に説明しておきたい。この 10 年以上にわたって、ジュール・ヴェルヌと彼の編集者であるエッツェル（Pierre-Jules Hetzel, 1814-1886）の関係を研究の中心テーマとしてきた。ヴェルヌの創作をエッツェルが全体として方向付け、文体から物語の内容まで様々な次元で積極的な介入を行っており、出版条件も必ずしも芳しいものではなかった事実はよく知られている。その実態が次第に明らかになっていくにつれ、エッツェルの役割をどのように評価すべきか、か

393

なり激しい議論が研究者の間で交わされてきた。しかしながら、その評価は二極化する傾向があり、肯定するにせよ、否定するにせよ、当時の出版状況や具体的な作業手順を踏まえない議論ばかりだった。フランスで最初に編集者という職業が登場したのは1830年代のことであり、ユゴーやバルザックと同世代の1800年前後に生まれた人々がこの第一世代を担っていた。彼らの多くは元々軍人や弁護士で、自ら筆を執るよりは、むしろ「読むこと」の普及を通じて社会を動かそうとした。その際に重要なファクターのひとつとなったのが集団制作による挿絵本である。出版者は既存のテクストを刊行するのではなく、企画者、コーディネーターとしてイニシアティブを振るう絶好の機会をそこで得ていたのであった。1814年生まれのエッツェルはこれに続く第二世代として、第一世代が手探りで確立したノウハウを自覚的に用いたという意味で、初めから編集者になろうとしてなった最初の世代と言える。エッツェルは、P＝J・スタールという別名義で執筆し、これを自らの編集方針を明示する手段としていることからも明らかなように、有名作家に対しても遠慮なく口出しをし、自分の思うように書かせたがるタイプの編集者だった。そうしたエッツェルに最も相応しいジャンルが児童文学だったのは極めて納得の行くところであり、二月革命に参加した共和主義者として亡命先で過ごした第二帝政期前半の10年を経て、帰国後は児童文学に特化することになる。再出発を図るエッツェル書店のショーウィンドーとも言うべき新雑誌『教育と娯楽誌』の創刊を準備していたさ中にエッツェルはヴェルヌと出会う。ヴェルヌは、作家としてはエゴが強い方ではなく、それどころか、マルセル・モレがつとに指摘しているように、超自我的な存在を必要としていたらしき節さえあり、エッツェルの用意した枠組みの中で執筆することをさして苦にはせず、比較的速やかに順応できたのである。具体的には、家庭向けの雑誌『教育と娯楽誌』での連載を経ることから必然的に受ける検閲、そして、刊行順としては最後に出る挿絵版を中心とする編集プロセスだった。ヴェルヌとエッツェルの往復書簡を読み込むと、執筆リズムから分量や形式に至るまで、かなり厳密なフォーマットにヴェルヌが従っていたことがわかる。編集者にしてはエゴのありすぎる編集者と、作家にしてはエゴのなさすぎる作家の組み合わせにおいて、後者は、編集という他者の欲望の書き込みを誘発する「真空」のようになっていた（そして、ヴェルヌのテクストはそうした作用を依然として読者や研究者に対して及ぼし続けている）。2007年にいったんその成果を博士論文にまとめてパリ第八大学に提出した後も、心残りになっていた個所を補う作業を続け、とりあえずの締めくくりに達

した段階で、次のテーマとして改めて浮上してきたのが今回取り上げる「未来予測」の問題である。

　周知のように、ヴェルヌとエッツェルの共同作業が始まったばかりの時期に、ヴェルヌが熱を入れて書いた未来予測小説『二十世紀のパリ』をエッツェルがにべもなく没にするという事件が起き、その結果、問題の原稿はほぼ130年間お蔵入りになってしまった。この事件はこれで終わったわけではなく、その余波と思われる出来事がその後も間欠的に起きていた。ヴェルヌは『二十世紀のパリ』の蒸し返しを何度かやっており、その都度エッツェルに抑圧されているのである。〈驚異の旅〉とは違って明示的な「未来予測」──そうした作品をとにかく書きたがり、実際に幾度か試みたヴェルヌに対して、エッツェルの方はそれが嫌で仕方がなかったらしい。「未来予測」がこの二人の最も相容れない点になっており、二人の関係はこの「負の焦点」の上に、まさにそれがあればこそ、成り立っていたのではないか。

1　ヴェルヌにおけるテクノロジーの位置

　ヴェルヌとエッツェルの最初の出会いについては、ある仲介者を経てヴェルヌがエッツェルに『気球に乗って五週間』を持ち込んだという説がこれまで広く認められてきたところ、最近フォルカー・デースによって二つの重要な同時代の証言が発掘され、それが誤りである可能性が高くなった。一つ目は、エッツェルと『スイスのロビンソン』を共訳したウジェーヌ・ミュレールが1886年に書いたエッツェル追悼文である。ミュレールによれば、ヴェルヌがエッツェルに最初に持ち込んだ原稿は、『イギリスへの旅』であり、それが没にされたので、新たに書かれた作品こそ『気球に乗って五週間』だったのだと言う[1]。『イギリスの旅』とは、ヴェルヌが1859年に友人の音楽家アリスティッド・イニャールと共にした旅の見聞を小説化した『イギリスとスコットランドの旅』のことで、この作品は1989年まで刊行されなかったため、当時は存在すら知られておらず、したがって、この証言の信憑性は極めて高い。そして、その時の仲介者がアルフレッド・ド・ブレア（Alfred de Bréhat, 1826-1866）であるという事実も新たに発見されたヴェルヌ自身の書簡から明らかになった[2]。アルフレッド・ド・ブレアはエッツェル書店から英国事情に関する本を出していて、その関係でヴェルヌのイギリス紀行をエッツェルに紹介したのだと思われる。

興味深いのは、〈驚異の旅〉シリーズの事実上の第一作である『気球に乗って五週間』が全面的にヴェルヌ自身の意志で書かれたものではなかった、ということだ。『気球に乗って五週間』は、『イギリスとスコットランドへの旅』をエッツェルに否定されたことを受けて、その発想を逆転させることで書かれた作品だったのである。すなわち、現実の旅行経験に基づく北への旅ではなく、アフリカという南への虚構の旅。二つの作品は路線的には地理学ということで一本に繋がっている。エッツェルが探していたのは地理学の啓蒙家だったと考えてよい。ヴェルヌが自分で書こうとしたことをエッツェルに文字通りひっくり返されて、逆のことを書くというこのパターンは、この時に留まらず、どうやらその後のヴェルヌの創作のリズム（さらには原理）を決定づけてしまったらしい。『気球に乗って五週間』の後、創刊準備中の新雑誌『教育と娯楽誌』のために同じ路線の作品をエッツェルから注文されたヴェルヌは、『ハテラス船長の航海と冒険』という北極冒険譚を書き、舞台を南から北へ再逆転させる。『ハテラス…』と『地球の中心への旅』の間には続編関係に近いものがあり、『ハテラス…』結末の北極の火山から今度は地球内部に入っていく。活火山によって地上に噴き上げられるという『地球の中心への旅』結末は、人工の火山によって今度は地底ではなく宇宙に行く『地球から月へ』に反転される。続く『グラント船長の子供たち』が陸上と海上の世界一周であるとすれば、『海底二万里』が海中世界一周である、という具合に、反転が繰り返されている。

　しかし、エッツェルによって強制された最大の逆転、それが『二十世紀のパリ』という「未来予想」であったことは言うまでもない。この小説の第一稿はおそらくエッツェルと出会う前の 1860 年に書かれている。ヴェルヌが自分から書きたいものを書きたいように書いた小説である『二十世紀のパリ』、それがいわばひっくり返ることで〈驚異の旅〉になる。ただし、ヴェルヌ自身の書き方は『二十世紀のパリ』と〈驚異の旅〉の間でそれほど変わっているわけではない。いずれにおいても、ヴェルヌは基本的には直近のテクノロジーを「未来」の表象として用いている。〈驚異の旅〉のそれはまだ十分には実用化されていないせいで社会にほとんど普及しておらず、したがって空間的に孤立しており、多くの人に知られていないがゆえに相対的に未来に見えるという形で、近接未来として機能する。換言すれば、テクノロジーに対して「遅れ」ている社会全体が、相対的に近接過去になっている。著者にとって直前のテクノロジーが未来として使われているのは『二十世紀のパリ』も同様であって、実際、作中で言及される最新のテクノロジーや歴史上の出来事は 1863 年止まり、そ

396

の後の100年間については、教育を含む社会の全分野における投資銀行の支配、演劇の娯楽産業化など、第二帝政期の社会のある側面を拡大したおおまかな流れが中心で、具体的な出来事や発明に関する記述は、ほとんどと言っていいほど見当たらない。エッツェルに見せるため、この年の10月から11月にかけて、急遽古い原稿を引っ張り出してきて書き直し、アップデートしたものと見られる（現在残っているのは、この書き直された原稿で、余白にはエッツェルの批判的コメントが赤鉛筆で書き込まれている）。問題は、この手法は〈驚異の旅〉のように物語の年代が同時代でなければ機能しないにもかかわらず、100年後の1960年に舞台を設定してしまったことである。この場合、これ見よがしに列挙される19世紀のテクノロジーは、いくらヴェルヌの同時代にとっては最新のテクノロジーであっても、そして、たとえそれを読者が知らないとしても、時代遅れにしか見えない。おまけに、主人公のミシェルは、内実としては完全な19世紀人でありながら（20世紀人が忘却した、彼らにとっては未知の存在である過去＝文学をなぜか熟知している……）、20世紀人という設定になっているため、作中現在が20世紀に置かれ、そこから見た19世紀の最新テクノロジーの古さが強調されると同時に、20世紀の状況を知らないミシェルは単なる「間抜け」★3（エッツェルの評言）になってしまう。

　当然と言えば当然だが、「未来」を「未知」として描こうとすれば、「現在」に視点を置くほかなく、逆に「未来」に視点を置いた場合には、発見されるべき「未知」は——20世紀に書かれた反ユートピア小説（ザミャーチン『われら』、オーウェル『一九八四年』、ブラッドベリ『華氏四五一度』）におけるがごとく——忘却された過去としての「現在」に裏返るのである。この状況は、19世紀の読者にとっての〈驚異の旅〉を反転させた状態に正確に対応している。局所的未知を未来から現在に、遍在的無知を現在から未来にそれぞれ反転させればよい。実は、この反転は、現在のわれわれが〈驚異の旅〉を読む際に実際に起きていることでもあって、主人公たちにとっての局所的未知である近未来はわれわれにとって既知であり、主人公にとって既知の世界である19世紀がわれわれにとっては半ば未知の世界になっている。反ユートピア小説の読者と〈驚異の旅〉の現代の読者は共に、自身の現在に対する無知を装い、実際には知らない世界をさも知っているかのように振る舞っている。このことが意味しているのは、読者にとって同一化の基準は作中現在であり、視点人物と作中現在が分裂してはならないのもそのためであって、未知は視点人物ではなくあくまで作中現在にとっての未知でなければならず、したがって、作中現在が未来であ

ればそれよりも過去、逆に現在であればそれよりも未来のいずれかでしかありえず、作中現在が視点人物にとって未知であるという事態は原則として不可能なのではないか。『二十世紀のパリ』はその不可能を実行してしまったせいで、視点人物と作中現在が無残に分裂してしまったのだ。

　要するに、ヴェルヌは同時代のテクノロジーから離脱できなかった。それは彼の想像力にとって紛れもない限界だったのであり、〈驚異の旅〉においては戯れるべき枷として生産的に機能できたそれが、『二十世紀のパリ』で100年先に移されると、無残なまでに限界として露呈してしまうのである（現在のわれわれの目には、こうしてむき出しになる既知こそが生々しく映るにせよ、それはヴェルヌ自身の本意ではありえない）。現実から引用される最新テクノロジーが過去の遺物ではなく、未来の象徴として機能するには、100年後の「未来」の高みからそれを見下ろすのではなく、それを「現在」の視点から「近未来」として仰ぎ見るという視点の逆転が必要だったのであり、そのためには、遠い先の未来を書くことを禁止するエッツェルの抑圧が必要だったのではないか。この時期のヴェルヌはエッツェルの元に足繁く通っていたこともあって、二人の間の書簡は極端に少ない。ところが、『二十世紀のパリ』に関しては例外的にやり取りが残されている。ヴェルヌはエッツェルの反応をひどく恐れて直接聞きに行けずに手紙で問い合わせ★4、そのおかげで、有名な出版拒否の手紙（正確にはその下書き）がわれわれに伝えられることになったのである。ヴェルヌがエッツェルの口から直接返事を聞く勇気を持てなかった理由は、第一には、この小説に大変な意気込みをかけていたのに、事前に概要を聞いたエッツェルの反応がおそらくすでに否定的だったからだけではなく、エッツェルに作品を酷評され、出版を拒否された経験が二人の関係の始まりを画していたことも背景にあると思われる。

2　『二十世紀のパリ』から〈驚異の旅〉へ

　1863年1月末に『気球に乗って五週間』が刊行された後、『ハテラス…』の少なくとも前半部が書かれた段階で、ヴェルヌはかなり急いで『二十世紀のパリ』を書き直してエッツェルに見せたわけだが、この直後に書かれた『地球の中心への旅』と『地球から月へ』において、お蔵入りした原稿の要素を幾つか再利用していることがすでに指摘されている★5。『二十世紀のパリ』の冒頭で主人公ミシェルが卒業する教育企業（教育信用銀行）では、世界中で使われて

いる二千の言語と四千の方言を学ぶことができるとある★6。この表現は『地球の中心への旅』の主人公リーデンブロックのポリグロットぶりを形容するために転用されている★7。また、ミシェルの叔父で、フランス文学の一大コレクションを有するユグナンの部屋に一年に一度、太陽が最も高くなる夏至の日の正午にだけ差し込む日の光のエピソード★8 は、アイスランドの死火山において、やはり年に一度だけ太陽光線が地下への入口を指し示すエピソードに流用されている★9。『二十世紀のパリ』第11章に、ラテン語の試験で出題された、ウェルギウス『農事詩』の一節「怪物の群れの飼い主」（ヴィクトル・ユゴーが『ノートルダム・ド・パリ』でカジモドを形容するために引用している）に途方もない誤訳を付けた学生の話が出てくるが★10、同じ一節が地底でマストドンを飼っている巨人について引用され★11、さらにかなり後になってから『理想の都市』に誤訳共々そのまま使われている★12。より本格的な再利用は『地球から月へ』に認められる。20世紀には戦争が経済戦争に取って代わられていることになっている。その過程で、大砲と装甲板の争いがあり、あまりにも分厚い装甲板をまとった船が沈没し、大砲に軍配が上がったとされている★13。こうした話は、あくまでも主人公同士の議論の中で、19世紀後半の社会を特徴づける話として取り上げられており、具体例としてユグナン叔父は、大砲が発達し、36ポンドの砲弾で100メートル先にいる馬を34頭、人間を68人殺傷できるようになって以来、戦争は個人の勇気とは関係がなくなってしまったと指摘する★14。36ポンドの砲弾云々というデータは、『地球から月へ』では、「古き良き時代」のこと、大砲術の幼年時代のこととして（若干数値を変えて）紹介され★15、大砲と装甲板の争いは、大砲を鋳造するバービケインと装甲板を鍛造するニコル大尉のライヴァル関係に転用され★16、戦争に勇気が必要ではなくなったという条りは、そのニコル大尉がバービケインを中傷する際の台詞になる★17。

　この二作における『二十世紀のパリ』の再利用にははっきりした特徴が認められる。『二十世紀のパリ』では、それほどプロットには関わっていなかったエピソードが、『地球の中心への旅』と『地球から月へ』では登場人物の設定やプロットの要の部分に発展的に生かされ、物語を作るために用いられているということだ。このプロセスには、ヴェルヌとエッツェルの関係が集約的に示されているように思われる。ヴェルヌが『二十世紀のパリ』以後に試みた「未来予測」を後ほど検討する際改めて確認するように、この作家が遠い先の未来予測を書きたがるのは、19世紀に舞台設定すると、最新テクノロジーが局所

レヴェルに留まるのに対し、20世紀にすると社会全体に拡散し、空間的な広がりが生じるからである。すでに述べたように、ヴェルヌにおける未来は、現実の最新テクノロジーを構成要素としている以上、局所的である限りにおいてのみ未来たりえるとすれば、時間的な隔たりは空間的な次元と切り離せない。〈驚異の旅〉の舞台として島が特権的なトポスになっているのはこのことと密接な関係がある。ヴェルヌが明示的に「未来予想」的なものを書きたがる場合、舞台は必然的に都市となるため、エッツェルはヴェルヌの描く未来都市を嫌ったように見え、それは一面の事実ではあるものの、都市が島のように周囲から孤立していれば容認される場合もあって、やはり局所性が鍵になっている。そして、島を取り囲む空白を埋めるかのように地理学が——あるいは、『海底二万里』であれば、海を充満する魚のリストが——水平に広がり、現在の地平を構成するのである。

　しかし、連想による列挙をこよなく愛したヴェルヌにとって、同じ空白を埋めるのであれば、遥か彼方の未来が開く空間的な広がりをテクノロジーで埋め尽くす方が好ましかったからこそ、彼は未来予想に執着したのだろう。未来とは連想を繰り広げるためのスペースだったのであり、さらに言えば、この空白は、本稿の冒頭で触れた、他者による欲望の書き込み＝編集を誘発する「真空」——ヴェルヌ自身の作家としてのある種の空虚——でもあるのではないか。それを埋めるためにとにかく要素を並べていく。その列挙のおかげで、『二十世紀のパリ』にはある意味でその後のヴェルヌの小説の素材が出揃っているのである。そこにエッツェルが介入してきて、それではお話にならないからもっと物語化しろと言う。『二十世紀のパリ』が『地球の中心への旅』と『地球から月へ』に転用されていく過程は、そうした拒否による抑圧が働くことで、物語化が生じるというプロセスだった。そして、『二十世紀のパリ』出版拒否による物語化が生み出した二作——『地球の中心への旅』と『地球から月へ』——は、すでに別の場所で指摘した通り[18]、ヴェルヌとエッツェル双方にとって思いがけず突発的に書かれ、〈驚異の旅〉のシリーズ化を決定づけた作品だった。物語化は、視点の未来から現在への移行に伴って、局在化した列挙がその機能を過去から近接未来に反転させる一方で、舞台がフランスからそれ以外の外国に反転し、空間的広がり＝列挙を埋め合わせる形を取る。エッツェルが二種類の列挙のうち、前者を非とし（という以上に忌み嫌い）、後者を是とした理由は、ヴェルヌのほかの未来予測小説と共に論じることにしよう。それに先立って強調しておきたいのは、『二十世紀のパリ』と『地球から月へ』の関連性の高さ

である。事実、『地球から月へ』は『二十世紀のパリ』の裏返しヴァージョンとして読むことも可能なのだ。

3　未来予測、『二十世紀のパリ』以後

　『二十世紀のパリ』の再利用は、『地球の中心への旅』よりも『地球から月へ』の方が本格的であることはすでに述べた。しかし、両作品の共通性はそれだけに留まらない。『二十世紀のパリ』は、一般にヴェルヌの科学に対するペシミズムの表現であるとされており、非常に暗澹とした結末にどうしても目が行きがちであるが、そこに至るまでは、第二帝政の諷刺にふさわしく、極めて「ノリのいい」文体で書かれていて、アメリカの諷刺である『地球から月へ』に通じる部分がある。とりわけ導入部は、『二十世紀のパリ』の方は教育企業である教育信用銀行を、『地球から月へ』は大砲技術者の集まりであるガン・クラブを、という具合に、どちらも団体の紹介になっていて、展開やリズムが似ている。さらに、『地球から月へ』はそもそも未来予測として書かれていたという事実がある。この小説は、アメリカ南北戦争の終結後しばらく経った頃、やることがなくなった大砲技術者たちが大砲を巨大化して砲弾を月に送り込もうとする顛末を物語っている——そして、南北戦争終了後に刊行されている。ところが、実際に執筆されたのは南北戦争終結の直前のことだった。
　『二十世紀のパリ』の描くフランスはナポレオン5世が支配していることになっていた[19]。それに対して、『地球から月へ』の最終稿では、アメリカの大統領は依然として老いたリンカーンが務めていることになっていた。『二十世紀のパリ』の失敗を踏まえて、ヴェルヌは、未来予測の射程を抑制し、せいぜい数十年後の近未来を舞台に設定したのだ。ところが、この慎重さが仇となって、現実に追い越されてしまう。小説完成の直後に南北戦争が終わっただけではない。最終稿が単行本として印刷された直後にリンカーンが暗殺されたため（1865年4月14日）、エッツェルはこの幻の初版を破棄して刷り直す羽目に陥ったのである。結果として、『地球から月へ』は、他の多くの〈驚異の旅〉と同様に、発表時とほぼ同時代の物語となって、未来予想の側面は大幅に薄れ、『気球に乗って五週間』『ハテラス…』『地球の中心』と同様に、刊行時期と作中の年代がほぼ一致することになった。最新のテクノロジーを同時代の社会における「近未来」として用いる〈驚異の旅〉の手法はここで最終的に確立されたのだと言えるだろう。

401

とは言うものの、ヴェルヌ自身が内心では『地球から月へ』とその続編である『月を回って』を未来予測として位置付けていたことは、1889 年に発表されたさらなる続編である『上も下もなく』が 1890 年代の出来事を語っているとされていることにも表れている。表面的にはともかく、ヴェルヌは未来予測を諦めたわけではなかった。この後、エッツェル生前に、ヴェルヌが明示的に未来予想として書いた長編として、1877 年発表の『エクトール・セルヴァダック』と 1886 年の『征服者ロビュール』の二篇がある。『地球から月へ』以後、ほぼ十年置きになっており、三作いずれも宇宙や空を舞台としている。『エクトール・セルヴァダック』と『征服者ロビュール』の舞台が近未来であることがわかるのは、前者ではサハラ砂漠に人工の海が作られていることになっており、後者では、エッフェル塔がすでに完成し、ナイアガラの滝で発電所が稼働し、サハラ横断鉄道の工事が着工していることになっているからだ。現実には計画段階に終わったサハラ海とサハラ横断鉄道は、これらの小説内で実現を見たとは言っても、局所的な近未来に留まり、それ以外の世界は同時代のままであって、変化が空間的に全面化するには程遠い。つまり、エッツェルの許容範囲内に収まっているため、『エクトール・セルヴァダック』の結末で、主人公たちを乗せて太陽系を一周した黄金の彗星が地球に落下して金が暴落するという展開を却下された以外には、エッツェルとの間で目立った衝突は起きていない。

　こうした用心深さは、エッツェルが亡くなった後も変わらず、『上も下もなく』が 10 年以内の近未来に設定されていたことは既に述べた通りであるし、1892 年の『クローディウス・ボンバルナック』はアジア横断鉄道をいわば主人公とし、1905 年の『海の侵入』は前述のサハラ海計画を取り上げているので、すでに別の作品内で言及されていた局所的近未来を中心に据えている点で、『海底二万里』でネモ船長が語る海中都市構想のヴァリエーションと取れなくもない『スクリュー島』（1895 年）の動く巨大な人口島と類比的に捉えられる。かくして、『二十世紀のパリ』と比較できる未来予想は短篇小説にしか見当たらない。もっとも、「2889 年のあるジャーナリストの一日」（1889 年）と「エドム」（1910 年）は息子ミシェルの作品なので、1875 年の『理想都市』しかない。ほぼ同時期に『エクトール・セルヴァダック』が書かれているように、この時期のヴェルヌは「未来小説」づいていたようだ。事実として、『二十世紀のパリ』とその出版拒否を反復していると思われる出来事、そして、それをエッツェルが埋め合わせようとした出来事が立て続けに起きている。1876 年から翌年に

402

かけて書かれた『黒いインド』と 1879 年に発表された『ベガンの五億フラン』がそれである。

4 『黒いインド』と「理想の都市」、『ベガンの五億フラン』

　『黒いインド』は、スコットランドの炭鉱を舞台とし、巨大な湖もある地下の空洞に坑夫の村ができる話である。全体的にこぢんまりとした牧歌的産業ユートピアとなっている刊行ヴァージョンとは異なり、草稿には、複数の都市を含む一地方が地下に出現することになっていて、それを長々と紹介する「未来のメトロポール」と題する章が存在した。校正刷りの段階でこの章を激しく批判したエッツェルは、そのほぼ全文を削除させ、自ら物語の終盤を大幅に書き直している★20。話はそれだけに留まらず、ヴェルヌがこの削除を補填しようとするかのように、「理想都市」を『黒いインド』の付録にしようとしたところ、これまたエッツェルに拒否されている。『二十世紀のパリ』の出版拒否がヴェルヌを〈驚異の旅〉の作者にしたように、今回もまた、未来予想が引き金となって、ヴェルヌが自分自身のゴーストライターに転落するという出来事が起きたのだ。ヴェルヌは取り替え可能な存在となり、作家としてのオリジナリティを著しく脅かされたわけで、エッツェルとしてもなんらかの形でそれを回復させる必要があった。言葉を換えれば、未来予想を書きたいというヴェルヌの欲望をなんらかの形で満足させる必要があった。そこへ、これはまったくの偶然ながら、とてもそうは思えないタイミングで、未来都市の構想と建設を主題とした小説がパスカル・グルーセなる亡命中の元コミューン闘士からエッツェルの元に持ち込まれる★21。原稿を最初に一読した時点で、エッツェルはヴェルヌ作品との類似を認め、ヴェルヌに書き直させてヴェルヌ名義で刊行することを前提に、原稿の買い取りを決断したのであった。その際、エッツェルはグルーセに少なくとも一度は書き直しを命じている。ヴェルヌの書き直し作業の負担を減らすためであると同時に、グルーセによる「ヴェルヌ化」が不十分であることを証明し、最終的な「ヴェルヌ化」はヴェルヌ自身にしかなしえないという方向に話を持っていくためだったと考えられる。

　ここでヴェルヌは奇妙な立場に置かれることになる。ヴェルヌは当初から、グルーセの原稿になんの取り柄も認めず、全否定していた。この場合の取り柄とは、それがグルーセの独自性を構成するものであれば、当然、グルーセに著者として独立したステータスを認めるべき筋合いのものである。だが、ヴェル

ヌはあくまで書き直しを前提に原稿の価値を否定しているのであって、その限りにおいて、結局のところ、グルーセ作品は自分の作品には似ていない、と主張しているに等しい。問題は、ヴェルヌが自分のオリジナリティをストレートに主張する道を封じられていたことである。『ベガンの五億フラン』は、五億フランの遺産を折半することになったフランス人とプロイセン人の学者がそれぞれの理想に基づいてアメリカに都市を建設し、対立する次第を物語る。フランス人の都市は、イギリスの衛生学者ベンジャミン・ワード・リチャードソン（Benjamin Ward Richardson, 1828-1896）の構想をそっくり流用しており、プロイセン人の都市はクルップの軍需工場がモデルになっている。二つの都市の描写は、おそらくグルーセが書いたヴァージョンのままで、エッツェルもヴェルヌもほとんど手を入れていないと思われる。なぜならば、プロイセン人のアンチユートピア的な都市はよく描けているが、フランス人の理想都市はつまらないという点でヴェルヌとエッツェルの意見は完全に一致していたにもかかわらず、エッツェルがグルーセに改善を指示した形跡もなければ、ヴェルヌとその点を話し合った様子もないからだ。本来であれば、グルーセの理想都市を書き直すことこそ、ヴェルヌにとって自らの独自性を示す絶好の機会であったはずなのに、彼は一度もそのことをエッツェルに提案をしていない。言うまでもなく、『黒いインド』の「未来のメトロポール」の章、そして「理想の都市」をエッツェルに拒否されていたせいである。エッツェルにとって、グルーセの理想都市がいくらつまらないものであるにせよ、ヴェルヌが書くそれに比べればましだったのである。

　かくて、グルーセの原稿の書き直しをめぐるヴェルヌとエッツェルの往復書簡は、肝心な一点にお互いが触れないまま、議論が進んでいく。ヴェルヌは、理想都市の書き直しを提案できない以上、エッツェルによっていわば押しつけられた「ヴェルヌ的なもの」をグルーセに要求することしかできない。一方、エッツェルは嫌がるヴェルヌに改作を引き受けさせるべく、グルーセの原稿を擁護する立場に回る。ヴェルヌの理想都市を負の焦点として、二人はそれぞれの役割を交換する。したがって、ヴェルヌが展開する議論はいつもであればエッツェルが言いそうなことなのだが、今回ばかりは、ヴェルヌが正しく、エッツェルが間違っている必要があった。ヴェルヌがいつものように編集者の要求を受け入れ、グルーセの理想都市を丸呑みすれば、彼に貸しを作る格好になるからである。

5 反＝異化作用としての未来予測

　ヴェルヌの未来都市のどこがそこまでエッツェルの気に入らなかったのか。言い換えれば、『二十世紀のパリ』、「理想の都市」、そして『黒いインド』の削除された章の間の共通点、そしてそれらと『ベガンの五億フラン』における理想都市の記述との間の差異はなにか。すでに述べたように、ヴェルヌが描く未来都市に共通しているのは、構成要素が連想によって列挙される傾向が強く、物語化が十分には施されていない点である。彼にとって、同時代の社会から時間的に遠ざかることは、同時代の社会にあって孤立していればこそ、近未来の役割を演じえたテクノロジーが空間的に拡散していく事態を意味し、ヴェルヌはこの空間的拡張を、連想による列挙に存分に身を委ねるための自由として享受していたのであった。ところが、素材が相互に密接に関連付けられずに水平的に拡散していくヴェルヌの未来都市は、エッツェルの目には一種のバザールか見世物市のように映り、ばかばかしいから騒ぎとしか思えなかったらしい。『黒いインド』の「未来のメトロポール」にどうしても執着するのであれば、バーナムのような見世物の興行師にそうした計画を語らせるに留めよ、と提案している★22。そして、エッツェルのこの批判のほぼ 1 年前に、ヴェルヌ自身が未来をまさに見世物市として描いていたのだった。1875 年 12 月 12 日にアミアン・アカデミーで読み上げられた「理想の都市」の大詰めで、2000 年のアミアンに夢の中でタイムスリップした語り手は、地方共進会にたどり着き、珍妙な機械類が展示されている間を夢中になって歩き回るのだ……。ヴェルヌにとって、未来都市とは、このように魅惑されるにせよ、逆に『二十世紀のパリ』の主人公のように恐怖を覚えるにせよ、見世物市——いや、ここではむしろ万国博覧会を考えるべきかもしれない——に巻き込まれ、翻弄される経験にほかならなかった。

　エッツェルがそれに苛立ったのは、こうして陳列されるテクノロジーが、実際には 19 世紀の現実のそれでしかない事実が、未来との時差によってむき出しになる——既知なるものの既知性が露呈される——からだろう。〈驚異の旅〉はこの反＝異化作用を逆転させ、既知を未知に反転させた結果だったのである。

6　テクノロジーの限界／限界のテクノロジー

　最後に、〈驚異の旅〉における限界としてのテクノロジーという問題に戻っておきたい。この問題を考える上で手がかりになると思われる作品が『征服者ロビュール』（1886年）である。事実、未来予測こそこの作品の眼目なのだ。空を制するのは「空気より軽い」気球か、はたまた「空気より重い」飛行機械か。仮に後者に軍配が上がるとして、そのうちの羽ばたき飛行機、固定翼飛行機、そしてヘリコプターのいずれなのか。『二十世紀のパリ』においてパリのメトロが高架線になるのか、地下になるのか、という二者択一を見事に読み違えたごとく、『征服者ロビュール』ではヘリコプターを、その続編である『世界の支配者』（1904年）では羽ばたき飛行機を選んだヴェルヌは、またもや時代の流れを読み損なっている。が、問題はそこにはなく、「空気より重い」飛行機械とヴェルヌ的想像力の相性の悪さにある。『気球に乗って五週間』や『地球から月へ』の砲弾を筆頭に、ヴェルヌ的乗り物は半ば自律性を具え、主人公たちのコントロールを脱することがしばしばある。一見そうではないように見える『海底二万里』の潜水艦ノーチラス号でさえ、ネモという圧倒的なカリスマに対する語り手の魅惑と反発のおかげで、ネモの意図が測りがたい謎となって、彼と一体化したノーチラス号は作中であたかも気球のように機能している。風任せで操縦不可能な気球は暴れ馬であり、それを乗りこなせないのは人間自身の能力の限界なのだと言える。ところが、飛行機、そして自動車は操縦可能であり、最初から人間の支配下にある道具として与えられている。飛行機がなにかの限界に突き当たったとしても、それはあくまで飛行機自体の技術的問題であって、人間の限界には直結しない。

　同様に、ヴェルヌの想像力は、テクノロジーが人間に限界を課してくる時に、最も精彩を放つように思われる。『征服者ロビュール』においても、最大の見せ場は、逆説的なことに、嵐によってコントロール不能になったアルバトロス号がなすすべもなく南極点に引き寄せられるシーンなのだ。この例からも明らかなように、テクノロジーが人間に対する限界を画しえるのはそれが自然と一体化した時であって、ネモ船長もほとんど海そのものと一体化している（語り手にとってネモを知ることは海を知ることであり、最後まで自身の秘密を明かさないネモを知りたいからこそ、彼はネモが見せてくれるもの——とりわけ、潜水服によって言葉を奪われた状態で、しかも高みから提示され、触れること

第 21 章　〈驚異の旅〉のネガとしての『二十世紀のパリ』

を許されないアトランティスの廃墟——を凝視せずにはいられない）。『二十世紀のパリ』のテクノロジーは、作中現在である 20 世紀から見る限り、完全に人間のコントロール下にある一方で、19 世紀人たる主人公の目には野放図に振る舞うように見え、彼をとことん翻弄する。しかし、「電気の悪魔」によって主人公が本当の意味で追い詰められるのは、物語も大詰め、大寒波に襲われた未来社会が凍結し、人間の支配を脱した時なのであった。

注

★1　Eugène Muller, « Un éditeur homme de lettres. J. Hetzel. - P. J. Stahl », *Le Livre : Revue du monde littéraire. Archives des Écrits de ce temps. Bibliographie rétrospective*, 7ᵉ année 1886, Paris, A. Quantin, p. 146.

★2　1902 年 8 月 2 日付アンリ・ダメラス（Henri d'Alméras）宛書簡。ここでヴェルヌは、エッツェルと最初にあったのは 1861 年だとしているが、1876 年 2 月 7 日付エッツェル宛書簡では、1862 年としている（*Correspondance inédite de Jules Verne et de Pierre-Jules Hetzel*, tome II, Genève, Slatkine, 2001, p. 94）。晩年のヴェルヌの記憶力の衰えに鑑みて、この後者の証言を採るべきだろう。

★3　*Correspondance inédite de Jules Verne et de Pierre-Jules Hetzel*, tome I, Genève, Slatkine, 1999, p. 26.

★4　Anonyme [Olivier Dumas], « L'une des premières lettres de Jules Verne à Hetzel, retrouvée (2 novembre 1863) », *Bulletin de la Société Jules Verne*, Nᵒ 166, 2008, p. 15.「いかがでしょう？／心配でたまらない、けれども心からあなたに忠実なる／ジュール・ヴェルヌ／あなたに会いに行く勇気がありません！」

★5　以下にほぼ網羅されている。Volker Dehs, « Les tribulations de Dufrénoy », *Bulletin de la Société Jules Verne*, Nᵒ 171, 2009.

★6　Jules Verne, *Paris au XXᵉ siècle*, « Livre de poche », 1994, p. 30.

★7　Jules Verne, *Voyage au centre de la terre*, « Livre de poche », p.14.

★8　*Paris au XXᵉ siècle, op. cit.*, p.94.

★9　*Voyage au centre de la terre, op. cit.*, p.39.

★10　*Paris au XXᵉ siècle, op. cit.*, p.109.

★11　*Voyage au centre de la terre, op. cit.*, p.320.

★12　Jules Verne, *Une ville idéale*, Amiens, Encrage, 1999, p.48.

★13　*Paris au XXᵉ siècle, op. cit.*, p.112.

★14　*Ibid.*, p.113.

★15　Jules Verne, *De la terre à la lune*, « Livre de poche », p.5.

★16　*Ibid.*, p.124.

★17　*Ibid.*, p.127.

★18　以下の拙論を参照。「ジュール・ヴェルヌの『驚異の旅』が成立するまで——その文化的背景を中心に」『ヨーロッパ研究』第 5 号、東京大学ドイツ・ヨーロッパ研究セン

ター、2006 年。

★19　*Paris au XXe siècle, op. cit.*, p. 28.

★20　詳細は以下の拙論を参照。「編集という創作現場──『黒いインド』に見るジュール・ヴェルヌとピエール＝ジュール・エッツェルの共作の問題」『年報　地域文化研究』第 8 号、東京大学大学院総合文化研究科地域文化研究専攻、2004 年。

★21　以下、『ベガンの五億フラン』改作をめぐる記述は、以下の拙論の要旨となっていることをお断りしておく。Masataka Ishibashi, « Quand Verne et Hetzel échangent leur rôle ou comment ils ont adapté un roman de Paschal Grousset », *Balzac et alii, génétiques croisées. Histoires d'éditions*, 2012.

★22　1877 年 1 月 2 日付ヴェルヌ宛エッツェル書簡。*Correspondance inédite de Jules Verne et de Pierre-Jules Hetzel*, tome II, *op. cit.*, p.145.

第22章

ジュリアン・バーンズから
エルネスト・ペタンへ

気球の文学性をめぐって

石橋 正孝

1　エルネスト・ペタンからジュリアン・バーンズへ

　今なおエルネスト・ペタン（Ernest Petin, 1812-1878）の名を記憶する者がいるとすれば、それは、よほどの航空マニアか、ヴィクトル・ユゴー（Victor Hugo, 1802-1885）の専門家に限られるだろう。いずれの分野の文献においても、本文よりはむしろ註でお目にかかるタイプの人名であり、そこでも詳細な情報を得られることはなきに等しい[★1]。然るに、今日ではほぼ知る者のいないこの男こそ、こと航空術に関しては、19世紀フランスの世論を最も騒がせた人物の一人だったのである。

　当時、空を飛ぶための手段は気球しかなかった。ところが、その肝心の気球には致命的な欠陥があった。垂直方向の移動ならある程度まで可能であっても、水平方向の移動はままならず、完全に風任せ、要するに操縦不可能だったのである。そこで、気球をなんとかして操縦可能にしようとして血眼になる「空気より軽い」派に対し、今で言う「飛行機」を考案・実現しようとする「空気より重い」派が現われることになった。両派の対立は、例えば、ジュール・ヴェルヌの小説『征服者ロビュール』（1886年）に戯画的に描かれている。

　すでに飛行機も飛行船も実現し、前者の圧倒的優位が実証されてしまった現在のわれわれの目から見れば、「空気より軽い」派も「空気より重い」派も共通の根本的障害に阻まれていたことは明らかだろう。すなわち、軽くて強力な

409

発動機が技術的に製作できなかったことである。この事実を当時の人々が認識していたのであれば、両派の対立もさまで激しくはならなかったのではないか。言い換えれば、発動機の問題は本質的ではないとする幻想が両派、とりわけ「空気より軽い」派に根強くあったように思われるのだ。

　結論を先取りしてしまうと、エルネスト・ペタンはこの幻想を体現する存在であり、それゆえにこそ、ペタン式こと彼の発案にかかる珍奇な「気球操縦法」は、科学啓蒙家ルイ・フィギエに代表される同時代の識者たちからナンセンスの烙印を押されたにもかかわらず★2、大衆の間で大成功を収めたのであった。その意味において、ペタンは、19世紀における気球を取り巻く幻想の核心を射抜いていたのだと言える。

　確かに、「ペタン式」はなによりもまずその図版が流布し、そのメカニズムについては、ペタン自身の解説が二転三転した（それに伴い、図版も変遷した）せいもあり、多くの人々にとっては理解しがたいままに留まって、彼らの記憶には、ひたすら強烈なインパクトを持つイメージのみが焼きつけられる結果となっていたのは否定できない。とはいえ、後ほど詳しく見るように、テオフィル・ゴーチエがペタンのアイデアに魅了され、その魅惑の根源（発動機の軽視）を雄弁に語る文章を1850年7月4日付『プレス』紙に発表していなければ、そもそも元の図版が注目されること自体ありえず、同時代に大量に出た類似のアイデアの中に埋もれていたはずであり、そして、ヴィクトル・ユゴーが『諸世紀の伝説』をしめくくる詩篇「満天」に「ペタン式」飛行船を登場させた時、そこで幻視されたイメージを鼓吹していたのも、やはり発動機軽視の幻想にほかならなかった。

　そう、19世紀の気球が科学的問題である以上に文学的問題であった所以は、そこで現実が無力を露呈することにより、それを乗り越えるための幻想を効果的に誘発し、両者が渾然一体となったイメージが、多くの作家の作中に生成されたからであった。当然、それらのイメージは、なによりもまず各作家の問題意識を鮮明に浮き上がらせている★3。したがって、気球の操縦不可能性が問題となりえた時代、飛行機が登場する以前の文学に現われる気球は、20世紀以後の文学の気球とはまるで別物である。「問題としての気球」は19世紀特有の現象であって、技術的制約と共に消滅した。が、そこで問われていた「気球的問題」も同時に解消してしまったわけでは必ずしもない。そのことを示す例として、すでに同時代においても「時代遅れ」だったペタンのアイデアを分析する。それに先立って、現代の作家が「問題としての気球」を——20世紀と

いう飛行機の1世紀を隔てて——ことさら取り上げ、「気球的問題」を追求している作品の読解を試みてみたい。本稿のタイトルに含まれる最初の人名であるジュリアン・バーンズ（Julian Barnes, 1946-）が昨年（2013年）発表した『人生のレヴェル』である。

2　気球的生——『人生のレヴェル』第1章「高みの罪」

　ジュリアン・バーンズを今さら紹介する必要はあるまい。共にフランス語教師をしていた両親に連れられて幼い頃からフランスを繰り返し訪れ、大学ではフランス文学を専攻したこの小説家の代表作の一つが『フロベールの鸚鵡』であり、フランスを共通のモチーフとする短篇小説を集めた『海峡を越えて』も上梓するなど、筋金入りのフランス贔屓として知られる。その彼の最新作である『人生のレヴェル』は、19世紀フランスにおける「問題としての気球」を題材に、著者自身の切実な私的問題——最愛の妻と死別した後、その不在といかに向き合うかという問題——をいわば「螺旋状」に深めてゆく（原題が気球による高度変化と人生のそれを重ね合せているとすれば、仏訳のタイトル「すべてが終わってしまった時」は死別のテーマに焦点を絞っている）。本作を読む者は、一見19世紀特有の、時代遅れになったかに見える「気球的問題」の普遍性を実感することになる。

　その時浮上するのは——先ごろ新訳の出たミシェル・カルージュの『独身者機械』（新島進訳、東洋書林刊）を踏まえて言えば——気球の「独身者性」である。ペタンや彼に影響を受けたユゴーに典型的に見られるごとく、19世紀の気球はユートピア幻想を喚起する存在だったが、その根底に「独身者性」があったのではないか、とバーンズは示唆しているように思われる。

　本書は次第に長くなっていく三つの文章からなる。仮にそれらを並べられた順番に従って1章から3章とすれば、第1章「高みの罪」は、最初の2章の主要登場人物3人——ナダール、サラ・ベルナール、フレッド・バーナビー——と気球の関わり、気球の文化史的・思想史的意義を紹介しつつ、徐々にナダールに照準が合わせられ、本書全体に貫流するテーマを先取りする導入部的な文章となっている。いわく、人間には自己超出の欲望、身の丈を超えたいという欲求がある。自己の増大とも生の実感とも言い換えられるが、「人生の諸レヴェル」の上位を目指すこと。この欲望をかなえるために人が取る手段は芸術や宗教であり、恋愛である。気球による上昇体験もまた、そこに含まれてい

たとバーンズは指摘する。実際、多くの気球搭乗者が共通して自由や幸福の体験として飛行を表現しているものの（それらは発想も言い回しも判で押したように同じである）、結局は、水素気球の発明者である物理学者シャルルの言葉がすでにすべてを言い尽くしていた。

　　水素気球による史上初の上昇は、物理学者のＪ・Ａ・Ｃ・シャルル博士によって1783年12月１日になされた。「自分が地球から逃れたと感じた時」と彼はコメントしている。「私の反応は、喜びではなく、幸福だった」。それは「精神的な感情」だったと彼は付言する。「私には、自分が生きていることが聴き取れたのだ、いうなれば」★4。

　飛行機とは違い、周囲の空気と一体化して浮遊する気球によってアクセスする上空は、圧倒的な静けさに満ちており、人は無限に自由になったかのような感覚を味わう。フランス革命の前夜に相次いで発明された熱気球と水素気球が可能にしたこの未曾有の経験は、しばしば指摘されるように、神に近づき、その視点を我が物にし、神に取って替わる「神殺し」に相当し、地上における神の代理人たる王を殺した革命に思想史的に呼応する出来事と見做される。つまり、気球上で体験される「自由」は、共和国の標語（「自由・平等・博愛」）中のそれなのである。

　ともあれ、バーンズによれば、気球が人を導き入れる上空とは、単なる物理的な空間ではなく、「精神的な空間」だった。問題は、われわれには神を殺せても神にはなれないことであった。昇った以上、降りなければならず、それは墜落の形を取ることもありうる。下降を余儀なくされる宿命をもって、「高みの罪」に下される神罰と捉える古くからの発想がふたたび頭を擡げ、殺されたはずの神が復活しようとする。「精神的な空間」で一瞬人間の限界を超えたかのような幻想を強烈に味わい、その分かえってしたたかに人間の限界に直面させられる、というこの体験から宗教色を取り除いた——バーンズは purge という動詞を用いている★5——人物、それがナダールだったと位置づけられる。ナダールの脱宗教化は、通常であれば結びつかない二つのものを結びつける時に実現した。そもそも本書は次のように始められていた。

　　それまで一度も一緒にされなかった二つのものを一緒にする。すると世界が変わった。人々はその時点では気づかないかもしれないが、そんなこ

とはどうでもいい。世界はそれでも変わったのだ★6。

　気球はその操縦不可能性ゆえに、思いがけない出会いを可能にする装置である。気球と写真を結びつけたナダールは、気球的論理を首尾一貫させたことになる。彼が撮影した人類史上初の空中写真は、気球による「自己超出」に、人類の自己認識の拡大という明確な枠組みを与えた。それは、自らの影を見ることに始まって、鏡、肖像画へと至る主観の客観化の試み、すなわち、神の視点を獲得しようとする一連の試みにおける画期をなしており、アポロ8号による「月面の地球の出」写真（1968年）を萌芽的に含んでいた。

　　まずニーチェ、それからナダール。神は死んだ、もはやわれわれを見ることはない。だからわれわれが自分で自分を見なければならない。そしてナダールがそのための距離を、高みをわれわれにもたらした。彼はわれわれに神の距離を、神の視界を与えた。そしてそれは（今のところ）地球の出と月の軌道から撮られたあれらの写真をもって終わっていて、そこでは、われわれの惑星はほかの惑星と似たり寄ったりの姿をしている（天文学者にとっては別だろうが）。静かで、回転していて、美しく、死んでいて、取るに足らない。神にはこんなふうにわれわれが見えていたのかもしれないし、それゆえに神は退場したのかもしれない。もちろん、わたしは退場する神など信じてはいないけれども、この手のお話は見事なパターンを作り出してくれる★7。

　ナダールは、気球的論理（意外な組み合わせ）の中で写真的論理（主観の客観化）を突き詰め、気球体験から宗教性を祓いのけた。しかし、その結果はと言えば、パターン（仏訳では「構造」）の破壊であった。とりわけ死をパターンの中に組み込むことができなくなったせいで、それは他人と共有できる経験ではなくなり、とことん私的な領域に追いやられてしまった。人間の生は気球のように「舵」★8を失って、個々バラバラな漂流へと還元される。人はもはや自らの運命の支配者＝操縦者ではありえない。ナダール以後とも呼ぶべきこの歴史的状況が、第3章で妻亡きあとの著者の現況と重ね合せられるだろう。
　気球としての生、それに翻弄される人間を鮮烈にイメージ化した作品が、バーンズも言及しているルドンの「目は奇妙な気球のように無限を目指す」である。バーンズはこの版画の踏み込んだ分析は行っていないが、気嚢代わりにな

っている巨大な眼球から吊り下げられた皿に頭が載せられている構図は、気球で「精神的な空間」を漂流する人間の状況そのものだ。上空で得られる「自由」とは、思考の全能感である限りにおいて、幼児返りの一種であり、幼児と同様に手も足も出せない無力さに陥りながら、そのことを一瞬忘れている状態にすぎない。そして、この無力さは、思考の全能感を生み出した当の気球を操縦できない事実に端的に表れている。思考によってなんでもできるはずなのに気球ひとつ操縦できない。そんなはずはないという激しい苛立ちが気球にぶつけられる。気球が操縦可能になりさえすればすべての問題が解決する——思考の全能感が現実になる——という短絡がここから生じる。物質に寄生せざるをえない思考が、それゆえに物質に対して無力であることに苛立ちを覚え、物質と思考の間のこの齟齬の不可能な解決を想像に求める時、19世紀の気球的ユートピアが発生する。人間の生が気球的である以上、ユートピア幻想は避けられない。

　ナダールはボヘミアンとしてパターンを拒否し、気球的生き方を貫いた。バーンズは、そのナダールの人生における唯一のパターンを、彼の愛妻であるエルネスティーヌに見出す。

　　彼のあらゆる無軌道にもかかわらず、〔ナダール夫妻の〕関係は長く続いたのと同じだけ、濃やかなものだった。トゥルナション〔ナダールの本名〕は、ともに唯一の弟および実子と喧嘩別れした。彼らは揃って彼の人生から排除された——あるいは、自らを排除した。エルネスティーヌは常に寄り添っていた。彼の人生にパターンがあったとすれば、それは彼女がもたらしたのだ★9。

　年下の妻との死別は、ナダールという気球を文字通り失墜させる。上空における気球的ユートピア（それは所詮、地上の妻と安全索で結ばれた係留気球だったのかもしれない）が破綻し、今度こそ気球的現実に目覚めさせられた……。結婚生活がパターンの典型であるとすれば、その反対である気球的生は独身者のそれに対応する。

3　永続する気球的愛——『人生のレヴェル』第2章「身の丈で」

　ナダールの女性版にして、彼以上に気球的生き方に忠実だった存在が、第2

章の主役となる女優のサラ・ベルナールである。彼女にイギリス人の気球乗り
が恋をする。フレッド・バーナビーとサラ・ベルナール。恋愛の気球性は、二
人の異質な男女を思いがけず結びつける点だけではなく、芸術（特に演劇）と
同じく、「真実」と「魔法」を結びつける点に存している。

> それではなぜ、われわれは絶えず恋に焦がれるのか。恋が真実と魔法の出
> 会う点だからだ。真実、写真におけるがごとく。魔法、気球におけるがご
> とく★10。

　恋愛によって一人では到達できない「高み」に達し、この状態が永続すると
いう不死性の感覚、物質的制約を乗り越えられたかのような（その気になれば
乗り越え可能であるかのような）錯覚を覚えるためには、実のところ、生を真
に気球として生きなければなるまい。おそらくバーンズは、この矛盾を当事者
二人の間のそれに転化している。サラとフレッドの恋を、二つの気球、それも
ヴェクトルが反対になっている二つの気球の間の一瞬の邂逅として描いている
ように思われるのだ。フレッドには現実から夢想を見上げる「魔法」の、サラ
には夢想から現実を見おろす「真実」のヴェクトルがそれぞれ割り当てられ、
擦れ違いとして二人の恋は生起しているのではないか。
　二人の間の「擦れ違い」は、メタファーをめぐって演出されている。彼らの
恋は終始気球のメタファーの下に置かれている。フレッドはメタファーが苦手
であることを自認しているが、気球体験を筆頭に、彼の話はサラによってこと
ごとく人生のメタファーに転じられる。最初に出会った時、一兵卒としてパリ
では平和しか求めないとフレッドが言えば、自分にはまだ平和な暮らしのため
の準備ができていないとサラは応じる★11。「平和な暮らし」、安定とはパターン、
すなわち結婚生活のメタファーにすり替えられている（そのことにフレッドは
気づかない）。あるいは、気球で英国からフランスのサラを訪れる計画につい
て二人が論じ、最後に海に落ちるリスクを男として引き受ける覚悟をフレッド
が語れば、サラはそれを「宙に浮かす」★12。それが二人の関係の末路に彼を
待ち受けている事態であることを彼女は知っているのである。あるいは、上空
で雲に映った巨大な自分の影を見た経験を語ったフレッドに、サラは、舞台上
の自分が観客の目に大きく見えるのは同じ現象なのだと返し、この瞬間、半ば
以上恋に落ちた彼は、いつかぜひご一緒に気球に乗りましょうと誘いをかける。
あまりにも細身の自分には吊り籠でバランスが取れまいとサラがいなす時、こ

の提案はメタフォリカルに受け取られている★13。気球的恋（冒険・危険ない
し独身者性）の永続（平和・安定ないし結婚生活）を夢見るフレッドの幻想を
サラは一蹴するのだ。

「航空術とは軽さと動力の問題にすぎないのです」と彼は言った。「気球
を推進させ、操縦する試み――わたし自身のそれも含めて――は失敗しま
した。そしておそらく、今後も失敗し続けるでしょう。人類の飛行の未来
が空気より重い装置にあるのは間違いありません」
「なるほどね。わたしは一度も気球に乗ったことはありませんけど、あな
たのおっしゃったことはとても残念に思います」
　彼は咳ばらいをした。「なぜなのか、お尋ねしてもいいですか？」
「もちろんですわ、フレッド大尉。気球の旅とは、自由のことでしたわね」
「その通りです」
「自然の気紛れによっていかなる方向にも運ばれかねない。危険でもある」
「その通りです」
「それに対して、もしわたしたちが空気より重い機械を考え出せば、なん
らかの動力をそなえていなければならない。そして、方向を変え、昇った
り下りたりさせられる操縦装置も。そうすれば危険は少なくなる」
「間違いなく」
「わたしの言いたいことがおわかりになれません？」
　バーナビーは考え込んだ。彼女が女性だから、フランス人だから、ある
いは女優だから、彼には理解できないのだろうか。
「サラ夫人、わたしは依然として雲をつかむ思いのようです」
　彼女はまたもや微笑んだ。それは女優の微笑ではなかった――女優とし
て、非女優の微笑を当然のように我が物としているのであれば話は別だが、
と彼はその時ふと思った。
「戦争の方が平和よりも好ましいと言うつもりはないの。でも、安全より
危険の方がいい」★14

　いわゆる飛行船――フランス語で言う「操縦可能なもの（dirigeable）」
――の原理そのものはすでに18世紀の時点で提唱されていたし、サラとフレ
ッドの間のこの会話が交わされたことになっている時点――普仏戦争の直後
――でもある程度の成果を挙げてはいたが、それは到底「空気より重い」派を

納得させるには足らず、大衆を熱狂させる魅力も持ち合わせなかった。ペタンの例を通して見るように、「空気より軽い」装置の魅力は、その操縦不可能性が嘘のように逆転する夢でなければならなかったのである。そして、平和と危険の永続的共存が仮にありうるものならば、それもまたこの夢の中にしか求められない。現実には、平和と危険が共存する刹那しかなく、それは気球にのみ許された特権であって、結婚は「空気より重い」装置のようでしかありえないことをサラは見抜いている。意志のままに移動できることは必ずしも自由ではなく、安全は平和とイコールではない。一方、フレッドはつい気球をモデルに「空気より重い」装置を空想し、気球的恋との両立を夢見てしまったのだと言える。「わたしは絶対に結婚はしません。それはお約束します。わたしはこれからもずっと、あなたがお国の言葉で言うように、バルーナティックな女でいますわ。『空気より重い』装置には誰とも乗りません」★15。

　『人生のレヴェル』第3章「深さの喪失」は、妻を亡くした著者に訪れる悲哀が、深さを喪失した「精神的な空間」における終わりの見えない漂流として描かれる中で、この否定的な気球体験──上空での至福の気球体験の裏返し──が、ナダール以降に露呈した人間の生の真実であるとの認識に至るまでの過程がたどられる。漂流を経て地上に戻るという「喪の作業」は、意志の力によって実現されるものではない。しかし、裏を返せば、思いがけないところに連れ出される幸運の可能性がないわけではない、という希望を示して本書は締めくくられる。

　こうしてバーンズは「問題としての気球」を見事に復活させた。われわれにとって次なる問題は、フレッドの夢見た「永続する気球的愛」である。ますます否定しようがなくなっていく気球の操縦不可能性と、いまだ想像の段階に留まっている「空気より重い」装置との間にしか生じえないこのユートピア的夢想こそ、19世紀特有のものと考えられるからだ。気球は、19世紀を通じて、その本質である独身者性とは対極に位置するユートピア性によっていわば想像妊娠していた。気球的ユートピアは、独身者的夫婦と言うにも等しいオクシモロンとして人を強く惹きつけた……。

4　ある mad hatter の肖像

　19世紀に陸続と提唱された数々の気球操縦法には、多かれ少なかれ、ユー

トピア性が含まれていたはずだが、大衆を本当の意味で熱狂させたのはエルネスト・ペタンだけだった。

1812 年にアミアンで生まれたペタンの本職は帽子屋だった（パリのランビュトー通り 34 番地に「フラン・ピカール」なる屋号の店を構えていた）。科学にはずぶの素人だった彼がいついかなる機縁で気球に目覚めてしまったのかは定かではない。ただ、彼には三つのお題目があって、第一にラスパーユの医学、第二に動物磁気、第三に気球操縦だったこと、そしてこれらが彼の熱烈な共和主義と切り離せなかったことは確かなようだ★16。動物磁気という、物質と思考の齟齬を想像的に解消しようとする疑似科学的発想が気球操縦と並んでいる点に明らかなように、この「大柄な金髪の男、額は広く、眼は青く、霊感を受けた風情、伝道者の物腰」★17 をした帽子屋店主にとって、科学は、それが共和主義と渾然一体となった一種の宗教として、自身の思考と現実を短絡させるための手段だった。新たな気球操縦法は、宗教家たる彼の特権的布教対象だったのである。なお、宗教家にふさわしく、ペタンはパロールの人であったらしく、理論的文章はすべて他の人が執筆している★18。

本人によれば、七月王政期から布教活動を開始したものの、時の権力の妨害を受けたという。その直後、二月革命が勃発、この共和主義の勝利を決定づけるべく、まず 1849 年、自身の属する「農業・手工業・商業国民アカデミー」で自説を開陳し、ルヴェルシェなる実業家の支持を受け、彼の手になる詳細な報告書を得ている★19。翌 50 年よりパレ・ロワイヤル改めパレ・ナシオナルにて連日講演会を開催し、実演を交えて寄付を募った。記念すべき寄付者第一号は共和国大統領、すなわちルイ・ナポレオン・ボナパルトであったとチラシには麗々しく謳われている。しかしながら、寄付金の集まりは思わしくなく、宣伝費を賄うに足る程度だったので、ペタンは妻の財産（10 万フラン）を注ぎ込んで実験機の建造に取り掛かった★20。

そこに有力な支持者が登場する。作家のテオフィル・ゴーチエである。すでに述べたように、彼は 1850 年 7 月 4 日付「プレス」紙の時評欄にペタン擁護の一文を掲載した。「文体の華麗と非常識が張り合っている」★21 と後に評されたこの文章は、先ほど触れた 49 年の報告書の切り貼りを主に、ペタン本人への取材に基づいて若干の細部を修正しただけとはいえ、さすがにポイントを押さえてめりはりがつけられており、格段に読みやすくなっている。

最後に載せられている「ペタン式」空中船の絵は、ゴーチエの本文とは微妙に齟齬を来しており、元になった報告書の方が説明としては合致している。例

えば、図では通常のプロペラになっている箇所は、ゴーチエによれば、フレデリック・ソヴァージュが発明したスクリューであるべきだし（実際にスクリューになっている絵も別に存在する）、上向きの落下傘と下向きのそれが向かい合うように取りつけられている部分は、一つの落下傘が裏返しになることで両方の機能を果たすように簡略化されていなければならない。こうした細部に留まらないモデルチェンジがその後もかなり場当たり的に続けられ、確認できただけでも明確に異なるヴァージョンの絵がさらに２種類伝わっている。

　だが、大衆を熱狂させ、ユゴーに「満天」を書かせたのはあくまで、ゴーチエの署名のある一文とセットで流布したヴァージョン（およびその改訂版）だった。事実、その後の２ヴァージョンはほかにも類似のアイデアが存在し、独自性に乏しく、そのからくりも容易に見当がついてしまう。それに対し、最初のデザインは、根本的なアイデアが明快である一方で、それには還元できない謎めいた風情を湛え、見る者の想像力を刺激する。「ペタン式」の持つイメージとしての喚起力は、一つには、それがコラージュであることに由来している。気球、傘、ブラインド、スクリュー、採石場の巻揚げ機、橋……当時のパリ市民が日常的に目にする機会のあった、なじみ深いものばかりである。部分がいくら特定できたとしても、それらが組み上げる全体がなにか、言い当てられる者はそうはいまい。なにしろ、空に懸かった巨大な天秤だと言うのだから。

　　皿が空になっている天秤は水平のままである。一方の皿にほんの小さなものを載せるだけで傾きが生じる。天秤の竿が真ん中に支点を持っているからだ。平衡状態を破るには、あらゆる前進運動を生み出す源となる支点を空中に見つけ出さなければならなかった★22。

　見慣れたはずの要素が組み合わさった結果がまったく予想できないメカニズムを生む。まさに異化作用である。原理の説明は、水の中に沈んだり水底から浮き上がる板をアナロジーにしている。板が沈む場合には下からの水の抵抗と上からの重力の、浮上する場合には上からの水の抵抗と下からの浮力の合力で斜めの動きが生じる。いずれの場合においても水が支点となっている。そこで、空中船が下降する時は下の空気、上昇する時は上の空気を支点とするための上向きの傘＝パラシュート（parachute）と下向きの傘＝パラモン（paramont）が船体の中央に設置され、その前後に等しい数の気球を並べ、先端に行くほどその大きさを小さくすれば、全体は紡錘形になる（気球を複数用いるのは、揚

力を増大させると同時に、空気抵抗を分散させるためである）。上部には布を張った可動式のサッシをこれまた支点の前後に配し、それで空気抵抗のバランスを崩すことで、天秤の片方の皿が片々たる錘一つでがくっと下がるように劇的な運動が引き起こされる。左右の動きはプロペラ（ないしスクリュー）が生み出すことになっており、その動力は巻揚げ機によるが、人力による場合は、中に入った人がリスのように回し、そうでない場合は風力を用いる[23]。

　爽快なまでの動力源の軽視は、ごくわずかな力さえあればこの巨大な装置を意のままに動かせるという前提があるからである。思念が物質を動かす。クリック一つで画面が変わるインターネットを連想させる感覚ではないだろうか。気球によって思考の万能感を掻き立てられながら、それが幻想であることを、操縦されることを拒む気球自身によって暴露される——気球に対する激しい幼児的な苛立ちがそうして生まれるとすれば、些細な力で気球を（しかも巨大なそれを複数）操縦できるという発想には、人々の溜飲を下げる絶大な効果があった。

　多くの人々がペタンを信じた時、社会全体が気球となって「精神的な空間」に突入した感覚を味わっていたのではないだろうか。人々が解消した苛立ちは、気球に象徴されるままならぬ現実、すなわち、二月革命で高まった共和主義への期待を裏切った社会に対する苛立ちでもあったに違いない。ペタンの活動それ自体も第二共和制と同じ運命をたどった。期待が高まったところで予告された実験は延期され、結局一度も実現しないうちに期待は失望に変わる。条件付きで当局の許可を得た実験が延期された6週間後、ペタンの支持者第一号であった人物がクーデターを決行する。ルイ・ナポレオンの独裁を支持した人々の過剰な期待に、ペタンのアイデアに寄せられたそれと相通じるものを感じるのはわれわれだけではないだろう。

5　アイデアの余波——ユゴーとルーセル

　ペタンはその後、アメリカに渡り、2年近くの間、ボストン、ニューヨーク、ニューオーリンズと各地を回り、最後はメキシコに至っている。自発的亡命であった。空中船の実験機は大西洋横断中に破損し、ニューオーリンズで造り直されたが、結局一度も日の目を見ることはなく、ペタンは気球のデモ飛行に終始したようである。最後は尾羽打ち枯らして帰国、今後は二度と気球には手を出さないという条件付きで、事業で成功した兄弟から年金を付与されて晩年は

第 22 章　ジュリアン・バーンズからエルネスト・ペタンへ

大人しく過ごしたらしい★24。彼は 1878 年にこの世を去った。

　実際に亡命し、同様にペタンの夢を国外に持ち越したユゴーの方は、ペタンが現実において失敗したことを想像において実現する。亡命先のガーンジー島で 1858 年から翌年にかけて書かれた「満天」の空中船が、そのメカニズムをゴーチエのペタン紹介文に、飛行体験をラマルティーヌの「天使の失墜」に負っていることは、すでに 1902 年にポール・ベレが明らかにしている★25。前者についてはユゴー本人も認めている★26。「満天」における、風を統御する肺に空中船を擬えた詩節は、見事にペタンのアイデアの本質を詩的に昇華している。かの「支点」は「横隔膜」となり、気象という偶然を必然化する側面が鮮やかにクローズアップされる。

　文明や平和を地上に撒き散らして世界を肥沃化するユゴーの気球像は、それ自身は意味＝方向性を持たず、自己完結している気球の独身者性から逸脱させられ、手段と化している。この「逸脱」を可能にした気球への過大な期待が幻想にすぎなかった事実は 20 世紀初頭に明白になる。その時、ユゴーによって再定義されたペタン方式を原理としながら、独身者性を回復したがゆえに、ユートピア性の残滓を辛うじて保持することを許された形象が現われる。飛行船と飛行機が初めて本格的に実戦に投入された第一次世界大戦勃発の直前、レーモン・ルーセル（Raymond Roussel, 1877-1933）が刊行した『ロクス・ソルス』に登場する「撞槌 demoiselle」のことだ。完全な天気予報に基づいてあらかじめ動作をプログラムし、地上に歯でモザイク画を制作するあの奇妙な装置について、新島進は、時間を空間化し、可逆可能にしていると指摘し、そこに写真的時間を見ている★27（気球と写真を結びつけたナダールをここで思い出しておくべきかもしれない）。堕罪以前の楽園に通じる無時間性ということだろうか——作中で撞槌が描き出すモザイク画には、邪な男性的愛の挫折と女性の無垢の勝利が語られていて、カルージュがデュシャンの「大ガラス」やカフカ「流刑地にて」の処刑機械にその理念型を見出した、死の機械としての独身者機械とは好対照をなしているのだ。その後の「完成された」独身者機械からは失われてしまう「希望」が、撞槌という「原型」には依然残されているのである。いよいよ露わに純化していく不吉な独身者性からは祓い除けられていく「気球的ユートピア」の幻想が。

　この独身者機械の原型が表しているのは女性の秘密の、また同時に無垢さ^{イノセンス}の再発見以外のなにものでもないからだ。独身者機械を通し、爽やかな希

望の大風がまだ吹いている★28。

　ペタンから吹いてきたと見做しうる「大風」は、撞槌への吸収をもって終息を迎えたのではないだろうか★29。

注
★1　同時代の資料を除き、おそらくほぼ唯一の例外が以下の文献である。Luc Robène, *L'homme à la conquête de l'air : des aristocrates éclairés aux sportifs bourgeois*, tome I, Paris, L'Harmattan, 1998. なお、ペタンの表記は Petin と Pétin が一貫して共存している。おそらく前者が正式の綴り、後者が発音を示していると推測される。

★2　Louis Figuier, « Les aerostats et les aérostiers », *Revue des deux mondes*, le 15 octobre 1850, pp. 193-245. Gaston Tissandier, *La navigation aérienne : l'aviation et la direction des aérostats dans les temps anciens et modernes*, Paris, Hachettes, 1886.

★3　この点については以下の拙論を参照。「観念装置としての気球」『SITE ZERO / ZERO SITE』創刊号、メディア・デザイン研究所、2006 年、354-375 頁。

★4　Julian Barnes, *Levels of life*, Londres, Jonathan Cape, 2013, p. 12.

★5　*Ibid.*, p. 14.

★6　*Ibid.*, p. 3.

★7　*Ibid.*, p. 86.

★8　*Ibid.*, p. 25.

★9　*Ibid.*, p. 24.

★10　*Ibid.*, p. 37.

★11　*Ibid.*, pp. 39-40.

★12　*Ibid.*, p. 43.

★13　*Ibid.*, pp. 46-47.

★14　*Ibid.*, pp. 53-54.

★15　*Ibid.*, pp. 56-57.

★16　Abel Hureau de Villeneuve, « Ernest Pétin », *Aéronaute,* 11e année, N° 8, août 1878, p. 256.

★17　*Ibid.*, pp. 255-256.

★18　次の註で示す文献のほか、以下の三点がある。Ch. De Chabannes, *Notice explicative du système Petin*, Paris, Imprimerie de Paul Dupont, 1851. Perreymond, *Navigation aérienne. Système Petin. Notions élémentaires sur l'aéronautique et sur les sciences accessoires à cet art*, Paris, La Librairie nouvelle, août 1851. Bescherelle aîné, *Histoire des ballons et des locomotives aériennes depuis Dédale jusqu'à Petin*, Paris, Marecq et Cie, 1851.

★19　*Nouveau système de direction aérienne (Extrait du "Journal des travaux de l'académie nationale agricole et commerciale")*, Paris, Imprimerie de Simon Dautreville, 1849.

★20　Abel Hureau de Villeneuve, art. cit., p. 259.

★21　*Ibid.*

★22　Théophile Gautier, « Locomotion aérienne. Système de M. Petin », *La Presse*, le 4 juillet 1850.

★23　原理はそれでいいとして、この空中船の指揮系統はどうなっているのか、まったく判然としないのは奇妙なことである。船長はいるのか、いるのであれば、どこに位置しているのか。船員はどのくらい必要なのか。この問題は、ペタンの発想の核にあると思われる政治思想との関連において今後より詳細な考究が必要であろう。

★24　Abel Hureau de Villeneuve, art. cit., p. 260.

★25　Paul Berret, « Comment Victor Hugo composa « Plein ciel » », *Revue d'histoire littéraire de la France*, 9ᵉ année, Nᵒ 4 (1902), pp. 596-607.

★26　Victor Hugo, « L'homme deviant oiseau : lettre à Nadar », *Revue des deux mondes*, le 15 avril 1910, p. 680. ユゴーはすでに亡命直後の『小ナポレオン』においてペタン式空中船によるフランスの文化的空襲（自著を空中から散布）を描き、それは最後の小説『九十三年』における本の飛翔のイメージに結実する。

★27　新島進「ヴェルヌとルーセルの気球」『Excelsior !』創刊号、日本ジュール・ヴェルヌ研究会、2007 年、36 頁、38 頁。

★28　ミシェル・カルージュ『独身者機械』新島進訳、東洋書林、2014 年、78 頁（Michel Carrouge, Les Machines célibataires, Paris, Chêne, 1976, p. 55）。

★29　ペタンの気球操縦術は、19 世紀の疑似科学を彩り、文学に多大な影響を与えた綺想の数々――その最も華々しい事例は、ポオからヴェルヌ、ハガートそのほかに霊感を及ぼしたシムズの地球空洞説である（ポール・コリンズ『バンヴァードの阿房宮――世界を変えなかった十三人』山田和子訳、白水社、2014 年参照）――の末席に位置づけるのが適当だろう。

第23章

ゾラと科学技術

『労働』（1901）を中心に

中村 翠

　19世紀フランスの作家エミール・ゾラ（1840〜1902）が科学的手法を文学に用いると自ら宣言し、自然主義文学の旗印を掲げたことは言うまでもない。登場人物の生理学的な分析を試みたとする初期作品『テレーズ・ラカン』再版の序文（1868）や、第二帝政期のある家族の自然的および社会的歴史の研究であるとした『ルーゴン・マッカール叢書』第1巻『ルーゴン家の繁栄』（1871）の序文にみられるように、自然科学や社会科学など、体系化された学問・知識としての「科学」を、ゾラは文学創作に導入しようとした。なかでも初期の作品は、「生理学の興味深いある事例の研究」[1]と自ら位置づけている通り、とくに医学的・生理学的な分野への傾きが強いことが知られている。

　しかしゾラの科学への関心はそれだけにとどまらない。ジャック・ノワレは、それまで文学に描かれるに値しないと思われていた現実社会の事象を開拓し、小説の題材に取り上げていった自然主義の作家たちの探求をまとめ、次のように言う。

　　近代世界の産物である科学技術は、十九世紀において、文学が懸命に目をつけ取り込もうとするそのような新しい現実に属している。自然主義、とりわけゾラの功績のひとつは、機械を小説のなかに登場させ、それを初めて、現実の物体として、そしてまた想像上の物体、すなわち神話と夢を生む媒体として、余すところなく描き出したことにある[2]。

　たしかに近代技術という意味での科学分野もまた、ゾラの中期作品以降に存在感を増しはじめ、後期作品群では物語の重要な位置を占めるに至る。このよ

うなゾラによる科学技術の描かれ方を辿っていくと、創作態度と密接に連動しながら大きな変化を遂げていることが認められる。その変化とはどのようなものか。またゾラの死後から1世紀以上を経た現代社会に生きる我々が、これらの作品を再読するとき、どのように見えるだろうか。以上の観点から、本論の前半部ではゾラの作品における科学技術の表象に的を絞り、中期作品群から未来のユートピア都市のテクノロジーを詳細に描いた後期作品『労働』へと至る変遷を辿る。後半部では『労働』中で描かれる未来のテクノロジーのうちでも、特に現代の我々と関心を共有する太陽熱発電について、そのインスピレーション源まで遡り考察する。

1 『ルーゴン・マッカール叢書』

1・1 機械とアニミスム

ゾラの作品全体を通してみたとき、科学技術分野が物語の中に徐々に大きなポジションを占め始めるのは、中期作品群『ルーゴン・マッカール』叢書（1871〜1893）の中盤以降である。それは、イギリスに遅れて19世紀から始まったフランスの産業革命とも関係がないとは言えない。とりわけ1852〜70年にかけての第二帝政期にナポレオン3世が行った産業推進政策は、やはり市井の意識にも強力にテクノロジーの発展を浸透させたといえるだろう。

このような発展がフランスに定着した第三共和政の時代から顧みて第二帝政期の社会を描く際、作家としての駆け出しの時代にはもっぱら生理学に関心を向けていたゾラが、科学技術分野をも視野に入れるようになっても不思議はない。『ルーゴン・マッカール』叢書第11巻『ボヌール・デ・ダム百貨店』（1883）で描かれた、当時最先端の建築様式である鉄とガラスの大きなデパートや、第13巻『ジェルミナール』（1885）の19世紀の産業を支える炭坑、第17巻『獣人』（1890）の鉄道および機関車など、科学技術を象徴するモチーフが作品の重要な位置を占めるようになる。

しかし、ゾラの作品における機械は、セールやバジリオによってアニミスムという言葉で表されるように★3、石炭や物や人までをも飲み込み消化し、排泄物を吐き出す巨大な怪物のメタファーでしばしば表現される。さらには寺田光徳によってアニマリスムと称されるように★4、人間の欲望の獣性 animalité とパラレルな形で描かれる。そこには、人間の欲望が理性のコントロールを離れ暴走するように、機械もまた、人間の手を離れ暴走するもの、という認識が

通底している。

　たとえば『獣人』の後半では、主人公ジャックが愛着をもって世話していた機関車ラ・リゾンが転覆事故によってもはや使えなくなり、新しい機関車がそれに取って代わるのだが、機関士であるジャックと火夫が取っ組み合いののちに転落すると、新型の機関車は彼らを轢き殺し、運転手を失ったまま闇を疾走する。この時この機関車は、まだ調教の済んでいない牝馬に喩えられている★5。あるいは『ボヌール・デ・ダム百貨店』中、鉄とガラスで建設されたデパートは、従業員たちが内部の歯車に比される巨大な機械となり、際限なく顧客から金銭を吸い取っては、さして欠乏から生じたわけでもない物欲を生み出す★6。

　したがって多くの研究者たちが指摘するように、ゾラの描く機械は、制御できない動物、あるいは生け贄を求める怪物といった、神話的な様相をさえ帯びていた。この意味では、この時期のゾラが描く機械は、人間との不安定で危険な関わりがもたらす問題を内包している。すなわち、科学技術というテーマは、近代社会の最先端を描写するとともに、それとは両極端であるかのように見えて、実は隣接する人間の負の本能を掘り下げ、見つめる——ゾラの言葉を借りれば「観察する」——ためのものであった。

1・2　科学による未来

　ところが、後期作品にみられる科学技術は、少し様相が変わってくる。これに言及するに先立ち、ゾラの科学に対する姿勢の転換期が、『ルーゴン・マッカール叢書』の最終巻『パスカル博士』（1893）にみられることを喚起したい。タイトル・ロールにもなっている医者のパスカル・ルーゴン博士は、自分のルーツであるルーゴン家とマッカール家の遺伝を研究し、その成果をまとめあげる。遺伝を観察し、分析するという点では、それまでの作品と同様だが、この作品がそれまでと違うところは、とまどいながらも、医学によって世界が良くなる可能性を探っている点である。それまでの作品に描かれた医学は、人間の心身の病理、負の本能を仔細に描写することに活かされていた。いっぽうこの作品のパスカル博士は、そうした人間の弱い面を受け止めたうえで、医学的な処置や薬で、病を治療できるのではないかと模索する。パスカル博士は永遠の神秘の存在を認めながらも、根気よく、中断することなく、ひとつひとつ未知を解明していくのが科学の役割であり、人類の幸福につながるのだと唱える★7。

「私は、人類の未来は、科学による理性の進歩のうちにあると信じている。私は、科学による真実の追及が、人間が目標としなければならない神聖なる理想だと信じている」★8

　ここにみられるのは一登場人物の言葉ではなく、「人類の未来 l'avenir de l'humanité」をより良きものにするのは科学による不断の努力である、という作家自身の意見の表明ととっても構わないだろう。すなわち、現時点での人間の病理を、観察するだけでなく、それを治療し矯正し、より良い方向へと持っていくことを——ここでは物語の設定上、医学という分野に特化されているが——、体系的な学問としての科学的知に求めるという立場である。科学という媒体を通して、はっきりと未来へ作家の視点が向けられることがわかる。

2　後期作品『三都市』

2・1　『パリ』——科学技術のプラス面・マイナス面
　『パスカル博士』において未来に対する楽観的な科学観で幕を閉じた『ルーゴン・マッカール叢書』であるが、その後に書かれた『三都市』シリーズ（1894〜1898）は、あらたに宗教と科学の間で思い悩むカトリックの司祭、ピエール・フロマンの長い葛藤を描くものへと回帰するかにみえる。奇跡への宗教的信仰と科学的理性の間で煩悶する第1巻の『ルルド』（1894）はその幕開けである。
　そして最終巻の『パリ』（1898）では、化学者であるピエールの兄・ギヨームが登場し、驚異的な威力を持つ新型の爆薬を開発したことが描かれる。ギヨームはこの爆薬の応用に成功すれば、フランス政府に譲り渡し、国家間の争いの抑止力として利用してもらうつもりであった。ところが徐々に彼は、貧しい人々が死んでいく不平等な社会や、それを救うこともない政府や教会権力に強い反発を覚えて、この新型爆弾を使ってテロをしかけ、サクレ・クール寺院にあつまる1万人の群衆を吹き飛ばそうとする。この作品の描かれた時代にはサクレ・クール寺院はまだ建設途中であるが、無知な人々に盲目的信仰を植え付け、無知と貧困のままにとどめておくキリスト教会の象徴として、テロの舞台に選ばれている。ここで立ち現れる問題は、最先端の科学技術は、使い方によってはテロや、抑止力のためとはいっても戦争用の武器など、大量の人を殺すための道具になるということである。
　しかし物語内では、ギヨームのテロ計画は、弟ピエールの身をはった説得に

よって危機一髪で回避される。考えを改めたギヨームは、のちにその爆薬を新型のモーターの動力源に応用しようと思いつく。

> ギヨームは、自分が発明したものの、あれ以来利用されていない爆薬を目の前にして、突然、それを石油の代わりにして、モーターの動力に用いるというひらめきを得た★9。

ギヨームは息子トマとともに開発にのりだし、最後にはその実用化に成功する。つまり、人間社会の悪しき現状を破壊する力を本来持っていた爆薬は、モーターの動力源になり、人間社会の役に立つものへと変換されるのである。

実は、このような科学技術の発達のあわせ持つ負と正の両面が、ひとえに人間の手にゆだねられているという考え方は、比較的早い段階から布石として描き込まれていた。物語前半でギヨームが開発した爆薬が盗まれ、小規模の無差別テロを引き起こすという事件があり、その事件現場から検出された未確認の新型爆薬を調査するため、ベルトロワという著名な化学者が指名される。彼は、主人公たちの他界した両親の旧友でもあった。爆薬の分析結果を発表したあと、ベルトロワは次のように示唆する。

> 今まで人々は、爆薬を復讐や惨禍といった愚かな行為のために用い、辱めてきた。ところがもしかしたら爆薬には、科学が追い求めている解放の力が、世界を高め変化させる原動力があるのかも知れない、それを飼い馴らし、人間の単なる従順な下僕にしてしまった暁には★10。

脇役によるこのような控えめな提案は、物語結末でモーターへの活用という具体的な形をとって実現されることになる。こうして『三都市』シリーズは、科学が発揮するプラス面・マイナス面の両方を提示しながら、それでもなお最後には、未来におけるプラスの活用法の可能性を示して、幕を閉じる★11。

3 後期作品『四福音書』

3・1 『労働』──ユートピアの科学技術

晩年に手がけた最後のシリーズ『四福音書』★12（1899 ～ 1903）では、ゾラは完全に未来のユートピアを思い描くに至るが、そこでは、科学技術はもは

や、プラスの面しか持たなくなってゆく。ここでとりあげる第2巻の『労働』は、1900年12月3日から『オーロラ』紙で連載が始まり、連載が終了した1901年5月に単行本が出ている。

　あらすじを要約するならば、主人公のリュックがアビームという製鉄の工場町にやってくるが、ストライキが失敗に終わり、劣悪な環境で働かされている人々の貧しい生活に胸を痛め、全ての人が平等に豊かに暮らせる新しい共同体を築き上げようと奮闘するというものである。それだけならば『ルーゴン・マッカール叢書』13巻の『ジェルミナール』を彷彿とさせるが、両者には決定的な違いがある。ストライキが失敗に終わり幕を閉じた『ジェルミナール』とは違い、『労働』におけるリュックの試みは、反対者たちからのさまざまな妨害にあいながらも、長年をかけて実現し、最終的には理想的な社会が作り上げられるという点である。その理想社会の描写は、フーリエのファランステールの影響のほか、当時の楽観的な社会主義思想を多分に取り込んでいるが、それだけではなく、テクノロジーの未来予想も大胆に行っており、現代の我々を驚かせるほどである。以下、いくつか例を詳細に見ていくこととする。

　リュックの社会主義的共同体を作ろうという試みは、物語の中盤まで、富の再分配を快く思わないブルジョワたちや、勤労をいやがる怠惰な労働者たちによって阻まれる。その労働者のうち、リュックの恋敵ともなるラギュという登場人物は、リュックの改革を快く思わず、そこを飛び出してしまう。しかし、徐々に新しい製鉄工場クレシュリーを中心とする共同体の運営が軌道に乗り始めると、リュックの思想は皆を説得していく。物語の結末近く、何十年も経ってリュックたちが老人になったころ、様々な土地をさまよっていたラギュが、クレシュリーに戻ってくる。折しもそこでは華やかな祝祭が行われている。ラギュはかつての同僚ボネールにこれまでの軌跡を説明してもらいながら、完成されつつあるユートピアを目の当たりにする。現在では集団で労働を行い、それぞれが自分にあった職業を選び、1日4時間ぐらいの労働を行う。こうした労働から得られた富を皆に再分配するので、賃金制度は廃止されており、そのうち貨幣そのものがなくなる。親が縁組みを決める時代は終わりを告げ、むしろ自然に惹かれたカップル同士から産まれる子供のほうが遺伝的にも健康優良であるとして自由恋愛が称揚され、結婚制度もない。産まれた子供たちは全員集められ、教育を等しく受けている。

　そして、こうした集産主義型の社会の実現を可能にするのは、まさに科学技術の進歩である。なにしろ1日4時間の労働ですむのは、発電技術が高度

になり、電気がこの社会では人間に代わって仕事をしているからである。製鉄工場でも、電気による熱で鉄を精錬している。『ジェルミナール』の炭坑をそのまま受け継いだような、労働の搾取を象徴する暗くて汚いアビーム工場はすでに火事で焼けてしまい、電気による熱が静かに白い炎を散らす、清潔で明るいクレシュリーが取って代わっているのである。このように社会主義的ユートピアの構想と連動した形で、ゾラはテクノロジー社会を想像力豊かに描きだす。

3・2　電気の普及

　さて、なまけもののラギュを家に泊めてやった元精錬工ボネールは、ラギュを車に乗せて町を案内しようとする。

　　扉の前に、二人乗りの小さな電気自動車が待っていた。同じような車が他にもあり、皆の自由に使えるのであった。高齢にもかかわらず澄んだ目と力強い手のままであったかつての精錬工は、連れを車に乗らせて、自分自身も運転するために乗り込んだ。
　　「俺を片輪にしてしまうんじゃないだろうな、その機械で？」
　　「いやいや、怖がらなくていい。電気は私の知り合いだ、私たちはこれまで何年もうまくやってきたんだから」★13

　ここでは電気自動車がすでに実用化され普及しているのが窺える。そして、事故でも起こして大けがをしないかと心配するラギュに、ボネールは電気とは長年付き合ってきたといって安心させるのだが、注目すべきは、電気と人間は友好的な間柄だという点である。しかも友好的なだけではない。続けてボネールは、運転をしながら、隣に座るラギュに電気の普及について説明する。

　　「君はどこへ行っても電気を見るだろう、すばらしい最高のエネルギーだ、これがなければあれほどの急激な進歩は達成されなかっただろう。今後、電気は私たちの機械を維持する唯一の力だ。そして、電気は共有の仕事場にとどまらず、家庭にもやってきて、こまごまとした私的な仕事をやってくれる。ボタンひとつをひねるだけで各人が利用でき、もっとも取るに足らない雑用をしてくれる手なずけられた働き手になってくれる。別のボタンをひねれば、明るく照らしてくれる。また別のボタンをひねれば、暖かくしてくれる。どこへいっても、田園でも、都市でも、道路でも、最も慎

ましい住まいの中でも、電気はそこにあり、静かに私たちの代わりに働いてくれている。電気は飼い馴らされた自然であり、服従した雷であり、それによって私たちの幸福が成り立つ。だから屋外の空気と同じくらい膨大な量の電気を作り出し、保有しなければならなかった［…］」★14

　強調したいのは、友好な関係であるという以上に踏み込んで、電気が「手なずけられた domestiquée」、「飼い馴らされた domptée」、「服従した asservie」などの言葉で重ねて形容されていることである。つまり機械は奴隷のようなもの、人間のコントロール下に置かれるものと認識されている。『獣人』や『ジェルミナール』のときの制御のきかない機械とは正反対に、ここでは人間が機械を完璧に制御しているのである。この機械と人間の関係の変化については、ボネールがラギュにしたクレシュリーの説明の中で以下のように簡潔に表されている。

　　機械、すなわちかつての敵は、大きな骨折り仕事を任された、従順な奴隷になっていた★15。

　かつての「敵 les ennemies」と現在の「奴隷 les esclaves」という言葉の対比は大きい。『ルーゴン・マッカール叢書』でゾラの描いてきたいわば怪物的な機械は、まったく異なる姿を持つようになることが確認される。
　仕事の面だけではない。さらに贅沢品の大衆化に関しても、科学技術が可能にすることが約束されている。

　　［…］同様に近々、電気溶鉱炉によって、莫大な量のダイアモンドや宝石が生産されるようになるのであった。ルビーやエメラルドやサファイアなど、あらゆる女性を飾るものを大量にである。恋人の腕につかまって通りゆく恋する女たちは、すでにきらめく星を髪の毛にちりばめさせていた★16。

　引用では「近々」大量生産されることになる、と書かれているが、女たちがすでに身を飾っていることを考えると、大量には生産されていないだけで、人造の宝石の製造自体はすでに始まっていることがわかる。

432

第 23 章　ゾラと科学技術

3・3　太陽熱発電

　ただし、このユートピアの住人たちも現代と同じ問題に行き当たる。クレシュリーの発展とともに大いに称揚されて来た電気エネルギーは、結局のところ、石炭を燃やしてタービンをまわし、電気を起こす火力発電だった。これではボネールがラギュに語って聞かせたように、空気のように無限に電気を作り出すことはできない。また、石炭を燃やすと結局は大気汚染などの公害を引き起こすことにもなる。ゾラは、作品中でのエネルギー革命を、ジョルダンという技術士の登場人物に託している。主人公のリュックよりも 10 歳年上のジョルダンは、何十年もの間リュックが社会主義的共同体を建設するのをサポートするかたわら、エネルギー政策について実験や模索を続けていた。物語最終章では、こうしたジョルダンの軌跡を辿る描写がある。まず、ジョルダンはタービンによる発電を介さずに、石炭に内在するエネルギー源を直接電気に変える方法を発見する。これならばより無駄がなく清潔に電気を得ることができる。しかしまだ大きな問題があった。

　　　それから、ジョルダンは恐ろしい考えに行き当たった。炭坑が枯渇する可能性がある、いや、確実に枯渇するのである。おそらく 1 世紀もたたないうちに石炭は不足するようになるだろうが、それは今の世界の死を意味するのではないか。産業の停止を、交通手段の消滅を、血がもはや通っていない大きな身体のような、動かなくなって冷えきった人類を意味するのではないか？　ジョルダンは、なくてはならないこの石炭が 1 トンごとに燃焼していくのを、また 1 トン減ったとひとりごちながら、不安な気持ちで眺めるのであった★17。

　すなわち、天然エネルギー資源の枯渇の問題が、すでにこの時代から指摘されていたということである。さらにジョルダンはこの問題を克服するため、新たな方法を模索する。山間部での水の落下を利用した水力発電や、海の潮流を利用した潮力発電などが考案されるが★18、いずれも理想的な供給源ではない。ジョルダンが着目したのは、太陽エネルギーだった。

　　　しかし、別の考えがジョルダンにつきまとって、徐々に彼をすっかり捉え、とてつもない夢に浸らせてしまった。そして、もし自分がそれを実現したら、世界に幸福を与えることになるだろうという考えから、それはジョル

ダンの一生の仕事になってしまった。常日頃から肉体が弱々しく寒がりな
ジョルダンは、太陽に情熱を抱いていた。太陽は命の永遠の源なのだ、光
や熱や運動の源なのだから[19]。

　ここで描かれているのは、太陽信仰ともいえるほどの情熱と、もし太陽エネ
ルギー発電が実現できれば世界の平和につながるという思想である。ただし、
やはり現代の我々と同様に、ジョルダンは安定した供給ができるかどうかとい
う問題に行き当たることになる。

　　ジョルダンの夢はすでに他の人々の頭を占めており、学者たちは、太陽熱
　を収集して電気に変える小さな機械を考えついてはいたが、ごくわずかな
　量で、研究室の実験向けの単純な装置にすぎなかった。もっと広範で実用
　的なやり方で、民衆全体の需要に必要な巨大な蓄電設備でこの現象を実現
　させなければならなかった[20]。

　ジョルダンの目指すものは、太陽発電といっても、太陽光によるものではな
く、太陽熱による発電であることがわかる。雨の多い日本では、現在注目され
るエコ・エネルギーの中でも太陽光発電のほうが主流であるが、そもそも太陽
熱自体の利用は紀元前から試みられており、長い間人類の目指すエネルギー源
であった。太陽の熱を集めて、直接熱エネルギーとして使う方法や、蒸気エネ
ルギーにして使う方法などがある。とくに 18 世紀のスイス人ソシュールが発
明した太陽熱による調理器具は有名である[21]。
　この作品中では、太陽の熱を機械で電気に変える方法を想定しているが、電
気へ転換する装置が具体的にどのようなものかは、詳しく描かれていない。い
ずれにせよ、ジョルダンは実験を重ね、実用化をはかり、主人公リュックの作
った共同体全体の需要をまかなえるほどの量の電気を生産することに成功す
る。ただし、どうしても蓄電設備から電気が漏れて失われてしまうという弱点
があった。年老いた身体に鞭を打って、さらにジョルダンは実験を重ね、つい
に死ぬ間際に、彼は完璧な蓄電設備を作り上げる。

　　そしてその日がやってきた、ジョルダンは、あらゆる漏電を防ぐ方法を発
　見した。蓄電設備を浸透不可能なものにし、長期間の余剰電力の備蓄を可
　能にする方法である[22]。

第23章　ゾラと科学技術

　これで太陽熱から得た電気を無駄なく蓄電でき、夜でも曇天でも冬でも供給
することができるようになる。この研究を成し遂げたジョルダンは、現世に対
する未練がもはやなくなり、穏やかに死を待つのみとなる。そして死の直前に、
共同運営者のリュックに面会を求め、新しい蓄電設備の説明をして活用を委ね
る。

　　　ジョルダンは話し続け、新しい機械の運転について、この無尽蔵な力の貯
　　　蔵庫の、将来の使用法について説明した。あたかも友人に、最後の意志を
　　　書き取らせるかのように。それは彼の遺言であり、彼の研究成果から人々
　　　が引き出すことのできる、全き喜び、全き安寧であった[23]。

　ジョルダンによって成し遂げられた科学技術の進歩は、後世の人類に完全な
る幸福をもたらすものと結論づけられている。作品中にはっきりした年代は書
かれていないが、冒頭では25歳のリュックが、このとき老年となっているので、
おそらく物語中に設定された年代は1960年代と考えられる。
　ゾラは『ルーゴン・マッカール叢書』のように第二帝政期に時代背景を据え
た作品では、近代社会を非常なスピードで凌駕していく科学技術を、神話に登
場するいわば怪物のような、畏怖を感じさせる制御不可能なものとして描いて
いた。また『パリ』のように同時代の社会を扱った作品では、科学技術によっ
てもたらされるもののプラス面、マイナス面を両方描いていた。しかし、ゾラ
の時代から何十年も後に時代背景を設定されたこの『労働』の結末では、科学
技術が完成されたレベルに達した世界が描かれており、人間の理性によって完
全に制御可能な奴隷となっている。ゾラの後期作品は、科学技術は、集産主義
的な政策とも連動して、人間の幸福を実現するための必要不可欠なツールであ
るべきという最終的な理想を示す場だったのだ。

4　太陽熱発電のインスピレーション源

4・1　準備ノート
　さて、では、現代社会を予見したかのようなゾラの驚くべき未来予想図は、
どこから来たのだろうか、という疑問が生じる。とりわけ太陽熱を利用した電
気エネルギーについては、何らかの具体的なインスピレーション源があったの

だろうか。まずは、作家が作品の本文を執筆する前に収集した資料やフィールドワークのメモ、および構想プランなどをまとめた「準備ノート」«dossiers préparatoires»を参照したい[24]。

ゾラは、フーリエに加えて、同時代の社会主義者たち、とりわけロシア人思想家ピョートル・クロポトキンの『パンの征服』の仏訳 *La Conquête du pain*（1892）や、クロポトキンの思想を広めたジャン・グラーヴの『未来の社会』*La Société future*（1898版）および『無政府』*L'Anarchie*（1899）、さらにアメリカ人の作家エドワード・ベラミーの『顧みれば』（1887）の仏訳 *Cent ans après, ou l'An 2000*（1891）などを読み、読書ノートを残している（NAF 10334 f° 274-373）[25]。社会主義体制が完成した未来の社会を予測するこれらの本が、ゾラにインスピレーションを与えた要素は多くあるが、そのほとんどが社会主義的政策についてである。未来のテクノロジーについては、電気の使用がこれらの政策を可能にするという議論はあるものの、太陽熱の利用については皆無である。

また準備ノート NAF 10334 には、それとは別個のカテゴリーで、ゾラ自身が「電気」«Électricité»と名付けているメモ群がある（f° 209-228）。その表紙の下部には、「エミール・カーエン氏、クールセル通り138番」というメモがみられる[26]。ゾラがよく作品の執筆に取りかかる前に行っていたことのひとつに、作品のテーマに関する分野に詳しい人のところへアポイントをとって訪ね、話を聴いてメモするという調査がある。おそらくこの場合もその一環で、発電に詳しいカーエン氏のところへ話を聴きに行ったと考えられる[27]。そのメモの中には2枚ほどの簡単な図があり、発電の方式が書かれているが、それらは石炭を燃やしてボイラーの蒸気でダイナモを回転させ発電するという、火力発電方式である。そのうちフォリオ227の下部から横にかけて、ゾラは「石炭に含まれる熱量エネルギーを、機械エネルギーを仲介することなしに、直接電気に変化させる」[28]とメモしているが、これは作品中で、ジョルダンが太陽熱発電の研究にうつる前に模索した方法を示している。

さらに他の20枚近くのメモの内容は、すべて作家の創作した物語中の人物ジョルダンの試行錯誤について書かれており、聞き取り調査のメモというよりはむしろ、すでにフィクションの構想にあてられている。したがって準備ノート中では、誰か専門家から太陽エネルギーの研究に関する成果を、ゾラが入手して書き留めた形跡は認められなかった。

4・2　万国博覧会

　ではゾラは具体的にどのような源泉から知識を得て、太陽熱による発電を考え出したのか。それを判断する具体的な根拠はまだ見つかっていないが、まず注目すべき事実として、この作品の本文を執筆している 1900 年のあいだに、ゾラはパリで行われた万国博覧会を観に行き、電気宮・機械館をつぶさに見学していることが挙げられる。この時、愛人ジャンヌ・ロズロとの間にできたゾラの子供たちが同行しており、のちに娘のドニーズが自著の中で回想を語っている。

　　　今なら、1900 年の万国博覧会の期間、シャン・ド・マルスの機械館が父をひきつけた魅力を理解できます。私たちはそこで何時間も過ごしました。父は明らかに興味を引かれたように、見て、聴いていました ［…］★29。

　ゾラが自身でも写真を何枚か撮っているように★30、電気宮はかなりのインパクトや最新の電気工学の情報をもたらし、創作へ大きく影響したはずである。彼はドレフュス事件のため亡命していたイギリスから、フランスへ 1899 年 6 月に帰ってきて以降、『労働』の準備ノートのため調査に着手する。そしてアンリ・ミットランの注釈によると、1900 年 3 月 15 日から本文を書き始め、1901 年 2 月 6 日に脱稿する★31。いっぽう、パリ万博は 1900 年 4 月 15 日から 11 月 12 日まで開催されたので、ゾラは執筆と同時期にこの博覧会を観ていたわけである。

　したがって、当時の太陽エネルギー計画もそこで仕入れた可能性があるのではないかと考え、1900 年万博の出品を調べたが、太陽熱発電に関する展示は見当たらない★32。また先述のゾラの手になる「電気」と題されたメモ群には、1900 年 7 月 7 日付けの『ル・タン』紙の「博覧会にて」« À l'Exposition » という記事の切り抜きが含まれており、この記事では電気について書かれているが、やはり太陽熱発電については触れられていない。では、1900 年の万国博覧会は電気そのものの輝きでゾラを魅了しただけに過ぎず、太陽熱発電というアイデアとは関係がなかったのだろうか。この時浮かび上がってくるのは、それよりも 12 年前に開かれた 1878 年万国博覧会の存在である。

　1878 年万博のトロカデロで人目を奪ったパフォーマンスがあった。オーギュスタン・ムショーの発明した太陽熱エネルギーの機械である。それは 20 ㎡にわたる面積の鏡が貼られた巨大なパラボラアンテナで、鏡の反射で中心のシ

リンダーに太陽熱を集めて、蒸気の力で機械を動かすものであった(図1参照)。ムショーのこの発明が万博でパフォーマンスされていた当時の様子は、以下にうかがえる。

> この知の祭典〔万国博覧会〕の記憶やイメージを蘇らせるとき、美術展近くのどこかの四つ角で、好奇心旺盛な見物人が、ムショー氏の小さな太陽アンテナの周りに太陽の光にひかれて集まっていた様子が目に浮かぶ。というより、それが繰り返し目に見えるほどだ。石炭を使わずに動くこの高炉を見て、どんなに驚いていたことか！★33

ゾラがこの機械を観たという証拠はないが、折しもこの頃、ロシアの *Le Messager de l'Europe* 紙とコラム執筆の契約をしていたため、万国博覧会については三度にわたって記事を投稿しており★34、一本はフランス絵画の美術展について書いている★35。したがって、美術展に赴いた際に、その近くでムショーの発明のパフォーマンスを目にしたり、耳にした可能性は大いにある。このムショーの機械の原理は蒸気機関であり、発電はしていなかったが、この年8月の万博の情報新聞によると、中心部に電池を設置すると電流を得ることも可能、と紹介されている★36。太陽熱の電気への変換はまだ実現されていなかったが、その可能性はこの万博の時点で示唆されている。

またゾラが『ジル・ブラス』紙で『大地』

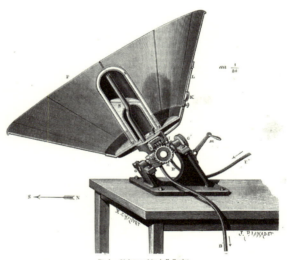

図1 ムショーの発明

La Nature, Revue des sciences, 1876, quatrième année, premier semestre, p. 105.
Le CNUM (Le Conservatoire Numérique des Arts et Métiers) より画像使用許可取得済み。

の連載をしていた当時、1887年8月31日付けの号には、『大地』の連載欄のすぐ右上に、ソシュールの太陽熱による調理器具の発明記念日に関する記事があり、ムショーの1878年万博での成功についても触れられている[38]。さらにラルース『19世紀世界大辞典』の1890年発行の補遺には、「Chaleur（熱）」の項目でムショーや共同研究者ピフルの実験が言及されている[38]。万一ゾラが万博でムショーの機械を直接見ていなかったとしても、これらの新聞記事や辞書の項目を目にしていた可能性は高い。

　さらに、文学における機械の表象について綿密な調査・分析を行ったノワレの指摘によると、ゾラはムショー自身が書いた太陽熱についての著書[39]は読んでいないが、ムショーの発明を紹介するシモナンという人物の論文を読んだと考えられる[40]。この論文は1876年5月1日付けの『両世界評論』に掲載されており[41]、『労働』から実に20年以上も前に書かれたものではあるが、『労働』の太陽熱発電のくだりと酷似しているというのだ。確かにシモナンの論文には、太陽熱の有効利用についてはもちろんのこと、未来の太陽熱による発電の示唆や、ゾラの『労働』中にも言及されていた来るべき石炭の枯渇問題などを認めることができる[42]。

　ただし、ゾラの作品中の未来テクノロジーが完全にシモナンの論文からの借用であるとはいえない。たとえばノワレは、『労働』中ジョルダンの開発した浸透不可能な蓄電設備の描写は、シモナンの論文で提唱されている太陽熱を蓄積する設備と同じ原理であると主張している[43]。ところがシモナンの論を改めて読むと、氷の貯蓄保存と同様に、太陽の熱そのものを黒い石などに蓄え燃料として保存する技術の開発を提唱してはいるが、太陽熱を電気に変換して蓄電するという話はしていない[44]。すなわち『労働』のジョルダンの蓄電設備のほうが、一歩進んだアイデアだといえる。

　では、この蓄電のアイデアはどこからやってきたのか、あるいはゾラの独創だったのか。これについては、決定的な資料に欠けるため今のところ判断することができない。しかし、ゾラが1900年の万博で電気宮を訪れた際に、過去の万博におけるムショーの華々しいパフォーマンスの記憶が喚起され、それにより太陽熱と電気という二つの要素を組み合わせたアイデアが生まれたとは考えられないだろうか[45]。彼にとってより良くみえる二つの科学技術を融合させようとしたのだとは考えられないだろうか。ゾラ自身の準備ノートに資料がないため推測の域を出ないが、資料がないからこそ、『労働』の本文執筆開始後に万国博覧会が開催されたという事実関係の時系列から判断して、唾棄

できない推論と言えよう。

結論

　ゾラの作品における科学技術の表れ方を振り返ってみると、『ルーゴン・マッカール叢書』において科学技術は、まだ人間が制御できない未知の部分を残した存在だった。それは人間の病理・社会の弊害などとパラレルに描かれており、結果として、人間社会の現状を観察し分析するツールとなっていた。次のシリーズ『三都市』の最終巻『パリ』では、科学技術のプラス面・マイナス面が描かれることになり、その使用法によっては、社会は如何様にもなるという、未来の社会構想と結びついた科学像が提起されていた。

　そして『四福音書』シリーズの『労働』では、科学技術はプラス面のみが描かれ、政治・行政政策と密接に結びつきながら、理想的な社会を建設するのに一役買っていた。つまり、後期作品のテクノロジーは、今後獲得すべきモデルを指し示すものなのである。ただし完成された形だけではなく、科学技術の到達に至るまでに横たわる様々な問題やその克服もあわせて描かれていたことに注目したい。ゾラは娯楽のためだけにイマジネーションを働かせSF作品を描いたのではなく、人類社会と科学との有り様を考え、当時の最新の科学情報を参照しつつ、最良の仮想テクノロジーを考案し提示したのである。

　ゾラの研究者ベアトリス・ラヴィルによると、『四福音書』シリーズの主人公たちは、言葉の行為遂行的な力によってユートピアを実現していくが[46]、同様にゾラ自身も、ユートピアを作品に描くことによって、ユートピアそのものを実現させようと試みているかのようである。少し前まではゾラが『労働』で描く太陽熱発電は、夢物語であるという捉え方が一般的であった。上記のノワレも「もっともあり得ない la plus invraisemblable」という形容詞や「神話 mythe」[47]という表現でジョルダンのアイデアを評している。しかし、最近米国カリフォルニア州で大規模な太陽熱発電所の運転が開始されたという事実や、日本でも実用化に向けて開発が進んでいるという情報を参照するならば[48]、晩年のゾラの予言的な性質を帯びたテクノロジー描写は、にわかに現実味を帯びてくる。21世紀に生きる我々がこの作品を読むとき、フィクションというジャンルに託され保存された社会創造の試みが再び見出されるのである。

第 23 章　ゾラと科学技術

追記　本研究は JSPS 科研費 25884058 の助成を受けたものです。

注

★1　« L'étude d'un cas curieux de physiologie » (Émile Zola, *Thérèse Raquin* dans *Œuvres Complètes*, éditées sous la direction d'Henri Mitterand, Paris, Cercle du Livre Précieux, t. I, 1966, p. 520).

★2　Jacques Noiray, « Zola, images et mythe de la machine » in *Zola*, sous la direction de Michèle Sacquin, Bibliothèque nationale de France / Fayard, 2002, p. 128. 訳文は岑村傑訳「ゾラ、機械のイマージュと神話」(『ゾラの可能性――表象・科学・身体』小倉孝誠・宮下志朗編、藤原書店、2005 年、86 頁) を参照した。

★3　Michel Serres, *Feux et signaux de brume. Zola*, Paris, Grasset, 1975, pp. 131-132 ; Kelly Benoudis Basilio, *Le Mécanique et le vivant : la métonymie chez Zola*, Genève, Droz, 1993, pp. 55, 296-297.

★4　寺田光徳『欲望する機械　ゾラの「ルーゴン＝マッカール叢書」』藤原書店、2013 年、316 頁。

★5　« [⋯] ainsi qu'une cavale indomptée encore, échappée des mains du gardien » (Zola, *La Bête humaine* dans *Les Rougon-Macquart*, éditées sous la direction d'Armand Lanoux ; études, notes et variantes par Henri Mitterand, Paris, Gallimard, éd. Pléiade, t. IV, 1966, p. 1330).

★6　『ボヌール・デ・ダム百貨店』における機械のメタファーについては、以下を参照。Jacques Noiray, *Le Romancier et la machine. I, L'univers de Zola*, Paris, José Corti, 1981 ; 寺田光徳、前掲書の第三部「機械」。

★7　この境地が、それまでのゾラの科学観とそこから起因するニヒリズムを克服したのちに至り着いたものであることは、以下の論文に詳しい。林田愛「ゾラにおけるニヒリズムの超克――科学信仰から〈未知〉の畏敬へ」『日吉紀要　フランス語フランス文学』第 43 号、2006 年、1-19 頁。

★8　Émile Zola, *Le Docteur Pascal* dans *Les Rougon-Macquart*, Gallimard, éd. Pléiade, t. V, 1967, p. 953.

★9　Émile Zola, *Paris* dans *Œuvres Complètes*, Cercle du Livre Précieux, t. VII, 1968, p. 1552.

★10　*Ibid.*, p. 1300.

★11　ただし、『パリ』執筆の直後にゾラが書いた戯曲『メシドール』(1897) は、『ルーゴン・マッカール叢書』にみられた神話的な機械の姿が再び戻って来ている点で興味深い (*Messidor*, *Œuvres Complètes*, Paris, Nouveau Monde, t. 17, 2008, pp. 337-365)。ジャン・ボリーは著書の « Machines »（機械）という章の中で、『メシドール』の川の水から砂金を取り出す工場が、人間を豊かにするためのものであるはずが反対に犠牲を求める怪物モロクであるかのように描かれていると指摘している (Jean Borie, *Zola et les mythes ou de la nausée au salut*, Paris, Seuil, 1971, p. 97)。またこの作品は、川上に立てられた工場が水をせき止め、周囲の土地を干上がらせるという公害問題を描い

ている点でも興味深い。ただし、作品中では公害問題の起因について、科学技術の発達というよりもむしろ、砂金を独り占めしようと工場を建てた登場人物の、個人的な利益の追究に焦点をあてているため、本論で詳しく扱うことは避けた。

★12　なおこのシリーズは、当初4巻本を予定していたが、1902年9月29日のゾラの死により、最終巻が書かれることはついになかった。

★13　Émile Zola, *Travail* dans *Œuvres Complètes*, Cercle du livre précieux, t. VIII, 1968, p. 920.

★14　*Ibid.*

★15　*Ibid.*, p. 917.

★16　*Ibid.*, p. 925.

★17　*Ibid.*, p. 944.

★18　*Ibid.*, pp. 944-945.

★19　*Ibid.*, p. 945

★20　*Ibid.*, p. 946.

★21　『労働』の書かれた時代に読むことができた太陽熱の科学的利用の歴史については、たとえば以下の書物などがある。Augustin Mouchot, *La Chaleur solaire et ses applications industrielles*, Paris, Gauthier - Villars, 1869 ; Adrien Storck, « La Chaleur solaire et ses applications industrielles. Compte-rendu des travaux de M. Mouchot », présenté à la Société des sciences industrielles de Lyon, Lyon, Imprimerie H. Sotrck, 1877 ; Louis-Étienne Baudier de Royaumont, *La Conquête du soleil, applications scientifiques et industrielles de la chaleur solaire (hélio-dynamique)*, Paris : C. Marpon et E. Flammarion, 1882.

★22　*Travail, op. cit.*, p. 946.

★23　*Ibid.*, p. 949.

★24　Émile Zola, *Travail. dossiers préparatoires*, Paris, Bibliothèque nationale, département des Manuscrits, Ms NAF 10333-10334.

★25　ゾラの描くユートピアの源泉については、以下の論文が詳しい。Fabian Scharf, « Un modèle utopique de *Travail : Cent ans après, ou l'An 2000* d'Edward Bellamy » in *Les Cahiers Naturalistes*, Société Littéraire des amis d'Émile Zola, No. 82, 2008, pp. 165-175.

★26　« Monsieur Emile Cahen / 138 rue de Courcelles » (NAF 10334, f° 209).

★27　カーエン氏は政府の工場技術者であり、以下のような電気照明についての本を書いている。Émile Cahen, ingénieur des manufactures de l'état, *Manuel Pratique d'éclairage électronique pour Installations particulières. Maisons d'habitation, usines, salles de réunion, etc.* ouvrage honoré d'une souscription du Ministre des Travaux publics, Paris, Librairie polytechnique baudry, 1896.

★28　« Transformer directement l'énergie calorifique contenue dans le charbon en énergie électrique, sans passer par l'énergie mécanique » (f° 227).

★29　Denise Le Blond-Zola, *Emile Zola raconté par sa fille* [1931], Paris, Grasset,

第 23 章　ゾラと科学技術

2000, p. 264.

★30　なおゾラが撮影した万国博覧会の写真は、近年設立されたゾラに関する資料を集めた
　　　インターネット学術サイト「ArchiZ」で閲覧が可能である。

★31　« Notice » de *Travail*, *op. cit.*, p. 984.

★32　*Le Guide de l'Exposition de 1900* par H. Lapauze, Max de Nansouty, A. da
　　　Cunha, H. Jarzuel, G. Vitoux, L. Guillet, Paris, E. Flammarion, 1900 ; *Musée
　　　rétrospectif du groupe V, Électricité (appareils, livres, manuscrits, autographes), à
　　　l'exposition internationale de 1900,* Paris, Rapport du Comité d'installation,
　　　rapporteur : Eugène-Henri Sartiaux, 1903.

★33　Louis-Étienne Baudier de Royaumont, *op. cit.*, p. 245.

★34　詳 し く は 以 下 の 論 文 を 参 照。F. W. J. Hemmings, « Emile Zola devant
　　　l'Exposition Universelle de 1878 » in *Cahiers de l'Association internationale des
　　　études francaises*, 1972, N°24. pp. 131-153.

★35　Zola, « L'école française de peinture à l'Exposition de 1878 » dans *Œuvres
　　　Complètes*, Cercle du livre précieux, t. XII, 1969, pp. 977-1000.

★36　« L'appareil de M. Mouchot permet aussi d'obtenir des courants électriques
　　　en plaçant au centre de l'entonnoir une pile qui fonctionne par l'action de la
　　　chaleur » (Adelin, « La Chaleur solaire : son emploi industriel », *L'Exposition
　　　universelle de 1878 illustrée*, publication internationale autorisée par la
　　　Commission, août 1878, N°154, p. 809.

★37　Paul Royer, « La marmite de Saussure », *Gil Blas*, le 31 août 1887, N° 2843,
　　　pp. 2-3.

★38　« Héliodynamique ou utilisation de la chaleur solaire », article « Chaleur »,
　　　Second supplément au Grand Dictionnaire, 1890, p. 770.

★39　Augustin Mouchot, *La Chaleur solaire et ses applications industrielles*, *op. cit.*

★40　Jacques Noiray, *Le Romancier et la machine. I, L'univers de Zola*, *op. cit.*, p. 206.

★41　Louis Simonin, « L'emploi industriel de la chaleur solaire » in *Revue des deux
　　　mondes*, 1876, 3ᵉ période, 15ᵉ volume, pp. 200-213.

★42　*Ibid.*, pp. 211-212.

★43　Jacques Noiray, *op. cit.*, p. 207.

★44　Louis Simonin, *op. cit.*, pp. 212-213.

★45　ちなみに同 1900 年の夏、ポルトガル人 Manuel António Gomes がムショーの機械
　　　を発展させた巨大な太陽熱収集装置を用いてフランス南部の Sorède で実験を行ったよ
　　　うであるが、これもやはり発電機能は伴っていない。なお、当時のフランスでこれを報
　　　道した記事は今のところ入手できていない。

★46　Béatrice Laville, « Une esthétique de l'engagement » in *Zola au Panthéon.
　　　L'épilogue de l'affaire Dreyfus*, Paris, Presses Sorbonne Nouvelle, 2010, pp. 99-
　　　108, とくに p. 103.

★47　« Par une habile gradation dans la fiction technique, Zola réserve pour la

443

fin de son roman celle qui, parmi les découvertes de Jordan, est à la fois la
plus merveilleuse et la plus invraisemblable : la captation de l'énergie solaire :
[…] Nous touchons ici, visiblement, au mythe » (Jacques Noiray, *op. cit.*,
p. 205).

★48 「グーグルも出資、米で世界最大の太陽熱発電所が始動　鏡を操作、光集めて蒸気発生」
産経ニュース、2014 年 2 月 13 日。

「米、世界最大の太陽熱発電　カリフォルニアで稼働」『東京新聞』、2014 年 2 月 15 日。

「「太陽熱発電」実用化へ　横浜で本格開発」NHK、2014 年 9 月 25 日。

「三菱日立パワー、太陽熱発電の実証設備　横浜工場に」『日本経済新聞』、2014 年 9
月 26 日。

　なお、20世紀以降の太陽エネルギー政策をゾラの『労働』を出発点に論じた論文は
以下のものがある。Frédéric Caille, « La Cité du soleil : les promesses
contemporaines de l'énergie au prisme du roman utopique : *Travail* (1901)
d'Emile Zola » in *L'Energie solaire : aspects juridiques*, D. Bailleul (dir.), Paris,
LGDJ-Lextenso éditions, 2010, pp. 11-28.

シンポジウム記録

第 1 回シンポジウム
主催：地域研究センター共同研究
共催：ヨーロッパ研究センター、外国語学部フランス学科
日時：2012 年 10 月 27 日（土）14：00 〜 17：00
場所：J 棟 1 階 特別合同研究室（P ルーム）
〈プログラム〉
1.「ネガとしての〈驚異の旅〉──否認される未来予想」石橋 正孝（立教大学兼任講師）
2.「動物と犯罪－怪物的犯罪者から警察犬まで」橋本 一径（早稲田大学准教授）
3.「グラン＝ギニョル劇と精神医学の諸問題」真野 倫平（南山大学教授）
パネリスト：梅澤 礼（日本学術振興会）、クリストフ・ガラベ（近畿大学）、坂本 さやか（明
　　　　　治学院大学）、坂本 浩也（立教大学）、橋本 知子（京都大学）、林田 愛（慶應
　　　　　義塾大学）

第 2 回シンポジウム
主催：地域研究センター共同研究
共催：ヨーロッパ研究センター、外国語学部フランス学科
日時：2012 年 12 月 15 日（土）14：00 〜 17：00
場所：R 棟 1 階 会議室
〈プログラム〉
1.「文学と犯罪学──19 世紀前半の文学と監獄」梅澤 礼（日本学術振興会特別研究員 PD）
2.「ゾラ『真実』におけるペドフィリー殺人者の肖像──性的倒錯の病理」林田 愛（慶應義
　塾大学准教授）
3.「グラン＝ギニョル劇と精神医学の諸問題（2）」真野 倫平（南山大学教授）
パネリスト：石橋 正孝（立教大学）、クリストフ・ガラベ（近畿大学）、久保 昭博（京都大学）、
　　　　　竹峰 義和（東京大学）、中村 翠（京都大学）、橋本 一径（早稲田大学）

第 3 回シンポジウム
主催：地域研究センター共同研究
共催：ヨーロッパ研究センター、外国語学部フランス学科
日時：2013 年 3 月 29 日（金）14：00 〜 17：30
場所：J 棟 1 階 特別合同研究室（P ルーム）
〈プログラム〉
1.「Le voyage aérien, entre expérience scientifique et mode d'exposition des
　savoirs (1850-1900)」クリストフ・ガラベ（近畿大学非常勤講師）

2.「バルザックにおける『全集』と『知』」鎌田 隆行（信州大学准教授）

3.「グラン＝ギニョル劇と細菌学の諸問題」真野 倫平（南山大学教授）

　　パネリスト：石橋 正孝（立教大学）、梅澤 礼（日本学術振興会）、橋本 一径（早稲田大学）、
　　　　　　　橋本 知子（京都大学）、松村 博史（近畿大学）

第4回シンポジウム

主催：地域研究センター共同研究

共催：ヨーロッパ研究センター、外国語学部フランス学科・ドイツ学科

日時：2013年7月13日（土）14：00～17：30

場所：J棟1階 特別合同研究室（Pルーム）

〈プログラム〉

1.「ゾラと科学──『テレーズ・ラカン』から『労働』まで」中村 翠（上智大学研究員）

2.「イメージの生理学──テーヌ、フロベール、ゾラ、モーパッサン」橋本 知子（京都女子
　大学非常勤講師）

　　パネリスト：梅澤 礼（日本学術振興会）、鎌田 隆行（信州大学）、クリストフ・ガラベ（大
　　　　　　　阪大学）、橋本 一径（早稲田大学）、松村 博史（近畿大学）

第5回シンポジウム

主催：地域研究センター共同研究

共催：ヨーロッパ研究センター、外国語学部フランス学科・ドイツ学科

日時：2013年11月9日（土）14：00～17：30

場所：R棟1階 会議室

〈プログラム〉

1.「19世紀に医学史をどう書くか」松村 博史（近畿大学准教授）

2.「フローベール『ブヴァールとペキュシェ』における知の言説」山崎 敦（中京大学准教授）

3.「世紀転換期ドイツにおける生理学的人間像の諸相」高岡 佑介（南山大学講師）

　　パネリスト：石橋 正孝（立教大学）、梅澤 礼（日本学術振興会）、クリストフ・ガラベ（大
　　　　　　　阪大学）、橋本 知子（京都女子大学）

第6回シンポジウム

主催：地域研究センター共同研究

共催：ヨーロッパ研究センター、外国語学部フランス学科

日時：2014年3月27日（木）14：00～17：30

場所：R棟1階 会議室

〈プログラム〉

1.「« Monographie du rentier »──バルザックによる『凡庸』の分析」鎌田 隆行（信州
　大学准教授）

2.「ジュリアン・バーンズからエルネスト・プタンへ──気球の文学性をめぐって」石橋 正
　孝（立教大学助教）

3.「グラン＝ギニョル劇における異境のイメージ」真野 倫平（南山大学教授）
パネリスト：クリストフ・ガラベ（大阪大学）、橋本 知子（京都女子大学）、梅澤 礼（日本
　　　　学術振興会）、松村 博史（近畿大学）、橋本 一径（早稲田大学）

第 7 回シンポジウム
主催：地域研究センター共同研究
共催：ヨーロッパ研究センター、外国語学部フランス学科
日時：2014 年 10 月 11 日（土）14：00 〜 17：30
場所：L 棟 9 階 910 会議室

〈プログラム〉

1.「所有物としての胎児──20 世紀初頭フランスの妊娠中絶をめぐる議論と身体概念の変容」
　　橋本 一径（早稲田大学准教授）
2.「バルザック『田舎医者』における医学と医者像」松村 博史（近畿大学准教授）
パネリスト：石橋 正孝（立教大学）、梅澤 礼（日本学術振興会）、鎌田 隆行（信州大学）、ク
　　　　リストフ・ガラベ（大阪大学）、橋本 知子（京都女子大学）

第 8 回シンポジウム
主催：地域研究センター共同研究
共催：ヨーロッパ研究センター、外国語学部フランス学科
日時：2014 年 12 月 14 日（日）14：00 〜 17：30
場所：J 棟 1 階 特別合同研究室（P ルーム）

〈プログラム〉

1.「文学と犯罪学（3）──20 世紀前半の文学と『共感の犯罪学』」梅澤 礼（日本学術振興
　　会特別研究員 PD）
2.「アダプテーション作品における機械の表象──Marcel L'Herbier の *L'Argent*（1928）
　　を中心に」中村 翠（名古屋商科大学講師）
3.「Raconter les savoirs. Les récits de vulgarisation scientifique (1850-1900)」クリ
　　ストフ・ガラベ（大阪大学准教授）
パネリスト：石橋 正孝（立教大学）、鎌田 隆行（信州大学）、橋本 一径（早稲田大学）、松
　　　　村 博史（近畿大学）

合同シンポジウム
「科学知の詩学──19 〜 20 世紀のフランス・ドイツにおける科学と文学・芸術」
主催：日本学術振興会科学研究費助成事業・基盤研究（B）「科学の知と文学・芸術の想像力
　　　──ドイツ語圏世紀転換期の文化についての総合的研究」（研究代表者：鍛治哲郎）
共催：南山大学地域研究センター共同研究「19 〜 20 世紀のヨーロッパにおける科学と文学
　　　の関係」、ヨーロッパ研究センター、外国語学部フランス学科
日時：2013 年 12 月 7 日（土）13：00 〜 18：00
場所：東京大学駒場キャンパス 18 号館 4 階コラボレーションルーム 1

〈プログラム〉

1.「心霊科学と文学」司会：長木 誠司（東京大学）
報告：真野 倫平（南山大学教授）
　　　「グラン＝ギニョル劇と心霊科学の諸問題」
　　　鍛治 哲郎（東京大学教授）
　　　「医学・生物学とゴットフリート・ベン──ドイツ語圏世紀転換期の文学における〈霊魂〉の行方」
2.「犯罪と表現」司会：ヘルマン・ゴチェフスキ（東京大学）
報告：梅澤 礼（日本学術振興会特別研究員 PD）
　　　「文学と犯罪学──モロー＝クリストフの『監獄学』」
　　　竹峰 義和（東京大学准教授）
　　　「犯行現場としての心──G・W・パプスト『心の不思議』をめぐって」
3.「身体とメディア」司会：佐藤 恵子（東海大学）
報告：橋本 一径（早稲田大学准教授）
　　　「『書くこと』と『縫うこと』の間で──19世紀フランスにおけるミシン産業の発達と文学」
　　　石原 あえか（東京大学准教授）
　　　「日仏独における近代皮膚科受容史──1911年ドレスデン衛生博覧会を中心に」
全体討議　司会：市野川 容考（東京大学）
コメンテータ：クリストフ・ガラベ（大阪大学）、高岡 佑介（南山大学）、中村 翠（名古屋商科大学）、橋本 知子（京都女子大学）、松村 博史（近畿大学）、田中 純（東京大学）

執筆者紹介（五十音順）

石橋　正孝（いしばし・まさたか）
　1974 年生まれ。パリ第 8 大学博士課程修了（文学博士）。現在、立教大学観光学部助教。専門はフランス文学。著書に『〈驚異の旅〉または出版をめぐる冒険――ジュール・ヴェルヌとピエール＝ジュール・エッツェル』（左右社、2013 年）、『大西巨人　闘争する秘密』（左右社、2010 年）、訳書にデース『ジュール・ヴェルヌ伝』（水声社、2014 年）、アンベール『レジスタンス女性の手記』（東洋書林、2012 年）などがある。

石原あえか（いしはら・あえか）
　慶應義塾大学文学部・同大学院修士課程修了、ケルン大学博士（Ph.D.）。現在、東京大学大学院総合文化研究科准教授。専門はドイツ文学（特にゲーテ）および近代科学史。日本語による単著に『科学する詩人ゲーテ』（2010 年）、『ドクトルたちの奮闘記――ゲーテが導く日独医学交流』（2012 年）、訳書に M. オステン著『ファウストとホムンクルス――ゲーテと近代の悪魔的速度』（2009 年、以上 3 点とも慶應義塾大学出版会刊）などがある。

梅澤　礼（うめざわ・あや）
　1979 年生まれ。パリ第 1 大学博士課程修了（史学博士）。現在、日本学術振興会特別研究員 PD。専門は文学と文化史。著書に『パリという首都風景の誕生』（共著、上智大学出版、2014 年）、訳書にラスネール『ラスネール回想録』（共訳、平凡社、2014 年）、論文に « "Loi sur les prisons" et *"Les Misères"*. Une autre origine du couvent de Saint-Michel »（『フランス語フランス文学研究』101 号、2012 年）などがある。

鍛治　哲郎（かじ・てつろう）
　1950 年生まれ。東京大学大学院人文科学研究科博士課程満期退学。現在、鎌倉女子大学教育学部教授。専門はドイツ文学、ドイツ思想史。著書・編著に『陶酔とテクノロジーの美学』（共編、青弓社、2014 年）、『ツェラーン　言葉の身ぶりと記憶』（鳥影社、1997 年）、訳書に『グリム　ドイツ伝説集』上・下（共訳、人文書院、1987 年、1990 年）などがある。

鎌田　隆行（かまだ・たかゆき）
　1967 年生まれ。パリ第 8 大学博士課程修了（文学博士）。現在、信州大学人文学部准教授。専門はフランス文学。著書に *La Stratégie de la composition chez Balzac. Essai d'étude génétique d'Un grand homme de province à Paris*（駿河台出版社、2006 年）、編著に *Balzac et alii. Génétiques croisées. Histoires d'éditions*（共編、電子出版〔国際バルザック研究会サイト内〕、2012 年）、訳書にアントワーヌ・コンパニョン『アンチモダン 反近代の精神史』（共訳、名古屋大学出版会、2012 年）などがある。

Christophe Garrabet（クリストフ・ガラベ）
　1977 年生まれ。パリ第 3 大学 D.E.A. 課程修了。現在、大阪大学言語文化特任准教授。専門はフランス文学、特に科学と文学の関係。論文に « La Vulgarisation scientifique dans la seconde moitié du XIXème siècle et le champ littéraire - les formes caractéristiques de la transmission du savoir dans les romans de vulgarisation scientifique »（『フランス語フランス文学研究』100 号、2012 年）、« Femme, corps et image chez Camille Flammarion - une philosophie sensualiste de la transmission des savoirs »（『フランス語フランス文学研究』102 号、2013 年）などがある。

高岡　佑介（たかおか・ゆうすけ）

　1981 年生まれ。早稲田大学大学院文学研究科博士後期課程単位取得満期退学。博士（文学）。現在、南山大学外国語学部講師。専門は近代ドイツ思想史。論文に「ゲーテの動物形態学──パリ・アカデミー論争によせて」（『規則的、変則的、偶然的──大久保進先生古希記念論文集』朝日出版社、2011 年）、「労働科学者としてのエミール・クレペリン──『疲労との闘争』に見るドイツ産業社会の一断面」（『表象』第 5 号、2011 年）、「統計学と社会改革──エルンスト・エンゲルの『人間の価値』論」（『社会思想史研究』第 35 号、2011 年）などがある。

竹峰　義和（たけみね・よしかず）

　1974 年生まれ。東京大学大学院博士課程修了（学術博士）。現在、東京大学大学院総合文化研究科言語情報科学専攻准教授。専門は近現代ドイツ思想、映像文化論。著書に『アドルノ、複製技術へのまなざし──〈知覚〉のアクチュアリティ』（青弓社、2007 年）、編著に『陶酔とテクノロジーの美学──ドイツ文化の諸相 1900-1933』（鍛治哲郎と共編、青弓社、2014 年）、訳書にメニングハウス『吐き気』（共訳、法政大学出版局、2010 年）などがある。

中村　翠（なかむら・みどり）

　1978 年生まれ。パリ第 3 大学博士課程修了（文学博士）。現在、名古屋商科大学専任講師。専門はフランス自然主義文学。論文に「ゾラの後期作品における「予告」──転換期としての『三都市』」（『フランス語フランス文学研究』103 号、2013 年）、« L' « annonce » zolienne: le roman et le cinéma »（*Re-Reading Zola and Worldwide Naturalism: Miscellanies in Honour of Anna Gural-Migdal*, Cambridge Scholars Publishing, 2013）などがある。

橋本　一径（はしもと・かずみち）

　1974 年生まれ。東京大学大学院総合文化研究科博士課程修了（学術博士）。現在、早稲田大学文学学術院准教授。専門は表象文化論。著書に『指紋論──心霊主義から生体認証まで』（青土社、2010 年）、訳書にジョルジュ・ディディ＝ユベルマン『イメージ、それでもなお』（平凡社、2006 年）、ジョルジュ・ヴィガレロ編『身体の歴史 I』（共訳、藤原書店、2010 年）、ピエール・ルジャンドル『同一性の謎──知ることと主体の闇』（以文社、2012 年）などがある。

橋本　知子（はしもと・ともこ）

　パリ第 8 大学博士課程修了（文学博士）。現在、京都女子大学非常勤講師。専門はフランス文学。論文に「眩惑をフレーミングする──ミネリによる『ボヴァリー夫人』」（『関西日本フランス語フランス文学』第 21 号、2015 年）、« Le "mensonge" de l'architecture - l'église transtemporelle de Proust au prisme des romans flaubertiens »（*Proust et l'architecture – esthétique, politique, histoire*、京都大学文学部フランス語学フランス文学科研究室、2013 年）、« En lisant, en éprouvant – sur le thème de l'hallucination chez Flaubert »（『フランス語フランス文学研究』第 94 号、2009 年）などがある。

林田　愛（はやしだ・あい）

　1976 年生まれ。京都大学大学院文学研究科博士課程修了（文学博士）。現在、慶應義塾大学経済学部（語学）准教授。専門は 19 世紀フランス文学・思想。主要業績に「ゾラと科学──倫理的神秘主義の視座から」（金森修編『エピステモロジー──20 世紀の科学思想史』慶應義塾大学出版会、2013 年）、アラン・コルバン編『身体の歴史』（共訳、藤原書店、2010 年）、« Les transformations du jardin de *La Conquête de Plassans*. Le sacrilège de l'athéisme tranquille »（dir. Gisèle Séginger, *Zola à l'Œuvre*. Hommage à Auguste Dezalay, Presses Universitaires de Strasbourg, 2003）などがある。

執筆者紹介

松村　博史（まつむら・ひろし）

　1963 年生まれ。京都大学大学院博士後期課程満期退学。現在、近畿大学文芸学部准教授。専門はフランス文学・文化史。共著書に『バルザック　生誕 200 年記念論文集』（論文「『結婚の生理学』の教えるもの」）（駿河台出版社、1999 年）、『バルザックとこだわりフランス』（恒星出版社、2003 年）、『テクストの生理学』（論文「『人間喜劇』における絵画コレクションの命運」）（朝日出版社、2008 年）などがある。

真野　倫平→奥付ページ

山崎　敦（やまざき・あつし）

　1975 年生まれ。早稲田大学大学院文学研究科博士課程退学。現在、中京大学国際教養学部准教授。専門はフランス文学。共著に『ドゥルーズ　千の文学』（せりか書房、2011 年）、共訳にリシャール『フローベールにおけるフォルムの創造』（水声社、2013 年）などがある。

編者紹介

真野 倫平（まの りんぺい）
1965 年生まれ。パリ第 8 大学博士課程修了（文学博士）。
現在、南山大学外国語学部教授。専門はフランス文学、フランス歴史学。著書に『死の歴史学──ミシュレ「フランス史」を読む』（藤原書店、2008 年）、訳書にミシュレ『フランス史Ⅰ・Ⅱ　中世』（共編訳、藤原書店、2010 年）、『グラン゠ギニョル傑作選──ベル・エポックの恐怖演劇』（編訳、水声社、2010 年）などがある。

2014年度南山大学地域研究センター共同研究
研究代表者　真野倫平

近代科学と芸術創造
19〜20世紀のヨーロッパにおける科学と文学の関係

2015 年 3 月 20 日　初版第 1 刷印刷
2015 年 3 月 31 日　初版第 1 刷発行

編　者──真野倫平
発行者──楠本耕之
発行所──行路社 Kohro-sha
　　　　　520-0016 大津市比叡平 3-36-21
　　　　　電話 077-529-0149　ファックス 077-529-2885
　　　　　郵便振替　01030-1-16719
装　丁──仁井谷伴子
組　版──鼓動社
印刷・製本──モリモト印刷株式会社

Copyright©2015 by Rimpei MANO
Printed in Japan
ISBN978-4-87534-448-3 C3098

●行路社の新刊および好評既刊（価格は税抜き） http://kohrosha-sojinsha.jp

柏木義円史料集　片野真佐子 編・解説　A5判 464頁 6000円
■激しい時代批判で知られる柏木義円はまた、特に近代天皇制国家によるイデオロギー教育批判においても、他の追随を許さないほどに独自かつ多くの批判的論考をものにした。

「政治哲学」のために　飯島昇藏・中金聡・太田義器 編　A5判 392頁 3500円
■エロス 政治的と哲学的／マキァヴェッリと近代政治学／レオ・シュトラウスとポストモダン 他

死か洗礼か　異端審問時代におけるスペイン・ポルトガルからのユダヤ人追放　フリッツ・ハイマン／小岸昭・梅津真訳　A5判上製 216頁 2600円　■スペイン・ポルトガルを追われたユダヤ人（マラーノ）が、その波乱に富む長い歴史をどのように生きぬいたか。その真実像にせまる。

南米につながる子どもたちと教育　複数文化を「力」に変えていくために
牛田千鶴編　A5判 264頁 2600円　■日本で暮らす移民の子どもたちを取り巻く教育の課題を明らかにするとともに、彼（女）らの母語や母文化が生かされる教育環境とはいかなるものかを探る。

カント哲学と現代　疎外・啓蒙・正義・環境・ジェンダー　杉田聡　A5判 352頁 3400円
■カント哲学からほとんどあらゆる面（倫理学、法哲学、美学、目的論、宗教論、歴史論、教育論、人間学等）に論及しつつ、多様な領域にわたり、現代焦眉の問題の多くをあつかう。

「生きる力」を語るときに教師たちの語ること　濱元伸彦
A5判 296頁 3000円　■本書の関心は、文科省が教育全体の理念として掲げる「生きる力」について、現場の教師たちがどのような理解し、それについてどのように語るのか、にある。

柏木義円書簡集　片野真佐子編・解説　A5判 572頁 5000円
■日常生活の中での非戦論の展開など、その筆鋒は重厚な思想とその見事な表現に充ちている。また、信仰をめぐる真摯な議論、教育観、天皇制観など思想史上にも貴重な資料となっている。

柏木義円日記　飯沼二郎・片野真佐子編・解説　A5判 572頁 5000円
■日露戦争から日中戦争にいたるまで終始非戦・平和を唱え、韓国併合、対華政策、シベリヤ出兵、徴兵制等を厳しく批判、足尾の鉱毒、売娼問題、朝鮮人、大杉栄の虐殺、二・二六や国連脱退等にも果敢に論及した柏木義円の日記。

柏木義円日記　補遺　付・柏木義円著述目録　片野真佐子編・解説
A5判 348頁 3000円　■第一次大戦参戦期、天皇制国家の軍国主義・帝国主義の強化推進の現実と対峙し、自己の思想をも厳しく検証する。

政治と宗教のはざまで　ホッブズ、アーレント、丸山眞男、フッカー　高野清弘
A5判 304頁 2000円　■予定説と自然状態／政治と宗教についての一考察／私の丸山眞男体験／リチャード・フッカーの思想的出立／フッカー――ヤヌスの相貌、ほか

地球時代の「ソフトパワー」　内発力と平和のための知恵　浅香幸枝編
A5判 366頁 2800円　■ニューパラダイムの形成／地球社会の枠組み形勢／共通の文化圏の連帯／ソフトパワーとソフトなパワーの諸相／ソフトなパワーとしての日本人／大使との交流、他

ヒトラーに抗した女たち　その比類なき勇気と良心の記録
M・シャート／田村万里・山本邦子訳　A5判 2500円　■多様な社会階層の中から、これまであまり注目されないできた女性たちをとりあげ、市民として抵抗運動に身をささげたその信念と勇気を。

フランス教育思想史　[第3刷]　E.デュルケーム／小関藤一郎訳
四六判 710頁 5000円　■フランス中等教育の歴史／初期の教会と教育制度／大学の起源と成立／大学の意味・性格組織／19世紀における教育計画／等

ベガ・インクラン　スペイン・ツーリズムの礎を築いた人　ビセンテ・トラベル・トマス／小川祐子訳　A5判上製 240頁 2800円　■パラドールの創設者としても知られるベガ・インクランは近年のツーリズム研究のなかで、その先見性と共に評価・研究の対象として論じられるようになった。

約束の丘　コンチャ・R・ナルバエス／宇野和美訳・小岸昭解説　A5判 184頁 2000円
■スペインを追われたユダヤ人とのあいだで400年間守りぬかれたある約束……時代が狂気と不安へと移りゆくなか、少年たちが示した友情と信頼、愛と勇気。

マラルメの火曜会　神話と現実　G.ミラン／柏倉康夫訳　A5判 190頁 2000円
■パリローマ街の質素なアパルトマンで行なわれた伝説的な会合……詩人の魅惑的な言葉、仕草、生気、表情は多くの作家、芸術家をとりこにした。その「芸術と詩の祝祭」へのマラルメからの招待状！

集合的記憶　社会学的時間論　M.アルヴァックス／小関藤一郎訳　四六判 280頁 2800円
■集合的記憶と個人的記憶／集合的記憶と歴史的記憶／集合的記憶と時間／集合的記憶と空間／集合的記憶と音楽家

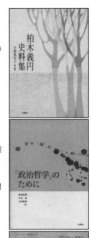
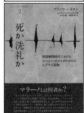

倫理の大転換 スピノザ思想を梃子として 大津真作 Ａ５判 296 頁 3000 円
■スピノザの奇妙さ／『エチカ』が提起する問題／神とは無限の自然である／神の認識は人間を幸せにする／精神と身体の断絶／観念論とその自由／人間の自由／人間の能力と環境の変革について／ほか

地球時代の多文化共生の諸相 人が繋ぐ国際関係 浅香幸枝編 Ａ５判 376 頁 2800 円 ■多文化共生政
策(日本・ブラジル・アルゼンチン)／多文化共生の諸相／多文化共生の歴史と概念／多文化共生の架け橋一日系人大使との対話、他

ことばと国家のインターフェイス 加藤隆浩編 Ａ５判上製 376 頁 2800 円
■台湾の原住民族にとっての国家／多言語国家インドにおける言語とアイデンティティ／コンゴ民主共和国における言語と国家の現状／オバマ大統領に学ぶ政治レトリックと説得コミュニケーション／グアテマラのことばと国家／在米ラテンアメリカ系住民と母語教育／多文化主義への対応と英国の変化、他。

民主化過程の選挙 地域研究から見た政党、候補者、有権者 吉川洋子編 Ａ５判 312 頁 2600 円
■比較政治学、国際関係論、地域研究、人類学など多様なアプローチと対象地域により、選挙民主主義の概念と要件、機能をより包摂的で包括的なものへと再構築する。

アメリカ研究統合化の役割としての「映画」 宮川佳三編 Ａ５判 2400 円
■アメリカの映画は政治、経済、人種関係、社会や文化を写し出し、鏡のごとき作用を持っている。

メキシコ その現在と未来 安原毅,牛田千鶴,加藤隆浩編 Ａ５判 224 頁 2400 円
■この数十年でめまぐるしい変化を遂げ、グローバル化の中で新たな姿を見せ始めたメキシコは、今政治、経済、文化、芸術、観光、移民、先住民などあらゆる面から根底的に問い直す時期に入っている。

ラテンアメリカの教育改革 牛田千鶴編 Ａ５判 204 頁 2100 円
■ナショナリズム・「国民」の形成と教育改革／政治的マイノリティをめぐる教育改革／新自由主義下の教育改革／等

ラテンアメリカの諸相と展望 南山大学ラテンアメリカ研究センター編訳 Ａ５判 352 頁 2800 円
■歴史、文化、政治、経済、人種、民族、アイデンティティなど、多面的重層的にラテンアメリカの実像と未来に迫る。

メキシコ近代公教育におけるジェンダー・ポリティクス 松久玲子 Ａ５判 304 頁 3000 円
■ディアス時代の教育と女性たち／革命動乱期の教育運動とフェミニズム／ユカタン州フェミニズム会議と女子教育／1920 年代の優生学とフェミニズム運動／ユカタンの実験と反動／母性主義と女子職業教育／社会主義と教育とジェンダー、ほか

グローバル化時代のブラジルの実像と未来 富野幹雄 編 Ａ５判 272 頁 2500 円
■第 1 部「過去からの足跡」、第 2 部「多様性と不平等」、第 3 部「現下の諸相と将来への息吹き」

ラテンアメリカの民衆文化 加藤隆浩編 Ａ５判 296 頁 2600 円 ■テレノベラ、ルチャ・リブレ、宗教的祝
祭、癒しの死神、民衆宗教、民族衣装、怪物人種イメージ、サッカー、民衆芸術、タンゴ、食文化、ほか

吹き抜ける風 スペインと日本、ちょっと比較文化論 木下 登 四六判 168 頁 1500 円
■人と街と芸術と／レストランからのぞいたスペイン社会／ある思想家：ホセ・オルテガ・イ・ガセット／ある歴史家：アメリコ・カストロ／ある哲学者：ハビエル・スビリ／スペインの豊かさとは／ほか

スペイン関係文献目録 坂東省次編 Ｂ５判上製箱入 400 頁 8000 円
■1868 年以来日本で刊行されたスペイン関係の書籍、論文、記事、紀要、論集、雑誌、新聞などを網羅する研究成果を提示。

スペイン学 13 号 京都セルバンテス懇話会編 Ａ５判 304 頁 2000 円
■本田誠二、佐竹謙一、吉田彩子、高橋env幸、渡邉万里、浅香武和、坂東省次、片倉充造、川成洋、野呂正、船越博、水谷顕一、太田靖子、椎名浩、坂田幸子、狩野美智子、尾崎明夫、杉山武、保崎典子、橋本和美、長尾直洋、田中聖子、桜井三枝子、松本楚才、大森絢子、安田圭史、ほか

ラテンアメリカ銀と近世資本主義 近藤仁之 Ａ５判 208 頁 2600 円
■ラテンアメリカ銀が初期にはスペインを通して、後にはピレネー以北のヨーロッパに流れ、資本蓄積を可能にしたという事実を広角的な視野から、世界史を包括する広大な論理体系として構築する。

地域表象過程と人間 地域社会の現在と新しい視座 寺岡伸吾 Ａ５判 312 頁 2500 円
■具体的な「村の物語」の中に、そこに住む人々の創り出す現実のダイナミズムを見据え、新たな「場所」のリアリティを探る。

スペイン歴史散歩 多文化多言語社会の明日に向けて 立石博高 四六判 160 頁 1500 円
■NHK講座テキストへの連載エッセイを中心に、スペインを深く知るには欠かせない歴史上の出来事やエピソードを満載。

ロルカ『ジプシー歌集』注釈 ［原詩付き］ 小海永二 Ａ５判 320 頁 6000 円
■そこには自在に飛翔するインスピレーション、華麗なるメタファーを豊かに孕んで、汲めども尽きぬ原初のポエジーがある。

ガルシア・ロルカの世界 四六判 288 頁 2400 円 ■木島始、岸田今日子、松永伍一、鼓直、本田誠二、野々山真輝
帆、小海永二、小川英晴、原子修、川成洋、佐伯泰英、福田善之、飯野昭夫、ほか

「ドン・キホーテ」事典 樋口正義・本田誠二・坂東省次・山崎信三・片倉充造編 Ａ５判上製 436 頁 5000 円
■『ドン・キホーテ』刊行 400 年を記念して、シェイクスピアと並び称されるセルバンテスについて、また、近代小説の先駆とされる本書を全体的多角的にとらえ、それの世界各国における受容のありようについても考える。

賽の一振りは断じて偶然を廃することはないだろう 付：フランソワーズ・モレルによる解釈と注
マラルメ／柏倉康夫訳　Ｂ４判変型 6000 円　■マラルメの最後の作品となった『賽の一振り…』は、文学にまったく新たなジャンルを拓くべく、詩句や書物をめぐる長年の考察の末に生み出されたもので、マラルメの思索の集大成とも言える。マラルメ研究者や読者から長く待望されてきた自筆稿や校正への緻密な指示なども収める。

ガリシアの歌 上・下巻　ロサリア・デ・カストロ／桑原真夫編・訳　Ａ５判 上 208 頁・下 212 頁 各 2400 円
■ああガリシア、わが燃ゆる火よ…ガリシアの魂。

立ち枯れ／陸に上がった人魚 [イスパニア叢書８巻] A.カソナ／古家久世・藤野雅子訳　四六判 240 頁 2200 円　■現代スペインを代表する戯曲作家アレハンドロ・カソナのもっとも多く訳されもっとも多く上演された代表作 2 篇

バルン・カナン 九人の神々の住む処　ロサリオ・カステリャノス／田中敬一訳　四六判 336 頁 2500 円
■20 世紀フェミニズム小説の旗手カステリャノスが、インディオと非インディオの確執を中心に、不正や迫害に苦しむ原住民の姿を透徹したリアリズムで描く。

カネック あるマヤの男の物語　E.A.ゴメス／金沢かずみ訳・野々口泰代絵　四六判 208 頁 1800 円
■村は戦争のまっただなか。武装したインディオの雄叫び。カネックの名がこだまする！──現代マヤの一大叙事詩

ピト・ペレスの自堕落な人生　ホセ・ルベン・ロメロ／片倉充造訳・解説
■四六判 228 頁 2000 円　■本国では 40 版を数える超ロングセラーの名作であり、スペイン語圏・中南米を代表する近代メキシコのピカレスク小説。

棒きれ木馬の騎手たち　M・オソリオ／外村敬子 訳　Ａ５判 168 頁 1500 円
■不寛容と猜疑と覇権の争いが全ヨーロッパをおおった十七世紀、〈棒きれ木馬〉の感動が、三十年におよぶ戦争に終わりと平和をもたらした。

初夜の歌 ギュンター詩集　小川泰生訳　Ｂ４判変型 208 頁 4000 円
■生誕３００年を迎えて、バロック抒情詩の天折の詩人ギュンター（1695−1723）の本邦初の本格的紹介。

私 Ich　ヴォルフガング・ヒルビヒ／内藤道雄訳　四六判 456 頁 3400 円
■ベルリンという大年増のスカートの下、狂った時計の中から全く新しい「私」の物語が生れる。現代ドイツ文学の最大の収穫！

ネストロイ喜劇集　ウィーン民衆劇研究会編・訳　Ａ５判 692 頁 6000 円
■その生涯で 83 篇もの戯曲を書いて、19 世紀前半のウィーンの舞台を席巻したヨーハン・ネストロイの紹介と研究

アジアのバニーゼ姫　H・A・ツィーグラー／白崎嘉昭訳　Ａ５判 556 頁 6000 円
■新しい文学の可能性を示す波瀾万丈、血沸き肉躍るとしか形容しようのない、アジアを舞台にしたバロック「宮廷歴史小説」

ラ・ガラテア／パルナソ山への旅　セルバンテス／本田誠二訳・解説　Ａ５判 600 頁 5600 円
■セルバンテスの処女作『ラ・ガラテア』と、文学批評と文学理論とを融合したユニークな彼にとっての〈文学的遺書〉ともいえる自伝的長詩『パルナソ山への旅』を収録する。

テクストの詩学　ジャン・ミィー／上西妙子訳　Ａ５判 372 頁 3500 円
■文学が知と技によるものであることを知る時、読者は、文学的エクリチュールの考察、すなわち詩学の戸口に立っている。

若き日のアンドレ・マルロー 盗掘、革命、そして作家へ　柏倉康夫　四六判 240 頁 1900 円
■『征服』から始まった西と東の関係は協調と連帯へ発展するのか、また二つの文化とどう交るのかは彼の生涯テーマであった。

現代スイス文学三人集　白崎嘉昭・新本史斉訳　四六判 280 頁 2800 円
■二〇世紀スイス文学を代表するヴァルザー『白雪姫』ブルクハルト『鹿狩り』『こびと』フリッシュ『学校版ウィリアム・テル』

日本の映画　ドナルド・リチー／梶川忠・坂本季詩雄訳　四六判 184 頁 1600 円
■日本映画史を、映写機の輸入された 19 世紀後半から 1980 年代まで撮影スタイルや表現方法を中心に解説する。

宮沢賢治 銀河鉄道と光のふぁんたじあ　大石加奈子　四六判 168 頁 1800 円
■『銀河鉄道の夜』に潜む意外な科学性を明らかにするとともに、まったく新しい視点からファンタジックに分け入る独創。

みんな、同じ屋根の下 サンセット老人ホームの愉快な仲間たち　R.ライト／堀川徹志訳　四六判 240 頁 1800 円　■「…老人たちの記憶や妄想が縦横無尽に交錯する世界、その豊かさゆえに日々がいつもドラマチックでおかしい」（朝日新聞）

セルバンテス模範小説集 コルネリア夫人・二人の乙女・イギリスのスペイン娘・寛大な恋人　樋口正義訳
Ａ５判 212 頁 2600 円　■この 4 篇をもって模範小説集の全邦語訳成る。小品ながら珠玉の輝きを放つ佳品 3 篇と、地中海を舞台に繰り広げられる堂々たる中篇。

三次元の人間 生成の思想を語る　作田啓一　四六判 222 頁 2000 円
■遠く、内奥へ──学問はどこまで生の実感をとらえうるか。超越と溶解の原理をもとに人間存在の謎に迫る作田人間学。

シュライエルマッハーの美学と解釈学の研究　岡林洋　Ａ５判 274 頁 4000 円
■「芸術＝宗教」を越えて／美学思想形成期におけるシェリングの影響／美学の弁証法的基礎づけ／美的批評の倫理学的基礎づけ／等